El hambre de los dioses

Literatura Fantástica

Biografía

John Gwynne estudió y fue profesor en la Universidad de Brighton. Ha tocado el bajo doble en un grupo de rock y viajado por Estados Unidos y Canadá. Casado y con cuatro hijos, vive en Eastbourne, donde pertenece a una asociación que realiza recreaciones de la civilización vikinga. Cuando no está escribiendo, es habitual encontrarlo en un muro de escudos rodeado por sus hijos.

https://www.john-gwynne.com/

@johngwynne_

john_gwynne_author

John Gwynne

El hambre de los dioses

Serie Hermanos de sangre, 2

Traducción de Simon Saito Navarro

minotauro

PEFC Certificado

El papel de este libro procede de bosques gestionados de forma sostenible

PEFC

PEFC/14-38-00305 www.pefc.es

Título original: *The Hunger of the Gods*

Publicado por primera vez en Reino Unido en lengua inglesa como *The Hunger of the Gods* en 2022 por Orbit, sello de Little, Brown Book Group.
Mapa de Tim Paul

Avda. Diagonal, 662-664, 08034 Barcelona (España)
www.edicionesminotauro.com
www.planetadelibros.com

Adaptación de la cubierta: Booket / Área Editorial Grupo Planeta a partir de la idea original de Bekki Guyatt — LBBG
Ilustración de la cubierta: © Marcus Whinney
Imágenes adicionales: Shutterstock
Primera edición en Colección Booket: febrero de 2025
Segunda impresión: noviembre de 2025
Tercera impresión: marzo de 2026
Cuarta impresión: abril de 2026
Quinta impresión: octubre de 2026

Depósito legal: B. 234-2025
ISBN: 978-84-450-1139-3
Impreso en España

Para mi querida Harriett,
no pueden quedar lágrimas en el mundo
porque las hemos vertido todas por ti.

VIGRIÐ
LLANURA DE LA BATALLA
MONTE ELDRAFELL
OSKUTRED
SIMA VAESEN
SIMA VAESEN
ISLAS ISKALT
LAGO HORNDAL
CORDILLERA DORSAL
NASTRANDIR
GRIMHOLT
RÍO HVITA
SNAKAVIK
RÍO SLÅGEN
SVELGARTH
DARL
FELLUR
RÍO DRAMMUR
LIGA
N
O
E
S
ULAZ
VALDAI
ISKIDAN

Tim Paul 2021

Guía de pronunciación

ð: como el dígrafo «th» en la palabra inglesa «they»; Guðvarr se pronuncia «Guthvarr».

j: como la «y» en la palabra inglesa «yellow»; brynja se pronuncia «bryn-ya».

ø: como «ir» en la palabra inglesa «bird»; Røkia se pronuncia «Rirkia».

Lista de personajes

Los Terrores de la Batalla

Agnar Broksson: jefe de los Terrores de la Batalla, asesinado a traición por Biórr en la planicie de ceniza de Oskutreð.

Elvar Puño de Fuego: hija del jarl Störr. Se ha comprometido por el juramento de sangre a encontrar a Bjarn, hijo de la bruja seiðr Uspa, y rescatarlo de las garras de Ilska la Cruel y sus Alimentadores de Cuervos, a cambio de que Uspa guíe a los Terrores de la Batalla a la mítica Oskutreð, donde los dioses lucharon y murieron.

Grend: compañero y guardián de Elvar. También se ha comprometido a encontrar a Bjarn mediante el juramento de sangre.

Huld: el segundo miembro más joven de los Terrores de la Batalla después de Elvar. Creció en las duras calles de Svelgarth.

Sighvat el Gordo: segundo de Agnar. Es un guerrero feroz, aunque está más interesado en la comida que en la toma de decisiones. Ha hecho el juramento de sangre para rescatar a Bjarn de los Alimentadores de Cuervos.

Sólín la Babas: una de las guerreras más veteranas de los Terrores de la Batalla. Perdió varios dientes en una pelea con un enjambre de tennúr.

Urt el Sucio: uno de los miembros más veteranos de los Terrores de la Batalla, apodado así por su aversión a la higiene.

Orv la Serpiente: el único arquero de los Terrores de la Batalla. Es explorador y cazador. Apodado así por su sigilo.

Uspa: bruja seiðr. Capturada por los Terrores de la Batalla en la isla de Iskalt (junto a su marido, Berak, y su hijo, Bjarn), donde estaba destruyendo el *Graskinna*, un grimorio. Hace un pacto con Agnar y Elvar, según el cual ella llevará a los Terrores de la Batalla hasta Oskutreð a cambio de que ellos rescaten a su hijo, Bjarn, de las garras de Ilska la Cruel. Sellan su pacto con un juramento de sangre.

Los Hermanos de Sangre

Æsa: una miembro de los Hermanos de Sangre con una preocupante indiferencia hacia el dolor o la vida. Por sus venas corre la sangre de Fjalla, la cabra montesa.

Edel: jefa de los exploradores y cazadora de los Hermanos de Sangre. La sangre del sabueso Hundur corre por sus venas. Veterana, astuta y cauta. Tiene dos perros por compañeros.

Einar Medio Trol: grande como un árbol, el más fuerte de los Hermanos de Sangre. Le encanta comer y las historias bien contadas. Es un berserkir.

Glornir Rompeescudos: jefe de los Hermanos de Sangre. Es un berserkir, pues la sangre del dios oso corre por sus venas. Está casado con Vol y es el hermano mayor de Thorkel.

Gunnar Proa: llamado así por su nariz, que ocupa buena parte de su cara y es curva como la roda de un drakkar. Por sus venas corre la sangre del tejón Gröfu.

Halja Nariz Chata: lleva en las venas la sangre de Orna, la diosa águila. Es hermana de Vali Aliento de Caballo, que murió a manos de un trol durante la batalla en la cámara de Rotta.

Ingmar Hielo: un berserkir.

Jökul Mano de Martillo: herrero y guerrero. Lleva en sus venas la sangre del tejón Gröfu.

Revna Patas de Liebre: llamada así por su velocidad en la batalla. La sangre del armiño Státa corre por sus venas.

Røkia: úlfhéðnar, pues la sangre del lobo Ulfrir corre por sus venas. Le encomiendan la tarea de entrenar en las armas a Varg.

Svik Pelo Enmarañado: lleva en sus venas la sangre del zorro Refur. Es el jefe de los escaldos de los Hermanos de Sangre. Tiene debilidad por el queso.

Varg el Insensato: era un thrall de Kolskegg, un acaudalado granjero y terrateniente. Tras asesinar a Kolskegg por haberlo traicionado, Varg huyó y fue en busca de los asesinos de su hermana, Frøya. Se unió a los Hermanos de Sangre para acercarse a su bruja seiðr, Vol, con el fin de que realizara para él un akáll, una invocación mágica que le permitiría ver los últimos instantes de vida de su hermana y de esa manera averiguar cómo había muerto. Al unirse a los Hermanos de Sangre descubrió que era un corrompido, un úlfhéðnar por cuyas venas corre la sangre de Ulfrir.

Vol: bruja seiðr, mujer de Glornir.

Los Alimentadores de Cuervos y sus compañeros

Lik-Rifa: la diosa dragona, encerrada durante siglos en una mazmorra entre las raíces de Oskutreð, el Fresno. Vuelve a estar libre gracias a una ceremonia de magia realizada por sus descendientes corrompidos.

Rotta: el dios rata. Enjaulado y torturado por Ulfrir y Orna por su implicación en el asesinato de su hija.

Biórr: un corrompido, con la sangre de Rotta en las venas. Se infiltró en los Terrores de la Batalla, asesinó a Agnar el Terror de la Batalla y llevó a Ilska hasta Oskutreð, de manera que contribuyó de manera decisiva a la liberación de Lik-Rifa. Ahora se ha reintegrado en las filas de los Alimentadores de Cuervos.

Brák el Azote de los Troles: un corrompido por cuyas venas corre la sangre del dios armiño Státa. Forma parte de la cuadrilla de Drekr. Es cazador y trampero.

Drekr: un corrompido descendiente de la dragona, hermano de Ilska y de Myrk. Raptó a Breca y asesinó a Thorkel.

Fain el Rojo: un corrompido por cuyas venas corre la sangre del jabalí Svin. Es el padre de Kalv y Storolf Dentadura de Guerra.

Ilmur: un corrompido que lleva la sangre del dios perro Hundur. Era un thrall de los Terrores de la Batalla, pero Biórr lo liberó y ahora es un miembro más de los Alimentadores de Cuervos.

Ilska la Cruel: jefa de los Alimentadores de Cuervos. Es una descendiente de la dragona por cuyas venas corre la sangre de Lik-Rifa. Es la hermana mayor de Drekr y Myrk.

Kalv: un corrompido con la sangre del jabalí Svin en las venas. Es hijo de Fain el Rojo y hermano de Storolf Dentadura de Guerra.

Kráka: bruja seiðr que era una thrall de los Terrores de la Batalla. Tras ser liberada por Biórr ahora es un miembro de los Alimentadores de Cuervos.

Myrk Garra Afilada: una corrompida descendiente de la dragona, con la sangre de Lik-Rifa en las venas. Es la hermana pequeña de Ilska y Drekr.

Storolf Dentadura de Guerra: un corrompido por cuyas venas corre la sangre del jabalí Svin. Es hijo de Fain el Rojo y hermano de Kalv. Le llaman Dentadura de Guerra porque se dejó algunos dientes en el escudo de un enemigo al apresarlo con la boca para arrancárselo de la mano.

Oleif Sin Dientes: un corrompido con la sangre del buitre Hraeg en las venas. Formaba parte de la cuadrilla de Drekr y ahora es un miembro de los Alimentadores de Cuervos.

Bjarn Beraksson: un corrompido, hijo de Uspa y de Berak. Raptado por Ilska y los Alimentadores de Cuervos.

Breca Thorkelsson: un corrompido, hijo de Orka y de Thorkel. Raptado por Drekr.

Harek Asgrimsson: un corrompido, hijo de Asgrim y de Idrun, que fueron asesinados por Drekr y su cuadrilla.

Otros

Orka Machacacráneos: esposa de Thorkel y madre de Breca. Había sido la jefa de los Hermanos de Sangre y era conocida con el sobrenombre de la Machacacráneos. Thorkel fue asesinado y su hijo, raptado. Siguiendo su rastro hacia el norte llegó a Grimholt, donde fue capturada por drengir y el galdramaðr Skalk. Escapó tras una sangrienta batalla.

Lif Virksson: pescador de un pueblo llamado Fellur. Hijo de Virk y hermano de Mord. Orka lo rescató cuando iban a ejecutarlo y la acompañó al norte. Su hermano Mord fue asesinado mientras estaba encadenado por el drengr Guðvarr.

Sæunn: una thrall corrompida con la sangre del perro Hundur en las venas.

Gudleif Arnesson: ha construido una granja con su familia al norte de la cordillera Dorsal.

Reina Helka: soberana de Darl y de las regiones colindantes. Es una mujer ambiciosa y despiadada que aspira a apoderarse de toda Vigrið. Tiene un hijo, Hakon, y una hija, Estrid.

Príncipe Hakon Helkasson: primogénito de la reina Helka.

Princesa Estrid Helkasson: hija de la reina Helka.

El úlfhéðnar Frek: un corrompido con la sangre del dios lobo Ulfrir en las venas. Es un thrall de la reina Helka y miembro de su guardia de honor.

El galdramaðr Skalk: galdramaðr de Darl, al servicio de la reina Helka. Enviado por Helka con los Hermanos de Sangre para investigar qué está ocurriendo en la frontera septentrional de su reino. Roba la garra de Orna y rapta a la bruja seiðr Vol.

Sturla: aprendiza de magia galdur de Skalk.

Guðvarr: drengr de Fellur y sobrino de la jarl Sigrún. Recibe la orden de liderar el grupo enviado para perseguir a Orka, Lif y Mord.

Vilja: prostituta de Darl que trabaja en la taberna El drengr muerto.

Jarl Sigrún: jarl de Fellur y del distrito circundante. Está enredada en la expansión política de la reina Helka. Orka le desfigura la cara y asesina a su amante, así que envía a su sobrino Guðvarr tras ella.

Yrsa: drengr de Darl al servicio del galdramaðr Skalk.

Arild: drengr de Fellur.

Skapti: drengr, capitán de Grimholt. Está a sueldo del príncipe Hakon y participa en los planes de Drekr y en sus actividades con niños raptados.

Hrolf: drengr de Grimholt.

Jarl Glunn Puño de Hierro: insignificante jarl aliado de la reina Helka.

Jarl Svard el Rascador: insignificante jarl aliado de la reina Helka.

Jarl Logur de Liga: gobernante de la ciudad portuaria de Liga. Amigo de los Hermanos de Sangre.

Jarl Orlyg de Svelgarth: gobernante de la ciudad de Svelgarth y de la región circundante. Es un veterano de guerra ya anciano y canoso, enemigo de la reina Helka.

Príncipe Jaromir de Iskidan: príncipe de Iskidan, uno de los numerosos hijos de Kirill el Magnífico, señor de Iskidan.

Ilia: druzhina de Iskidan.

Taras el Toro: es un hombre atormentado, un corrompido por cuyas venas corre la sangre del toro Naut. Es un thrall al servicio del príncipe Jaromir de Iskidan.

Iva: bruja seiðr y thrall del príncipe Jaromir.

Jarl Störr: señor de Snakavik y de la mayoría de los distritos occidentales de Vigrið. Padre de Thorun, Elvar y Broðir. Conocido por su guardia de berserkir.

Silrið: galdramaðr del jarl Störr.

Thorun Störrsson: primogénito del jarl Störr.

Broðir Störrsson: hijo menor del jarl Störr.

Berak Bjornasson: un corrompido, un berserkir con la sangre del dios oso Berser en las venas. Marido de la bruja seiðr Uspa y padre de Bjarn. Capturado por Agnar y vendido como thrall al jarl Störr para que forme parte de su guardia de berserkir.

Gytha: drengr y paladín del jarl Störr.

Syr: drengr del jarl Störr y guardia de la puerta de Snakavik.

Hjalmar el Pacifista: líder de la banda de mercenarios los Corazones Feroces.

Hrung: una cabeza de gigante que sobrevive mágicamente gracias al poder de la moribunda Snaka.

Njal Olafsson: jarl de un pequeño pueblo pesquero a orillas del río Drammur.

Terna: thrall de Njal Olafsson que había sido thrall en la granja de Kolskegg.

Brimil: comerciante de esclavos de Darl.

Rog: tabernero de El drengr muerto.

Frøya: hermana de Varg.

Leif Kolskeggson: hijo de Kolskegg. Perseguía a Varg por la muerte de su padre, pero, cuando consiguió capturarlo, Glornir y los Hermanos de Sangre tomaron a su cuidado a Varg y lo salvaron de su venganza.

Sterkur la Muerte en los Ojos: guerrero y jefe de la banda de mercenarios Manos Rojas.

Criaturas

Grok: cuervo gigante.

Kló: cuervo gigante.

Spert: vaesen spertus, unido a Orka y a su familia.

Vesli: tennúr herida encontrada por Breca. Hizo un juramento a Breca y a Spert.

Títulos, términos, objetos nórdicos

akáll: una invocación, ceremonia para mostrar los últimos momentos de una persona fallecida mediante la magia.
althing: reunión, asamblea de personas libres.
berserkir: persona descendiente de Berser, el dios oso. Capaz de emplear gran fuerza y brutalidad.
blóð svarið: juramento de sangre.
bruja seiðr: mujer con poderes mágicos.
brynja: cota de malla.
byrding: embarcación costanera.
escaldo: poeta, autor de las sagas, a menudo a sueldo de un jarl o de un jefe para que cante sus hazañas.
drakkar: barco vikingo con una figura esculpida en la proa, normalmente un dragón.
drengr (pl. drengir): guerrero experto en el manejo de las armas que ha jurado fidelidad a un noble.
druzhina: guerrero a caballo de élite.
galdramaðr: hechicero, concretamente de magia rúnica.
Graskinna**:** piel gris. Grimorio escrito en piel.
Guðfalla: la caída de los dioses.
guðljós: la luz de los dioses.
hangerok: vestido femenino.
hird: guerreros que estaban al servicio de un señor.
holmganga: duelo reconocido por la ley, una manera de resolver disputas.
jarl (pl. jarlar): señor o conde.

knarr: barco para el comercio.
niðing: «nada», «nadie». Un insulto que significa «sin honor».
niño maður: niño humano.
Raudskinna: piel roja. Grimorio encuadernado en piel de un dios muerto.
seax: cuchillo de un solo corte, a menudo con un contrafilo. Su tamaño variaba mucho y tenía múltiples usos, desde para cocinar y afeitarse hasta para el combate.
seiðr: una clase de poder mágico, heredada de Snaka, el padre de los dioses.
skál: buena salud.
snekke (pl. snekkar): versión más pequeña del drakkar.
tafl: juego de estrategia que se jugaba con figuras en un tablero.
thrall: esclavo.
úlfhéðnar: persona descendiente de Ulfrir, el dios lobo.
vaesen: criaturas creadas por Lik-Rifa, la diosa dragona.
veregildo: deuda de sangre.

LO QUE HA PASADO ANTES

Orka: Orka lleva una vida solitaria en las colinas con su marido, Thorkel, y su hijo de diez años, Breca. Han construido un hogar lejos de la civilización y comercian con pieles en un pueblo cercano cuando necesitan suministros.

Durante una expedición de caza encuentran una granja calcinada y al matrimonio propietario asesinado, pero el hijo de la pareja ha desaparecido.

Orka informa del descubrimiento en el pueblo cercano a Guðvarr, un drengr (guerrero) sobrino de Sigrún, la jarl, o mandataria, local.

Breca, el hijo de Orka, encuentra un tennúr (una criatura mágica con debilidad por los dientes) herido en el bosque y lo lleva a casa.

Orka, Thorkel y Breca asisten a un althing, o reunión, cuando todos los habitantes del distrito son convocados por la jarl Sigrún, la mandataria local. En esa reunión se enteran de que la jarl Sigrún ha hecho un juramento de alianza con la reina Helka, una poderosa mujer con la ambición de controlar toda Vigrið. También se celebra un duelo holmganga entre Virk, un pescador local, y Guðvarr. Virk lo gana, pero rompe las reglas del holmganga y, por lo tanto, es asesinado por la guerrera thrall, una corrompida, de la jarl Sigrún.

Al regresar a casa, Orka y Thorkel deciden que ha llegado el momento de irse y empezar una nueva vida en cualquier otra parte. Orka va a visitar al espíritu Froa (el poderoso espíritu y guardián del Fresno) en busca de consejo, pero lo encuentra muerto, asesinado con fuego y hachas. Al volver a su granja encuentra su hogar envuelto en llamas y a su marido, Thorkel, asesinado. Pero no hay rastro de Breca. Sigue el rastro de los raptores de su hijo, alcanza a unos cuantos y los asesina; interroga a uno y averigua que el hombre que se ha llevado a Breca se llama Drekr.

Orka vuelve a casa, entierra a su marido y jura vengarse y recuperar a su hijo raptado. Por la noche se cuela armada en el pueblo de Fellur y encuentra a los dos hijos de Virk, Mord y Lif, atados a un poste mientras aguardan el castigo por haber atacado a Guðvarr (en un intento fallido por vengarse de la muerte de su padre). Orka los libera y luego irrumpe en los aposentos de la jarl Sigrún, la hiere e interroga a su guerrera thrall, una mujer llamada Vafri por cuyas venas corre sangre de Ulfrir, el dios lobo. Vafri le cuenta a Orka que debería hablar con un hombre llamado Drekr y que puede encontrarlo en la ciudad fortaleza de Darl. A continuación se produce una refriega de la que Orka escapa y finalmente huye de Fellur en una barca con Mord y Lif.

Ponen rumbo a Darl. Mord y Lif aceptan llevar a Orka en su embarcación de remos a cambio de que ella los entrene en las artes de las armas. Cuando arriban a Darl, Orka y los hermanos separan sus caminos, pero antes ella les aconseja que esperen al momento adecuado para regresar a Fellur y cobrarse su venganza con Guðvarr.

Orka busca a Drekr y finalmente lo encuentra en una reunión secreta con el príncipe Hakon, el hijo de la reina Helka. Se enzarzan en un duelo que deben dejar a medias por la llegada de los guardias de la ciudad. Lif y Mord aparecen por sorpresa y se llevan a Orka a un lugar seguro.

Orka descubre que Drekr ha partido de Darl con destino a Grimholt, una torre de vigilancia en un paso montañoso en la cordillera Dorsal. Al mismo tiempo aparece Guðvarr, que persigue a Orka, Mord y Lif por sus crímenes en Fellur. Orka y los hermanos se van de Darl tras Drekr, con Guðvarr pisándoles los talones.

Orka, Mord y Lif llegan a Grimholt, y, durante un altercado con algunas arañas del hielo y un par de cuervos gigantes, son capturados por el galdramaðr Skalk y varios guerreros de la guarnición de la fortaleza. Son llevados a la torre, donde los interrogan, y se descubre que Drekr tiene alguna clase de negocio turbio con el príncipe Hakon.

Galdramaðr llega con sus drengir, entra violentamente en la torre y mata a Mord, que está encadenado. Durante ese incidente, Orka oye los gritos de un niño y sospecha que es Breca, su hijo. La esperanza, el miedo y la rabia se combinan para dejar libre al lobo que corre por su sangre, ya que Orka es una corrompida, una úlfhéðnar, una descendiente de Ulfir, el dios lobo. Orka escapa y mata a varias personas. En un primer momento, los guerreros de Grimholt tratan de detenerla, pero no son rivales para la furia salvaje que se ha apoderado de ella y acaban huyendo.

Varg: Varg es un prófugo. Es un thrall que huye después de matar a su amo, un rico granjero. Su hermana ha muerto asesinada y Varg busca un galdramaðr o una bruja seiðr (dos clases diferentes de personas que practican la magia) para que realicen para él un akáll, una invocación mágica que muestra los últimos momentos en la vida de una persona muerta. Varg quiere descubrir quién o qué ha asesinado a su hermana.

Varg llega a la ciudad portuaria de Liga, donde se entera de la presencia en la ciudad de un famoso grupo de mercenarios, los Hermanos de Sangre, que tiene entre sus miembros a una bruja seiðr. Pero esta solo utiliza su magia con los Hermanos de Sangre, así que Varg participa en un torneo donde lucha con uno de los mercenarios para ganarse el derecho a unirse a ellos. Varg acaba derrotado y es abandonado inconsciente en la orilla de un fiordo. Cuando se despierta, se cura las heridas y enciende un fuego, pero sufre el ataque de Leif Kolskeggson, el hijo del granjero al que mató, y el grupo que lo acompaña. Varg es capturado, pero los Hermanos de Sangre lo rescatan.

Aceptan a Varg como uno de los suyos, pero de momento solo como «aprendiz», así que Varg tiene que aprender a usar las armas y demostrar a los Hermanos de Sangre que es leal y digno de confianza antes de que Vol, su bruja seiðr, realice el akáll que tanto ansía.

Cuando los Hermanos de Sangre parten de Liga, sufren el ataque del príncipe Jaromir de Iskidan y sus druzhina, que quieren la cabeza de uno de sus miembros, un hombre llamado Sulich a quien acusan de haber cometido una serie de crímenes en el lejano reino de Iskidan. Glornir, jefe de los Hermanos de Sangre, se niega a entregar a Sulich. Se produce una breve y sangrienta batalla, que se ve interrumpida por la irrupción de los guardias de Liga y la llegada al puerto de la ciudad de tres naves con la reina Helka y su séquito a bordo.

La reina Helka contrata a los Hermanos de Sangre para un trabajo. En la frontera noroccidental de su reino está desapareciendo gente a la que luego encuentran muerta, y quiere que el grupo de mercenarios investigue quién o qué está detrás. La reina envía a su galdramaðr, Skalk, y a los dos drengir de este con los Hermanos de Sangre.

Cuando llegan a las Dorsales, los Hermanos de Sangre descubren una vieja mina que han estado excavando guerreros y vaesen (skraeling y un trol), que han esclavizado a la población local y la obligan a trabajar en la excavación. Estalla una batalla en la que el hijo de un dragón (uno de los corrompidos descendientes de la diosa dragona Lik-Rifa, que se creían extinguidos, si es que alguna vez existieron) sale de la mina empuñando un hueso de la diosa muerta Orna. En una sangrienta batalla, Varg mata al hijo del dragón, pero sufre graves heridas.

Cuando Varg despierta, le dicen que los Hermanos de Sangre han encontrado pruebas que sugieren que la mina es en realidad la cámara de Rotta, el dios rata, que había sido encadenado allí y sentenciado a una vida de dolor y torturas infligidas por su hermano y su hermana. Hallan fragmentos del *Raudskinna*, un grimorio.

Vol está curando las heridas de Varg cuando Skalk y sus dos drengir entran en la habitación. Dejan inconsciente a Vol de un porrazo, asesinan al amigo de Varg, Torvik, y roban el fragmento de hueso de la diosa Orna junto con otros objetos de valor que se han descubierto.

Skalk ofrece a Varg la posibilidad de que se vaya con él y le promete que realizará el akáll que tanto desea, pero Varg se abalanza sobre el drengr que ha matado a su amigo y, en un ataque frenético y sangriento, lo degüella con sus propios dientes. Skalk golpea a Varg y este pierde el conocimiento.

Al volver en sí, Varg descubre que Skalk ha escapado con la garra de Orna y un baúl lleno de reliquias y que se ha llevado como rehén a Vol. Svik y Røkia, dos miembros de los Hermanos de Sangre, le confirman que es un corrompido, que la sangre del dios lobo Ulfrir corre por sus venas. No solo eso, también le confiesan que todos los integrantes de los Hermanos de Sangre son corrompidos y que en realidad lo habían reclutado porque habían descubierto su linaje. Esta revelación deja un poco aturdido a Varg, pero rápidamente acepta su condición y se une a los Hermanos de Sangre en su persecución de Skalk, tras jurar vengarse por el asesinato de Torvik y rescatar a Vol.

Siguen el rastro de Skalk, que los lleva hasta Grimholt. Allí se encuentran con una escena de muerte y brutalidad. Orka está sentada en la escalera de la torre, empapada en sangre, con los cadáveres de sus oponentes apilados a sus pies y rodeada de niños.

Glornir, el jefe de los Hermanos de Sangre, desmonta del caballo porque conoce a Orka. Cuando era la guerrera más famosa de Vigrið y la anterior jefa de los Hermanos de Sangre, se la conocía con el sobrenombre de Machacacráneos. Thorkel, su marido, era hermano de Glornir. Orka está devastada por el dolor porque no ha encontrado a Breca, su hijo.

Glornir y Orka se abrazan.

Elvar: Elvar es una joven guerrera, miembro de la famosa banda de mercenarios de los Terrores de la Batalla, y está decidida a hacerse un nombre y ganarse una fama en la batalla.

Los Terrores de la Batalla desembarcan en Iskalt, una isla volcánica en la costa noroccidental de Vigrið. Buscan a un hombre llamado Berak, de quien se cree que es un corrompido, un berserkir por cuyas venas corre la sangre de Berser, el dios oso. Tras una batalla en un pueblo, la persecución los lleva hasta las montañas, donde finalmente encuentran a Berak en plena lucha con un trol macho. Elvar ve a una mujer con un niño y que la mujer tira un libro a una charca de lava.

Agnar, jefe de los Terrores de la Batalla, ordena a sus guerreros que acaben con el trol antes de que hiera o mate a Berak y se produce una breve y sangrienta refriega en la que Elvar asesta el golpe definitivo al trol. Berak es capturado, sometido y encadenado; su mujer y su hijo también son capturados. Su mujer, Uspa, resulta ser una bruja seiðr.

Los Terrores de la Batalla parten de la isla de Iskalt con sus prisioneros y ponen rumbo a Snakavik, una fortaleza construida en el interior del cráneo de Snaka, el dios serpiente muerto. Allí gobierna el jarl Störr, que es famoso por poseer una guardia de honor de guerreros berserkir esclavizados.

El jarl Störr también es el padre de Elvar, aunque no hay mucho amor entre ellos. Elvar ha abandonado a su familia y renunciado a una vida de privilegios para escapar de los planes que su progenitor tiene para ella y hacerse un nombre por méritos propios.

El jarl Störr compra a Agnar el berserkir Berak. Mientras los Terrores de la Batalla se encuentran en Snakavik sufren una emboscada y Bjarn, el hijo de Berak, es raptado por Ilska la Cruel, jefa de una banda de mercenarios llamada los Alimentadores de Cuervos. La bruja seiðr Uspa hace entonces un trato con Agnar: si él se compromete mediante un juramento de sangre mágico a rescatar a su hijo, ella lo llevará al legendario campo de batalla de Oskutreð, donde los dioses libraron su guerra y donde, según se cuenta, pueden encontrarse riquezas inimaginables.

Elvar hace el juramento de sangre junto a Grend, su fiel compañero, y unos cuantos más. Los Terrores de la Batalla parten en dirección a Oskutreð y durante el viaje tienen que hacer frente a un enjambre de tennúr, un puente mágico y un bosque lleno de dioses que llevan mucho tiempo muertos. Durante el viaje, Elvar toma como amante a Biórr, un joven guerrero de los Terrores de la Batalla.

Al llegar a Oskutreð, encuentran una planicie de ceniza llena de huesos de dioses muertos y el tocón destrozado de un gran árbol. Un espíritu Froa llamado Vörn les planta cara y les prohíbe acercarse al árbol; sin embargo sí les permite saquear el tesoro que yace en la llanura. Pero Ilska la Cruel y sus Alimentadores de Cuervos llegan antes que los Terrores de la Batalla puedan saquear los tesoros de los dioses. Agnar y el paladín de Ilska, un hombre de un tamaño formidable llamado Skrið, se baten en un duelo holmganga para decidir quién se queda con Oskutreð. Agnar lo gana, pero es asesinado a traición por uno de sus propios guerreros, Biórr, un corrompido que en realidad pertenece a la banda de Ilska. Biórr también fue quien facilitó el rapto de Bjarn y que los Alimentadores de Cuervos siguieran a los Terrores de la Batalla hasta Oskutreð.

A continuación se produce una batalla de muros de escudos entre los Terrores de la Batalla y los Alimentadores de Cuervos, si bien al mismo tiempo Ilska lidera a un grupo de guerreros, que resultan ser descendientes de la dragona, contra el espíritu Froa y Uspa. Ilska se impone y sus guerreros descargan a un gran número de niños encadenados de unos carros y los conducen al tocón del Gran Fresno. Allí Ilska realiza un encantamiento utilizando sangre, magia y un grimorio y rompe las cadenas mágicas que mantienen a la diosa dragona Lik-Rifa encerrada en una mazmorra en las profundidades del gran árbol. Lik-Rifa sale con una explosión y libra una batalla breve y cruenta con sus carceleras, tres hermanas aladas hijas de Ulfrir y de Orna. Una de las mujeres aladas cae al suelo inconsciente y las otras dos mueren.

Lik-Rifa se encuentra con Ilska y con los descendientes de la dragona que la han liberado y los lidera desde el aire en dirección sur.

Elvar ha caído herida en la batalla contra los Alimentadores de Cuervos y observa con horror y perplejidad a la dragona mientras se aleja en el cielo.

Las águilas deberían mostrar sus garras, pero al morir.

La saga de Olaf Haraldsson

CAPÍTULO UNO

ORKA

Orka estaba en medio de una tormenta de fuego y humo. Las llamas se agitaban y las nubes de ceniza se arremolinaban a su alrededor. El hedor de la muerte impregnaba el aire y se adhería a su garganta. El crujido y el chisporroteo del fuego ocultaban los demás ruidos mientras el mundo ardía. Una sombra la cruzó y advirtió una turbulencia en el aire, como la batida de unas alas enormes. Luego, el grito de un niño desgarró la tormenta: su hijo Breca la llamaba y ella se volvía a un lado y a otro y lo buscaba desesperadamente con la mirada entre el ruido de pasos, pero el mundo solo estaba formado por nubes de humo acres y despellejadas garras de fuego cegador. Orka tropezó con algo, una figura que se desangraba desplomada en el suelo a sus pies, con los ojos sin vida abiertos. Thorkel, su marido. Su amor. Sus ojos vidriosos y vacíos le sostuvieron la mirada y sus labios se movieron; un estertor ronco, un sonido como el siseo de una serpiente, salió de su cadáver.

«Se lo han llevado».

Orka se despertó con una sacudida y dio un grito ahogado. Al abrir los ojos vio, en la luz gris como el pelaje de un lobo, una sombra encima de ella. Sin pensárselo dos veces lanzó una mano hacia delante para agarrar el cuello de la sombra y con la otra desenfundó el seax del cinturón de armas enrollado que usaba como almohada.

Se oyó una gárgara ahogada.

—Soy… yo —jadeó alguien—. Lif.

Orka se quedó paralizada, con la punta afilada del seax a un dedo del ojo de Lif. Reprimió la necesidad de matar, la tormenta silenciosa que había permanecido aletargada en sus venas y que había despertado violentamente. Un temblor recorrió su cuerpo. Soltó a Lif, se incorporó y enfundó el seax.

Notó el sabor de la sangre en la boca. Se lamió los dientes, cubiertos por una costra y sangre coagulada, escupió y se puso en pie con un gruñido. Le dolía todo el cuerpo y sus músculos y sus articulaciones protestaron bajo el enorme peso de la brynja sobre los hombros. Clavó una mirada feroz en Lif.

—¿Qué? —bramó.

Se encontraban en lo que quedaba del salón calcinado de Grimholt, la fortaleza de la reina Helka que vigilaba el paso a través de la cordillera Dorsal. En torno a ellos había miembros de los Hermanos de Sangre tirados en el suelo, envueltos en capas, roncando y moviéndose con nerviosismos. Un hombre gruñó y su rostro se agitó sumido en un mal sueño. El fuego de la chimenea se había apagado y su ceniza gris se sumaba a aquel mundo gris. Estaban en el *sólstöður* —la época de los días largos, cuando la noche era desterrada del cielo durante treinta días— pero, a juzgar por la neblina de color peltre que se filtraba por el tejado destrozado del salón, era algún momento del amanecer. Orka se estiró y le crujieron los huesos.

—Quería hablar contigo. —Lif estaba pálido y sus labios azules parecían negros en la penumbra como consecuencia del veneno de la serpiente del hielo que aún corría por sus venas. Sostenía algo en los brazos.

Orka se agachó y recogió del suelo un hacha larga. Se la había quitado a un guerrero al que había abierto en canal con ella. Luego había matado a otra veintena de oponentes con la misma arma. Ahora la hoja estaba limpia, como también lo estaban las de los dos seax y el destral que colgaban de su cinturón. Ella, sin embargo, estaba recubierta de sangre seca. Había querido ocuparse de sus armas antes de dormir y cuidar de sí misma. Se terció el hacha larga a la espalda y un escalofrío la recorrió al sentir el peso familiar. Lo amaba y lo odiaba en la misma medida.

—Pues habla —dijo enfilando con paso resuelto hacia la entrada del salón para salir a la luz del día. Se mordió la lengua para no soltar las rudas palabras que se habían formado en su garganta. No tenía ganas de hablar con nadie. La voz de Breca en su sueño todavía resonaba dentro de su cabeza como si fuera una especie de encantamiento de magia seiðr. Lo único que quería era recuperar a su hijo. Creía haberlo encontrado el día anterior, le había parecido oír sus gritos, y la alegría había encendido un fuego en sus venas. Había abierto un camino sangriento para llegar a él. Pero no encontró a Breca, aunque sí a otros niños corrompidos, encadenados como thrall, todos ellos raptados por Drekr para solo los dioses muertos sabían qué.

«Pero mi Breca no estaba». Su ausencia había sido como un espadazo que le había hecho un tajo profundo y había estado a punto de acabar con ella. El dolor había manado de ella como la sangre de la herida de una espada. Pero hoy esa herida estaba cicatrizada y cosida de nuevo, y ella volvía a tener un corazón frío y duro. Continuaría adelante. Encontraría a su hijo y no quería que nada la distrajera de ese objetivo. Ni nadie. Sin embargo, el rostro de Lif era la viva imagen del dolor, que también goteaba de sus labios como el veneno de una herida. Él había visto morir a su hermano. Ese niðing de Guðvarr había apuñalado a Mord mientras estaba encadenado a una pared. Había sido una muerte cruel, así que Orka apretó los labios y no le dijo de mala manera que la dejara en paz cuando oyó el chacoloteo de sus pasos siguiéndola.

Una fría brisa le tiró de las trenzas rubias mientras bajaba por una escalera llena de salpicaduras de sangre coagulada. Los cuerpos ya habían sido retirados y apilados en una zanja recién excavada en el patio. A pesar del frío propio de las montañas, ya había una nube de moscas zumbando encima de los cadáveres amontonados. El patio estaba rodeado por una serie de dependencias que llegaban hasta el río, y un camino descendía serpenteando por una pronunciada pendiente hacia una muralla y una puerta cerrada. Cerca de la puerta chisporroteaba un fuego sobre el que colgaba una olla, y Orka vio a Glornir, el jefe de los Hermanos de Sangre, conversando con un puñado de sus guerreros. Einar Medio Trol, un hombre grande como una roca, también estaba allí, en las sombras, removiendo el contenido de la olla mientras charlaba con Jökul, el herrero. Un vendaje cubría el cabello ralo de Jökul, en cuya barba enmarañada Orka vio más canas de las que recordaba. Orka se llevó la mano a la hebilla y las demás piezas de bronce del cinturón y lo recordó forjándolas para ella. Atisbó más figuras en las sombras de los edificios, y otra junto a la puerta de Grimholt. Una de ellas la miró; era un hombre, enjuto como un lobo, con el pelo demasiado corto para ser un Hermano de Sangre. Su cota de malla brillaba y empuñaba una lanza; llevaba el escudo colgado a la espalda y el casco enganchado al cinturón. Orka le sostuvo la mirada con sus apagados ojos y él finalmente miró a otro lado.

Llegó al río, que corría frío y turbulento desde las Dorsales, y el sonido de sus pisadas cambió cuando se adentró unos pasos en el embarcadero de madera. El día anterior había amarrados allí dos snekkar, unas embarcaciones de pequeño calado y tracas de líneas puras parecidas a los drakkar, pero más pequeñas, con solo una docena de remos. Ya no estaban, y unos cabos deshilachados que colgaban en el agua daban fe de la prisa y la desesperación de los que, huyendo de su venganza, habían saltado a los barcos desde el embarcadero y cortado los cabos en vez de tomarse el tiempo para desatarlos de los postes de los amarres. Orka oteó desde el borde del embarcadero el agua azul como el hielo y la espuma blanca que se amontonaba alrededor de las piedras que se alzaban desde el lecho del río como dientes rotos cubiertos de fango. En las profundidades del agua clara, acurrucada entre las rocas, vio la punta de una cola segmentada y quitinosa; Spert seguía durmiendo después de la batalla de ayer. Su cola se agitaba como si estuviera soñando y levantaba una nube de sedimentos. Muy cerca de la orilla, Orka divisó la figura de Vesli, la tennúr, que también dormía con un ala membranosa extendida como si fuera una capa sobre su cuerpo sin pelo y una pequeña lanza en la mano pálida.

«La lanza de Breca».

Orka dejó el hacha larga y el cinturón de armas sobre las tablas del embarcadero y luego se encorvó, tiró hacia arriba de la brynja y la deslizó por encima de la cabeza como si fuera una serpiente mudando la piel escamada. A continuación se quitó las botas, los calcetines de lana y los pantalones, y finalmente la camisa interior de lino y la túnica de lana a la vez. Se quedó inmóvil en el embarcadero, echando nubes de vaho por la boca mientras se le ponía la carne de gallina. Luego flexionó las rodillas y saltó al río.

El agua la recibió como un martillazo que le vació los pulmones mientras chapoteaba y se sumergía. Notó como la corriente tiraba de ella, pero pataleó y se deslizó por el agua como un salmón para sumergirse casi hasta el fondo. Luego se dio la vuelta y hundió los pies en el barro. Se quedó quieta un momento y paseó la mirada en derredor. Los sonidos llegaban debilitados y la luz se filtraba en torno a ella en haces fracturados desde la superficie: destellos de cientos de tonalidades distintas que semejaban el guðljós de los cielos del norte. Allí todo parecía más lento; el ruido del mundo, la ira y el terror que la dominaban, todo se detuvo durante un momento, congelado y lánguido en aquella agua que brotaba del corazón de las montañas. Empezó a sentir un dolor en el pecho por la falta de oxígeno y la presión crecía dentro de su cabeza, y, sin embargo esperó, agradecida por poder disfrutar de esa tregua del mundo que había arriba. Finalmente, cuando sus pulmones ya estaban a punto de estallar, cogió impulso con los pies apoyados en el fondo y salió disparada hacia la luz. Emergió con una explosión de espuma. Lif estaba en el muelle, junto a las armas y la ropa de Orka. Tenía algo en las manos. Orka nadó con unas brazadas diestras hasta la orilla y se puso de pie, todavía con medio cuerpo en el agua; se agachó para coger una piedra del fondo, se sentó en una roca plana y se puso a frotarse la piel con la piedra para arrancarse la sangre seca y la mugre que la corriente del río no había limpiado.

Finalmente salió caminando del río. El agua caía de su cuerpo como resplandecientes regueros de hielo. Lif le ofreció una capa de lana. Orka la aceptó y se secó con ella. Lanzó una mirada a su ropa amontonada en el embarcadero, toda acartonada y manchada de sangre y sudor.

—Toma —dijo Lif ofreciéndole el paquete que había estado cargando—. Lo he encontrado allí. Creo que era un almacén de la guarnición. —Había unos pantalones limpios, una camisa de lino y una túnica de lana—. Son los más grandes que he encontrado. Creo que te irán bien.

—Gracias. —Orka cogió la ropa. Primero se puso los gruesos pantalones de lana, luego la camisa interior de lino y finalmente la túnica de lana de color azul grisáceo. Sacudió los hombros para ayudar a las prendas a caer sobre su piel mojada. Después, cogió los calcetines de lana y las botas del embarcadero y se los puso. Levantó la brynja del suelo y se fijó en que necesitaba una limpieza antes de volver a ponérsela. Se abrochó el cinturón de armas alrededor de la cintura, se echó la cota de malla al hombro y se agachó para recoger el hacha larga, que usó como bastón—. ¿Querías hablar? —preguntó fijando la mirada en Lif.

Lif abrió la boca para aspirar una bocanada de aire. Las palabras se habían atorado en su garganta.

—Tres cosas —masculló, y volvió a cerrar la boca. Removió la tierra del suelo con los pies.

Orka miró al cielo y de nuevo a Lif.

—El día no va a esperarte —dijo—. Y yo tampoco.

—Eres una corrompida. La sangre de un dios muerto corre por tus venas. Posees un residuo de su poder —soltó atropelladamente Lif.

—Ajá. —Orka asintió. Introdujo la lengua en un hueco que tenía en la dentadura y se sacó algo que se le había quedado ahí. Escupió un resto de carne del que prefería no pensar de dónde podía haber salido. Había usado algo más que el hacha larga para abrirse paso a través de los guerreros de Grimholt el día anterior—. Soy una corrompida —dijo. Un escalofrío la recorrió al oír esas palabras pronunciadas en voz alta. Era un secreto guardado celosamente del que había dependido su vida. Miró fijamente a Lif, esperando ver una mueca de asco o de repulsión en su rostro, pues era habitual que el miedo y el odio acompañaran un descubrimiento de esa índole. Pero lo que vio en sus ojos fue… rencor.

—Nunca me… nos lo dijiste —le recriminó Lif—. En todo el tiempo que pasamos juntos, luchando codo con codo. Te salvamos la vida en Darl, te sacamos de debajo del hacha de Drekr…

Orka suspiró y se pasó la palma de la mano por la cara.

—No es algo que suela ir contando por ahí —repuso Orka—. Es algo por lo que podrían ponerme un collar de thrall o meterme en una jaula. Era un secreto que había guardado durante mucho tiempo.

«Pero Lif confió en mí, me siguió, y no le conté mi secreto».

—Os lo debería haber contado a ti y a Mord —añadió. Se encogió de hombros—. Tienes razón, los dos merecíais que compartiera mi secreto con vosotros.

Lif asintió.

—Así es. En la torre dijiste que ese Drekr está robando niños corrompidos. —Volvió a hacer una pausa mientras rumiaba sus palabras—. Yo no lo sabía, pero ahora claro que tiene sentido. Entonces, ¿Breca también es un corrompido?

—Ajá. Breca es un corrompido. Mi sangre de lobo corre por sus venas.

Lif asintió, era evidente que estaba procesando toda esa información.

—¿La segunda cosa? —preguntó Orka.

Lif volvió a levantar la cabeza para mirarla.

—Aquel hombre de ayer, el calvo con la barba cana.

—Glornir, el jefe de los Hermanos de Sangre —dijo Orka.

—Te llamó Machacacráneos.

Orka miró a otro lado y asintió lentamente.

—¿Tú eres Machacacráneos? ¿No dijiste que Machacacráneos estaba muerta?

—Machacacráneos murió el día que abandoné a los Hermanos de Sangre —respondió Orka. Unas imágenes fragmentadas brotaron dentro de su cabeza. No quería hablar sobre ese tema. Nunca había hablado sobre esa época de su vida, ni siquiera con Thorkel. Juntos habían abandonado esa vida, habían metido todo los recuerdos dentro de una caja cerrada con llave y habían guardado todos los objetos que pudieran evocarles algún recuerdo en un baúl que habían enterrado en el suelo de su granja. Lif la miraba con el dolor y la incredulidad grabados en el rostro como las runas en una piedra del juramento, y Orka sintió la punzada de la vergüenza, oyó el susurro de su vida anterior como un fantasma que le hablara al oído. Respiró hondo—. Llevaba a Breca dentro de mí y no quería continuar con la vida de los Hermanos de Sangre. Muerte y sangre sin fin. Thorkel sentía lo mismo, así que nos marchamos. —Se encogió de hombros—. Fue una decisión más difícil de tomar de lo que parece ahora al hablar de ella, pero en resumen fue eso lo que hicimos. Durante una batalla en el mar saltamos al agua y nadamos hasta la orilla. Los Hermanos de Sangre pensaron que habíamos muerto en combate. Muchos murieron aquel día y nunca se encontraron sus cuerpos. Seguro que sus huesos todavía yacen en las tenebrosas profundidades.

—Cuando te vi ayer, cuando vi lo que hiciste... —dijo Lif—. Parecías... otra persona.

Orka exhaló un largo suspiro.

—Había tenido encerrada a Machacacráneos todos estos años. El grito de Breca, lo que me pareció que era el grito de Breca, reventó los barrotes de la jaula. Y entonces cayó esto en mis manos... —Bajó la mirada al hacha larga que empuñaba y se encogió de hombros—. Machacacráneos ha vuelto y me ayudará a encontrar a mi Breca.

Se instaló el silencio. Vesli, la tennúr, gimoteó en sueños y se retorció en el suelo.

—¿La tercera cosa? —preguntó Orka.

Lif lanzó una mirada por encima del hombro hacia los restos de la torre y frunció el ceño.

—¿Me ayudarás a bajar el cuerpo de Mord y sepultarlo en un montón de piedras? He intentado hacerlo solo, pero todavía está encadenado a la pared.

Orka alzó la mirada hacia la torre, o lo que quedaba de ella. Buena parte del tejado se había derrumbado y dos de sus lados habían desaparecido consumidos por el fuego; las vigas carbonizadas se retorcían como dedos disecados.

—Sí.

Cruzaron juntos el patio, subieron las escaleras y entraron en el salón. Había cuerpos que se retorcían y guerreros tapados con capas que se levantaban. Orka pasó entre ellos para dirigirse al fondo de la estancia, donde había una puerta que daba a una escalera. La madera crujía bajo sus pies mientras Orka subía por ella. Una gruesa capa de ceniza cubría el suelo y las paredes, y sus pies levantaban pequeñas nubes acompañadas por los gruñidos de los escalones bajo su peso. Llegaron a un pasillo. Una de las paredes se había derrumbado, así que se veía el patio de Grimholt y el río. Delante de ella había una cámara con la puerta reducida a cenizas. Orka entró con cuidado.

El suelo estaba sembrado de cadáveres y brazos amputados, todos ellos carbonizados.

El entarimado crujió cuando Lif la alcanzó y los dos permanecieron inmóviles, contemplando los cadáveres. El cuerpo quemado de Mord estaba apoyado contra la pared del fondo, con un brazo levantado, engrilletado al muro, y el resto desplomado y plegado alrededor de la herida de la espada en su vientre.

Orka pisó un bastón retorcido y carbonizado que se desmenuzó bajo su peso. Avanzó unos pasos con precaución, levantó el hacha larga y se produjo una explosión de chispas cuando asestó el golpe a la cadena de hierro clavada a la pared. La cadena se partió con un crujido y un chirrido metálico y el brazo de Mord cayó al suelo. Orka se quitó la capa, la extendió junto al cuerpo de Mord y la enrolló alrededor del cadáver con la ayuda de Lif.

Cuando movieron el cuerpo se desprendieron algunos pedazos de carne carbonizada entre sus dedos. Lif giró la cabeza y vomitó sobre el entarimado ennegrecido. Orka ciñó la capa alrededor de Mord y lo levantó del suelo. Pensó que no pesaba nada cuando se lo echó al hombro.

—Te ayudaré —dijo Lif escupiendo un pegote de bilis y secándose las lágrimas de los ojos.

—Ya puedo yo —repuso Orka.

Se oyeron unos pasos en la escalera, protestas de la madera, y una figura apareció en la puerta. Era un hombre de constitución normal, con el pelo rojo recogido en una trenza que le caía sobre la nuca. Una anilla de plata mantenía en su sitio su barba también trenzada y ungida de aceites. Llevaba puesta una brynja resplandeciente y del cinturón le colgaban una espada y un seax. En los brazos exhibía unos gruesos brazaletes de plata. Sus pantalones de lana eran azules y llevaba las piernas envueltas en unas vendas desde las rodillas hasta los tobillos.

—Machacacráneos —dijo el hombre bajando la cabeza.

—Svik. —Orka lo saludó con la cabeza y se detuvo. Se miraron un momento.

—Tienes un aspecto horrible —observó Svik.

—Tú en cambio pareces vestido para el Yule blót —replicó Orka.

—Es importante cuidar el aspecto —respondió Svik encogiéndose de hombros—. Nunca se sabe lo que deparará el día. Ni qué dama afortunada será premiada con mi presencia.

—Sigues siendo un capullo —dijo Orka resoplando.

Svik se echó a reír y sus pequeños dientes blancos brillaron entre su barba, pero la risa no llegó a sus ojos. Miraban a Orka, y la expresión de su rostro cambió lentamente. El buen humor fue sustituido por otra cosa, algo trágico, una imagen escurridiza de dolor y aflicción.

—Nos abandonaste. Hiciste un juramento y aun así nos abandonaste —dijo entre dientes.

Orka lo miró fijamente. Las palabras que se habían formado dentro de su cabeza no conseguían llegar a su lengua.

Svik pestañeó y miró a otro lado.

—Glornir quiere verte.

Orka soltó un gruñido y se puso en movimiento. Svik se apartó para dejarla pasar por la puerta. Lif cogió el hacha larga de Orka y salió detrás de ella. Svik los siguió. Los tres bajaron por la escalera y salieron al patio. Se habían encendido más fuegos y borboteaban más ollas. Orka percibió el olor de las gachas y de la miel. Los guerreros de los Hermanos de Sangre se arremolinaban en el patio y los terrenos de Grimholt; había unos cuantos en la empalizada que protegía la fortificación de norte a sur.

Glornir estaba esperándola. Su barba ya era más gris que blanca. La miraba con unos ojos adustos y sujetaba distraídamente el hacha larga en una mano enorme. El parecido con su hermano asomaba en sus ojos y en las líneas y las arrugas de su cara, y Orka se estremeció al recordar a su marido muerto. En torno a Glornir había otros guerreros que Orka reconoció: Einar Medio Trol, tapando el sol; Jökul Mano de Martillo, el herrero; Edel, con su cabello plateado recogido en una trenza, el ojo destrozado y sus perros lobo, y Røkia, demacrada y con las cicatrices del látigo. Había otros que Orka no conocía, la mayoría más jóvenes: un hombre de piel oscura con la cabeza rasurada salvo por una larga trenza negra, sin barba pero con unos largos bigotes atados con unos cordones de cuero, con un sable curvo colgando de su cintura y los pantalones bombachos típicos de Iskidan; una mujer rubia con la nariz aplastada, y el hombre que la había mirado antes, con el pelo corto y una barba que era poco más que una pelusilla entre aquellos guerreros llenos de trenzas. Sin embargo, poseía un buen equipo: una brynja engrasada y resplandeciente, un seax y un destral colgados de la cintura y un magnífico casco con protección para los ojos abrochado al cinturón. Ceñido al brazo exhibía un brazalete de plata.

Orka se dirigió con paso resuelto hacia Glornir y depositó con delicadeza el cadáver amortajado de Mord en el suelo. Lif se detuvo a su lado y le devolvió el hacha larga. Svik regresó junto a Glornir y el resto de los Hermanos de Sangre.

—Tenemos mucho de qué hablar, Orka —declaró Glornir—. Ayer, cuando te encontramos, eras una úlfhéðnar, y en tu aflicción el lobo estaba suelto en tu sangre.

Orka se limitó a asentir con la cabeza, pues sabía que era verdad. Solo tenía algunos recuerdos fragmentados: sangre, los gritos de los moribundos, el hallazgo del cobertizo lleno de niños, echar la cabeza hacia atrás y aullar al descubrir que Breca no se encontraba entre ellos, la llegada de Glornir con los Hermanos de Sangre cuando estaba sentada en la escalera, empapada de sangre y destrozada por dentro. Lo recordó abrazándola.

Al mirarlo ahora, sin embargo, veía en su espalda y en sus hombros musculosos que él también estaba destrozado.

—¿Qué pasa? —preguntó Orka.

—Vol —respondió Glornir torciendo los labios—. Se la han llevado. Un galdramaðr niðing.

—Skalk —dijo Orka palpándose la cabeza. Tenía un chichón cubierto de sangre seca donde el galdramaðr la había golpeado con su bastón—. Ha estado aquí —espetó—. Con un guerrero drengr y un prisionero que llevaba cruzado sobre el caballo.

—Son ellos —gruñó más que pronunció Glornir. Orka podía ver el berserkir que vibraba y palpitaba en su sangre—. He buscado sus cuerpos, cualquier rastro de ellos.

Orka cerró los ojos mientras pensaba y repasaba las imágenes fragmentadas de la carnicería del día anterior.

—Huyeron. En un snekke que estaba amarrado en el río. —Señaló con la cabeza el embarcadero. Glornir y los demás se volvieron hacia allí.

Vesli, la tennúr, se movió en sueños junto a la orilla, se revolvió y lanzó un grito agudo y estridente. Orka echó a correr hacia el vaesen. Vesli abrió de golpe los ojos y se incorporó gimoteando.

—La destripadora de cadáveres está suelta —graznó Vesli encogida de miedo, escrutando el cielo con sus diminutos ojos. Algunos Hermanos de Sangre también alzaron la mirada al cielo.

—Solo ha sido un sueño —la tranquilizó Orka posando una mano enorme en el hombro de Vesli. Ella también recordaba su sueño de fuego, cenizas y alas batidas.

—No —dijo Vesli—. Lik-Rifa ha sido liberada de su jaula debajo del suelo.

Orka frunció el ceño y desde los Hermanos de Sangre llegó un murmullo de voces.

—Solo son pesadillas —repuso Glornir. Sin embargo, su ceño arrugado parecía un negro nubarrón.

Se produjo un borboteo en el río y la cabeza de Spert salió bruscamente a la superficie. El vaesen se balanceaba con la corriente. Miró a los guerreros con los negros ojos saltones que tenía en la cara gris como cera derretida.

—Es verdad lo que dice Vesli —declaró con voz ronca Spert—. Lik-Rifa está libre. —Se pasó una gruesa lengua negra azulada por los labios—. Spert tiene hambre. ¿El ama ha hecho gachas?

CAPÍTULO DOS

ELVAR

Elvar observaba a Sighvat el Gordo cuando este puso la última piedra del túmulo de Agnar y su rostro se contrajo con un rictus de terror. Solo un día antes, Agnar los había liderado hasta la llanura de Oskutreð, el gran Fresno, y a Elvar había estado a punto de estallarle el corazón de júbilo por las riquezas que había allí y el pensamiento de que su fama se propagara por todo el mundo en forma de saga: Agnar y sus Terrores de la Batalla habían hallado la legendaria Oskutreð, donde los dioses habían luchado y perecido; donde el oro, la plata y las reliquias de los dioses colgaban en abundancia de los árboles como frutos maduros, listos para la recolección.

«Lo encontramos, claro que sí».

Elvar se hallaba en una planicie cubierta por un manto gris; una suave brisa levantaba la ceniza en espirales que parecían de nieve oscura. En torno a ella se alzaban unos montículos, muchos de ellos esqueletos, grandes y pequeños, todos recubiertos por una gruesa capa de ceniza. Y por todas partes había cadáveres recientes; no hacía ni un día que lo eran. Un puñado de Terrores de la Batalla envueltos en capas y preparados para ser sepultados en sus túmulos, y más de una docena de los Alimentadores de Cuervos de Ilska, que todavía yacían donde habían caído. Las moscas se paseaban por los cuerpos y los cuervos los picoteaban.

«Y encontramos más de lo que esperábamos obtener. Encontramos lucha y sangre. Encontramos la muerte».

—Aquí yace Agnar Broksson. Guerrero, jefe, amigo —entonó Sighvat con una voz grave que se tornó un graznido al pronunciar la última palabra—. Terror de la Batalla, Puño de Fuego, Matador de Dragones. —Una lágrima rodó por la mejilla del guerrero.

Elvar sabía que todos eran nombres ciertos. El último de ellos le hinchó el pecho de terror y alborozo al evocar el recuerdo del holmganga de Agnar con Skrið, el corrompido hijo de la dragona. Enorme y veloz como una víbora, Skrið había sido un rival temible. El duelo que libraron fue digno de que los escaldos de todo el mundo lo cantaran; Agnar había luchado con un hijo de la dragona y lo había matado, y la propia Elvar se había quedado ronca alabando la destreza con las armas, el valor y la astucia de su jefe.

Todos los Terrores de la Batalla sumaron sus voces a la de Sighvat, se oyeron gruñidos y murmullos de asentimiento; incluso Grend, que se erguía al lado de Elvar como un acantilado desgastado por las tormentas.

Elvar se arrodilló y puso la mano sobre una de las piedras del túmulo de Agnar. Hizo una mueca al notar el dolor en el hombro al hacer el más leve movimiento y con la otra mano cogió el colmillo de trol que colgaba de un cordón de piel alrededor de su cuello. Agnar se lo había dado como premio por su participación en la muerte del trol en la isla de Iskalt. Ahora le parecía que había pasado una eternidad desde entonces.

—Te echaremos de menos, Agnar Terror de la Batalla —musitó Elvar—. Ya lo hacemos. —Y añadió—: Te vengaré. Biórr morirá por su traición.

Aun susurrado por sus labios, ese nombre hizo que un escalofrío de rabia recorriera a Elvar. Biórr, su amante, en quien había confiado, con quien había estado unida por juramentos, batallas y muchas cosas más. Y él la traicionó, los traicionó a todos. Traicionó a Agnar de la manera más repulsiva atravesándole la garganta con una lanza mientras Agnar le tendía una mano.

Se levantó con un gruñido de dolor y Grend la ayudó a mantenerse en pie.

—¿Y ahora qué hacemos? —preguntó Sighvat paseando la mirada por los Terrores de la Batalla.

Los guerreros, de los que quedaban poco más de una treintena, guardaron silencio mientras Sighvat los miraba con una expresión malhumorada y vacilante. Tenía la cara, las muñecas y los antebrazos surcados de verdugones rojos: las marcas que le habían dejado las plantas trepadoras que se habían enroscado en él tras brotar del suelo por orden del espíritu Froa. Elvar lanzó una mirada al tocón ennegrecido que había sido Vörn, la guardiana del Gran Fresno. Ilska y sus descendientes de dragones la habían quemado con magia rúnica y ahora yacía carbonizada y retorcida como una rama seca arrojada al fuego.

—Hemos venido por algo —dijo Huld encogiéndose de hombros. Era la más joven de los Terrores de la Batalla después de Elvar. Tenía los ojos negros y estaba furiosa—. Hemos ganado fama en la batalla. Ahora recogeremos el tesoro.

—Ajá —convino Sólín, la enjuta guerrera con el cabello plateado. Le faltaban varios dientes por un encuentro reciente con un nido de tennúr—. Es lo que deberíamos hacer.

Otros miembros de los Terrores de la Batalla asintieron y murmuraron.

—Estoy de acuerdo —dijo Sighvat—. Cada uno podrá quedarse con todo aquello que encuentre y pueda cargar por sus propios medios. Todo lo demás lo apilaremos y lo repartiremos a partes iguales.

Orv la Serpiente, llamado así por su agilidad y su sigilo, giró con la punta del pie un puñado de huesos cubiertos de ceniza y debajo apareció un resplandor metálico. Se agachó y recogió un brazalete de plata ennegrecido, introdujo la mano, se deslizó la pieza por el brazo y alzó la mirada sonriendo.

El resto de los Terrores de la Batalla se pusieron a buscar entre la ceniza, todos ellos magullados y heridos tras la atroz batalla con los Alimentadores de Cuervos de Ilska.

Elvar se dio la vuelta y enfiló con paso resuelto hacia el campamento improvisado, que era poco más que un puñado de carros, varios ponis atados y capas que hacían las veces de almohadas y mantas. La ceniza se levantaba en nubes y remolinos a sus pies. Oyó los pasos de Grend siguiéndola. Delante de ella se extendía el campo de batalla del día anterior, donde los cadáveres del enemigo todavía yacían marcando el lugar donde los Terrores de la Batalla habían formado su muro de escudos y repelido a la banda de Ilska. Elvar todavía recordaba el hedor del combate, los ensordecedores gritos de guerra, y el fragor de los aceros y de los escudos al colisionar. Se sentía orgullosa de haber formado parte del muro de escudos de los Terrores de Batalla y de haber derrotado al enemigo a pesar de sus pocas probabilidades de victoria. Los hombres y las mujeres que integraban la banda de los Terrores de la Batalla eran duros, unos saqueadores y unos asesinos; tenían los cuerpos cubiertos de cicatrices, pero nunca agachaban la cabeza. Y habían derrotado a los Alimentadores de Cuervos a pesar de su enorme inferioridad numérica.

«Hasta que la dragona surgió de la tierra».

Elvar ahuyentó ese pensamiento como a las moscas revoloteando alrededor de una herida abierta.

Uspa, la bruja seiðr, estaba sentada en la parte trasera de un carro, con la mirada fija en el gran agujero que había dejado el fresno. Unas astillas enormes se alzaban del suelo, tan largas como las tracas de un drakkar destruido por las olas, en el lugar donde la diosa dragona Lik-Rifa había emergido de su mazmorra con una explosión y dispersado a los guerreros como si fuera una racha de viento huracanado. Uspa llevaba las trenzas de cabello rubio recogidas, y por encima del cuello de su túnica y ascendiendo por su mandíbula se veían unos sinuosos tatuajes rúnicos. Tenía las manos apretadas, con los nudillos blancos, mientras flexionaba y estiraba los dedos como si estuvieran llenas de gusanos nocturnos.

A sus pies yacía una figura. Era una mujer con unas grandes alas de color óxido y el pelo rojo trenzado. Sobre su cadera descansaba la funda de una espada vacía. Tenía ligadas las muñecas y los tobillos y aún no había recobrado el conocimiento. Nadie sabía quién o qué era realmente, más allá de que Vörn, el espíritu Froa, había comentado que era una de las tres hermanas que custodiaban a la dragona. Pero todos coincidían en que, si había vigilado a la dragona durante tres siglos, no era inteligente que estuviera libre cuando despertase.

—Se llevará un gran disgusto cuando se entere de que Lik-Rifa ha escapado —había dicho Huld.

—Ajá. Y que sus hermanas están muertas —había añadido Orv la Serpiente.

Elvar había estado de acuerdo con ellos, así que habían atado a la mujer alada con unas correas de cuero.

—Tendríamos que ponernos en marcha —dijo Uspa cuando vio que Elvar se acercaba para recoger su equipo: un escudo hecho polvo, una cota de malla llena de desgarrones, un agujero con el borde manchado de sangre donde una lanza había roto los eslabones y se había clavado en su hombro..

—¿Para ir adónde? —masculló Elvar.

—A buscar a Bjarn —respondió Uspa entornando los ojos—. Me hicisteis un juramento.

—Ajá. Juramos que rescataríamos a tu hijo de Ilsa cuando nos trajeras aquí, lo sé.

—Y yo he cumplido mi parte del trato —señaló Uspa.

—Que Agnar muriera y un dragón asesino escapara al mundo no era parte del trato —dijo Elvar, que se sentó en cuclillas y se puso a hurgar en su equipo.

—Os advertí que esto no acabaría bien —dijo Uspa con los dientes apretados.

—No se me ocurrió que te refirieras a que tendríamos que luchar con descendientes de la dragona y a que habría dioses muertos volando libremente por los cielos.

—Cuando abres una puerta no puedes controlar lo que sale por ella —espetó Uspa. Inspiró hondo y todo su cuerpo tembló—. De todas maneras, nada de eso importa. Hicimos un juramento y hay que cumplirlo.

—Pues te deseo suerte para convencerlos. —Elvar señaló con la cabeza a los Terrores de la Batalla que tenía a su espalda. El coro de gritos de alborozo por los continuos hallazgos resonaba a su alrededor—. Están haciendo aquello para lo que vinieron, es decir, buscando tesoros.

—Hicisteis un juramento —insistió con un tono amenazante Uspa.

—Eso fue cuando Agnar aún vivía —espetó Elvar.

—Vosotros aún vivís e hicisteis el blóð svarið —aseveró Uspa con voz queda y tranquila, desquiciante—. Y al blóð svarið le traen sin cuidado los muertos. Solo le importan los vivos.

—Algunos juramentos no pueden mantenerse —murmuró Elvar. Pero todavía rondaba en su cabeza ese pensamiento y el aliento que había salido de su boca al pronunciar esas palabras no se había alejado de sus labios cuando sintió un calor y dolor repentinos en la muñeca y en el antebrazo. Se tambaleó hacia atrás, jadeante, y cayó al suelo agarrándose el brazo: las finas cicatrices blancas que lo envolvían, quemadas por la magia Seiðr de Uspa cuando todos hicieron su juramento, habían enrojecido, la piel se había ampollado y supuraba gruesas gotas de fluido.

Grend soltó un bramido, desenfundó el hacha y fue directo hacia Uspa.

—Haz que pare —le gruñó el mercenario a la bruja levantando el hacha encima de la cabeza de Uspa.

—No puedo —respondió la bruja seiðr—. Vivos o muertos, yo no puedo hacer nada. Una vez libre, el blóð svarið es como la marea de un océano: no hay manera de controlarlo, de contenerlo. Solo si Elvar mantiene el juramento podrá pararlo. Si piensa en romperlo, el blóð svarið lo sabrá y actuará en consecuencia.

«¡Lo retiro! ¡Lo retiro! ¡Rescataré a Bjarn!», gritó mentalmente Elvar, y el dolor remitió inmediatamente; el calor que sentía en las venas se atenuó y desapareció como si su brazo fuera un hierro recién forjado que se hubiera sumergido en agua.

—¿Ves? —dijo Uspa con los ojos rebosantes de tristeza, sin el menor atisbo de la satisfacción que Elvar había esperado ver en ellos—. El blóð svarið es como un ser vivo que vive dentro de ti; te lee la mente, conoce tu corazón. No hay manera de escapar de él.

Se oyó un grito de dolor y Elvar torció el cuerpo para volverse al mismo tiempo que su mano salía disparada hacia el cinturón de armas.

Sighvat se tambaleó apretándose el brazo y clavó una rodilla en el suelo. A pesar de la distancia, Elvar veía el vapor que emanaba de su brazo y oía el chisporroteo de la carne quemándose.

—Creo que Sighvat también está pensándose mejor lo de nuestro juramento —dijo Grend.

—¡No lo decía en serio! ¡No lo decía en serio! ¡NO LO DECÍA EN SERIO! —bramó Sighvat al cielo, y el resplandor rojo de sus venas se atenuó. El obeso guerrero permaneció arrodillado, con la cabeza gacha y jadeando.

—Nadie puede escapar de él —continuó Uspa—. Sighvat, tú, Grend... ni siquiera yo. Todos hicimos el juramento. Si alguno de nosotros renuncia, todos romperemos el juramento, y entonces moriremos. La sangre hervirá en nuestras venas. ¿O es que lo habéis olvidado?

—Si lo había olvidado, él mismo ya se ha encargado de recordármelo —espetó Elvar desviando su mirada furiosa del brazo para clavarla en Uspa—. Pero ¿cómo sugieres que rescatemos a tu hijo ahora que lo acompaña Lik-Rifa? ¿Una diosa? Ya era una misión difícil recuperarlo de las garras de Ilska y sus Alimentadores de Cuervos. Y ahora Agnar está muerto... —Elvar dejó caer la cabeza, vencida por el peso del dolor y la frustración. Contuvo las lágrimas que comenzaban a formarse en sus ojos. «Esto no tenía que haber pasado». Había fantaseado con encontrar Oskutreð, hallar un tesoro y que las historias sobre su fama se difundieran por toda Vigrið hasta que finalmente llegaran a oídos de su padre en la lejana Snakavik. Entonces él se daría cuenta de que su hija tenía la fuerza y la determinación necesarias para triunfar sin su ayuda. Para triunfar a pesar de él y sus retorcidos métodos. Aunque despreciaba a su padre, quería que él supiera eso.

Sonaron los pasos renqueantes de Sighvat cuando se acercó a ellos.

—¿Cómo vamos a librarnos de este juramento? —dijo sosteniéndose el brazo. Todavía tenía las venas rojas y las ampollas supuraban.

Elvar levantó el brazo con las venas rojas para enseñárselo y Sighvat lo miró con desconcierto. Luego clavó una mirada asesina en Uspa.

—La única manera es cumpliendo el juramento —dijo la bruja seiðr.

—Hay una diosa dragona suelta —gruñó Sighvat—. ¿Cómo vamos a rescatar a tu hijo de ella?

—No lo sé —respondió Uspa—. Pero tenemos que intentarlo.

—Imposibl… —replicó Sighvat, pero, antes de que acabara de pronunciar la palabra, su brazo comenzó a quemarse y a humear y sus venas cambiaron de color. Se lo agarró con la otra mano y se derrumbó sobre las rodillas—. Lo intentaré. Lo intentaré. ¡LO INTENTARÉ! —bramó—. Miró a Uspa con el ceño fruncido mientras el dolor se debilitaba. El sudor le perlaba el rostro—. Sabía que no debería haber hecho ese juramento —refunfuñó—. Ahora Agnar está muerto… —Se miró con recelo el brazo—, y un demonio de fuego vive en mi brazo.

—No solo en tu brazo —repuso Uspa—. Os lo advertí. La consecuencia de romper un juramento es el dolor.

—Hay diferentes clases de dolor —mascullo Sighvat—. Un pisotón en el dedo del pie, un grano en el culo, los retortijones después de comer un estofado en mal estado. —Negó con la cabeza, pero suspiró y se sentó al lado de Uspa en la parte trasera del carro—. Este asunto pinta muy feo. —Miró a Elvar y a Grend—. ¿Y ahora qué hacemos? Necesitaremos un plan muy astuto para salir de esta vivos, con un niño berserkir recuperado y sin que la sangre nos hierva en las venas.

—Esperaba que tú tuvieras alguna idea —contestó Elvar.

—El cerebro siempre fue Agnar. Yo solo aplastaba lo que él me señalaba.

—Uspa espera que vayamos en persecución de Lif-Rifa e Ilsa la Cruel y rescatemos a Bjarn —dijo Elvar.

—A mí eso no me parece un plan muy astuto. —Sighvat frunció el ceño.

Se produjo un momento de silencio.

—Nuestras probabilidades de éxito aumentarían si todos los Terrores de la Batalla estuvieran con nosotros —apuntó Grend.

—Ya. —Elvar asintió—. Pero ellos no hicieron el juramento. Solo lo hicimos nosotros tres y Agnar. No tienen ninguna obligación de acompañarnos, y menos ahora que no necesitan el oro ni la plata. Si Agnar estuviera aquí lo seguirían, pero a nosotros… —Miró a sus compañeros—. ¿Vosotros nos seguiríais?

—No —respondió Sighvat.

Elvar exhaló un largo suspiro.

—Dejemos que terminen la búsqueda de tesoros y luego hablaremos con ellos, a ver qué pasa —propuso Elvar.

—Eso supondrá un retraso que alejará aún más a mi Bjarn de nosotros —terció Uspa.

—Estoy atada a este juramento, lo reconozco —respondió Elvar—. Y haré todo lo posible para cumplirlo y rescatar a tu hijo. Pero el cómo lo haga es cosa mía. Y yo digo que necesitamos a los Terrores de la Batalla, y no hace falta ser un cerebrito para darse cuenta de que, si ahora les pedimos que nos acompañen, su respuesta será que no. Así que esperaremos y se lo preguntaremos cuando hayan saciado su hambre de plata. —Paseó la mirada por sus compañeros—. ¿Estáis de acuerdo?

—Ajá —contestaron Grend y Sighvat. Uspa miró a Elvar y asintió con la cabeza.

—Vayamos a ver qué encontramos nosotros —sugirió Sighvat—. Quién sabe, quizá haya una lanza matadragones tirada por ahí.

—Esa se parece más a la actitud que esperaba de vosotros —dijo Uspa.

Elvar no dijo nada, pero pensó que Sighvat tenía razón. A ver qué encontraban. Tenía el escudo hecho polvo y la malla llena de desgarrones tras la batalla. Quizá daría con el equipo de guerra de un dios muerto. Y si no, llenar los carros con todas las riquezas que encontraran podría serles muy útil.

«Quizá podamos usarlo para contratar a una banda de matadragones. En el caso de que los Terrores de la Batalla renuncien a participar en esta misión, habría suficiente plata para pagar a un millar de guerreros feroces».

Elvar cogió su lanza, que estaba apoyada sobre el resto de su equipo destrozado, y se puso a remover la ceniza que cubría el suelo.

De repente oyó un grito y vio que Orv la Serpiente estaba agachado y levantaba en el aire un arco ensortijado que conservaba la cuerda.

«¿Cómo es posible que la cuerda no se haya podrido en trescientos años?», se preguntó. Y entonces se dio cuenta de que había pertenecido a una de las mujeres aladas que habían atacado al dragón, la del pelo plateado y las alas blancas. Lik-Rifa le había arrancado la cabeza y pisoteado su cuerpo hasta reducirlo a papilla. Antes de eso, sin embargo, Elvar recordaba haber visto llamas de fuego brotando de la piel del dragón cuando las flechas disparadas con aquel arco habían atravesado el cuerpo de Lik-Rifa.

«¿Es un arco seiðr, o forjado con runas, o fueron las flechas?».

En cualquier caso, nadie mejor entre los Terrores de la Batalla que Orv para encontrarlo, pues era lo más parecido que tenían a un cazador.

Elvar siguió rebuscando en la ceniza, su lanza golpeó algo y sintió una punzada de dolor en el hombro. El día anterior, cuando estaba en el muro de escudos, una lanza enemiga se había hundido en su hombro y Grend la había retirado de la primera fila. Después de que Lik-Rifa huyera volando e Ilska y sus Alimentadores de Cuervos la siguieran como animales carroñeros en la estela de una banda de guerreros, Grend le limpió la herida y hurgó en ella para extraerle todos los fragmentos de brynja que se le habían incrustado. Luego vertió miel en el orificio ensangrentando y le cosió la herida con un anzuelo de pesca. Ahora Elvar hizo una mueca de dolor, aferró la lanza y levantó el objeto que había golpeado. La ceniza se desprendió de los huesos de un brazo cubierto por una cota de malla y los apagados eslabones de plata tintinearon alrededor de él. La mano consumida todavía empuñaba el mango de un hacha. Elvar se agachó para soltar el hacha de los dedos que la aferraban y dio un grito ahogado. El mango, recorrido por tachuelas de hierro, era casi tan largo como el antebrazo de Elvar y estaba recubierto de hilo de plata desde la punta hasta la cabeza. Era un hacha barbuda de un solo filo, la favorita de Grend. La hoja estaba decorada con una serie de nudos que formaban la cabeza de un lobo gruñendo. Elvar nunca había visto un diseño así en un arma destinada a ser usada en la batalla, como obviamente era esa, a juzgar por las manchas oscuras que se veían y por el hecho de que estaba hundido hasta la mitad en un cráneo partido.

—¡Grend! —gritó Elvar levantando la cabeza, y vio que el guerrero estaba a unos veinte pasos de ella. Pero no estaba hurgando en la ceniza, sino mirando fijamente el montículo que habían explorado el día anterior nada más llegar a la llanura, que no era otra cosa que el esqueleto del dios lobo Ulfrir, con los huesos enterrados y unos dientes largos como lanzas en la boca abierta tras lanzar un último aullido agónico.

—¿Eh? —gruñó Grend. Se volvió lentamente para mirar a Elvar.

—Esto es para ti. —La guerrera tiró del hacha. El cráneo en el que estaba sepultada se desmenuzó cuando extrajo la hoja del arma y la sopesó en la mano izquierda. Grend le había enseñado a luchar con las dos manos desde que tenía la edad suficiente para sujetar un palo, así que su mano izquierda no era débil. El hacha estaba bien equilibrada y la lanzó hacia Grend cuando este ya enfilaba hacia ella. Grend la cazó al vuelo con facilidad, la sopesó, la giró en la mano y dio un gruñido de aprobación. Cortó el aire con el arma, que siseó como una serpiente, y comprobó el filo con el dedo pulgar.

—Aún está afilada —murmuró. Miró a Elvar y un pequeño movimiento en las comisuras de sus labios torció levemente la mueca seria de su boca para esbozar una sonrisa.

«Seguro que le encanta», pensó Elvar.

—¿Te quedará bien esa cota de malla? —le preguntó Grend señalando la brynja que envolvía el esqueleto que había empuñado el hacha.

—No puedo levantarla —respondió Elvar haciendo una mueca de dolor al intentarlo.

Grend pasó la hoja de su nueva hacha barbuda por debajo del brazo de la cota de malla y tiró con fuerza. Los huesos del esqueleto se deslizaron por el interior de la brynja partiéndose y desmenuzándose. Grend metió su nueva arma en el cinturón y agarró la cota de malla por los hombros para extenderla sobre el cuerpo de Elvar. Estaba desvaída y cubierta de ceniza, pero Elvar no vio ninguna marca de óxido, y los anillos eran pequeños y estaban remachados, lo cual era buena señal. Cuanto más pequeños eran los anillos, más resistente era la cota y, por lo tanto, más protegía. Los bordes del cuello, las mangas y la bastilla centellearon, y Grend sacudió la ceniza y dejó a la vista tres o cuatro hileras de anillos de latón.

—No es precisamente la brynja de un thrall —dijo Grend. Miró a Elvar y sonrió, y las arrugas de su rostro pétreo se quebraron—. Yo tengo un hacha nueva y tú una cota de malla.

—Te hacen más feliz un hacha y una cota de malla nuevas que un carro lleno de plata —dijo Elvar, a quien también se le dibujó una sonrisa en los labios; la primera desde la muerte de Agnar.

—Con esto hay más probabilidades de vivir más tiempo que con un carro lleno de plata.

Elvar se dio la vuelta y tropezó con algo que hizo un ruido metálico; miró abajo y vio un collar en el suelo.

Era un collar de thrall y un juego de llaves.

Se agachó y lo tocó.

—Debía ser de Kráka o de Ilmur —murmuró Grend a su lado. El doloroso recuerdo de Biórr cogiendo las llaves del cinturón de Agnar le cruzó la mente. Visualizó a Biórr gritando a Kráka, la bruja seiðr de los Terrores de la Batalla, y a Ilmur, el thrall hundur, y a los dos corriendo hasta Biórr, quitándose los collares que les ceñían el cuello y tirándolos al suelo al lado del cuerpo de Agnar, que todavía se movía con convulsiones.

«Me caían bien Kráka e Ilmur —pensó Elvar—. Pero eran unos corrompidos y, como Biórr, han demostrado que no se puede confiar en los corrompidos».

—¡No te levantes! —gritó Sighvat.

Elvar se puso en pie, todavía con el collar y las llaves en las manos. Sighvat se encontraba junto al carro, mirando algo que había en el suelo. Se levantó una nube de ceniza en cuyo interior se movía algo oscuro y rojo. Sighvat le dio una patada.

Elvar entrecerró los ojos y trató de entender qué estaba viendo.

Alas. Unas alas del color del óxido se agitaban en el suelo y removían la ceniza.

Sighvat gritó algo a la figura que se movía en el suelo y sacó el hacha de un lazo del cinturón cuando la mujer se levantó. Todavía tenía las manos y los pies ligados, pero se alzó del suelo batiendo las alas extendidas. Una nube de polvo envolvió a Sighvat y a la mujer alada y se oyó un grito ahogado.

Elvar echó a correr con Grend a su lado. Otros Terrores de la Batalla se pusieron en movimiento.

Dentro de la nube de polvo se atisbaba agitación. Sighvat salió disparado de ella, voló por el aire y cayó rodando por el suelo; perdió el hacha por el camino. La mujer alada ascendió batiendo las alas y se detuvo encima de él, contrajo los músculos y emitió un grito tan estridente como el chillido de un halcón; en su voz había algo feroz, atávico y aterrador. Las correas de cuero que le ligaban las muñecas y los tobillos se partieron y cayeron al suelo y la mujer recogió el hacha de Sighvat.

Grend se abalanzó sobre ella y la golpeó en la espalda con el mango de su nueva hacha; los dos se estrellaron contra el suelo y rodaron convertidos en un torbellino de alas y ceniza. Elvar corrió tras ellos. Sighvat se incorporó maldiciendo y se tambaleó con una rodilla hincada en el suelo. Sólin llegó a su lado y lo ayudó a levantarse.

Se oyó un crujido, como de una rama al partirse, y Grend voló por el aire dejando una estela de sangre que salía de su nariz. La mujer pelirroja lo persiguió.

Elvar saltó para embestir a la mujer y se produjo una explosión de dolor en su hombro. Las dos cayeron al suelo con los cuerpos enmarañados y la mujer alada se estampó contra un carro y se golpeó la cabeza con el canto de una rueda; aturdida, se desplomó junto al vehículo, todavía con Elvar aferrada a ella y jadeando de dolor.

La mujer pestañeó para aclararse la vista y miró a Elvar.

Elvar le puso el collar de thrall alrededor del cuello y lo cerró, agarró con torpeza las llaves, gruñendo cada vez que una nueva punzada de dolor irradiaba de su hombro, y se oyó un ruido metálico cuando giró la llave en la cerradura. Buscó a tientas el seax que le colgaba del cinturón y cerró la mano alrededor de la empuñadura.

Una mano fuerte como el hierro oprimía el cuello de Elvar.

Elvar sacó el seax y deslizó el filo por la palma de su mano, agarró el collar de hierro y lo embadurnó con su sangre.

—*Hold, blóð og bein, járnsmíðar kraga, þú ert bundinn núna, hlýddu mér* —graznó.

«Carne, sangre y huesos, collar forjado en hierro, ahora estás unido a mí, obedéceme».

Los dedos que rodeaban el cuello de Elvar lo apretaron con más fuerza y los pulmones de la mercenaria suplicaban aire.

—*Verkur* —chilló Elvar con la garganta comprimida cuando su visión ya empezaba a poblarse de destellos blancos. Se produjo una explosión de luz en el collar de thrall y la mujer pelirroja chilló y soltó a Elvar para tratar de arrancarse desesperadamente el collar que le ceñía el cuello.

Elvar se apartó de la mujer alada y se levantó tambaleante. Grend estaba a su lado, sangrando por la nariz rota.

La mujer batió las alas y se elevó en el aire con el collar despidiendo un brillo rojo.

—*¡VERKUR!* —gritó Elvar, y el collar se puso al rojo vivo. La mujer comenzó a chillar y a retorcerse en el aire, pataleando y tratando de quitarse el collar del cuello—. ¡Haz lo que te ordeno y el dolor cesará! ¡Baja al suelo!

La mujer alada clavó una mirada brutal y feroz en Elvar mientras la piel de su cuello comenzaba a disolverse y a burbujear. Agitó las alas y cayó al suelo, se puso de rodillas y continuó tirando del collar de hierro.

—*Friður* —dijo Elvar, y el collar se enfrió.

La mujer con las alas rojas miró con cara de pocos amigos a Elvar, resollando.

—¿Cómo te llamas? —le preguntó Elvar.

—¿Quién eres tú para interrogarme, insignifi…?

—*Smíða hita* —dijo Elvar, y el collar volvió a brillar.

La mujer pelirroja soltó un alarido de dolor.

—Skuld —mascullò con los dientes apretados—. Me llamo Skuld.

—*Friður* —repitió Elvar, y el collar de hierro volvió a enfriarse.

Skuld permaneció arrodillada mirando con odio a Elvar, jadeando y con las alas temblorosas.

—Ahora eres mi thrall, así que vivirás para servirme.

Skuld hizo un ruido gutural, pero se tragó las palabras que se habían formado en su garganta, cualesquiera que fuesen.

—Por el culo peludo de Berser, estoy harto de que mujeres con los poderes de seiðr me hagan volar de un lado a otro de este lugar maldecido por los dioses —rezongó Sighvat.

—¿Dónde está Lik-Rifa? ¿Dónde están mis hermanas? —preguntó la mujer alada paseando la mirada por la llanura y fijando los ojos en los restos de Oskutreð.

—Tus hermanas están muertas —respondió Grend—. Lucharon contra Lik-Rifa y murieron.

—Lucharon bien y murieron valientemente —añadió Elvar.

Un escalofrío recorrió a la mujer alada. Su boca se torció al proferir un gruñido silencioso y las lágrimas corrían por sus mejillas cuando agachó la cabeza.

Elvar suspiró y miró en derredor. Todos los miembros de los Terrores de la Batalla habían formado un círculo alrededor de ellos, con las armas apuntando a Skuld.

—¿Por qué estáis aquí? —les gruñó Skuld. Se fijó en que los tesoros, armas y plata, comenzaban a amontonarse en los carros e hizo una mueca de asco—. Sois unos carroñeros que habéis venido a picotear los huesos de los que son mejores que vosotros.

—Nos hemos ganado este tesoro —espetó Huld, acercándose y levantando la punta de la espada hacia Skuld, quien se limitó a gruñir a la guerrera de pelo oscuro.

—¿Dónde están los tesoros más valiosos? —le preguntó Elvar.

Skuld recorrió con la mirada la llanura de ceniza y se detuvo en el enorme agujero que bajaba a las profundidades de Oskutreð.

—Esto no es nada. El verdadero tesoro está abajo —declaró.

CAPÍTULO TRES

VARG

Varg excavaba con una pala que Røkia había encontrado en uno de los almacenes que bordeaban el patio de Grimholt. Orka Machacacráneos picaba la compacta tierra con su hacha larga y los demás la retiraban con las palas para ayudarla a cavar un hoyo para el cadáver que Orka había bajado de la torre, ahora envuelto en una capa y depositado a los pies de la escalera manchada de sangre.

«Estoy ayudando a cavar una tumba a Orka Machacacráneos, una de las más afamadas y temidas guerreras de toda Vigrið». Desde la lucha en la mina, Varg tenía la sensación de que vivía inmerso en el relato de una saga, y esa sensación no paraba de crecer. Otros traían piedras desde la orilla del río, entre ellos Einar Medio Trol, que se echó al hombro una piedra del tamaño de un hombre y la transportó como si fuera un saco de grano, y las iban depositando al lado de la tumba que estaba excavando Orka. Mientras tanto, Svik removía las gachas en una gran olla negra que colgaba sobre un fuego, y el aroma que emanaba de él hacía que a Varg le rugieran las tripas.

La tennúr Vesli también retiraba tierra con los largos dedos de sus manos, aunque de vez en cuando paraba para mirar el cielo.

«Lik-Rifa, la destripadora de cadáveres, la diosa dragona, y parece haber salido de su mazmorra bajo el Gran Fresno». Mucho había cambiado en el mundo de Varg en solo unos días. Había descubierto que era un corrompido, que la sangre de Ulfrir, el dios lobo, corría por sus venas y que todos los Hermanos de Sangre también eran corrompidos. Pero ahora le habían dicho que uno de los dioses de los que solo había oído hablar en las sagas estaba libre y surcaba los cielos, y eso le costaba más trabajo creerlo. En realidad no quería creerlo. En su estómago se había desenroscado y deslizado algo cuando el vaesen Spert emergió del río y anunció que Lik-Rifa estaba libre. Era imposible demostrarlo, pero de alguna manera, en lo más profundo de su ser, Varg sentía que era verdad. La noche anterior había soñado con alas de dragón y ceniza, y, al parecer, todos los Hermanos de Sangre habían tenido el mismo sueño.

Orka dejó de picar y se irguió apoyándose en su hacha larga para que Varg, Røkia y el hombre que habían encontrado con Orka al llegar a Grimholt el día anterior retiraran las últimas paladas de tierra del hoyo poco profundo. Varg había oído que el hombre se llamaba Lif. No tenía aspecto de guerrero, y parecía... ido. O quizá fuera la pena, pues el cadáver amortajado con la capa era su hermano.

Varg alargó una mano inconscientemente y apretó el hombro de Lif.

—Es duro perder a un hermano —dijo al ver la expresión interrogativa en los ojos rojos de Lif.

Lif movió escuetamente la cabeza para asentir.

—¿Tú también has perdido a un hermano?

Una imagen de su amigo Torvik brotó dentro de su cabeza. De Yrsa apuñalándolo mientras estaba sentado con Varg; de Skalk observándolo con frialdad e indiferencia; de Torvik llamándole hermano.

—Sí —dijo Varg, aunque Torvik no era su hermano de sangre, sino un amigo, y no podría haber deseado tener un hombre más bueno que él como hermano.

Jökul dejó de sacar tierra con la pala y miró a Varg.

—Vengaremos a Torvik —gruñó moviendo los labios ocultos bajo la barba gris.

—Ya —masculló Varg, y miró de nuevo a Lif—. Y una hermana. Le vino a la mente la cara de Frøya. El juramento que había hecho de vengarla se aferraba a su alma como un cuervo de garras largas y alas negras.

«¿Me has olvidado, hermano?», graznó Frøya dentro de su cabeza con una voz sepulcral.

—¿Por qué nos abandonaste Machacacráneos? —preguntó Røkia, y su voz distrajo a Varg de sus turbios pensamientos—. Habíamos jurado permanecer siempre juntos. Derramar juntos nuestra sangre. Morir juntos si era necesario.

Orka volvió hacia Røkia sus ojos verdes grisáceos, del color de un mar proceloso.

—Estaba harta de tanta sangre y tanta muerte —respondió finalmente Orka.

Røkia asintió. Luego paseó la mirada por el patio y se detuvo en el montón de cadáveres, la mayoría por obra de Orka y su hacha larga.

—Pues da la impresión de que la sangre y la muerte no se han hartado de ti.

Orka dio media vuelta y fue hasta el cadáver del hermano de Lif, se agachó para levantarlo en brazos y regresó. Se arrodilló y depositó el cuerpo en el hoyo. Miró a Lif, que estaba a su lado, pálido, y vio que le temblaba un músculo de la mejilla.

—¿Te gustaría decir algunas palabras antes de que levantemos el túmulo encima de tu hermano? —le preguntó.

Lif la miró y luego miró el cuerpo envuelto en la capa de su hermano. Varg percibía el olor a carne quemada.

—Te echaré de menos, Mord Virksson —dijo Lif con la voz temblorosa y susurrante. Luego, más fuerte, añadió—: Mi hermano, mi amigo. Un buen hombre que siempre evitó los problemas, que nunca los buscó. —Sacó un seax del cinturón, envolvió la hoja con la mano y la deslizó lentamente—. Deuda de sangre —gruñó—. Guðvarr morirá a mis manos, hermano, y también todo aquel que se interponga entre él y yo. —Estiró el brazo y apretó el puño. La sangre se precipitó entre sus dedos.

Orka soltó un gruñido de aprobación, se agachó junto al hoyo y dio la impresión de que iba a hablar, pero entonces cogió una de las piedras amontonadas a su lado y la puso en la tumba. Lik colocó otra piedra. Después Varg, Røkia y muchos de los Hermanos de Sangre ayudaron a levantar el túmulo sobre el hombre muerto.

Cuando terminaron, Lif miró a Orka.

—Gracias —dijo con las mejillas surcadas de lágrimas. Paseó la mirada por Varg y los demás—. Gracias —repitió, y se alejó en dirección al río.

Varg soplaba su plato de gachas sentado en los escalones de piedra.

Orka Machacacráneos estaba cerca de él, con dos humeantes cuencos con gachas delante de ella; la tennúr Vesli estaba sentada en su rodilla y sorbía ruidosamente, ayudándose con las dos manos, la avena cocida de su cuenco humeante. El vaesen chasqueó los labios y extendió las alas para descender revoloteando al suelo, donde dejó el cuenco vacío. Luego cogió un tarro de arcilla que estaba a la sombra de un escalón, lo destapó, metió la mano dentro y sacó un diente cubierto de sangre seca del que todavía colgaban unas finas tiras de carne, se lo metió en la boca y lo masticó con fruición.

A Varg se le quitó de golpe el apetito, dejó su plato de gachas y miró a otro lado.

En el patio, Einar Medio Trol estaba jugando con la veintena de niños que Orka había encontrado en uno de los almacenes. Einar estaba tumbado bocabajo en el suelo, fingiendo ser un trol dormido, mientras los niños trepaban por su cuerpo como si fuera su árbol favorito. Einar bostezó y se incorporó lentamente, se dio unas palmadas en los labios y se preguntó en voz alta cuántos niños cocinaría para desayunar. Los niños chillaron y huyeron en desbandada como si fueran una multitud de ratas que acaban de ser descubiertas escondidas en un granero.

Varg oyó el chirrido de una hoja al salir de la funda y su mirada regresó bruscamente a Orka, que había sacado el seax y estaba pinchándose con la punta el dedo pulgar de una mano. Varg observó con fascinación como se presionaba el dedo para verter una gota de sangre en uno de los cuencos. Luego Orka escupió en el mismo cuenco y removió las gachas con el seax para mezclar bien la sangre y la saliva con la avena, limpió el cuchillo y volvió a guardarlo en la funda.

—¡Spert! —gritó Machacacráneos.

Se produjo una explosión en el agua cuando el vaesen emergió del río y cruzó el patio volando acompañado por el zumbido de sus alas. Se posó delante de Orka y plegó las alas, que desaparecieron debajo de los segmentos quitinosos de su cuerpo. Esos segmentos se estrechaban para concluir en una cola puntiaguda, dotada de un brillante aguijón negro y de aspecto horripilante que se curvaba sobre la espalda de la criatura. El vaesen se acercó a Orka deslizándose con unas cortas patas de insecto. Varg lo veía por primera vez fuera del agua y se fijó en que era casi tan largo como su brazo.

—Toma —dijo Orka empujando con la punta de la bota el cuenco con las gachas, la sangre y la saliva.

Spert lo olfateó y rápidamente hundió la oscura lengua azulada en el cuenco y se puso a sorber ruidosamente.

Glornir se acercó a ellos, seguido por Edel, Svik, Sulich y Røkia.

—Tenemos mucho de lo que hablar… demasiado —dijo Glornir cuando se detuvo delante de Orka, escrutando el cielo sin nubes como si buscara alas de dragón—. ¿Lik-Rifa está libre? —Le tembló la voz al pronunciar esas palabras, y eso asustó a Varg más de lo que podría hacerlo cualquier pesadilla. Glornir sacudió la cabeza y se sentó en un escalón al lado de Orka—. Yo debo partir en busca de Skalk y de mi Vol. Pero antes me gustaría saber una cosa —añadió—. ¿Cómo murió mi hermano?

Un temblor recorrió la cara de Orka y le torció los labios. Luego la Machacacráneos exhaló un largo suspiro y la tensión que atenazaba sus hombros se disipó como el viento tras impactar con una vela.

—Habíamos construido una granja, una vida nueva en las colinas para criar a nuestro hijo y vivir en paz.

—Tu hijo —dijo Glornir sacudiendo la cabeza—. Tengo un sobrino. ¿Se llama Breca?

Varg nunca antes había percibido ternura en la voz de su jefe.

—Ajá. —Orka asintió—. Breca. —Una sonrisa afloró en sus labios al pronunciar su nombre—. Ya ha cumplido diez inviernos. Es un buen chico. Muy inteligente. Demasiado delicado para este mundo, pero eso es culpa de Thorkel. —Se quedó callada, sumida en sus pensamientos.

—Vesli echa de menos a Breca —dijo con voz aflautada la pequeña tennúr.

—Estaban pasando cosas extrañas —continuó Orka sin prestar atención al vaesen—. Una granja cercana había sido asaltada, un thrall úlfhéðnar había llegado a un pueblo próximo, un jarl hablaba de guerra. Así que Thorkel y yo decidimos que había llegado el momento de irnos a otra parte. Fui al árbol Froa para pedirle consejo. La encontré muerta. Habían talado el Fresno y el espíritu Froa estaba muerto, como una rama alcanzada por un rayo. Mientras estaba allí oí los gritos. —Un escalofrío la recorrió—. Cuando regresé, encontré la granja ardiendo, a Thorkel tirado en el suelo y Breca había sido raptado. —Siguió con el dedo una larga cicatriz blanca que tenía en el antebrazo y dejó caer la mano sobre la empuñadura de uno de los seax que llevaba en el cinturón. Lo desenfundó y lo giró en la mano; la hoja y la empuñadura eran tan largas como su antebrazo. Era un arma magnífica, con la hoja gruesa de un solo filo, que se iba estrechando por el lomo para acabar en punta. La empuñadura de madera de fresno tenía tallado un dibujo con diseño de nudos y un pomo de latón con un pasador al que estaba atado una correa de cuero.

Varg sintió que se le helaba la sangre en las venas. Reconoció el seax y bajó la mirada al arma que colgaba en posición horizontal de su cinturón.

—Encontré esto en el cuerpo de Thorkel. Y también esto —explicó Orka al mismo tiempo que tocaba el seax que colgaba del cinturón a su espalda. Luego levantó la cabeza y miró a los ojos a Glornir—. Desde aquel día he dedicado todo mi tiempo a buscar al hombre que los dejó hundidos en el cuerpo de Thorkel para devolvérselos.

El desprecio que rezumaba la voz de Orka provocó otro escalofrío a Varg.

—Se llama Drekr —continuó Orka—. Lo encontré en Darl, pero tuvimos que separarnos antes de concluir el asunto que tenemos pendiente. —Hizo una pausa y respiró hondo—. Es un descendiente de la dragona.

Glornir la miró con sorpresa y los que los rodeaban murmuraron.

—Hace cuatro días luchamos con un descendiente de la dragona— dijo Glornir.

Orka se puso tensa.

—¿Pelo negro y cicatrices en el rostro, como si lo hubiera atacado un oso? Thorkel le dejó su marca en la cara.

—No —respondió Glornir, y Orka dejó caer los hombros. Varg no sabía si estaba decepcionada o aliviada—. El hombre con el que nos enfrentamos era mayor, calvo, con la barba blanca.

—¿Dónde está? —quiso saber Orka—. Tengo que hablar con él.

—Bajo el suelo —dijo Glornir—. Fue un combate duro. Varg lo derribó.

La mirada penetrante de Orka se volvió hacia Varg. También Vesli, Spert y el resto de los Hermanos de Sangre que lo rodeaban se volvieron hacia él.

—Fue un golpe afortunado —masculló Varg, incómodo. Se llevó la mano a las costillas. Todavía le dolía el lugar en el que el descendiente de la dragona lo había golpeado con la garra de Orna.

—No fue suerte, sino valor —dijo Jökul.

—Ajá, fue un golpe a la altura del valor de un lobo —añadió Glornir, lo que hizo que Varg, henchido de orgullo, se moviera con nerviosismo. Haber vivido cuanto recordaba como thrall hacía que no estuviera acostumbrado a los cumplidos. Empuñó el seax y lo desenfundó.

—Este seax tiene el mismo diseño de nudos en la empuñadura —dijo levantándolo y girándolo para enseñarle la empuñadura a Orka. Esta se inclinó hacia ella y observó el arma con el ceño fruncido—. Era del descendiente de la dragona con el que luchamos.

—Podrían haber sido forjados en el mismo fuego, tallados por la misma mano —dijo Røkia, que también se había inclinado para mirar de cerca la empuñadura.

—¿Y ese tal Drekr, el descendiente de la dragona, ha raptado a tu hijo? —preguntó Glornir.

Orka mantuvo un instante la mirada fija en el seax que sostenía Varg y luego levantó la cabeza para mirarlo brevemente a los ojos antes de volverse de nuevo hacia Glornir.

—Ajá. —Orka asintió—. Encontramos más niños raptados en Darl, todos ellos corrompidos. Y aquí. —Señaló a los chiquillos que volvían a trepar por el cuerpo de Einar—. ¿Cómo encontrasteis a ese descendiente de la dragona que tenía un seax hermano de los que llevo en mi cinturón?

—La reina Helka nos contrató para que investigáramos qué era lo que estaba matando a su pueblo —respondió Glornir—. Ella creía que eran vaesen. Pero resultó ser que el culpable era un descendiente de la dragona que estaba raptando gente y convirtiéndola en thrall para excavar la cámara de Rotta, aunque tenía un trol y varios skraeling colaborando con él. Y hallamos indicios de que habían tenido niños allí. —Se mesó la barba gris, una gruesa cuerda anudada—. En trescientos años no se había visto un solo descendiente de la dragona, y ahora aparecen dos, con seax tallados por la misma mano, y, si podemos creer a tus... amigos —añadió lanzando una mirada a Vesli y a Spert—, la diosa dragona Lik-Rifa también ha escapado de las raíces de Oskutreð.

—Oscuros acontecimientos. —Orka asintió con los ojos entornados—. Durante mi viaje hacia aquí encontré una piedra del juramento. Se había sacrificado un águila en ella y en la roca rota había dibujado algo que se parecía a Lik-Rifa. Empiezo a pensar que todas esas cosas podrían estar relacionadas, como este dibujo de nudos que representa una serpiente —dijo pasando el dedo por la serpiente tallada como si se enroscara alrededor de la empuñadura de su seax.

—Hum... —murmuró Glornir con el ceño fruncido. Resopló—. Primero rescataré a Vol. Luego daré caza a esos descendientes de la dragona y a su madre destripacadáveres. ¿Puedes decirme algo sobre Skalk? ¿Qué pasó aquí?

Orka cerró los ojos un momento y se pellizcó el entrecejo.

—Estábamos en la torre —relató—. Lif, Mord y yo. Nos capturaron después de que nos topáramos con unas arañas del hielo en las colinas. Unos capullos drengir y el galdramaðr, Skalk, nos interrogaron. —Arrugó el ceño—. Drekr y Hakon, el hijo de la reina Helka, tienen algún negocio juntos. Hakon permite a Drekr que traiga aquí a los niños que rapta. Tengo la impresión de que Skalk se sorprendió al descubrirlo. Es el sabueso de Helka, creo.

—Lo sé —convino Glornir.

—Skalk está herido —apuntó otra voz. Era Lif, que escuchaba en silencio la conversación sentado en los escalones.

—¿En serio? —inquirió Orka frunciendo el ceño.

—Ajá —respondió Lif esbozando media sonrisa—. Le clavaste un hacha en el hombro. No esa —dijo señalando con la cabeza el hacha larga de Orka—. Si hubieras usado esa ahora no tendría brazo. Le arrojaste el destral cuando pronunció el hechizo y salieron llamas de su bastón. Le diste en el hombro y salió disparado hacia atrás y escaleras abajo.

—¿Su bastón? —preguntó Glornir.

—Se le cayó en la torre —explicó Lif—. Ahora solo quedan las cenizas.

—¡Ja! —exclamó Svik, forzando una sonrisa—. Bien. Es más fácil capturar y matar a un galdramaðr sin su bastón.

—Consiguió llegar a uno de los snekkar amarrados en el embarcadero. Creo que se dirige a toda prisa a Darl —añadió Orka.

—¿Viste a Vol? —inquirió Glornir—. ¿Viste que la subiera al barco?

—No. —Orka negó con la cabeza.

—Vesli vio a una mujer con cota de malla, con una cara feroz y asquerosa —terció la tennúr—. Llevaba a otra mujer con el cuello y la barbilla pintados de azul.

Glornir bajó la mirada al vaesen y le hizo un gesto de agradecimiento con la cabeza. Luego paseó la mirada por los Hermanos de Sangre congregados a su alrededor.

—Entonces nos dirigiremos a Darl —gruñó Glornir.

CAPÍTULO CUATRO

ELVAR

Elvar se vendó el corte que se había hecho en la palma de la mano con una tira de lino y se la anudó con los dientes sin despegar los ojos del agujero que conducía a las oscuras profundidades de Oskutreð.

—¿Y dices que allí abajo hay más tesoros? —preguntó Huld a la mujer de las alas rojas.

—Ajá. Más de los que podrían llevar cien carros como esos.

—¿Quién eres, Skuld? —le preguntó Elvar—. ¿Qué eres?

La mujer alada le clavó una mirada feroz. Tenía en carne viva la zona del cuello que le había quemado el collar de thrall. Flexionó las alas y mantuvo la mirada fija en Elvar y los Terrores de la Batalla que estaban a su espalda.

—Soy Skuld, hija de Orna y Ulfrir.

Un silencio sepulcral se instaló entre los mercenarios, lo que provocó un estremecimiento involuntario en Elvar, como si caminara a oscuras a través de gruesas telarañas.

«Hija de Orna y Ulfrir —pensó—. Hija de dos dioses, el águila y el lobo. Y es mi thrall. —El miedo le hizo un nudo en el estómago—. ¿Puedo controlar a una deidad?».

—Ella matará a la dragona mientras nosotros rescatamos al chico de Uspa —murmuró Sighvat detrás de Elvar—. Odia lo suficiente a Lik-Rifa.

—La dragona ha matado a sus hermanas —señaló Elvar—. ¿Qué probabilidades de éxito tiene sola? Necesitaríamos una banda de dioses guerreros como ella para matar a Lik-Rifa. —Sus ojos se deslizaron hacia el montón de huesos del lobo Ulfrir y recordó una imagen de la piedra del juramento con la que los Terrores de Batalla se habían cruzado durante su viaje desde la isla de Iskalt hasta Snakavik: una imagen de Ulfrir encadenado, rodeado por una horda de guerreros con los ojos rojos que lo apuñalaban—. O una banda de thrall corrompidos —añadió.

—Solo era una idea —masculló Sighvat, encogiéndose de hombros.

—Ven aquí, Skuld —ordenó Elvar.

Skuld miró con odio a Elvar. Le temblaban los músculos de la cara. No estaba acostumbrada a recibir órdenes. El collar de hierro que le ceñía el cuello cambió de color al calentarse y Skuld gruñó y echó a andar con rigidez en dirección a Elvar.

—¿Cómo es que sabías las palabras de sometimiento? —le susurró en el oído Sighvat a Elvar—. Agnar ni siquiera las compartió conmigo.

—Crecí en la casa del jarl Störr, que tiene un galdramaðr y más de cuarenta thrall berserkir. Te sorprendería saber lo que una niña con curiosidad puede llegar a oír sin querer.

Sighvat hizo un ruido gutural de aprobación.

—¿Qué hay ahí abajo? —le preguntó Elvar a Skuld según se acercaba, señalando el abismo del que había surgido Lik-Rifa.

—Otro mundo —respondió la hija de Ulfrir—. Vergelmir, la cámara de Lik-Rifa, y muchas otras. —Recorrió con la mirada a los miembros de los Terrores de la Batalla—. Hay montañas de tesoros.

—Muéstramelos —dijo Elvar.

—Querrás decir, muéstranoslos —terció Huld, mirando con el ceño fruncido a Elvar—. Si hay más tesoros, los Terrores de la Batalla se los han ganado.

Los guerreros expresaron con un murmullo su conformidad con Huld.

—Pongámonos manos a la obra, entonces —dijo Sighvat—. Sortearemos quién se queda a vigilar lo que tenemos aquí arriba.

Se prepararon, hicieron el sorteo y revisaron las armas.

Grend se acercó sigilosamente a Elvar.

—Deberías ponerte la nueva cota de malla —dijo quedamente.

—No puedo levantar el brazo lo bastante para ponérmela —respondió ella señalando con la barbilla la herida que tenía en el hombro, que había vuelto a abrirse y a sangrar durante su refriega con Skuld—. Tú tendrás que ser mi cota de malla de momento.

—Eso no es una novedad —musitó Grend.

—¡Terrores de la Batalla! —gritó Sighvat.

Se congregaron en torno a él veinte guerreros; otros diez se quedaban arriba para custodiar el tesoro que ya habían reunido. Sólin sujetaba con una mano la rienda de un poni que tiraba de un carro vacío y en la otra empuñaba una lanza con la moharra reluciente que había encontrado en el campo de batalla. Urt el Sucio estaba sentado en el banco del conductor del carro. Era un hombre alto y espigado, con el rubio cabello ralo y grasiento y la nariz aguileña. Sighvat paseó la mirada por sus mercenarios y luego dio media vuelta y echó a andar con determinación hacia los restos de Oskutreð.

—Skuld, acompáñame —ordenó Elvar siguiendo a Sighvat, sorteando las enormes astillas que se alzaban altas en el lugar donde Lik-Rifa había salido al mundo con una explosión.

Sighvat y el resto abrieron un camino para el carro de Sólin y enseguida estuvieron todos en el borde del gigantesco agujero que descendía a las tinieblas.

—Por ahí —dijo Skuld señalando con el dedo. Desplegó las alas de color óxido y las batió para alzarse del suelo y volar hasta un empinado sendero que partía del borde del vasto agujero. Enfiló por él hasta que despareció en la oscuridad. Instantes después, una chispa precedió una llamarada y Skuld levantó una antorcha de juncos que había cogido de un candelabro de pared y arrojaba una luz brillante.

Grend se inclinó para mirar abajo.

Skuld sostenía en alto la antorcha y Elvar vio que el saliente en el que se había posado era lo suficientemente ancho para el carro. El camino descendía en espiral, excavado en la pared de lo que parecía un gran pozo.

Uspa se separó de los Terrores de la Batalla y empezó a descender hacia Skuld, seguida por los demás. Elvar miró a Grend y también bajó. Todos se reunieron en el camino delante de Skuld.

—Guíanos —ordenó Elvar.

Se adentraron en la oscuridad. Elvar caminaba al lado de Skuld. A pesar de que llevaba las alas plegadas, la hija de Ulfrir mantenía la distancia con Elvar. Cada cuarenta o cincuenta pasos había una nueva antorcha instalada en un candelabro clavado a la pared de roca. Según descendían, cada uno de los mercenarios fue cogiendo una de las antorchas y encendiéndola con la de Skuld. Skuld también encendía las antorchas que encontraban a su paso a medida que se internaban en las profundidades.

—Esto es un insulto —murmuró la mujer alada agarrándose con una mano el collar que le rodeaba el cuello—. ¡Vuestros congéneres me adoraban, y ahora me has convertido en una esclava! ¡Me das órdenes! ¡Esto es inconcebible!

—El mundo ha cambiado desde que tú y los que son como tú caminabais bajo el sol —replicó Elvar—. Vuestra guerra estuvo a punto de destruir la humanidad y por ello habéis perdido nuestro cariño. Ahora odiamos a los dioses, y a sus descendientes. Siempre que se descubre a un corrompido se lo convierte en un thrall, como te ha pasado a ti.

—¿Un corrompido? —espetó Skuld.

—Los corrompidos son aquellos por cuyas venas corre sangre de los dioses muertos. Como esos descendientes de la dragona que han liberado a Lik-Rifa.

Skuld negó con la cabeza.

—Eso es ridículo —mascculló—. Los más elevados no pueden caer a lo más bajo. El mundo se ha vuelto loco.

—Deberías conocer algunas de las reglas que has de cumplir —dijo Elvar—. El collar está unido a mí, es decir, solo me obedecerás a mí. Si me matas, el collar lo sabrá y te castigará por ello. No puedes agredirme. Y el collar puede oír mis órdenes, tanto si estás a mi lado como si estás a cien leguas de distancia, así que no hay manera de escapar de mí.

Skuld mantuvo la vista fija al frente, en la oscuridad.

—Pero no está tan mal. Podrías haberte convertido en el thrall de alguien mucho peor que yo. Mi padre, por ejemplo. —Afloraron recuerdos de su padre ordenando azotar en la espalda a sus thrall; de sus finos labios sonriendo al ver volar la sangre; de cómo la había obligado a mirar y la había abofeteado cuando giraba la cabeza. Se estremeció y arrinconó esos recuerdos—. Te trataré bien y te daré la oportunidad de ganarte mi respeto.

—¡Ganarme tu respeto! —exclamó Skuld con los dientes apretados—. ¡Yo nací para ser respetada! ¡Para que los cuernos sonaran en mi honor y me aclamaran! ¡Me adoraban!

—Las cosas ya no son así en este mundo y, cuanto antes lo aceptes, mejor te irá. Ahora eres odiada y vituperada. Pero a mi lado tendrás la oportunidad de vengar a tus hermanas. Tenemos una causa común: ver muerta a Lik-Rifa.

—¿Por qué arriesgarías tu vida para eso? —Skuld miró con recelo a Elvar.

—Lik-Rifa tiene a mi hijo —respondió Uspa a su espalda—, y Elvar ha jurado rescatarlo. Ha hecho el blóð svarið.

—¡Ja! —exclamó con amargura Skuld—. Entonces tenemos en común algo más que una causa. Las dos somos esclavas.

—Hum… —gruñó Elvar, a quien no le gustaba nada esa idea.

Continuaron descendiendo en silencio hacia las profundidades de Oskutreð.

Finalmente llegaron a un terreno llano y Elvar se detuvo para mirar hacia arriba. Vio el resplandor azulado del cielo y, bordeando las paredes del profundo pozo, la espiral de antorchas que titilaban como estrellas doradas en la oscuridad.

Delante tenían la entrada de una enorme caverna o túnel que desaparecía en la oscuridad impenetrable, como si un gusano del tamaño de una colina hubiera excavado un agujero en la roca. Las antorchas que brillaban en los candelabros de las paredes parecían diminutas cabezas de alfiler que se desvanecían en la distancia. Unas raíces, gruesas como robles centenarios, se retorcían entre las rocas y el suelo y el aire olía a tierra húmeda. A lo lejos se oía el eco de un goteo. La vastedad de la cámara era abrumadora y Elvar se sentía minúscula e insignificante.

Elvar se adelantó con unos pasos tambaleantes y se asomó. Por el suelo había diseminados trozos de madera, posiblemente de muebles destrozados, ollas, sartenes y armas. En los márgenes de la cueva se amontonaban unos baúles de madera que parecían los restos de un naufragio.

—La cueva parece arrasada por una tormenta —murmuró Orv la Serpiente.

«O un dragón».

—¿Dónde está el tesoro? —preguntó Huld rompiendo el silencio.

—En todas partes —respondió Skuld haciendo un gesto despectivo con la mano hacia los baúles—. Pero el verdadero tesoro se halla en un lugar aún más profundo.

Huld escudriñó el oscuro túnel y respiró hondo.

—No hacemos nada aquí parados —terció Elvar, adelantándose. Huld la miró con el ceño fruncido y Grend la siguió. Skuld abrió y batió las alas.

Se abrieron paso por la devastada galería. Sólin llevaba el poni por la brida. Urt el Sucio bajó del carro y ayudó a cargarlo con baúles llenos de plata y oro. Según se internaban en el túnel, Elvar vio los restos de un fuego, todavía con las brasas encendidas, y la pata de un ciervo espetada a medio asar. Lanzó una mirada inquisitiva a Skuld.

—Nuestra cena —respondió la mujer alada—, antes de que el mundo se pusiera patas arriba.

—¿Vivisteis aquí abajo trescientos años? —preguntó Elvar.

—Sí —respondió Skuld.

—¿Cómo lo aguantabais? La oscuridad y la humedad… ¿Cómo conseguisteis la carne? ¿De dónde sacabais la comida?

—Hay túneles más pequeños, conductos de ventilación que comunican con el exterior. Salíamos por turnos y pasábamos un rato fuera, para volar y cazar, para sentir el viento en el pelo y el sol en la cara.

—Eso haría más soportable este lugar —observó Uspa—. Imagino que Lik-Rifa no podía disfrutar de esos pequeños placeres.

—Merecía la vida que tenía —espetó Skuld—. La muerte habría sido un regalo para ella después de lo que le hizo a mi hermana. —Inspiró con el cuerpo tembloroso—. Lik-Rifa provocó una guerra, la muerte de mi padre, de mi madre, de toda nuestra especie. Y ahora de las únicas hermanas que me quedaban.

—Apuesto a que ella lo ve desde otro punto de vista —repuso Uspa mientras se paseaba por la cámara.

Elvar vio que la bruja seiðr se acercaba a un telar lleno de hilos de lana y los acariciaba. Junto al telar había un pozo sobre el que colgaba un cubo. Cerca de allí había un tablero de tafl y piezas talladas en hueso.

«Incluso los dioses se aburren».

—La opinión de Lik-Rifa no importa —declaró Skuld—. Nunca fue de fiar. Está desquiciada y siempre ha visto el mundo a través de una nube de niebla y humo.

—¿Por qué os quedasteis aquí? ¿Por qué simplemente no matasteis a Lik-Rifa o la dejasteis morir de hambre en su mazmorra?

—Nos quedamos porque hicimos un juramento a nuestro padre. Para asegurarnos de que nunca escaparía de su celda. No es fácil matar a Lik-Rifa —murmuró Skuld—. Al principio lo intentamos con arcos y lanzas, y cuando eso no funcionó quisimos matarla de hambre, pero Lik-Rifa tiene… muchos recursos.

Elvar se fijó en unos haces de luz que descendían desde el altísimo techo mientras los Terrores de la Batalla atravesaban la cámara. Las llamas de las antorchas oscilaban agitadas por corrientes invisibles.

«Los conductos de ventilación de los que habla Skuld».

Había otras puertas, algunas eran meros huecos sin tapar, pero otras eran de madera con goznes de hierro. Junto a una de ellas había una mesa llena de herramientas esparcidas: un martillo, unas tenazas, un formón, una lezna. Elvar levantó el pestillo de la puerta y se asomó al otro lado. La recibió un fuerte olor a hierro y a azufre, a carbón y a aceite. Vio un yunque picado y un fuelle, y, encima de ellos, un martillo y unas tenazas.

—Una forja —musitó. Junto a la mesa vio varios fajos de flechas con las puntas de hierro y las plumas blancas. Levantó uno de los fajos, atado como si fuera un haz de trigo. Uspa también los vio y se inclinó sobre ellos. Tocó con un dedo una de las puntas de las flechas y se estremeció.

—¿Qué pasa? —le preguntó Elvar.

—Tienen poder —respondió Uspa.

—Las forjó mi hermana Verdani —explicó Skuld.

Grend cogió otro fajo de flechas.

—¡Orv! —gritó, y le lanzó las flechas al cazador.

Orv las cazó al vuelo, todavía con el arco que había encontrado arriba en la mano.

Skuld miró a Orv de arriba abajo y sus ojos se entrecerraron cuando reparó en el arma.

—Es de mi hermana.

—Ajá. Bueno, ella ya no lo necesita —replicó Orv sin mirarla a los ojos.

Un escalofrío recorrió a Skuld, en cuyo rostro pugnaban la pena y la rabia.

La mujer alada los precedió por la cueva, de la que partían otras puertas y otros túneles sinuosos más pequeños, hasta que llegó un momento en que Elvar se sintió mareada por las dimensiones de aquellas catacumbas. Era como estar en otro mundo, uno infinito.

Se produjo un cambio en el aire, que de repente era tan frío que Elvar empezó a exhalar nubecitas de vaho por la boca. Pero no era solo eso, ya que se le erizó el vello de la nuca. Era una sensación que Elvar conocía muy bien. «Miedo».

Entre las sombras se distinguía una puerta destrozada, alta y ancha como una colina. Sobre el suelo había pedazos de madera astillada y unos barrotes de hierro tan gruesos como los postes de las salas de hidromiel sobresalían de las paredes de roca, retorcidos y partidos. La oscuridad y la malicia se filtraban por el enorme agujero como tentáculos de niebla.

—¿Qué es este sitio? —gruñó Sighvat.

—Es Vergelmir, la cámara de Lik-Rifa —respondió Skuld.

Elvar se adentró en la oscuridad sosteniendo en alto su antorcha. Grend se apresuró a colocarse delante de ella, con el hacha en una mano y su antorcha en la otra. Los Terrores de la Batalla los siguieron.

El suelo estaba resbaladizo y las botas de Elvar se adherían a alguna clase de sustancia pegajosa. Por todas partes había huesos y cadáveres purulentos, en diversos estados de putrefacción. Cada vez era más intenso el hedor a criaturas que llevaban mucho tiempo muertas y a podredumbre, que se abría paso por la garganta de Elvar como si fueran garras. Oyó las arcadas de Uspa detrás de ella.

«Trescientos años encerrada aquí. Lik-Rifa debió volverse loca».

Algo se movió, una sombra en los márgenes de la zona iluminada por las antorchas, y Elvar se adelantó, a pesar de que no podía desenfundar un arma y todavía sujetaba la antorcha.

Una figura se detuvo a cuatro patas encima de un montículo; era pálida como la leche, con la piel casi translúcida y sin pelo. Tenía un hocico largo y unos dientes afilados como de rata, aunque era tan grande como un jabalí. Permaneció con el cuerpo pegado al suelo y agitó una gruesa cola. Elvar distinguía los oscuros órganos que palpitaban dentro de su carne translúcida. La criatura los miró con los ojos entrecerrados, deslumbrada por la luz de las antorchas.

—Se parece a la esposa que dejaste en Iskidan, Sighvat —dijo Huld, y las risas de los Terrores de la Batalla reverberaron y se amplificaron.

—He cruzado un océano para escapar de ella —gruñó Sighvat.

—No es ella —terció Grend con el rostro pétreo—. Esa rata calva es mucho más guapa.

Todos volvieron a reír, Sighvat el que más.

La criatura soltó un chillido agudo, dio media vuelta y se escabulló.

—Ni siquiera enjaulada perdió Lik-Rifa el gusto por jugar con la vida, cambiarla y alterarla —dijo Skuld—. Nunca para mejor.

—¿Qué es eso? —preguntó Elvar señalando con la antorcha hacia el interior de la cámara. Elvar veía un débil resplandor en los márgenes de su visión, como la luz de la luna o una niebla.

—Es el tesoro que buscáis —respondió Skuld.

Elvar se adentró en la cámara, con Grend a un lado y Uspa al otro, y vio que Sighvat y el resto de los Terrores de la Batalla se desplegaban para internarse en la cámara. El suelo crujía bajo los pies de Elvar, que lo alumbró con la antorcha y vio fragmentos de unas membranas quitinosas, como de dermatoesqueletos de insectos, aunque mucho más grandes. Uno de sus pies se hundió en lo que parecía un charco de cieno, pero Elvar siguió caminando, atraída por el resplandor que veía en el fondo de la cámara, que se movía y agitaba como si fuera una densa bruma, en cuyo interior le pareció ver unas figuras sombrías.

A cada paso que daba, Elvar percibía un cambio a su alrededor. El túnel por el que habían estado avanzando le había parecido infinitamente grande, pero esa cámara en concreto le producía una sensación de asfixia, de opresión, de agobio, a pesar de que no veía las paredes. El aire era denso y sofocante.

Uspa dio un grito ahogado y se detuvo de repente. Elvar se paró instintivamente al lado de la bruja seiðr.

—¿Qué pasa? —le preguntó quedamente, escrutando la oscuridad.

Una niebla pálida se arremolinó delante de ellas, agitándose lentamente como si fuera un oleaje, y Elvar distinguió con claridad las figuras que había dentro de ella. Tenían un aspecto cadavérico, parecían etéreas y brillaban con alguna clase de luz interior. Algunas llevaban puestos una cota de malla y un casco, arrastraban una espada, un hacha o una lanza por el suelo y exhibían heridas de guerra —unos grandes agujeros en el pecho o en el cuello—, mientras que otras caminaban envueltas en unas túnicas harapientas, cojeando, renqueando, trastabillando. A algunas les faltaban extremidades, otras estaban delgadas como juncos y consumidas por la enfermedad, con la piel tirante y las facciones demacradas. Todas avanzaban en la misma dirección con la cabeza gacha.

—Son… muertos —gruñó Sighvat.

—Hacen el viaje de las almas —musitó Uspa.

Los Terrores de la Batalla prorrumpieron en murmullos y maldiciones y se hicieron señales de protección con las manos.

—Lik-Rifa los atacaba cuando pasaban por su cámara —explicó Skuld—. De alguna manera aprendió a obtener materia de ellos, al menos de los que no se defendían. Por eso la llaman destripadora de cadáveres y ladrona de almas.

«Y yo pensaba que todas las historias que me contaban de niña solo eran para asustarme, para que me portara bien y obedeciera. Pero eran ciertas. ¿Mi madre también hizo este viaje? ¿Y Agnar?».

La lúgubre procesión parecía surgir de una pared de piedra y tierra, recorría serpenteando la cámara y desaparecía por una puerta etérea abierta en un montón de cadáveres, cuerpos y extremidades enmarañados como raíces.

«La Puerta de los Muertos».

—¿Adónde van? —preguntó con voz ronca Urt el Sucio.

—A los salones de los muertos —respondió Skuld—, aunque no sé qué son exactamente ni dónde están. El temible Snaka guardaba muchos secretos.

—No me gusta este sitio —murmuró Sighvat.

«A mí tampoco».

—Las almas de los muertos no son un tesoro que podamos cargar en un carro y vender —espetó Elvar.

—No me refería a ellas —repuso Skuld—. El tesoro que buscáis está en un lugar más profundo, por ahí —dijo Skuld señalando, y Elvar vio otra luz, esta, rojiza y ambarina, que oscilaba como las llamas de un fuego agitadas por la brisa.

Elvar desvió la mirada de la interminable procesión de almas y muertos y enfiló hacia la luz rojiza, acompañada por el crujido que hacían las ruedas del carro al avanzar por los restos que cubrían el suelo. El aire le raspaba la garganta y el corazón le aporreaba el pecho; la sensación de pavor crecía y se filtraba en ella a cada paso que daba hacia la luz roja. Algo se movió en los márgenes de la zona iluminada por las antorchas; advirtió el revoloteo de una sombra y oyó unos pies correteando por el suelo.

«¿La rata que vimos antes?».

—¿Sobre qué caminamos? —le preguntó Elvar a Skuld.

—Sobre otras cosas que Lik-Rifa encontró para comer —respondió la mujer alada con una mueca de asco—. Las almas de los muertos no eran suficiente alimento para mantenerse viva, así que cazaba las criaturas que merodeaban estos lugares profundos y oscuros, criaturas con carapacho y babosas. Y otras cosas que le traían sus ayudantes.

—¿Ayudantes?

—Ya os lo he dicho, Lik-Rifa nunca cejó en su empeño de crear, alterar y pervertir la naturaleza que la rodeaba.

Atisbaron más movimientos a su alrededor, sombras que revoloteaban en los márgenes de las tinieblas. Los Terrores de la Batalla se juntaban instintivamente cada vez más, y algunos se aferraron a los escudos que llevaban colgados a la espalda y empuñaron las armas. Elvar apretó los dedos alrededor de la antorcha que sostenía y vio que Grend sacaba su nueva hacha del cinturón.

Delante de ellos, la luz brillaba con más intensidad y claridad. En el aire revoloteaban unas runas rojas que le recordaron a Elvar el momento en el que Uspa los había unido a todos con el blóð svarið. Las relumbrantes runas de sangre suspendidas en el aire ante ellos formaban un arco, tan alto como dos puertas y tan ancho como tres, y se extendían desde ella rodeándola, componiendo un círculo de runas llameantes que cercaba un montículo rocoso y un pedestal. Sobre el pedestal había un libro con la cubierta negra. Elvar fijó la mirada en él y vio que el aire en torno al volumen vibraba y palpitaba como si fuera vapor saliendo de una olla.

—¿Y eso qué es? —dijo Huld al aire denso y pestilente.

—No lo sé —respondió Skuld—. Siempre me pregunté en qué mataría el tiempo Lik-Rifa en las eternas tinieblas de Oskutreð, y mis hermanas siempre sospecharon que se dedicaba a hacer… el mal. —Se encogió de hombros—. Sea lo que sea, para Lik-Rifa siempre tuvo un gran valor, por eso lo protegía con runas y lo custodiaban unos centinelas. —Extendió las alas y se elevó en el aire.

—¿Hacer el mal? —masculló Sighvat—. ¿Qué significa eso exactamente? ¿Y centinelas? ¿Qué centinelas? —preguntó mientras Huld se adelantaba e introducía un pie en la puerta que formaban las runas.

Con el restallido de un látigo, el aire explotó hacia fuera desde el círculo de runas, apagó todas las antorchas y derribó a Elvar, que oyó un estrépito de cuerpos que caían en torno a ella.

Elvar quedó tendida en el suelo, con un nuevo ramalazo de dolor en el hombro y los ojos abiertos en la cámara oscura como una noche sin luna.

—¿Elvar? —gruñó Grend.

Elvar escupió y maldijo. Miró alrededor, pero el resplandor rojizo de la puerta solo hacía más densa e impenetrable la oscuridad que la envolvía.

Los golpes de un pedernal y una chispa precedieron la llama de la antorcha que Sighvat encendió y levantó en alto.

—¿Terrores de la Batalla? —gritó el mercenario, y los guerreros respondieron.

Elvar se incorporó y apoyó una rodilla en el suelo.

Entonces surgió de las sombras una criatura gris y cubierta de cieno.

CAPÍTULO CINCO

BIÓRR

Biórr se levantó y sonrió. Una sonrisa de oreja a oreja le escindió la cara.

—Bienvenido de nuevo —dijo Ilska con un rostro tan afilado como la proa de un drakkar y el cabello negro como las alas de un cuervo, aunque Biórr estaba tan cerca de ella que distinguía las vetas grises que lo surcaban como filones de plata en el granito. Le ofreció una pluma de cuervo negra como la noche, con el cálamo atravesado por un cordón de cuero. Biórr la cogió y se prendió el cordón a un mechón de pelo, también negrísimo. Los Alimentadores de Cuervos que los rodeaban prorrumpieron en gritos—. Gracias a ti encontramos el camino a Oskutreð —continuó Ilska—. Gracias a ti hemos podido liberar a Lik-Rifa. Y encima mataste a Agnar el Terror de la Batalla.

Se oyeron más vítores. Los guerreros aporrearon los escudos con las lanzas. La emoción inundó el rostro de Ilska al mencionar a Agnar, ya que él había asesinado a su hermano, Skrið, cuando todo el mundo pensaba que nadie podría hacerlo, incluido el propio Biórr. Este notó que también se le contraía el rostro al recordarlo. Visualizó a Agnar de rodillas sobre un charco de sangre y ceniza, con el escudo destrozado colgado del brazo y con la otra mano tendida hacia Biórr en gesto de súplica para que lo ayudara a levantarse. Visualizó su lanza hundiéndose…

—¿Qué pasa? ¿No lo quieres? —inquirió Ilska frunciendo el ceño, con un intrincado brazalete de oro que representaba varias cabezas de serpiente mostrando los colmillos en la mano tendida.

Biórr la miró con desconcierto, su mente regresó al presente y asintió con la cabeza.

—Gracias —dijo cogiendo el brazalete y poniéndoselo en el brazo, sobre la manga de la cota de malla. Se lo apretó.

De nuevo se produjo una explosión de aclamaciones y de escudos aporreados. Le sonreían rostros de viejos camaradas, hombres y mujeres con los que había crecido, pero de los que había estado separado cerca de tres años, desde que le habían encomendado la misión de infiltrarse en la banda de mercenarios de los Terrores de la Batalla de Agnar. Biórr volvió a sonreír y desterró la imagen de los ojos de Agnar, en los que había visto una confianza ciega en él antes de que apareciera la expresión de estupefacción. Ilska lo miraba fijamente, con sus ojos oscuros e inquietantes, y él hizo todo lo posible para mantenerle la mirada, consciente de lo que pensaba de la gente que era incapaz de aguantar su mirada escrutadora.

—Encontrarás tu viejo equipo en uno de los carros. Seguro que Myrk podrá enseñarte dónde está exactamente —dijo Ilska. Luego asintió y se marchó.

Los hombres y las mujeres con los que había crecido, lo más parecido que tenía a una familia, se arremolinaron en torno a él y lo rodearon con sus rostros sonrientes, moviendo la boca y dándole la bienvenida con palmadas en la espalda y los hombros.

Biórr devolvió la sonrisa a todos, volviéndose a un lado y a otro, mientras se apoderaba de él la alegría del regreso al hogar. No era un retorno a una granja, a una sala de hidromiel ni a un lugar físico, sino a la gente con la que había pasado más de la mitad de su vida. Y aun así se sentía… distante. Raro.

«Es normal que te sientas así después de haber vivido durante tanto tiempo entre gente no corrompida». Se frotó los ojos y la frente.

Una figura se abrió paso a empellones entre la multitud que lo rodeaba, riendo a carcajada limpia mientras apartaba guerreros que la doblaban en tamaño. Todos se echaron a un lado para dejarla pasar. Verla removió en el interior de Biórr recuerdos y sentimientos, y tuvo la sensación de que un pájaro aleteaba dentro de su pecho. Era otra mujer con el cabello negro como las plumas de un cuervo y con el rostro afilado, aunque más joven que Ilska, más joven también que los veintitrés inviernos de Biórr; a diferencia de Ilska, la ternura de sus ojos suavizaba sus facciones afiladas. Llevaba puesta una brynja oscura y del cinturón de armas le colgaban una espada, un seax y un hacha. Caminaba con una seguridad en sí misma y una elegancia que Biórr solo había visto en un puñado de guerreros.

«En Agnar».

«Y en Elvar...». Las imágenes de la guerrera inundaban su corazón: sus ojos azules, cortantes y puros como un manantial de montaña; su sonrisa, que parecía resquebrajarle el corazón; sus labios pegados a los suyos...

Biórr hizo una mueca y desterró esos recuerdos a los rincones sombríos de su cabeza.

—Myrk —dijo Biórr saludándola con la cabeza y esbozando una sonrisa de oreja a oreja.

—¡Por fin has vuelto! —exclamó Myrk devolviéndole la sonrisa y enlazando el brazo en el suyo para llevárselo de la muchedumbre que lo rodeaba.

Se habían instalado en una elevación del terreno rodeada de ondulantes colinas y bosques. Los carros formaban un círculo al norte del campamento y el ruido y el mal olor de los caballos colmaban el aire. Al oeste, las faldas de la montaña Eldrafell brillaban con la extraña y perpetua luz del sólstöður, el día largo, y Biórr sabía que la sima de los vaesen y el puente de Isbrún estaban a poca distancia en dirección sur. Habían viajado sin descanso desde Oskutreð durante casi dos días en su empeño por no quedarse atrás mientras seguían a Lik-Rifa, la diosa dragona que había escapado de su mazmorra y ahora disfrutaba de su libertad entre las nubes.

Pero habían perdido de vista a Lik-Rifa y la exhausta banda de guerreros finalmente había hecho un alto en el camino para recuperar fuerzas. Muchos todavía dormían envueltos en capas, mientras otros escrutaban el cielo a través de las ralas copas de los árboles, esperando ver una señal del regreso de Lik-Rifa.

—Por aquí —dijo Biórr, y se adentraron en el campamento.

—Mi hermana te aprecia —terció Myrk señalando con la cabeza el brazalete de oro—. Guarda el oro y la plata como si fuera un avaricioso dragón, así que puedes considerarte afortunado.

—Es un honor para mí —dijo Biórr.

—Pero a mí me gustas más —añadió Myrk dándole un codazo—. Me alegro de que hayas vuelto. Yo te daré algo más que un brazalete cuando... —Le sonrió moviendo los labios de manera perezosa y lánguida, un gesto que Biórr encontraba tan perturbador como la mirada dura de Ilsa—. Espera un momento —espetó de repente Myrk agarrándolo de la muñeca con una fuerza que Biórr no le recordaba.

Biórr se detuvo y Myrk se inclinó hacia él y le olfateó las mejillas y el cuello; había pegado tanto su rostro al de él que podría haber detectado el olor del amargo skyr en su aliento, mezclado con el de la manzana y la miel.

—Hueles a ellos —dijo Myrk apartándose de él y haciendo una mueca de asco.

Por un momento a Biórr se le pasó por la cabeza que podía percibir el olor de Elvar y sintió una punzada de culpabilidad.

—Hueles a normalidad —añadió con el ceño fruncido Myrk.

—Era parte de mi disfraz —se excusó Biórr esbozando media sonrisa y poniéndose de nuevo en marcha.

—Te ayudaré a sacarte esa peste —dijo sonriendo Myrk.

—Pensaba que el mundo nuevo por el que luchamos era uno en el que todos podríamos convivir en paz —repuso Biórr—. Los corrompidos y los puros, todos juntos en armonía.

—Ah, y será así —dijo Myrk—. Pero existirá un orden. Tiene que haberlo, de lo contrario reinaría el caos. Lik-Rifa será nuestra reina y los descendientes de la dragona serán sus capitanes. Yo entre ellos. —Myrk esbozó otra sonrisa—. Y, a continuación estarán el resto de los corrompidos, como tú. —Sus labios dibujaron una sonrisa de suficiencia dirigida a Biórr—. Y luego vendrán los no corrompidos. Los adoradores de Lik-Rifa y de los dioses muertos que no fueron obsequiados con su sangre. —Lanzó una mirada a un grupo de guerreros, hombres y mujeres con plumas negras en el pelo que se mantenían aparte—. Ellos son puros —continuó Myrk—. Forman parte de la secta de la dragona que está expandiéndose por los territorios. Mi hermana dice que los necesitaremos cuando llegue el momento. —Myrk se encogió de hombros—. Luchan decentemente y no quieren ponerme un collar ni venderme al mejor postor, así que no me quejo, y aquí la que piensa es mi hermana, no yo.

—En eso estoy de acuerdo contigo —dijo sonriendo Biórr.

Myrk le dio un puñetazo en el brazo. No había sido más que un golpe juguetón, pero empujó a Biórr hacia atrás un par de pasos.

—¿Adónde vamos? —le preguntó Myrk mientras atravesaban el campamento y se acercaban a un círculo de carros.

—Aquí —respondió Biórr deteniéndose tras rodear un carro. Alrededor de un puñado de fuegos había una multitud de niños sentados, pegados unos a otros, vigilados por unos cuantos Alimentadores de Cuervos. Biórr paseó la mirada por ellos hasta que vio a las personas que estaba buscando.

—Kráka, Ilmur —dijo a los dos adultos sentados entre los niños que estaban mojando un pedazo de pan en un cuenco de estofado.

Kráka estaba sentada con las piernas cruzadas y su largo cabello negro colgaba alrededor de sus hombros como si fueran las alas de un cuervo. Biórr veía como se movían los huesos de su mandíbula mientras masticaba y sorbía ruidosamente. Unos ensortijados tatuajes azules descendían por una de sus mejillas y desaparecían en la negrura de su pelo. Kráka alzó la mirada y asintió.

Ilmur se ceñía la harapienta capa de piel de foca al cuerpo, tenía el pelo lacio pegado a la cabeza y los ojos tan hundidos que parecían dos pozos.

—Ahora sois libres —les dijo Biórr llevándose un dedo al cuello para recordarles que ya no llevaban el collar de thrall.

—Ajá —respondió Ilmur asintiendo y sonriendo, aunque sin perder el aspecto de perro apaleado.

Biórr se sentó a su lado y Myrk le dio una patada para hacerse un sitio.

—Esta es Myrk, la hermana de Ilska —la presentó Biórr—. También conocida como Garra Afilada.

—Mis armas son mis garras —declaró Myrk encogiéndose de hombros y dando unas palmadas a las armas que colgaban de su cinturón—, y siempre están afiladas. Bienvenidos —añadió—. Espero que os hayan dado todo lo que necesitabais. Desde Oskutreð todo ha sido una locura, pero me daría mucha pena que mis Alimentadores de Cuervos no hubieran cuidado de unos hermanos corrompidos.

«¡Sus Alimentadores de Cuervos! No ha cambiado nada».

—Sí, nos han recibido muy bien —dijo quedamente Kráka—. Nos han dado comida y ropa de abrigo. No podríamos pedir más.

—Y ya no llevamos los collares de thrall —añadió Ilmur pasándose la mano por el cuello lleno de cicatrices—. Somos libres. —Pronunció esta última palabra como si las letras que la formaban fueran de oro.

—Nunca más llevarás un collar de thrall, pequeño sabueso —prometió Myrk—. La liberación de Lik-Rifa solo es el primer paso hacia la liberación de todos los corrompidos esclavizados de Vigrið.

—Aún así —terció Kráka levantando un brazo y pasándolo por los hombros del niño que estaba sentado a su lado. Le acarició el pelo castaño con la mano enfundada en un guante de lana. El niño llevaba puesto un collar de hierro y sus ojos vidriosos y perlados tenían la mirada perdida. Era Bjarn, el hijo de Uspa, a quien Biórr había entregado a los Alimentadores de cuervos cuando estos atacaron a los Terrores de la Batalla en Snakavik. Una parte de Biórr había estado impaciente por ver al chico, con quien había jugado algunas partidas de tafl y al que había cogido cariño.

—¿Qué le pasa? —preguntó Biórr frunciendo el ceño.

—Están todos así —respondió Kráka señalando al centenar de niños corrompidos sentados en torno a ellos—. Y llevan puestos los collares de thrall.

—No había opción —explicó Myrk—. Muchos intentaron huir, y no podríamos haber liberado a Lik-Rifa sin ellos. Solo los hemos tranquilizado con un hechizo seiðr. Eso es todo. Pero les quitaremos los collares cuando comprendan que nuestra causa es justa.

Bjarn pestañeó, se produjo un cambio en el color de sus ojos y miró a Biórr. Sus ojos brillaron fugazmente cuando reconoció al guerrero.

—Tafl —dijo el niño, lo que hizo sonreír a Biórr, pero sus ojos volvieron a quedarse con la mirada perdida.

—Tienes un brazalete nuevo —terció Ilmur mirando al desconcertado Biórr. Alargó una mano para tocar la pieza de oro con la que Ilska había recompensado a su guerrero.

—Es un premio por sus extraordinarias hazañas —dijo Myrk—, de las cuales no es la menor matar a Agnar el Terror de la Batalla, el niðing que asesinó a mi afamado hermano.

Biórr miró a Myrk con las cejas arqueadas.

—La verdad es que no me gustaba demasiado Skrið —añadió Myrk—. De niña se comía mis gachas y me pellizcaba hasta que lloraba solo para ver qué trayectoria seguían las lágrimas por mi cara. Pero era mi hermano. —Se encogió de hombros—. Le quería, y Agnar el Terror de la Batalla era un gusano comparado con él.

Ilmur torció el gesto al oír el nombre de Agnar, una muestra de tristeza que causó extrañeza en Biórr.

«Oír que llaman niðing a Agnar hace que se sienta incómodo. Agnar fue su amo durante muchos años. Incluso un perro tratado a golpes y patadas acaba queriendo la mano que lo alimenta».

Kráka asintió.

—Toda una hazaña —dijo con un semblante pétreo.

«¿Está burlándose de mí?», se preguntó Biórr con los ojos entornados.

—Estaba de rodillas, sangrando tras el duelo con Skrið, y le hundí la lanza en la boca mientras él me tendía una mano pensando que era un hermano de armas que acudía en su ayuda —relató quedamente Biórr, con los labios fruncidos, avergonzado—. No fue una hazaña digna de ser cantada en las sagas, ni una victoria de las que proporcionan fama. Fue una muerte que habría sido muy triste para cualquiera, mucho más para

Agnar el Terror de la Batalla. —La vergüenza que producía rememorarlo le privaba de la alegría que debería sentir.

«Pero se merecía una muerte triste —se dijo Biórr—. No era más que un niðing esclavista que se enriquecía comerciando con vidas humanas. Con las vidas de corrompidos».

—Fue tu lanza la que acabó con su vida —señaló Myrk—, y eso es lo único que importa. Agnar el Terror de la Batalla, el que había encadenado y vendido a tantos de los nuestros. El que mató a mi hermano —gruñó, mostrando el más leve indicio de las violentas profundidades que Biórr sabía que acechaban en su alma.

Se produjo un cambio en el campamento. Se instaló el silencio y encima de sus cabezas las ramas de los árboles crujieron y suspiraron mecidas por un viento repentino. Todas las cabezas se levantaron y Biórr divisó una figura en el cielo pálido, una sombra oscura en las alturas que crecía a medida que descendía trazando círculos en el aire.

—Lik-Rifa —susurró alguien, que lo repitió en voz alta y luego gritando. El nombre de la diosa dragona se propagó por los Alimentadores de Cuervos como la estela de espuma de un drakkar.

La dragona continuó descendiendo en espiral hasta que su enorme cuerpo tapó el cielo. Biórr y el resto se pusieron en pie y cruzaron el campamento siguiendo el descenso de Lik-Rifa. Se distinguía con claridad que apresaba algo con las garras de las patas traseras, un cuerpo que colgaba sin fuerzas de sus uñas.

Los árboles se agitaron y fueron arrancados de raíz por la tormenta provocada por las alas de la dragona. Lik-Rifa soltó el cadáver que llevaba en las garras y este se estrelló contra el suelo. Era un oso del tamaño del *Jarl de las olas*. La tierra tembló con el impacto y el cuerpo rodó por el suelo y se detuvo con la cabeza caída, la boca abierta y los ojos apagados. En los costados y en el hocico tenía unos profundos tajos rojos. Lik-Rifa se posó encima de él y más árboles salieron disparados del suelo, con raíz y todo, y volaron por el aire como si fueran meros troncos de leña. La dragona echó la cabeza hacia delante con las fauces abiertas y se puso a arrancar a bocados trozos del cuerpo del oso, desgarrando piel y triturando huesos, que desaparecían dentro de su gran boca roja. Se produjo una erupción de pelaje, carne y huesos mientras la dragona devoraba con frenesí. Biórr y el resto de los Alimentadores de Cuervos retrocedieron y contemplaron la escena horrorizados, en un silencio lleno de estupefacción.

Lik-Rifa redujo el ritmo de sus bocados y Biórr vio como se llenaba la macilenta barriga delante de sus ojos. Unas venas rojas se hinchaban a lo largo y a lo ancho de los músculos estriados de su cuello como si fueran una telaraña y desaparecían bajo sus pálidas escamas llenas de costras. La dragona retrocedió pesadamente y abandonó el cuerpo del oso, del que solo no se había comido las patas traseras. Luego se sacudió y el aire vibró y se agitó, y de su cuerpo salió silbando un gran remolino de niebla o de vapor que envolvió a la dragona. El contorno de la bestia comenzó a transformarse y a contraerse; se oyeron una serie de crujidos como de huesos que se partían y a continuación apareció una mujer con el cabello oscuro ante los Alimentadores de Cuervos. Era alta y de aspecto regio, vestida con una túnica de color gris ceniza con ribetes rojos. A pesar de que tenía el cuerpo pálido y lleno de costras, en su piel oscura se veían unas manchas supurantes. A través de la túnica manchada de sangre se distinguían unas heridas rojas en el vientre, el pecho y la garganta, que eran el resultado de su lucha con las dos guerreras aladas en Oskutreð. No obstante, Biórr veía con claridad que las heridas se habían cerrado y estaban curándose más rápidamente de lo que era posible. La mujer también tenía manchada de sangre la mandíbula, de la que caían restos sólidos del festín que acababa de darse.

—Os he traído comida a todos —afirmó con una voz extraordinariamente grave que resonó por todo el claro al mismo tiempo que señalaba los cuartos traseros del oso—. Una buena madre siempre alimenta a sus hijos. —Sonrió. Se sacó una tira de piel con un poco de grasa del animal de entre los dientes y lo tiró al suelo.

—Gracias, poderosa reina dragona —dijo Ilska hincando una rodilla en el suelo ante Lik-Rifa.

Drekr, el hermano de Ilska con la cicatriz de una garra en la cara, se puso a su lado, con el hacha larga de Skrið colgada del hombro, seguido por el resto de los descendientes de la dragona que habían sobrevivido a la batalla en Oskutreð, y todos se arrodillaron e inclinaron la cabeza.

Lik-Rifa sonrió y paseó la mirada por el claro. Biórr advirtió que Myrk clavaba una rodilla en el suelo a su lado y sintió que le temblaban las piernas antes de arrodillarse también él y agachar la cabeza en señal de obediencia. En torno a él, todo el mundo hizo lo mismo.

—Bueno —dijo suavemente la diosa dragona—. Ahora necesito dormir —anunció con movimientos lentos y lánguidos—. Debo curarme y recuperar fuerzas.

En el claro, todos volvieron a ponerse en pie poco a poco. Biórr reparó en que Lik-Rifa tenía la barriga hinchada debajo de la túnica, como si fuera una garrapata que acabara de darse un atracón de sangre.

—Mi reina —dijo Ilska adelantándose.

—¿Sí? —respondió Lik-Rifa girando bruscamente la cabeza para clavar los ojos rojos en ella.

—¿Qué plan tenéis, mi reina? —quiso saber Ilska.

A Biórr le resultó extraño oírla hablar con tanto temor reverencial y respeto, casi con miedo, cuando todo lo que había conocido de Ilska era una voluntad férrea y un corazón acorde a ella.

Lik-Rifa se agitó y un temblor recorrió su cuerpo.

—¿Plan? Vivir —respondió con una amplia sonrisa—. Volar, cazar. —Se miró los brazos, las manos huesudas, la piel pálida y translúcida, y deslizó los dedos por una de las costras de las heridas que tenía en el dorso—. Pero estoy débil. Necesito tiempo para recuperarme, para recobrar toda mi fuerza antes de que mis enemigos me encuentren. —Giró la cabeza escrutando los árboles, como si viera enemigos que la acechaban con afilados aceros en las manos. Hizo una mueca reptiliana que dejó a la vista sus dientes. Otro temblor le recorrió el cuerpo—. Tengo que convocar a mi pueblo para que se reúna conmigo. Y entonces, solo entonces, estaré a salvo. —Volvió a mirar a Ilska y su mueca se tornó en sonrisa—. Y entonces reinaré.

—¿Dónde está ese pueblo que quieres convocar? —quiso saber Ilska—. ¿Adónde nos dirigimos?

—Al este. A mi hogar en Nastrandir —respondió Lik-Rifa. Dejó caer los párpados—. Es una playa con forma de serpiente. Como mi padre.

—He oído hablar de un lugar así, aunque lo único que hay allí es la cordillera Dorsal y el mar bloqueado por el hielo —dijo Ilska asintiendo con la cabeza—. Si queda en pie algún edificio estará enterrado bajo trescientos años de hielo y nieve, y muy probablemente en ruinas.

—Como yo —musitó Lik-Rifa, y volvió a sacudirse—. Aún sigue en pie. Ahora necesito dormir. Vosotros me protegeréis. —No era una pregunta.

—Por supuesto, mi reina —dijo Ilska agachando la cabeza.

Lik-Rifa hizo unos giros al mismo tiempo que cavaba en el suelo con los pies y su capa oscura revoloteó como si fueran unas alas. A continuación se dejó caer y se acurrucó en el agujero con el cuerpo hecho un ovillo.

Ilska hizo una señal con la mano a sus guerreros, que se desplegaron alrededor de la diosa dragona para protegerla mientras dormía. Luego vio a Myrk y la llamó. Biórr la siguió por mera costumbre, pues siempre le había gustado escuchar conversaciones ajenas.

—Quiero que vuelvas a la cámara de Rotta y hables con padre—le dijo Ilska a su hermana—. Llévate diez guerreros, pero no a Biórr —añadió al reparar en la mirada de soslayo de Myrk.

—¿Por qué no? —preguntó contrariada Myrk.

—Acaba de volver, así que no quiero que vuelva a separarse de nosotros tan pronto. Además ha traído invitados. Tiene que ayudarlos a adaptarse a vivir entre los Alimentadores de Cuervos.

Myrk dio una patada al suelo con la punta de la bota.

—Dile a padre que reúna todo lo que encontramos allí y lo lleve al margen oriental de las Dorsales. En la costa al norte de Svelgarth, donde las montañas llegan al mar, hay una elevación del terreno con forma de serpiente. Padre lo llama la playa de los Cadáveres. Él sabrá de qué lugar se trata. —Ilska frunció el ceño y miró con seriedad a Myrk—. No te estoy encargando una misión menor. Padre está allí, con muchos tesoros de la antigüedad. Estoy depositando una gran confianza en ti.

—No te fallaré —afirmó Myrk con el rostro radiante.

—Bien. Parte en cuanto estés lista —dijo Ilska.

—Sí. —Myrk se dio la vuelta, pero Ilska la agarró con firmeza de la muñeca.

—Ten cuidado —añadió Ilska soltándole el brazo para acariciarle la mejilla—. He perdido a un hermano. No quisiera perder también a una hermana.

—Siempre tengo cuidado —repuso Myrk esbozando una sonrisa.

Ilska miró fijamente a su hermana pequeña.

—Hum… —murmuró. Luego dio media vuelta y se alejó.

—No pongas esa cara de decepción —dijo Myrk cogiendo la mano de Biórr y tirando de él para llevárselo a los árboles—. Todavía me da tiempo a echarte un polvo antes de marcharme.

CAPÍTULO SEIS

ELVAR

Elvar vio a la luz roja de las runas como Sighvat caía convertido en una maraña de extremidades, con una criatura del tamaño de un lobo, quitinosa y dotada de garras aferrada a él. En torno a ella, los Terrores de la Batalla gritaban con los escudos levantados y sus espadas silbando en el aire. Un enjambre de criaturas salían de la oscuridad impenetrable con un gran estruendo. Parecían extraídas de una pesadilla; unas eran pequeñas, otras grandes; unas reptaban con sus cuerpos segmentados, otras correteaban con unas largas piernas articuladas; unas goteaban cieno, otras tenían garras, colmillos y pinzas y lanzaban dentelladas; algunas tenían muchos ojos y otras ninguno, y todas se abalanzaban sobre los Terrores de la Batalla con una furia estridente.

Una de ellas corrió hasta Elvar con una multitud de patas y le saltó al cuello y al torso abriendo y cerrando la boca con la intención de morderle la cara. Elvar cayó hacia atrás al mismo tiempo que golpeaba en vano a la criatura con la antorcha apagada y con el puño. De repente sintió un dolor en la mejilla y un grito comenzó a formarse borboteando en su pecho.

Entonces la criatura explotó en un millar de fragmentos quitinosos y cieno pestilente y Grend levantó a Elvar del suelo. La guerrera lanzó la antorcha hacia un monstruo con una boca tan grande como su escudo llena de dientes, empuñó la espada y la desenfundó desmañadamente para abrir un tajo en un cuerpo sinuoso con la piel gruesa y viscosa. La carne de la criatura se escindió y de la herida brotó un fluido espeso como el moco. El monstruo se derrumbó y su cuerpo segmentado comenzó a sacudirse con espasmos.

Grend se colocó a su espalda y su nueva hacha trazaba brillantes arcos rojos en la oscuridad mientras Elvar asestaba tajos y puñaladas y atisbaba imágenes fragmentadas a su alrededor: Orv, con una rodilla hincada en el suelo, disparaba flechas cuyas puntas relumbrantes explotaban en llamas blancas cuando se hundían en un cuerpo o atravesaban corazas quitinosas; Huld arrancaba algo de la cara de Urt y rodaba por el suelo; Sighvat bramaba y asestaba hachazos, rodeado por un torbellino de patas, antenas, caparazones y lodo; Sólín estaba junto al carro y su nueva lanza brillaba con luz plateada mientras acuchillaba y rebanaba una criatura con incontables ojos y patas que atacaba al poni.

«¿Dónde está Skuld? —se preguntó—. Ella nos ha traído a esta trampa».

—¡Skuld! —gritó. Una criatura alta y con unos ojos bulbosos y negros corrió balanceándose hacia ella sobre unas patas largas como lanzas y la atacó con unos pies con pinchos que le abrieron unos surcos sanguinolentos en el pecho a través de la túnica de lana. Elvar le cortó una pata de un espadazo y de la herida brotó un icor oscuro, pero la criatura arremetió contra ella con otros pies.

»¡SKULD! —bramó Elvar.

Unas alas produjeron turbulencias en el aire sobre ella y Skuld apareció desde las penumbrosas alturas de la cámara. Unas estrías rojas relumbraban en el collar que le ceñía el cuello y tenía el rostro desencajado, como si forcejeara contra la correa invisible que tiraba hacia abajo de ella.

—¡Lucha por nosotros, bruja mentirosa! —le gruñó Elvar al mismo tiempo que se agachaba para evadir una garra que iba directa hacia ella.

Skuld, con un espasmo que le recorrió la cara, batió las alas y embistió a la criatura de múltiples patas que atacaba a Elvar, le arrancó las patas del resto del cuerpo con una fuerza sobrehumana y le atravesó el duro caparazón, de cuya herida comenzó a salir un líquido a borbotones. A continuación tiró a la sorprendida bestia al suelo, le pisoteó la cabeza y salió volando hacia el enjambre de criaturas que avanzaban hacia Elvar y Grend.

Los gritos resonaban en torno a Elvar, que vislumbró una pierna humana que surcaba el aire entre dos criaturas con pinzas que parecían estar compartiendo una pieza de fruta.

«Vamos a morir aquí abajo —pensó—, en el pestilente agujero de la cámara de Lik-Rifa. Nuestros cuerpos se pudrirán con los de las bestias que mueran antes que nosotros. No habrá sagas ni canciones que difundan nuestra fama».

Elvar gruñó y asestó espadazos, puñaladas y tajos con una ferocidad renovada, pero había demasiadas criaturas.

—*Sólarljós, ég kalla á þig, blinda og brenna þessar verur af dimmum, rökum skuggum* —bramó una voz que se alzó por encima del fragor de la batalla, por encima de los gritos y los aullidos inhumanos, y se produjo una explosión de luz que inundó la cámara, tan brillante como el sol.

Elvar trastabilló, se tapó los ojos con un brazo y entrevió que sus monstruosos asaltantes se balanceaban, agitaban frenéticamente las patas y caían al suelo, donde se retorcían con las extremidades enredadas, se sacudían y morían.

La luz se debilitó sin llegar a extinguirse, así que Elvar pudo echar un vistazo alrededor sin correr el riesgo de acabar ciega.

Uspa estaba de pie delante de la puerta rúnica y tenía levantada una mano en cuya palma relumbraba una esfera de luz.

En torno a ella había Terrores de la Batalla ensangrentados y respirando agitadamente; algunos se desangraban tendidos en el suelo de la cámara. Las criaturas que los habían atacado estaban muertas o habían retrocedido para escapar de la luz de Uspa.

—*Opið fyrir mig, drekarúnir* —gruñó Uspa al cruzar la puerta. Las runas se encendieron y chisporrotearon, pero rápidamente se evaporaron siseando como el agua al sol.

Elvar vio que Skuld se acercaba a ella con determinación.

—Arrodíllate —espetó Elvar mirando a la mujer alada.

Skuld hizo una mueca desafiante, pero el collar relumbró con luz roja y Skuld se arrodilló lentamente. Elvar le giró la cara de una bofetada y de su boca salieron despedidas gotas de sangre y saliva.

—¿Cómo te atreves a…? —espetó Skuld con los dientes apretados.

—Sí, me atrevo —le gritó en la cara a Skuld—. A esto y a más. —La golpeó de nuevo, esta vez con el puño, y le partió la nariz.

—Me perteneces. Eres mi thrall. Obedecerás mis órdenes cuando te pida que mutiles, que mates, que hagas lo que se me antoje. —Elvar la golpeó de nuevo y esta vez la cabeza de Skuld salió disparada hacia atrás.

La mujer alada apretó los puños, sus músculos se hincharon en sus brazos y en su cuello, pero el collar brilló y le chamuscó la carne y ella gritó.

—Nunca vuelvas a traicionarme —gruñó Elvar sosteniendo la punta de la espada muy cerca del ojo de Skuld—. ¿Me has entendido?

La hija de Ulfrir la miró con ferocidad durante unos momentos y luego asintió escuetamente con la cabeza.

—Tenías razón, Skuld —dijo Uspa con la voz temblorosa—. Este tesoro es mucho más valioso que todo lo que encontraríamos en la llanura. Es un arma.

—¿Qué quieres decir con que es un arma? —preguntó Elvar limpiándose la sangre de un corte en la mejilla—. ¿Qué es? —Miró a Uspa, que estaba hojeando un libro negro que tenía en las manos.

Habían comenzado a acercarse algunos miembros de los Terrores de la Batalla, los que podían, porque los demás estaban atendiendo sus heridas o las heridas de sus camaradas o yacían en charcos de su propia sangre, rodeados de los cadáveres amontonados de las abominaciones de Lik-Rifa.

—Es un grimorio —respondió Uspa—, escrito por Lik-Rifa.

—¿Por qué dices que es un arma? —quiso saber Elvar.

—Los hechizos… —susurró Uspa—. Son poderosos, y aterradores.

—¿Es un arma que podría ayudarnos a derrotar a la diosa dragona?

Uspa frunció el ceño.

—Quizá.

—¿Cómo? —inquirió Sighvat. Sangraba por muchas heridas, pero la posibilidad de librarse del blóð svarið atrapó su atención.

—¿Dice algo sobre resurrecciones? —preguntó en voz baja Skuld.

—Sí —respondió entrecerrando los ojos Uspa.

Los pensamientos de Elvar se mezclaban como las piezas de un rompecabezas. Casi podía verlo como una partida de tafl. Dentro de su cabeza revoloteaban imágenes de la llanura cubierta de ceniza de arriba, del montículo con los dientes afilados que era el esqueleto del lobo Ulfrir, de los pálidos eslabones enterrados en el suelo alrededor de su esqueleto.

«Lo mataron una cadena galdur y una horda de corrompidos descendientes de la dragona».

—¿Con este libro se puede resucitar a un dios muerto? —preguntó Elvar.

Los ojos de la bruja seiðr llamearon.

—Resucita a mi padre —suplicó Skuld—. Por favor. Si lo haces, seré tu leal servidora para la eternidad.

—¿Tu padre puede derrotar a Lik-Rifa? —le preguntó Elvar.

—Si alguno de los primogénitos puede hacerlo, ese es él —afirmó Skuld.

—Uspa —dijo Elvar volviéndose bruscamente hacia la bruja seiðr—, ¿es verdad lo que dice? ¿Este libro puede resucitar a Ulfrir?

—Creo que… —dijo con voz ronca Uspa. Dejó la frase a medias y miró a los ojos a Elvar—. Sí —susurró.

Las palabras que se formaron en la garganta de Elvar la aterrorizaron, pero fue incapaz de contenerlas.

—Con un dios lobo a nuestro lado tendríamos una oportunidad para derrotar a Lik-Rifa y rescatar a Bjarn.

—Un momento —terció Huld—. ¿De qué hablas? Desenterrar dioses, luchar contra el dragón… —Paseó la mirada por los Terrores de la Batalla—. Estamos aquí por el tesoro, hemos luchado por él y nos lo hemos ganado, y ahora lo recogeremos todo y nos lo gastaremos.

—Ajá —dijeron Urt, Orv y un puñado de guerreros.

—He hecho un juramento —dijo Elvar—. Como Grend y Sighvat. Fue el precio que pagamos a Uspa para que nos trajera aquí, a Oskutreð. El precio por las riquezas que hemos encontrado. Agnar también hizo el juramento. Os lo contó, os mostró las cicatrices.

—Pero resucitar al lobo Ulfrir… —repuso Orv mientras se paseaba por la cámara recuperando las flechas que había disparado, arrancándolas de los cuerpos de las criaturas—. Es una absoluta locura. Todos hemos visto a la dragona. Este mundo no es precisamente el mejor lugar para que ande suelta. Yo creo que los dioses muertos están mejor muertos.

Los murmullos de conformidad se propagaron entre los Terrores de la Batalla.

—Pero, como dice Orv, la dragona ya está suelta en este mundo —replicó Elvar—. ¿Crees que se retirará discretamente para llevar una tranquila vida en soledad?

—No —dijo Sólín—. Lo máz probable ez que cauze muerte y deztrucción.

—Querrá reinar —afirmó Skuld.

—¿Reinar dónde? —le preguntó Huld.

—En todas partes —respondió Skuld moviendo la mano de un lado a otro.

—¿Creéis que Vigrið es lo bastante grande como para escapar de la ira de una diosa loca? —inquirió Elvar.

—No —dijo Sighvat.

—La dragona debe morir —aseveró Uspa.

Los Terrores de la Batalla se quedaron callados.

—Sumamos menos de cuarenta lanzas —apuntó Urt—. No podemos matar a una diosa dragona.

—Nosotros cuatro estamos obligados a intentarlo —dijo Elvar señalando a Grend, Sighvat y Uspa—. Para rescatar a Bjarn y devolvérselo a

Uspa tendremos que enfrentarnos con Ilska, sus Alimentadores de Cuervos y la dragona. —Suspiró—. El juramento de sangre ahora es una criatura viva en nuestras venas. Nos lee el pensamiento y las intenciones. Si no intentamos cumplir el juramento y recuperar a Bjarn, hará que la sangre hierva en nuestras venas.

—Y, creedme, no es una manera agradable de morir —musitó Sighvat—. He probado una muestra y me ha convencido de que es mejor enfrentarnos a Lik-Rifa.

—Para matar a un dios se necesita otro dios. Hay que resucitar a Ulfrir —continuó Elvar—. Es nuestra mejor opción para salir vivos de esta y para salvar Vigrið de la destrucción. Pero los demás Terrores de la Batalla no estáis obligados por el juramento de sangre y ahora sois lo suficientemente ricos para vivir un par de docenas de vidas. No os lo reprocharé si decidís seguir vuestro camino. —Se encogió de hombros—. La verdad, si yo estuviera en vuestro lugar probablemente me iría.

—No, no lo harías —dijo en voz baja Grend detrás de ella.

—Si resucitáis al dios lobo, ¿cómo pensáis controlarlo? —quiso saber Huld.

—Alrededor del esqueleto hay eslabones de la cadena galdur que sujetaba a Ulfrir —explicó Elvar—. Lo que se usa para forjar los collares de thrall y dominar a los thrall son fragmentos de esa cadena —añadió señalando el collar que rodeaba el cuello de Skuld—. Usaremos la cadena para forjar un collar nuevo.

—Bien pensado —repuso Sighvat exhalando un largo suspiro y frotándose la cabeza.

—¿Y cómo piensas hacerlo? —preguntó con el ceño fruncido Huld.

—Skuld, antes he visto una forja, ¿está operativa? —preguntó Elvar volviéndose a la mujer alada.

—Por supuesto —respondió Skuld con la voz temblorosa de la emoción—. Mis hermanas y yo la usábamos para forjar muchas cosas, incluidas las puntas de esas flechas que él tiene en las manos. —Señaló a Orv.

Elvar miró a Uspa.

—¿Puedes forjar un collar de thrall para un dios?

—Sí —respondió la bruja seiðr.

—¿Y lo harás? —preguntó Elvar.

Uspa se quedó mirando a la guerrera.

—Es una locura —dijo entre dientes.

—El amor de una madre es muy poderoso. Eso me dijiste no hace mucho tiempo —contestó Elvar—. Un instinto como no hay otro, me aseguraste. Permitirías que el mundo se ahogara en sangre si así pudieras salvar a Bjarn y volver a tenerlo entre tus brazos. Eso me dijiste. —Elvar se acercó a Uspa hasta casi tocarla—. La pregunta, bruja seiðr, es si lo decías en serio.

Uspa inspiró hondo y de manera entrecortada.

—Resucitar a un dios…

—¿Lo harás? —volvió a preguntarle Elvar.

—Sí —musitó Uspa—. Para salvar a mi Bjarn. Pero entonces también rescatarás a mi marido.

Elvar la miró con el entrecejo arrugado y respiró hondo.

«Voy sumando juramentos. Cada vez soy menos libre y mayor es mi carga».

—Berak es un berserkir thrall unido a mi padre, así que no es fácil lo que me pides, pero lo intentaré —respondió.

Uspa la miró fijamente a los ojos, con expresión vacilante.

—¿Quieres que haga otro juramento de sangre? —espetó Elvar—. Me temo que no me queda sitio en los brazos para más cicatrices.

—No —respondió Uspa—. Tu palabra me basta. Y la suya —añadió señalando con la cabeza a Grend.

Grend intercambió una mirada severa con Elvar y luego asintió.

—Eso es suficiente para mí —continuó Uspa—. En ese caso, sí, con el grimorio de Lik-Rifa puedo forjar un collar de thrall lo suficientemente poderoso para someter a un dios, y devolver la carne, la sangre y la vida a sus huesos.

Elvar sonrió, pero al pasear la mirada por el resto de los Terrores de la Batalla se dio cuenta de que su decisión pendía de un hilo.

—Os voy a dar algo más en lo que pensar, Terrores de la Batalla —declaró—. Hemos encontrado muchas riquezas aquí y ganado mucha fama. Los Terrores de la Batalla hemos sido los primeros en poner el pie en el fabuloso Oskutreð. Hemos plantado cara a los Alimentadores de Cuervos de Ilska. Hemos sobrevivido al regreso de la dragona y explorado las cuevas que se hallan debajo del gran árbol y el camino de las almas. Nos hemos enfrentado con las abominaciones de Lik-Rifa. Creo que todo eso da para una buena saga para el salón de hidromiel de un jarl.

—Ajá —dijo Huld henchida de orgullo y sonriente. Los demás asintieron.

—Pero pensad en la saga que se contaría sobre nosotros si fuéramos los que matásemos a Lik-Rifa…

CAPÍTULO SIETE

ORKA

Orka levantó la brynja y la extendió ante sí. Tenía pegotes de sangre seca y apestaba, y ya se veían algunas manchas de oxidación. Las moscas correteaban por ella. Orka se encontraba en el patio, delante de las puertas abiertas de un granero que se utilizaba como almacén. A su espalda, los Hermanos de Sangre ya estaban preparándose para ponerse en marcha. Los caballos relinchaban mientras les colocaban los arreos y los ensillaban. Los hombres y las mujeres pisoteaban los fuegos para apagarlos. Todas las tareas se realizaban economizando esfuerzos.

—Sujétame el saco abierto —masculló Orka.

Vesli hizo lo que le pidió con el saco de cáñamo que había a sus pies. Orka metió la cota de malla en el saco. A continuación cogió el seax, levantó la tapa de un barril lleno de arena, grava y sal que se usaba para conservar la carne de tiburón y lo inclinó para volcar el contenido en el interior del saco. Cuando hubo cubierto la brynja, volvió a dejar el barril y ató el saco, lo levantó, lo agitó y lo golpeó con fuerza contra el suelo. Lo levantó otra vez, y otra, como si estuviera golpeando una alfombra de piel de carnero con su pelo.

—¿Qué haces? —le preguntó Lif.

—Limpio mi brynja —gruñó Orka volviendo a levantar el saco y estampándolo contra el suelo. Luego le dio una patada para lanzarlo rodando. Lo siguió con paso decidido y le dio otra patada. A continuación volvió a levantarlo y de nuevo se puso a darle golpes contra el suelo.

—La limpias… —dijo Lif—. Más bien parece que intentas matarla.

—La arena arranca toda la porquería —explicó Orka mientras volvía a levantar el saco. Hizo una pausa para mirar a Lif.

—Deberías ir con Glornir y los Hermanos de Sangre. Serán una compañía segura hasta Darl, y creo que Guðvarr podría estar mezclado en este asunto con Skalk y Vol. Seguro que se te presentará una buena oportunidad para hundirle un acero en el estómago.

Lif la miró y movió los labios, aunque sus palabras parecían no querer salir de la cueva oscura de su boca.

Oyeron unos pasos y los dos se volvieron. Glornir caminaba hacia ellos, esta vez solo, con el hacha larga terciada a la espalda. Pasó junto a Orka y le hizo un gesto para que lo siguiera mientras entraba en el granero. Orka dejó caer el saco al suelo.

—Espera aquí —le dijo a Lif, y siguió a Glornir al interior oscuro del granero.

—¿Vendrás con nosotros? —le preguntó Glornir a Orka en cuanto se detuvo delante de él.

Orka lo miró. Las palabras se apelotonaban en su garganta. Había tantas cosas que quería decir, tanto que debería decir… Ver a Glornir y a los Hermanos de Sangre había removido muchas emociones que llevaban mucho tiempo enterradas. Muchos juramentos, de compromiso y de amistad. Los había traicionado, había roto su juramento y se había marchado sin dar ninguna explicación. Se miró la mano, la cicatriz pálida y casi inapreciable que le recorría la palma, y rememoró el día que se la había hecho, el puño apretado y la sangre con la que trazó una raya sobre un escudo pintado de negro.

—¿Te gustaría que volviera? —preguntó con la voz ronca.

Glornir arrugó la cara.

—Ajá —respondió—. Perderos a Thorkel y a ti fue un golpe duro, no lo niego. —Tragó saliva—. Os buscamos durante días. Os lloramos muchos más. Y al verte ahora y descubrir que tú solo… —Dejó la frase en suspenso. Negó con la cabeza—. El dolor regresa, como una herida que vuelve a abrirse. Una parte de mí quiere llorar y abrazarte, pero otra parte quiere darte un puñetazo en la cara.

Orka siguió mirándolo en silencio.

—Pero el pasado es el pasado, ¿no? —continuó Glornir—. Y ambos hemos sufrido demasiado para que todo acabe en un holmganga. Así que, sí, me gustaría que volvieras. A los Hermanos de Sangre les gustaría que volvieras, aunque no como su jefa. Algunos están más enfadados que otros, sobre todo los que lucharon escudo con escudo contigo, pero eso no quita que quieran que vuelvas. Los más jóvenes están más dispuestos a perdonar, te miran y se quedan boquiabiertos. —Glornir se encogió de hombros—. Tu nombre es famoso. —Se miraron a los ojos. Casi eran igual de altos. Glornir era un hombre grande, como su hermano pequeño, Thorkel—. ¿Qué dices? ¿Vendrás con nosotros?

Orka inspiró hondo.

—No puedo —respondió negando con la cabeza y estremeciéndose como si sintiera un dolor agudo—. Aquí dentro solo está Breca. —Se dio unos golpecitos en el pecho—. Ahora solo hay sitio para él. Y para el juramento que le hice a Thorkel, de venganza.

Se instaló el silencio entre ellos. Finalmente Glornir asintió.

—Lo entiendo. El mundo está cambiando. Una diosa dragona y los descendientes de la dragona corren libremente por Vigrið, pero yo solo puedo pensar en Vol. Sin embargo, creo que nuestros caminos están unidos y que volveremos a encontrarnos antes de que esto acabe. Cuando vuelva a tener a Vol a mi lado y tú a Breca, participaré en la venganza de mi hermano.

Orka permaneció callada.

—¿Adónde irás entonces?

—Al oeste —respondió Orka—, a esa mina en la que luchaste con un descendiente de la dragona, a ver si encuentro algo, alguna pista de a qué lugar podrían haberse llevado a Breca o algún rastro.

—Hum... Edel te llevará a la mina.

—Puedo encontrarla sola —repuso Orka—. Si te diriges a Darl, sin duda necesitarás todos los escudos que puedas reunir.

—Voy a enviar a Edel y a unos cuantos más al *Lobo del mar*. Está esperándonos en el río Slågen con una tripulación de remeros y la mina les pilla de paso, así que... —Se encogió de hombros—. Yo no los necesito y tú ganarías algo de tiempo.

—Gracias —dijo Orka—. Una cosa —añadió—. Los niños corrompidos... ¿Puedes llevarlos contigo?

—¿No sería mejor que volvieran a casa?

—Ya no tienen casa. Sus padres están muertos. Drekr y sus cazadores los asesinaron. Como a Thorkel.

Otro silencio.

—Los llevaré hasta Darl. —Glornir asintió con el ceño fruncido.

Orka agachó la cabeza a modo de agradecimiento.

—Otra cosa —dijo mirando a Lif, que estaba fuera del granero intentando levantar en balde el saco con la cota de malla de Orka—. El objetivo de su venganza está en Darl. El hombre que asesinó a su hermano huyó en uno de los snekkar con Skalk. ¿Podrías llevarlo contigo?

Glornir miró a Lif.

—¿Es un corrompido?

—No —respondió Orka.

—Pero ¿sabe que llevas a Ulfrir en las venas?

—Ajá. —Orka asintió—. Lo vio con sus propios ojos. No tenía sentido negarlo.

—¿Confías en él? Ya sabes que hemos enviado a muchos al viaje de las almas para proteger nuestro secreto.

—Confío en él —dijo Orka—. Tanto como en cualquier otro.

Glornir hizo un ruido gutural, como un oso.

—Llevarlo con nosotros pone en riesgo a los Hermanos de Sangre. Si descubriera lo que somos en realidad… Pero si tú me lo pides. —Se encogió de hombros—. Lo llevaré a Darl. Pero eso no quiere decir que no lo mate si me da alguna razón para que no confíe en él.

—Me parece justo —dijo Orka.

Se miraron. El pasado era como un grueso cabo de amarradura entre ellos.

—Espero que encuentres a Breca —dijo Glornir rompiendo el silencio—. Me gustaría conocer a mi sobrino.

—Yo también lo espero. Y espero que pronto vuelvas a tener a tu lado a Vol.

—Pronto la tendré a mi lado, si Skalk y Helka saben lo que les conviene. —Glornir frunció el ceño y tendió las manos hacia ella. Orka se las cogió—. Mata a tus enemigos…

—Ajá, y haz una montaña con sus cadáveres —concluyó la frase Orka.

Glornir sonrió y la línea recta de su boca tembló un poco. Luego volvió a salir a la luz del día y enfiló hacia sus Hermanos de Sangre. Orka permaneció unos instantes en la oscuridad y después regresó junto a Lif.

—¿Te gustaría ir con ellos? —le preguntó—. Glornir te llevará con él si quieres.

—¿Puedo ir contigo? —dijo Lif.

Orka arrugó el ceño.

—¿Por qué? Yo me voy lejos de Guðvarr y tu venganza. Guðvarr se dirige al sur con Skalk para regresar a Darl, junto a la jarl Sigrún, y yo voy al oeste. Y ya te he dicho que, si te quedas conmigo, lo más seguro es que acabes muerto. —Echó un vistazo por encima del hombro de Lif hacia el túmulo de Mord—. Tu hermano acabó muerto.

—No fue culpa tuya —repuso Lif alzando el mentón—. La culpa fue de Guðvarr. —Su rostro se contrajo; la ira, la pena y las lágrimas rebosaban en sus ojos. Respiró hondo—. Todavía no soy lo suficientemente bueno para matar a Guðvarr. Antes de conocerte, lo único que había espetado era pescado, y ya sé que me has enseñado muchas cosas, pero... no estoy preparado. Cuando me enfrente con él quiero saber aquí dentro —dijo golpeándose el pecho— que puedo matarlo en una lucha justa. Como si fuera un holmganga.

—Si vienes conmigo quizá nunca tengas esa oportunidad —le advirtió Orka—. Es muy probable que acabes en un hoyo poco profundo con un montón de piedras sobre tu cadáver. —Orka no quería que fuera con ella. No quería tener las manos manchadas de la sangre de otro inocente, como de la de su hermano. No quería que otra persona la retrasara. Pero se sentía en deuda con él. Los hermanos la habían salvado en Darl y, a pesar de lo que dijera Lif, ella los había metido en el nido de las arañas de hielo y por su culpa los habían capturado. Sentía encima ese peso. Sentía que se lo debía a Mord.

—Seguiré tu ritmo. No te retrasaré —dijo Lif como si pudiera leerle el pensamiento—. Solo tienes que seguir instruyéndome en el manejo de las armas como hasta ahora. Y cuando volvamos, con Breca, si no estoy preparado para vengar a mi padre y a mi hermano después de haber recibido las enseñanzas de Machacacráneos, mereceré morir.

Orka suspiró y negó con la cabeza.

—Los muertos eran casi todos drengir con buenos equipos —dijo señalando el montón de cadáveres—. Consigue una cota de malla, un cinturón, una lanza, un hacha y un seax. Y un casco que te vaya bien, si lo encuentras. Busca comida y provisiones para el viaje, una olla y caballos.

—¿Una espada no? —preguntó Lif entusiasmado.

—Las espadas están sobrevaloradas.

—Muchos Hermanos de Sangre llevan espadas en el cinturón —observó Lif.

—Porque se las han ganado. Las han arrancado de los dedos yertos de aquellos a los que han matado —explicó Orka.

—Guðvarr tiene una espada. —Lif hizo una mueca.

—No estará menos muerto con un hacha en la cabeza que con una espada en el vientre. —Orka se encogió de hombros.

*

Orka agarró las riendas y se montó en su caballo, Trúr, un robusto pinto castrado que la había traído desde Darl. El animal relinchó cuando Orka se acomodó en la silla de montar e hizo rotar los hombros para ajustarse la cota de malla, que la arena había dejado limpia y reluciente. Lif salió de los establos a lomos del caballo de Mord, cargado con barriles, sacos y un haz de lanzas atadas con cuerda de morsa. Llevaba puesta una cota de malla ceñida con un cinturón del que caían un seax y un destral. De un gancho de la silla de montar colgaba un sencillo casco de cuero. Se oyó el zumbido de un aleteo y Spert revoloteó alrededor de la cabeza de Orka y se posó en el pomo de su silla; sus alas desaparecieron debajo de los segmentos de su caparazón exterior y su aguijón se arqueó sobre uno de sus hombros. Vesli aguardaba al lado de Trúr, con una lanza corta en la mano.

—¡Preparaos, Hermanos de Sangre! —bramó Glornir sentado sobre un musculoso caballo. Su escudo negro salpicado de sangre colgaba de un gancho de la silla de montar, con el hacha larga sujeta con correas debajo de él.

Un coro de voces le respondió y unos cuarenta o cincuenta guerreros se congregaron en el patio, muchos a caballo y el resto a pie, incluido un puñado de exploradores. Orka vio que Røkia enfilaba a zancadas hacia la puerta abierta de Grimholt acompañada por Varg, el guerrero que había matado al descendiente del dragón, que llevaba un sencillo escudo negro terciado a la espalda.

«Aún no ha hecho el juramento», pensó Orka. Los seguían unos cuantos exploradores, todos ellos enjutos y fuertes.

—Machacacráneos —dijo Glornir, y el silencio se instaló en el patio—. Volveremos a vernos, en este lado o en el otro. —Inclinó la cabeza.

Orka asintió.

—Cuando acabe te buscaré y te explicaré cómo vengué a tu hermano —respondió con un gruñido, y Glornir le sonrió bajo la barba gris.

—Si te encuentras con Guðvarr… —terció una voz débil como un junco. Todas las cabezas se volvieron. Era Lif quien hablaba, pálido como la leche agria, pero había fuego en sus ojos y le temblaba la mandíbula—. Si te encuentras con Guðvarr, el drengr de la jarl Sigrún —continuó Lif—, hazme el favor de no matarlo. Y dile que Lif irá a por él.

Glornir miró largamente a Lif y asintió con la cabeza. Luego espoleó a su caballo, tiró de las riendas y el patio se convirtió en un hervidero de actividad. Røkia, Varg y el resto de los exploradores desaparecieron por la puerta de Grimholt. Glornir y los Hermanos de Sangre los siguieron envueltos por una nube de polvo. Einar Medio Trol sacudió las riendas sentado en el banco delantero del carro. En los bancos de la parte trasera iban sentados los niños corrompidos. Las ruedas crujieron y el carro se puso en marcha traqueteando detrás de los Hermanos de Sangre. Orka sintió el impulso de seguirlos; tiraba de ella una cuerda invisible hecha con juramentos pasados, sangre y sudor, lágrimas y risas.

—¿Estás preparada, Machacacráneos? —preguntó una voz. Edel estaba a pocos metros de ella, con una lanza en la mano y sus dos perros sentados a sus pies. La rodeaban otros nueve guerreros, hombres y mujeres con aspecto severo y los escudos colgados a la espalda. La mayoría iban a pie, solo dos a caballo. Un tercer caballo transportaba las provisiones.

Orka lanzó una última mirada a la espalda de Glornir y los Hermanos de Sangre que desaparecían en la distancia.

«Haz de piedra tu corazón».

—Ajá —respondió.

Sin mediar palabra, Edel dio media vuelta y echó a correr hacia las puertas de Grimholt. Orka se volvió hacia las ruinas de la torre, las vigas carbonizadas y los agujeros en el tejado.

—Breca, voy a buscarte —musitó, y sintió que el lobo aullaba en su sangre.

CAPÍTULO OCHO

ELVAR

Le escocían los ojos y veía borroso por culpa del sudor que le caía de la frente. Cada vez que Elvar lanzaba aire con el fuelle de la forja surgían densas nubes de humo y las llamas rugían. Uspa sujetaba una retorcida barra de hierro al rojo vivo con unas grandes tenazas y bramaba instrucciones a Grend y a Sighvat, que golpeaban rítmicamente el hierro, cada uno de ellos con un martillo en las manos. Las chispas incandescentes saltaban e inundaban la forja situada en las entrañas de Oskutreð de relampagueos de llamas y sombras. Skuld permanecía semioculta en un rincón, envolviéndose el cuerpo con las alas, y contemplaba las subidas y las bajadas de los martillos y el hierro caliente que poco a poco adquiría forma.

«La forma de un collar de thrall para un dios».

«¿Qué estoy haciendo?».

Elvar se sentía como si estuviera dentro de un sueño y flotara sobre su propio cuerpo de carne y hueso convertida en un ser efímero y etéreo, desde donde observaba todo lo que sucedía como si fuera una mera espectadora. Se miró el brazo, cubierto por la espiral de las cicatrices del juramento de sangre y empapado de sudor.

«No hay otra opción. El juramento es como un parásito en mi sangre, un espía que acecha en mis venas; uno que sabe todo lo que pienso y puede matarme. Tengo que librarme de él. Tengo que cumplir el juramento».

Elvar divagaba mientras soplaba con el enorme fuelle para avivar el carbón y las llamas. Su mundo se reducía al estrépito de los martillazos, al chisporroteo y el siseo de las chispas y las llamas.

No estaba segura del tiempo que llevaban trabajando duro bajo tierra… medio día, o más; el tiempo había perdido todo su significado en aquel mundo subterráneo sofocante y lleno de llamas.

El collar ya estaba cobrando forma y Grend y Sighvat arrancaban vetas negras de escoria del hierro al rojo vivo.

—¡Alto! —gritó Uspa por encima de los martillazos, y los dos hombres dejaron de dar golpes. El hierro irradiaba ondas de calor cuando Uspa lo depositó con las tenazas encima de un gran yunque. Sacó del cinturón el seax que Elvar le había visto recoger de las cenizas de la llanura de arriba. La hoja cortó el aire con un silbido y se hizo una incisión en la palma de la mano. La sangre manó y se acumuló en su puño cuando lo apretó.

—Haz lo mismo —le dijo la bruja seiðr a Elvar por encima de los ruidos sibilantes y los rugidos de la forja.

Elvar sacó su seax y se hizo un corte en la mano, que flexionó para formar un cuenco cuando la sangre brotó de la herida.

—Arrójala al collar —ordenó Uspa levantando el puño y lanzando su sangre al hierro caliente.

Elvar obedeció y la sangre de ambas bañó el collar. Se oyó un chisporroteo y el metal despidió un hedor a quemado.

—*Blóð Snaka ferskt úr æðum mínum, gefðu þessu dauða járn lífi, láttu það hlýða orði mínu og svaraðu skipun minni* —gritó Uspa. Sus palabras colmaron la cámara y resonaron dentro de la cabeza de Elvar—. *Af blóði erum við bundin, tvö af holdi, í þetta járn. Hlýddu okkur.*

El collar adquirió un brillo blanco y se agitó como si fuera una criatura recién nacida que respirara por primera vez. Dio un espasmo y se movió, y entonces, con el sonido de un largo suspiro, se quedó quieto encima del yunque, convertido en un grueso y pálido aro de hierro enfriándose.

—Ya está —anunció Uspa.

Sighvat frunció el ceño.

—¿Y la cerradura? ¿Y la llave?

Uspa miró a Elvar.

—Ordena al collar que se abra en la lengua galdur que aprendiste en la sala de hidromiel de tu padre.

—*Opinn* —dijo entre dientes Elvar.

El collar se partió con un crujido y apareció una grieta que relumbró fugazmente al rojo vivo. Casi inmediatamente el collar yacía encima del yunque, abierto, como si las dos partes estuvieran unidas a una bisagra.

Elvar sonrió.

—*Loka* —dijo a continuación, y el collar se cerró sin que se apreciara ningún rastro de unión ni de bisagra; volvía a ser un aro de hierro con la superficie lisa, como un anillo forjado para un gigante.

—A mi padre no va a gustarle esto —dijo con voz ronca Skuld desde las sombras.

—¿Preferirías que siguiera muerto? —le preguntó Elvar.

Skuld negó con la cabeza tras un breve silencio.

—No. Quiero que viva.

—Entonces aquí ya hemos terminado —declaró Uspa.

—Bien —dijo Sighvat secándose el sudor de la frente. Miró alrededor—. ¿Podemos salir ya de aquí?

Elvar pestañeó al salir a la claridad del día y por un momento todo fue una mancha borrosa de oscuridad y luz cegadora. Cuando dejó atrás las tinieblas subterráneas tuvo la impresión de que estaba rodeada de una hilera de sombras que se fundían y adoptaban formas, hasta que distinguió a los Terrores de la Batalla formando una fila entre los carros atestados de tesoros y el cadáver de Ulfrir. Elvar dejó salir un suspiro de alivio, pues una parte de ella había temido que los mercenarios hubieran decidido que matar un dragón no iba con ellos y se hubieran marchado después de reunir su botín.

Huld, con su cuerpo enjuto y fuerte y la voracidad del lobo en los ojos, se adelantó.

—Pensamos que matar un dragón dará para una buena saga —dijo—. Contad con nosotros.

Elvar sonrió.

—Y Agnar se merece que lo venguen —ceceó Sólín.

El resto de los Terrores de la Batalla expresaron su conformidad.

—Bueno, pues es un alivio —confesó Sighvat.

Skuld salió volando de la oscuridad de Oskutreð, pasó por encima de ellos batiendo sus alas de color óxido y se posó junto a los huesos de su padre muerto, el lobo Ulfrir.

Elvar paseó la mirada por el puñado de carros, llenos hasta los topes de espadas, hachas, lanzas, seax, cotas de malla, brazaletes de plata y oro, así como de cadenas con colgantes, prendedores de capas, broches y baúles llenos de plata y oro; esqueletos, calaveras con las cuencas oculares vacías y cajas torácicas, montones de huesos. Un enorme colmillo amarillento y estriado ocupaba él solo un carro entero.

«¿Es de Svin, el dios jabalí? Nadie en toda Vigrid creería el tesoro que hemos reunido. ¡Reliquias de los dioses!».

Eran tantas las riquezas que habían encontrado que podrían hacerlos ricos a todos mil veces.

Los Terrores de la Batalla no habían estado holgazaneando. Habían escarbado en las capas de ceniza y de tierra para desenterrar los huesos pálidos y verdosos de Ulfrir, el dios muerto. Su cráneo era enorme y grueso, sus dientes, largos como lanzas, y sus costillas se curvaban como las tracas de un drakkar gigante.

Uspa dejó atrás a Elvar y enfiló a zancadas hacia el esqueleto con el collar recién forjado en la mano. Elvar, Grend y Sighvat la siguieron. Los demás Terrores de la Batalla se unieron a ellos hasta que todos formaron un semicírculo alrededor de los restos de Ulfrir. Los huesos sin vida irradiaban ira, una malicia persistente que hacía que Elvar sintiera un hormigueo por todo el cuerpo. Le bastó una mirada para darse cuenta de que los otros Terrores de la Batalla sentían lo mismo. A su lado, Grend tenía el ceño arrugado y apretaba los dientes; dejó caer una mano al mango de su nueva hacha y la aferró tan fuerte que se le pusieron los nudillos blancos.

«Si solo sus huesos tienen este efecto, ¿qué pasará cuando esté vivo?».

—Continúa —dijo Elvar con los ojos fijos en Uspa.

—Por Bjarn y por Berak —musitó Uspa. Le quitó la lanza a Huld e hizo unos surcos en el suelo. Trazó ocho líneas como los radios de una rueda, con Ulfrir en el centro. Se detuvo un momento para hojear el grimorio de Lik-Rifa y luego se puso a dibujar unas runas al final de cada surco.

—¿Qué hace? —preguntó en un susurro Sighvat a Elvar.

—Estoy haciendo un guldurstafir —murmuró Uspa—, un símbolo rúnico para canalizar y concentrar el poder que voy a traer.

—Ah —repuso Sighvat.

Uspa terminó los dibujos en la tierra y devolvió la lanza a Huld. Apoyó una rodilla en el suelo, cogió el seax del cinturón y deslizó el filo por la palma de la mano para reabrir el corte que se había hecho en la forja.

—*Jörð og klettur loft og himinn, kraftur blóðs og rúna, rís upp og fyllir bein Ulfrir* —recitó la bruja seiðr mientras ponía la palma de la mano sobre una de las runas que había trazado en el suelo. Goteó sangre sobre la ceniza y la tierra. Un fino reguero de llamas recorrió chisporroteando la runa, como metal fundido derramado en un molde. El camino de llamas continuó extendiéndose por la runa en dirección al cuerpo de Ulfrir. Las llamas enseguida se propagaron por el resto de los surcos y de las runas. Orv se apartó rápidamente cuando el fuego pasó entre sus pies.

Uspa se puso entonces en pie y alzó la mirada hacia el esqueleto del lobo. Sus labios temblaban mientras pronunciaba quedamente unas palabras. A continuación atravesó con determinación la boca y el cráneo del lobo, recorrió sus costillas y se detuvo debajo de la columna vertebral del esqueleto, justo en su unión con el cráneo.

—Sighvat, levántame —pidió la bruja seiðr.

El enorme guerrero se adelantó, se agachó para envolver con sus brazos las piernas de Uspa y volvió a erguirse para alzarla.

Uspa levantó el nuevo collar de thrall hasta la vértebra más alta en el espinazo del lobo.

—Ez demaziado pequeño —dijo Sólín frunciendo el ceño.

Elvar sonrió, porque eso mismo le había dicho ella a Uspa en la forja.

—¡Ordena al collar que se abra y crezca! —le gritó Uspa.

—*Opna og vaxa, kraga bundin við mig* —dijo Elvar al aire cargado de ira.

Aparecieron unas rojas estrías de calor que recorrieron sinuosamente la superficie del collar, que comenzó a ondularse y a brillar con una luz trémula, se abrió y se deformó alrededor de la columna vertebral del lobo mientras Uspa lo sostenía en alto. El metal se expandió como si fuera arcilla en un torno de alfarero hasta que rodeó holgadamente el cuello del esqueleto.

—¡Ahora ordénale que se cierre y se una al esqueleto; a la carne, la sangre, los tendones y el alma de su nuevo anfitrión! —bramó Uspa desde los brazos de Sighvat—. ¡Y di su nombre! ¡Di Ulfrir!

Elvar frunció el ceño y examinó cuidadosamente sus recuerdos de juventud en Snakavik, de Silrið, la galdramaðr del jarl Störr, y de cómo se había escondido en las sombras mientras Silrið le enseñaba a su padre las palabras de poder galdur que unían a los berserkir a él.

—*Kraga, lokaðu núna og vertu bundinn við þessa beinagrind, við hold, blóð, sin og sál nýja gestgjafans, úlfaguðsins, Ulfrir* —gritó titubeando al principio.

El collar se cerró con un ruido seco, onduló destellando una última vez y después se enfrió, aunque ahora era veinte veces más grande que el collar que había forjado Uspa.

Sighvat bajó a la bruja seiðr, que cogió el libro con las tapas rojas del cinturón. Skuld miró con gesto ceñudo el volumen.

«Hecho con la piel de su hermana —pensó Elvar—. Yo también despreciaría el libro. Si tuviera una hermana que amara. Si estuviera hecho con la piel de mi hermano Thorun no me parecería tan terrible».

Uspa pasó las hojas quebradizas acompañada por el susurro de la piel de sus dedos rozando el pergamino. Se detuvo y se quedó mirando fijamente una página. Sus labios se movían mientras leía en silencio. Inspiró hondo. Todo el mundo aguardaba mudo. Elvar percibía la grandiosidad de lo que estaba a punto de intentarse. Sintió el impulso de gritar a Uspa para pedirle que parara, para decirle que encontrarían otra manera.

Uspa dejó caer el libro al suelo cubierto de ceniza y alzó su mano abierta todavía ensangrentada.

—*Blóð er lífið, gefin af ótta snaka, Krækjan sem bindur okkur öll, búin til af höggorminum, framleiðandanum og húsbóndanum* —pronunció a voz en grito la bruja seiðr mientras manaba sangre del corte.

—¿Qué dice? —preguntó Sighvat. El miedo y el asombro se debatían en su rostro.

Todos los Terrores de la Batalla observaban la escena con la misma expresión de inquietud, paralizados, incapaces de mirar a otro lado.

—Algo sobre sangre y vida, y Snaka y el hacedor —respondió Elvar.

Uspa se acercó al cráneo del lobo y levantó la mano para extender la sangre por los dientes superiores y el hocico del dios muerto.

—*Ó mikli úlfur, heyrðu grát minn, finn aftur, andaðu, lyktu, þrumu.*

—Dice «gran lobo» —tradujo Elvar—, y otras cosas que no entiendo. Algunas palabras significan «respirar», «sentir», «oler», «gruñir».

—Ay, no sé, todo esto me da mala espina —gruñó Sighvat moviendo con nerviosismo los pies.

Uspa se alejó de la boca abierta del lobo, untó un dedo en la sangre de su mano y trazó unas líneas en el aire.

—*Blóðflæði, hold og sinu prjónað* —gritó, y unas deslumbrantes y angulosas runas de llamas y sangre brotaron crepitando en el aire entre la bruja seiðr y el esqueleto, como si estuviera dibujando sus runas de sangre sobre una superficie sólida.

Luego Uspa se dio la vuelta y recorrió con la mirada a los Terrores de la Batalla.

—¡Unid todos vuestra sangre a la mía! ¡Haceos un corte en la mano!

Hubo un momento de parálisis general. Grend fue el primero en moverse y se adelantó sacando su nuevo seax; envolvió la hoja con la mano. Elvar lo imitó, cogió el seax del cinturón y trazó una línea roja en su mano. Sighvat la siguió y después todos los miembros de los Terrores de la Batalla se acercaron al esqueleto empuñando afilados aceros.

—¡Verted vuestra sangre sobre los huesos de Ulfrir! —gritó Uspa—. ¡Ahora! —La bruja seiðr arrojó la sangre acumulada en su puño hacia el cráneo del dios lobo.

Todos los Terrores de la Batalla siguieron su ejemplo. Elvar cerró la mano y lanzó la sangre hacia los huesos del lobo. La superficie amarillenta de repente se llenó de salpicaduras rojas.

—*Hjarta sló aftur* —gritó Uspa, y entonces el tiempo pareció detenerse, como si el mundo alrededor suyo estuviera conteniendo el aliento.

La refulgente runa suspendida en el aire creció y se expandió gradualmente como si fuera una monstruosa telaraña.

—*Kraftur orðs, kraftur blóðs, drekkur í dauða og lífgar* —entonó Uspa al mismo tiempo que agitaba la mano hacia los huesos del lobo. La runa de fuego, ahora enorme, se movió por el aire y se posó como si fuera una gran red sobre el esqueleto de Ulfrir. En cuanto los trazos de la runa tocaron los antiquísimos huesos, las runas brillaron con intensidad, recubrieron de estrías rojas y anaranjadas el blancuzco esqueleto y luego se apagaron.

El suelo tembló debajo de los pies de Elvar y se produjo un cambio en el aire que rodeaba el esqueleto de Ulfrir, que comenzó a vibrar. A Elvar se le puso la carne de gallina y se estremeció. Skuld aspiró una bocanada de aire con los dientes apretados. Los huesos del dios muerto se agitaron, como si fuera un animal que estaba soñando, y de pronto comenzaron a cambiar de color. Pero no, más bien era que estaba formándose algo alrededor de ellos: venas y arterias, despacio al principio, brotaban del suelo como si fueran enredaderas que trepaban alrededor de un viejo roble, retorciéndose y enrollándose, y más rápido después, envolvieron los huesos con distintos tonos de rojo. Aparecieron músculos y crecieron y se expandieron tendones. Elvar vislumbró los viscosos pulmones rosados dentro de la gran caja torácica y los intestinos pringosos y enrevesados un poco más abajo. El cráneo se movió y comenzó a formarse carne en torno a los huesos; se alargó el hocico, crecieron las orejas y apareció un brillo líquido en las cuencas oculares vacías. Y después nació el pelo, gris pizarra, con mechones negros. Brotaron uñas en las garras. El relumbrante collar de thrall crecía al mismo ritmo que lo hacía el resto de los elementos, se expandía con la carne y los músculos, la sangre y el pelo que se retorcía y se enredaba alrededor del cuello del lobo.

Elvar contemplaba con asombro y paralizada, con el corazón aporreándole el pecho, como Ulfrir recuperaba su forma. Y entonces todo terminó y un lobo gigante yacía sobre la llanura de ceniza ante ellos, con el pelaje agitado por el viento. Elvar se quedó sin respiración al ver su tamaño. Era casi tan grande como la sala de hidromiel de su padre. Una multitud de heridas, algunas sangrantes, se cerraban lentamente por todo el cuerpo de la criatura, y tenía costras en carne viva y cicatrices de un furioso color rojo.

—Aún está muerto —dijo Sighvat en el silencio reinante.

Elvar se dio cuenta de que el cuerpo del lobo estaba frío e inmóvil; su pecho no se movía por la respiración ni sus ojos tenían el brillo de la vida.

—*HJARTA SLÓ AFTUR* —bramó Uspa golpeando con la mano ensangrentada el pecho de la bestia.

—Corazón, vuelve a latir —susurró Elvar.

Se produjo un estruendo, como de un árbol al partirse alcanzado por un rayo, y el lobo muerto dio una sacudida, resolló y su enorme boca se abrió. Una luz ambarina destelló en sus ojos y parpadeó. Sus patas se movieron temblando para sostener su peso y, despacio, pesadamente, el lobo renacido encogió las patas debajo del cuerpo, rodó y se levantó. Era tan alto que su sombra cubrió a todos los presentes. Su pecho era más musculoso y ancho que el de un lobo normal. Tenía los hombros y el cuello encorvados y un hocico más corto y ancho que el de cualquier lobo que Elvar hubiera visto antes. La inteligencia y la malicia brillaban en sus ojos ambarinos. Finalmente levantó la cabeza hacia el cielo y aulló.

Elvar retrocedió tambaleándose y se tapó los oídos con las manos mientras el suelo temblaba debajo de ella y las ondas sonoras la azotaban como un vendaval. Otros Terrores de la Batalla hicieron lo mismo que ella y alguno incluso se dejó caer de rodillas al suelo. Solo Grend permaneció impasible, observando al lobo gigante mientras aullaba a los cielos expresando su furia y su dolor. Por fin el aullido cesó y el lobo bajó despacio la cabeza y miró a los Terrores de la Batalla.

—*Svo skal það vera* —dijo Uspa rompiendo el silencio.

—Así será —murmuró Elvar recordando las palabras con las que Silrið concluía todos sus hechizos galdur.

El lobo jadeaba y Elvar vio el dolor y el cansancio en sus ojos. Le temblaban las patas y todavía sangraba por las decenas de heridas que plagaban su cuerpo.

«Las heridas que terminaron con Ulfrir, infligidas por centenares de hijos de Lik-Rifa, los descendientes de la dragona. No se han curado del todo con su resurrección».

Un escalofrío recorrió el cuerpo de Ulfrir, sus patas cedieron y se doblaron y el lobo se desplomó en el suelo. En torno a él se produjo una explosión de ceniza. El lobo volvió a aullar, pero esta vez lo que transmitía su voz era dolor y agotamiento. El aire vibraba y se agitaba mientras el cuerpo del lobo se transformaba y menguaba con una serie de crujidos y chasquidos que sonaban como martillazos; su figura se plegó sobre sí misma, su hocico se acortó, sus dientes se hicieron más pequeños y sus huesos encogieron hasta que finalmente yacía un hombre en el suelo. Llevaba puesta una cota de malla llena de desgarrones y su cuerpo estaba cubierto de heridas y de sangre a medio coagular. Una capa de pelo de lobo le envolvía los hombros. De su cinturón colgaban las fundas vacías de una espada y de un seax. Su cabello largo y lacio caía alrededor de su rostro. Los ojos ambarinos brillaban desde las cuencas oculares hundidas. Su cara era un paisaje accidentado de facciones angulosas y sombras profundas. Bajo la barba grisácea su boca gruñía y detrás de sus labios se atisbaban unos dientes afilados.

—¡Padre! —gritó Skuld corriendo hacia el dios caído postrado en el suelo. Se arrodilló a su lado y le levantó la cabeza para apoyarla sobre su regazo.

—Skuld —masculló Ulfrir, el dios lobo. Levantó una mano manchada de tierra y sangre para acariciar la mejilla de su hija—. ¿Qué ha pasado? ¿Dónde están tu madre y tus hermanas?

—Todas muertas —musitó Skuld con lágrimas en los ojos.

El dolor y la estupefacción se manifestaron en las facciones de Ulfrir. Soltó un gruñido que se transformó en una tos bronca. Todo su cuerpo se sacudió con espasmos. Echó la cabeza hacia un lado y un hilo de sangre y saliva cayó de sus labios al suelo cubierto de ceniza.

—¿Cómo va a ser capaz de matar a un dragón? —preguntó Sighvat.

CAPÍTULO NUEVE

BIÓRR

Biórr miraba a Myrk mientras se alejaba a caballo con quince guerreros, todos ellos con una montura de refresco atada al pomo de la silla para acortar todo lo posible su viaje al sur. Desaparecieron en la penumbra del bosque, pero Biórr permaneció allí mucho después de que desaparecieran de la vista.

Se oyó un ruido de pisadas en el bosque y un hombre se detuvo al lado de Biórr. Era Fain el Rojo, un guerrero alto y corpulento, ancho de pecho, con el pelo blanco peinado hacia atrás y recogido en un moño tirante en la coronilla y dos trenzas de barba blanca.

—Pronto volveremos a verlos —dijo—. A mi hijo Kalv y a tu mujer.

—Myrk no es la mujer de nadie —replicó Biórr.

—¡Ja! Eso es verdad. —Fain rio y se giró para mirar a Biórr—. Me alegra volver a verte, muchacho.

—A mí también volver a verte a ti, abuelo —respondió Biórr intentando recuperar su vieja camaradería.

Fain el Rojo frunció el ceño mientras miraba a Biórr.

—Tienes un aire de potro asustado, muchacho, como si presintieras que te acecha un peligro. —Levantó una mano grande y nudosa hacia la mejilla de Biórr, pero este la apartó. Fain el Rojo volvió a arrugar el ceño—. No ha debido ser fácil para ti vivir entre enemigos, sin poder expresar lo que pensaba tu cabeza ni lo que sentía tu corazón —dijo mirando a los ojos a Biórr como si pudiera ver en su alma.

Biórr sintió que nacía una emoción en su pecho; era como si las palabras de Fain hubieran abierto una compuerta en su interior, como siempre sucedía. Fain era la primera persona que había sido amable con Biórr a su llegada a los Alimentadores de Cuervos.

—Ajá. Bueno, para eso tenemos mucho tiempo —dijo Fain como si respondiera en una conversación imaginaria—. Ven a comer. Mi muchacho Storolf te ha echado de menos.

—Ajá —repuso Biórr—. Eso estaría… bien.

Fain lo condujo hasta un fuego alrededor del cual había un puñado de guerreros. Un trozo de carne de oso giraba en un asador.

—Storolf Dentadura de Guerra —musitó Biórr cuando Storolf se puso en pie.

Storolf le sacaba una cabeza y era casi el doble de ancho. Era rubio y llevaba la barba recogida en varias trenzas, con una pluma de cuervo prendida en una de ellas. Sonrió al ver a Biórr y dejó a la vista el hueco de los dientes delanteros que se había dejado en el escudo de un guerrero enemigo al arrancárselo de las manos con la boca.

—Bienvenido, hermano —dijo Storolf abriendo los brazos para fundirse en un abrazo que estuvo a punto de romperle los huesos a Biórr.

—No… puedo… respirar —jadeó Biórr.

Storolf lo soltó riendo y lo agarró por los hombros.

—Pareces cansado, hermano. ¿Es porque has pasado tres años infiltrado en el enemigo, consciente de que podrían descubrirte en cualquier momento y que eso habría significado tu muerte? —Miró a Biórr con una compasión sincera. Apareció un leve temblor en las comisuras de sus labios—. ¿O es porque Myrk acaba de echarte un polvo en los arbustos?

Las carcajadas estallaron alrededor del fuego. Fain le dio unas palmadas en la espalda a Storolf mientras los hombres y las mujeres que los acompañaban se partían de la risa y pateaban el suelo.

—¡Ja, ja, ja! —Biórr no se lo tomó mal y se ruborizó—. ¿Qué puedo decir? Me ha echado de menos.

—Ajá —repuso Fain—. Ya se ha encargado ella de dejárnoslo claro.

—Menudos pulmones tienes —añadió Storolf—. ¡Todavía nos pitan los oídos!

Más risas.

—Venga, siéntate y come. Nuestra nueva reina nos ha traído una carne de oso deliciosa.

Se sentaron todos juntos y Biórr sintió que una parte de su nerviosismo se diluía.

—Veo muchas caras nuevas —dijo paseando la mirada por el campamento mientras se metía en la boca una tira de carne recién asada. Regueros de grasa corrieron por su barba.

—Ajá —gruñó Fain—. Ilska dice que se acerca el momento, así que necesitamos más gente.

—Todos esos han venido con Drekr —explicó Storolf señalando con la cabeza a Drekr, que estaba sentado junto a otra hoguera con una docena de hombres y mujeres.

Algunos vestían cotas de malla, otros, prendas de cuero y pieles. Biórr se fijó en un hombre delgado y con la piel curtida que llevaba un collar de lo que parecían colmillos de trol. De una gran cantidad de fundas que llevaba abrochadas y sujetas con correas por todo el cuerpo sobresalían empuñaduras de seax.

—Saben pelear —añadió Storolf.

—Ya se ve —masculló Biórr mientras resoplaba y masticaba el trozo de carne caliente.

Se produjo un cambio en el campamento. Los que todavía reían se quedaron callados. Biórr se volvió y vio que Lik-Rifa se revolvía detrás de sus vigilantes. Había dormido profundamente desde su regreso con el oso muerto. La diosa dragona dio una sacudida y cambió de postura sobre su improvisado lecho. Se despertó bruscamente y se puso en pie con los ojos rojos y brillantes. Estaba pálida y su rostro demacrado tenía un aire fantasmagórico. Sus labios torcidos dibujaban una mueca a medio camino entre el miedo y la ira.

—Ulfrir —murmuró.

—¿Os encontráis bien, mi reina? —preguntó Ilska atravesando rápidamente el campamento. Drekr era una figura imponente a su lado. Los vigilantes que rodeaban a Lik-Rifa se apartaron para dejar pasar a su jefa.

Lik-Rifa se llevó una mano al cuello y se rascó una herida parcialmente cubierta por una costra; se la había infligido una de las mujeres aladas en Oskutreð.

—Los dientes de Ulfrir, alrededor de mi cuello —masculló la diosa dragona. Pestañeó y sacudió la cabeza. Paseó lentamente la mirada a su alrededor, gruñendo, hasta que se detuvo en Ilska.

—Solo son sueños oscuros —dijo para tranquilizarla Ilska—. Ulfrir está muerto. Vimos su esqueleto en la llanura de Oskutreð.

—Vive —gruñó Lik-Rifa—. Mi pestilente, sarnoso y pulgoso hermano Ulfrir vive.

—De todos los dioses, sois la única que vive, mi reina —insistió Ilska.

Lik-Rifa arrugó el rostro y entrecerró los ojos. El aire en torno a ella pareció vibrar y oscurecerse.

—¡Os digo que VIVE! —rugió. Su boca se dilató y se expandió y en su interior surgieron unos dientes afilados como cuchillas; su cuerpo creció y se cubrió de escamas. Durante su metamorfosis arrancó árboles de raíz y sacudió la cabeza hacia delante sobre un transformado cuello reptiliano. Su gran boca de dragona se abrió y Drekr se tiró al suelo arrastrando a Ilska. Las fauces de Lik-Rifa pasaron por encima de sus cabezas y se cerraron alrededor de uno de los vigilantes que estaba detrás de Ilska. Su alarido cesó de golpe y se produjo una explosión de sangre y de huesos triturados mientras Lik-Rifa agitaba la cabeza como un perro que apresara una rata con los dientes. Una pierna voló por el aire desde la fuente de sangre y todo el mundo huyó despavorido, gritando y chillando mientras la transformación de Lik-Rifa en la dragona ocupaba todo el claro, partía ramas y doblaba árboles con las alas desplegadas.

Biórr retrocedió a trompicones sin despegar los ojos de la escena. Vio que Drekr rodaba por el suelo abrazado a Ilska, se levantaba y se llevaba a su hermana a rastras lejos de Lik-Rifa mientras la dragona descuartizaba al vigilante.

Lik-Rifa levantó la cabeza extendiendo su sinuoso cuello y tragó. Biórr vio que el bulto con forma de cuerpo humano descendía por su garganta. La dragona miró a su alrededor y vio a Drekr llevándose a Ilska. Esta miraba atrás mientras corría a trompicones.

—¡ALTO! —rugió Lik-Rifa.

El suelo tembló e Ilska hincó una rodilla en el suelo.

Lik-Rifa dio un paso enorme y se alzó por encima de Ilska, echó la cabeza hacia atrás con la boca abierta, de cuyos dientes colgaban trozos de carne sanguinolenta.

Drekr se descolgó el hacha de la espalda y se interpuso entre su hermana y la dragona.

Lik-Rifa se quedó inmóvil un momento, cernida sobre Drekr e Ilska. Su boca se movió para esbozar lo que a Biórr le pareció una sonrisa. Entonces el aire vibró y el cuerpo de la dragona comenzó a transformarse; se contrajo con una serie de tirones demoledores y Lik-Rifa volvió a ser una mujer, alta y adusta, plantada delante de Drekr e Ilska.

—¿Vas a enfrentarte a mí, tu creadora? —preguntó Lik-Rifa a Drekr, quien bajó el hacha.

—Es mi hermana —dijo Drekr sosteniéndole la mirada.

Lik-Rifa echó la cabeza hacia atrás y rio. Todo su cuerpo se agitó.

—Mis hermanos y hermanas no compartían tus sentimientos —dijo dejando de reír—. Me gusta esta lealtad. —Frunció el ceño—. Pero deberías demostrármela a mí. Debería comerte por desafiarme de esta manera —gruñó. Su boca comenzó a transformarse y a hacerse más grande—. Pero esta lealtad hacia tu hermana es un tesoro. —Su rostro se suavizó y una solitaria lágrima rodó desde uno de sus ojos rojos como el fuego. Tendió una mano y acarició la mejilla de Drekr—. Deseo esta devoción —susurró—. La merezco.

—La tenéis, mi reina —terció Ilska levantándose y haciendo una reverencia a Lik-Rifa—. Mi familia ha trabajado duro durante generaciones para liberaros.

—Sí, ya lo veo —repuso Lik-Rifa. Lanzó una mirada a los despojos del guerrero que se había comido y suspiró—. Una parte demasiado grande de mi padre vive en mí, me temo. Él devoraba a sus hijos, sus creaciones, por capricho. Intentaré no ser como él—. Inspiró hondo, se llevó una larga uña a la boca y se sacó de entre los dientes un resto de carne ensangrentado.

«Pero acabas de comerte a una persona», pensó Biórr, si bien le pareció que no sería inteligente señalar ese hecho, así que mantuvo la boca cerrada.

—Además me habéis hecho un buen servicio. ¿Usasteis el libro de mi hermano, el *Raudskinna*?

—Sí, mi reina —respondió Ilska—. Encontramos su cámara.

—Amaba a Rotta, pero no acudió cuando lo necesité —murmuró Rifa—. Pero supongo que al final me ha salvado él con su libro de runas. Y vosotros hicisteis un buen trabajo encontrándolo. Pero no deberíais cuestionarme —declaró Lik-Rifa mirando a Ilska—. Nunca me cuestionéis, porque tengo razón, mi hermano vive. Lo he sentido. He sentido que se utilizaba mi encantamiento. He sentido su respiración anhelante. He oído su aullido. —Lanzó una mirada de reprimenda a Ilska—. Yo siempre tengo razón. Más os vale recordarlo.

—Sí, mi reina —dijo Ilska—. Pero… ¿cómo es posible que esté vivo? Vimos sus huesos.

«Tiene valor para seguir cuestionando a la diosa después de lo que acabamos de verla hacer».

—Mi libro —gruñó Lik-Rifa—. Debería estar protegido por mis encantamientos rúnicos y mis hijos. —Un espasmo de rabia le recorrió el rostro—. Deben haber matado a mis hijos —espetó.

—¿Qué queréis que hagamos? —preguntó Ilska.

Lik-Rifa miró al norte, hacia el camino de Oskutreð, y luego al sur.

—Así que retomamos nuestro juego, Ulfrir —murmuró—. Pero esta vez no me dejaré engañar tan fácilmente y tú no tendrás a Orna para que te cubra las espaldas. —Miró a Ilska y a Drekr—. Hay más de una manera de capturar un lobo —dijo—. Viajaremos a toda prisa al sur y cruzaremos el puente de Isbrún. Tenemos que llegar antes de que termine el sólstöður o quedaréis atrapados en este lado de la sima de los vaesen.

—Sí, mi reina —dijo Ilska.

—Bueno —repuso Lik-Rifa—. ¿A qué esperáis? —Paseó la mirada por los guerreros reunidos en el claro, que la miraban boquiabiertos—. ¿Es que tengo que comerme a alguien más para enseñaros el significado de prisa?

El campamento se convirtió en un hervidero de actividad.

CAPÍTULO DIEZ

ORKA

El lobo que vivía en la sangre de Orka gruñó.

«Peligro», rugió.

Orka abrió los ojos de golpe. Era de noche y las ramas rozaban unas con otras sobre ella. Los fragmentados haces de luz de la luna perforaban el claro en el que dormían. Oyó más gruñidos, pero estos sonaban en el mundo que la rodeaba. Débiles, apenas audibles. Orka se dio la vuelta sigilosamente y se incorporó. Vio a los dos perros de Edel sentados, con el pelo del lomo erizado y las orejas de punta, mirando fijamente la impenetrable oscuridad del bosque. Edel se revolvió.

Orka se levantó. Tenía las articulaciones tiesas por el frío. Dejó que su lobo interior se filtrara en su sangre. El mundo que la rodeaba cambió instantáneamente. De repente, su olfato era más fino, su vista, más aguda, y los sonidos eran más claros. En el claro, todos dormían excepto Edel, que se incorporó con un codo apoyado en el suelo para coger la lanza. Y Lif: no había nadie debajo de su manta.

«¿Su turno de guardia?».

La oscuridad retrocedió ante sus ojos de lobo y distinguió los árboles. Vio unas figuras oscuras, cuatro, cinco, más, moviéndose entre ellos. No hacían ruido; parecían flotar en el aire, espectrales y siniestras. Un poco más lejos, en el interior del bosque, se oía un sonido, una respiración entrecortada, jadeante, como si alguien respirara por el tallo de un junco.

Orka inspiró hondo. La fragancia de la savia de los pinos impregnaba el aire, pero detectó otro olor, de algo viejo, podrido y corrompido, como de un cadáver que llevara mucho tiempo muerto.

«Brujas nocturnas».

—¡ALARMA! —gritó Orka al mismo tiempo que se agachaba para coger el hacha larga que descansaba a su lado, pegada a ella como un amante. Echó a correr por el claro en dirección al sonido de la respiración jadeante. Unas sombras imprecisas se espesaron y adquirieron forma y algo se deslizó hacia ella como una niebla. Orka atisbó la nariz de una calavera y unos cabellos largos y negros que se agitaban como unas cuerdas azotadas por un vendaval, se retorcían, fustigaban y se fundían con la niebla. Una capa harapienta envolvía una figura esquelética, y, a través de los agujeros de la prenda, se entreveía su piel pálida y arrugada formando pliegues y unas mamas caídas casi hasta las caderas. Unas garras desproporcionadamente grandes para el tamaño del cuerpo se tendían hacia Orka al final de unos delgados brazos que parecían ramas, y unos mechones de pelo, gruesos como cabos, salieron disparados hacia delante y se enrollaron en la cintura y en el cuello de Orka.

Machacacráneos asestó un hachazo a la cabeza de la criatura mientras los mechones de pelo le apretaban el cuello y la cintura y la arrastraban hacia la bruja nocturna. El lobo que vivía en ella celebró esa idea, pues nada deseaba más que acercarse a la criatura y morderla, desgarrarla y descuartizarla, pero el hacha atravesó a la bruja nocturna como si fuera de humo y Orka se precipitó hacia delante. El impulso la envió contra un árbol.

«Idiota. Recuerda las palabras de brujería seiðr que te enseñó Uspa».

La bruja nocturna se abalanzó sobre ella con su cuerpo espectral y vaporoso, a pesar de que los mechones de pelo enrollados en el cuello de Orka parecían reales y duros como el hierro. La estrangulaban y Orka no podía respirar. A duras penas consiguió levantar de nuevo el hacha.

—*Skuggar skilja* —gruñó al mismo tiempo que arremetía con el hacha larga contra el pecho de la criatura. Esta vez encontró resistencia. La bruja nocturna chilló y su umbroso cuerpo explotó en mil pedazos, que surcaron el aire nocturno como si fueran una bandada de murciélagos saliendo de una cueva. La presión en la garganta de Orka desapareció y la guerrera continuó avanzando hacia el sonido que todavía oía de una persona con dificultades para respirar. Los jadeos sonaban cada vez más débiles y espaciados.

Edel gritó algo y Orka oyó otro chillido a su espalda y otras voces que reverberaban en la oscuridad, pero no se detuvo. Y entonces lo vio. Era una sombra negra derrumbada entre las raíces de un árbol. Lif estaba recostado contra el tronco, pálido a la luz de la luna, con la boca abierta, la lengua negra y los ojos desorbitados. Había una bruja nocturna sentada en su pecho, envolviéndole el cuello con unas manos enormes y unos mechones de pelo neblinoso. La bruja nocturna miraba a Lif con una expresión de amor sincero, como una madre a su hijo mientras duerme.

Orka salió disparada hacia allí levantando el hacha y hundió el arma en la espalda de la bruja nocturna.

—*Skuggar skilja* —gritó mientras la bruja nocturna se retorcía y el gesto amoroso de su rostro se transformaba en un gruñido de una ferocidad salvaje. Sin embargo siguió estrangulando a Lif, lo cual fue un error.

Orka asestó otro hachazo en el cuello a la bruja nocturna, que lanzó un aullido estridente y se descompuso en una multitud de reflejos de oscuridad.

Lif inspiró hondo, se desplomó en el suelo y comenzó a agitarse como un pez fuera del agua. Soltó un grito. Orka se arrodilló a su lado y le sujetó los brazos, que se movían frenéticamente.

—Se ha ido —lo tranquilizó Orka.

Poco a poco Lif se calmó y su respiración se apaciguó; una pizca de color regresó a sus mejillas.

—¿Qué ha pasado? —le preguntó Orka con ferocidad.

Se oyó un aleteo y Vesli se posó en el suelo, con los ojos somnolientos y una lanza en la mano. Escudriñó la oscuridad.

—Se han ido —dijo Machacacráneos volviéndose hacia la tennúr—. ¿Dónde está Spert?

—Durmiendo —graznó Vesli, todavía con un rastro de sueño en la voz.

Llegaron otras figuras en tropel a través del bosque, Edel y sus dos perros y otros Hermanos de Sangre, que se detuvieron alrededor de Orka como si fueran una mano protectora, con los ojos y las armas apuntando a la oscuridad.

—Me senté junto al árbol y entonces... —murmuró Lif, resollando.

—¿Te quedaste dormido? —preguntó Edel.

Lif alzó la mirada hacia la jefa de los exploradores, avergonzado, y asintió con la cabeza.

Edel escupió y dio media vuelta.

—No deberías haberlo hecho —le reprendió Orka ayudándole a ponerse en pie.

—Ahora ya lo sé —masculló Lif.

—Podría habernos costado la vida a todos —le recriminó enfadada Edel—. Hemos tenido suerte de que esas brujas nocturnas disfrutaran con la contemplación de una muerte lenta.

—Lo… siento —farfulló Lif.

—No quiero que lo sientas —gruñó Orka—, quiero que lo hagas mejor.

Lif asintió, abochornado.

—Venga, regresemos al campamento.

—Ingmar —dijo Edel—, haz el siguiente turno de guardia.

—Ajá, jefa —respondió un corpulento hombre con la tez pálida y muy rubio.

Orka precedió a Lif a través de los árboles, con Edel y los demás desplegados a su alrededor. Lif tropezó con una raíz y Orka lo sujetó para evitar que se cayera.

—¿Cómo me has encontrado en esta oscuridad? —le preguntó Lif en voz baja.

—Cerca de unas orejas de lobo siempre hay unos dientes de lobo —le respondió Orka.

Orka se despertó con un sobresalto, jadeando, y cogió el seax. Su mente estaba llena de lobos que gruñían y de bocas que desgarraban cuerpos. Todavía resonaba un aullido dentro de ella y reverberaba en su cabeza, tan real que paseó la mirada por el claro escrutándolo.

—Así que todavía tienes sueños oscuros —dijo una voz cerca de ella.

Orka se dio la vuelta como una exhalación y cortó el aire con el seax que empuñaba. Edel estaba sentada no muy lejos, atizando el fuego y pendiente de una olla que borboteaba sobre las llamas.

—Hum —gruñó Orka. Era verdad. Pero el sueño que acababa de tener era… diferente. Parecía demasiado real.

—¿Has soñado con brujas nocturnas? —le preguntó Edel.

«No. Con un lobo. No, con un hombre. —Orka se pellizcó el entrecejo—. No, con un lobo». El lobo aullaba su nombre, la llamaba. Y una parte de ella quería acudir a su llamada.

«Mis juramentos me atan», decía en el sueño, y gritaba los nombres de Thorkel y de Breca al rugiente vendaval provocado por el aullido del lobo como si los nombres de su marido muerto y de su hijo raptado fueran unas palabras con poder rúnico capaces de repeler la poderosa llamada del lobo.

«Quizá lo son», se dijo.

Uno de los perros lobo de Edel lanzó un gruñido a Orka que no fue más que una leve vibración en su pecho.

—Tranquila, pequeña —dijo Edel dándole unas palmaditas al animal—. ¿Te apetecen unas gachas? —le preguntó removiendo el contenido de la olla.

—No —respondió Orka sentándose y enfundando el seax.

Edel se encogió de hombros y se sirvió una cucharada de gachas en un cuenco.

Orka miró alrededor y vio a Lif durmiendo cerca de ella, envuelto en su capa. Su pecho subía y bajaba rítmicamente. Tenía unos moratones en el cuello. Vesli estaba acurrucada a los pies de Orka y roncaba suavemente. El resto de los Hermanos de Sangre estaban acostados en torno a ellos. Un riachuelo corría junto al borde del claro y Orka sabía que Spert había encontrado un sitio donde dormir entre las rocas del lecho. Bosque adentro divisó la densa sombra de Ingmar haciendo guardia.

—No es un guerrero —dijo Edel señalando con el mentón a Lif.

—Ninguno de nosotros nació siendo un guerrero —murmuró Orka—. Lo somos porque el mundo nos ha hecho así.

—Tal vez —repuso Edel—, pero entonces el mundo se lo está tomando con mucha calma con él. Será una carga para ti.

—El tiempo lo dirá —suspiró Orka.

—Hemos estado a punto de acabar en el estofado de unas brujas nocturnas por su culpa —le recordó la jefa de los exploradores.

Orka no dijo nada, pues sabía que tenía razón.

—¿Sabe que llevas el lobo en la sangre? —preguntó Edel.

—Lo vio en Grimholt.

Edel asintió y sorbió ruidosamente las gachas. Luego volvió su ojo sano hacia Orka. Una cicatriz le cruzaba el otro, que no era más que un agujero profundo y arrugado.

—¿Sabe algo sobre nosotros? ¿Sobre los Hermanos de Sangre?

—Ten cuidado —gruñó Orka—. Podría estar despierto.

—No, está completamente dormido —dijo Edel.

Orka asintió, pues sabía que la sangre del perro Hundur corría por las venas de la exploradora.

—No le he contado nada, si eso es lo que te preocupa. Yo no soy nadie para hablarle de vosotros.

—Bien. —Edel asintió.

—Pero no es un hálfviti idiota. Sabe que yo soy una úlfhéðnar y que era la Machacacráneos y la jefa de los Hermanos de Sangre. Sabe que Thorkel era un berserkir. Seguro que se pregunta cómo hicimos Thorkel y yo para esconder nuestra sangre corrompida al resto de los Hermanos de Sangre.

—Y llegará a la conclusión de que era imposible que lo hicierais.

—Ajá. —Orka asintió—. No hace falta ser un genio para darse cuenta de que quizá no había necesidad de esconderla.

Edel sopló sus gachas. Se instaló el silencio entre ellas.

—Bueno —dijo Edel al cabo de un rato—. Hemos mantenido nuestro secreto mucho tiempo. Ya sabes cómo. —Lanzó una mirada severa a Orka—. Quizá habría sido mejor que la bruja nocturna lo matara.

Silencio de nuevo. Los dedos de Orka se movieron con nerviosismo. Su mano anhelaba la empuñadura de un arma. La tendió lentamente y la puso encima del mango de su hacha larga, que yacía a su lado.

—Tendrías que pasar por encima de mi cadáver —declaró Orka sin ira ni malicia en la voz, solo informando de un hecho—. Estoy en deuda con él y está bajo mi protección, si es que tiene algún valor.

—Tiene mucho valor, imagino. —Edel asintió con la misma calma que Orka, como si estuvieran hablando sobre la textura de las gachas—. ¿Defenderías a un puro? ¿Arriesgarías tu vida por él?

Orka meditó un momento.

—No es menos de lo que ha hecho él por mí —respondió al fin.

—Hum —murmuró Edel—. Y sin embargo a nosotros nos abandonaste. A los Hermanos de Sangre, con quienes juraste permanecer hasta la muerte, y sellaste ese juramento con sangre.

Orka miró a otro lado mientras pensaba en todas las respuestas que podía dar, que quería dar. La verdad: que se había cansado y hartado de derramar tanta sangre, que estaba encinta y quería dar a su hijo una vida diferente, pero que lo sentía mucho, que no había pasado un solo día desde entonces que no se le hubieran aparecido dentro de la cabeza los rostros de sus hermanos y hermanas de los Hermanos de Sangre.

Miró de nuevo a Edel, a su único ojo, y le mantuvo la mirada.

—Es verdad.

Se produjo una explosión de agua en el riachuelo y una figura emergió a la superficie esparciendo gotitas resplandecientes.

—Spert tiene hambre —dijo el vaesen.

«¿Es que no lo despierta nada?», se preguntó asombrada Orka, que tendió una mano hacia Edel y dijo:

—Si vas a intentar matarme, aceptaré ese cuenco de gachas ahora.

CAPÍTULO ONCE

VARG

Varg se cayó de culo con un ruido seco, su lanza salió de su mano girando por el aire y el borde de su escudo le machacó la cabeza. A un lado de él se alzaban los troncos gruesos de los árboles y al otro lado, muy cerca, había una escarpada cascada que caía a un río de aguas espumosas.

«Peligrosamente cerca. Røkia está decidida a enviarme al otro lado de las Dorsales».

—Arriba —dijo Røkia tendiéndole un brazo.

Varg hizo una mueca, se apartó del borde del barranco y apoyó una rodilla en el suelo. Agarró la muñeca del brazo tendido de Røkia y esta tiró de él para levantarlo.

—Dejas que me acerque demasiado —le explicó la guerrera mientras Varg buscaba la lanza en la neblina crepuscular del sólstöður, que había terminado por asociar con el momento previo al amanecer—. Yo solo tengo un hacha corta y tú, una lanza con un alcance más largo. Aprovéchalo.

—Ya lo sé —murmuró Varg—. Pero una cosa es saberlo y otra muy diferente hacerlo. Sobre todo cuando quien intenta golpearme con un hacha es una pirada enfurecida que se mueve más rápido que Svik cuando reparten queso gratis.

—¿Una pirada enfurecida? —dijo Røkia arqueando una ceja. Se encogió de hombros—. Nada de excusas. No puedes confiar en que el lobo que llevas en las venas te salve de un drengr experto con un acero afilado en la mano, o ni siquiera de una pirada enfurecida con un hacha. Tienes que aprender a manejar las armas, Varg el Insensato, a reaccionar sin pensar. Tiene que resultarte tan sencillo como respirar.

—Esa es otra cosa que también sé —musitó Varg agachándose para recoger la lanza—, porque me lo repites por lo menos cien veces todos los días.

Lo cierto era que hoy Varg se sentía lento y torpe. Apenas había pegado ojo y, cuando había conseguido dormir algo, había soñado con lobos que aullaban, una manada terriblemente enorme, con los ojos ambarinos, en cuyo centro había un hombre con el pelo gris como los lobos que lo llamaba.

—Tienes un chichón en la cabeza —dijo Røkia señalando con el dedo, y Varg estuvo a punto de clavarse la lanza en la cara cuando levantó la mano para palparse la cabeza. Røkia resopló, en parte porque le hizo gracia su torpeza y en parte porque la exasperaba—. Insensato —musitó sacudiendo la cabeza.

—Ya sé que tengo un chichón —dijo Varg furioso consigo mismo—. Acabas de hacérmelo tú.

—No, tienes un chichón porque tú has elegido caerte sin llevar puesto el casco. —Røkia señaló el casco que colgaba de la cintura de Varg, abrochado al cinturón. Era el casco que le había quitado al descendiente del dragón que matara en la cámara de Rotta. También le había cogido la cota de malla, que sí llevaba puesta. Varg hizo rotar los hombros para repartir el peso de la prenda.

—Tú no llevas casco —replicó Varg.

—Yo no lo necesito —dijo Røkia.

Varg se puso furioso, pero se lo tomó con humor.

—Eso no puedo discutirlo —repuso sonriendo—. El casco me queda suelto. Tengo que apretar la correa, hacerle otro agujero para que me ajuste mejor.

—Ah, vale, ahora ya sé qué inscripción poner en la piedra rúnica cuando enterremos tu cadáver frío: este hombre murió de un agujero en la cabeza porque no tuvo tiempo para ajustar la correa del casco.

«Está furiosa».

—¿Alguien ha dicho algo sobre queso gratis? —llegó una voz desde el campamento, que estaba a unos veinte o treinta pasos detrás de ellos.

Røkia había despertado a Varg de un puntapié y se lo había llevado hasta una llanura cubierta de hierba para entrenar antes de que el resto de los Hermanos de Sangre se levantaran. El campamento se encontraba al abrigo de una escarpada ladera, rodeado de pinos. Einar Medio Trol roncaba lo suficientemente alto como para ahuyentar a los pájaros, que no se acercaban a las ramas que había junto al carro donde dormía rodeado por los niños corrompidos. Varg vio la figura corpulenta de Glornir sentada con la espalda apoyada en un árbol cercano, afilando la hoja de su hacha larga con una piedra. Varg no creía que el arma estuviera desafilada. Glornir estaba serio y en los surcos y los valles de su rostro había unas sombras profundas.

Mientras lo observaba, Glornir soltó la piedra de afilar, se puso en pie y comprobó el filo con el dedo pulgar.

—¡Preparaos! —gritó, y las figuras tendidas en el suelo comenzaron a revolverse y a levantarse.

—No hay queso —le dijo Varg a Svik cuando el guerrero pelirrojo llegó a lo alto de la pendiente y se detuvo delante de ellos.

Svik frunció el ceño.

—Solo las galletas frías y los arenques encurtidos fríos de siempre entonces —repuso apesadumbrado Svik. Ya había agotado sus reservas de queso y, a pesar de que se habían llevado de Grimholt numerosos barriles llenos de comida, Svik no había encontrado queso en ninguno de ellos.

Hacía tres días que habían partido de Grimholt en dirección sur y todavía no habían dejado atrás las tierras altas de la cordillera Dorsal, pero Glornir había ordenado que no se encendiera fuego hasta que alcanzaran al galdramaðr Skalk y a todos aquellos que habían huido de Grimholt.

—¡Røkia! —gritó Glornir hacia donde estaban ellos—. ¡Ponte en marcha cuando estés lista y te seguiremos!

—¡De acuerdo, jefe! —respondió Røkia, que se había convertido en la jefa de los exploradores desde que Edel partiera con Orka Machacacráneos para llevarla a la cámara de Rotta—. Dame eso —dijo señalando el casco de Varg.

Varg lo desabrochó del cinturón y lo sopesó un momento. Observó las sombras negras en las rendijas de los ojos y los eslabones del alpartaz oscuros y resbaladizos por la grasa. Se lo entregó a Røkia.

—Recuerdo que compraste agujas de hueso en Liga —dijo Røkia—. Van bien para coser lino, lana y heridas, pero no sirven para agujerear el cuero. Sin embargo hay otras maneras de ajustar una correa. —Røkia levantó el casco y se acercó la tira de cuero que pasaba por la hebilla a la cara como si fuera a olerla.

—¿Qué haces? —preguntó Varg.

La expresión de Røkia cambió y a Varg se le erizó el vello, como si alguien le hubiera soplado suavemente en la nuca.

—Otra lección —dijo Svik—. Todo lo que viene de Røkia es una lección.

Los labios de Røkia esbozaron una sonrisa sutil y Varg percibió un temblor que recorría el cuerpo de la nueva jefa de los exploradores; sus músculos se tensaron y apareció un destello ambarino en sus ojos. La boca de Røkia se dilató y Varg se fijó en que sus dientes parecían más afilados y sus colmillos se habían alargado. Røkia mordió la tira de cuero y se oyó un crujido; giró la muñeca para mover la correa alrededor del diente, como si estuviera haciendo un agujero con una lezna. Luego abrió la boca y devolvió el casco a Varg con un nuevo agujero en la correa.

—Prueba a ver si te va mejor —dijo Røkia con una voz gutural. Se estremeció, giró la cabeza a izquierda y a derecha y le crujió el cuello, y sus dientes y sus ojos recuperaron su aspecto normal.

—La bestia que llevas en la sangre debe ayudarte —terció Svik—. Tienes un lobo en las venas, y es fiero. No seas su esclavo.

Varg cogió el casco y se lo puso en la cabeza. Se abrochó la correa. Le quedaba mucho más ajustado.

—¿Cómo lo has hecho? —preguntó.

—Piensa en la bestia que tienes en la sangre como en un río contenido por un dique construido por castores —respondió Røkia—. Tienes que dejar salir el agua de manera continua, como un arroyo, no de golpe como una riada.

CAPÍTULO DOCE

GUÐVARR

Guðvarr sorbió por la nariz y se limpió los mocos que le colgaban de los orificios nasales. Estaba sentado en el banco de un snekke que se deslizaba por el río Drammur. Acababa de terminar su turno a los remos y todavía respiraba agitadamente. Junto a él, en el banco, había un hombre enfundado en una magnífica cota de malla, uno de los drengir de la reina Helka, que estaba derrumbado sobre la regala, dormido o inconsciente. Toda su cara, hecha picadillo por garras y dientes, era una gran herida purulenta, y en el cuello tenía un bulto rojo, donde todavía se veía la picadura del aguijón de la cola del repulsivo y diminuto vaesen. De la herida partían unas venillas negras que semejaban una telaraña que ardía por dentro. El guerrero había remado el día anterior, pero hoy temblaba, gruñía y apestaba.

«Le queda poco en este mundo —pensó Guðvarr—. Otro que esa zorra loca y su monstruosa mascota envían a hacer el viaje de las almas».

Guðvarr se miró las manos callosas y en carne viva y una expresión feroz le deformó el rostro mientras restañaba su orgullo herido.

«Yo hui».

Era un pensamiento que siempre regresaba a pesar de sus esfuerzos para desterrarlo de su cabeza, como una insistente mosca gorda atraída por la mierda. Siempre había querido ser guerrero, así que, cuando su tía, la jarl Sigrún, lo nombró drengr y lo reclutó para su guardia de honor, pensó que iba a estallarle el corazón de orgullo y felicidad.

«Soy un guerrero despiadado y experto que merece respeto —se recordó—. No pienso permitir que se me insulte impunemente. ¿Acaso no me enfrenté con aquella comadreja de pescador, Virk, en la palestra del holmganga por sus insultos? —Sabía que sí, pero aquello no acabó todo lo bien que había esperado, así que no se entretuvo con ese recuerdo—. ¿Y no capturé a los niðing de sus hijos, Mord y Lif? ¿Es que no hundí mi espada en el estómago de Mord por osar insultarme?».

«Sí».

Al rememorarlo, sintió que recuperaba una pizca de su orgullo y se puso derecho.

«Pero has huido de ella», le susurró una voz dentro de su cabeza. Sus hombros volvieron a hundirse y la expresión feroz regresó a su rostro.

—¿Un poco de pan con queso? —le preguntó Arild a su lado, dándole un golpe en el brazo y ofreciéndole un trozo de pan negro con unas lonchas de queso de cabra cuidadosamente colocadas encima.

—No —gruñó Guðvarr. «No he pedido nada, llorica lameculos», pensó. Era una costumbre que había copiado de su padre, quien, en los recuerdos de Guðvarr, siempre insultaba a cualquier persona con la que hablara. Aunque Guðvarr prefería insultar mentalmente. En parte porque había sido testigo de cómo su padre recibía una paliza por ofender a la persona equivocada, y en parte porque le divertía cometer esas faltas de respeto en la más completa ignorancia de la persona insultada. No era que le molestara que Arild fuera una lameculos, normalmente solo con él. Por la manera como lo miraba, a veces incluso tenía la impresión de que Arild pensaba que sus heces eran de oro y olían a hidromiel aromatizado con enebro. Le hacía sentir bien, y eso era precisamente lo que necesitaba en ese momento.

Le rugieron las tripas al ver el pan y el queso y cambió de opinión.

—Sí —dijo. Cogió el pan y le dio un mordisco.

Arild estaba encajonada en el banco a su lado y la presión de su cuerpo empujaba a Guðvarr contra el pestilente drengr y aumentaba su incomodidad. En el snekke se hacinaban una veintena de personas, cuando una docena ya lo habrían llenado. Ocho remaban y la espuma blanca del agua se acumulaba en los remos que se hundían en el río e impulsaban el barco. Los seguía de cerca otro snekke, también tan atestado de gente como el suyo. Una mezcla de guerreros, mujeres y niños, todos ellos supervivientes de la matanza de Grimholt. Guðvarr se obligó a no pensar en eso. Lo acosaban las imágenes fragmentadas de su huida, aterrorizado, de la torre de Grimholt hasta el embarcadero de madera, donde había saltado a uno de los snekkar amarrados allí mientras los gritos y los alaridos resonaban detrás de él, angustiado porque en cualquier momento el hacha de aquella mujer enloquecida podía hundirse en su espalda.

«No», se dijo, y paseó la mirada por las orillas del río y tierra adentro. La velocidad de la corriente había descendido mientras salían del valle de paredes verticales que el río Drammur había excavado a través de la cordillera Dorsal. En torno a Guðvarr se extendían colinas sinuosas y llanuras, y el terreno se nivelaba poco a poco a medida que se acercaban al mar.

—Pronto llegaremos a Darl —dijo Arild.

Guðvarr la miró con los ojos entornados y sintió una opresión en el estómago y en la entrepierna al pensar en el momento de presentarse ante la jarl Sigrún.

«Darl, donde tendré que enfrentarme a mi tía y explicarle por qué no he sido capaz de traerle la cabeza de la mujer que le ha dejado la cicatriz».

—¿Pretendías animarme? —respondió. «Imbécil cabeza hueca».

—¿Por qué no iba a animarte? —preguntó Arild—. ¿No es mejor estar allí que apretados en este barco?

Guðvarr se pellizcó la nariz.

—Porque la jarl Sigrún no estará contenta conmigo —dijo lentamente Guðvarr, como si tratara de explicárselo a una niña pequeña—. Espera que regrese con la cabeza de Orka. Ya sabes, la mujer que le hizo un agujero en la cara y mató a su amante. Ese trozo de mierda de comadreja niðing. «La misma que ha matado a una veintena de drengir y ha hecho huir despavoridos a otras dos veintenas, incluido yo».

—¿Qué harás cuando veas a la jarl Sigrún? —inquirió Arild.

Guðvarr quiso responder: «Le diré que voy a volver para terminar lo que empecé. Que voy a hacer pagar a Orka por sus crímenes y que regresaré con su cabeza dentro de un saco». Pero no dijo nada. La imagen de Orka empapada en sangre, gruñendo y esgrimiendo el hacha larga había hecho que se le secara la boca, se le cerrara la garganta y se le encogieran las pelotas.

—Os encontrarán y os matarán —oyó que decía una voz femenina.

Guðvarr giró la cabeza violentamente. Era la prisionera de pelo negro del galdramaðr. Tenía las muñecas y los tobillos ligados. A juzgar por los numerosos tatuajes azules que le cubrían el cuello y la mandíbula y el collar de hierro, era una bruja seiðr. La habían subido al snekke inconsciente y con las muñecas y los tobillos atados. Después de cuatro días de navegación por el río, era la primera vez que Guðvarr la veía moverse.

—Cierra la boca —espetó Yrsa, una drengr de la reina Helka. Luego desató la mordaza que cubría la boca de la bruja seiðr e introdujo a la fuerza la boca de un odre entre sus labios. La prisionera se atragantó intentando escupir el agua, pero Yrsa impuso su fuerza. No se llegaba a la guardia de honor de la reina Helka y de su galdramaðr, Skalk, sin unos brazos fuertes. La prisionera se dio por vencida y tragó. Yrsa dejó a un lado el odre y le ofreció un trozo de pan con una loncha de carne de cerdo curada.

—Deberías comer, Vol —dijo un hombre con cierta cordialidad. Estaba sentado enfrente de Guðvarr. Era ancho de espaldas y rubio, y en las trenzas llevaba atados varios cráneos de aves y de ratas. Era Skalk, el galdramaðr de Helka—. No tienes por qué morir de hambre. —Estaba encorvado sobre un baúl del que no se había separado desde que subió a bordo del snekke. El vendaje que le envolvía un hombro estaba cubierto de sangre seca.

Guðvarr lo recordó bramando sus palabras de poder en la cámara más alta de la torre de Grimholt; recordó el rugido de la llama que brotó en su bastón y recordó el hacha que salió de la mano de Orka y golpeó a Skalk con tanta fuerza que lo tiró escalera abajo con una explosión de sangre.

«Cuánta sangre», recordó Guðvarr con un escalofrío.

La bruja seiðr miró a Skalk con tanto odio en los ojos que Guðvarr tuvo que reprimir el impulso de levantarse y saltar al río solo para alejarse de ella.

—Aún hay una manera de que salgáis vivos de esto —dijo Vol, la bruja seiðr—. Soltadme y los Hermanos de Sangre no vendrán a por vosotros.

Skalk hizo un gesto despectivo con la mano y esbozó una sonrisa.

—Eres una zorra mentirosa —dijo—. ¿Por qué los Hermanos de Sangre arriesgarían sus vidas para rescatarte? No eres más que una thrall corrompida. Pueden encontrar más como tú en una docena de mercados de thrall.

—No se roba a los Hermanos de Sangre —contestó Vol—. Glornir empalará vuestras cabezas.

—Ese viejo con la barba cana. Vi cómo caía en la mina antes de que… —Hizo una pausa y miró alrededor—. No estuvo a la altura de su reputación. Me llevé una decepción.

Vol hizo una mueca de rabia.

—Te recordaré tus palabras cuando ponga sus manos sobre ti.

—¡Ja! —Skalk sonrió sacudiendo la cabeza.

—No deberías ser tan altivo, galdramaðr. Estás… debilitado. Puedo ver que tu poder ha disminuido. —Vol paseó la mirada en derredor y sonrió—. ¿Dónde está tu bastón?

Skalk no respondió, pero su sonrisa se transformó en un gesto ceñudo.

—¿Y quién te ha hecho esa herida? —Vol desvió la mirada de Skalk para observar al resto de la tripulación. La mayoría tenían heridas más o menos graves—. ¿Estáis seguros de que los Hermanos de Sangre no os han alcanzado aún? Por vuestro aspecto se diría que os habéis enfrentado con una banda de guerreros y habéis huido con el rabo entre las piernas.

—No eran los Hermanos de Sangre. No era una banda de guerreros —murmuró Skalk.

«Una zorra diabólica. Y sus repugnantes monstruitos —pensó Guðvarr. Miró a Skalk, que mantenía sus ojos rebosantes de odio clavados en Vol—. Incluso un galdramaðr huyó de ella. No tengo de qué avergonzarme si ni siquiera el más poderoso hechicero de runas de la reina Helka se quedó para enfrentarse a ella».

—¿Cuánto falta para llegar a Darl, Skapti? —preguntó Skalk dirigiéndose al guerrero con el pelo blanco sentado al timón en la popa del snekke.

—Otro día, señor —respondió Skapti. Un verdugón le ocupaba todo un lado de la cara, le faltaba un trozo de oreja y tenía sangre seca en el cabello y en el cuello. Una cicatriz antigua le cruzaba la prominente nariz, que se balanceaba mientras hablaba.

—Bueno, aunque tus Hermanos de Sangre fueran tan estúpidamente autodestructivos como para seguirme para rescatar a una thrall, jamás nos alcanzarán antes de que lleguemos a Darl.

—Eso no importa —dijo Vol—. Aquí o en Darl. —Se encogió de hombros—. Glornir te encontrará y te enseñará lo que les pasa a los que roban a los Hermanos de Sangre.

—Ya será tarde para ti —terció Skalk—, porque, cuando lleguemos a Darl, te pondrán un collar de thrall nuevo. Serás más amable cuando seas mi thrall. Cuando te ponga un collar de mi creación alrededor del cuello no habrá vuelta atrás para ti.

Vol pestañeó y Guðvarr vio por primera vez un atisbo de miedo en sus ojos.

—Eres valiente —repuso Vol, y Skalk sonrió—. O estúpido.

La sonrisa de Skalk se desvaneció.

—Yrsa, amordázala. Me molesta el sonido de su voz.

Yrsa abofeteó a Vol y volvió a meterle la mordaza en la boca.

—¿Qué es ese olor? —preguntó Arild junto a Guðvarr.

El drengr miró a su derecha y vio que el guerrero herido había resbalado y tenía la mitad del cuerpo sobre el banco y la otra mitad sobre las tracas del barco.

—Él —respondió Guðvarr, y empujó con la punta de la bota al hombre para apartarlo un poco. Se inclinó hacia él y comprobó que su respiración era débil y entrecortada. Le puso una mano en el cuello. Su pulso era irregular y casi imperceptible, como el aleteo de una polilla. Con un giro de muñeca le desabrochó el broche de plata con la forma de un águila con las alas desplegadas que le prendía la capa y cerró la mano alrededor de él—. Está muerto —dijo. «Bueno, pronto lo estará. ¿Qué sentido tiene que ocupe espacio en el barco, nos lastre con su peso y me insulte con su hedor?»—. Ayúdame —pidió a Arild. Se puso en pie, agarró al hombre por las axilas y lo levantó.

Arild cogió al guerrero por los tobillos y lo apoyaron en la regala. El hombre parpadeó débilmente y Guðvarr se colocó de manera que el resto de la gente que iba en el barco no lo viera.

Guðvarr gruñó y empujó al guerrero, que resbaló por la borda y cayó al agua, donde desapareció casi sin salpicar. Luego volvió a sentarse en el banco y estiró las piernas.

—Así está mejor —dijo reprimiendo una sonrisa.

CAPÍTULO TRECE

VARG

Varg aminoró el paso y se detuvo. Røkia estaba parada unos cuarenta o cincuenta pasos por delante de él, a su izquierda, con el puño en alto. Varg se secó el sudor que le caía por la frente y le entraba en los ojos y respiró hondo. Llevaba media jornada corriendo y le ardían los pulmones y le dolían las piernas. Detectó un olor nuevo en el aire.

«Humo. Y pescado».

Oía el río a lo lejos y a través de los árboles divisó unas estrías verticales grises en la neblina azulada del cielo. Aparecieron otros exploradores a izquierda y a derecha que se reunieron alrededor de Røkia y Varg también fue hacia allí.

Enseguida aparecieron a su espalda Glornir y el resto de los Hermanos de Sangre, desde la penumbra moteada de árboles que semejaba una niebla oscura.

—¿Qué pasa? —preguntó Glornir tirando de las riendas de su montura.

—Hay un pueblo más adelante —respondió Røkia.

—Svik, llévate a alguien y averigua todo lo que puedas —ordenó el jefe de los Hermanos de Sangre.

—Ajá. —Svik asintió. Paseó la mirada por el grupo y sus ojos se detuvieron en Varg—. Insensato, tú me harás compañía.

Varg a pie y Svik a caballo, descendieron juntos por una pronunciada pendiente. La montura de Svik escogía con cuidado el camino. El río sonaba cada vez más cercano y los árboles crecían más dispersos, hasta que salieron a un prado. Las ovejas corrían balando.

Varg alzó la mirada hacia Svik, que mantenía los ojos fijos al frente, en el sendero, en un silencio inusual.

«Está así desde que partimos de Grimholt».

—Svik, ¿te preocupa algo?

—¿Eh? —murmuró Svik bajando la mirada hacia Varg con el ceño fruncido.

—Estás… diferente, desde Grimholt. Hablas menos.

—Más de uno estará contento —dijo Svik con una sonrisa que no llegó a sus ojos. Luego dio una sacudida y se tiró de la gruesa trenza del bigote—. Quizá me falta empezar el día con queso —añadió sonriendo de nuevo, aunque Varg no lo creyó del todo.

Atravesaron el prado. El terreno se nivelaba al otro lado y se alzaban un puñado de edificaciones junto a un meandro del río. Delante del pueblo se extendía un campo recién arado, donde había varios thrall encorvados y rastrillando el suelo para retirar las piedras. Hombres y mujeres, algunos niños, todos con la cabeza afeitada y delgados como ramas de sauce; las túnicas remendadas colgaban de sus cuerpos y alrededor del cuello llevaban collares de thrall. Uno interrumpió su tarea y levantó la cabeza para mirar a Svik y a Varg cuando entraron en el campo. Era un anciano demacrado y sin dientes, y en el cuero cabelludo ya comenzaba a crecerle el pelo entrecano.

Varg se detuvo al ver a los thrall y un torrente de recuerdos inundó su cabeza.

«Ese era yo hace mucho tiempo». Se llevó la mano al cuello y se tocó las cicatrices plateadas del collar.

Los ojos del anciano thrall rebosaban desesperanza mientras miraba a Varg y a Svik.

«Así me sentía yo cuando era thrall —pensó Varg—. Desesperado, esclavo de los caprichos de otro hombre. Una mera herramienta que se utilizaba hasta que se desgastaba, y entonces se tiraba a la basura como si fuera un rastrillo».

El anciano balbuceó una advertencia mientras se erguía, dio media vuelta y echó a correr en dirección al pueblo. Un momento después, todos los thrall que estaban en el campo lo siguieron.

—¿Por qué huyen? —preguntó Varg.

—Han sabido por mi escudo que somos los Hermanos de Sangre —explicó Svik desde su silla de montar, con el escudo negro salpicado de sangre colgado de un gancho—. Vamos armados y llevamos puestas cotas de malla. Además tenemos una reputación.

Varg no estaba acostumbrado a que lo miraran, ni siquiera a que se dieran cuenta de su presencia, así que mucho menos a tener una reputación.

—Es mejor así —continuó Svik—. Para cuando lleguemos al pueblo habrá un comité de bienvenida esperándonos. No les sonrías. Mantén la calma, no toques el escudo que llevas a la espalda y deja que hable yo.

—¿Por qué me has elegido a mí para acompañarte? —le preguntó Varg mientras se acercaban al pueblo.

—Porque si hubiera traído a Einar Medio Trol no habrían parado de correr chillando hasta llegar a Darl, y Røkia asusta tanto a la gente como Medio Trol. Es difícil hablar con la gente cuando está huyendo de ti. —Svik miró con el rabillo del ojo de arriba abajo a Varg—. Tú tienes la medida justa de aspecto temible. El suficiente para que regresen corriendo al pueblo, pero con un poco de suerte no irán más lejos. El suficiente para que desconfíen, pero no tanto como para que les castañeen los dientes del miedo.

Varg frunció el ceño

—¿Aspecto temible? ¿Yo?

—¡Ja! Es posible que no hayas visto tu reflejo últimamente. Un guerrero con cota de malla, armas afiladas en el cinturón y una mirada severa en los ojos. Un brazalete de plata en el brazo, el obsequio de un jarl por una hazaña extraordinaria. Y empiezas a moverte como un guerrero. El entrenamiento de Røkia ha contribuido a ello, sin duda, y ahora sabes que llevas un lobo en la sangre… —Svik se encogió de hombros—. Eso siempre lo cambia todo.

—No siento ninguna de esas cosas —dijo Varg—. Aún siento que soy el que tiene más probabilidades de que le castañeen los dientes —murmuró.

—¡Ja! Ha hablado el hombre que mató a un descendiente del dragón —dijo riendo Svik.

—Fue un golpe afortunado —repuso Varg.

La risa de Svik se convirtió en carcajadas.

—No se mata a un descendiente del dragón con un golpe afortunado.

Según se acercaban al pueblo dejaron atrás el terreno agreste para continuar por un camino de tierra compactada flanqueado por construcciones. Había un puñado de ahumaderos, un establo y varias porquerizas pestilentes. A un lado del camino se alzaban una veintena de casas semienterradas, con los tejados de tierra y hierba que llegaban hasta el suelo y el interior excavado. Al otro lado, a lo largo del río, había un puñado de embarcaderos de madera. De unos bastidores también de madera colgaban varias redes con desgarrones que esperaban a ser reparadas.

Media docena de personas, hombres y mujeres, estaban esperándolos.

Algunas tenían lanzas en las manos; una, un hacha para cortar madera. El anciano estaba con ellas, les hablaba y señalaba a Svik y a Varg. Detrás se había congregado una muchedumbre alrededor de un hombre que estaba de pie en un carro. Vestía una cota de malla harapienta y una capa de lana, llevaba el cabello negro recogido en trenzas y levantaba las manos en el aire como si mentara a un ser que no se veía. Lo rodeaban otras personas, sin duda sus compañeros, vestidas como él, con las cotas de malla llenas de desgarrones y otras prendas de cuero, empuñando lanzas. El hombre subido en el carro gritaba y la multitud lo escuchaba.

—¿Qué pasa aquí? —preguntó Varg frunciendo el ceño. Había algo en el hombre del carro que lo perturbaba.

—Vamos a averiguarlo —respondió Svik—. A mí me parecen unos forajidos niðing, pero, si lo fueran, la gente del pueblo no estaría aquí, escuchándolos.

Uno de los hombres del grupo que estaba esperándolos se adelantó. Era alto y fornido, rubio, con la barba greñuda y la tez maltratada por el viento. Un collar de cobre le rodeaba el cuello.

—Apuesto a que ese es el que hace de jarl en este lugar —dijo en voz baja Svik.

—Me llamo Njal Olafsson, y quiero saber quiénes sois y qué asuntos os traen aquí —dijo el hombre rubio cuando Svik tiró de las riendas de su caballo y Varg se detuvo a su lado.

—Soy Svik Pelo Enmarañado, de los Hermanos de Sangre —respondió Svik. Tiró de las riendas de su montura para que el caballo diera un paso lateral y mostró su escudo con las salpicaduras de sangre—. Pero solo estamos de paso. Me gustaría comprar noticias, si es que hay novedades. Y queso. —Deslizó un brazalete de plata por el brazo.

Njal tragó saliva. Los hombres y las mujeres que lo rodeaban abrieron los ojos con sorpresa. Varg sospechaba que nunca antes habían visto un brazalete de plata, así que ni mucho menos habían estado tan cerca de ganarse una parte de uno.

—¿Qué clase de noticias os interesan? —preguntó Njal—. No hay nada nuevo por aquí, nada que pudiera interesar a los Hermanos de Sangre. Sembramos los campos, pescamos en el río, cazamos en el bosque. —Se encogió de hombros sin despegar los ojos del aro de plata que Svik sostenía en su mano.

—¿Ha bajado por el río alguien procedente de Grimholt recientemente? —inquirió Svik.

Njal entrecerró los ojos.

Svik lanzó el brazalete al aire y el aro plateado destelló a la luz del sol antes de volver a caer en su mano.

—Ajá, dos snekkar a remos pasaron por aquí hace tres o cuatro días —respondió Njal.

—Necesitaré algo más que eso si quieres un poco de la plata de este brazalete —dijo Svik con un tono cordial.

—Los dos snekkar iban llenos a reventar de guerreros, mujeres y niños —añadió Njal, y se encogió de hombros.

—¿Se detuvieron aquí? —quiso saber Svik.

—Ajá. Solo un momento. Para conseguir comida. Y nos dieron a uno de sus muertos para que le diéramos sepultura.

—No creo que hubiera un solo guerrero entre ellos que no sangrara por alguna herida —terció una mujer que estaba detrás de Njal, flaca y de aspecto duro, con una lanza en la mano—. Aunque no quisieron decirnos cómo se habían hecho esas heridas.

—Así que ha habido lío en Grimholt, ¿eh? —dijo Njal mirando a Svik—. ¿Qué clase de lío?

«De la clase de Machacacráneos», pensó Varg.

El hombre del carro elevó el volumen de su voz y Varg oyó que gritaba algo sobre juicio y muerte. Tenía los ojos desorbitados y escupía al hablar.

—Eso es lo que intentamos averiguar —dijo Svik alzando la voz y mirando con el ceño fruncido al hombre del carro—. ¿Dónde enterrasteis a su muerto?

Njal señaló entre dos casas semienterradas un campo que se extendía detrás del pueblo.

—¿Puedes decirme algo más? ¿Viste a una mujer… con tatuajes en el cuello?

Njal negó con la cabeza y se encogió de hombros.

—Solo estuvieron un momento. Dejaron a su muerto envuelto en capas, robaron un par de sacos de avena, pan y queso.

Svik se estremeció.

—Tenían mucha prisa —continuó Njal—. Si quieres saber mi opinión, les aterraba la idea de que la banda de guerreros que los habían cosido a puñaladas los siguiera.

«No fue una banda de guerreros. Solo una persona. Y un tennúr comedientes. Y un vaesen con un aguijón espantoso en la cola».

—De acuerdo. —Svik asintió con la cabeza—. ¿Os dejaron algo de queso esos niðing que os robaron comida?

—¿Cómo? —exclamó Njal, poniéndose una mano en la oreja para oír por encima de la voz del hombre del carro.

—¿Quién es ese? —preguntó Svik casi gritando.

—Un adorador de la dragona. De su boca solo salen chorradas sobre el final del mundo y una reina dragona.

—Hum —murmuró Svik—. A la reina Helka no le hará mucha gracia.

—He intentado pararlo, pero no está solo —dijo Njal señalando a los que lo acompañaban.

—Los adoradores de los dioses tienen prohibida la entrada en las tierras de Helka —apuntó Svik—. En cumplimiento de la ley del althing podrías ponerle una soga en el cuello y colgarlo de un árbol.

—Ajá, ya se lo he dicho —repuso Njal—. Pero están armados, así que dejaré que suelte su perorata y luego seguirán su camino. —Se encogió de hombros—. Solo es una vejiga de oveja llena de aire, y no quiero que ninguno de mis convecinos muera desangrado.

—Sensato —dijo Svik encogiéndose de hombros, aunque mantuvo los ojos entornados clavados en los adoradores de la dragona—. Sé un buen hombre y ve a buscarme un queso, si es que esos ladrones de Grimholt han dejado alguno.

—Ajá, seguro que encontramos un buen queso para ti —prometió Njal.

—Bien. Date prisa —apremió Svik retorciendo el brazalete.

Njal hizo un gesto al thrall anciano que estaba a poca distancia de él y el esclavo de pelo entrecano dio media vuelta y salió disparado hacia una de las casas semienterradas.

Svik sonrió y dejó caer el brazalete hacia Varg.

—Parte un trozo y dáselo a Njal, ¿vale, Varg?

—¡¿Varg?! —exclamó una voz detrás de Njal. Una figura se adelantó, otro thrall, una mujer, con el cabello plateado rapado y la tez tirante. Se le marcó la mandíbula cuando se mordió el labio—. Sabía que había algo en ti que me resultaba familiar, pero… —Vaciló y siguió mordiéndose el labio—. Estás cambiado.

Varg había clavado la lanza en la tierra e hincado una rodilla en el suelo. Con una mano sujetaba el brazalete apoyado en una piedra y en la otra empuñaba el destral. Hizo una pausa y miró a la thrall.

—¿Terna? —dijo. Sintió que el mundo se contraía y todo lo demás se difuminaba. Terna había sido thrall en la granja de Kolskegg y la habían vendido junto con la hermana de Varg, Frøya.

Varg asestó un hachazo al brazalete y partió un trozo de plata que arrojó a Njal. Este lo cazó hábilmente al vuelo y se lo metió debajo de la capa. Varg se levantó muy despacio y con cautela, devolvió el resto del brazalete a Svik y dio un paso hacia Terna sin despegar en ningún momento los ojos de ella.

Terna retrocedió.

—¿Sabes quién mató a mi hermana? —le preguntó con una voz ronca cercana a un gruñido.

—¿Frøya está muerta? —exclamó Terna con una expresión de estupefacción en los ojos—. ¿Qué haces con los Hermanos de Sangre? ¿Kolskegg te ha vendido a ellos? —Titubeó un momento—. No llevas puesto el collar de thrall.

—Varg no es ningún thrall —terció Svik—. Es uno de los nuestros.

Terna pestañeó, con la boca abierta.

—¿Cómo…? —balbuceó.

—Eso no importa —dijo Varg acercándose a ella—. ¿Cómo es que no sabes que Frøya está muerta? Te marchaste de la granja de Kolskegg con ella.

—Frøya estaba viva cuando Brimil me vendió a Njal —soltó sin pensarlo Terna dando otro paso atrás.

—¿Brimil? —gruñó Varg.

—El comerciante de esclavos al que nos vendió Kolskegg —explicó la thrall.

—¿Dónde está Brimil?

Terna siguió retrocediendo. Algo de lo que detectaba en la voz de Varg o veía en su rostro la repelía.

—Deja de asustar a mi thrall —espetó Njal—. Compré a Terna en el mercado de esclavos de Darl, donde Brimil es un respetado comerciante de esclavos.

Varg inspiró con los dientes apretados. Las emociones se agitaban en su interior como un mar tempestuoso.

—¿Cómo estaba Frøya cuando la viste por última vez? —consiguió pronunciar en voz alta a pesar de que se sentía como si Einar Medio Trol estuviera comprimiéndole el pecho con un cinturón.

—Llena de moratones. —Terna se encogió de hombros—. Brimil la azotaba a menudo porque siempre estaba intentando escapar.

«Intentaba volver a mi lado. Es lo que yo habría hecho en su lugar».

—Hablaba de ti —añadió Terna—. A todas horas. Estaba preocupada por ti.

«Preocupada por mí». Las palabras de Terna dieron vueltas dentro de su cabeza. «Preocupada por mí». Un escalofrío le recorrió el cuerpo y le temblaron los brazos y las piernas. «Debería haber ido en su busca. Debería haberla protegido».

Svik chasqueó la lengua y su caballo se adelantó. Varg notó el peso de su mano en el hombro.

—Es una buena información —dijo Svik. Apretó el hombro de Varg—. Deberíamos buscar a ese tal Brimil, hermano.

—Buscarlo y matarlo —gruñó Varg.

—Probablemente —repuso Svik—. Pero antes deberá responder algunas preguntas. Guarda el hacha.

Varg miró abajo y vio que el destral temblaba en su puño con los nudillos blancos. Respiró hondo y lo introdujo en el lazo del cinturón.

—¿Cómo conseguiste salir de la granja de Kolskegg? —le preguntó Terna.

—Lo maté y hui.

Se instaló el silencio. Terna, Njal y la gente que rodeaba a Varg lo miraban fijamente.

El thrall anciano regresó con un gran queso envuelto en lino y atado con bramante. Se lo entregó a Svik, que esbozó una amplia sonrisa franca.

—Grac… —empezó Svik.

—¡DEBÉIS POSTRAROS ANTE LA DRAGONA! —bramó el hombre subido al carro, interrumpiendo a Svik—. SE ACERCA EL DÍA EN EL QUE LIK-RIFA LLENARÁ EL CIELO, TAPARÁ EL SOL, Y OS DARÉIS CUENTA DE QUE LOS MEZQUINOS GOBERNANTES DE ESTE NUEVO MUNDO NOS HAN ENGAÑADO.

Svik respiró hondo.

—Por el culo peludo de Berser, ¿quieres CERRAR LA BOCA? —espetó al hombre del carro—. Estoy intentando mantener una conversación.

—¡ARREPIÉNTETE O PERECERÁS! —gritó el hombre del carro señalando a Svik, con las venas del cuello hinchadas, los ojos desorbitados y expulsando saliva por la boca.

—¡Cállate o serás tú el que perezca, y mucho antes! —contestó Svik levantando el queso que tenía en la mano.

—¡TÚ NO PUEDES OBLIGARME A CALLAR! ¡SOY LA VOZ DE LA DRAG…!

Se oyó un ruido sordo y un graznido cuando el queso redondo impactó en la cara del adorador de la dragona, le partió la nariz y comenzó a manar sangre. El hombre retrocedió tambaleándose y se precipitó desde el carro encima de la multitud.

—Ay, mira lo que me has obligado a hacer —dijo Svik moviendo con pesar la cabeza.

Una lanza surcó el aire, arrojada por una de las personas que acompañaban al adorador de la dragona. Svik se inclinó hacia un lado encima de la silla de montar con una velocidad impresionante y la lanza pasó de largo y se hundió en un tejado de tierra y hierba que había a su espalda. Varg atisbó un destello verdoso y amarillento en los ojos de Svik.

—Qué error más grande has cometido, caraculo —dijo Svik chasqueando la lengua y sacando la lanza de donde la llevaba colgada en la silla.

Se oyeron gritos y alaridos y un puñado de figuras emergieron de la muchedumbre. Eran los otros adoradores de la dragona, que se habían dispersado entre la gente congregada. Varg contó cuatro, cinco, seis hombres y mujeres, todos ellos envueltos en cotas de malla oxidadas y armados con lanzas, menos uno, que tenía las manos vacías y en ese momento sacaba un hacha del cinturón. Corrieron berreando hacia Svik.

Toda la rabia que había estado acumulándose en su interior por causa de Frøya entró en ebullición y, antes de que se diera cuenta de lo que hacía, Varg estaba corriendo al encuentro de los adoradores de la dragona. Oyó como si llegara de muy lejos la voz de Svik gritando su nombre y debajo de ella el aullido del lobo.

El adorador de la dragona que encabezaba el grupo era un hombre alto y delgado, con una espesa barba desgreñada que le caía sobre el pecho. Pero le cambió la cara cuando vio que Varg cargaba hacia él y frenó en seco.

Varg saltó extendiendo el brazo con el destral, apartó la lanza del barbudo y lo embistió. Los dos cayeron enredados y rodaron por el suelo. Cuando se detuvieron, Varg se aupó al pecho de su rival y le asestó un golpe con la parte plana de la hoja en la sien. Sonó un crujido y el hombre se desplomó como un pez sin espinas, con los ojos en blanco. Se oyó un zumbido y Varg se arrojó hacia delante justo a tiempo para que la lanza perforara el espacio que su cabeza acababa de desocupar. Una mujer le profería maldiciones hecha una furia.

Varg apoyó entonces todo el peso de su cuerpo en la mano libre y se impulsó hacia arriba para lanzar por los aires a su nueva atacante. La mujer aterrizó con un golpetazo y perdió la lanza. Quedó tendida en el suelo un momento, aturdida y sin aliento. Intentó levantarse, pero Varg la lanzó de nuevo contra el suelo de un codazo en la mandíbula. Varg se puso en pie inundado de una fuerza nueva, con los músculos hinchados y una velocidad inaudita recorriendo su cuerpo tembloroso. Un lobo aulló dentro de su cabeza y sintió la presencia de la bestia en la sangre; en sus venas acechaban un poder y una malicia que lanzaban dentelladas y gruñían ansiosos por actuar libremente. Recordó las palabras que le habían dicho Røkia y Svik.

«La bestia que llevas en la sangre debe ayudarte».

«Tienes que dejarla salir de manera continua, como un arroyo, no de golpe como una riada».

Apenas era consciente de que Svik avanzaba sobre su caballo, con su lanza convertida en una mancha borrosa, ni de que la muchedumbre que se había congregado en el pueblo se dispersaba despavorida gritando y chillando. Njal y los que estaban con él miraban la escena con estupefacción, sin moverse.

«Somos uno, el lobo y yo —dijo mentalmente Varg a la bestia que llevaba en la sangre, tal como le había enseñado Røkia—. Juntos somos más. Pero mando yo, yo soy el jarl, el líder de la manada, y tú eres el lobo unido a mí, como un guerrero que ha hecho un juramento de sangre». Varg respiró hondo, mantuvo el aire en los pulmones y sintió el efecto del lobo que habitaba en sus venas.

Varg recibió un golpe en la espalda y sus pies se despegaron del suelo. Intentó darse la vuelta y el hacha salió volando de su mano. Descubrió que alguien lo agarraba por la cintura y de repente se estrelló contra el carro del adorador de la dragona. Un dolor atroz le recorrió el hombro. Cayó al suelo y todo el peso de su cuerpo lo aplastó. Forcejeó cuando unas manos lo sujetaron y le hundieron la cabeza en el lodo. Intentó respirar, tragó barro, tosió y escupió. Recibió un golpe en las costillas y atisbó otra figura encima de él, cosiéndolo a patadas. Se produjo una nueva explosión de ira en su interior, el lobo gruñó dentro de su cabeza y Varg se revolvió. Lanzó unos puñetazos que impactaron en algo duro y se oyó un ruido como de bofetada y un gruñido. De pronto, ya nadie lo sujetaba. Se puso en pie y levantó los puños como si fuera un púgil saltando sobre las puntas de los pies. El dolor en las costillas y en el hombro parecía algo débil y lejano.

A sus pies yacía un hombre gruñendo, con un ojo cerrado e hinchado, sangrando por la nariz rota. Delante de él había otro hombre enorme con una cota de malla llena de desgarrones, musculoso, con los ojos pequeños y el pelo apelmazado. Empuñaba un palo de madera recubierto de clavos de hierro.

—No deberías ser irrespetuoso con la dragona —gruñó el hombretón, y atacó con el palo a Varg.

«El lobo y tú debéis colaborar. Un arroyo, no una riada», se recordó Varg. El tiempo pareció ralentizarse cuando se agachó y evadió el porrazo con facilidad, se acercó al hombre de los ojos pequeños y le asestó una tunda de golpes en la entrepierna, dejándose llevar por el instinto de sus días como púgil. Pero la cota de malla absorbía la fuerza de los puñetazos. El hombre de los ojos pequeños lo miró sonriente y Varg le lanzó una patada corta y seca en la rodilla. El hombretón lanzó un alarido de dolor, se tambaleó y se desplomó. Varg se llevó la mano al cinturón buscando el seax o el cuchillo.

El hombre de los ojos pequeños se levantó del suelo rugiendo de rabia y de dolor y embistió a Varg. Los dos cayeron juntos y el adorador de la dragona intentó golpearlo con la porra y el puño, pero Varg se echó a un lado y desvió el palo con la mano. Su otra mano se cerró alrededor de un hierro frío del cinturón y tiró, pero lo que quiera que fuera que agarraba estaba atorado. Con un tirón brutal consiguió sacarlo y atizó en la cabeza al hombre de los ojos pequeños. Sonó un crujido cuando el casco de Varg impactó en la mejilla y la nariz de su oponente y se produjo una explosión de sangre. El hombretón se tambaleó y trató de atizarlo de nuevo con la porra, pero Varg fue más rápido y le trituró la muñeca con el casco. El hombre gritó y soltó la porra mientras Varg lo golpeaba usando el casco como si fuera un martillo. El tipo de los ojos pequeños cayó al barro y trató de levantar las manos, pero el casco seguía aporreándolo, le rompió los dedos y comenzaron a volar sangre y dientes. El guerrero se encogió en el suelo, gruñendo y gimoteando con los labios partidos y llenos de baba sanguinolenta.

Varg se alzó por encima de él, gruñendo, rebosante de rabia y de malicia; la necesidad de desgarrar, destripar y destruir desbordaba hasta la última fibra de su cuerpo. Levantó el brazo para aplastarle la cabeza.

—Hermano —dijo una voz detrás de Varg—. ¡Hermano! —repitió más alto, más cerca, y una mano le agarró la muñeca levantada.

Varg se dio la vuelta gruñendo y vio a Svik montado en su caballo, inclinado y sujetándole el brazo.

—Sé el amo, no el esclavo —dijo entre dientes Svik. Y añadió en voz más alta—: Los tipos como estos niðing no merecen nuestra ira completa. —Torció un labio—. No les concedas ese honor.

Varg inspiró y sintió como entraba el aire entrecortadamente en su cuerpo, se le hinchaba el pecho y se dilataban sus orificios nasales. Su lobo interior aullaba exigiendo sangre, muerte.

«Respeta el juramento», le ordenó Varg, y sintió que la rabia y la sed de sangre disminuían lentamente y de manera gradual. Bajó la mirada al hombre tendido a sus pies y vio la masa informe de carne que gruñía encima del barro mezclado con la sangre. Luego levantó la cabeza y miró a su alrededor.

Estaba rodeado de cuerpos tirados en el suelo, hombres y mujeres en cotas de malla se desangraban en el barro abatidos por él o por Svik. Njal y sus seguidores se habían congregado en torno a un hombre arrodillado con una lanza clavada en el pecho.

La mayoría de los ojos miraban a Varg con una expresión de pavor y asombro. Varg exhaló un largo suspiro y levantó el casco, que estaba recubierto de pegotes de sangre. La correa de cuero que Røkia le había arreglado se había partido al arrancarlo del cinturón.

—Bueno —murmuró Svik, y soltó la muñeca de Varg. Lanzó una mirada a su casco y añadió—: Røkia va a llevarse un disgusto. —Una sonrisa le torció el bigote. Se volvió hacia el carro desde donde había hablado el adorador de la dragona—. Veamos, ¿dónde está mi queso?

—Njal, ¿puedes venderme un poco de cuero? —gritó Varg mirando abatido la correa de su casco.

Las carcajadas de Svik resonaron en todos los rincones del pueblo.

Einar Medio Trol se agachó para levantar la última piedra del túmulo y la dejó caer en la tierra.

Glornir se adelantó y echó un vistazo a la tumba. El resto de los Hermanos de Sangre se apiñaron detrás de él para ver al guerrero muerto enterrado allí. Era un hombre moreno, vestido con una cota de malla, con un aro de bronce en el brazo y un broche de plata con la forma de las alas de un águila. Encima de su pecho había un destral que todavía empuñaba su mano muerta. De su cara destrozada colgaban tiras de carne y se veían los huesos pálidos de su cabeza. Los gusanos se retorcían en sus heridas. Un gusano nocturno salía en ese momento de su boca.

«Parece como si lo hubiera atacado una fiera», pensó Varg, y recordó a Orka Machacacráneos sentada en la escalera de Grimholt, bañada en sangre, y los muertos amontonados a su alrededor.

Levantó la mirada y vio a la gente reunida entre las casas del pueblo de Njal, observándolos. Miró a otro lado.

—En fin, no es Skalk —dijo Einar—. Así que el galdramaðr todavía vive.

—Bien —gruñó Glornir con los dientes apretados, una expresión fría y dura como el acero en la cara y muerte en los ojos.

—¿Bien por qué? —preguntó desconcertado Einar.

—Bien porque Glornir quiere ser él quien entierre con sus propias manos a Skalk, zoquete —espetó Røkia.

«Me alegro de no ser Skalk. Cuando alcancemos al galdramaðr en Darl…». Varg desvió la mirada de Glornir para echar un vistazo al sur, al otro lado del valle donde se encontraban, hacia las onduladas colinas y el tapiz de ríos centelleantes. Sabía que Darl estaba en esa dirección, todavía fuera de su vista.

Y Skalk.

«Y el comerciante de esclavos Brimil. —Su boca esbozó un gruñido—. Brimil, cuando te encuentre no será un buen día para ti».

CAPÍTULO CATORCE

BIÓRR

Biórr se secó el sudor de la frente. El suelo irradiaba calor y más adelante divisó la neblina de aire caliente que señalaba la ubicación de la sima de los vaesen. Descendían serpenteando de las tierras altas y dejaban atrás las colinas de la Oscuridad de la Luna. Al oeste, el Eldrafell vibraba y palpitaba surcado por estrías de fuego. Ilska encabezaba el grupo a lomos de su yegua negra mientras cruzaban el puente de Isbrún. Biórr tenía la impresión de que el caballo avanzaba por un banco de niebla perezosa e intangible. Su hermano, Drekr, y el resto de los descendientes de la dragona marchaban en sus caballos detrás de ella, seguidos a pie por los demás, formando una columna más o menos organizada. Biórr caminaba entre ellos, con el escudo colgado a la espalda y usando la lanza como bastón. Fain el Rojo y Storolf Dentadura de Guerra marchaban a su lado, también Ilmur, y detrás de ellos los carros traqueteaban llenos de niños corrompidos. Biórr echó un vistazo atrás preocupado por Bjarn y vio a Kráka sentada en el banco del carro. La thrall liberada inclinó la cabeza cuando sus miradas se encontraron.

«No hace mucho tiempo, Kráka, Ilmur y yo viajábamos con los Terrores de la Batalla en sentido contrario». Lo asaltaron recuerdos fragmentados de ese viaje, la mayoría de ellos relacionados con Elvar: cuando lo llevó detrás de los carros, su aliento caliente, la sensación que le produjo el roce de su piel.

«No —se dijo—. Olvídala. Ella era feliz viviendo como una esclava. Siendo una esclava. Pero ahora Ilmur y Kráka son libres».

Ni siquiera ese pensamiento consiguió disipar los recuerdos de Elvar, o cómo lo había mirado cuando apuñaló a Agnar. El dolor que le había causado su traición y que había visto reflejado en sus ojos había parecido casi físico.

—Gracias, Biórr —dijo Ilmur, que caminaba justo detrás de él.

—¿Por qué? —preguntó Biórr sacudiendo la cabeza y agradeciendo que algo lo distrajera de sus recuerdos.

—Por salvarme, por quitarme el collar de thrall que me había puesto Agnar.

—De nada —respondió Biórr—. Eso no era vida. Lo sé por experiencia.

—¿Tú también fuiste thrall?

Biórr oyó el restallido de un látigo dentro de la cabeza y sintió el dolor abrasador por todo el cuerpo al revivirlo. Hizo una mueca.

—Ajá, cuando era mucho más joven —respondió—. Tuve suerte. Escapé. Y Fain el Rojo me encontró.

—¿Por qué nos tratan como animales? —inquirió Ilmur.

—Porque nos temen —afirmó Biórr, y sintió que regresaba su ira juvenil—. Es curioso que su crueldad vaya a ser su perdición. —Echó un vistazo al cielo y vio la figura oscura de Lik-Rifa volando muy alto—. Pronto dejarán de ser los señores de este mundo y nosotros ya no seremos los corrompidos thrall.

—Yo me conformo con unas palabras amables y una comida caliente —musitó Ilmur suspirando.

—Ahora estás a salvo, hermano —dijo Biórr—. Eres libre. Disfrútalo.

Biórr llegó al borde de la sima de los vaesen. El calor subía desde las aguas termales; era como salir del frescor de una casa al calor del mediodía. Se le revolvió el estómago cuando levantó el pie para dar el primer paso por encima de la vasta sima, por donde corría el furioso río de roca derretida. Luego se encontró caminando por el suelo sólido y duro del puente. Los colores oscilaban y brillaban en el puente como si fueran las luces arremolinadas del guðljós, las luces de los dioses que a veces podían verse en el cielo nocturno y que algunos afirmaban que eran los espíritus de los dioses muertos, que luchaban eternamente en los cielos.

«Excepto Lik-Rifa, la dragona, que vuelve a vivir, a respirar y a volar en el cielo de Vigrið».

Ese pensamiento le provocó un escalofrío de entusiasmo y también de miedo.

«Formo parte de una nueva saga que cambiará el mundo, que atravesará con la espada el corazón de los últimos trescientos años de esclavitud y prejuicios».

—Odio el norte —comentó a su lado Storolf—. Primero hace demasiado frío, luego demasiado calor.

—Como la vida misma —respondió Fain a su hijo—. Hace lo que más le conviene a él, no a nosotros.

—El frío es bueno, nos hace más fuertes —terció sonriendo Biórr—. Solo es un enemigo más que hay que derrotar.

—Ajá —repuso Fain.

Storolf miró a Biórr con una espesa ceja arqueada.

—A nadie le gusta despertarse con la barba cubierta de nieve —aseveró—. Ni correr el riesgo de que se le congelen las pelotas y se le caigan mientras está cagando.

—Aquí no tienes que tener miedo de que te pase eso —dijo Biórr señalando con la cabeza el turbulento río de fuego, burbujeante y crepitante, que corría debajo de ellos.

«¿Cómo es posible que este puente de hielo no se derrita?», se preguntó, pero no quiso entretenerse en ese pensamiento y trató de apretar el paso para cruzarlo cuanto antes. Unos metros más adelante, el golpeteo seco de los cascos de los caballos en el hielo cambió por el sonido sordo de los cascos en la tierra mullida, y vio que Ilska salía del puente de Isbrún y se adentraba en una pradera en dirección a una suave colina. Biórr atisbó un carro hundido en la hierba, con los ejes partidos y las correas y los arreos putrefactos, y recordó el tennúr que había surgido de una colina y atacado a los Terrores de la Batalla. Del poni que había tirado del carro no había rastro, ni un resto de hueso ni de piel.

Ilska ya ascendía por la colina.

Biórr tardó un momento en darse cuenta de las consecuencias de su acción.

—¡ALÉJATE DE LA COLINA! —gritó abriéndose paso a empellones por la gente que marchaba delante de él.

Ilska tiró de las riendas de su caballo y se volvió intrigada por aquel alboroto. Drekr giró el caballo con el gesto ceñudo cuando Biórr dejó atrás a los Alimentadores de Cuervos y continuó corriendo por la pradera hacia ellos.

—¡LA COLINA! —bramó pisoteando la hierba mientras recordaba que había hecho eso mismo no hacía mucho, para correr hacia Elvar, que estaba de pie junto al cuerpo postrado de Grend—. ¡ES UN NIDO DE TENNÚR!

Una sombra envolvió a Biórr y cubrió toda la colina. Desde el cielo llegó un rugido que le sacudió los huesos y lo obligó a apoyar una rodilla en el suelo. Los caballos relincharon y se empinaron asustados. Ilska gritaba y tiraba de las riendas para recuperar el control de su montura. Biórr miró arriba y vio unas enormes alas que tapaban el sol y las siluetas de un cuello serpentino y de una cola fustigante.

La dragona volvió a rugir y el mundo entero pareció estremecerse.

Biórr se levantó a duras penas del suelo. Ilska y el resto observaban a la dragona mientras descendía del cielo con las garras extendidas y aterrizaba en la base de la colina. El suelo tembló y muchos se tambalearon.

Lik-Rifa abrió la boca.

—*Komdu til mín, börnin mín* —dijo con una voz profunda y retumbante que reverberó en el pecho de Biórr.

Biórr sintió las vibraciones del suelo a pesar de la distancia y vio el movimiento alrededor de los cascos de los caballos de Ilska y de Drekr, que se agitaban como si estuvieran sobre arenas movedizas. Del tembloroso suelo surgieron unos dedos diminutos dotados de garras y unas cabezas, unas criaturas pequeñas que desplegaron las alas y se alzaron en el aire esparciendo arena. Sus cuerpos rosados y sin pelo parecían ratas recién nacidas, con unas alas recorridas de delgadas venas y una boca excesivamente grande.

—¡MURO DE ESCUDOS! —bramó una voz detrás de Biórr. Este se volvió y vio a Fain y a Storolf organizando a los Alimentadores de Cuervos para que formaran un muro de escudos según salían del puente de Isbrún. El crujido de la madera de tilo llenaba el aire a medida que los escudos entrechocaban.

—¡ADELANTE! —gritó Fain.

El muro se puso en movimiento y avanzó rápidamente al ritmo que marcaban los golpes de las hachas en el borde de los escudos. Biórr se pasó el escudo adelante y sopesó la lanza. Miró adelante y luego atrás, acuciado por la duda.

—¡*ELDHLÍF OKKUR*! —gritó Ilska.

Drekr y el resto de los descendientes de la dragona unieron sus voces a la de su líder y unas runas de llamas rojas brotaron en el aire como si fueran escudos de fuego mientras los guerreros entonaban esas palabras. Biórr vio cómo esos pequeños escudos de runas suspendidos en el aire comenzaban a expandirse, a crecer y a juntarse para formar una cúpula de fuego alrededor de Ilska.

Los tennúr emergían violentamente de la colina y batían las alas para elevarse por el aire, revoloteaban alrededor de Ilska, y luego se alejaban de ella acompañadas por el zumbido de su aleteo y se dirigían a Lik-Rifa para arremolinarse en torno a la dragona. Ilska profirió un grito de batalla y espoleó a su yegua. El escudo de runas se disolvió en el aire con un siseo mientras la líder de los Alimentadores de Cuervos descendía al galope por la ladera seguida por Drekr y el resto de los descendientes de la dragona. Biórr corrió tras ellos con la lanza en la mano.

Había tantos tennúr que estaban a punto de cubrir por completo a Lik-Rifa. Storolf lideraba el muro de escudos que se dirigía hacia la dragona. Ilska, Drekr y los guerreros montados a caballo los adelantaron. Ilska enarboló la espada y gritó unas palabras de poder que hicieron surgir unas runas crepitantes en el aire delante de ella.

—¡ALTO! —gritó Lik-Rifa girando el cuello para mirar a Ilska. La jefa de los Alimentadores de Cuervos tiró de las riendas de su montura y los cascos de la yegua se deslizaron por el suelo levantando tierra hasta que se detuvo.

Biórr siguió corriendo hasta que alcanzó a los guerreros a caballo y se detuvo detrás de ellos. Vio que el muro de escudos también frenaba en seco.

—¡No toquéis a mis hijos! —gruñó Lik- Rifa haciendo una mueca que dejó a la vista sus dientes largos y curvos como las cuadernas de un drakkar.

«¿Mis hijos?», se preguntó Biórr con el ceño fruncido. Pero entonces lo comprendió.

«Los tennúr».

Trepaban a espuertas por la piel de Lik-Rifa, como piojos por una barba, pero no la atacaban.

«Son vaesen. Si es cierto lo que cuentan las sagas, Lik-Rifa los creó».

Desde la dragona llegó un sonido profundo y retumbante, como un gruñido.

«No, no es un gruñido. Está… ronroneando».

Una niebla que palpitaba y siseaba envolvió a Lik-Rifa cuando su cuerpo comenzó a cambiar. Biórr reconoció los perturbadores sonidos de la metamorfosis, los crujidos y las pequeñas explosiones mientras los huesos y la carne se transformaban, se contraían y adquirían su nuevo aspecto. Los vaesen salieron disparados de la dragona como si fueran gotas de agua de un perro mojado que se sacudiese y Lik-Rifa apareció ante ellos con su forma humana, alta, delgada y regia, cubierta por la túnica gris con los ribetes rojos. Los vaesen regresaron y revolotearon alrededor de ella como si fueran una bandada de estorninos. Lik-Rifa extendió las manos y sonrió mientras los acariciaba. Luego avanzó hacia Ilska, que enfundó la espada, desmontó del caballo y se postró ante ella con una rodilla hincada en el suelo.

—Mi reina —dijo Ilska inclinando la cabeza. Drekr y los demás descendientes de la dragona siguieron su ejemplo. Biórr se mantuvo en pie, pero entonces notó que la mirada de Lik-Rifa se posaba en él y comprendió que también él debía apoyar una rodilla en el suelo, así que se agachó torpemente, con el escudo y la lanza todavía en las manos.

—Los vaesen son mis hijos. Yo les di forma, aliento y vida. Son creación mía —declaró Lik-Rifa—. Como también vosotros sois hijos míos, descendientes de mi sangre. Así que tenemos que aprender a llevarnos bien todos.

Levantó una mano y un tennúr se posó en su antebrazo y plegó las alas translúcidas. Lik-Rifa le rascó debajo del mentón.

—Þú *mátt ekki borða þessar manneskjur, þær eru líka börnin mín* —dijo Lik-Rifa, y el tennúr giró la cabeza para mirar a Ilska y a los demás con una expresión socarrona.

—Sus dientes saben bien —dijo el vaesen con una voz aguda y quebradiza, como el crujido al pisar hojas secas. Un hilo de saliva le caía de la boca—. Pero, si nuestra dama lo pide, obedeceremos.

Lik-Rifa rio. Miró a Ilska.

—¿Ves? Los vaesen pueden ser criaturas razonables.

Ilska miró al tennúr e hizo una mueca de asco. La sonrisa de Lik-Rifa se transformó en un gruñido. La diosa dragona abrió la boca y profirió un alarido gutural que hizo vibrar los huesos de Biórr. El rostro de Lik-Rifa se contrajo y tembló.

—No deseo dejarme llevar por mis... instintos —dijo con una voz que era poco más que un susurro, aunque nadie tuvo dificultades para oírla.

Biórr vio que Ilska se ponía en pie y sacaba pecho, si bien le temblaba una pierna.

«Así que también es capaz de sentir miedo. Me lo había preguntado muchas veces».

—Después de todo, he perdido tantos hijos que sería una pena comerme los que me quedan. Por eso he jurado que intentaría no comerte —dijo Lik-Rifa—. Pero estás poniendo a prueba mi juramento, hija. Mis vaesen son mis hijos, como tú, y nuestros aliados. —Un nuevo temblor de ira apenas contenida le recorrió la cara—. Los tratarás bien.

Se instaló un silencio que se hizo eterno. Biórr se puso tenso y se preparó para apartarse de un salto en el caso de que se produjeran mordiscos y la sangre volara por el aire.

—Sí, mi reina —dijo Ilska.

Lik-Rifa asintió satisfecha.

—Bien.

Biórr se relajó una pizca.

—*Farðu heim til þín og gættu þessarar brúar. Aðrir eru að koma, brúðir minn, úlfurinn. Þú mátt eta hann og allar tennúr hans og alla þá sem eru með honum* —dijo Lik-Rifa dirigiéndose a los tennúr que revoloteaban a su alrededor, alzando la voz. El tennúr que se había posado en su brazo inclinó un poco la cabeza, desplegó las alas y echó a volar.

A continuación, todos los tennúr se congregaron en el cielo para formar una gran nube, ganaron altura y se lanzaron en picado hacia la colina. Impactaron contra ella y con sus garras escarbaron en la tierra y se escurrieron por las nuevas madrigueras hasta que desaparecieron. La única prueba que quedó de que habían estado allí era una multitud de pequeños montoncitos de tierra removida. Un puñado de piedras cayeron rodando por la ladera de la colina.

Lik-Rifa dio media vuelta y enfiló hacia el puente de Isbrún. Se detuvo delante de la gran piedra de granito que señalaba el principio del puente. Por el borde de la sima de los vaesen el vapor ascendía siseando. Lik-Rifa miró fijamente el puente de hielo y puso la palma de la mano en la roca, dentro de la grieta que parecía una gran garra. Biórr recordó que Uspa había puesto su mano cortada en ese mismo lugar y pronunciado las palabras de magia seiðr para que el puente se mostrara.

—*Brú, vertu innsigluð öllum sem fylgja. Vera áfram lokaður fyrir blóðtöfra* —dijo Lik-Rifa con una voz que parecía demasiado profunda y fuerte para salir de sus labios. Unas estrías blancas se extendieron por la roca desde la palma de su mano y el puente e Isbrún comenzó a sisear mientras una gran nube de vapor lo envolvía. Cuando el vapor se disipó, el puente ya no estaba. O, por lo menos, Biórr no lo veía.

Lik-Rifa sonrió para sí y asintió ligeramente. Luego dio media vuelta y miró a Ilska el tiempo suficiente para que resultara incómodo. Finalmente tendió una mano y acarició la mejilla de Ilska con los dedos con las uñas larguísimas.

—Creo que descansaré un rato con esta forma —dijo. Pasó junto a Ilska, cogió las riendas de su yegua negra y se montó en la silla. El caballo relinchó, piafó inquieto y dobló las orejas hacia atrás, pero Lik-Rifa le susurró unas palabras y se tranquilizó—. Podemos conversar durante el viaje. Tengo muchas preguntas. Hay muchas cosas que me gustaría saber sobre este mundo nuevo.

—Por supuesto —dijo Ilska levantando una mano para pedir otro caballo.

Uno de los guerreros que había entre los carros corrió hasta ella tirando de las riendas de un caballo ensillado. Ilska se montó en el animal y se acercó a Lik-Rifa.

—Si estos vaesen tennúr son nuestros aliados, ¿no deberían acompañarnos? —sugirió Ilska—. Cuanto más fuertes seamos mientras cruzamos Vigrið, mejor.

—Se unirán a nosotros más adelante —contestó Lik-Rifa—. Antes deben realizar la tarea que les he encargado.

Biórr miró la colina y de nuevo en la dirección del puente de Isbrún, bastante seguro de saber qué tarea podría ser esa.

—Rumbo al este entonces, a Nastrandir —dijo Lik-Rifa. Espoleó a su yegua y se puso en marcha.

CAPÍTULO QUINCE

ORKA

Orka tiró de las riendas y Trúr dejó de trotar para ir al paso. Indicó con una seña a Lif que hiciera lo mismo. El camino que seguían descendía por una ladera boscosa y el terreno era cada vez más escabroso y accidentado, con marañas de raíces retorcidas que salían del suelo. Delante de ellos, Edel y sus perros avanzaban a largas zancadas en los márgenes de la visión de Orka, desaparecían en la penumbra de los árboles y volvían a aparecer en los deslumbrantes haces de luz que escindían las copas. El sol estaba alto en un radiante y despejado cielo azul.

Spert levantó la cabeza y se movió delante de Orka, sobre la superficie curva de la silla de montar en la que se había tumbado a dormir. Su gorda lengua se agitó al despertarse.

—Hambre —murmuró el vaesen.

—Solo ha pasado medio día desde que comiste las gachas —dijo Orka.

Spert olfateó el aire, sus numerosas piernas se sacudieron cuando se movió y su cola se meneó con el aguijón inquietantemente cerca del brazo de Orka.

—Cuidado con eso —masculló Orka.

—Estamos cerca de la mina —anunció una mujer que corría junto a Orka y Lif.

Machacacráneos miró abajo y vio a Halja Nariz Chata, una joven guerrera de los Hermanos de Sangre. Llevaba el cabello de un rubio rojizo recogido en una trenza tirante y su cota de malla tintineaba al ritmo de sus movimientos. Los pinos se alzaban ante ellos y las colinas daban paso a los barrancos mientras avanzaban por el borde de las Dorsales.

Orka olfateó el aire y detectó un suave olor bajo la fragancia de los pinos y de la tierra húmeda que los envolvía. Era un aroma dulce y fragante, como de leche que empieza a cortarse.

Continuaron en silencio, pero el olor era cada vez más fuerte.

«A muerte», lo identificó Orka. Dejó caer una mano a la empuñadura del seax que colgaba delante de ella, apoyado entre sus muslos mientras cabalgaba.

Edel estaba ahora más cerca. Se había detenido en el borde del bosque y oteaba el valle desarbolado. La flanqueaban los perros, que jadeaban sentados y con las orejas de punta, con la mirada fija en el mismo punto que ella. Orka y Lif se detuvieron detrás de Edel. Halja Nariz Chata y el resto de los Hermanos de Sangre se desplegaron a lo largo de la linde del bosque. Los pocos que iban a caballo desmontaron. En total sumaban diez, todos con los escudos negros salpicados de sangre.

Vesli descendió batiendo las alas desde las copas de los árboles, con la mitad de la lanza de Breca en la mano, se posó en el pomo de la silla de Lif y plegó las alas.

—Vesli huele muerte —dijo moviendo a un lado y a otro su larga nariz, como una rata.

—Contemplad la cámara de Rotta —declaró Edel escupiendo a la hierba—. El hogar de un dios.

—A mí no me parece gran cosa —observó Lif.

Orka paseó la mirada por el claro cubierto de barro pisoteado y agrietado que en su extremo opuesto estaba bordeado por otro bosque de pinos que ascendía por una pendiente escarpada hacia altos precipicios y colinas. Al este, el claro embarrado terminaba en la pared vertical de un barranco, donde había una penumbrosa entrada arqueada a una cueva que parecía una boca abierta. Al final del claro había una pequeña montaña de escombros y piedras rodeada de carros abandonados. El olor a muerte era más intenso ahora, y otro montón atrajo la mirada de Orka, este, cubierto de cuervos y formado por cuerpos putrefactos. En el suelo yacían las gruesas extremidades de un trol enorme, con la piel ya desprendiéndose de la carne podrida... la poca que faltaba por pudrir. Los depredadores habían estado alimentándose. Los cuervos estaban sobre la cara del trol muerto, picoteando y arrancando la escasa carne blanda que aún había en los labios y en la lengua. Sus ojos eran unas rojas cuencas oculares vacías. Su torso estaba abierto en canal y los animales se habían dado un festín con sus entrañas. Había otros cuerpos tendidos junto al del trol, de skraeling y de humanos. Habían despojado a los guerreros de sus armas y su equipo y todos ellos estaban en un estado de descomposición similar. Un puñado de escudos y de lanzas, de seax y de cinturones se apilaban al lado de los cadáveres.

«Equipo de guerra que los Hermanos de Sangre no se molestaron en recoger».

Cerca del montón de cuerpos había cuatro túmulos alineados. La ausencia de musgo y de liquen en las piedras y en las rocas que los formaban dejaba claro que se habían colocado recientemente.

Edel musitó unas palabras y sus dos sabuesos se adentraron en el claro con los hocicos pegados al suelo y moviéndose con sigilo y despacio, como cazadores. Unos cuervos echaron a volar, se posaron en las ramas de los pinos que bordeaban el claro y protestaron con sus graznidos mientras los dos perros exploraban el claro. Uno de los animales desapareció entre los árboles del extremo opuesto y el otro se introdujo con decisión en la abertura penumbrosa en la pared del barranco. Edel también entró en el claro, seguida por varios Hermanos de Sangre. Orka desmontó y enrolló las riendas en una rama baja, cogió el hacha larga que colgaba de su silla de montar y enfiló con paso resuelto por el claro. Oyó las pisadas de Lif siguiéndola. Vesli se alzó del suelo y sobrevoló el claro acompañada por el zumbido de sus alas. Spert se deslizó con las alas abiertas desde el sitio donde había estado durmiendo en la silla de montar y las cerró al posarse en el suelo antes de salir correteando detrás de Orka con sus patas de muchas articulaciones.

Halja Nariz Chata atravesó el claro en línea recta, se detuvo delante de uno de los túmulos y lo miró detenidamente. Otros integrantes de los Hermanos de Sangre se desplegaron para inspeccionar el perímetro: unos cuantos desaparecieron entre los árboles que marcaban el borde norte del claro, dos más recorrieron el sendero que partía de la entrada de la cámara de Rotta, y otro se internó en la oscura cueva. Orka examinó el terreno que había delante de la abertura en la pared del barranco y encontró huellas, agujeros en el suelo y manchas oscuras aquí y allá. Pasó junto a Halja sin detenerse; a juzgar por los hombros caídos de la guerrera y sus labios apretados, estaba llorando la pérdida de un conocido. Orka continuó caminando para echar un vistazo a la veintena de guerreros, hombres y mujeres, todos despojados de sus equipos de guerra y pálidos como la cera salvo por las manchas oscuras de las heridas que los habían enviado a hacer el viaje de las almas. Vesli salió zumbando de los árboles, hizo medio giro alrededor de Orka y se posó en uno de los cadáveres, el de una mujer rubia con una herida negra en el cuello. Clavó la lanza en el suelo y se agachó, introdujo los dedos largos y huesudos en la boca de la mujer y le arrancó una muela, que salió de la encía con un sonido de succión.

Lif hizo un ruido de arcadas y Vesli se quedó quieta, mirando a su alrededor.

—Ya no la necesita —dijo la tennúr encogiéndose de hombros, y se metió en la boca el diente, de cuya raíz todavía colgaba un trozo de carne.

Lif se dio la vuelta cuando Vesli se puso a masticar.

Orka caminó lentamente siguiendo la hilera de muertos. De repente se le heló la sangre en las venas y se detuvo, con el vello de los brazos y de la nuca erizado. Estaba mirando fijamente a un hombre muerto.

La barba blanca, calvo, un tajo en la cabeza. Alto y corpulento. Le habían quitado el equipo de guerra y yacía con los pantalones de lana hechos jirones y la túnica ensangrentada y llena de desgarrones. Se habían comido buena parte de su cara —no quedaba nada de los ojos, los labios ni las orejas—, pero Orka lo reconoció a pesar de su terrible estado. Los bordes de un tatuaje azul se entreveían por los agujeros de la túnica.

«Es el descendiente de la dragona del que habló Glornir».

Orka se agachó, deslizó los nudillos por el brazo amoratado del muerto y cerró la mano alrededor de la túnica para descubrir su torso. El tatuaje de una serpiente sinuosa con la boca abierta recorría los hombros y el pecho del cadáver.

Al ver las alas en el tatuaje realizado con figuras de nudos se dio cuenta de que no era una serpiente, sino un dragón. Recordó haber visto la misma imagen en la espalda de Drekr, y también grabada en la piedra del juramento con la que se había cruzado de camino a Grimholt.

«¿Todos los descendientes del dragón tienen este tatuaje? ¿O es por otra cosa?».

—Vesli, quítale los dientes a este —gruñó Orka.

La tennúr, que estaba arrancándole de uno en uno los dientes de las encías a la mujer muerta y guardándolos en una bolsita de piel que le colgaba del cinturón que llevaba ceñido a la cintura, dejó lo que hacía y fue revoloteando hasta el muerto con la barba blanca, se posó en él y comenzó a sacarle los dientes de la boca.

Apareció Spert, que trepó al cadáver y se paseó por él moviendo sus largas antenas, que palpaban y exploraban el cuerpo como si fueran las manos de una persona ciega. Las antenas encontraron el tajo en la cabeza y se introdujeron en él, y enseguida comenzó a oírse un suave sonido de succión.

Spert sacó las antenas de la herida, húmedas y relucientes y lamió una con su gorda y oscura lengua azulada.

—Este es diferente —dijo el vaesen con su voz ronca—. Es humano, pero no lo es.

—Es un descendiente de la dragona —murmuró Orka irguiéndose.

Spert correteó hasta el siguiente cadáver y se puso a examinar el cuerpo del guerrero, que tenía un puñado de heridas en el torso. Volvió a introducir las antenas en un tajo y las lamió hasta dejarlas limpias cuando las extrajo.

—Este es humano —graznó Spert, y correteó hasta el siguiente cadáver, una mujer con el cabello castaño trenzado. En el vientre tenía una herida enorme que le habían hecho las criaturas que habían roído su cuerpo—. Humana, pero no. Y diferente del viejo.

—Otro corrompido —murmuró Orka—, pero no un descendiente de la dragona.

Orka dio media vuelta y se dirigió a la entrada de la cueva en la pared del barranco. Lif la siguió, acompañado por el zumbido de las alas de Vesli y el ruido rítmico de los numerosos pies de Spert arañando el suelo. En la penumbra de la cueva había dos miembros de los Hermanos de Sangre, un hombre rubio, alto y delgado llamado Gunnar Proa, apodado así por el tamaño de su nariz —que ocupaba buena parte de su cara y se curvaba como la roda de un drakkar—, y Revna Patas de Liebre, que se había ganado ese sobrenombre por su velocidad en el combate. Ambos eran jóvenes y habían ingresado en los Hermanos de Sangre una vez que Orka se había marchado. Además eran amantes, algo que no se habían esforzado en mantener en secreto durante el viaje desde Grimholt y que más de una vez había hecho ruborizarse a Lif.

Estaban examinando concienzudamente un barril de madera y sacaron de él unas antorchas de juncos atados con bramante. Revna cogió de una bolsa un pedernal y un eslabón, hizo saltar unas chispas y un momento después las antorchas ardían y crepitaban.

—Toma, Machacacráneos —dijo Gunnar Proa ofreciéndole una antorcha y buscando otra en el barril.

Orka la cogió y la sostuvo en alto. Vio que había otras antorchas instaladas en unos soportes en las paredes y las fue encendiendo a medida que se adentraba en el túnel, seguida por Lif, Gunnar y Revna. Vesli revoloteaba encima de ellos y Spert cerraba el grupo, con un gesto ceñudo en su rostro lleno de arrugas y moviendo constantemente las antenas.

—Así que esta es la cámara de Rotta —dijo Lif, y silbó cuando el túnel empezó a discurrir cuesta abajo. A ambos lados de la galería había entradas a otras cámaras, y Orka no se dejó una sin escrutar. Algunas tenían puertas de madera, pero otras eran meros agujeros sumidos en la oscuridad. Todas las cámaras eran pequeñas y las paredes rezumaban humedad—. Esperaba algo más… grandioso.

—Solo era un refugio —apuntó Revna—. Rotta estaba huyendo de la ira de su hermano y de su hermana.

—He oído sagas que contaban que jugó un papel importante en el asesinato de la hija de Orna y Ulfrir —dijo Lif—. ¿Este es el lugar donde se escondió de ellos?

—Eso es lo que cuentan las sagas —repuso Revna mientras examinaba con la antorcha levantada otra cámara desde la entrada.

—Rotta mató a la hija de Orna y de Ulfrir, Valkiria, y culpó de ello a Lik-Rifa —dijo Gunnar—. Estranguló a Valkiria, la desolló y dejó su cuerpo colgando de un árbol. Pero Orna y Ulfrir descubrieron su engaño y huyó de ellos. Se escondió aquí, donde escribió el *Raudskinna*, el libro de piel roja que guarda los secretos de los dioses, todos ellos grabados en la piel de Valkiria.

—Matar a la sobrina no es de buen hermano —comentó Lif.

—La confianza es un bien escaso, incluso dentro de la familia —masculló Revna.

Gunnar Proa le acarició el dorso de la mano con las yemas de los dedos.

—¿Cuántas cámaras hay? —Orka se volvió hacia Gunnar.

—Apenas exploramos la cueva la otra vez —dijo Gunnar encogiéndose de hombros—. Teníamos otras cosas que hacer. Pero por lo que veo no se ha excavado toda la cámara. Es como una madriguera. Cuando llegamos todavía no habían terminado el trabajo, como demuestran los carros y los escombros que hay fuera. Más adelante hay una cámara central, y unas pocas más con signos claros de que se utilizaban. Te las enseñaré. —Gunnar adelantó a Orka.

El túnel continuaba descendiendo, toscamente excavado en la roca. Mientras lo recorrían, encendieron todas las antorchas instaladas en las paredes. Finalmente, entraron en una cámara alta y amplia en la que resonaba el goteo del agua. Gunnar se adentró en ella, se detuvo al llegar al centro y levantó la antorcha para iluminar un enorme saliente rocoso con la parte superior ligeramente plana. De ella colgaban cuatro cadenas de hierro incrustadas en la roca, y en cada una de ellas había una manilla destrozada lo suficientemente grande para rodear la cintura de Orka.

Vesli descendió desde la penumbra y se posó al lado de Orka. Alzó la mirada hacia el saliente rocoso y se estremeció.

—A Vesli no le gusta —dijo la tennúr con voz chillona.

Orka miró detenidamente el saliente y se fijó en que estaba salpicado de orificios negros. Un cosquilleo le recorrió la piel y el lobo que habitaba en sus venas se revolvió y gruñó para alertarla del peligro.

—Es el altar de Rotta —dijo entre dientes Lif acercándose a Orka.

Orka gruñó.

—Eso mismo pensaba Vol —repuso Gunnar—. Es la roca en la que Orna y Ulfrir encadenaron a Rotta para su venganza. Consideraban que la muerte era un final demasiado rápido. Deseaban que sufriera un tormento más prolongado.

—Así que lo condenaron a ser quemado y escaldado eternamente por el veneno de las serpientes, todos los instantes de su vida— concluyó Revna.

—Una cosa sí tenían los dioses: eran imaginativos —dijo Lif—. A mí me gustaría hacerle eso a Guðvarr.

—La eternidad no duró tanto para Rotta —terció Orka, desviando la mirada de las manillas que había al final de cada cadena para observar el techo de la cámara. Estaba sumido en la oscuridad, pero según las sagas era allí donde estaban enjauladas las serpientes nacidas de Snaka, cuyo veneno caía como la lluvia sobre el encadenado Rotta.

Spert pasó correteando junto a ellos y trepó por la pared donde estaba el saliente. Sus muchos pies de alguna manera se adherían a la roca. Llegó a la plataforma y agitó las antenas ante sí para tantear la superficie y los orificios negros.

—Repugnante. Repugnante —murmuró el vaesen mientras se paseaba por el saliente.

—¿Cómo escapó Rotta? —preguntó Revna señalando con la cabeza las manillas destrozadas—. No se dice nada de su huida en la última batalla del Guðfalla, la caída de los dioses, ni en ninguna de las sagas que me han contado.

—Bueno, aquí no está, eso es seguro —dijo Orka exhalando un breve suspiro y dándose la vuelta—. ¿Qué más encontrasteis? —preguntó a Gunnar.

—Sígueme —respondió el mercenario poniéndose en movimiento.

Gunnar los llevó hasta una cámara larga y estrecha con otra puerta al fondo. Una de las paredes estaba llena de agujeros del tamaño de un puño, y dentro de ellos había rollos de pergamino. En un rincón había una mesa hecha añicos y, en el suelo, tarros de arcilla para la tinta rotos y fragmentos alargados de hueso que habían sido usados para escribir runas.

—Ahí estaba guardada la garra de Orna —explicó Gunnar señalando la puerta del fondo.

Orka gruñó y enfiló hacia allí pasando por encima de los restos de la mesa. En el suelo vio una mancha oscura que olía a sangre coagulada.

—Aquí capturaron a Vol —dijo Gunnar—. Varg mató a uno de los drengir que iban con Skalk.

—¿Varg? ¿El mismo que mató al descendiente de la dragona? —preguntó Orka.

—Ajá —gruñó Gunnar.

Lif sacó un pergamino de un agujero, rompió el sello de lacre y lo desenrolló.

—¿Qué pone? —inquirió Orka echando un vistazo al pergamino por encima del hombro de Lif.

—No lo sé —respondió Lif pasándole el pergamino—. No sé leer. Soy pescador.

Gunnar lo cogió.

—Hay copiados algunos fragmentos del grimorio de Rotta —dijo Gunnar mientras lo leía. Volvió a enrollar apresuradamente el pergamino y lo metió de nuevo en el agujero de la pared—. No son cosas de las que quiera saber más —masculló.

—Tal vez vosotros no —repuso Orka mirando a Gunnar y a Revna—. Pero tendríamos que llevárnoslos. A Glornir quizá le interesen. Y a Vol seguro que sí, cuando la rescatéis.

—Ajá, buena idea. —Revna sacó unos cuantos rollos y se los puso debajo del brazo—. Allí había muchos más —añadió—. Dentro de un baúl con la garra de Rotta. Skalk se llevó el baúl cuando capturó a Vol y huyó.

Orka torció el gesto. No le gustaba la idea de que Skalk tuviera acceso a los secretos de un grimorio escrito por Rotta, por mucho que solo fueran fragmentos.

—¿Hay algún otro lugar interesante?

—Ajá. Hay otra cámara que deberías ver —respondió Revna.

La joven mercenaria salió de la cueva seguida por los demás y se detuvo delante de la puerta de otra cámara.

—Encontramos esto. —Revna entró en la cueva y encendió las antorchas instaladas en las paredes. La luz dejó ver una vasta habitación con decenas de jergones tirados en el suelo, pegados unos a otros. El hedor a orines y heces era intenso.

—¿Es aquí donde tenían a los thrall? —preguntó Lif.

—No —dijo Orka. Le temblaba la mandíbula—. Aquí tenían encerrados a los niños.

Los jergones eran pequeños, del tamaño de medio cuerpo de una persona adulta. Había visto una habitación similar con un olor similar en el desván de la taberna de Darl donde había encontrado el colgante de madera con la forma de una espada de Breca. Sintió una opresión en el pecho y en la garganta y le escocieron los ojos cuando le brotaron las lágrimas. Reprimió el impulso de gritar y sintió que esa necesidad se transformaba en un deseo de aullar, gruñir y matar.

Vesli entró volando en la cámara y la recorrió a toda velocidad. También Spert irrumpió en ella explorándola con las antenas. Se detuvo delante de un pequeño colchón que estaba casi en el centro de la habitación y sus antenas se movieron frenéticamente. Vesli se lanzó en picado hacia el mismo jergón, plegó las alas, se puso a cuatro patas y apretó su largo hocico contra el colchón.

—Breca ha estado aquí —dijo Spert volviéndose hacia Orka, confirmando lo que ella ya presentía.

Machacacráneos se adelantó cautamente, con la antorcha en una mano y el hacha larga en la otra, y se agachó junto al jergón que había llamado la atención de Spert y Vesli. Agachó la cabeza y cerró los ojos. Los recuerdos de Breca inundaron su cabeza: su cara, sus grandes ojos, su cabello azabache.

«Te encontraré», se repitió una y otra vez.

Levantó la cabeza al oír una tos y vio con los ojos empañados que Gunnar, Revna y Lif estaban mirándola. No sabía cuánto tiempo había pasado arrodillada junto al colchón de Breca, pero sentía hormigueo en las piernas y en los tobillos.

—Deberíamos regresar con los otros —sugirió Revna.

Gunnar asintió.

—Me rugen las tripas —dijo el joven mercenario—. Es hora de preparar el campamento y cocinar algo. ¿Quieres que Revna vaya a decirles a los demás que acamparemos en la cámara principal? —preguntó a Orka.

Orka se lo quedó mirando sin comprender por qué Gunnar había considerado que debía preguntárselo a ella.

—Mejor buscad a Edel y preguntádselo a ella.

Gunnar asintió e hizo el ademán de darse la vuelta.

—Pero yo no acamparía aquí dentro —añadió Orka—. Solo hay una entrada. No es el mejor lugar para quedar atrapados. Yo acamparía en el bosque.

—Ajá. —Gunnar echó a andar seguido por Revna y Lif.

Pero Lif se detuvo un momento y se volvió hacia Orka.

—¿No vienes?

—Ahora iré. Antes quiero echar otro vistazo.

Lif continuó caminando y Orka se secó las lágrimas de los ojos mirando el jergón con manchas de sudor.

CAPÍTULO DIECISÉIS

GUÐVARR

Guðvarr inspiró hondo sin parar de remar cuando la embarcación dejó atrás un meandro abierto del río Drammur y Darl apareció ante sus ojos. La visión de la ciudad hizo que perdiera el ritmo y el hombre que estaba sentado detrás de él lo maldijo e insultó cuando sus remos chocaron. Guðvarr se apresuró a coordinar sus paladas con las del resto de los remeros.

«Vuelve a hablarme así y te ensartaré como a un cerdo», pensó Guðvarr, aunque se cuidó de no decirlo en voz alta, ya que su compañero era un tipo de aspecto temible llamado Hrolf, con una mirada fría como el hielo y las manos llenas de cicatrices. Las cicatrices en las manos eran señal inequívoca de que alguien había pasado mucho tiempo con un arma empuñada, ya fuera entrenando o en combate. Guðvarr continuó remando y sus ojos se desviaron hacia Darl. Los edificios se hacinaban en las laderas de una colina coronada por una muralla que cercaba una fortaleza. En la cima de la colina había una sala de hidromiel de la que partían las alas enormes de un esqueleto, desplegadas sobre los edificios de abajo como si fueran unas manos protectoras. La primera vez que Guðvarr vio Darl y el esqueleto de la diosa muerta Orna irguiéndose desde la fortaleza se le había cortado la respiración. El terror y el asombro le habían atenazado el estómago y habían expulsado todo lo demás de su cabeza.

Como la vez anterior, su primera reacción al ver ahora Darl y las alas de Orna desplegadas fue de terror. Pero en esta ocasión ese miedo se debía a lo que la jarl Sigrún haría con él cuando lo viera regresar sin la cabeza de Orka dentro de un saco.

«No le gustan los fracasos. ¿Y a qué jarl sí?».

El río se ensanchaba según se acercaban a Darl y los dos snekkar avanzaban casi en paralelo. Skalk se había colocado en la proa de la embarcación de Guðvarr y detrás de él estaba sentada Yrsa, su drengr, con la prisionera. Vol, atada de manos y pies, miraba la espalda de Skalk con unos ojos que rezumaban malicia.

El tráfico en el río era denso a medida que se aproximaban a la fortaleza. La mayoría de las embarcaciones eran panzudos knarr de transporte de mercancías, aunque entre ellos se veían algunos drakkar que se deslizaban como lobos entre un rebaño de ovejas. Ante ellos apareció el puerto de Darl, una maraña de cascos, mástiles y muelles; Skapti bramó e insultó a los otros barcos desde su puesto en el timón mientras pilotaba la embarcación hacia un embarcadero libre. Unas figuras aparecieron corriendo por el muelle cuando Skapti gritó que se levantaran los remos y el snekke se deslizó por las aguas oscuras hasta que chocó con los amarraderos. Desde el barco lanzaron un cabo que la gente que estaba en el muelle atrapó y ató a un poste del embarcadero. Skalk se puso en pie, levantó el baúl en el que había permanecido sentado durante todo el viaje desde el norte y lo apoyó sobre el hombro para desembarcar. Mientras Skalk hablaba con el capitán del puerto, que había acudido a recibirlos, Yrsa tiró de Vol para levantarla y la arrojó al muelle. Guðvarr dejó el remo y también desembarcó. Una vez en el muelle se abrió paso a empujones entre la gente que se interponía entre él y Skalk.

—¿Puedo hacer algo por vos, mi señor? —preguntó a Skalk cuando el capitán del puerto dio media vuelta y se marchó después de enviar a uno de sus subordinados para que los precediera.

Skalk miró a Guðvarr con los ojos entornados y se fijó en su nariz.

Guðvarr se la limpió con el dorso de la mano y atisbó los mocos brillantes cuando apartó la mano de la cara.

—Guthrum, ¿no es así? —dijo Skalk.

—Guðvarr, señor —dijo Guðvarr—. Fui yo quien os llevó de la torre de Grimholt al snekke cuando… —Dejó la frase a medias porque las siguientes palabras que se formaron en su garganta le hicieron sentir incómodo. «Cuando huimos para salvar la vida».

—Ah, sí.

—Yo alerté a vuestro drengr del peligro —continuó Guðvarr. «Le dije que moriríamos todos como no huyéramos…».

Skalk miró fijamente a Guðvarr unos momentos.

—Tú no eres un drengr de Helka —dijo finalmente—. ¿Quién eres?

—Soy el sobrino de la jarl Sigrún, mi señor. Me enviaron para que capturara a la mujer y a sus compañeros. No sabíamos que era una úlfhéðnar.

—Bueno, Guðvarr, has sido de mucha ayuda —dijo Skalk—. No lo olvidaré.

—Gracias, mi señor.

—Y sí, puedes hacer algo por mí. Llévame esto. —Skalk le dio el baúl que cargaba—. Mi hombro aún no se ha recuperado del hachazo de aquella mujer.

Guðvarr cogió el baúl, que pesaba más de lo que había pensado, y se lo echó al hombro con un gruñido.

—Cuida bien de él —dijo Skalk.

—Lo protegeré con mi vida —contestó Guðvarr, y pensó: «Nunca con mi vida».

—Si lo pierdes, también perderás la vida.

Guðvarr tragó saliva y de repente se arrepintió de haber ofrecido su ayuda. Pero ya era tarde para echarse atrás, así que se limitó a asentir con la cabeza. Además tenía el presentimiento de que Skalk podría ser el mejor escudo para la ira de su tía.

El segundo snekke golpeó los amarraderos.

Skalk esperó a que todo el mundo desembarcara y luego enfiló con largas zancadas por el muelle. Skapti reunió en torno a él a los supervivientes de Grimholt y siguió al galdramaðr. Guðvarr se apresuró para no separarse de Skalk e Yrsa le lanzó una mirada asesina cuando vio el baúl que cargaba.

Cuando salía del embarcadero para entrar en la zona del puerto, Guðvarr oyó gritos y se fijó en otra embarcación amarrada cerca. Era un robusto knarr del que estaban desembarcando caballos por una pasarela. Los animales, tantos que no podía contarlos, eran altos y esbeltos, con la crin anudada como las barbas de los guerreros. No se parecían en nada a los caballos de trabajo recios y de huesos grandes que estaba acostumbrado a ver. Y los hombres y las mujeres que los llevaban tenían todos la piel oscura y la cabeza afeitada salvo por una larga y gruesa trenza de cabello. Vestían cotas de malla, unas placas de hierro cosidas encima de unos petos de cuero y unos pantalones bombachos a rayas, holgados hasta las rodillas y luego ceñidos hasta los tobillos. Guðvarr recordó ver a la reina Helka acompañada de un hombre con un aspecto similar, un tal príncipe Jaromir de la lejana Iskidan.

Detrás de los caballos desembarcó una tropa de guerreros, entre los que destacaba un hombre que sacaba una cabeza al resto y era el doble de corpulento. Su piel también era más oscura que la de los demás, casi tan negra como las plumas de los cuervos, de su cabeza rasurada no colgaba una trenza y su cuello era tan grueso como el de un toro. Llevaba puesto un collar de thrall. Una mujer caminaba a su lado, envuelta en una capa y encapuchada. Por sus manos y sus brazos ascendían unos tatuajes sinuosos que desaparecían debajo de las mangas de la túnica.

Guðvarr sintió un pinchazo en las costillas y dio un brinco. Yrsa lo miraba con cara de pocos amigos.

—Camina —espetó la drengr con los dientes apretados—, o encontraré otro burro para lord Skalk.

«¡Burro yo! Aquí la única burra que hay eres tú con esa cara», pensó Guðvarr.

—Lo siento —dijo y apretó el paso para no quedarse atrás.

A pesar del cielo radiante, era avanzado el día. El sólstöður extendía su mano por toda Vigrið, pero desde hacía dos días, a medida que el Largo Día se acercaba a su final, había aparecido un asomo de oscuridad. Las calles de Darl estaban animadas, atestadas de comerciantes que pregonaban sus productos y de marineros que llenaban las tabernas y los burdeles. Recorrieron la zona del puerto y desembocaron en una ancha carretera con el pavimento de madera que atravesaba serpenteando la ciudad y ascendía hacia la fortaleza que coronaba la colina. A medida que se alejaban del río y de los muelles encontraban menos gente en las calles. Entraron en una plaza de mercado completamente vacía y en la que reinaba un silencio extraordinario. En el centro había un tablado que se había erigido recientemente, con unos postes de madera que semejaban horcas. De los postes colgaban siete jaulas de hierro negro que chirriaban al moverse en las cadenas de las que estaban suspendidas. Y en cada jaula había un cuerpo. Todos eran cadáveres en diferentes grados de descomposición. Guðvarr vio una mano y un antebrazo, y la poca carne que quedaba en ellos colgaba en tiras. Los cuervos graznaban y se peleaban mientras se daban un festín. Se había clavado un letrero en uno de los postes con unas runas negras grabadas a fuego.

—«*DREKA DŸRKENDUR*» —leyó Skalk cuando todos se detuvieron delante de las chirriantes jaulas—. Adoradores de la dragona. —Frunció el ceño mientras miraba largamente las jaulas y los restos de sus inquilinos.

Desde el otro extremo de la plaza llegó un eco de pasos y Guðvarr vio una procesión de gente que avanzaba con determinación hacia ellos. El grupo estaba formado por una veintena de hombres y mujeres, todos vestidos con la misma túnica oscura que Skalk y con anillos de peltre y cráneos de animales prendidos del cabello y la barba. Los acompañaban un puñado de guerreros, todos enfundados en relucientes cotas de malla, lanzas en las manos y broches con forma de águila en las capas.

—Mi señor —dijo una mujer agachando la cabeza delante de Skalk. Guðvarr vio un solitario tatuaje azul en el dorso de sus manos.

«¿Una galdramaðr?».

—Skapti, tú y tu gente acompañaréis a Sturla —ordenó Skalk.

Skapti frunció el ceño y su mirada saltó de Skalk a Sturla.

—Seguidme —dijo la mujer.

—Debería informar a la reina Helka y al príncipe Hakon —repuso Skapti sin moverse.

—Eso es lo último que quiero que hagas —aseveró Skalk—. Ya me ocuparé yo.

—¿Qué tramáis? —espetó Skapti mirando ceñudo a Skalk. Su mano se deslizó hasta el hacha que llevaba en el cinturón.

—Si yo fuera tú, no haría eso —le advirtió Sturla levantando la mano tatuada. Una llama le recorrió fugazmente la palma.

La gente que la acompañaba —todos galdramaðr, supuso Guðvarr— se desplegó detrás de ella y los guerreros se colocaron en los flancos con las lanzas caladas. Skapti se quedó paralizado y paseó la mirada por todos ellos hasta posarla finalmente en Skalk. Varios guerreros que habían estado en Grimholt se acercaron a Skapti con las manos en las armas. Guðvarr vio entre ellos al grandullón Hrolf, el hombre que le había insultado por perder el ritmo en los remos en el snekke.

«Vamos, saca el hacha, Hrolf el Larguirucho —pensó—. Me encantaría ver cómo te hace picadillo en un santiamén un galdramaðr».

—¿Qué hacéis? —preguntó Skapti volviéndose hacia Skalk.

—No quiero que Hakon oiga nada de lo que ocurrió en Grimholt de boca de alguien que no sea yo. Y sobre todo no quiero que sepa que me he enterado de sus tratos con ese Drekr. Tú eres un hombre de Hakon. —Skalk se encogió de hombros. No hacía falta que añadiera más—. Demuéstrame que eres un tipo inteligente y mi espada no te tocará.

Hubo un largo momento de tensión. Finalmente Skapti suspiró, asintió con la cabeza y su mano se alejó del cinturón de armas.

—Como digáis, lord Skalk —dijo.

—La inteligencia suele ser garantía de una vida larga —repuso Skalk sonriendo. Se volvió hacia Sturla—. Llevadlos a la torre. —Luego miró a Guðvarr.

«¿También va a enviarme a mí a la torre galdur? No me hace ninguna gracia», pensó Guðvarr con un nudo en la garganta.

Los ojos de Skalk se deslizaron hacia Arild y los drengir que habían viajado con Guðvarr.

—Id todos con Sturla —ordenó el galdramaðr—. Excepto tú, Guðvarr.

—Por supuesto —dijo Guðvarr aliviado—. Id con ellos, Arild. Todo irá bien —dijo ofreciéndoles a ella y a los demás su sonrisa más tranquilizadora. «O tal vez no, pero mientras a mí no me pase nada, lo demás me trae sin cuidado, la verdad».

Arild miró a Guðvarr con una expresión rebosante de confianza en él y asintió.

«No deberías confiar en nadie».

Los dos grupos se separaron y abandonaron la plaza del mercado por calles distintas. Guðvarr apretó el paso detrás de Skalk, Yrsa y la bruja seiðr.

La carretera se empinaba y ensanchaba y los muros de la fortaleza de Darl aparecieron por encima de los tejados delante de ellos. Dejaron atrás los edificios y se dirigieron a la entrada. Una zanja rodeaba la cima de la colina y se habían levantado unos terraplenes con las paredes casi verticales, sobre los que se había erigido una empalizada que cercaba la fortaleza. Una carretera cruzaba la zanja hasta una puerta abierta a cuya sombra había apostados varios guerreros. Todos ellos llevaban el águila de Helka en el escudo. Cuando vieron acercarse a Skalk, se cuadraron e hicieron una reverencia.

—Llevadme ante la reina —espetó Skalk mientras entraba por la puerta abierta.

Recorrieron un túnel excavado en el parapeto de tierra y salieron al recinto cerrado de la fortaleza. Unas tablas de madera trazaban una calle amplia con hileras de edificios a ambos lados, cada uno de ellos tan grande como la casa comunal de la jarl Sigrún en Fellur. Enseguida llegaron a una vasta explanada en cuyo centro se alzaba una casa comunal que empequeñecía esos otros edificios, de cuyo tejado de madera emergía el esqueleto de un águila. Sus anchas alas desplegadas se extendían por encima de las murallas de la fortaleza. El cráneo del águila se erguía desde la entrada con escalones de la casa comunal, con el pico corvo y antorchas encendidas en las cuencas oculares. A Guðvarr se le revolvió el estómago al ver aquellos ojos llameantes, como si la diosa águila Orna hubiera fijado en él su mirada de depredadora.

Había más guerreros apostados al final de la docena de escalones que subían a la puerta principal, cuyo dintel estaba formado por unas anchas vigas en las que se habían tallado alas de águila. Skalk recibió permiso para entrar y Guðvarr lo siguió. El grupo siguió por un pasillo y entró en una sala de hidromiel rectangular, con unas filas de mesas que se extendían hasta una tarima donde había otra mesa que ocupaba el estrado de lado a lado. La sala se había construido en el interior de los huesos curvos del águila y las costillas formaban los soportes arqueados, como las tracas de un barco. Una serie de thrall con la cabeza afeitada estaban atareados en los preparativos para la cena: encendían fuegos, colocaban grandes trozos de carne ensartada encima de las llamas y ponían cestas con pan recién hecho y cuencos con mantequilla batida en las mesas mientras otros depositaban jarras con hidromiel o cerveza junto a los alimentos.

El olor que flotaba en la sala hizo que le rugieran las tripas a Guðvarr, quien miró con avidez la comida. Pero Skalk lo llevó hasta el otro extremo de la sala de hidromiel, subieron a la tarima y entraron por una puerta que había al fondo y daba a un pasillo. Finalmente, llegaron a otra puerta cerrada y se detuvieron.

Un hombre y una mujer, ambos guerreros, hacían guardia delante de la puerta. Los dos eran altos y enjutos y su porte semejaba el de un lobo encorvado y con el pelo del lomo erizado. Llevaban los lados de la cabeza afeitados, de manera que se veían los tatuajes de diseño de nudos en el cuero cabelludo, y una gruesa trenza de pelo les cruzaba la coronilla desde la frente y caía sobre su espalda. Una cota de malla cubría sus cuerpos y de los cinturones les colgaban un seax, una espada y un hacha afilados. Un collar de hierro les ceñía el cuello.

«Úlfhéðnar», pensó Guðvarr con un nudo en la garganta. Había visto a un puñado de úlfhéðnar de la guardia de la reina Helka antes e incluso había pasado algún tiempo en compañía de la guerrera que la reina le había regalado a su tía, la jarl Sigrún. Vafri, se llamaba. Pero eso había sido antes de que viera con sus propios ojos lo que los úlfhéðnar eran capaces de hacer. Antes de que hubiera visto la espantosa carnicería que Orka había perpetrado en Grimholt.

«¿Todos pueden transformarse como ella? ¿Son capaces de cometer una matanza tan salvaje, tan atroz?». Ese pensamiento hizo que se le encogiera el estómago y se le pusiera la piel de gallina.

Uno de los úlfhéðnar, la mujer, se acercó a Skalk y se inclinó hacia él, inspiró hondo para aspirar su olor y un destello ambarino asomó en sus ojos.

—Lord Skalk —dijo, y se echó a un lado.

El otro úlfhéðnar abrió la puerta e indicó a Skalk que entrara. El galdramaðr miró a Guðvarr antes de moverse.

—Si le repites a alguien una sola palabra de lo que se hable dentro de esta habitación, te entregaré a ellos —dijo señalando con la cabeza a la pareja de úlfhéðnar—. Y no digas nada sobre Grimholt ni sobre lo que sucedió allí.

«Será un placer. No quiero volver a pensar en mi vida sobre lo que pasó allí».

Guðvarr asintió y Skalk cruzó la puerta, seguido por Guðvarr e Yrsa, que arrastraba a la bruja seiðr atada y amordazada.

Guðvarr entró en una cámara grande y lujosamente amueblada: mesas de roble con jarras y fuentes llenas de comida, sillas cubiertas de pieles y cortinas de lana tejida. El fuego crepitaba en una chimenea y el humo ascendía hacia un conducto de salida situado en el penumbroso techo. Los dos pies enormes de un esqueleto colgaban sobre el suelo de la cámara. Eran las garras de Orna, dotadas de unas uñas largas como espadas.

Había antorchas en las paredes y las sombras eran densas, como cortinas, ya que la cámara no tenía ventanas. Guðvarr atisbó unas figuras en esa oscuridad, sin duda más úlfhéðnar al acecho, inmóviles y silenciosos, y sintió sus ojos clavados en él. La reina Helka estaba sentada en un sillón con el respaldo alto. Llevaba el cabello recogido con hilo de oro y en su rostro de facciones afiladas brillaban unos ojos que rebosaban inteligencia. Llevaba puesto un vestido de lana rojo, con elegantes ribetes tejidos con la técnica de tablillas en el cuello, los puños y el bajo, y un cinturón con los accesorios dorados. Sobre su regazo descansaba un pequeño cuchillo de mesa envainado, cuya empuñadura era un colmillo de morsa tallado.

En torno a ella había media decena de personas sentadas, atendidas por thrall. Guðvarr reconoció al príncipe Hakon, el primogénito de Helka, un hombre moreno, robusto y musculoso. Lo que en el atuendo de la reina era dorado, en el suyo era plateado. Estaba repantigado en una silla, con una pierna colgando sobre uno de los reposabrazos. Su expresión de aburrimiento se tornó en una de preocupación cuando vio a Skalk y se incorporó un poco en la silla.

Los demás estaban sentados en sillas alrededor de la reina. Guðvarr conocía a la mayoría. Glunn Puño de Hierro y Svard el Rascador eran unos jarl de medio pelo que gobernaban unos trozos de tierra y habían jurado lealtad a la reina Helka. Sus túnicas de lana y sus bombachos eran magníficos, y la plata de sus brazaletes y de los accesorios de sus cinturones resplandecía. Había otro hombre en la habitación, distinto a los demás, con la piel curtida y bronceada por el sol y la cabeza afeitada salvo por una larga y gruesa trenza de pelo rubio. Vestía un caftán de lana y seda y unos pantalones abombados hasta las rodillas y ceñidos desde las rodillas hasta los tobillos por unas vendas.

«Jaromir», recordó Guðvarr. Lo había tratado brevemente a su llegada a Darl con la jarl Sigrún siguiendo el rastro de Orka y los dos hermanos. «Un príncipe de Iskidan, invitado de la reina».

En último lugar Guðvarr vio a su tía, la jarl Sigrún, sentada en una silla con un cuerno lleno de alguna bebida en la mano. Guðvarr reprimió una mueca al posar sus ojos en ella, en parte por el miedo que le causaba el encuentro y en parte por el rostro de su tía. Todavía no se había acostumbrado a su mutilación. La herida no había cicatrizado bien. Su tía siempre había tenido una expresión dura, pero también una belleza austera. Ahora una cicatriz roja le cruzaba la cara en diagonal, desde la frente hasta la barbilla, y le abría un surco en el ceño y en un lado de la boca. Guðvarr inspiró hondo y le sonrió inclinando la cabeza. «Aunque su cara parezca una olla de cera hirviendo, yo la seguiré queriendo», se dijo. Sigrún era la única persona que le había mostrado un poco de cariño y de respeto sin necesidad de hacerlo. Y lo más importante de todo era que ella le había puesto una espada en la mano y lo había nombrado drengr.

Sigrún pestañeó y sonrió al ver a Guðvarr. Los demás jarl miraron con respeto a Skalk y luego sus ojos se desviaron hacia Guðvarr y el baúl que cargaba, así como a la bruja seiðr atada y amordazada.

—Bienvenido a casa, galdramaðr —dijo la reina Helka. Movió una mano y los thrall se apresuraron a llenar un cuerno para Skalk.

El galdramaðr aceptó el cuerno y tomó un largo trago. El silencio se prolongó.

—Bien —dijo finalmente Helka—. ¿Qué novedades hay en el norte?

Skalk abrió la bolsita cerrada con un cordón que llevaba en el cinturón, sacó algo de su interior y lo arrojó al suelo cubierto de juncos. Eran dos broches de hierro, uno con la forma de la cabeza de una serpiente y el otro un colmillo de jabalí.

—Era como temíamos, mi reina —dijo Skalk—. El jarl Störr de Snakavik está detrás de la desaparición de vuestros súbditos en la frontera septentrional.

Los jarl presentes en la habitación gruñeron y dieron gritos ahogados.

—Voy a ordenar que toquen los cuernos y reúnan a mis drengir —bramó Glunn Puño de Hierro, levantándose de una manera tan violenta que la silla cayó al suelo detrás de él.

«Zoquete patoso», pensó Guðvarr.

—Te agradezco tu lealtad, Puño de Hierro —dijo la reina Helka—, pero ahora mismo no hay necesidad de una guerra precipitada.

Un thrall se apresuró a levantar la silla del suelo y el jarl Glunn volvió a sentarse colérico y refunfuñando.

—¿Algo más? —quiso saber la reina Helka.

—Ajá, mi reina —respondió Skalk—. Los guerreros que encontramos estaban aliados con vaesen. Troles y skraeling lucharon como iguales a su lado.

Más gruñidos y gritos ahogados. Incluso la jarl Sigrún bufó entre dientes. Guðvarr se dio cuenta de que se había quedado mirando a Skalk con los ojos como platos. Era la primera vez que se oía una cosa así; colaborar con vaesen era una abominación. No era habitual usarlos como thrall, pero se consideraba algo razonable si se conseguía someterlos y domarlos. Pero ¡tratarlos como iguales!

—¿Y qué hacían las fuerzas del jarl Störr en mi territorio? —preguntó Helka.

—Buscando conocimiento y poder —respondió Skalk—. Y los hallaron. Los encontramos excavando en la cordillera Dorsal. Habían encontrado la cámara de Rotta.

—La guarida del dios rata —terció con desdén el jarl Svard rascándose la barba—. ¿Acaso no era solo una historia más de las sagas?

—Ajá, una historia de las sagas. —Skalk arqueó las cejas y alzó la vista hacia las garras de Orna—. Vivimos en un mundo rodeado de sagas.

—¿La viste? —preguntó el jarl Glunn.

—Sí. Entré en ella y vi el altar en el que Rotta estaba encadenada. Vi las cadenas rotas y el altar corroído por el veneno. Pero hay una prueba irrefutable de que era la cámara de Rotta. —Skalk se volvió hacia Guðvarr y el baúl que sostenía y el drengr dio un paso adelante.

—¿Dónde están los Hermanos de Sangre? —preguntó una voz ronca con un acento extraño para Guðvarr. Todas las miradas se volvieron hacia el príncipe Jaromir, que se levantó de la silla—. Reconozco a su bruja —agregó Jaromir señalando con el mentón a Vol—. Pero, ¿dónde están los demás?

—Los Hermanos de Sangre me traicionaron. Intentaron robar lo que hallé en la cámara de Rotta —dijo Skalk torciendo el gesto.

Vol gruñó y forcejeó con la ligadura de las manos, pero Yrsa le propinó un sopapo en la cabeza y la bruja seiðr cayó de rodillas al suelo.

—Querían quedárselo. —Skalk se encogió de hombros—. Pero me las ingenié para escapar de su trampa.

—Y has traído a uno de los suyos —dijo Helka mirando detenidamente a Vol.

—Es la thrall de Glornir, una bruja seiðr con unas habilidades fuera de lo común —explicó el galdramaðr—. Será útil.

—Esto no es lo que se me prometió —espetó Jaromir con la voz entrecortada, y sus ojos coléricos saltaron de Skalk a la reina Helka. Guðvarr no sabía si hablaba así por su extraño acento o porque estaba temblando de ira.

—Pese a todo mi poder, no puedo predecir el futuro —dijo sin perder la calma la reina Helka—. Contraté a los Hermanos de Sangre para un trabajo y te dije que, cuando regresaran a mí para que les pagara, tus preocupaciones habrían desaparecido. Pero si son unos traidores y unos asesinos... —Se encogió de hombros.

—Yo los buscaré y acabaré con ellos, madre —terció el príncipe Hakon.

—Eso no será necesario, mi príncipe, si es verdad lo que dice esta bruja seiðr —dijo Skalk sonriendo a Vol—. Me ha asegurado que los Hermanos de Sangre vendrán a por mí porque he robado algo de su propiedad. —Miró al príncipe Jaromir—. Por lo tanto, quizá aún estéis a tiempo de ver a los Hermanos de Sangre.

—No serán tan estúpidos como para presentarse aquí —apuntó Glunn Puño de Hierro—. Intentar robar al galdramaðr de la reina Helka y luego venir a Darl... Solo un necio haría una cosa así.

«No pensarías eso si hubieras oído las mismas historias que yo sobre cómo se han ganado su fama los Hermanos de Sangre», pensó Guðvarr. Sintió que el gusano del miedo se retorcía en su estómago al pensar en los afamados Hermanos de Sangre irrumpiendo por la puerta de la cámara.

«¿He elegido el bando correcto?». Guðvarr lanzó una mirada a las figuras imprecisas de los úlfhéðnar en las sombras y su presencia lo tranquilizó.

—Tengo que encontrarlos —insistió Jaromir—. Si ellos no vienen, iré yo a buscarlos.

—Esperemos a ver si vienen —sugirió la reina Helka—. Si no lo hacen, puesto que han elegido convertirse en mi enemigo, te ayudaré a encontrarlos. —Miró a Skalk—. ¿Y qué es eso que hallaste en la cámara de Rotta? —preguntó—. ¿Qué es tan valioso como para que los Hermanos de Sangre rompieran el juramento que me hicieron y aceptaran correr el riesgo de convertirse en mis enemigos? —Miró el baúl que todavía estaba en manos de Guðvarr.

—Déjalo en el suelo —ordenó Skalk.

Guðvarr depositó el baúl a los pies del galdramaðr. Skalk se inclinó y apretó la palma de la mano contra la cerradura.

—*þekki mig, læstu bringu og opnaðu* —murmuró, y la cerradura que había debajo de su mano brilló con luz roja y se abrió con un chasquido metálico. Skalk levantó la tapa y hurgó en su interior.

Guðvarr se agachó para mirar lo que había dentro del baúl y vio varios pergaminos enrollados, algunas herramientas de hierro negro y un puñado de huesos grandes y grisáceos. Uno de los huesos era largo y curvo, como una uña; otro era más corto y tenía la forma del contrafilo de un hacha. Skalk cogió el hueso más grande y lo sacó. Era más largo que una espada, un poco curvo y terminado en una punta afilada. El extremo más ancho estaba envuelto en un trozo de piel con manchas de sudor, como si alguien lo hubiera usado como empuñadura. Skalk esgrimió el hueso como si fuera una espada para que todos lo contemplaran. Luego arrancó la empuñadura de piel y avanzó unos pasos.

Los úlfhéðnar que había en la habitación gimieron y gruñeron.

—¿Es…? —Hakon no terminó la pregunta.

—El hueso de una diosa muerta —declaró Skalk—. La garra perdida de Orna.

Un escalofrío recorrió a Guðvarr.

«¿En qué lío me he metido? —se preguntó temblando de miedo y de emoción—. Dioses muertos, úlfhéðnar asesinos, una guerra entre los jarl más poderosos de Vigrið…».

Skalk pasó junto a la reina Helka y se detuvo bajo los huesos de un pie de Orna. Levantó la garra y la introdujo en la cavidad de la falange que había justo encima de él.

—*Vera tengdur við líkama þinn, lengi fjarverandi beinbrot*—dijo Skalk. Se produjo el destello rojizo de una llamarada y sonaron unas crepitaciones de carne chamuscada. Skalk retiró las manos y la garra aguantó fija en la falange, perfectamente encajada.

—Después de tantos años de búsqueda, Orna por fin está completa —dijo Helka.

Skalk regresó junto al baúl.

—¿Qué más encontraste? —preguntó el príncipe Hakon escudriñando con excitación el interior del baúl. Todas las personas que había en la cámara trataban de hacer lo mismo, incluso el príncipe Jaromir a pesar de su evidente furia.

—Más huesos, aunque no pueden ser de Orna —respondió Skalk—. Y manuscritos, pero no son originales sino copias —añadió sacando un rollo de pergamino.

—¿Copias de qué? —quiso saber Helka.

—Si no me equivoco, del famoso grimorio de magia rúnica de Rotta, el *Raudskinna*.

«El *Raudskinna*...».

Todos se pusieron a hablar a la vez menos Guðvarr, que continuó mirando fijamente el baúl abierto, los rollos de pergamino y los huesos desparramados en su interior. Una palabra daba vueltas dentro de su cabeza, resonaba como una campana y silenciaba el murmullo de voces: «Oportunidad».

CAPÍTULO DIECISIETE

ELVAR

Elvar levantó la vista al cielo. Tenía la sensación de que llevaban días marchando sin pausa; las piernas le pesaban como si fueran de plomo y le escocían los ojos.

«¿Llegaremos a tiempo al puente de Isbrún?».

Ella marchaba en cabeza del grupo de los Terrores de la Batalla, todos con los escudos rojos terciados a la espalda. Grend caminaba a su lado, como siempre. En ese momento estaban saliendo de las colinas de la Oscuridad de la Luna para internarse en la llanura que conducía a la sima de los vaesen y el puente de Isbrún. Al oeste, el Eldrafell brillaba con sus venas de fuego y casi se veía ya el puente, pero avanzaban mucho más lentos que en la ida a Oskutreð porque ahora llevaban tres carros cargados de riquezas… y otro carro que transportaba a un dios lobo febril. Los recuerdos del viaje a Oskutreð insistían en revolotear dentro de su cabeza. La mayoría eran de Biórr, de sus ojos oscuros, su media sonrisa, sus dedos recorriendo las cicatrices de su pecho.

«Niðing traidor —gruñó para sí—. Confié en él, me entregué a él…».

Elvar aminoró el paso y dejó que la columna la adelantara hasta que la alcanzó el carro que llevaba a Ulfrir. Uspa estaba sentada en el banco del conductor, con las riendas en las manos.

—¿Cómo está tu paciente? —le preguntó.

—Recuperándose —respondió Uspa—. Poco a poco.

Elvar echó un vistazo a la plataforma del carro y vio a Skuld sentada junto a su padre. Sus alas de color óxido plegadas a su espalda parecían una gran capa de plumas. Ulfrir estaba tendido a sus pies, envuelto en su capa de piel de lobo, con su nuevo collar de hierro alrededor del cuello. Ya no tiritaba, cosa que Elvar interpretó como una buena señal, aunque tenía el rostro demacrado y pálido, los ojos hundidos y la barba grisácea enmarañada. Skuld y Uspa le habían quitado la rasgada cota de malla y le habían lavado y limpiado las heridas, las habían untado de miel y vendado con gasas de lino y hojas de salvia. A pesar de que estaba débil y al borde de la muerte, un escalofrío recorrió a Elvar al mirar a Ulfrir. Una sensación de poder y de maldad emanaba de él como un olor. Mientras estaba mirándolo, el dios lobo abrió los ojos y se movió para tratar de incorporarse sobre los codos apoyados.

—Ten cuidado, padre —dijo Skuld abrazándolo para ayudarle a sentarse con la espalda apoyada en la pared del carro. Abrió un frasco y lo acercó a los labios de Ulfrir para que bebiera un poco de agua.

—Ay, mi Skuld —masculló Ulfrir con la voz rasposa. Dio unas palmaditas en la mano de su hija—. Orna está muerta. Verdani y Urd también. ¿Es esto una terrible pesadilla?

—Ojalá —respondió Skuld.

—¿Cómo hemos acabado así? —gruñó Ulfrir.

—La culpa de todo es de Lik-Rifa —dijo Skuld con los dientes apretados—. Y del gran Snaka.

—Mi cruel padre —repuso Ulfrir negando con la cabeza—. Y Lik-Rifa, mi hermana loca. —Sus labios se torcieron y dejaron a la vista las puntas de sus afilados dientes. Miró alrededor y vio a Elvar y a Grend, que caminaban al lado del carro.

—¿Y quiénes sois vosotros que osáis mirar a un dios de una manera tan descarada? —murmuró.

—Ella es nuestra nueva ama —masculló Skuld fulminando con la mirada a Elvar.

Ulfrir la miró con perplejidad y trató de sentarse más erguido.

—Yo le enseñaré quién es el amo aquí —gruñó ensanchando la boca de una manera que hizo que Elvar quisiera saltar hacia atrás, pero la guerrera reprimió ese impulso y no varió su expresión de tranquilidad.

—No, padre —dijo Skuld—. O sentirás un dolor que ni siquiera tú soportarías. —Cogió la mano de Ulfrir y la puso en el collar que le ceñía el cuello—. Es un collar con un hechizo rúnico. Debes obedecerla o tu cuerpo arderá por dentro.

Ulfrir palpó el collar y una expresión de orgullo e incredulidad le cruzó el rostro.

—Te trataré bien, siempre y cuando no me des razones para hacer lo contrario —dijo Elvar obligándose a sostenerle la mirada.

—¡Soy un dios! —exclamó Ulfrir.

—Eso no importa. —Elvar se encogió de hombros—. Eres tú el que lleva el collar de thrall.

Tras un breve silencio, Ulfrir miró a otro lado y soltó una carcajada ronca.

—El mundo se ha vuelto del revés —dijo—. Los fuertes ahora son débiles y los débiles, fuertes. —Miró de nuevo a Elvar y sus ojos ambarinos brillaron en su rostro sombrío—. Pero las mareas cambian, y entonces… —No fue necesario que terminara la frase. Un diluvio de imágenes desagradables inundó la cabeza de Elvar, y en todas ellas aparecían garras y dientes afilados y ella era descuartizada.

—No la amenaces —terció Grend, y Ulfrir volvió sus ojos ambarinos hacia el veterano guerrero.

—No deberías hablar así a un dios.

—Me importa menos que una mierda de comadreja quién o qué seas —espetó Grend—. Cuando te encontramos no eras más que un montón de huesos y ahora respiras gracias a Elvar. Deberías estarle agradecido.

Elvar miró a Grend.

«Es lo más largo que le he oído decir de una sentada».

—Te lo agradecería si fuera libre, pero un lobo no ha nacido para estar encadenado —gruñó Ulfrir—. Como el cordero no ha nacido para dominar al lobo.

—Elvar no es ningún cordero —replicó Grend.

—Tenemos una causa común —intervino Elvar antes de que Grend terminara en un duelo holmganga con el dios lobo—. Tu hermana, Lik-Rifa. Tengo que matarla.

Ulfrir se quedó mirando en silencio a Elvar con sus ojos hundidos en unas charcas oscuras. Finalmente asintió con la cabeza.

—Tal vez sea verdad que compartimos un objetivo —reconoció, y se puso a toser dando violentas sacudidas.

Uspa tiró de las riendas y el carro se detuvo con un traqueteo.

—¿Qué pasa? —preguntó Elvar bajando una mano a la empuñadura de la espada al mismo tiempo que se volvía hacia la cabeza de la columna.

Los Terrores de la Batalla aminoraron el paso hasta detenerse y se pusieron a charlar reunidos en grupos.

—Vamos a descansar —informó Huld con el negrísimo cabello lacio empapado de sudor—. Llevamos cuatro días caminando sin parar, tal vez más, quién puede saberlo en esta tierra maldecida por los dioses. Necesitamos comer y dormir.

—Podemos comer mientras caminamos —sugirió Elvar—. No hay tiempo para descansar.

—Dime, ¿he estado caminando dormida y no me he enterado de que los Terrores de la Batalla te han elegido para que seas nuestro jefe? —espetó Huld sacudiendo la barbilla.

Elvar no supo qué decir. Normalmente, cuando un jefe moría, los aspirantes a sucederlo se proponían y, si había más de uno, el asunto se decidía en un holmganga. Pero todo había ocurrido tan rápido y se habían producido tantos cambios de golpe que Elvar todavía no se había parado a pensar en quién sería el nuevo líder de los Terrores de la Batalla.

—No —respondió—. Pero… no hay tiempo para parar.

—Tal vez seas la hija de un jarl, pero eso no te da derecho a mangonearnos —dijo Huld con una mano apoyada en la empuñadura de la espada y aferrando con la otra la garra de oso que le colgaba del cuello.

—Yo… —empezó Elvar, pero descubrió que no había palabras en su garganta, solo una bruma dentro de su cabeza y una ira creciente.

—Orv, ¿tú estás cansado? —preguntó Huld.

—No siento los dedos de los pies y tengo la sensación de que los ojos me resbalan por la cara —respondió el guerrero.

—Sighvat, ¿tienes hambre?

—Siempre —mascculló Sighvat.

—Entonces yo digo que es el momento adecuado de parar, comer algo y dormir un poco. Y después tendremos una conversación sobre quién será el sustituto de Agnar al mando de los Terrores de la Batalla —declaró Huld—. Es posible que todos estemos metidos en este asunto de matar a la dragona, pero eso no quita que necesitemos un jefe, y creo que yo podría hacerlo mejor que la hija mimada de un jarl.

Elvar bajó los ojos hacia la empuñadura de la espada, pero casi inmediatamente una mano envolvió su muñeca. Elvar lanzó una mirada asesina a Grend, que permanecía tan sólido y firme como un acantilado.

—El cansancio es la madre de los errores —musitó el anciano guerrero.

Uspa sacudió las riendas y el carro avanzó acompañado por el crujido de las ruedas hacia donde estaban ellos. Varios guerreros se apartaron para dejarlo pasar.

—Hay que continuar —terció Uspa—. Si acampamos ahora corremos el riesgo de que el puente de Isbrún se cierre, y entonces quedaremos atrapados aquí medio año, hasta el langdagur, la Noche Larga.

Huld le clavó una mirada feroz.

—A mí no me dice lo que tengo que hacer una thrall corrompida.

Elvar frunció el ceño. Había dejado de pensar en Uspa como en una thrall, a pesar de que era su prisionera.

—Yo no soy una thrall —gruñó Uspa—. De todos modos, lo que yo sea o deje de ser no cambia el hecho de que el puente de Isbrún será intransitable muy pronto. Si tantas ganas tienes de hacer picadillo a alguien para ganarte el derecho a ser la nueva jefa, puedes esperar a que estemos al otro lado del puente.

—No me gusta la idea de quedar atrapado en este lado de la sima —terció Sighvat alzando la vista al cielo, que ya oscurecía. El remolino de colores del guðljós brillaba más a medida que declinaba el día.

—A mí tampoco —murmuró Orv.

—Lo que dice Uzpa ez zenzato —señaló Sólín.

Huld dio una patada al suelo y luego asintió.

Grend soltó la muñeca de Elvar y esta sacudió el brazo.

—¿Cómo es posible que se crea el ama de un dios cuando ni siquiera sus iguales la obedecen? —dijo con voz ronca Ulfrir, y muchas cabezas se volvieron hacia él.

—No lo veo —dijo Sighvat. Se había detenido en el borde de la sima de los vaesen y el calor ascendía del abismo y tiraba de la gruesa cuerda que era su barba—. ¿Hemos llegado tarde?

A su lado, Elvar sintió que el pánico se apoderaba de ella. Estaban en el sitio correcto. La vez anterior se había detenido delante de una gran roca negra de granito, la misma que ahora veía al otro lado de la sima, donde Uspa había empleado su magia seiðr para abrir el puente. Y más allá se extendía la llanura donde se distinguía la colina en la que habían luchado con un enjambre de tennúr. Pero ante ella ahora solo había vacío, y desde muy abajo llegaban las crepitaciones de la roca fundida, el siseo del vapor y las esporádicas explosiones de fuego, como al gotear grasa sobre unas brasas.

«Pero la otra vez tampoco veía el puente. Solo se mostró cuando Uspa dio un paso sobre el abismo».

Respiró hondo y dio un paso en el cargado aire.

Su pie bajó más allá de donde ella esperaba, anhelaba encontrar resistencia, y de repente se tambaleó y se fue para abajo. Una sensación de ligereza la embargó mientras agitaba brazos y piernas. Tomó aire por la boca para gritar, pero notó un tirón y una opresión en el cuello y se encontró suspendida en el aire, con los pies colgando sobre un río de fuego. Estiró el cuello y vio a Grend tendido sobre el borde de la sima encima de ella, agarrándole con una mano la brynja. Sighvat aferraba a su vez la muñeca de Grend. El veterano guerrero tiró gruñendo hacia arriba y la subió a tierra firme.

—Idiota —masculló.

Elvar se sentó en el suelo y se puso a temblar. Uspa bajó del carro y fue hasta ella.

—¿Qué le ha pasado al puente? —preguntó Uspa.

—No está —balbuceó Elvar. Se sentía estúpida y abatida.

—Eso es imposible —dijo Uspa mirando al cielo—. El sólstöður todavía no ha terminado.

—Bueno, pues el puente no está —masculló Elvar, todavía temblando, consciente de que acababa de tirarse voluntariamente a un río de fuego líquido.

Uspa levantó una pierna y tanteó el aire con el pie, pero no encontró nada. Frunció el ceño y enfiló hacia la roca negra. Sacó del cinturón un pequeño cuchillo que usaba para comer, se hizo un cortecito en la palma de la mano y la presionó contra la piedra.

—Isbrú, opinberaðu þig, blóð guðanna skipar þér.

Elvar vio que un hilito de sangre recorría la superficie de la roca. Como había ocurrido en el otro lado del puente, la piedra comenzó a temblar y apareció la huella de una enorme garra. Sin embargo, el puente de Isbrún continuó sin aparecer.

Uspa permaneció inmóvil, mirando la roca, y el pánico volvió a apoderarse de Elvar.

«Estamos atrapados aquí».

—¿Qué vamos a hacer? —preguntó Sighvat mientras el resto de los Terrores de la Batalla se desplegaban a lo largo del borde de la sima de los vaesen.

Se oyó un murmullo de voces, cada una de ellas con un grado diferente de pánico.

—Me huelo que esto es obra de mi hermana —dijo Ulfrir, que con gran esfuerzo y la ayuda de Skuld se puso en pie en la plataforma del carro.

Uspa corrió hacia allí y llamó a Sighvat para que entre los dos ayudaran a Ulfrir a bajar del carro. Una vez en el suelo, Ulfrir se tambaleó y dio la impresión de que se caería en cualquier momento, pero dio unos pasos vacilantes hacia la roca negra y se abrazó a ella. Skuld lo sostuvo por un brazo y Sighvat por el otro y Ulfrir consiguió erguirse. Elvar vio que era tan alto que incluso le sacaba una cabeza a Sighvat.

—Hacedme un corte —dijo extendiendo una mano hacia los Terrores de la Batalla.

Todos se lo quedaron mirando. A nadie parecía entusiasmarle especialmente la idea de hacer sangrar a un dios. Elvar se levantó del suelo y sacó el seax mientras caminaba trastabillando hacia él. Le hizo un pequeño corte en la palma de la mano y limpió la hoja en los pantalones antes de volver a enfundarla.

Ulfrir miró a Elvar y luego apretó la palma de la mano ensangrentada contra la roca.

No sucedió nada.

—Dreki, ég brýt innsigli þitt. Og þegar ég finn þig, skal ég rífa úr þér hálsinn —gruñó más que pronunció Ulfrir.

De las rocas negras que había a ambos lados de la sima comenzaron a emanar unas nubes de vapor que se expandieron borboteando y siseando. Elvar creyó distinguir la forma de un gran lobo en la nube del lado del abismo donde se encontraba y la de un dragón alado en la del otro. Las dos figuras vaporosas aumentaron su tamaño, siseando y envolviendo la sima de los vaesen, hasta que finalmente colisionaron en el centro del abismo. El impacto demoledor del lobo con el dragón produjo un cambio de presión que Elvar sintió en los oídos. El ruido no era muy fuerte, más bien parecía el eco de algo lejano. El dragón batió sus alas gaseosas y arqueó el sinuoso cuello. El lobo se encorvó con el pelo del lomo erizado y gruñó, y entonces se impulsó con las patas para saltar, cerró las fauces alrededor de la garganta del dragón y, con un tirón salvaje del cuello, desgarró al dragón de niebla, cuyo cuerpo alado se disipó en el aire. El lobo de niebla levantó la cabeza y aulló antes de desvanecerse también en la brisa. El aire vibró y Elvar vio aparecer el puente de Isbrún y las luces destellantes en su núcleo de hielo.

Ulfrir se dejó caer sobre la roca.

—Mi hermana sabe que estoy vivo —mascculló. Miró a Skuld.

—Bien —dijo su hija—. Mejor que lo sepa, y lo tema.

«No lo temería mucho si viera a Ulfrir ahora mismo».

Uspa corrió a agarrar el brazo de Ulfrir y entre las dos lo llevaron de vuelta al carro.

—¡Rápido, crucemos el puente! —apremió Grend—. Antes de que vuelva a desaparecer.

No hizo falta que lo dijera dos veces. Todos los Terrores de la Batalla cruzaron el puente a paso ligero. Elvar prefirió no mirar abajo mientras lo recorría y oía el crujido del hielo bajo sus pies. Dio un suspiro de alivio cuando el suelo cambió bajo sus botas y pisó la hierba. Se adentró varias decenas de pasos en la llanura antes de darse la vuelta para observar a los Terrores de la Batalla que aún estaban cruzando el puente, con los cuatro carros en la cola de la columna. Una vez todos en la llanura, se dispersaron por ella.

—Acamparemos —aseveró Huld.

Elvar le lanzó una mirada asesina. Todavía le dolían sus palabras. «Hija mimada de un jarl». Tuvo que hacer un gran esfuerzo para no enseñarle los dientes.

—Aún no —objetó Elvar—, a menos que queráis que un enjambre de tennúr os arranque los dientes. —Señaló con la cabeza la colina donde habían sufrido el ataque de los vaesen.

—¡No, yo no quiero! —exclamó con vehemencia Sólín.

Los restos putrefactos de un carro todavía yacían en la llanura. Las riendas arrancadas y raídas eran la única prueba que quedaba de que un poni había caído con el carro.

Huld asintió a regañadientes y los fatigados Terrores de la Batalla continuaron la marcha bordeando la colina.

Elvar no le quitaba el ojo de encima a Huld. Por dentro estaba a punto de explotar. Sabía que el cansancio alimentaba su ira, como la leña al fuego, pero su puño sobrevolaba la empuñadura de la espada.

«¿Alguna vez he querido ser la jefa de los Terrores de la Batalla?» —se preguntó. «No lo sé» era la respuesta más sincera. Pero quería ver a Huld apaleada y de rodillas por su insulto. O muerta.

«He vivido demasiado tiempo oyendo los insultos de mi hermano Thorun. Y recibiendo sus palizas en el campo de entrenamiento. Cuando me marché de Snakavik juré que los días de insultarme impunemente habían terminado».

Elvar advirtió un cambio a su alrededor, pestañeó y paseó la mirada a su alrededor.

Se tambaleó y pensó que era por el cansancio, pero entonces notó que el suelo temblaba. Tras un momento de confusión, se dio cuenta de lo que estaba pasando.

—Oh, no —musitó.

Estaban pasando junto a la colina. Cuando la miró, vio un movimiento en la ladera, en el suelo. Una criatura surgió de la tierra excavando un agujero con las garras y desplegó las alas provocando una lluvia de tierra. Más tennúr salían del interior de la colina y echaban a volar, y, en cuestión de segundos, toda la colina era una gran masa bamboleante por cuyas laderas se precipitaban tierra y piedras sueltas, mientras las pequeñas criaturas con alas emergían del suelo como avispas de un avispero al darle una patada. Los tennúr se congregaron encima de la ladera como si fueran un gran nubarrón y luego se lanzaron en picado hacia los Terrores de la Batalla.

—¡CUIDADO! ¡EL CIELO! —bramó Elvar al mismo tiempo que desenganchaba el casco del cinturón y se lo ponía en la cabeza—. ¡MURO DE ESCUDOS!

Tras un instante de parálisis causada por el horror, mirando el enjambre de tennúr que surcaba el cielo, los Terrores de la Batalla se pusieron en movimiento. Con manos torpes, Elvar se pasó al frente el escudo que le colgaba a la espalda, a pesar de las punzadas de dolor agudo que recorrieron su hombro maltrecho, y se mezcló con los Terrores de la Batalla, que ya estaban colocándose hombro con hombro para formar un muro de escudos de tres en fondo. Desenfundó la espada y Grend se abrió paso a empujones para colocarse a su lado.

—¡ESCUDOS! —gritó el veterano guerrero.

Los mercenarios levantaron los escudos y los juntaron con un estruendo. Elvar sintió otro ramalazo de dolor en el hombro, pero apretó los dientes y trató de no pensar en él. El miedo la ayudaba a ello. El volumen del zumbido del aleteo de los tennúr no paraba de crecer, saturaba los sentidos de Elvar y le recordaba su encuentro anterior con ellos. Su cabeza se llenó de imagen fragmentadas: luchando en medio de la tormenta de dientes y garras, Grend inconsciente tendido a sus pies… Los tennúr ya estaban lo suficientemente cerca como para que Elvar distinguiera las uñas de sus dedos y los dientes rechinantes en unas bocas exageradamente grandes. Notaba la presencia de Grend a su lado; sabía que se pegaba a ella para tratar de aliviar su hombro de una parte del peso de su escudo. Al otro lado tenía a Huld. Todo pensamiento sobre el holmganga había desaparecido de su cabeza a la hora de enfrentarse al enjambre de vaesen. Oyó que Sighvat profería un grito desafiante a su espalda. Una flecha pasó volando por encima de su cabeza y supo que Orv estaba disparando su arco desde la retaguardia del muro contra la furiosa nube de alas, garras y dientes. Se oyó un chillido y un tennúr atravesado por una flecha se estrelló contra el suelo y rodó aleteando.

Ya casi caían sobre ellos y Elvar apretó el hombro contra el escudo para aguantar el impacto que sabía que estaba a punto de llegar.

Y entonces los tennúr pasaron volando por encima de sus cabezas acompañados por el zumbido frenético de las alas. Elvar miró arriba, desconcertada, cuando el enjambre de vaesen pasó de largo a toda velocidad y durante unos segundos oscurecieron el cielo. Se volvió para seguirlos con la mirada. Otros Terrores de la Batalla se revolvieron y se movieron. Detrás de ellos, los tennúr ascendieron por el cielo trazando una espiral, se agruparon y, con un chillido espantoso, se lanzaron en picado contra uno de los carros que estaban en la cola de la columna de los Terrores de la Batalla. Elvar vislumbró unas alas de color óxido y oyó un grito agudo debajo de los gruñidos graves de los vaesen.

—¡Ulfrir! —exclamó—. ¡Van a por Ulfrir!

Se abrió paso a empujones por los Terrores de la batalla y echó a correr hacia el carro asediado. Oyó pasos a su espalda, de Grend, que la seguía, y de otros guerreros que se habían dado cuenta de lo que estaba pasando y se unían a ellos.

Los tennúr volaban alrededor del carro convertidos en un torbellino atronador de garras y dientes. Se oyó un aullido ensordecedor y la nube de vaesen explotó. Salieron tennúr disparados en todas direcciones. Ulfrir había adoptado su forma de lobo y gruñía con el cuerpo encorvado. Tenía el pelaje cubierto por centenares de gotas de sangre y una criatura alada yacía encogida entre sus zarpas. Muchos tennúr se estamparon contra el suelo y ya no se levantaron, pero fueron más los que consiguieron estabilizarse en el aire y se lanzaron de nuevo hacia Ulfrir, chillando y con las garras tendidas. Revoloteaban a su alrededor como si fueran un enjambre de moscas. Ulfrir gruñía, lanzaba dentelladas y arremetía con sus garras, y los tennúr caían destripados y convertidos en pegotes de carne y hueso. Skuld se elevó batiendo las alas y asestando puñetazos a los arrebatados tennúr que la atacaban.

Elvar chillaba mientras corría.

«Ulfrir no puede morir. Lo necesitamos».

pañía. Espero que encuentres a tu hijo. Y que hundas tu acero en quienquiera que asesinó a Thorkel. Siempre tuve debilidad por él.

Los demás ya comenzaban a despertarse. Ingmar Hielo salió de las sombras tras cumplir su turno de guardia.

—Enciende el fuego —le ordenó Edel—. Mientras tanto, yo iré a capturar algunos salmones.

La mención de comida arrancó una sonrisa a Ingmar. Era un guerrero musculoso y con la cara chata, con el pelo tan rubio que era casi blanco y unos ojos azules como riachuelos de montaña. Llevaba mucho tiempo con los Hermanos de Sangre. Orka lo conocía de sus tiempos como líder de la banda y lo recordaba siempre alegre y con un cuenco o un tajadero con comida en las manos. Le apodaban Hielo por su sangre fría en la batalla. La ira típica de los berserkir no iba con él, a pesar de que la sangre del oso Berser corría por sus venas. Su ferocidad era gélida y resultaba aterradora para sus rivales.

Orka se levantó e hizo unos estiramientos que hicieron crujir sus huesos y provocó las quejas en forma de dolor de sus articulaciones. Recogió del suelo el cinturón de armas que había enrollado para utilizarlo de almohada y se lo abrochó alrededor de la cintura, lo que alivió un poco sus hombros del peso de la cota de malla. No prestó atención a las protestas de sus doloridas articulaciones y caminó hacia Lif, que seguía durmiendo acurrucado debajo de su capa.

—Arriba —espetó dándole un golpecito con la punta de la bota.

Lif balbuceó algo y trató de darse la vuelta, así que Orka le dio un puntapié más fuerte y levantó la capa.

—Arriba —repitió—. Durmiendo no aprenderás a manejar las armas.

Lif parpadeó, se frotó los ojos somnolientos y se incorporó. Cogió la lanza y se levantó.

—¿Ahora? —masculló.

—Sí, ahora —espetó Orka—. ¿Es que crees que el enemigo esperará a que te levantes, desayunes y te laves para atacarte? Tienes que estar preparado para luchar en un abrir y cerrar de ojos. Venga, defiéndete.

Orka desenfundó un seax y atacó a la barriga de Lif. Este retrocedió tambaleándose y desvió torpemente el cuchillo con el asta de la lanza. Orka se adelantó, fintó a la izquierda y lo atacó por la derecha, y el filo del seax rascó las anillas de la cota de malla de Lif, quien giró la lanza para golpearla en la cabeza. Orka se agachó, lo embistió con el hombro y lo tiró al suelo. Lif perdió el control de su lanza y Orka le puso una bota en el cuello.

Gunnar Proa rompió a reír.

—¡Orka Machacacráneos está preparada para luchar en el mismo momento que abre los ojos!

Edel puso en blanco su único ojo al oír el elogio de Gunnar.

—Deberías aprender a usar el escudo —le dijo a Lif, que seguía inmovilizado bajo la bota de Orka—. Solo un tonto intentaría matar por la vía rápida a un rival sin un escudo.

—Yo lucho sin escudo —terció Orka fulminando con la mirada a Edel.

—Lo sé. —Edel le mantuvo la mirada con su ojo y sonrió.

Se oyeron algunos gruñidos entre los Hermanos de sangre y unas cuantas carcajadas. También se vieron varias caras de estupefacción.

—La Machacacráneos no necesita escudo —apuntó Revna.

—¡Ja! La fama no debería hacer invencible a un guerrero, sino su habilidad con las armas y su comportamiento en la batalla.

—Yo no soy invencible —repuso Orka—, pero sigo viva. Y el hecho de que yo no busque la batalla no significa que la batalla no me encuentre.

Edel agachó la cabeza reconociendo la verdad de las palabras de Orka como si hubiera recibido un puñetazo en un combate de entrenamiento.

Lif gruñó, todavía en el suelo. Orka levantó el pie de su cuello y le tendió la mano para ayudarle a ponerse en pie.

—Practica conmigo —dijo Gunnar cogiendo su lanza.

Lif miró con nerviosismo a Orka.

—Ten cuidado con su narizota —le aconsejó Ingmar Hielo—. Es más probable que te clave la nariz que la lanza.

Todos rieron, incluido Gunnar.

—Lucha con él —dijo Orka—. Cada guerrero tiene su estilo. Será una lección útil.

—Tu fama llegará a todos los rincones de estas tierras —señaló Revna—. Entrenado en las armas por la Machacacráneos y por Gunnar Proa de los Hermanos de Sangre.

—La fama no siempre es una buena amiga —murmuró Edel avivando el fuego con un palo.

—Yo no quiero fama —repuso Lif—. Solo quiero matar a Guðvarr el Mocoso.

—¿El hombre que asesinó a tu hermano? —preguntó Gunnar.

—Ajá. —Lif asintió—. Mientras mi hermano estaba encadenado a la pared.

Se oyeron los gruñidos de los guerreros, que comentaron el deshonor que era matar a un hombre encadenado y desarmado.

—Niðing —masculló Edel escupiendo al fuego.

—Eso mismo —convino Lif. Miró a Halja Nariz Chata, que estaba sentada en las sombras, afilando en silencio la espada con una piedra—. ¿Tú has perdido a algún pariente? —le preguntó—. Te vi en el túmulo.

Halja lo miró.

—A mi hermano.

—No hay dolor más grande que perder a una persona amada —dijo Lif.

Halja no dijo nada, pero Orka se fijó en que miraba al joven pescador como si lo viera por primera vez.

—Vamos —terció Gunnar Proa—. A ver cómo luchas conmigo y con mi gran nariz.

—Seguro que es menos peligroso que enfrentarse a la Machacacráneos —dijo Revna Patas de Liebre, lo que provocó otra oleada de risas entre los Hermanos de Sangre.

—De eso no hay duda —reconoció Gunnar. Afirmó los pies en el suelo y levantó la lanza hacia Lif—. Seré tonto y lucharé contigo sin escudo. —Guiñó el ojo a Edel.

Lif se lanzó hacia él y le asestó un golpe dirigido al estómago mientras Gunnar seguía mirando a Edel, cosa que Orka aprobó, pero el guerrero se movió con la velocidad de una anguila y se echó hacia la derecha para que la lanza de Lif pasara de largo sin rozarlo. Luego agarró el asta de la lanza de su oponente y tiró para acercar a Lif, y rápidamente lo golpeó en el pecho con su lanza.

—Vaya, eso sí que ha sido rápido —comentó Ingmar Hielo.

—Si de algo sabe Gunnar es de rapidez —dijo sarcásticamente Revna. La chanza provocó carcajadas y palmadas en las piernas.

—Si hubieras tenido un escudo, habrías bloqueado el golpe —explicó Edel dirigiéndose a Lif.

—Ya estoy harta de oír hablar de escudos —espetó Orka lanzando los brazos al aire—. Está claro que solo hay una manera de hacer que ese vejestorio deje de graznar como un cuervo. Lif, en el claro hay unos cuantos escudos abandonados. Ve a buscar uno y te enseñaré a usarlo.

—Es la decisión más sensata —murmuró Edel.

Lif asintió y echó a correr con una sonrisa en la cara.

—Bueno, son demasiadas emociones para mi viejo corazón —dijo Edel—. Voy a capturar algunos peces para el desayuno.

—Spert está durmiendo allí. Despiértalo y dile que hay gachas en la olla, ¿vale?

Edel asintió, susurró algo al oído de sus perros, que estaban acurrucados junto al fuego mortecino, y los tres se adentraron en el bosque.

Desde arriba llegó un crujido y Orka alzó la mirada y vio a Vesli sentada en una rama con su bolsita en el regazo. Sacó de ella un diente, se lo metió en la boca y se puso a masticar. Ingmar maldecía mientras trataba de prender más leña, sobre la que caían gotas de lluvia que se evaporaban con un siseo. El resto de los Hermanos de Sangre se pusieron a recoger sus cosas.

Un ruido de pasos anunció el regreso de Lif. Tenía las mejillas rojas del frío y llevaba un escudo redondo con el umbo de hierro. Orka se lo quitó de las manos y lo inspeccionó. Estaba hecho con madera de tilo, forrado de lino y tenía un brocal de cuero. La parte frontal estaba pintada de un apagado color gris, como el cielo en el momento previo al amanecer, pero sin emblema. Tenía unas cuantas rayaduras, una abolladura en el umbo y faltaba un trozo del brocal de cuero.

—Está bastante bien —murmuró Orka, aprobando la elección de Lif.

Ingmar había conseguido que el fuego crepitara y ya colgaba una olla con avena y agua encima de las llamas. También había puesto a calentar una piedra para los salmones.

—¡Date prisa, Edel, que tengo hambre! —gritó dando una palmada.

—Agarra el escudo así —le explicó Orka a Lif llevándoselo a un lugar un poco apartado del fuego. Gunnar Proa, Revna Patas de Liebre y el resto de los Hermanos de Sangre dejaron lo que estaban haciendo para observarlos. Orka deslizó el puño alrededor del asa de madera, justo detrás del umbo de hierro—. Mantenlo alejado del cuerpo para que, si un arma lo perfora, no te ensarte a ti. Cúbrete con él así —añadió sosteniendo el escudo de manera que la protegía desde los muslos hasta el cuello—. Y mientras estés luchando nunca escondas la cara detrás de él, porque en ningún momento debes dejar de ver a tu oponente.

—A menos que las flechas vuelen hacia ti —puntualizó Ingmar diligentemente.

—Sí, claro. —Orka frunció el ceño.

—O una lanza —añadió Gunnar Proa.

Orka lo fulminó con la mirada.

—Lleva siempre el escudo colgado a la espalda hasta que lo necesites —continuó Orka—. Los escudos son pesados y consumen más fuerzas del brazo que una espada, una lanza o un hacha. Cuando lo empuñes, déjalo colgando hasta que lo necesites, o mejor aún, apóyalo en el suelo.

—El brazo y el hombro te lo agradecerán después —terció Ingmar desde el fuego.

—Y recuerda —agregó Orka—, un escudo es tanto un arma ofensiva como defensiva. Puedes usar el borde para romper una tráquea o partir dientes.

Vesli hizo un ruido de aprobación desde las ramas.

—Y el umbo es capaz de romper huesos y triturar mandíbulas y cráneos. Bueno, venga, mátame.

—¿No debería tener yo el escudo? —preguntó nervioso Lif.

—Primero te enseñaré unas cuantas cosas que pueden hacerse con un escudo —dijo Orka.

Lif se la quedó mirando con el ceño fruncido.

—Pero no tienes arma…

—Acabo de decirte que el escudo también es un arma —dijo Orka. Y se adelantó hacia él, cansada de esperar.

Lif levantó la lanza y arremetió contra la cara de Orka. Machacacráneos giró la muñeca, desvió la moharra y dio un paso adelante para introducirse en la guardia de Lif, pero este retrocedió apuntándola con la lanza. «Bien hecho», pensó Orka.

Lif cambió la manera de empuñar la lanza con un giro de la muñeca y trató de apuñalarla por debajo del escudo en la vena del muslo, lo que garantizaba una muerte rápida. Pero Orka bajó el escudo y empujó la lanza contra el suelo blando, dio un par de pasos rápidos hacia delante al mismo tiempo que giraba la muñeca y golpeó a Lif en el estómago con el borde superior del escudo. El joven pescador se plegó por la mitad y Orka le apretó la sien con el umbo al mismo tiempo que le hacía la zancadilla. Lif cayó al suelo gruñendo.

—¡Ay! ¡Ja! ¡Y así murió Lif! —exclamó Ingmar riendo y aplaudiendo con sus grandes manos.

—Has visto tres usos del escudo —dijo Orka—. Bloquear una lanzada, contraatacar con el borde y rematar con el umbo.

—Estaba demasiado ocupado doliéndome de los golpes y cayéndome para ver lo que hacías —resolló Lif levantándose del suelo.

Revna tuvo un ataque de risa tan violento que se agarró a un árbol.

—Hum… En ese caso quizá solo deberías observar —dijo Orka—. ¡Ingmar, ven a matarme!

Ingmar la miró desconcertado un momento, luego se encogió de hombros y se levantó. Desenfundó la espada y envolvió la hoja con la capa.

—No será necesario —dijo Orka.

Ingmar sonrió y cogió el escudo del montón formado por su equipo, lo sopesó y enfiló hacia Orka con paso resuelto, con el escudo en posición y esgrimiendo la espada detrás de él. Ingmar era alto, aunque no tanto como Orka, y corpulento, y tenía unos brazos largos. Orka recordaba que lo había entrenado cuando ingresó en los Hermanos de Sangre. Ya entonces era fuerte y rápido, y Orka era quince años más joven. Cuando entró en la zona de alcance de Orka, Ingmar caminó hacia la derecha y arremetió con su espada contra la cara de Machacacráneos, pero Orka se apartó y la espada pasó de largo silbando. Ingmar agachó la cabeza. Los Hermanos de Sangre habían formado un círculo alrededor de los combatientes para disfrutar del espectáculo y profirieron abucheos y ovaciones.

Ingmar continuó moviéndose hacia la derecha con la intención de rodear a Orka, evitando instintivamente su flanco derecho a pesar de que la Machacacráneos no empuñaba arma alguna. Orka retrocedió un par de pasos para estrechar el espacio que los separaba. Ingmar la atacó con la espada, que golpeó el borde del escudo de Orka y lo empujó hacia atrás, y a continuación arremetió con su escudo contra el de Orka. Pero ella ya se movía y, con un giro de la muñeca, empujó hacia arriba la espada de Ingmar y se coló en su guardia aprovechando la fuerza del golpe del escudo de su rival al chocar con el suyo, y rápidamente se echó hacia la derecha para rodear el borde del escudo de Ingmar y le propinó un gancho con el puño derecho, que había mantenido escondido detrás del escudo hasta el último momento. El puñetazo impactó de lleno en la mandíbula de Ingmar, que dio unos pasos tambaleantes hacia atrás y cayó de espaldas al suelo.

Tras un silencio inicial, los Hermanos de Sangre rompieron a reír y a darse palmadas en las piernas. Tenían que arquear la espalda para poder respirar.

Orka se acercó a Ingmar, que la miraba sentado en el suelo.

—¿Cuál fue la primera lección que te enseñé?

—El golpe que no se ve es el que termina la pelea —respondió Ingmar, y esbozó una sonrisa apesadumbrada mientras se frotaba la mandíbula—. Debería haberlo recordado.

Orka le ofreció el brazo y lo ayudó a levantarse.

—¡Otra vez, otra vez! —corearon algunos Hermanos de Sangre. Sus carcajadas todavía resonaban entre los árboles.

Vesli apareció con su rápido aleteo y se paseó entre los guerreros.

—¡Jinetes! ¡Jinetes! —gritó.

Todos se quedaron paralizados y aguzaron el oído con la cabeza ladeada. Orka oyó el chacoloteo de cascos de caballos que se acercaban por el oeste. Los Hermanos de Sangre se pusieron en movimiento como si obedecieran una orden silenciosa y corrieron hacia sus equipos. Levantaron los escudos y revisaron las armas. Algunos se abrocharon el casco. Ingmar se acercó al fuego y tiró tierra con los pies para apagar las llamas, que se extinguieron con un siseo.

Orka devolvió el escudo a Lif y fue a buscar su hacha larga, que seguía al lado del lugar donde había dormido.

—Ponte el casco —dijo Orka señalando con la cabeza el casco de cuero que colgaba del cinturón del joven pescador. Luego descendió por la ladera a través del bosque en dirección a la cámara de Rotta y se detuvo en las sombras de los últimos árboles.

El sonido rítmico de los cascos de los caballos sonaba cada vez más fuerte y llegaba desde el camino que quedaba al oeste. Orka oyó el crujido de una rama sobre su cabeza cuando Vesli se posó en ella y a Lif que se acercaba por su espalda. Los Hermanos de Sangre se movían por la penumbra como sombras, todos empuñando los escudos negros y salpicados de sangre.

Los jinetes se dispersaron al entrar en el claro y los cascos de los caballos pisotearon el suelo blando por la lluvia y levantaron terrones de barro. Cada jinete llevaba las riendas de un caballo de refresco atadas a la silla.

«Tienen prisa».

El jinete que los lideraba era una mujer, con el cabello negro y una pluma de cuervo prendida a él con hilo de plata. Tenía la tez pálida, unas facciones angulosas y sus ojos eran dos pozos oscuros. Estaba sonriendo. Le colgaba una espada sobre la cadera y llevaba un cinturón alrededor de una oscura brynja engrasada. Cruzado sobre el regazo descansaba un seax y, prendido del cinturón, se balanceaba un casco de hierro. Orka vio la silueta de otro seax que se marcaba en una de sus botas. También era visible el borde de un escudo que colgaba de un gancho de la silla de montar por el otro lado. Más de una docena de jinetes, hombres y mujeres, entraron en el claro detrás de su líder. Todos tenían un aspecto temible con sus cotas de malla y los aceros afilados que colgaban de sus cinturones. Se protegían la brynja con capas de piel de foca y muchos empuñaban lanzas.

Orka vislumbró un escudo gris con unas alas negras desplegadas pintadas en su superficie.

Halja Nariz Chata bufó con los dientes apretados detrás de ella.

—Alimentadores de Cuervos —musitó.

Pero Orka ya lo sabía. No era la primera vez que veía sus escudos con las alas de cuervo y a sus guerreros con las plumas prendidas en el pelo. Había oído historias que daban cuenta de la fama de Ilska la Cruel y su banda de implacables guerreros.

Orka quitó la funda de cuero que cubría la cabeza de su hacha larga y la dejó caer al suelo.

La mujer que lideraba a los jinetes abrió la boca para hablar, pero en ese mismo momento sus ojos se posaron en la montaña de cadáveres. Tiró de las riendas para detener su montura y, sentada en la silla, miró fijamente las extremidades del trol muerto, que sobresalían de entre los cuerpos. Se le borró la sonrisa de los labios. Desmontó y corrió directamente hacia los cadáveres apilados. Se dejó caer de rodillas delante de uno de ellos, echó la cabeza hacia atrás y gritó.

Orka conocía ese sonido. Todavía resonaba en su alma cada vez que pensaba en Thorkel. Era una mezcla de dolor y de rabia.

El resto de los guerreros desmontaron y corrieron hasta el montón de muertos. Algunos se desplegaron por el claro y un par fueron directos a la entrada de la cámara de Rotta y rápidamente desaparecieron en su tenebroso interior. Orka vio el destello de las antorchas que se encendían y el resplandor anaranjado se atenuó a medida que los guerreros se internaban en la cueva.

La mujer que se había dejado caer de rodillas se levantó y se dio la vuelta. Las lágrimas hacían que le brillaran las mejillas en el rostro desencajado por la ira. Se alejó de la montaña de cadáveres y paseó la mirada por el claro.

Orka dio un paso adelante, pero una mano enorme envolvió su muñeca y se volvió. Ingmar estaba agarrándola.

—¿Qué haces? —susurró el guerrero.

—Voy a preguntarle adónde han llevado a mi hijo —gruñó Orka sosteniéndole la mirada. Ingmar le soltó el brazo tras un momento de vacilación—. Quédate aquí. Esta guerra no es la tuya.

Orka salió de entre los árboles y entró en el claro.

CAPÍTULO DIECINUEVE

VARG

Varg salió corriendo del bosque. Delante de él se extendía un prado y un poco más lejos había un puente que cruzaba un profundo barranco. Oyó el estruendo del río que corría abajo, uno más de los numerosos afluentes del Drammur. Se tomó un momento para recuperar el aliento, cerró los ojos para concentrarse en el lobo que corría por sus venas, tal como estaba enseñándole Røkia, y aguzó el oído. El tamborileo de la lluvia en las hojas de los árboles, el canto de los pájaros, el estridente graznido de los cuervos. El murmullo del viento atravesando la hierba. Pasos a su derecha. Giró violentamente la cabeza. Vio a Røkia salir del bosque a unos cincuenta o sesenta pasos de él, con una lanza en la mano. Le hizo una señal con la cabeza y los dos se adentraron en la pradera caminando despacio y con cautela.

Según se acercaban al puente, Varg se fijó en que había sido reparado recientemente. Había varios postes y tablas de madera nuevos y algunos de los viejos mostraban las cicatrices negras del fuego. Debajo, a mucha distancia, el río corría blanquecino por la espuma. Desde el otro extremo del puente partía un camino que rodeaba un espolón rocoso. Røkia cruzó el puente en primer lugar y Varg se concentró en el camino del otro lado. No advertía signo alguno de vida aparte del ruido de los puercoespines en la maleza.

Røkia llegó al otro lado del puente y continuó una veintena de pasos por el camino, pero se detuvo cuando torcía para rodear el espolón. Levantó una mano para indicar que no había peligro.

Varg se volvió hacia el bosque y levantó la lanza. Los Hermanos de

Sangre salieron de lá penumbra de los árboles encabezados por Glornir a lomos de su caballo negro. A su lado iba Svik. Los siguieron una ancha columna de guerreros, un par de ponis de carga y, en último lugar, el carro tirado por el caballo. Einar Medio Trol estaba sentado en el banco del conductor del carro, que se combaba bajo su peso.

Varg cruzó el puente a la carrera y se unió a Røkia. El paisaje consistía en ondulantes colinas, en su mayor parte cubiertas por hierba muy corta y salpicadas de brezos y helechos. Aquí y allá se veían árboles doblados por el viento. El terreno descendía suavemente hasta el río Drammur. Varg podía ver el río, más ancho y perezoso en comparación con el torrente que corría por las Dorsales. Culebreaba a través de la llanura como una brillante serpiente negra enroscándose en torno a una ciudad construida sobre una colina.

—¿Aquello es Darl? —preguntó Varg. La ciudad parecía enorme a pesar de la distancia. En la cima de la colina había una fortaleza cercada por una muralla, y en sus faldas y la ribera del río se alzaban unas construcciones tan apretadas y concentradas como los bosques de pinos que habían atravesado. Sobre la fortaleza flotaba una densa nube de humo.

—Ajá —respondió Røkia—, y no encontrarás un cagadero más grande en toda Vigrið.

Lo asaltó una multitud de olores: pescado cocinado, verdura podrida, sudor, orina, humo.

—Sabes que, cuando llamas al lobo, tus ojos cambian de color, ¿verdad? —le preguntó Røkia.

Varg la miró desconcertado. Ya se lo había dicho, pero lo había olvidado.

—Ten cuidado cuando convoques al lobo —le aconsejó Røkia—. Si lo haces en presencia de un puro sabrá que eres un corrompido. Y entonces… —Se encogió de hombros.

—El collar de thrall o encerrado en una jaula hasta que me pudra —dijo Varg—. Tendré cuidado. Pero ahora no corro peligro. Estoy rodeado de… amigos.

Todavía se sentía raro al usar esa palabra. Nunca había tenido un amigo aparte de su hermana. Lo reconfortaba de una manera que era nueva para él. Volvió a mirar Darl y utilizó su vista de lobo para estudiar la fortaleza.

Observó los terraplenes defensivos y la empalizada construida encima de ellos. Dentro del espacio cercado por la muralla, los edificios se alzaban ordenados en cuatro cuadrados, cada uno de ellos con su propio patio, alrededor de una casa comunal central que empequeñecía el resto de las construcciones. En el otro lado de la colina, detrás de la muralla, Varg divisó una torre que se elevaba como un clavo negro hacia el cielo. Sin embargo, la casa comunal volvió a atraer su mirada. Había algo en ella que no alcanzaba a reconocer, algo pálido que no podía dejar de mirar. Frunció el ceño, entornó los ojos y forzó la vista.

—¿Eso de allí son…?

—Alas —dijo Røkia—. La fortaleza de la colina está construida alrededor del esqueleto de Orna. La espada de hueso que te dejó la marca era una de las garras de Orna.

Varg se llevó una mano a las costillas, que todavía estaban sensibles al tacto. Se estremeció con solo recordar el dolor que había sentido.

—¿Era eso lo que Skalk estaba tan loco por conseguir?

Røkia se encogió de hombros.

—Quién sabe lo que pasa por la cabeza de un galdramaðr.

Sonaron unos pasos, el tintineo de cotas de malla y arneses, el crujido de ruedas.

—¡Ah, el dulce hedor de la civilización! —exclamó Svik tirando de las riendas de su montura al lado de Varg y con la mirada fija en Darl—. ¡Cómo lo he echado de menos!

Glornir caminó unos pasos usando su hacha larga a modo de bastón, con el escudo negro y salpicado de sangre a la espalda. Los Hermanos de Sangre se desplegaron a lo largo del camino y contemplaron Darl, que se extendía como una mancha de sangre sobre la tierra.

—Acamparemos aquí, por ahora. En ese bosque —dijo Glornir señalando con la cabeza un bosquecillo de espinos y píceas que había en una depresión—. Voy a acercarme a echar un vistazo.

Los Hermanos de Sangre abandonaron el camino para guarecerse entre los árboles. Einar ayudó a los niños a descargar un barril y levantó la tapa con el filo del hacha. Se repartieron manzanas, carne de cerdo salada y queso. A Svik se le iluminó el rostro cuando recibió su plato de queso.

Varg cogió una manzana, se sentó a su lado y juntos observaron en silencio a los niños, que trataban de convencer a Einar para que jugara con ellos a huir del trol. Einar hacía de trol y el carro era casa. Einar profirió un gruñido histriónico y agarró a un chico alborozado que intentaba pasar entre sus piernas, lo levantó en el aire colgando de un brazo y fingió que se lo comía. El chico no paraba de reír. Einar volvió a dejarlo en el suelo, pero ahora el chico estaba infectado por el trol y formaba equipo con él, así que ayudaba a Einar a capturar más niños para comérselos.

El grueso de los Hermanos de Sangre se había sentado, comía, bebía, revisaba su equipo y miraba a Einar, que fingía ser demasiado lento para capturar a los niños, les dejaba que pasaran entre sus piernas, se escabulleran e incluso treparan encima de él cuando se caía riendo y simulando estar demasiado cansado para moverse.

Røkia, que estaba con Varg y Svik, exhaló un suspiro de frustración y fue hasta Einar.

—Te ayudaré —dijo lanzando una dura mirada a los niños.

Einar la miró con una ceja enarcada.

Svik soltó una carcajada.

—¿Qué pasa? —le preguntó Varg.

—Røkia no sabe jugar. Tú, observa.

El juego se reanudó y una veintena de niños echaron a correr. Einar movía los brazos a un lado y a otro exageradamente y trataba de capturarlos sin afanarse demasiado. Røkia se movió con una velocidad que hizo imposible que Varg la siguiera con la mirada y fue dejando una estela de niños tirados en el suelo. Uno de los pequeños se puso a llorar y cuatro lograron ponerse a salvo en el carro.

—¿Qué haces? —preguntó Einar a Røkia.

—Te ayudo a ganar. Es evidente que este juego se te da fatal.

Einar se acercó a ella. A pesar de que se inclinó para hablarle, Varg oyó lo que le susurraba.

—Les estoy dejando ganar.

—¡Les dejas ganar! —exclamó Røkia—. ¿Estás loco?

—Les hace felices. —Einar se encogió de hombros.

—¿Felices? —Røkia escupió esa palabra como si tuviera un sabor horrible—. ¿Felices? —Se marchó sacudiendo la cabeza.

Glornir regresó al campamento y paseó la mirada por sus guerreros.

—¿Cuál es el plan, jefe? —quiso saber Einar.

Glornir guardó silencio y se volvió para echar un vistazo a la torre que todavía era visible en la cima de Darl. Luego miró el cielo, cada vez más pálido, a través de las ramas retorcidas. El sol era una mancha difusa detrás de los nubarrones. Volvió a mirar la torre.

—El *Lobo del mar* todavía debe estar lejos —dijo Svik refiriéndose al drakkar de los Hermanos de Sangre.

—Sí —repuso Glornir.

—¿Deberíamos esperarlo? —preguntó Svik.

—No —gruñó Glornir—. Cuando rescatemos a Vol iremos al sur. Seguiremos el río hasta que nos crucemos con el *Lobo del mar*.

Svik asintió.

—Jefe —dijo Einar con una voz retumbante.

—¿Sí? —masculló Glornir.

—¿Y los niños?

—Di mi palabra a Orka de que los llevaría a Darl. Y eso he hecho —respondió Glornir.

—Pero solo son unos críos —mascculló Einar.

Glornir desvió la mirada de la torre de la colina para posarla en Medio Trol.

—Pueden quedarse con nosotros hoy, que duerman aquí cuando nos pongamos en marcha. Mañana podrán llegar solos a Darl. No tendrán problema para encontrar un trabajo en la ciudad.

—Pero... —dijo Einar volviéndose hacia el carro lleno de niños—. Están corrompidos, y no tienen unos padres que los protejan. Los descubrirán y acabarán con un collar de thrall en el cuello, o de una manera peor.

—Es todo lo que puedo hacer por ellos —dijo Glornir haciendo una mueca.

—Pero son útiles, jefe... —insistió Einar removiendo la tierra del suelo con los pies.

Glornir observó a los niños un rato y luego volvió a mirar a Einar.

—Cuando rescatemos a Vol tendremos que movernos rápido. Ya nos han retrasado demasiado.

—Pero...

—Basta —gruñó Glornir.

Einar abrió la boca para decir algo más, pero Svik le apretó el brazo y Einar cerró la boca y dejó caer los hombros.

«Un collar alrededor del cuello —pensó Varg con el ceño fruncido mirando a los niños—. Yo sé lo que es eso. Ojalá pudiera fundir todos los collares de thrall y romperles la nariz a todos los amos de thrall. Empezaría con ese niðing comerciante de thrall, Brimil».

CAPÍTULO VEINTE

ORKA

Orka entró en el claro embarrado donde estaba la entrada de la cámara de Rotta.

Las cabezas se volvieron bruscamente hacia ella y los guerreros desenfundaron las armas cuando la vieron avanzar en dirección a ellos.

Sonaron pasos a su espalda. Lif la alcanzó corriendo.

—Vuelve —le espetó Orka.

Lif no respondió y continuó caminando a su lado. Orka oía su respiración, agitada y superficial, y vio sus manos temblorosas, con los nudillos blancos alrededor de la lanza y de su escudo nuevo.

—¿Quién eres? —gritó la mujer morena que lideraba el grupo de jinetes enfilando hacia ella con paso resuelto. Había dejado el escudo enganchado a la silla de montar, pero mantenía las manos suspendidas sobre el cinturón de armas, del que colgaban la espada y el seax.

Orka se detuvo y esperó a que la mujer se acercara. La lluvia había empezado a caer más fina y ahora no era más que una tenue neblina en el aire. Vio que los otros guerreros se desplegaban alrededor de ella con los escudos y las lanzas en las manos, pero sin levantarlos del todo. Eran doce, incluida la líder, más los dos que se habían internado en la cámara de Rotta. Orka sintió que el lobo gruñía en sus venas y el pelo de su lomo se erizaba. Era ese momento previo al estallido de la violencia en el que todo se acrecienta. El lobo corría en su sangre como si tirara de una correa, preparado para saltar, desgarrar y destripar.

«Pronto», le prometió Orka.

—¿Cuál es el plan? —susurró Lif.

—Matarlos a todos salvo a uno —musitó Orka.

—Debería haberlo imaginado.

—Cuando empiece, quédate detrás de mí —dijo Orka—. Intenta dar pasos cortos porque el suelo estará resbaladizo. Y estate atento a los dos que están en la cámara.

—Esperaba que pudiéramos hablar como personas civilizadas con ellos —murmuró Lif.

—No.

La mujer morena se detuvo a media decena de pasos de Orka, fuera del alcance del hacha larga que Machacacráneos sujetaba ante sí con las dos manos.

—¿Quién eres? —repitió la mujer. Las lágrimas brillaban en sus ojos y le palpitaba un músculo en la mejilla. Rezumaba pena e ira por todo su cuerpo. Era más joven de lo que le había parecido a Orka en un primer momento, no debía tener más de veinticinco años sobre los hombros. Era ágil. Se movía con la confianza y la tranquilidad de una guerrera—. ¿Has matado tú a mi padre?

«¿Padre? ¿El anciano? Entonces ella también es una descendiente de la dragona».

—No —respondió Orka.

—¿Quién lo ha hecho?

—Alguien mejor que él —dijo Orka encogiéndose de hombros.

La mujer hizo una mueca y sus dedos se movieron.

Uno de sus guerreros se adelantó. Era rubio y tenía una cara ancha y chata, llevaba unos anillos de plata en la barba trenzada y empuñaba un hacha.

—No te atrevas a hablar a Myrk Garra Afilada así. Muestra más respeto o te daré una lección.

Orka se lo quedó mirando y luego se fijó en los guerreros desplegados en torno a ella. Vio las preguntas en sus ojos, la curiosidad por saber quién era y qué hacía allí, pero también vio su confianza en sí mismos, su destreza, su superioridad numérica. No les preocupaba que Orka pudiera representar una amenaza para ellos. Orka volvió a posar los ojos en Myrk y el silencio se prolongó.

Se oyó el zumbido de un aleteo y Vesli se posó al otro lado de Orka. El vaesen miró con ferocidad a Myrk y sus guerreros. Alguien rio.

—Una vieja, un joven imberbe y una rata con alas —dijo con desdén el guerrero de la cara chata.

Vesli miró los dientes del guerrero.

Myrk dio un paso al frente y entrecerró los ojos.

—¿Te has comido los dientes de mi padre? —gruñó clavando una mirada asesina en Vesli.

La tennúr sonrió y dejó a la vista sus afilados dientes.

—¿Dónde está mi hijo? —espetó Orka.

Myrk frunció el ceño.

—¿Estás loca, vieja? ¿Qué tengo yo que ver con tu hijo?

—Mi hijo estuvo encerrado en esas cámaras. ¿Dónde está ahora? —Orka sintió que la transformación había comenzado en su interior; el lobo había roto las cadenas. La última vez, en Grimholt, el lobo había aparecido como un torbellino de dientes y garras, furia y sangre.

«Espera. Pronto», le repitió a la bestia a pesar de que sentía cómo estaba produciéndose el cambio: el tiempo se ralentizaba y sus sentidos se agudizaron en un abrir y cerrar de ojos. La ira que siempre bullía bajo la superficie cambiaba en su interior, como el fuego de una forja que pasa del rojo de las llamas al blanco incandescente. Una fuerza nueva inundaba sus músculos. Orka bajó la mirada al suelo y cerró los ojos.

—¿Qué ha sucedido aquí? —dijo Myrk—. No volveré a preguntártelo. —Su mano se cerró alrededor de la empuñadura de la espada.

—Drekr —dijo Orka.

Un momento de silencio.

—¿Conoces a Drekr? —preguntó Myrk.

Orka mantuvo la cabeza agachada y no respondió. Con su pregunta y el cambio en su voz, Myrk le había dicho todo lo que necesitaba saber. Ella también conocía a Drekr, y bien. Sintió que le temblaba la sangre y oyó al lobo rondando en sus venas.

—Apresadlos —oyó Orka que ordenaba a sus guerreros—. Les sacaré a palos algunas respuestas.

«Ahora», le dijo Orka al lobo, y levantó la cabeza.

El hombre de la cara chata se acercaba a ella sonriente, seguido por otro par de guerreros, pero vaciló cuando vio el rostro de Orka. Machacacráneos sabía que sus ojos se habían puesto de color ámbar y sus dientes eran largos y afilados. En cuanto el guerrero se detuvo, Orka se puso en movimiento con una velocidad sobrehumana y se lanzó hacia él levantando el hacha larga. La hoja se hundió en su mandíbula, atravesó carne y huesos y volvió a salir con una explosión de sangre y dientes. El tipo de la cara chata se derrumbó jadeando. Orka continuó con el hacha levantada y le reventó la cara a una guerrera pelirroja con la base del mango. La mujer retrocedió trastabillando con la nariz machacada y chocó con Myrk, que estaba detrás de ella. Orka afirmó los pies en el suelo e hizo molinete con el hacha por encima de la cabeza antes de arremeter con ella contra la guerrera rubia que la atacó a continuación y hundírsela entre el cuello y el hombro. Se oyó un crujido de huesos partidos y la mujer se desplomó. Orka tiró del hacha para extraerla de su víctima, pero la hoja se había atascado en el hueso, así que la soltó, se agachó y giró sobre los talones para esquivar una lanza que surcó el espacio que su cabeza acababa de desocupar. Al completar el giro, Orka empuñaba un seax en una mano y un destral en la otra. Se echó hacia delante y enterró el seax en el vientre de su atacante cuando se abalanzó sobre ella. Las anillas de la brynja del guerrero se partieron y la sangre caliente que manó de la herida empapó el puño de Orka. Machacacráneos giró el seax dentro de su rival, que lanzó un alarido agudo, y le dio un empujón para extraer el acero de su cuerpo. Se irguió. Su pecho se hinchaba y se deshinchaba y sus fosas nasales se dilataban con su respiración agitada. Tres guerreros yacían a sus pies. Todo había ocurrido muy rápido, en no más de una veintena de latidos de su corazón. La mayoría de los guerreros la miraron paralizados un momento y luego se pusieron en movimiento.

Oyó gritos a su izquierda y con el rabillo del ojo vio que Lif retrocedía a trompicones por el suelo resbaladizo, con el escudo levantado y defendiéndose con la lanza de una guerrera con cota de malla. La mujer estaba machacándole el escudo a hachazos con un destral.

—Ayúdale —gruñó Machacacráneos dirigiéndose a Vesli.

El tennúr salió disparado con su vertiginoso aleteo y se posó en el suelo delante de la mujer que hostigaba a Lif, levantó la lanza y se la clavó en la pantorrilla. Cuando Vesli extrajo el arma, la mujer gritó sangrando a borbotones por la herida y trastabilló. Lif aprovechó la oportunidad para adelantarse y hundirle la punta de la lanza en la boca abierta. Los gritos de la guerrera se transformaron en unas gárgaras ahogadas mientras se derrumbaba sobre el barro. Otro guerrero se cernió sobre Vesli esgrimiendo una espada y Orka arrojó su destral. El hacha surcó el aire girando y se clavó con un sonido de succión en la cabeza del hombre, que se desplomó.

—Zorra —gruñó alguien.

Orka se dio la vuelta y arremetió con el seax contra el agresor que se abalanzaba sobre ella. Recibió un golpe en el hombro y retrocedió tambaleándose, gruñendo y maldiciendo. Myrk avanzaba hacia ella con un guerrero a cada lado. Sabían lo que hacían. Los guerreros que la flanqueaban, con el escudo levantado y apuntando a Orka con la espada y la lanza, se desplegaron para atacarla desde distintas direcciones, moviéndose con cuidado por el suelo embarrado. Myrk empuñaba un seax en una mano y una espada en la otra. Sus ojos eran dos brasas rojas y tenía los dientes puntiagudos. Rezumaba fuerza. Los otros dos guerreros tenían los ojos de color ámbar y dorados.

Orka echó un vistazo a su hombro dolorido y descubrió que tenía un desgarrón en la cota de malla, pero no sangraba. Gruñó y dobló las rodillas para saltar. En cuanto despegó los pies del suelo, vislumbró una mancha brillante que la adelantaba por la izquierda e impactaba contra el escudo de uno de los guerreros de Myrk. El escudo se hizo añicos y el hombre salió volando por el aire. Solo entonces Orka distinguió a una mujer rubia y en cota de malla, con el escudo negro y salpicado de sangre colgado a la espalda.

«Revna», la reconoció Orka con el cuerpo tembloroso de la ira que bullía en su interior.

Sonaron más bramidos y gritos de batalla a espaldas de Orka y Myrk miró hacia allí y vio que salían más Hermanos de Sangre del bosque. El lobo que Orka llevaba en la sangre aulló y Machacacráneos cargó hacia la hermana de Ilska. Chocaron con un frenesí de golpes. Orka sacó el cuchillo que llevaba a la espalda y saltaron chispas cuando la espada y los seax colisionaron. Myrk levantaba un acero al mismo tiempo que asestaba un golpe con el otro, pero Orka desviaba todas las acometidas y contraatacaba. Myrk retrocedió sonriendo, con un hilo de sangre corriéndole por la mejilla. Orka parpadeó para secarse el sudor de los ojos, pero se pasó una mano por ellos y descubrió que era sangre. Estaba rodeada de figuras que luchaban y los gritos y el fragor del choque de los aceros resonaban en sus oídos. Atisbó a Ingmar esquivando la acometida de una lanza y encorvándose para agarrar el escudo de su oponente y arrancárselo de las manos antes de abalanzarse sobre él con las fauces abiertas. Tras un sonido de carne desgarrada se oyeron unos alaridos agudos.

Myrk volvió a cargar hacia ella y hubo otro furioso intercambio de acometidas y golpes desviados. La hermana de Ilska gruñó cuando su espada salió volando de su mano, retrocedió un momento y se agachó para sacar otro seax de la bota. Volvió a arremeter contra Orka y se reanudaron las embestidas y el sonido metálico del choque de aceros.

Orka advirtió un movimiento con el rabillo del ojo, oyó unos pasos y se agachó, pero no lo hizo a tiempo de evadir un golpe que la lanzó volando por el aire. Se estrelló contra el suelo y notó un peso aplastándola contra el barro. Tenía encima un hombre musculoso que trataba de morderla, con la boca llena de babas sanguinolentas por las heridas que se había hecho a sí mismo mordiéndose los labios. Orka perdió uno de los seax mientras rodaban por el suelo con los cuerpos enredados. Cuando se detuvieron, el hombre estaba montado en ella y le clavaba una rodilla en la muñeca de la mano con la que empuñaba el único seax que le quedaba. El hombre echó hacia atrás un puño y golpeó a Orka en el pecho para lanzarla de nuevo contra el suelo cuando ella intentó levantarse. Luego envolvió el cuello de Machacacráneos con una mano enorme y apretó.

—¡No dejes que se levante! —gritó una voz. ¿Myrk?

«Un berserkir», pensó Orka mirando al guerrero, sus dientes afilados y las hinchadas venas del cuello. Estaba ahogándose y balbuceaba, pero solo se oía el ruido de su cuerpo revolviéndose y retorciéndose en el barro antes de asestarle un puñetazo con la mano libre. Brotó un chorro de sangre de la mandíbula del guerrero y uno de sus dientes salió disparado por el aire, pero no soltó a Orka. Era como si no sintiera sus golpes. Orka le dio patadas en la espalda y agarró la mano que la estrangulaba, la arañó y le arrancó trozos de carne con las uñas que acababan de crecerle hasta que llegó al hueso, pero el hombre era fuerte como el hierro y sus ojos desorbitados tenían una expresión arrebatada. Orka comenzó a ver puntitos negros. Myrk apareció encima de ella, con la cara amoratada y ensangrentada. Había recuperado la espada.

—¿De qué conoces a Drekr? —le preguntó gritando, aunque su voz apenas era audible por encima de los gruñidos del berserkir, que tenía los ojos a punto de saltársele de las cuencas y parecía que le iban a reventar las venas del cuello mientras lanzaba dentelladas y se agitaba frenéticamente, como si estuviera atrapado en la trampa de un cazador.

Orka oía como si llegaran de muy lejos los chillidos a su alrededor, los alaridos, los gritos de batalla, el ruido de las armas al golpear los escudos.

Myrk levantó la espada.

Se oyó el zumbido de un aleteo y Spert se posó fugazmente en el hombro del berserkir. El guerrero frunció el ceño y miró a Spert, que se alzó en el aire de un salto y se alejó como un rayo. Inmediatamente comenzaron a extenderse unas finas venas negras desde un punto en la mejilla del berserkir, justo debajo de un ojo, que continuaron descendiendo por su cuello. El guerrero soltó a Orka y se llevó las manos a la garganta, incapaz de respirar. Sacó la lengua negra e hinchada, que le quedó colgando de la boca.

Un perro embistió al enorme berserkir con las fauces abiertas y lo derribó.

Myrk maldijo y bajó la espada para hundirla en Orka, pero esta rodó y dio una patada, barrió los pies de Myrk y ella cayó, Orka la agarró, le dio puñetazos. Se revolvieron juntas por el barro. Myrk le clavó los dientes en el hombro y se oyó un chirrido de hierro. Orka sintió una punzada de dolor y la herida comenzó a sangrar, pero entonces agarró un brazo de Myrk y tiró brutalmente de él. Sonó un crujido de huesos y Myrk chilló.

—*Drekablóð, brennt þessa tík, bræðið hold hennar úr beinum* —dijo Myrk con los dientes apretados, escupiendo la sangre de Orka lo suficientemente cerca de ella para que advirtiera el olor amargo de su aliento.

Orka vio que un círculo de fuego rúnico brotaba chisporroteando en el aire delante de ella y giraba como una rueda arrojando llamas mientras avanzaba hacia su cara. Al tocarle la mejilla se la chamuscó y Orka saltó hacia atrás. Vio que Myrk se levantaba del suelo con gran esfuerzo y se ponía de rodillas. Un brazo le colgaba flácido del hombro, pero con el otro hacía gestos en el aire.

—*Brenna hana, brenna hana* —chilló la hermana de Ilska, y las runas llameantes salieron disparadas hacia Orka como si fueran una red de la que era imposible escapar.

Orka corrió hacia las runas que volaban hacia ella y se tiró al suelo para que pasaran por encima de su cabeza. Rodó por el barro hasta Myrk y se incorporó para propinarle un codazo en la mandíbula. La guerrera puso los ojos en blanco y cayó al suelo. Las runas de fuego se disolvieron siseando en el aire y las chispas residuales quedaron a merced de la brisa.

Orka jadeaba de rodillas y parpadeaba para sacarse la sangre que le entraba en los ojos.

Spert llegó aleteando y se posó a su lado.

—¿La señora está bien? —murmuró el vaesen acariciando con las antenas la cara de Orka, sobre todo la zona de la cabeza donde tenía la herida que sangraba.

El lobo que habitaba en las venas de Orka estaba frenético, y su necesidad de violencia, sus ansias de más enemigos que destripar y matar hacían que le temblaran los músculos.

«Es suficiente. Nuestros enemigos están muertos. Todos», le dijo Orka a la bestia, y sintió que, si bien a regañadientes, el lobo se calmaba.

—Estoy bien —respondió en voz baja a Spert, apartando sus antenas y poniéndose en pie con mucho esfuerzo. Se limpió la sangre de los ojos y notó que le colgaba una tira de piel de la frente. Sentía dolor en varias zonas del cuerpo, pero el peor era la mordedura de Myrk. Se palpó la herida; tenía un desgarrón en la brynja y no paraba de salir sangre.

«Los descendientes de la dragona tienen unos dientes afilados y fuertes».

Paseó la mirada por el claro y vio a Halja Nariz Chata junto al cuerpo de un Alimentador de Cuervos, con los ojos llameantes mientras le hundía la espada en la cabeza. Un alarido cesó bruscamente. El tamborileo de los talones del guerrero en el suelo mientras agonizaba. De repente todo acabó y los Hermanos de Sangre recuperaban el aliento, todavía con la sangre alterada en las venas. Gunnar Proa se tambaleó y se sentó en el barro; sus ojos ennegrecidos recuperaron su color azul. Tenía una pierna empapada de sangre desde la rodilla hasta el pie. Revna Patas de Liebre acudió corriendo a su lado. Edel estaba de pie junto al cadáver de un guerrero, mirando con cara de pocos amigos a Orka.

—No puedo dejarte sola ni un momento —dijo negando con la cabeza. A su lado, sus perros resollaban con las bocas rojas.

Lif estaba pálido y recorría el claro con los ojos muy abiertos. Le temblaban las manos. Su nuevo escudo estaba destrozado y la punta de su lanza estaba embadurnada de sangre. Vesli se posó a su lado y una sonrisa de oreja a oreja le escindió el rostro mientras contemplaba a los muertos.

—¿Por qué estás tan contento? —le espetó Edel.

—Hay muchos dientes —respondió la tennúr sin dejar de sonreír.

CAPÍTULO VEINTIUNO

GUÐVARR

Guðvarr avanzó con paso resuelto hasta el centro de la sala de hidromiel, con los bancos a ambos lados atiborrados de guerreros. Las mesas estaban atestadas de comida, cerveza e hidromiel y los guerreros gritaban su nombre y golpeaban los bancos con un ritmo de batalla, con tanta fuerza que volcaban las jarras de cerveza.

—¡Guðvarr! —gritaban.

Llevaba mucho tiempo esperando ese momento. Siempre había sabido que era alguien especial, que estaba destinado a la grandeza.

Sonrió hacia la mesa que había delante de él, con los ojos fijos en la reina Helka, con el cabello negro azabache, los ojos oscuros y los labios rojos. Su tía, la jarl Sigrún, estaba sentada a un lado de la reina, y Hakon, el hijo de Helka, estaba sentado al otro, pero a ellos los veía borrosos. Solo el rostro de Helka brillaba nítidamente en su visión.

Guðvarr subió al estrado y se detuvo delante de la mesa de la reina. Esta se levantó elegantemente y desenfundó la espada que colgaba sobre su cadera, se quitó un brazalete de oro del brazo y lo introdujo en la hoja de la espada, luego tendió el arma por encima de la mesa hacia Guðvarr.

—Este es el premio por tus hazañas heroicas, jarl Guðvarr —dijo la reina Helka. La muchedumbre enmudeció—. Mataste al úlfheðnar y protegiste mi reino. —Inclinó la espada para que el brazalete se deslizara por la hoja y cayera en la mano tendida de Guðvarr.

«Soy un jarl. Una reina me declara héroe y me recompensa con oro —pensó Guðvarr—. No podría desear más».

—¡Guðvarr! ¡Guðvarr! —corearon los guerreros drengir de la reina Helka.

—¿Hay un hombre mejor en toda Vigrið? —preguntó Helka señalando a Guðvarr y sonriéndole con los labios rojos.

—¡Guðvarr! —rugió la multitud.

—¿Hay un hombre más valiente, más feroz o más diestro en el combate? ¿Tan digno de honores y respeto como Guðvarr?

—¡Guðvarr! —Su nombre retumbó en la sala y sacudió las vigas y los huesos de Orna sobre sus cabezas.

—Por esa razón tomaré como esposo a Guðvarr —anunció la reina Helka—. Es el único hombre que está a mi altura y que es digno de mí en toda Vigrið.

Se produjo otro estallido de ovaciones ensordecedoras que resonaron dentro de la cabeza de Guðvarr.

Guðvarr se quedó pasmado, pero las palabras de la reina todavía flotaban en el aire cuando comprendió que era la decisión más lógica. Él había nacido para reinar. Además, Helka era una mujer hermosa. Tal vez se atisbaran unos reflejos plateados en sus sienes y se intuyeran unas arrugas alrededor de los ojos, pero eso era algo que nunca antes lo había detenido en su afán por medrar, así que por qué iba a empezar ahora.

—¡Guðvarr! —lo aclamaron los drengir.

La reina Helka rodeó la mesa y lo abrazó. Pero cuando sus labios se acercaron cambiaron y se separaron para dejar a la vista unos dientes irregulares y afilados. Apareció un brillo ambarino en sus ojos y su cabello se volvió rubio y con mechones grises.

«¡Pero si yo te maté, Orka!». Intentó apartarse de ella con el corazón aporreándole el pecho como un martillo el yunque de un herrero.

—¡Guðvarr! ¡Guðvarr! —continuó rugiendo la multitud.

Orka lo agarró con una fuerza sobrehumana y la boca increíblemente grande abierta, se inclinó hacia él y lo mordió en el cuello.

—¡Guðvarr! —gritaron los guerreros.

Guðvarr abrió los ojos y se despertó con un sobresalto. No veía nada. «¡Estoy ciego!». El miedo se apoderó de él. Abrió la boca para tomar aire y descubrió que apenas podía respirar. El aire entraba siseando a través de algo que tenía metido en la boca. Los golpes con ritmo de batalla volvieron a sonar. «Pum, pum, pum».

—¡Guðvarr! —gritó alguien—. ¡Abre la puerta!

Guðvarr dio un grito ahogado y se sacudió. Lanzó las manos hacia delante y tocó algo caliente.

Una mujer roncaba a su lado. Había tenido la cara aplastada contra su cabello.

—¿Qué pasa? —balbuceó la mujer. Tenía un pelo rojo y suave enmarañado y la tez pálida.

Guðvarr frunció el ceño y una serie de recuerdos fragmentados pasaron por su cabeza: él poniendo a la mujer en su regazo en la sala de hidromiel de Helka y dándole palmadas en el culo mientras reía, entregándole una moneda de plata. La mujer se levantó somnolienta, pálida y desnuda y cogió su túnica y su hangerok, que colgaban de un clavo en un poste. Se encontraban en un sitio oscuro, con paja en el suelo y el techo inclinado.

—¿Dónde estoy? —preguntó Guðvarr con la voz ronca.

—En el henal de El drengr muerto —respondió la mujer rubia—. ¿Quién está golpeando la trampilla?

«La reina Helka y su úlfhéðnar, con todos los dioses muertos renacidos. ¿Cómo quieres que lo sepa? No veo a través de las puertas, estúpida niðing. ¡Si ni siquiera sé quién eres tú y estás en mi cama!».

—No lo sé —murmuró Guðvarr levantándose del jergón. Estuvo a punto de caerse y trastabilló con los pantalones enredados en los tobillos. Se golpeó la cabeza con una viga, maldijo y volvió a levantarse—. Ya voy —graznó dando saltitos para subirse los pantalones. Buscó su túnica y se avergonzó del terror que había sentido al despertarse. «Solo ha sido un sueño». Se golpeó un dedo del pie y chilló de dolor. «Ojalá aún siguiera dormido y soñando con la aclamación de los guerreros». Entonces recordó a Orka y sus dientes desgarrándole el cuello.

«Me alegro de estar despierto».

Se puso la túnica y anduvo dando tumbos hasta la trampilla. Tenía un dolor de cabeza atroz y el estómago revuelto.

«Anoche me pasé con el hidromiel».

Levantó el pestillo y abrió la trampilla.

Yrsa, la drengr de Skalk, lo miraba desde la escalera que bajaba del henil, con el cabello dorado y la expresión fría como el sol invernal. Guðvarr intentó erguirse y reparó en que Yrsa estaba mirándole la nariz, así que se la limpió.

—La reina Helka quiere verte —dijo frunciendo el ceño según lo miraba de arriba abajo. Olisqueó el aire y las comisuras de sus labios se torcieron para componer una mueca de asco.

—¿Cuándo? —graznó Guðvarr.

«Nunca más volveré a beber hidromiel».

—Ahora —respondió Yrsa—. Vístete.

«No puedo ir ahora, idiota. Necesito tiempo para vestirme y arreglarme como es debido para una reina».

—De acuerdo —gruñó Guðvarr, y dejó caer la trampilla—. La reina quiere verme —dijo con los dientes apretados a la puta pelirroja, mirándola con rencor, como si fuera culpa suya que la noche anterior hubiera bebido la cerveza suficiente para apestar como un drakkar—. Ayúdame a vestirme.

Guðvarr siguió a Yrsa por la sala de hidromiel, que estaba vacía salvo por un puñado de thrall que iban de un lado a otro de la cámara rascando el vómito seco del suelo, barriendo los juncos empapados en cerveza y orina y retirando la ceniza negra de las chimeneas. No tenía nada que ver con el lugar donde la noche anterior Guðvarr había participado en el banquete junto a un montón de guerreros fanfarrones y escaldos con ganas de cantar, donde la cerveza y el hidromiel corrían en abundancia. El olor no ayudaba a calmar su estómago revuelto. Un cuervo graznó desde una viga oculta en la oscuridad del techo y un excremento de pájaro le salpicó la bota. Guðvarr vio dos figuras sentadas en la semipenumbra de un banco, con la cabeza rapada y una larga trenza, como el príncipe Jaromir. Eran un hombre y una mujer, ambos con la piel bronceada y enfundados en unas cotas de láminas metálicas. Ambos dirigieron a Guðvarr una mirada fría e indiferente y él fingió no prestarles atención.

—¿Y de qué asunto me has dicho que quería hablar la reina conmigo? —preguntó Guðvarr a Yrsa.

—No te lo he dicho —gruñó la drengr mientras lo precedía por la sala. Subió al estrado y enfiló por el pasillo que conducía a los aposentos de la reina Helka. Había dos úlfhéðnar custodiando la puerta, con los tatuajes visibles en la cabeza rasurada salvo por una trenza gruesa que partía de su coronilla.

—Yrsa —dijo uno de los úlfhéðnar, moreno y con los ojos oscuros.

—Frek —respondió Yrsa.

Un destello ambarino apareció en los ojos del úlfhéðnar cuando miró a Guðvarr y se acercó a él para aspirar su olor.

A Guðvarr lo asaltó un fragmento de su sueño, una imagen de los ojos de color ámbar de Orka y sus dientes afilados al morderlo, y retrocedió un paso. El otro úlfhéðnar soltó una carcajada.

—Es Guðvarr. La reina Helka me envió a buscarlo —explicó Yrsa.

Frek asintió con la cabeza.

—La reina Helka tiene compañía —dijo el otro úlfhéðnar.

Se oyeron unas voces, débiles, y luego una que hablaba más alto. Guðvarr creyó distinguir las palabras «entregar» y «bruja seiðr». De nuevo voces casi inaudibles seguidas de pasos y la puerta se abrió. En el hueco apareció el príncipe Jaromir con una expresión furiosa en el rostro.

«Este tipo siempre parece enfadado».

El príncipe apartó de un empujón a Guðvarr, salió hecho una furia de la habitación y enfiló por el pasillo hacia la sala de hidromiel.

—La drengr Yrsa y... Guðvarr —anunció el úlfhéðnar desde la puerta abierta.

—Yo también soy drengr —le corrigió Guðvarr, pero Frek se lo quedó mirando sin decir nada.

—Adelante —gritó la reina Helka desde el interior de la cámara.

Yrsa entró con paso resuelto. Guðvarr respiró hondo antes de seguirla.

La reina Helka estaba sentada en su silla con el respaldo alto y recubierta de pieles. De pie a su lado estaba Skalk. Había otra silla junto a la de Helka, en la que estaba sentada una mujer joven vestida con una túnica azul marino con ribetes plateados de lana. Era Estrid, la hija menor de la reina Helka. Guðvarr se puso derecho cuando vio a la princesa.

«¿Querrá desposarnos? —Guðvarr la miró detenidamente y se fijó en que debajo de la túnica había un cuerpo rollizo, que ni siquiera disimulaba el hecho de que estuviera repantingada en la silla—. Protestaré si esa es la razón por la que me ha convocado la reina».

Estrid lo miró a los ojos con una expresión tan preñada de desprecio que Guðvarr estuvo a punto de dar media vuelta y marcharse. Pero entonces la princesa levantó la vista hacia las garras del esqueleto del águila Orna que colgaban sobre sus cabezas, como si los viejos huesos fueran lo más interesante que había en aquella habitación.

«Niñata mimada», pensó Guðvarr.

Tanto la reina Helka como Skalk tenían un cuerno con bebida en la mano. El galdramaðr, además, comía uvas de un racimo que había sobre la mesa. En las sombras de la cámara acechaban unas figuras, y a Guðvarr le pareció oír un gruñido.

—¿Cerveza? —le ofreció Skalk.

—No, gracias, mi señor —respondió Guðvarr, que volvió a sentir que se le retorcían las tripas. «A menos que quieras que vomite a tus pies».

—Skalk me ha contado que le salvaste la vida —dijo Helka.

Guðvarr se sintió incómodo al recibir la mirada directa de la reina.

—Así es —respondió, y se puso un poco más derecho. Ese tema, su grandeza, era uno que le gustaba particularmente. Lanzó una mirada fugaz a Estrid, pero ella continuaba mirando las garras de Orna como si no hubiera nada más en la cámara.

«Maleducada».

—Skalk estaba herido y sus recuerdos del incidente son vagos —continuó Helka—. Pero Yrsa lo confirma.

—Vi a Guðvarr sacar a Skalk de la torre de Grimholt —explicó la drengr—. Lo trajo hasta mí, me alertó del peligro y después fuimos al snekke en el que escapamos.

Guðvarr asintió. «En todo momento temía por mi vida y hacía todo lo posible para no ensuciarme, pero no es necesario mencionar eso».

—Por lo tanto —dijo Helka—, da la impresión de que debo darte las gracias. Siento un gran afecto por Skalk. Su vida tiene mucho valor para mí. —Se puso en pie, se sacó un brazalete de oro del brazo y se lo alargó a Guðvarr.

Guðvarr se quedó pasmado y se frotó los ojos. Aquello se parecía mucho al sueño que había tenido.

El silencio se alargó. Guðvarr en parte esperaba que la reina Helka se transformara de un momento a otro en un úlfhéðnar y le desgarrara el cuello.

«Deja de comportarte como un idiota. Es lo que querías: reconocimiento y oportunidades».

—Gr…gracias, mi reina —balbuceó Guðvarr adelantándose para coger el brazalete.

—Me aburro, mamá —rezongó Estrid tamborileando con el dedo en el reposabrazos de la silla.

—Reinar no siempre es emocionante —replicó la reina.

—Ya he aprendido esa lección. —Estrid resopló y, cuando sus ojos se posaron en Guðvarr, frunció la boca como si fuera un trozo de mierda humeante pegado a su zapato—. ¿Frek puede darme una clase de armas? Lo prefiero antes que… esto. —Volvió a mirar a Guðvarr.

«Quizá no me hayan llamado para desposarnos».

La reina Helka suspiró.

—De acuerdo —dijo haciendo un gesto con la mano.

Estrid se puso en pie de un salto y salió como un rayo de la habitación.

—Háblame de esa Orka —le pidió Skalk mientras la reina tomaba un sorbo de su cuerno de cerveza.

«¿Quieres que te hable de esa pirada del hacha? —respiró hondo—. Está bien, así tendré la oportunidad de ensayar lo que le diré a mi tía». A pesar de que Guðvarr había visto a su tía la noche anterior y ella lo había abrazado y le había dado la bienvenida, Guðvarr había evitado contarle nada sobre lo ocurrido en Grimholt y, más importante aún, sobre su huida. Tenía el presentimiento de que esa era la parte que su tía encontraría menos impresionante.

—No hay mucho que contar —dijo Guðvarr—. Orka vivía en las colinas, cerca de Fellur, con su marido, Thorkel, y su hijo, Breca. Iban a Fellur para comerciar, sobre todo para vender pieles. Encontraron una granja cerca de la suya, en las colinas, que había sido atacada. Hallaron los cadáveres del matrimonio y pruebas de que habían raptado a su hijo. Orka llevó los cuerpos a Fellur y yo le dije que capturaríamos a los asesinos.

—¿Y lo hiciste? —preguntó Skalk.

—¿Si hice el qué?

—¿Encontraste a los asesinos?

—Me puse a la cabeza de una partida de búsqueda, pero no los encontramos. Habían huido. Por los ríos que rodean el fiordo. —Se encogió de hombros—. El matrimonio asesinado llevaba una vida solitaria, eran forasteros sin más familia. La siguiente noticia que tuve de Orka fue cuando oí un grito procedente de la cámara de la jarl Sigrún de madrugada. —Prefirió no contar nada sobre el althing en la piedra del juramento ni sobre su holmganga con Virk. No habían sido sus mejores momentos—. Fui el primero en entrar en la habitación —continuó sacando pecho—, y vi al amante de la jarl Sigrún muerto, a ella tirada en el suelo y a vuestra úlfhéðnar con un agujero en el estómago.

Desde las sombras de la cámara llegaron unos gruñidos. Los úlfhéðnar de la reina Helka se movían inquietos.

—Fue una pérdida muy triste —dijo Helka—. Sentía un gran afecto por Vafri y formaba parte de mi manada de úlfhéðnar.

—Vafri era… feroz —apuntó Guðvarr rememorando su holmganga con Virk, la explosión de dolor en el hombro y su desmañada caída, sangrando abundantemente por la herida. Recordó ver a Vafri abalanzándose sobre Virk, gruñendo, enseñando los dientes y con los ojos llameantes, y volvió a oír el sonido de sus seax apuñalando frenéticamente el cuerpo de Virk.

—Aun así, esa Orka mató a Vafri —terció Skalk—. ¿No se te ocurrió pensar entonces que podría ser una úlfhéðnar?

—No —respondió Guðvarr—. Solo pensé que se había introducido en una habitación oscura como una niðing y apuñalado a unas personas que estaban dormidas.

La reina tamborileó con los dedos en la mesa.

—¿Por qué lo hizo? —preguntó Helka—. ¿Por qué se introdujo en la habitación de tu tía?

—Yo… no lo sé —contestó Guðvarr—. Ese mismo día se había divisado un fuego en las colinas y mi tía envió jinetes a investigarlo. Volvieron al día siguiente y nos contaron que un incendio había destruido la granja de Orka y que había un túmulo nuevo en el patio, erigido sobre el cadáver de su marido, Thorkel. Quizá Orka pensó que la jarl Sigrún había tenido algo que ver. —Se encogió de hombros—. ¿Quién sabe lo que pasa por la cabeza de una pirada?

—¿Y su hijo? ¿Él no estaba enterrado en la granja? —inquirió Skalk.

—No, lord Skalk. Su hijo, no.

Skalk miró a la reina Helka.

—Encadenamos a Orka en Grimholt y la interrogamos. Nos contó que habían raptado a su hijo y que estaba persiguiendo a los hombres que se lo habían llevado. El lobo que lleva dentro salió al oír los gritos de un niño en Grimholt.

—Esa Orka no parece una mujer corriente —observó Helka—. Es una úlfhéðnar y tiene unos amigos curiosos: vaesen y cuervos gigantes.

Guðvarr asintió.

—Me gustaría que me trajeran a esa Orka —continuó Helka con una voz dura como el hierro.

Sonaron gruñidos y murmullos en las sombras.

—La capturaré y la traeré ante vos, mi reina —dijo Guðvarr, aunque se arrepintió de sus palabras en cuanto salieron de su boca. Solo ver a los úlfhéðnar que había en esa habitación le ponía la carne de gallina. Antes preferiría tirarse a un fiordo plagado de serpientes sjávarorm que volver a encontrarse cara a cara con Orka.

La reina Helka esbozó una sonrisa gélida.

—Demuestras valor al ofrecerte a llevar a cabo una tarea tan peligrosa—dijo Helka—. Pero no quiero que lo hagas, Guðvarr.

«Gracias a los dioses muertos».

El alivio que sentía era palpable, casi algo material.

Helka miró a Skalk.

—¿Y bien? —inquirió la reina.

La mirada de Skalk saltó de Helka a Guðvarr y de nuevo a Helka. Luego el galdramaðr asintió.

—Sin embargo hay algo que sí puedes hacer por mí, y que te queda más cerca —dijo Helka.

—Lo que me pidáis, mi reina —dijo Guðvarr.

«Lo que me pidáis siempre y cuando no ponga en peligro mi vida».

—Sígueme —ordenó Skalk.

CAPÍTULO VEINTIDÓS

ORKA

Orka estaba sentada en una piedra mientras Vesli le limpiaba y le curaba la herida en la frente con un trozo de tela enrollado mojado en agua. La sangre no paraba de manar del tajo y se le metía en el ojo. Todos los músculos de la cara de Vesli estaban tensos de la concentración y su lengua rosada asomaba entre sus finos labios.

Orka miraba el seax que tenía en la mano y apenas prestaba atención a lo que hacía la tennúr. Era una de las armas de Myrk: gruesa en la guarnición, con la hoja ancha de un solo filo que se estrechaba bruscamente al acercarse a la punta. La empuñadura era de madera de fresno, con una serpiente de nudos enroscada alrededor de ella. Orka tenía dos aceros idénticos colgando de su cinturón. Eran los seax de Drekr que había encontrado clavados en el cuerpo de Thorkel. Solo se diferenciaban en que el de Myrk era más ligero y corto y tenía la hoja más delgada.

—Ama Orka, pon el dedo aquí —dijo Vesli tirando de una mano de Orka con sus dedos pequeños y delgados. Puso un dedo de Orka en su frente, apretando una tira de piel para que no se moviera. A continuación, Vesli hizo un ruido parecido a una tos, se inclinó y escupió un pegote verdoso en la palma de la mano de Orka como si fuera un pájaro regurgitando para sus polluelos. Luego amasó con sus manitas la bola de saliva y flema, que fue ganando consistencia y se estiraba como una masa elástica y la aplicó en la herida de la frente. Al principio Orka sintió calor, pero enseguida fue como si la herida no estuviera allí.

Vesli dio un paso atrás y sonrió, satisfecha con su trabajo.

—La cabeza de la ama Orka curada —dijo la tennúr. A continuación miró la herida en el hombro, donde Myrk le había arrancado un trozo de brynja. La sangre había comenzado a coagularse—. El ama necesita limpiar eso rápido. Hierro en la herida, muy malo —dijo Vesli sacudiendo la cabeza.

—Ajá. —Orka asintió, pues sabía que la tennúr tenía razón. Se puso en pie, se desabrochó el cinturón de armas y se estremeció al quitarse la cota de malla. Examinó los eslabones rotos con gesto ceñudo.

Vesli le hizo un gesto para que volviera a sentarse, le desgarró la túnica y vertió el contenido de una botella de agua en la herida. Se inclinó, chasqueó la lengua y se puso a extraer fragmentos de hierro de la herida con sus uñas largas como agujas.

Había parado de llover y ahora reinaba la calma. Resultaría casi imposible creer que solo un rato antes el fragor de la batalla había hecho trizas el silencio si no fuera por los cadáveres tendidos en el suelo y la sangre que se encharcaba en los surcos formados por el barro. Alrededor de Orka, los Hermanos de Sangre se curaban las heridas, desvalijaban a los muertos y limpiaban las armas. Ninguno de ellos había caído en combate, aunque todos, salvo Edel, sangraban por alguna herida. Lif estaba sentado con la espalda apoyada contra un árbol, temblando como una rama en medio de una tormenta. Había vomitado solo unos minutos antes. Gunnar Proa estaba sentado cerca de Lif mientras Revna Patas de Liebre le rajaba los pantalones empapados en sangre para poder examinar mejor la herida en su pierna.

Todos los muertos estaban tirados donde habían caído. Edel se agachaba y registraba sus cinturones en busca de monederos y equipo. Cerca de ellos, Myrk, atada y amordazada, todavía no había recobrado el conocimiento.

«Una descendiente de la dragona con alguna clase de magia seiðr o galdur. —Orka espiró con los dientes apretados cuando Vesli hurgó un poco más hondo en la herida—. Una descendiente de la dragona con unos dientes fuertes y afilados».

Vesli dejó caer el trozo de tela empapado en sangre al suelo, volvió a toser y escupió lo que quiera que fuera aquella flema verde. Lo amasó como si fuera un panadero frenético y apretó el cataplasma contra la herida de Orka, que sintió de nuevo la sensación de calor que penetraba en su cuerpo como una punzada de dolor. A continuación se extendió un cosquilleo por su hombro, hasta que solo notó el entumecimiento de esa parte de su cuerpo.

—Terminado —dijo Vesli revoloteando para ponerse delante de Orka.

—Gracias —gruñó Orka. Se volvió hacia Gunnar Proa—. Ve a ver si puedes ayudarle, ¿vale?

—Si el ama Orka quiere que lo haga, lo haré —respondió Vesli.

—Luchó con nosotros a pesar de que no tenía por qué hacerlo.

Vesli asintió y voló hacia donde estaban Gunnar y Revna acompañada por el zumbido de sus alas.

—Vesli echará un vistazo —oyó Orka que decía la tennúr.

Machacacráneos se puso en pie y recogió su cinturón de armas, del que pendían los seax y una bolsita. El lazo para el hacha estaba vacío. Orka tenía el recuerdo vago de haber arrojado el destral durante la batalla. Se colgó el cinturón del hombro. Spert se desenroscó dentro del agujero que había excavado en el barro junto a la piedra en la que se había sentado Orka.

—Spert hambriento —murmuró el vaesen.

—Enseguida —dijo Orka con aire ausente, y echó a andar hacia Lif. Se detuvo a su lado.

Spert estiró sus numerosas patas y siguió a Orka con el aguijón arqueado sobre el lomo.

—¿Estás bien? —preguntó Orka al joven pescador.

Lif la miró con los ojos muy abiertos y los labios temblorosos. Un reguero de vómito ya estaba secándose en su barba rala.

—¿Tienes alguna herida?

—Solo esta —respondió Lif levantando un brazo para enseñarle un corte en el dorso de la mano con la que empuñaba la lanza.

—Bien —dijo Orka—. Sufres una conmoción. Bebe algo. El hidromiel es lo mejor en estos casos. Hay un barril en el campamento.

Lif se puso en pie y recogió el escudo del suelo.

—No vas a necesitarlo —señaló Orka—. Están todos muertos.

Lif miró el escudo de madera y lo levantó. Estaba todo astillado y tenía varios agujeros.

—Ya te dije que el escudo era buena idea —terció Edel mientras se agachaba junto al cadáver de una guerrera.

—Sin él me habrían matado una docena de veces —gimió Lif.

—Ese no volverá a salvarte la vida —dijo Edel mirando el escudo destrozado—. Busca otro, tienes muchos para elegir.

—Antes, el hidromiel —dijo Orka—. Y trae aquí el barril.

Lif asintió, soltó el escudo y subió por la ladera con andares penosos para internarse en el bosque. Se tambaleó, apoyó una mano en un árbol y volvió a vomitar.

—Yo iré a buscar el hidromiel —se ofreció Ingmar Hielo—. Me vendrá bien un trago. Y comer algo.

Lif se sentó y el corpachón de Ingmar desapareció en la penumbra del bosque.

Orka oyó la tos y las arcadas de Vesli antes de escupir su viscoso cataplasma.

—No pienso dejar que acerques esa cosa a mí —gruñó Gunnar Proa.

—Te ayudará… a recuperarte… más rápido —insistió Vesli irritada. Se sentía insultada.

—Huele mal —protestó Gunnar.

—Haz caso a Vesli —terció Orka.

Gunnar Proa frunció el ceño.

—Creo que antes prefiero morirme —masculló sin poder dejar de mirar la pringosa masa verde en las manos de la tennúr.

—No le hagas caso. Pónselo —dijo Revna, y Vesli apretó el cataplasma verde contra el tajo que Gunnar tenía en el muslo, justo debajo del borde de la cota de malla.

Orka, con sus botas chapoteando en el barro, se dirigió entonces hacia Myrk, seguida por Spert. Se detuvo frente a ella. La espada de la descendiente de la dragona yacía en el suelo cerca de allí. Era un arma magnífica, con cinco lóbulos en el pomo y la empuñadura envuelta en hilo de plata.

«Una espada digna de una jarl. Se tiene en muy alta estima esta Myrk Garra Afilada». Orka empujó la espada con el pie para alejarla de la guerrera y se aseguró de que quedaba fuera de su alcance. Luego le quitó el seax que todavía tenía en la mano y lo dejó junto a la espada. Se puso en cuclillas y revisó las ligaduras en las muñecas y los tobillos de la prisionera. La habían atado con unas correas de cuero trenzado y luego con cuerda de cáñamo. En la boca le habían embutido un trozo de tela y lo habían asegurado con otra correa de cuero.

Del cinturón de Myrk colgaba un monedero y Orka se lo arrancó, lo sopesó en la mano y sonó el tintineo de monedas. Pesaba bastante. Lo abrió y en sus ojos se reflejaron los destellos del oro y la plata. Había más plata en los brazos de Myrk: unos brazaletes con cabezas de serpiente. Orka se los quitó todos.

Myrk sangraba por un corte en la mejilla y Orka arrancó una tira de lino del bajo de la túnica de la guerrera, vertió en la herida un poco de agua de la cantimplora que Myrk llevaba en el cinturón y le limpió la sangre. Luego se puso de pie y guardó el trozo de lino ensangrentado en la bolsita que colgaba de su propio cinturón.

Vesli se acercó volando.

—Vesli ha ayudado a todos tus amigos —dijo la tennúr.

—Bien —gruñó Orka—. Ahora puedes irte a arrancar los dientes que quieras.

Vesli sonrió y dejó a la vista sus dos filas de dientes. Los anteriores eran afilados como agujas y los posteriores planos y anchos como piedras de moler. Luego fue volando hasta el cadáver más cercano.

—Despierta —espetó Orka golpeando con la punta del pie a Myrk. Esta gruñó y sus pestañas temblaron.

Edel se acercó seguida por su pareja de perros, que tenían los hocicos manchados de sangre seca. Halja Nariz Chata y el resto de los Hermanos de Sangre se congregaron alrededor de ellas.

—¡Despierta! —repitió Orka, y esta vez golpeó a Myrk en las costillas.

La hermana de Ilska y Drekr volvió a gruñir y abrió los ojos de golpe. Tenía una expresión feroz. Sus músculos se tensaron y parecieron hincharse mientras ella se revolvía y forcejeaba con las ligaduras, pero estas aguantaron. Salieron unos sonidos de su boca y le cayó la baba por el mentón, pero le resultaba imposible articular una palabra.

—Eres la única de tu compañía que aún respira. Todos tus guerreros están muertos —dijo Orka—. Voy a sacarte la mordaza, pero, como intentes algún truco seiðr, te reunirás con ellos instantáneamente.

Myrk clavó una mirada asesina en Orka, con los ojos rojos como brasas.

—Dile a la dragona que llevas en la sangre que se comporte. —Orka desenfundó un seax y lo arrimó al cuello de Myrk. Sus ojos perdieron poco a poco su fulgor rojo y se tornaron de color azul. Orka cortó la correa que sujetaba la mordaza y sacó el trozo de tela de la boca de Myrk.

—Eres un cadáver andante —espetó Myrk con los dientes apretados y la voz ronca.

—¿Dónde está mi hijo? —inquirió Orka sin perder el tiempo en un intercambio de insultos. «Los insultos son para los estúpidos y los cobardes».

Myrk paseó la mirada a su alrededor y vio a los Hermanos de Sangre que la rodeaban con aspecto amenazador. Edel estaba sentada, acariciando a sus perros.

—¿Qué hacen aquí los Hermanos de Sangre? Os mataremos a todos.

Edel se echó a reír.

—Creo que ya lo habéis intentado —se burló.

—Por si no te has fijado, no les ha ido demasiado bien —añadió Halja Nariz Chata.

—¿Cuál de los niðing pedazos de mierda de comadreja que ven mis ojos ha matado a mi padre?

Orka suspiró y levantó el trozo de tela.

—La prisionera eres tú, lo que significa que las preguntas las hacemos nosotros.

—Lucha conmigo. Te reto a un holmganga —dijo Myrk.

A más de un Hermano de Sangre le dio la risa.

—Acabo de luchar contigo —dijo Orka—. Y eres tú la que está atada como un cerdo antes de atravesarle el espetón para asarlo, no yo.

Myrk torció el gesto.

—Tuviste ayuda —gruñó con los ojos fijos en Spert.

El vaesen le sostuvo la mirada, levantó y agitó el aguijón y sonrió, lo que no era una imagen agradable de ver. Estallaron más risas entre los Hermanos de Sangre.

—No reiréis tanto cuando Lik-Rifa se saque vuestros huesos de entre los dientes —espetó Myrk.

Esas palabras silenciaron a los mercenarios y algunos fruncieron el ceño. Uno de los sabuesos de Edel gruñó.

«¿Tienen algo que ver la muerte de Thorkel y el rapto de Breca con el regreso de Lik-Rifa?», se preguntó Orka.

—¿Dónde está mi hijo? —insistió Machacacráneos—. Solo sigues viva porque necesito respuestas. Si no me las das... —Sopesó el seax en su mano.

Myrk cerró la boca y apretó los labios.

Orka suspiró. Se le estaba agotando la paciencia y empezaba a ponerse de mal humor.

«No queda nadie más a quien interrogar —se dijo—. Tranquilízate. Ella sabe cómo llegar hasta Breca».

—Ya sé mucho sobre ti —dijo Orka—. Sé que te llamas Myrk Garra Afilada. Eres una de los Alimentadores de Cuervos de Ilska. No hay duda de que tienes un prestigio como guerrera entre tus camaradas, porque te pusieron al mando de la compañía. Eres una corrompida, una descendiente de la dragona. Y todos los Alimentadores de Cuervos son corrompidos.

—Orka se la quedó mirando unos momentos, mientras sus palabras calaban en ella.

Myrk paseó la mirada por los rostros que la observaban fijamente.

—Yo también he averiguado algo —dijo finalmente—. Ahora sé que los Hermanos de Sangre también son corrompidos. —Asintió al ver la reacción de los mercenarios y una sonrisa le escindió el rostro.

Edel bajó la mano al hacha que colgaba de su cinturón.

—Además conoces a Drekr —continuó Orka, que quería obtener más respuestas de ella antes de que Edel o cualquier otro le hundiera un hacha en la cabeza. Levantó el seax que empuñaba, uno de los de Drekr, y luego alzó el seax de Myrk. Los puso juntos para enseñarle que tenían el mismo diseño y el mismo acabado—. Estoy buscándolo.

—¿De dónde lo has sacado? —preguntó Myrk. Los ojos le llamearon al ver el seax de Drekr.

—Lo encontré clavado en el cuerpo de mi marido —gruñó Orka casi en un susurro.

Myrk sonrió.

Orka sintió que se le movían los dedos y luchó contra el impulso de golpear a aquella mujer hasta hacerle papilla la cara. O de hundirle su propio seax en la garganta hasta que tocara hueso. Inspiró hondo y el aire entró a trompicones en sus pulmones.

«Esta mujer sabe dónde está Breca. Me encantaría cortarla en cachitos hasta que no quedara nada de ella, pero creo que se necesita mucho tiempo para sonsacarle algo. Tengo la sospecha de que es una de esas personas que rara vez se encuentran que no se derrumban y solo mueren. Necesito que me dé respuestas y el dolor no va a hacer que suelte la lengua».

—Drekr tiene unas cuantas cicatrices nuevas —dijo Orka acariciándose la cara en diagonal con los dedos separados—, como si un oso le hubiera dado un zarpazo. Se las hizo mi marido.

Myrk frunció el ceño y una sonrisa de suficiencia asomó en sus labios.

—Pero el que todavía respira es Drekr, mientras que el cuerpo frío de tu marido está bajo tierra. —Otra sonrisa.

—Drekr tiene otra cicatriz aquí —continuó Orka intentando no dejarse provocar por la sonrisita de Myrk ni pensar en Thorkel en su túmulo, intentando controlar la bruma rojiza que empezaba a formarse detrás de sus ojos. Se llevó una mano al hombro, donde había herido a Drekr durante su encuentro en Darl—. Lo herí. Y le rompí un dedo.

Myrk parpadeó y volvió a fruncir el ceño.

—Me habló de ti. —Entornó los ojos—. Me contó que entraste sola en El drengr muerto y te enfrentaste con una docena de guerreros. Me dijo que estabas pirada.

Lif soltó una carcajada.

—Volveré a preguntártelo. ¿Dónde está mi hijo?

—¿Quién mató a mi padre? —espetó Myrk.

—¿Dónde está BRECA? —bramó Orka, y le dio un puñetazo en la mandíbula. Echó el puño hacia atrás y volvió a golpearla una y otra vez, haciéndole la misma pregunta antes de cada puñetazo. La sujetaron por la muñeca y el brazo. Edel, Halha Nariz Chata, Revna se colgaron de ella.

—No te oye —dijo Edel.

Myrk yacía en el suelo con la cara reducida a un puré sanguinolento.

«No —se dijo Orka. Sacudió la cabeza—. La necesito viva».

El pecho de Myrk subía y bajaba con una respiración débil. Orka se levantó y se marchó de allí.

Orka apretó la cincha de la silla de montar y dio unas palmadas en el cuello a Trúr. Giró el hombro herido. Llevaba puesta otra vez la cota de malla y encima una capa de piel de foca que había robado a un Alimentador de Cuervos. Gracias a Vesli no le dolían las heridas más graves, aunque tenía el cuerpo rígido y sentía el dolor de un centenar de magulladuras. Cerca de ella, Lif estaba preparando su caballo. Tenía mejor aspecto y llevaba sobre los hombros una capa de piel de foca que había cogido de entre los muertos. Ingmar había regresado con el barril de hidromiel y además había traído una olla y un saco de avena, así que todos habían tomado un trago mientras se cocían las gachas en el fuego. Los caballos estaban ya ensillados y esperaban pacientemente, listos para partir, en el claro delante de la cámara de Rotta. Ya habían recogido el campamento y estaban casi a punto para emprender la marcha. Spert aguardaba sentado junto a una piedra y Vesli iba de cadáver en cadáver revoloteando, engullendo unos dientes y guardando otros en su bolsa.

Orka se volvió al oír pasos y vio que Ingmar Hielo se dirigía hacia ella con paso resuelto y dos cuencos en sus manazas. El guerrero se sentó a su lado y le alargó un cuenco.

—No ha estado mal la pelea —comentó Ingmar mientras sorbía ruidosamente las gachas.

Orka no dijo nada y se metió una cucharada de gachas en la boca.

—Me ha gustado luchar otra vez contigo, Machacacráneos —añadió Ingmar—. Te hemos echado de menos. —La miró—. Thorkel era un buen hombre. Un buen amigo.

Orka abrió la boca, pero las palabras no conseguían atravesar el nudo que se le había hecho de pronto en la garganta. Ingmar le dio unas palmadas en la pierna y continuó comiendo.

Spert levantó la cabeza desde el charco de barro donde descansaba y con una batida de las alas se trasladó hasta los pies de Orka. Se quedó mirando el cuenco de gachas.

Orka comió otra cucharada y dejó el cuenco en el suelo, sacó el seax, se pinchó el dedo pulgar y presionó para dejar caer una gota de sangre en las gachas. Luego carraspeó, escupió un pegote de flema al contenido del cuenco y con la cuchara mezcló la sangre y la saliva con las gachas.

—Toma —dijo empujando el cuenco hacia Spert, que se abalanzó sobre él y comenzó a sorber ruidosamente y engullir el mejunje.

Ingmar se quedó mirando el vaesen con la cuchara a mitad de camino de la boca. Luego la bajó y miró a otro lado.

Más pasos. Edel se acercó.

—¿Qué vas a hacer? —preguntó la exploradora sentándose en cuclillas junto a Orka e Ingmar.

—Seguiré su rastro hasta donde me lleve —respondió Orka señalando la montaña de cadáveres—. Y probaré a interrogar otra vez a Myrk cuando despierte. —Todos se volvieron hacia la hermana de Ilska, que volvía a estar ligada y amordazada, tendida sobre su caballo y atada fuertemente a la silla como si fuera un venado muerto.

—Quizá tardes un tiempo en entender lo que dice —apuntó Edel—. Ahora tiene menos dientes que cuando llegó a este claro y su cara está hinchada como un fruto podrido.

Orka se encogió de hombros. Sabía que había cometido el error de no controlar su temperamento. De no ser por Edel y los demás, el resultado habría sido peor.

—Yo estaba en el lago cuando pasaron —dijo Edel—. Venían del noroeste, siguiendo la cordillera Dorsal. Por ese camino se llega al lago Horndal y a la ciudad comercial de Starl. No sé si partieron de allí, pero es donde yo iría. —Miró a otro lado—. No puedo acompañarte. Lo haría si pudiera.

Orka la miró sorprendida.

—No esperaba que lo hicieras. Glornir necesita el *Lobo del mar*. Pero gracias.

Edel volvió a mirar a Orka y asintió. Orka se sorprendió al ver lágrimas en los ojos de la veterana guerrera.

—Pero pueden acompañarte otros —añadió Edel. Levantó un brazo y unas figuras se movieron en el claro: Halja Nariz Chata, Gunnar Proa renqueando y Revna Patas de Liebre—. Han pedido ir contigo, si tú quieres.

Orka frunció el ceño. Más manos en una refriega le irían bien, y no había duda de que le esperaban más escaramuzas, sobre todo ahora que las cosas habían cambiado. Los Alimentadores de Cuervos estaban involucrados en el asunto de una u otra manera, y enfrentarse a la banda de guerreros de Ilska podría representar un problema, incluso para ella. Pero no podía olvidar que había traicionado a los Hermanos de Sangre, les había dado la espalda a ellos y a su juramento. ¿Cómo podía pedir o permitir ahora que uno solo de ellos arriesgara su vida por ella?

«Ya lo han hecho —dijo una vocecita dentro de su cabeza—. Ahora no respirarías si no hubieran intervenido en la escaramuza con Myrk y sus Alimentadores de Cuervos».

—Glornir se quejó de que la tripulación del *Lobo del mar* era corta —murmuró Orka—. Necesitaréis todos los brazos que podáis reunir para remar.

—Nos las arreglaremos —dijo Edel—. Tres pares de brazos menos no se notarán. De todos modos Ingmar es tan fuerte que rema por tres.

—Eso es verdad —terció Ingmar.

—Pero… —vaciló Orka.

—Hay algo en todo esto que me pone la carne de gallina —continuó Edel frunciendo el ceño—. Alimentadores de Cuervos, descendientes de la dragona, pesadillas con Lik-Rifa… —Miró a Orka—. Estoy asustada, y algo me dice que tu hijo está en el meollo de todo. Seguro que Glornir quiere averiguar lo que está pasando. —Sonrió y exhaló un breve suspiro—. En cualquier caso, eso es lo que yo pienso, y ahora mismo soy la jefa de este grupo, así que la decisión es mía. —Asintió como si todo estuviera decidido e hizo el ademán de marcharse, pero Orka la agarró por la muñeca.

—Abandoné a los Hermanos de Sangre, os di la espalda. —Las palabras se adherían a la garganta de Orka como si fueran pegajosas—. No merezco… —Las palabras se secaron y se convirtieron en ceniza en su boca.

—Esto no es una cuestión de merecimiento —dijo Edel mirando fijamente a Orka. Se dio la vuelta—. ¡Aquí llegan tus nuevos guerreros! —añadió alzando la voz cuando los tres Hermanos de Sangre se acercaban—. ¡No valen mucho, pero supongo que son mejor que nada!

—Gracias, jefa —dijo Revna.

—No tenéis que hacerlo —les dijo Orka—. Mi camino es oscuro y probablemente está plagado de muerte. Es posible que muráis si me acompañáis. No paro de repetírselo a Lif, quizá nunca regreséis de este viaje.

—Es verdad —afirmó Lif asintiendo con la cabeza.

—Somos Hermanos de Sangre. —Revna patas de Liebre se encogió de hombros—. La muerte es una compañera habitual.

—Pero ¿por qué queréis venir conmigo?

—Mi hermano murió aquí —dijo Halja Nariz Chata—. Lo mató un trol que luchaba al lado de los descendientes de la dragona. —Señaló el cadáver del hombre al que Myrk había llamado padre—. El trol está muerto, pero me gustaría acabar con los responsables. Quiero matarlos, si puedo.

«Venganza. Lo comprendo perfectamente». Orka miró a Gunnar y a Revna Patas de Liebre.

—Será mejor que hacerse polvo la espalda remando en el *Lobo del mar* —dijo sonriendo Gunnar Proa.

—Con esa pierna solo nos retrasaría —terció Edel—. Pondré un ritmo de marcha alto para atravesar estas colinas hasta que lleguemos al embarcadero donde espera el *Lobo del mar*.

Orka sabía que la exploradora mentía. Ahora, contando los que se habían quedado de los Alimentadores de Cuervos, tenían treinta caballos a su disposición, así que Gunnar podría cabalgar, y con monturas de refresco podrían viajar al galope durante días sin detenerse.

—¿Y tú? —preguntó Orka mirando a Revna.

—Eres la Machacacráneos —dijo Patas de Liebre encogiéndose de hombros—. Una saga de carne y hueso que ha regresado de entre los muertos. Tengo el presentimiento de que estás camino de protagonizar una canción que los escaldos cantarán desde una punta a la otra de Vigrið. —Sonrió—. Me gustaría que se me nombrara también en esa canción.

—Pues no se hable más —dijo Orka resoplando—. Partiremos en cuanto estemos listos.

Un gemido de Vesli atrajo todas las miradas. La tennúr estaba encima del cadáver de un Alimentador de Cuervos, intentando guardar en la bolsa los dientes que rebosaban del cuenco que formaban sus manos. De repente se quedó paralizada, como si se hubiera dado cuenta de que todos los ojos se habían fijado en ella, y levantó la mirada.

—¿Qué pasa? —le preguntó Orka.

—Demasiados dientes para mi bolsa —respondió Vesli dejando caer los hombros—. Vesli necesitará una bolsa más grande.

CAPÍTULO VEINTITRÉS

GUÐVARR

Guðvarr salió de la cámara de la reina Helka detrás de Skalk. En el pasillo seguían los centinelas úlfhéðnar, inmóviles y con aire amenazador. Skalk giró a la izquierda en vez de hacerlo a la derecha para regresar a la sala de hidromiel y enfiló por el pasillo. Guðvarr lo siguió e Yrsa lo siguió a él. Skalk enseguida se detuvo delante de una pared de madera.

—Cierra los ojos y date la vuelta —ordenó Skalk.

Guðvarr obedeció. En circunstancias normales habría estado tentado de entreabrir los ojos para tratar de ver lo que le escondían, pero se encontraba en compañía de un galdramaðr que, según decían, era capaz de hacer brotar fuego en la palma de la mano y quemar la carne hasta separarla de los huesos. Skalk era un hombre al que Guðvarr prefería no ofender. Además, Yrsa lo miraba fijamente, y sus gélidos ojos lo amedrentaban. Oyó la voz de Skalk murmurando una serie de palabras incomprensibles y luego un chirrido que precedió la aparición de una corriente de aire, como si alguien hubiera abierto una ventana.

—Date la vuelta y abre los ojos —dijo Skalk.

Había un agujero en el suelo y una escalera que bajaba hacia una oscuridad oscilante por la luz de las antorchas.

—Sígueme —ordenó Skalk bajando por la escalera.

Guðvarr vaciló un momento. Siempre le había desagradado la idea de entrar en un sitio donde pudiera sentirse atrapado, donde no tuviera la certeza de que había una manera rápida de escapar. Sintió un pinchazo en la espalda. Era Yrsa conminándolo a bajar. Siguió a Skalk por la escalera. Miró a su alrededor y descubrió que estaban en un túnel, lo suficientemente ancho para que dos personas caminaran hombro con hombro, asegurado con puntales de madera. Las antorchas crepitaban. Cuando el suelo se niveló, oyó un chirrido a su espalda y echó un vistazo atrás. Yrsa estaba cerrando la entrada del túnel como si estuviera colocando la última piedra de un túmulo.

«Así que ya no hay vuelta atrás».

—Considera esto una prueba de mi confianza en ti —dijo Skalk mientras caminaban—. Muy pocos conocen este túnel, pero me considero una persona que sabe juzgar a los demás. Veo en ti unas cualidades que me gustan. Creo que los dos podemos salir beneficiados de nuestra asociación.

Guðvarr asintió y sonrió.

—Es obvio que, si te han nombrado drengr, es porque eres un guerrero con cierta destreza, pero hay demasiados drengir como para pensar que eso sea algo fuera de lo normal. Y lo más importante, creo que tienes una mente perspicaz, no exenta de inteligencia y astucia.

«Es evidente que sabes juzgar a las personas y eres un hombre sabio», pensó Guðvarr, que empezó a caminar un poco más erguido y parecía más alto.

—Eres ambicioso, lo veo en tus ojos, y en tus actos.

«¡Sí, sí, lo soy!», convino Guðvarr.

—Y valiente. Decidiste ayudarme en Grimholt cuando volaba sangre en todas direcciones y caían guerreros uno detrás de otro. No era la decisión más fácil.

«¡Soy valiente —pensó Guðvarr—. ¡Excepcionalmente valiente!».

—Es verdad —dijo—. En mi pueblo me cuento entre los más valientes, aunque me cuesta reconocerlo.

Oyó a su espalda el carraspeo de Yrsa aclarándose la garganta.

—Y también humilde —añadió Skalk.

—Opino que los mejores guerreros no tienen necesidad de cantar sus propias alabanzas —señaló Guðvarr—. Para eso están los escaldos. «Y muy pronto todos cantarán sobre mí».

—Sí, muy cierto —repuso Skalk—. Además tienes un gran instinto de supervivencia.

Guðvarr frunció el ceño y se le borró la sonrisa de los labios. En el lugar de donde él venía eso podría considerarse otra manera de decirle a alguien que era un cobarde.

—Eres un superviviente —aclaró Skalk.

«Eso me gusta más —se dijo Guðvarr—. Ser un superviviente es lo contrario a ser un idiota. Quedarse y luchar en Grimholt era la decisión de un idiota. Retirarse para vivir y volver a luchar, esa es la marca de la astucia de un estratega, y es lo que hice en Grimholt. Aprovecha siempre las oportunidades que se te presentan, ese es mi lema».

«Huiste porque tenías miedo», le susurró otra voz dentro de su cabeza.

—Porque veo esas cualidades en ti —continuó Skalk—, voy a darte una oportunidad. Es lo que quieres, ¿verdad?

—Hum, sí —respondió Guðvarr. «¿Puede leerme la mente?». De repente, le entró la inquietud y trató de recordar desesperadamente todo lo que había pensado estando en compañía del galdramaðr.

Skalk se detuvo bruscamente y se dio la vuelta. Guðvarr se paró en seco. Notaba la presencia de Yrsa detrás de él.

—Por supuesto, si me demuestras que no eres de fiar —dijo Skalk inclinándose hacia delante y juntando las cejas hasta que sus narices casi se tocaron—, te infligiré un dolor que ni siquiera eres capaz de imaginar. Convertiré tus ojos en skyr, derretiré tu carne y trituraré tus huesos hasta reducirlos a polvo. —Tendió una mano abierta—. *Eldur* —musitó, y brotó una llama en su palma que se enroscó vorazmente.

Guðvarr tragó saliva e intentó dar un paso atrás, pero Yrsa era un muro detrás de él.

—Tu tía podría pasarse el resto de su vida buscándote y jamás encontraría siquiera un solo pelo de tu cabeza.

Se instaló el silencio en el túnel. Skalk le sostuvo la mirada a Guðvarr, que hizo un esfuerzo para no tragar. Notaba como corría un fluido por el interior de su nariz.

Skalk cerró de golpe la mano y la llama se apagó.

—¿Nos entendemos? —le preguntó.

«Soy un hombre de honor y me ofenden tus calumnias y tus amenazas», pensó Guðvarr.

—Sí —respondió con un gañido.

—Excelente. —Skalk sonrió, giró sobre los talones y continuó caminando.

Guðvarr lo siguió, un poco reticente, pero la presencia de Yrsa detrás de él era como una mano invisible que lo empujaba.

—Naturalmente, tengo mis razones para correr este riesgo contigo —añadió Skalk—. Y no son completamente altruistas. Quiero que entables amistad con el príncipe Hakon.

—¿El príncipe Hakon? —dijo Guðvarr, todavía nervioso por las desagradables amenazas de Skalk.

—Sí. Tengo razones para creer que está… escondiendo cosas a su madre.

«No hay nada de malo en eso —pensó Guðvarr—. ¿Quién no le esconde algo?».

—Cosas que podrían poner en riesgo este reino.

«Ah, eso no es bueno. Y suena potencialmente peligroso. Actos en las sombras, apuñalamientos por la espalda, cuerpos arrojados al río».

—Si me permitís la pregunta, lord Skalk, ¿por qué me habéis elegido para esa tarea?

—Por las cualidades que he visto en ti —respondió Skalk—. Y porque aquí no te conoce nadie. Hakon conoce a mi gente en Darl, y a la de su madre, y no confiaría en ninguno de ellos. Tú eres una persona desconocida, un guerrero joven, ambicioso, emparentado con una mujer poderosa. Tenéis muchas cosas en común. Creo que te caerá bien.

«Claro que me caerá bien —se dijo Guðvarr—. El problema no es ese. El problema es seguir vivo».

—Decidme lo que tengo que hacer y pondré todo de mi parte —prometió Guðvarr.

—Eres un buen hombre —dijo Skalk aminorando el paso.

Aparecieron unos escalones delante y el galdramaðr los subió hasta la puerta de madera que había arriba. Abrió el pestillo y entró. Guðvarr lo siguió, pero, según se acercaba al umbral, sintió una resistencia, como si muchas plumas le rozaran la piel, como si pasara a través de una telaraña cada vez más densa y espesa, hasta que no pudo moverse y se quedó como una estatua con un pie levantado en la entrada. Intentó hablar, pero ni siquiera podía mover los labios.

«¿Me ha traído aquí para matarme? ¿Es alguna clase de sacrificio galdur en honor de sus artes oscuras?». El terror se apoderó de él y le retorció la vejiga, pero estaba tan inmovilizado que ni siquiera la orina podía escapar de su cuerpo.

Oyó detrás la carcajada apenas reprimida de Yrsa.

—*Leyfðu honum að líða* —dijo Skalk.

La presión desapareció de golpe y Guðvarr cruzó trastabillando la puerta a una amplia habitación. Yrsa entró detrás de él.

—Bienvenido a la torre galdur de Darl —dijo Skalk.

Guðvarr miró a su alrededor. La cámara tenía un techo alto y el fuego crepitaba en varios braseros. Era obvio que se trataba de un vestíbulo. Al fondo había una enorme puerta de roble decorada con volutas y cerrada con una gruesa tranca también de roble. La custodiaban, colocados a cada lado de la puerta, dos guerreros en brynja reluciente, el escudo terciado a la espalda y una lanza en la mano. Una escalera ascendía en espiral alrededor de la pared trasera hacia las tinieblas.

—Lord Skalk —dijeron los dos centinelas inclinando la cabeza.

Del otro lado de la puerta cerrada llegó el sonido amortiguado de un cuerno y los dos guardias levantaron la tranca de madera y empujaron la puerta para abrirla. La pálida luz del sol penetró en el vestíbulo y Guðvarr entrecerró los ojos, deslumbrado. Skalk se adelantó y se detuvo en el hueco de la puerta. Guðvarr se colocó cerca de él y paseó la mirada por un patio cercado por una empalizada. Más allá se veían tejados de edificios. Guðvarr se dio la vuelta para orientarse y vio el terraplén defensivo de la fortaleza de Darl.

«El túnel nos ha conducido desde la fortaleza hasta la ciudad».

Un puñado de jinetes entró en el patio por una puerta abierta acompañados por el estruendo de los cascos de los caballos. Todos llevaban huesos y peltre en los cabellos y vestían unas túnicas oscuras que los identificaban como hombres y mujeres galdramaðr. Guðvarr reconoció a la morena Sturla, la galdramaðr que había visto la noche de su llegada. Era pálida como la leche y tenía la tez tirante como una piel extendida en un bastidor para curtir, si bien se veía un moratón en un lado de su cara. Los demás se balanceaban en las sillas, algunos con el rostro ensangrentado. Uno de los jinetes llevaba de las riendas a otro caballo con un cuerpo cruzado y atado sobre la silla de montar, con la túnica desgarrada y una mano colgando sin fuerza. El caballo de Sturla arrastraba algo que llevaba atado a la silla de montar con una cuerda y una cadena. A Guðvarr le pareció en un primer momento que se trataba de un árbol recién talado, pero, cuando lo miró detenidamente, distinguió algunos detalles entre la corteza y las ramas: pelo, brazos, un rostro.

«¿Una estatua de madera?», pensó.

—La tenemos —dijo Sturla tirando de las riendas delante de Skalk—. Aunque el precio que hemos pagado es alto. Me temo que Kuru podría morir.

Skalk pasó junto a Sturla y se detuvo para contemplar la estatua de madera al final de la cuerda atada a la silla de la galdramaðr. Acercó una mano para tocarla.

Guðvarr se acercó despacio y vio una cara tallada en la madera, con tan alto grado de detallismo que casi parecía el rostro de una persona viva. Era una mujer, con la boca abierta para gritar de dolor y rabia, con las facciones desencajadas, los ojos muy abiertos y los tendones del cuello tensos.

—¿Es...?

—Un espíritu froa —dijo Skalk—. Bueno, lo era, hasta que Sturla y mis aprendices mataron el árbol —añadió mirando de soslayo a Sturla con una sonrisa de oreja a oreja—. Rápido, traedla.

Skalk dio media vuelta y regresó al interior de la torre galdur con Yrsa pisándole los talones.

Guðvarr no se movió de donde estaba mientras Skalk y los demás entraban por la ancha puerta de la torre. Oyó un chillido encima de él, levantó la cabeza y vio un halcón que volaba en círculo en el cielo pálido. El ave descendió en espiral, se posó en la empalizada de la torre y movió la cabeza a un lado y a otro sin dejar de mirar a Guðvarr con un ojo líquido. Guðvarr frunció el ceño. No le gustaba la manera en que lo miraba el halcón, como si fuera su presa. Una sensación de intranquilidad no había dejado de crecer en su estómago desde el mismo momento en que entró en el túnel con Skalk, y la causa de las molestias que ahora sentía en las tripas era más el miedo que el efecto del hidromiel de la noche anterior.

«Si espero un poco, podría escabullirme por esa puerta y volver a mi cama. Me pregunto si aquella puta seguirá allí, manteniéndomela calentita».

—¿Qué haces, Guðvarr? —gritó Skalk mirándolo desde la puerta—. No te quedes atrás.

—Sí, mi señor. — Guðvarr suspiró y siguió al galdramaðr.

Sturla y el resto de los aprendices habían desmontado y los mozos de cuadra corrieron a coger las riendas y llevarse los caballos. Solo Sturla entró su caballo en la torre, arrastrando todavía el espíritu froa muerto. Skalk abrió otra puerta y desapareció al cruzarla. Guðvarr se apresuró a seguirlo y ante él apareció un largo pasillo con celdas a ambos lados, con las puertas aseguradas con trancas de hierro. Unas estaban vacías y en otras había gente. Guðvarr vio al narigudo Skapti y al desgarbado Hrolf, que habían viajado con él desde Grimholt, en una de ellas.

«¿Estará Arild encerrada aquí con los drengir de mi tía?».

Cuando ya se acercaban a otra puerta que había al final del pasillo, a Guðvarr empezó a ponérsele el vello de punta y a brotarle sudor en la frente. Skalk se detuvo en la última habitación antes de llegar a la puerta y uno de sus aprendices introdujo una llave de hierro en la cerradura y abrió la puerta cerrada con la barra de hierro. Dentro había una mujer tumbada en un catre y con unas manillas de hierro ceñidas a las muñecas. Era Vol, la bruja seiðr. Guðvarr dio un paso atrás al verla. Tenía tantos moratones que casi no se distinguían los tatuajes azules en su cuello y en su mandíbula. Además tenía un ojo tan hinchado que no podía abrirlo y una costra de sangre seca recubría un tajo en su frente. No obstante, lo que le atrajo su mirada, con una fascinación horrorizada, fue su boca. Se la habían cosido. Las puntadas estaban en carne viva e hinchadas y algunas supuraban, y el hilo estaba cubierto de sangre coagulada.

—Nos ha dado algunos problemas —dijo Skalk a modo de explicación. Luego se volvió a la bruja seiðr—. Levántate, Vol.

Vol lo miró con un ojo inyectado de sangre y, a pesar de lo magullada y debilitada que estaba, Guðvarr sintió el impulso de retroceder, esta vez más por miedo que por asco.

«Habéis hecho una enemiga, mi señor —pensó—. Si yo estuviera en vuestro lugar, rezaría para que nunca pueda utilizar su brujería seiðr contra vos».

Vol se levantó con un gran esfuerzo, gruñendo, y clavó una mirada feroz en Skalk.

—Traedla —ordenó el galdramaðr.

Cuatro de sus aprendices se desplegaron cautamente alrededor de Vol. Ella murmuró algo y por los labios cosidos se filtró una espuma sanguinolenta que se deslizó por su mentón. Los aprendices agarraron las cadenas y la sacaron de la celda.

Skalk fue hasta la puerta que había al final del pasillo y apoyó la palma de la mano en ella.

—*Opinn* —dijo, y la puerta se abrió con un crujido.

Skalk cruzó la puerta, que era lo suficientemente alta y ancha para que Sturla entrara con el caballo llevado por las riendas arrastrando el árbol. Guðvarr se apresuró a entrar y se detuvo en seco. Ante sus ojos había una cámara circular con el techo alto y vigas gruesas. Un resplandor pálido en el techo oscuro revelaba la ubicación de la salida del humo. En los márgenes de la habitación había varias personas vestidas con túnicas oscuras sentadas en bancos, grabando runas en tablillas de madera, corteza de árbol o cera, de las que había apiladas muchas en unas estanterías que ascendían por las paredes, de manera que le conferían el aspecto del interior de una colmena. Encima de una mesa que había al lado de esos grabadores de runas estaba el baúl que Guðvarr había llevado desde los muelles hasta la cámara de Helka. La tapa estaba levantada y Guðvarr vio el hueso brillante en su interior. Ya habían sacado y desenrollado los pergaminos y los grabadores de runas estaban copiando su contenido en las tablillas. Por todas partes había tarros de arcilla, a centenares, de diversos tamaños, apilados unos encima de otros, e hileras de barriles, cada uno de ellos con una runa grabada. En un lado de la habitación había un montón de jaulas y Guðvarr advirtió movimiento dentro de algunas. Una serpiente con rayas grises se desenroscó, siseó y clavó una mirada impasible en Guðvarr. Un lince con el pelaje pálido daba vueltas sin parar dentro de su jaula. En otra había un tennúr sentado y con la mirada perdida, con las alas abiertas y caídas en el suelo. En otra jaula más grande, tan alta como dos hombres y atestada de vegetación, Guðvarr atisbó unos ojos verdes. Ante su mirada, una criatura emergió de la espesura, más pequeña que una persona y delgada como un árbol joven; su cabello parecía un montón de hojas revueltas y tenía la piel oscura y granulada como la madera encerada, con zonas cubiertas de musgo y liquen. La criatura aferró los barrotes de la jaula, hizo una mueca mirando a Guðvarr y le gruñó:

—Caraculo.

—¿Qué es eso? —murmuró Guðvarr dando un paso atrás y mirando a la criatura con el ceño fruncido.

—Un faunir —respondió Skalk.

—Es grosero —masculló Guðvarr—, y no sería tan valiente ni tan estúpido como para insultarme si no estuvieran esos barrotes que lo protegen.

«Menos mal que están esos barrotes para protegerme», pensó. Un movimiento atrajo su mirada hacia una charca de agua negra y grasienta excavada en el suelo. Las ondas en la superficie revelaban la presencia de una criatura sumergida.

—No te acerques al borde del agua —le advirtió Skalk cuando Guðvarr dio un par de pasos hacia la charca—. Hay un näcken.

«¡Este sitio está lleno de monstruos!», se dijo Guðvarr con el vello erizado.

Al otro lado de la charca había un árbol, aunque parecía muerto. No había una sola hoja en sus ramas y tenía una protuberancia alrededor del tronco, como la voluminosa barriga que cuelga sobre los pantalones de un gordo. Brillaba con destellos de colores —ámbar, verde y dorado— que cambiaban como los rayos del sol al atravesar la lluvia. Mientras lo miraba detenidamente, Guðvarr advirtió movimiento en su superficie. Estaba lleno de…

—¿Qué es eso? —preguntó.

—Un nido de hyrndur —respondió Skalk mientras se dirigía hacia Sturla, que estaba soltando las cadenas que mantenían el froa muerto sujeto a la silla de montar. Las cadenas repicaron al caer al suelo.

Guðvarr retrocedió unos pasos. Los hyrndur eran de la familia de las avispas, pero mucho más grandes y agresivas. Una picadura suya era capaz de paralizar a una persona durante unos segundos, y se decía que, cuando recuperabas el movimiento, sentías un dolor insoportable. Sin embargo, lo peor de todo era que a las hembras les gustaba introducirse en tu cuerpo e hibernar allí, y cuando se despertaban depositaban sus huevos en tu sangre. Su tía Sigrún le había contado una historia espantosa sobre un hombre al que se le había hinchado el cuello mientras estaba escuchando una saga sentado junto a una chimenea y, antes de que el relato llegara a su fin, su piel se agrietó y reventó como si fuera un fruto maduro, y un centenar de hyrndur salieron volando de sus venas, recubiertas de sangre. Guðvarr se estremeció y se alejó de allí, asegurándose de que Skalk se interponía entre él y el nido.

En el centro de la habitación había lo que parecía el eslabón gigante de una cadena, negro y con marcas de antigüedad. Estaba semienterrado en el suelo. A su lado había una mesa con aros de hierro y correas de cuero clavadas a la madera. En la superficie de la mesa se veían unas manchas oscuras que tenían un sospechoso aspecto de sangre.

—¿Qué es este sitio? —preguntó Guðvarr, incapaz de evitar que su voz y su rostro translucieran la repugnancia que le provocaba aquel lugar—. ¿Y es seguro estar aquí? —Habría deseado estar en otro sitio, en cualquier otro sitio.

—Por supuesto que es seguro —aseveró Skalk—. Todo lo que hay aquí sabe que no debe desobedecerme. —Paseó la mirada por la cámara con una sonrisa beatífica en los labios—. Este es el corazón palpitante de mi torre. —Señaló con la cabeza el eslabón situado en el centro—. Y eso de allí es un fragmento de la cadena de Ulfrir, la que lo sujetó durante el Guðfalla. Todos los collares de thrall que hacemos para los corrompidos están forjados con un fragmento suyo. —Miró a Vol y se le borró la sonrisa—. Llevadla a la mesa —ordenó. Yrsa agarró las cadenas de la bruja seiðr y tiró de ellas para conducirla hacia la mesa—. Guðvarr, ayúdanos con esto —dijo Skalk mientras cogía una de las cadenas atadas al espíritu froa muerto.

Guðvarr cogió otra cadena, los aprendices de galdramaðr se apresuraron a echar una mano y entre todos arrastraron el froa muerto por la cámara y lo dejaron caer con un estruendo en el suelo junto a la mesa central.

Yrsa había asegurado las cadenas de Vol en uno de los aros de hierro clavados en la mesa. Skalk se acercó a la bruja seiðr y tocó el collar de hierro que ceñía el cuello de Vol.

—Ya ves que he conseguido un froa para hacer un bastón nuevo. Cuando lo tenga, dispondré del poder necesario para quitarte este collar y sustituirlo por uno propio. Creo que nos llevaremos mucho mejor cuando sea mi collar el que lleves en el cuello. Entonces dejaré que te descosan los labios.

«Estoy seguro de que, si pudiera abrir la boca y hablar, se desharía en agradecimientos», pensó Guðvarr.

Skalk volvió su mirada gélida hacia Guðvarr.

—Atadlo a la mesa —ordenó.

«¿Cómo?».

Guðvarr miró alrededor pensando que Skalk debía estar refiriéndose a otra persona, pero entonces lo agarraron una multitud de manos, Yrsa la primera, con media sonrisa en los labios. Sturla también lo apresó y entre todos lo arrastraron hacia la mesa.

—¿Cómo? ¡No! —gimoteó Guðvarr forcejeando—. ¡Tiene que ser un error! —gritó con una voz aguda—. ¡Soltadme!

Lo levantaron del suelo y lo depositaron encima de la mesa.

—¡SOLTADME! —Su voz fluctuaba entre el grito y el chillido.

Se oyeron tintineos de cadenas y chasquidos de cerraduras. Le apretaron las correas alrededor de las muñecas y de los tobillos y Guðvarr se encontró mirando el techo de la habitación, donde las sombras eran más densas. Vio una rata que correteaba por una viga.

Skalk se inclinó sobre él.

—¡Por favor, no me matéis! —masculló Guðvarr. El pánico crecía dentro de él y un sollozo comenzaba a cobrar forma en su garganta.

—No voy a matarte —dijo Skalk en un tono amistoso.

—Entonces, ¿qu… qué estáis haciendo?

Skalk miró por encima del hombro y levantó una mano abierta con la palma hacia arriba.

—*Hyrndur, komdu til mín* —entonó el galdramaðr con una voz cavernosa y potente que retumbó en la cámara.

Se hizo el silencio. Guðvarr intentó girar la cabeza para ver qué estaba mirando Skalk, pero había demasiada gente en medio. Vio a Vol mirándolo apesadumbrada.

«Le han dado una paliza de muerte y le han cosido los labios, ¿y aun así siente lástima por mí?», pensó Guðvarr. Ahora sí que tenía miedo.

Un sonido rompió el silencio, al principio débil, pero cada vez más fuerte: un zumbido. Una criatura sobrevoló un instante la palma de la mano de Skalk y se posó en ella. Las alas opacas de la criatura zumbaron y se plegaron en su espalda. La criatura tenía seis patas articuladas, un cuerpo peludo y un abdomen ahusado con rayas anaranjadas que terminaba en un brillante aguijón curvo. En la cabeza tenía dos grandes ojos negros, antenas y unos dientes afilados. Era un hyrndur.

Skalk hizo un gesto con la cabeza a Yrsa y esta levantó una manga de la túnica de Guðvarr.

—Recuerda que en casa se te considera uno de los hombres más valientes —dijo Yrsa esbozando media sonrisa.

«¡No!», gritó Guðvarr dentro de su cabeza. El nudo en la garganta no le permitía tomar aire para formar palabras.

Skalk bajó la mano para acercar el hyrndur a la cara de Guðvarr. La criatura era más grande que el dedo pulgar del galdramaðr y ocupaba buena parte de la palma de su mano.

—No, por favor —consiguió farfullar Guðvarr. Tragó saliva intentando controlar su miedo. «No voy a llorar. Seguro que solo es una prueba. ¡Tiene que serlo! Parará en cualquier momento. Seguro. Demuestra tu valor, Guðvarr».

—Es un hyrndur hembra —explicó Skalk prosaicamente, como si estuviera hablando del tiempo—. Está lista para introducirse en tu cuerpo y poner sus huevos. —Bajó un poco más la mano y la orientó de manera que el hyrndur pasara caminando al brazo de Guðvarr, justo encima de su muñeca. Exploró su piel con las antenas, avanzó por su brazo y excavó una madriguera por debajo de la epidermis con sus pies llenos de púas, dejando una estela de gotitas de sangre. Se detuvo al llegar al codo, agachó la cabeza y clavó los dientes con un chasquido audible.

—No intentes sacudir el brazo para quitártelo de encima —le advirtió Skalk—. No servirá de nada. Tiene unos pinchos en las patas que se clavan en la piel. Lo único que conseguirías sería enfurecerla.

«Es una prueba. Es una prueba. Es una prueba», se repetía Guðvarr sin poder detener los temblores de su cuerpo.

—Te he concedido una tarea de la que depende el destino de un príncipe y posiblemente de un reino. Te he enseñado un túnel secreto que conduce a los aposentos de la reina. Te he introducido en la torre galdur de Darl y te he invitado a mi sanctasanctórum —dijo Skalk—. No pensarías que iba a confiar en ti sin más, ¿verdad?

«Lo cierto es que sí, cabrón mentiroso», pensó Guðvarr, que sentía como empezaba a hacerse añicos lo poco que le quedaba de resolución y determinación. Era incapaz de desviar los ojos ni la atención del monstruo que hurgaba en su brazo el tiempo necesario para dar forma a alguna clase de reacción comprensible.

—Ahora te contaré lo que va a pasar para que no tengas un ataque de pánico y empeores tu situación. Voy a pedirle a este hyrndur que excave una madriguera en tu cuerpo y busque un sitio calentito cerca de tu corazón. Será mi espía dentro de un espía, si quieres pensarlo así. —Skalk se sonrió de su propia ocurrencia. A Guðvarr se le escapó un débil gimoteo—. En tu relación con el príncipe Hakon y en todo lo demás, el hyrndur sabrá si eres leal a mí o si me traicionas. No te pasará nada malo si te mantienes leal a mí... Bueno, nada permanente, en todo caso. No voy a mentirte, esto va a dolerte, y el dolor no será uno de esos que desaparecen rápidamente después de la picadura. El hyrndur tardará un rato en llegar a su lugar de descanso. Pero el dolor se irá y aún seguirás vivo. Piensa que es para mi tranquilidad. Y, cuando completes tu misión, le pediré que vuelva a mí. —Skalk hizo un mohín—. Eso también dolerá, pero —añadió encogiéndose de hombros— mejor eso que la muerte, ¿no?

—Por favor, por favor, por favor —suplicó Guðvarr, incapaz de detener el torrente de palabras que salía de su boca, de lágrimas que rodaban por sus mejillas, de mocos que se deslizaban por su cara. Todo pensamiento de valentía era un recuerdo vago y lejano. Oía una risita de fondo.

—*Hyrndur, búðu heimili þitt í holdi hans og bíddu eftir orði mínu* —dijo Skalk, y el hyrndur abrió completamente la boca y hundió la cabeza en la carne de Guðvarr.

—¡POR FAVOR! —berreó Guðvarr.

El hyrndur continuó excavando su madriguera con los dientes, arrancando trozos de carne. Guðvarr gritaba y sacudía la cabeza, con el cuerpo inmovilizado, mientras el dolor se irradiaba por todo su organismo. Sintió una presión en el brazo y, cuando miró, vio el hyrndur semienterrado en su carne; apenas el abdomen con rayas anaranjadas y el aguijón eran visibles en el charquito de sangre. Inspiró hondo y volvió a gritar con los ojos desorbitados y fijos en las tinieblas del techo. Justo encima de él había un halcón posado en una viga, observándolo. El ave abrió el pico y chilló, pero Guðvarr solo oía sus propios gritos.

CAPÍTULO VEINTICUATRO

VARG

Varg intentaba no mirar con descaro mientras caminaba por las calles de Darl.

«Creía que Liga era la ciudad más grande de toda Vigrið —pensó—. Qué equivocado estaba». Los sonidos y los olores lo asaltaban. Le asombraba la aglomeración de edificios a ambos lados de las calles y la gente que circulaba a su alrededor apiñada como ratas en un túnel. Resultaba casi abrumador. Glornir había dividido a los Hermanos de Sangre en una docena de unidades pequeñas de tres o cuatro miembros que debían internarse en la ciudad desde distintas direcciones y a intervalos de tiempo. El plan era acercarse poco a poco a la torre galdur que se erguía en la parte trasera de la fortaleza. El grupo de Varg, liderado por Svik y formado por ellos dos más Jökul y una mujer bajita y rechoncha llamada Æsa, había entrado en la ciudad por el oeste, donde los edificios se alzaban desordenadamente entre los canales y los afluentes que confluían en el río Drammur. El hedor había sido insoportable mientras recorrían los canales, rodeados de mataderos y curtidurías, donde la sangre corría por el suelo y las asaduras flotaban en el agua estancada. Svik los había guiado colina arriba y ahora estaban atravesando el barrio comercial de la ciudad, que se extendía como un anillo central por las faldas de la colina de Darl. Los comerciantes ocupaban los dos lados de las calles embarradas con sus puestos, donde vendían toda clase de productos: pieles y pellejos, joyas, cinturones, bolsas, hachas, cuchillos, moharras, seax, rollos de tela y de lana, colmillos de morsa y cuernos de alce. En otros tenderetes se ofrecía comida y había ollas burbujeantes, carne espetada girando en asadores y pan recién hecho.

Varg observaba la comida y, atraído por el olor de la cebolla friéndose y la carne de cerdo, se quedó atrás.

—No te pares —dijo Svik por encima del hombro.

Varg apretó el paso. «Costumbres de thrall», pensó. No tenía demasiada hambre, pero la vida como thrall en la granja de Kolskegg le había enseñado a no desaprovechar una oportunidad cuando se le pusiera comida delante.

—Huele bien —le dijo Æsa ofreciéndole una galleta de su bolsa.

Él la cogió sin pensar y le hizo un ademán de agradecimiento con la cabeza.

—Siempre es mejor ir a una escaramuza con algo en el estómago —añadió sonriente Æsa. Su aspecto no era el de una guerrera, pero Varg había entrenado con ella mientras estaban acampados en el bosque y era veloz y escurridiza como una anguila. Además parecía no sentir dolor. Más bien lo contrario. Cuando Varg la había golpeado sin querer en la cabeza con la contera de la lanza, ella se echó a reír.

Varg alzó la vista mientras mordisqueaba la galleta y vio que el crepúsculo se infiltraba en el mundo y empezaba a anochecer.

«Se acerca el momento». Se le aceleró el pulso y los nervios de la emoción recorrieron su cuerpo. La aguja negra de la torre galdur se alzaba delante de él por encima de los demás edificios de la ciudad. Detrás de ella, Varg divisó los terraplenes defensivos de la fortaleza y la empalizada erigida sobre ellos. También atisbó el destello del acero de los centinelas que patrullaban la muralla. Más allá vislumbró el arco de las alas del esqueleto de Orna extendidas sobre la cima de la colina y sintió la presencia del dios muerto en los huesos como un pulso lento y regular, como un tamborileo, que crecía a cada paso que ascendía por la ladera.

—¿Dónde está el mercado de thrall en esta ciudad? —preguntó a Æsa.

—En el este, cerca del puerto —respondió la guerrera haciendo un gesto para aclarar que quedaba al otro lado de la fortaleza.

Varg frunció el ceño. Había tenido la esperanza de que atravesarían el barrio de los comerciantes de esclavos.

—Concéntrate en nuestra misión —dijo Svik al oír la conversación, volviéndose para mirarlo con gesto serio. Llevaba puesta una capa de lana ceñida a la brynja y la cabeza cubierta con una capucha. De su espalda no colgaba ningún escudo. Todos habían dejado sus escudos en el carro, con los niños rescatados en Grimholt.

Varg recordó las palabras de Glornir: «Nadie debe enterarse de que los

Hermanos de Sangre están en Darl. Nada de escudos. Esconded las cotas de malla y las armas debajo de capas y no tengáis prisa por llegar a la torre galdur. Solo preocupaos de estar allí cuando se ponga el sol. En ese momento, Helka se sentará en su salón de banquetes para cenar rodeada de quienes le han hecho un juramento de sangre y otros invitados».

—Ajá —gruñó Varg, aunque le corroía la idea de que el comerciante de esclavos que había vendido a su hermana y responsable de su muerte podría estar muy cerca.

Svik aminoró el paso y se introdujo en las sombras que se extendían entre dos edificios. Jökul, Æsa y Varg lo siguieron.

—Recordad el plan —dijo en voz baja Svik mientras todos se agrupaban—. Esperad a que Glornir haga el primer movimiento. Entonces entraremos en acción nosotros. Entrar y salir. Debe ser todo lo rápido que podamos. La velocidad es nuestra amiga esta vez.

Varg lo sabía. Glornir les había explicado los problemas a los que se enfrentarían. Tendrían que entrar en una torre galdur protegida con runas y enfrentarse a un número desconocido de galdramaðr sin la ayuda de una bruja seiðr para contrarrestar sus poderes rúnicos. Una vez dentro, deberían encontrar a Vol. Y todo eso sin contar con el riesgo que entrañaba que intervinieran los drengir de la reina Helka.

«Skalk tiene su propio séquito de guerreros, así como numerosos aprendices con diversos poderes galdur», les había advertido Glornir.

—Si alguno se mete en una refriega, que la acabe rápido —dijo Svik—. Manteneos juntos y ayudaos unos a otros. Solo recurrid a vuestra bestia si no hay más remedio, si la otra alternativa es morir, y aseguraos de que todo aquel que os vea transformaros no viva para contarlo. Somos los Hermanos de Sangre, somos corrompidos, pero el mundo no puede saberlo.

Gruñidos y asentimientos.

—Ya sabéis cuál es el lugar de reunión si nos separamos, si las cosas se tuercen, ¿verdad?

—Ajá —respondió Varg.

—Eso no va a pasar —afirmó Æsa sonriendo como si estuvieran comentando el sacrificio de una onomástica—. Esos caraculos ni se enterarán de qué los ha atacado.

Svik sonrió y sus dientes blancos destellaron en la oscuridad.

—De acuerdo —dijo—. Ya estamos cerca de la torre. También se aproxima el crepúsculo. Revisad las armas y pongámonos en marcha.

Svik se echó hacia atrás la capucha de la capa. Se arregló la trenza de la barba, se alisó el bigote, se recogió el cabello y se hizo una coleta en la nuca con un cordón de piel.

Varg apoyó la lanza contra un muro y se aseguró de que el seax saliera con fluidez de la funda. Luego pasó la mano por el destral y el cuchillo grande que le colgaban del cinturón. Todos habían dejado los cascos en el carro, pues era obvio que un grupo de guerreros en cota de malla y con cascos en la cabeza moviéndose por la torre galdur despertaría sospechas.

Æsa se sonó los mocos y se dio unos fuertes cachetes que le dejaron marcas rojas en las mejillas.

—El dolor me espabila —dijo al ver la cara de Varg—. Agudiza mis sentidos. Me gusta.

—¿Te gusta?

Æsa hizo un ruido con la boca que era en parte una carcajada y en parte un gruñido al ver la expresión de Varg.

Jökul apoyó una rodilla en el suelo, cogió un poco de barro, se levantó y se frotó las manos con él. Luego se las secó con el mandil agujereado que llevaba encima de la brynja, levantó la cabeza del martillo que colgaba de un lazo en su cinturón y lo dejó caer de nuevo.

—¿Para qué haces eso? —preguntó Varg.

Jökul se puso derecho y dio una palmada.

—Las sagas cuentan que Snaka nos creó a partir del barro del mundo, moldeándonos como un alfarero moldea la arcilla. Cuando estuvo satisfecho con la forma que teníamos, nos echó su aliento seiðr para darnos la vida. Cuando morimos, no tardamos demasiado en volver al suelo y convertirnos en lo que éramos una vez que la chispa de la vida nos abandona. Así que hago esto para recordarme de dónde venimos, adónde vamos y que esta vida es fugaz. Hay que aprovecharla. Hay que luchar como si no hubiera un mañana. —Se encogió de hombros, sacó el martillo con la mellada cabeza de hierro del cinturón y lo sopesó—. Además, me ayuda a agarrarlo mejor.

—No es el momento de sentarse cómodamente a escuchar una saga, Insensato —terció Svik dándole una palmada en el hombro—. Es el momento de crearla.

—Esto dará para una canción, sin duda —convino Æsa—. Contará como los Hermanos de Sangre entraron en la torre galdur de Darl y rescataron a uno de los suyos.

Varg se miró las manos. Le temblaban. Tenía la boca seca y mariposas en el estómago. Era el miedo, la emoción por lo que estaba por llegar.

«¿Alguna vez me acostumbraré a esto?».

Una mano le agarró la muñeca. Jökul.

—Es normal antes de una batalla, hermano.

«“Hermano”. Qué suerte he tenido de encontrar a estas personas después de tantos años de soledad y sufrimiento».

Varg asintió, rememorando los momentos previos a sus combates en el cuadrilátero.

—La drengr que mató a Torvik, Yrsa —dijo Jökul—. Hizo un juramento de sangre a Skalk, así que es muy probable que nuestros caminos se crucen.

—Ajá —repuso Varg.

—Estará bien vengar a Torvik si se nos presenta la ocasión —añadió Jökul—. Era un buen muchacho.

—Sí —dijo Varg. Revivió el momento en el que Yrsa clavó su espada en el cuello de Torvik y él sostuvo la mano de su amigo mientras la vida se apagaba en sus ojos. El lobo que llevaba en la sangre había aullado exigiendo venganza.

Ahora sentía la presencia del lobo en sus venas, como una sombra que acechaba dentro de él. Su gruñido le provocó un estremecimiento silencioso.

«No —aseveró—. Espera a que te llame».

Recogió la lanza, sacó la funda de cuero de la punta y la guardó debajo del cinturón.

—Seguidme —dijo Svik, y abandonaron las sombras.

El silencio reinaba en la ciudad cuando dejaron atrás el bullicioso anillo comercial y enfilaron por una calle que apestaba a hierro y carbón. Varg se sobresaltó al oír un chiflido y vio salir una nube de vapor por una puerta. Jökul le puso una mano en el brazo.

—Herreros —dijo sonriendo, mostrando los dientes radiantes rodeados por su barba entrecana.

Varg suspiró tratando de dominar sus nervios.

Ahora la torre se alzaba enorme y negra ante ellos. Solo un par de hileras de edificios los separaban de ella.

Se oyó un chillido, un alarido solitario interrumpido por un golpe seco. A continuación sonaron más gritos y el estruendo de aceros. El relincho de caballos y el chacoloteo de cascos.

Una explosión demoledora sacudió a Varg y a los demás. Jökul se tambaleó y se apoyó en un edificio para no caerse.

Todos se miraron y echaron a correr.

CAPÍTULO VEINTINCO

GUÐVARR

Guðvarr jadeaba tendido sobre la mesa. Su pecho subía y bajaba. Le escocían los ojos y tenía el cuerpo pegajoso por la mezcla de lágrimas y sudor. El dolor seguía ahí, más intenso en el brazo, que le palpitaba rítmicamente en la zona donde el hyrndur se había abierto paso por su carne. Unas punzadas marcaban el camino que había seguido la criatura, retorciéndose y excavando por su brazo hasta su pecho. Pero el dolor de ahora no era nada en comparación con el que había soportado unos momentos antes.

«Un dolor inimaginable, inconcebible. Atroz. Martirizante».

Oyó un gimoteo y se dio cuenta de que era él mismo.

«Ya ha terminado. Ya ha terminado», se dijo al advertir que el hyrndur ya no se movía. Aunque todavía lo sentía dentro de él, una presión en un rincón profundo de su pecho.

«Se ha quedado a vivir en mi cuerpo. ¡Vive dentro de mí!».

Ese pensamiento lo horrorizaba y lo aterrorizaba en la misma medida. Si le hubiera quedado algo de fuerza habría gritado otra vez, pero estaba demasiado exhausto, su cuerpo estaba extenuado y tenía la garganta en carne viva. Su voz era poco más que un graznido ronco.

Otros dolores se filtraban en su conciencia. En las muñecas y los tobillos tras forcejear con las ligaduras de cuero y hierro. Un olor a orina se introdujo en sus fosas nasales.

«¿Me he…?». Ni siquiera tenía fuerzas para avergonzarse. Pestañeó para sacarse el sudor de los ojos y se quedó mirando la oscuridad del techo. Un pálido puntito de luz señalaba la ubicación de la salida del humo.

«Era más claro cuando me ataron a la mesa», pensó. El halcón aún estaba allí, posado en la viga penumbrosa, mirándolos a él y a todas las personas que había en la cámara.

Una cara apareció delante de él y tapó el halcón.

—¿Ves? —dijo Skalk—. Sigues vivo. Ya te lo dije: eres un superviviente.

El galdramaðr sonrió y Guðvarr quiso desgarrarle el cuello con sus propias manos. Miró a otro lado, con los ojos irritados por las lágrimas, y vio a Vol todavía encadenada a la mesa. La bruja seiðr lo miraba con compasión.

El halcón volvió a chillar desde la viga y Skalk se revolvió para mirarlo. Un grito débil, lejano.

«¿Fuera?».

Una explosión sacudió la cámara y Guðvarr la sintió en los huesos.

—¿Qué ha sido eso? —dijo Skalk. Y tras un momento de silencio añadió—: Nos atacan.

Agitación. Guðvarr atisbó en los márgenes de su visión el repentino movimiento frenético de un montón de figuras borrosas. Entrevió que Yrsa se descolgaba el escudo de la espalda y desenfundaba la espada.

Se produjo un segundo estruendo, mucho más fuerte que el primero, que hizo temblar el suelo y la mesa sobre la que estaba atado Guðvarr. Vio caer gente a su alrededor y se volvió para mirar.

Había un agujero en la pared por el que penetraba la luz del sol. Una telaraña de grietas recubría el muro. Los aprendices de galdramaðr formaron una línea de batalla entre la mesa de Guðvarr y la pared. Las criaturas gruñían, rugían y chillaban en las jaulas. En la charca del näcken se oyó un chapoteo. A través del agujero en la pared llegó un fragor de gritos y de choque de aceros.

Hubo una tercera explosión y la pared reventó hacia dentro. Alguien la había atravesado y aterrizó despatarrado en el suelo de la cámara. Se produjo una lluvia de madera y astillas alrededor de Guðvarr y un fragmento se clavó como una lanza en la mesa entre sus piernas. Guðvarr gimoteó y volvió a mirar hacia el agujero.

Un hombre se levantó lentamente del suelo. Tenía la piel oscura, la cabeza rasurada y vestía una túnica harapienta. Su musculatura era extraordinaria y tenía los hombros y la espalda encorvados. Llevaba un grueso collar de hierro y en su frente crecían dos bultos, como unos cuernos incipientes. Respiraba agitadamente y salían nubes de aire de sus orificios nasales cada vez que bufaba.

«Parece un toro».

El enorme hombre abrió la boca y lanzó un mugido. Desde las vigas cayeron nubes de polvo.

Detrás de él entraron otras figuras a caballo por el boquete en la pared, con arcos en las manos y acompañados por el chacoloteo de los cascos. De repente se oyeron un tañido de cuerdas y un zumbido de flechas cortando el aire y la gente que caía y gritaba.

—*Eldskjöldur rís upp, verndaðu okkur* —bramó Skalk, y en el aire delante de él surgió un escudo de runas y llamas.

Los galdramaðr que seguían en pie se reunieron en torno a él.

—*Eldskjöldur rís upp, verndaðu okkur* —pronunciaron todos en coro, y un escudo de runas llameantes apareció crepitando.

Otro estallido precedió una nueva ráfaga de flechas mientras seguían entrando jinetes por la brecha en el muro de la torre galdur. Al impactar contra el muro de runas las saetas estallaban en llamas, los astiles de madera se carbonizaban y las plumas se consumían con un siseo.

—*Eldur skar hann til beina* —gruñó Skalk no muy lejos de Guðvarr, y una estaca de llamas apareció en el puño del galdramaðr. La arrojó como si fuera un puñal y se hundió en la cara de un jinete, una mujer, que llevaba un casco con un penacho de crines. El jinete chilló, soltó el arco y se apretó la cara con las manos mientras las llamas rugían en sus ojos y consumían su carne.

Alrededor del hombre que había hecho el agujero en la pared se desplegaron otros jinetes, que se internaron en la cámara buscando un ángulo para sortear el muro de runas llameantes con sus flechas. Los aprendices de galdramaðr arrojaron más puñales de fuego; aunque eran menos potentes que los de Skalk, resonaron alaridos por toda la cámara. Un jinete pasó con su caballo cerca de la charca y el näcken extendió sus pringosos tentáculos para envolver las patas del animal. El caballo relinchó enloquecidamente cuando el monstruo tiró de él hacia la charca. El jinete disparó una flecha detrás de otra a los tentáculos, pero el näcken no dio muestras de notarlas. Con un tirón salvaje, el monstruo derribó el caballo y lo introdujo en la charca con una erupción de agua. El jinete trató de saltar de la silla, pero otro sinuoso tentáculo lo agarró por el tobillo y el hombre se sumergió en el agua con un alarido ahogado.

El gigantón que había reventado la pared profirió otro rugido ensordecedor y echó a correr hacia Skalk y el muro de llamas, agachó la cabeza y embistió el escudo de runas como si fuera un toro. El parapeto de fuego se combó con un crujido explosivo, dos aprendices de galdramaðr salieron volando y algunos de los escudos de runas se extinguieron. Las llamas prendieron en la túnica del hombre toro y comenzaron a crepitar con voracidad. El hombretón rugió, se tambaleó y trató de sofocar con las manos el fuego que se propagaba por su cuerpo. Otra andanada de flechas acabó consumida casi por completo por las llamas, pero algunos proyectiles pasaron por las brechas que el hombre toro había hecho en el muro de runas y se oyeron los gritos de los galdramaðr.

Skalk miró colérico a sus aprendices caídos y se volvió hacia el nido de hyrndur.

—*Hyrndur, heyrðu kall mitt, hlýddu mér núna. Snúðu reiði þinni að þessum boðflenna* —bramó Skalk señalando el nido con la mano surcada de rayos rojos.

Un zumbido feroz colmó la cámara cuando los hyrndur salieron en masa del nido y volaron en círculo un momento, antes de lanzarse hacia los intrusos.

—*Stinga þá, rífa þá, drepa þá* —rugió el galdramaðr cuando los hyrndur alcanzaron a los primeros jinetes y los envolvieron en una nube con franjas anaranjadas.

Se produjo una explosión de chillidos y relinchos y una multitud de figuras borrosas se precipitaron de las monturas y se estrellaron contra el suelo, rodeadas por el enjambre de hyrndur, convertido en un torbellino furioso de alas, dientes y aguijones.

Un jinete flanqueó a los aprendices de galdramaðr y dirigió su montura hacia Skalk con una lanza larga apuntando a su pecho.

Yrsa saltó para ponerse delante de Skalk y desvió la lanza con el escudo, rodeó al caballo y asestó una cuchillada de abajo arriba con la espada. La jinete soltó un grito ahogado y cayó hacia atrás sobre su montura, sangrando abundantemente por un tajo en el cuello.

Guðvarr miró arriba al oír un chillido y vio que el halcón se lanzaba en picado con las garras extendidas y arremetía contra la cabeza de Skalk. El galdramaðr gritó y se tambaleó tratando de agarrar el ave que lo arañaba, le arrancaba trozos de carne con las uñas y lo apuñalaba con el pico. Consiguió cogerle una pata, se lo arrancó de la cara y lo arrojó por el aire. Guðvarr vio regueros de sangre corriendo por el rostro de Skalk, tiras de carne que colgaban de su cabeza y un ojo convertido en un agujero ensangrentado.

El zumbido de los hyrndur cambió y Guðvarr vio que las criaturas aladas se dispersaban en todas direcciones. Todavía atacaban con una ferocidad terrorífica todo aquello que encontraban en su camino, pero sus acometidas se habían vuelto aleatorias y ya no arremetían como un enjambre cohesionado y controlado. Guðvarr vio que algunos hyrndur salían por el boquete en la pared y desaparecían.

Una figura nueva entró por ese mismo agujero, una mujer con la cabeza afeitada y cubierta por una maraña de tatuajes arrollados. Más tatuajes sinuosos ascendían por sus brazos y desaparecían debajo de las mangas de su túnica. También llevaba un collar de thrall ceñido al cuello. Caminaba al lado del príncipe Jaromir, que iba sentado con la espalda erecta en un caballo y enfundado en su resplandeciente cota de láminas metálicas, con una espada curva colgada sobre la cadera. El príncipe extendió un brazo y silbó; el halcón descendió hacia él.

Skalk se apoyaba en la mesa y Sturla lo sostenía. Se apretaba la cara con las manos y la sangre manaba entre sus dedos.

«Espero que te duela, caraculo», le deseó Guðvarr, aunque habría preferido no estar encadenado a la mesa en medio de la batalla. A pesar de que sentía un odio nuevo y profundo por Skalk, se dio cuenta de que en la situación en la que se encontraba quizá más valía monstruo conocido. Sabía que Skalk no iba a matarlo inmediatamente porque tenía planes para él. Sin embargo, los recién llegados... parecían la clase de gente que primero mataba y luego preguntaba.

Jaromir tiró de las riendas del caballo y su silueta sentado a lomos del caballo se recortaba en la penumbra del crepúsculo. La mujer que lo acompañaba se adelantó con paso resuelto.

—*Ís og eldur, logar byrjuðu* —dijo sin detenerse mientras avanzaba hacia Skalk y el mermado escudo de runas. De su boca salió lo que parecía una fina neblina que se expandió por la cámara como un banco de nubes empujado por el viento, envolvió al hombre toro, que estaba de rodillas en el suelo y con la túnica llameando como una antorcha, y continuó hacia el muro de runas de fuego. Un chiflido resonó en la cámara cuando las llamas rúnicas se extinguieron despidiendo nubecillas de humo y vapor.

Guðvarr oyó unos gritos, de Skalk, luego las nubes de vapor se disiparon y Guðvarr vio a la mujer tatuada todavía cruzando la cámara.

Skalk también la vio, y extendió una mano al mismo tiempo que tomaba aire.

—*Jörð opnast, gleypið þessa aumingjalegu orma* —bramó la mujer golpeando el suelo con un pie. Sonó un crujido ensordecedor y a sus pies apareció una grieta que se extendió rápidamente, como cuando se desprende un trozo de hielo en un fiordo, hacia Skalk y el resto de los galdramaðr. La grieta se ensanchó según se acercaba a Skalk y el suelo tembló, las paredes se resquebrajaron y Skalk se encogió. Guðvarr notó que la mesa se tambaleaba, estiró el cuello para mirar abajo y vio que el suelo se abría debajo de ellos. Las rocas y la tierra removida caían por el abismo tenebroso. Sturla también se precipitó por la grieta y desapareció con un alarido. Skalk se tambaleó y cayó al abismo con un grito de rabia. Yrsa saltó detrás de él. Guðvarr chilló encima de la mesa, que se balanceó como un barco zarandeado por la tempestad y finalmente se partió con un crujido ensordecedor. La espalda de Guðvarr se arqueó y él sintió que le arrancaban las extremidades por las articulaciones. Volvió a gritar y ya no paró.

Poco a poco se dio cuenta de que la mesa había dejado de moverse. Él se había quedado con el cuerpo inclinado y la sangre afluía a su cabeza. Atisbó a Vol, que seguía encadenada al aro de hierro clavado a la mesa. También veía el abismo negro en el suelo, desde donde llegaba el eco de gritos lejanos.

Volvieron a sonar el chacoloteo de los cascos, el tañido de las cuerdas de los arcos, el zumbido de las flechas surcando el aire y el ruido seco cuando se clavaban en la carne. Más gritos. Los galdramaðr que quedaban se dispersaban y huían. Un caballo y su jinete ocuparon todo el campo visual de Guðvarr. Era el príncipe Jaromir con el halcón posado en el brazo. La mujer tatuada caminaba a su lado con el hombre toro cogido de la mano como si fuera un niño pequeño. El fuego galdur le había provocado unas quemaduras terribles; tenía el cuerpo cubierto de ampollas y gimoteaba.

—Gusanos —gruñó Jaromir con la mirada fija en el abismo negro—. Sus artes rúnicas no pueden compararse con los thrall seiðr y los corrompidos de Iskidan. Han tenido suerte de que no trajera un nigromante versado en runas a esta ciudad de mierda. —Su mirada se volvió hacia Vol—. Sé lo que eres, mujer. Eres la puta de Glornir. Iva, ocúpate de ella —dijo haciendo un ademán con la mano, y la mujer tatuada puso una mano encima del aro de hierro al que estaba encadenada Vol.

—*Járn, þú þolir ekki kraft aldanna, sprungið og brotið* —pronunció la mujer seiðr.

El hierro gruñó debajo de su mano y un óxido que habría tardado décadas en aparecer se acumuló alrededor del aro y lo corroyó como si fueran gusanos en un trozo de carne. A continuación, con un giro de su muñeca, el aro de hierro se desmenuzó y quedó reducido a un montoncito de polvo, y Vol quedó libre en la mesa. Iva la agarró del brazo y tiró de ella para levantarla. Jaromir gruñó al ver los labios cosidos de Vol.

—Al menos una cosa que hacen bien en esta condenada tierra helada. —Jaromir paseó la mirada a su alrededor. Sus guerreros montados llenaban la cámara y daban caza a los supervivientes que trataban de huir.

Desde fuera llegaban gritos de batalla y Guðvarr oía alaridos de guerreros en el pasillo.

—¡Buscad el baúl! —bramó Jaromir. Acarició la cabeza del halcón mientras esperaba—. Buen trabajo —le felicitó con el tono cariñoso que una madre emplearía con su hijo. El ave tenía el pico salpicado de sangre y las garras rojas.

Un ruido de cascos de caballo precedió la aparición de una mujer enfundada en una cota de láminas metálicas, un casco con un penacho de crines y empuñando una espada curva. Con la otra mano aguantaba el baúl de madera que reposaba sobre su silla de montar.

—Mi señor —dijo levantando la tapa del baúl con cuidado de que no se cayera.

Jaromir sonrió.

—Ahí están. Estos idiotas tenían delante los huesos del gran Hraeg y ni siquiera los reconocieron. Mi padre nos colmará de riquezas inimaginables cuando los depositemos a sus benditos pies.

Ilia sonrió y volvió a cerrar el baúl.

El fragor de la lucha era más intenso y feroz tanto en el pasillo como al otro lado del agujero en la pared.

—Deberíamos marcharnos, mi príncipe —sugirió Ilia.

—Vamos —dijo Jaromir tendiendo una mano a Iva.

La mujer seiðr rodeó con el brazo a Vol y la aupó a la silla de montar del príncipe Jaromir con una fuerza inesperada para lo que sugería su constitución. Jaromir sacudió las riendas y su caballo se puso en movimiento, giró y se dirigió hacia el boquete en la pared, seguido por Ilia. Gritó una orden al resto de los jinetes que había en la cámara y un momento después todos habían desaparecido por el agujero.

Iva se acercó al hombre toro.

—A Taras le duele —dijo el hombretón con una voz grave que retumbó en el pecho de Guðvarr. Se puso una mano enorme en la cara quemada.

—Lo sé —dijo Iva—. Yo te curaré, pero antes tenemos que irnos de aquí.

Taras el Toro asintió e Iva le cogió la mano y lo ayudó a caminar por los escombros de la cámara y a salir por el agujero que él mismo había abierto.

Guðvarr yacía en la mesa y respiraba. Todavía no se creía que siguiera vivo. Tiró de las ligaduras y descubrió con sorpresa que dos de las correas de cuero se habían partido. Tenía una mano libre y se incorporó para desatarse como buenamente pudo el brazo en el que se había introducido el hyrndur. Se sentó en la mesa muy despacio para no provocar su caída al abismo negro que tenía debajo. Sentía unas punzadas de dolor en el brazo herido. Flexionó los dedos para comprobar su estado y dobló lentamente el codo. Le sobrevino un acceso de náuseas y brotó sudor en su frente. Permaneció sentado unos momentos mientras recuperaba el control de su respiración y se bajó la manga de la túnica para no ver la sangre ni la herida en su brazo. Luego se inclinó hacia delante y poco a poco desabrochó la última correa, que le ligaba un tobillo.

Cuando se soltó, la mesa se movió y comenzó a deslizarse hacia el abismo. Guðvarr saltó de la mesa gritando, se estampó contra el suelo y reprimió un alarido cuando todo el peso de su cuerpo cayó sobre su brazo herido. Se quedó tirado en el suelo, jadeando.

El alboroto de la batalla sonaba cada vez más fuerte y Guðvarr se incorporó.

La cámara estaba en ruinas. Había fragmentos de la pared por todas partes y otras secciones de la habitación se habían quemado. Barriles, mesas, tarros y jaulas yacían desparramados por el suelo como si un gigante colérico hubiera puesto patas arriba la cámara después de haber perdido a la taba. Algo se movía bajo la superficie de la charca del näcken y el faunir que le había llamado caraculo estaba de pie en su jaula, mirándolo con una sonrisa repugnante en los labios.

«Será mejor que te largues de aquí», se dijo Guðvarr. Se volvió hacia el agujero en la pared, pero los sonidos de combate llegaban fuertes de allí; además justo en ese momento vio que un hombre calvo en cota de malla levantaba una enorme hacha larga por encima de la cabeza y la descargaba contra los guardias de la torre. Voló sangre en todas direcciones.

«Bueno, por ahí no», pensó y enfiló por el amasijo de escombros de la cámara. Pasó entre las patas de un caballo muerto y vio al jinete todavía sentado en la silla; no podía saber si era un hombre o una mujer, ya que tenía la cara hinchada y negra y amarilla por las picaduras de los hyrndur. Había tarros de arcilla hechos añicos tirados por el suelo y barriles con los flejes de hierro machacados. El contenido vertido por algunos barriles encharcaba el suelo y el hedor que emanaba le irritaba la garganta y hacía que le llorasen los ojos. De otros barriles machacados se habían desparramado partes de cuerpos: la mano y el antebrazo de lo que parecía un trol, la cabeza de un skraeling, una multitud de dedos con las uñas negras y de orejas con venillas azules.

Guðvarr se detuvo y se quedó mirando los restos de un barril y lo que había contenido: un cuerpo humano, con los huesos rotos y retorcido de una manera atroz para que cupiera en el barril. Se agachó junto a él y tendió una mano con los dedos temblorosos.

Era Arild.

Sus ojos sin vida lo miraban, con la boca torcida en una mueca de miedo y de dolor.

Tras un primer momento de conmoción y horror, un pensamiento lo asaltó: «Podría haber sido yo. —Se sintió aliviado y se congratuló por haberse acercado a Skalk para ofrecerle su ayuda—. De lo contrario habría acabado con el cuerpo descoyuntado y metido a presión en un barril. Como ella».

Era incapaz de desviar la mirada del rostro desencajado de Arild.

—Por lo menos tu sufrimiento ha terminado —dijo al cadáver de Arild mientras se alejaba a trompicones para dirigirse a la puerta que daba al pasillo y la cruzaba trastabillando.

Al final del pasillo había guerreros a caballo luchando con guardianes de la torre a pie. Un caballo se empinó relinchando y cayó de costado al suelo, pero los vigilantes de la torre estaban viéndose obligados a retroceder. Guðvarr los siguió lentamente.

—¡Sácanos de aquí! —gritó una voz con los dientes apretados.

Guðvarr vio en sus celdas a Skapti, al desgarbado Hrolf y al resto de los guerreros que habían sobrevivido a la batalla de Grimholt.

«¿Que os saque de aquí? ¿No creéis que tengo cosas más importantes que hacer que intentar ayudaros, pandilla de idiotas niðing? Como salvarme a mí mismo».

—Lo siento, pero no tengo las llaves —respondió Guðvarr dándose unas palmadas en el cinturón—. Iré a buscarlas —añadió, y echó a correr sin prestar atención a las súplicas y las amenazas que le llovían desde las celdas mientras se dirigía a la puerta que daba al vestíbulo.

Junto a las puertas de la torre había un tumulto de guerreros luchando, pero, mientras Guðvarr los observaba, los combatientes salieron del edificio para continuar la lucha en el patio, donde los gritos y los alaridos sonaban más fuerte. Guðvarr cruzó con cautela el vestíbulo, se pegó a una pared y echó un vistazo fuera por el hueco de la puerta.

Ya casi había anochecido y un resplandor rojo estriaba el cielo al oeste mientras el sol se hundía en el horizonte. En el patio, las llamas de los braseros se agitaban y chisporroteaban azotadas por un fuerte viento y las sombras oscilaban y bailaban. Guðvarr atisbó escenas de combate: un puñado de jinetes de Jaromir disparaban flechas, arremetían con lanzas y atizaban con espadas curvas a los guardias de la torre galdur. El fuego rojo de la magia rúnica flameó y las llamas consumieron a un jinete, lo que reveló que por lo menos un aprendiz de galdramaðr seguía luchando. Pero Guðvarr vio más gente en la refriega, figuras envueltas en capas y cuyas cotas de malla brillaban a la luz del fuego. Una multitud de sombras saltaban al patio desde la empalizada que lo cercaba. Una mujer de poca estatura y rubia aterrizó en el patio, corrió directamente hacia un guardia de la torre y lo ensartó con una lanza sin parar de reír. Detrás de ella llegaron otros, y un hombre corpulento que esgrimía un martillo de herrero machacó con él el casco de un guardia de la torre.

Guðvarr se volvió hacia la puerta de la muralla y vio que estaba bloqueada por el tumulto de guerreros. Delante de ella también se estaba combatiendo, y un guerrero pelirrojo que blandía una espada y un seax, y otro demacrado y con un aspecto salvaje, empuñando un destral en una mano y lo que parecía un cuchillo de carnicero en la otra, atacaban tanto a los guardias de la torre como a uno de los jinetes de Jaromir.

—Tengo que salir de aquí —masculló Guðvarr echando un vistazo por encima del hombro a través del vestíbulo de la torre hacia la pequeña puerta por la que había entrado hacia lo que ahora le parecía una eternidad.

Oyó gruñidos e imprecaciones muy cerca y, cuando devolvió la vista al frente, vio que un par de hombres, un guardia de la torre y el tipo con el martillo, se aproximaban por el patio intercambiando golpes. Le dio tiempo de respirar hondo antes de que chocaran con él y los tres cayeron al suelo con los cuerpos enredados. Algo le golpeó la nariz, oyó un fuerte crujido y notó el sabor de la sangre en la boca. Guðvarr se revolvió y pataleó hasta que consiguió desenredarse y zafarse rodando. Hincó una rodilla en el suelo. Sangraba abundantemente por la nariz.

Los otros dos continuaron luchando, y el hombre corpulento propinó un puñetazo al guardia de la torre en la cara mientras con la otra mano trataba de agarrar el martillo, que estaba tirado en el suelo junto a ellos.

Guðvarr llegó con un par de zancadas al martillo y con un alarido de ira contenida arremetió con él contra la cabeza de su propietario. Con un crujido atroz, el cráneo del hombre se partió y sus sesos se esparcieron por el suelo. El hombretón se desplomó encima del guardia de la torre, que quedó atrapado bajo su cuerpo, jadeando.

—Ya he aguantado suficiente dolor —espetó Guðvarr limpiándose la sangre de la nariz con el dorso de la mano. El guardia gruñó un agradecimiento y se quitó de encima el cadáver del otro hombre.

Un grito procedente del patio atrajo la atención de Guðvarr. El hombre que había visto con el cuchillo de carnicero lo miraba con ferocidad, con los ojos desorbitados y las venas del cuello hinchadas mientras bramaba algo. Guðvarr no oía lo que decía, pero no era necesario que lo hiciera para saber que acababa de matar a su amigo. La estupefacción y la pena eran manifiestas en la cara del otro hombre, a las que rápidamente sustituyó la rabia. El hombre levantó el destral y se lo arrojó.

—Mierda de trol —masculló Guðvarr, paralizado, incapaz de moverse, con los ojos fijos en el hacha que giraba por el aire directamente hacia él.

El guardia de la torre se levantó trabajosamente del suelo, pero soltó un graznido cuando el destral se hundió en su coronilla y se derrumbó encima de Guðvarr con la cabeza convertida en una fuente de trozos de hueso y de cerebro.

Guðvarr se quitó de encima al hombre muerto y vio que el hombre del cuchillo corría hacia él, así que regresó al vestíbulo de la torre de un salto. Miró frenéticamente a su alrededor, buscando con desesperación una vía de escape, y entonces vio la puerta del fondo que llevaba al túnel. Corrió hacia ella atenazado por el miedo de que el poder galdur que lo había paralizado la otra vez le impidiera huir. Levantó el pestillo, abrió la puerta de un empujón y se cayó de culo.

Se levantó con un dolor atroz en el brazo y escudriñó la oscuridad que inundaba el túnel. El ruido de pasos a su espalda sonaba cada vez más fuerte y el terror volvió a apoderarse de él.

«Ese caraculo con el cuchillo de carnicero ya llega».

Cruzó la puerta abierta y ningún rastro de poder galdur entorpeció sus movimientos.

«Quizá la muerte de Skalk lo ha anulado —pensó—. O tal vez solo actúa en un sentido, para evitar que nadie entre en la torre».

Oyó pasos procedentes de la entrada de la torre y volvió a cerrar la puerta antes de echar a correr por el túnel. Las antorchas oscilaban en la pared mientras se adentraba en la oscuridad.

CAPÍTULO VEINTISÉIS

VARG

Varg cruzó a la carrera el patio con el cuchillo en la mano y cegado por la ira. Había dejado la lanza clavada en el pecho de un hombre. Svik estaba detrás de él, a su derecha; se había aupado a un caballo y degolló al jinete. Æsa luchaba y reía. Ninguno de ellos había visto morir a Jökul.

Le había costado entender lo que estaba pasando. Habían oído gritos y sonido de lucha antes de alcanzar la torre galdur y pensaron que Glornir había atacado antes de lo previsto. Pero, cuando salieron corriendo de la calle por la que iban y entraron en el camino que rodeaba la torre, habían visto jinetes que penetraban en tropel por la puerta que daba acceso al patio de la torre y se enzarzaban en una batalla con los vigilantes. Y, para añadir confusión a la situación, Varg había reconocido a los jinetes, pues se habían enfrentado con unos de aspecto similar en Liga.

Los druzhina de Iskidan, comandados por el príncipe Jaromir, habían llegado desde tierras remotas buscando a Sulich, un miembro de los Hermanos de Sangre. La última vez que Varg los había visto fue en los muelles de Liga, mientras él remaba con los Hermanos de Sangre para llevar el *Lobo del mar* fiordo adentro. El príncipe Jaromir se encontraba entonces en la sala de hidromiel con la reina Helka.

Los gritos resonaban a su alrededor y Varg de repente sintió preocupación por Røkia, pues sabía que ella lideraba otra unidad de Hermanos de Sangre. Había preguntado a Svik qué estaba pasando, qué debían hacer, pero entonces Svik señaló una maraña de figuras que salían de las penumbrosas callejas. Eran Glornir y un pequeño grupo de Hermanos de Sangre, entre ellos Sulich. Glornir se había dirigido hacia la puerta de la muralla esgrimiendo su hacha larga y se había abierto paso a través de la batalla como un leñador talando árboles.

—Ahí tienes tu respuesta. —Svik había sonreído y luego había agarrado por la capa a Æsa cuando esta ya echaba a correr hacia la puerta—. Hay demasiada gente. Treparemos la muralla.

Así que habían corrido hasta la empalizada. A Varg lo habían asaltado las dudas mientras trataba de controlar el lobo que llevaba en la sangre. Æsa, que era veloz y tenía el sentido del equilibrio de una cabra montesa, había saltado al otro lado de la empalizada antes de que él la alcanzara. Svik había juntado las manos para que Jökul se apoyara en ellas y se impulsara, pero Varg sentía que la fuerza y la velocidad del lobo palpitaban dentro de su cuerpo y había saltado para encaramarse a la muralla. Luego había columpiado los pies desde el tejado plano de un cobertizo antes de dejarse caer y rodar por la tierra compacta.

La batalla había alcanzado su apogeo entre los druzhina, los guardias de la torre galdur y Glornir y los Hermanos de Sangre que se habían sumado.

Æsa ya se había unido a ellos antes de que Svik y Jökul saltaran al patio. Intercambiaron una mirada y se lanzaron hacia la lucha. Varg los siguió con la lanza calada.

Lo que ocurrió a continuación eran imágenes fragmentadas, momentos inconexos de sangre y hierro, estruendo de aceros, rostros desencajados, gritos, relinchos y chacoloteo de cascos. Varg cayó, se levantó a trompicones, hundió la lanza en un guardia de la torre cuando el hombre ya se disponía a asestar un hachazo en la cabeza de Svik. Recibió un golpe en la espalda cuando se estrelló contra él el guerrero que Jökul había lanzado por los aires; el herrero lo ayudó a levantarse al mismo tiempo que levantaba el martillo y trituraba la cabeza del guardia. El lobo rugía en su sangre, pero de alguna manera conseguía controlarlo, como si fuera un perro que lanzaba furiosas dentelladas sujeto con una correa. Permitía que le prestara su fuerza, su velocidad y sus sentidos, pero mantenía un control precario sobre él.

Y luego había visto morir a Jökul. Había visto al hombre con el pelo oscuro y la nariz afilada que recogía el martillo de Jökul del suelo y golpeaba con él la cabeza de su amigo.

«Otro amigo asesinado ante mis ojos».

Había sentido horror, pena, y luego rabia. La amistad era algo nuevo para Varg y le daba más valor que al oro. Ver morir a Jökul de un martillazo asestado de manera cobarde... El lobo en su sangre enloqueció salvajemente. Salió corriendo hacia la puerta abierta de la torre con la intención de encontrar al hombre moreno y rajarle la garganta.

Oyó los cascos de un caballo en el suelo y, cuando se volvió, vio a un druzhina que galopaba hacia él con la espada levantada decidido a arrollarlo. Saltó a un lado y embistió a un guardia de la torre al mismo tiempo que atisbaba con el rabillo del ojo que Svik se aupaba al caballo detrás del jinete y lo degollaba con el seax. El guardia de la torre con el que Varg había chocado se dio la vuelta maldiciendo y lo empujó con el escudo con la intención de hacerse sitio para atacarlo con la lanza, pero Varg enganchó el cuchillo de carnicero en el borde del escudo para arrimarse a él y luego le asestó una puñalada, hundiendo el acero en la garganta de su oponente. El guardia se desplomó haciendo gárgaras y apretándose la herida con las manos mientras la sangre manaba a borbotones entre sus dedos. Varg siguió corriendo a través del patio y dejó atrás el tumulto de combatientes para dirigirse a la puerta abierta de la torre.

La torre galdur se alzaba imponente delante de él. Al verla de cerca, Varg se dio cuenta de que estaba construida con madera y no con la pulida piedra negra que le había parecido desde lejos. Aminoró el paso según se acercaba a la puerta y vio el cuerpo de Jökul derrumbado en el umbral. Se detuvo a su lado y se arrodilló. Solo necesitó un vistazo para confirmar lo que había presenciado: tenía la cabeza machacada y un tajo del que escapaba un puré de huesos y sesos. Varg se levantó gruñendo, extrajo el destral de la cabeza del cadáver del guardia de la torre y entró hecho una furia en el vestíbulo. Miró a izquierda y a derecha por si había enemigos escondidos y buscó con la mirada al hombre moreno.

No había nadie. La habitación era enorme y el fragor de la batalla que tenía lugar en el patio resonaba en el techo abovedado.

«¿Dónde se ha metido?».

A la derecha había una puerta cerrada y una escalera de caracol que ascendía por la torre. En la pared del fondo vio una puerta entreabierta y caminó hacia ella sigilosamente. Enganchó el pestillo con el hacha y abrió la puerta del todo con el cuchillo de carnicero levantado en la otra mano. Delante de él aparecieron unos escalones de madera que bajaban y una pared con antorchas encendidas. Se adelantó un poco y se detuvo en el primer escalón. Oyó el eco de unos pasos trepidantes que llegaban hasta él a través de un túnel.

—¡Varg! —gritó alguien.

Varg oyó un ruido de cascos a su espalda y se volvió encorvado, con las armas levantadas. Pero era Svik sobre su caballo recién adquirido, un animal hermoso, alto y esbelto, con la crin trenzada como su barba. Æsa corría a su lado.

—¡Jökul! —les gritó Varg señalando con el dedo.

Svik y Æsa bajaron la mirada hacia el guardia muerto y el cuerpo de Jökul. Svik tiró de las riendas, desmontó de un salto y se arrodilló junto al cadáver. Æsa frenó en seco y miró con incredulidad el cuerpo muerto de Jökul.

—He visto quién lo ha hecho —dijo Varg—. Creo que ha huido por este túnel.

Svik y Æsa llegaron a su lado en un abrir y cerrar de ojos y escudriñaron el túnel desde la puerta abierta.

—Matemos a ese niðing —gruñó Æsa.

—Sí —masculló Svik, y se adentró un paso en el túnel.

Oyeron a su espalda los sonidos amortiguados de la batalla y un estrépito. Una puerta se hizo añicos y un montón de cuerpos se precipitaron por el hueco y rodaron por el suelo hasta que se detuvieron con los brazos y las piernas retorcidos. Más guardias de la torre. Glornir entró a continuación con paso firme por la puerta blandiendo el hacha larga con las dos manos, seguido por Sulich y el resto de los Hermanos de Sangre.

—¡Registradlo todo! —bramó Glornir, y un puñado de Hermanos de Sangre subieron corriendo por la escalera de caracol, con Sulich a la cabeza, y desaparecieron en la oscuridad. Desde arriba llegó un ruido de pasos por el suelo de madera—. ¿Qué habéis encontrado? —gruñó Glornir cruzando el vestíbulo.

—Han matado a Jökul. El hombre que lo hizo ha huido por aquí —dijo Varg—. Es un túnel. Creo que va... hacia el este.

Glornir se acercó al cadáver de Jökul. Le temblaba un músculo de la mandíbula mientras caminaba hacia Varg y el resto.

Entraron más Hermanos de Sangre en el vestíbulo de la torre. Varg vio a Røkia, con la cara salpicada de sangre y la lanza teñida de rojo. Le dirigió un ademán con la cabeza y se sintió aliviado. Einar Medio Trol entró detrás de ella.

—¿Adónde lleva? —preguntó Æsa escrutando el túnel.

—A la fortaleza de Helka —dijo Glornir—. Es lo único que hay al este de la torre.

Ruido de pies en la escalera, bajando.

—¡No está aquí, jefe! —gritó Sulich.
—¿Y Skalk? —gruñó Glornir.
Por otro pasillo llegó un Hermano de Sangre.
—No hay rastro de ella, jefe.
—¡Nada! —gritó otra voz.
—¿Qué hacían aquí esos druzhina de Iskidan? —preguntó Svik.
Se oyeron más pasos y todos los Hermanos de Sangre se reagruparon. Unos cuantos hicieron guardia para vigilar el patio y otros se apostaron junto a la puerta que Glornir había tirado abajo. A lo lejos, en las calles que había al otro lado del patio, sonaban cuernos, y en algún lugar tañían una campana.
—Bueno, ya le han dado una patada al avispero. Los drengir no tardarán en llegar zumbando —dijo Æsa. Parecía contenta.
«Perdemos la ventaja de la sorpresa y la velocidad», se lamentó Varg, porque sabía que ese había sido el punto fuerte del plan de Glornir.
—¿Cuál es el plan, jefe? —preguntó Svik.
Glornir torció el gesto y una vena palpitó en su sien. Suspiró hondo.
—Nos hemos metido en algo que no me gusta, que se me escapa —dijo—. Pero Skalk ha matado a uno de los nuestros. —Le tembló el rostro y sus músculos cambiaron, le crecieron los dientes y un brillo verde apareció en sus ojos—. Y se ha llevado a Vol. —Se estremeció y gruñó—. No pienso irme de aquí sin ella.
Los Hermanos de Sangre expresaron su conformidad con murmullos y gruñidos.
—Y el asesino de Jökul está al final de este túnel —agregó Varg.
Los Hermanos de Sangre imprecaron entre dientes.
Glornir paseó la mirada por los guerreros congregados en el vestíbulo.
—Buscaremos a Skalk. Si no está aquí, lo más probable es que lo encontremos al lado de Helka. Se acabó el sigilo. Entraremos en los aposentos de Helka y golpearemos como un martillo.
—¡Sí! —exclamó Æsa sonriendo.
Los Hermanos de Sangre se pusieron en marcha.
—Seguidme —dijo Glornir entrando por la puerta abierta y bajando los escalones del túnel.

Varg entró detrás de él con Sulich, Svik y Æsa pisándole los talones. Oyó que Einar refunfuñaba por tener que encorvarse para caber en el túnel y que Røkia le decía que parara de quejarse.
El túnel se niveló. Estaba bien iluminado por antorchas instaladas en

las vigas de soporte que una corriente de aire hacía crepitar. Avanzaron en silencio, acompañados por el ruido de sus pasos y el rítmico tintineo de las cotas de malla. Finalmente Glornir subió por una escalera y se detuvo debajo de una trampilla. Varg la observó, pero no vio ningún pestillo ni tirador. De repente lo invadió el miedo de estar atrapados allí dentro, con el enemigo detrás. Pero entonces notó algo, un cambio en el aire que lo envolvía, y se le erizó el vello de la nuca. Glornir se había encorvado y estaba temblando. Mientras observaba a su corpulento líder, Varg vio que parecía hincharse y unas convulsiones sacudían su cuerpo. Entonces Glornir levantó la cabeza y, a la luz de las antorchas, Varg vio un brillo verde en sus ojos y unos dientes puntiagudos rodeados por su barba gris. Glornir profirió un rugido ensordecedor y asestó un zarpazo a la trampilla. Se produjo una explosión de madera y una lluvia de astillas cayó alrededor de los Hermanos de Sangre. Glornir cruzó el hueco de la entrada seguido por Varg y por Svik y aparecieron en un amplio pasillo. A Varg le palpitaba la cabeza, rítmicamente, como al despertarse al día siguiente después de haberse pasado con el hidromiel la noche anterior. Glornir dio una sacudida y tembló, y Varg vio que sus manos se encogían para recuperar su aspecto normal y sus ojos volvían a ser castaños.

«Ese es el control que Røkia intenta enseñarme».

Sin decir una palabra, Glornir enfiló por el pasillo. Señaló la primera puerta y Svik la abrió y se escabulló por ella acompañado por Æsa, pero la habitación estaba vacía. Glornir continuó avanzando mientras seguían saliendo Hermanos de Sangre del túnel. Glornir y Varg torcieron al llegar a una curva en el pasillo y delante de ellos apareció un solitario drengr, una mujer con una trenza rubia, apoyada contra la pared. Al ver a Glornir, a Varg y al resto de los Hermanos de Sangre vaciló, pero entonces abrió la boca y bajó la mano a la espada que colgaba de su cinturón. Varg oyó un zumbido que cortaba el aire junto a su oreja y la lanza se hundió en el pecho de la guerrera, atravesando cota de malla y carne. La mujer soltó un gruñido ahogado y se deslizó por la pared hasta llegar al suelo.

Røkia adelantó corriendo a Varg y extrajo la lanza de la guerrera muerta. Glornir, Varg y los demás se detuvieron a su lado. La drengr había estado custodiando una puerta.

Varg oyó ruido al otro lado. Crujidos. Y gruñidos.

Røkia tiró abajo la puerta de una patada e irrumpió en la habitación seguida por Svik, Æsa y Varg. El espacio era amplio y estaba magníficamente decorado. El fuego crepitaba en una chimenea y de las paredes colgaban tapices de lana. Había una mesa con palmatorias de plata delante de una cama cubierta de pieles, en la que un hombre y una mujer estaban follando. Un culo pálido subía y bajaba.

—¿Qué…? —exclamó el hombre dándose la vuelta. Era moreno y tenía la constitución de un guerrero. Sus facciones eran afiladas y delicadas y llevaba la barba ungida y trenzada, recogida con hilo de plata.

—Príncipe Hakon —dijo Svik sonriendo y haciendo una reverencia.

—¡Fuera de aquí! ¡Esto es un ultraje! —bramó Hakon—. ¡Yana!

—Levántate —espetó Røkia apuntando a su pecho con la lanza, que goteaba sangre.

La expresión de indignación de Hakon cambió por una de desconcierto, quizá sazonada con miedo.

—¿Qué os creéis que estáis haciendo? —gruñó—. Soy el príncipe de Darl. Mi madre os cortará la cabeza por esto. ¡Yana! —gritó más alto, volviéndose hacia la puerta. Pero entonces vio las botas de su drengr y el charco de sangre que se expandía a su alrededor.

—¿Dónde está Skalk? —preguntó Glornir adentrándose en la habitación.

Hakon parpadeó y se puso pálido.

—Glornir —dijo al reconocerlo, apartándose de la mujer que había en su cama y cubriéndose la entrepierna con unas pieles—. La bruja seiðr thrall dijo que vendrías a por Skalk, pero él no la creyó.

—¿Dónde están el galdramaðr y Vol? —gruñó Glornir.

—No… no lo sé. ¿En la torre? —respondió Hakon.

—Ya hemos mirado allí —dijo Svik suspirando.

—Entonces no lo sé. Yo he estado… ocupado.

—Ya lo vemos. —Svik sonrió.

—Apresadlo —ordenó Glornir dando media vuelta y saliendo de la habitación.

—Arriba. Levántate, follador —gruñó Røkia aguijoneándolo con la lanza. Le dejó una mancha de la sangre de su guerrera muerta en el vientre.

—Un momento —protestó Hakon—. No podéis…

Røkia giró la lanza y golpeó con la contera en la mandíbula a Hakon, que cayó rodando de la cama. Røkia se acercó a él.

—Si quieres seguir respirando, levántate.

Hakon se puso de pie tambaleándose, con la mandíbula morada. Una mezcla de rabia, indignación, estupefacción y miedo se reflejaba en su cara temblorosa.

—Sal —espetó Røkia golpeándolo en el culo con la parte plana de la punta de la lanza.

Hakon dio un saltito y gimoteó. Svik le lanzó un beso a la mujer desnuda que intentaba esconderse debajo de las pieles mientras salían de la habitación.

Varg siguió a Glornir por el pasillo hacia una puerta abierta que había más adelante. Las palpitaciones de su cabeza eran más fuertes y profundas y le provocaban náuseas. Desde la puerta abierta llegaba un alboroto de voces, y el olor a comida, hidromiel y cerveza impregnaba el aire. Glornir cruzó la puerta sin aminorar el paso y apareció sobre una tarima, donde había una larga mesa que ofrecía una vista completa de una sala de hidromiel en la que estaba celebrándose un banquete. El aire estaba cargado de humo y en el techo había unos huesos pálidos y curvos en vez de vigas.

«Los huesos de la diosa águila Orna». Ahora el dolor de cabeza de Varg iba y venía como el oleaje. Sacudió la cabeza y respiró hondo.

Glornir se detuvo.

Varg vio a la reina Helka sentada allí, de cara al banquete. Entre los bancos de la sala de hidromiel y la mesa de la reina Helka había un hombre, pálido y con el pelo oscuro, con el rostro cubierto de sudor y mugre y una nariz larga que moqueaba. Vestía una magnífica túnica de lana, aunque tenía una manga desgarrada y manchada de sangre. En una mano empuñaba el martillo de Jökul. Varg hizo el ademán de internarse en la sala de hidromiel, pero Svik tiró hacia atrás de él.

—¡Es él! —masculló Varg señalando con el cuchillo al hombre que moqueaba.

—Lo veo —repuso Svik con los dientes apretados y un tono glacial—. Pero vamos a esperar a que Glornir nos diga lo que tenemos que hacer.

Había hombres y mujeres sentados a ambos lados de la reina Helka, todos ataviados con túnicas de lana bordadas y brazaletes de plata y de oro. Una de las mujeres tenía una larga cicatriz que le cruzaba la cara en diagonal desde la frente hasta una mejilla. Había guerreros drengir repartidos por el salón, de pie y gritando, y por el estrado se paseaban otros guerreros, como si fueran un puño alrededor de la reina Helka.

Varg se dio cuenta de que eran úlfheðnar y un escalofrío le recorrió la espalda y se le erizó el vello de la nuca. El lobo que vivía en su sangre los reconocía y los consideraba una amenaza, un desafío, como si fueran una manada rival, pero Varg también sentía lástima por ellos, esclavizados, con el collar de thrall de hierro ceñido en el cuello. Su lobo interior gruñía ansioso por desgarrar el cuello de Helka por hacer aquello a sus hermanos lobos.

Varg interiorizó todo eso durante los segundos que estuvo allí. Luego, Glornir se adentró en la tarima seguido por los Hermanos de Sangre.

Los úlfhéðnar fueron los primeros en advertir su presencia y rodearon a Helka con movimientos rápidos y fluidos, encarándose a la banda de mercenarios. Varg oyó que alguien gritaba y los señalaba con el dedo. Era el hombre moreno que estaba frente a la reina. Pero entonces Glornir asestó un hachazo en el cuello a un úlfhéðnar que estaba dándose la vuelta y se produjo una explosión de sangre. Una docena de úlfhéðnar cargaron hacia los Hermanos de Sangre y desde las mesas de la sala de hidromiel llegaron los gritos y los aullidos de los drengir que se ponían en pie y desenfundaban precipitadamente las armas.

Einar Medio Trol arremetió contra una guardaespaldas úlfhéðnar tan enloquecida y colérica que ni siquiera había desenfundado un arma y lo atacaba con las garras extendidas y las fauces abiertas. El destral de Medio Trol se hundió en la parte superior del brazo de la guerrera, que se estampó contra el suelo en medio de una lluvia de anillas de brynja y sangre. La úlfhéðnar se retorció aullando y tratando de morder la pierna de Einar.

Svik y Sulich se adelantaron protegiendo los flancos de Glornir mientras su hacha volvía a subir y a bajar. Varg se adentró en la sala esgrimiendo el destral y el cuchillo. Una guerrera úlfhéðnar lo vio y corrió a su encuentro sacando dos seax del cinturón, espumajeando por la boca, gruñendo y con los ojos ambarinos. La guerrera arremetió contra él sin tomarse un momento para evaluar ni juzgar la destreza de Varg, ni siquiera para fintar antes de asestar un golpe; sus ojos solo rebosaban el arrebato de la violencia feroz. El instinto de Varg le decía que se apartara, pero se quedó paralizado un instante, mirando fijamente a su oponente. La úlfhéðnar lo embistió con los seax por delante y Varg cortó el aire con el destral para desviar uno de los aceros y torció el cuerpo para que el otro resbalara por las anillas de su brynja. La guerrera chocó con él y Varg salió disparado hacia atrás y se estrelló contra una pared. El golpetazo resonó dentro de su cabeza y le hizo ver las estrellas. Su espalda se deslizó por la pared y un seax se hundió en el espacio que su cuello acababa de desocupar. Varg arremetió con el cuchillo y lo hundió en el pie de la mujer, atravesando carne y hueso, hasta que se clavó en el suelo de madera. La úlfhéðnar aulló, soltó el seax clavado en la pared y atacó a Varg con el otro. La punta del acero rozó la mejilla de Varg, que notó el sabor de la sangre en la boca. La guerrera se agachó para agarrar el cuchillo de Varg por la empuñadura y arrancarlo del suelo de madera y de su pie, pero él le propinó una patada en las piernas y la lanzó por los aires. La úlfhéðnar aterrizó con un trompazo y se le escaparon de las manos el seax y el cuchillo. Varg se retorció y rodó por el suelo, pero la guerrera ya se arrastraba hacia él y se incorporaba para agarrarlo del cuello y traer su cara hacia su boca abierta llena de dientes puntiagudos. Varg tiraba hacia atrás y se revolvía, pero no tenía a mano nada contra lo que apoyarse. Ya olía su aliento, caliente y amargo, y el pánico se apoderó de él cuando los colmillos de la úlfhéðnar le tocaron la mejilla. Su lobo interior aullaba para que lo dejara salir y una parte de Varg sabía que, si lo seguía conteniendo, moriría.

Varg trató de tirarse hacia atrás cuando las fauces abiertas de la úlfhéðnar se cernieron sobre su rostro, pero lo único que consiguió hacer fue girar la cabeza. Notó como los colmillos de su oponente se clavaban en un costado de su cabeza y en su oreja, oyó su respiración caliente y el sonido de un desgarrón y sintió un dolor agudo y atroz.

Se produjo una explosión de sangre y huesos que lo golpeó de lleno en la cara y la úlfhéðnar se desplomó encima de Varg y lo inmovilizó contra el suelo. La respiración de la guerrera era un resuello anhelante. Alguien levantó su cuerpo y Varg vio a Sulich de pie a su lado, tendiéndole una mano. Varg la aferró y el otro mercenario lo levantó del suelo escupiendo la sangre de la úlfhéðnar. Sulich saltó a un lado para esquivar la lanzada de un drengr y le rajó de lado a lado el vientre con su espada curva.

Varg se llevó una mano a la cabeza. El dolor palpitaba y se propagaba en oleadas de náuseas. Tenía los dedos pringados de sangre y sentía los surcos que le habían abierto los dientes de la úlfhéðnar. Sacudió una mano. Tenía una sensación extraña. Bajó la mirada a la úlfhéðnar muerta y vio un bulto dentro de su boca abierta, un trozo de carne desgarrada y blanda.

«¡Me ha arrancado la oreja!».

Se tambaleó y apoyó la mano en una pared para estabilizarse. Paseó la mirada a su alrededor y vio que el estrado se había convertido en un campo de batalla. Un puñado de úlfhéðnar rodeaba a la reina Helka y el resto luchaba con los Hermanos de Sangre. Los drengir que había en la sala de hidromiel estaban subiendo a la tarima, si bien con más cautela que los úlfhéðnar. Varg vio a Einar esgrimiendo el hacha y bramando. Glornir se abría paso a hachazos hacia Helka, pero su avance se veía entorpecido por los úlfhéðnar y el número cada vez más grande de drengir, y daba la impresión de que se movía hundido hasta la cintura en el agua. Svik retrocedía ante las acometidas de un úlfhéðnar. Æsa se aupó a una mesa y asestó puñaladas a diestra y siniestra con la lanza. Sin embargo, allá donde mirara, los Hermanos de Sangre se habían quedado estancados o retrocedían por la enorme cantidad de guerreros que se acumulaban en la tarima. En todos los duelos los úlfhéðnar estaban imponiéndose porque los Hermanos de Sangre reprimían las bestias que corrían por su sangre corrompida.

—¡ALTO! —bramó una voz autoritaria, e inmediatamente los úlfhéðnar abandonaron la lucha y se replegaron, encorvados y gruñendo—. ¡ALTO! —gritó de nuevo la reina Helka.

Un drengr, dominado por su arrebato violento, hizo caso omiso a su orden y un úlfhéðnar se adelantó y lo derribó.

Entonces Varg vio por qué Helka quería que se detuviera la batalla.

Røkia se adentró en la tarima con el príncipe Hakon desnudo y firmemente sujeto delante de ella, con el filo de un seax apretado contra el cuello.

CAPÍTULO VEINTISIETE

GUÐVARR

Guðvarr se apoyó contra una mesa larga de la sala de hidromiel. Había visto irrumpir sigilosamente a los guerreros por la puerta que había en el fondo de la tarima y reconocido, del patio de Skalk, al hombre calvo con la barba gris y el hacha en la mano y al otro demacrado, de aspecto salvaje y con el cuchillo de carnicero, que lo había seguido al interior de la torre. Había contemplado horrorizado como el barbudo se había adentrado en una sala llena de guerreros y abierto paso a través de los úlfhéðnar con su hacha larga.

«¿Qué clase de pirado es este tipo?».

Miró a Helka. Un puñado de úlfhéðnar formaba un cordón infranqueable alrededor de ella y su hija, Estrid, quien miraba el caos con un brillo de emoción en los ojos. Sentada a la misma mesa que ellas estaba la jarl Sigrún, su tía. Ahora se arrepentía de no haber ido corriendo a su lado en cuanto comenzó la batalla, para defenderla. Por el contrario, se había pegado contra una mesa, exhausto.

«He tenido un mal día. —Se miró el brazo y se estremeció—. Y al entrar medio muerto en la sala de hidromiel, en vez de darme las gracias por dar la voz de alarma y ofrecerme una silla y un cuerno de hidromiel, ¡Helka me ha interrogado! Le he contado que estaban atacando la torre galdur. Si me hubiera escuchado, quizá estos pirados no la habrían cogido por sorpresa».

La batalla había cesado de la misma manera brusca que había estallado y se había instalado la quietud en la tarima cuando los guerreros se quedaron inmóviles al oír la orden de la reina, los úlfhéðnar se replegaron alrededor de Helka y los drengir retrocedieron para separarse de los enemigos.

«¿Quiénes son?».

No eran guerreros de Jaromir, eso estaba claro. Todos vestían como drengir, con cotas de malla y túnica de lana, y estaban bien armados, muchos de ellos blandían espadas. Sin embargo no llevaban cascos ni portaban escudos que revelaran su identidad.

Guðvarr los escrutó, prestando atención a sus semblantes severos, las cicatrices, las armas, la sangre y las cotas de malla.

«No he visto una pandilla de pirados más asquerosa», pensó. Sin embargo, lo que atraía su mirada era el hombre de la barba gris, alto y corpulento. Su sudorosa calva resplandecía y tenía la cara, la barba y la cota de malla salpicadas de sangre. Del hacha larga que empuñaba también goteaba sangre. Su ceño fruncido mientras miraba con ferocidad a Helka parecía un nubarrón. La reina, sin embargo, solo tenía ojos para la guerrera rubia que había irrumpido en el estrado con el seax apretado contra la garganta del príncipe Hakon desnudo.

«Vaya, lo han pillado con los pantalones bajados».

—Suéltalo —espetó Helka.

—¿Dónde está Skalk? —preguntó el hombre calvo. Hizo una pausa y un estremecimiento le sacudió los músculos del cuello, de los hombros y de la espalda—. ¿Dónde está Vol?

—¿Te has pensado bien lo que estás haciendo, Glornir? —dijo la reina.

—Skalk y Vol —repitió Glornir.

—¿Skalk? Fue a la torre —respondió Helka.

—Lo hemos buscado en la torre y no está allí —aseveró un miembro de la banda, un hombre delgado y pelirrojo, con el bigote trenzado y ungido.

—Bueno, pues aquí tampoco está —dijo Helka, clavando los ojos en el viejo de la barba gris—. Glornir, sabes que no tienes ninguna esperanza de salir vivo de aquí. Has asaltado mi salón de banquetes y amenazas con un seax en el cuello a mi hijo. —Negó con la cabeza—. ¿Te has vuelto loco?

«Eso es exactamente lo que pienso yo —se dijo Guðvarr—. Un momento. ¡Glornir! ¿El Glornir Rompeescudos de los Hermanos de Sangre? Bueno, eso explicaría muchas cosas».

—Me iré de aquí con Vol o este día será el último en la vida de Hakon.

—Glornir se encogió de hombros—. Es posible que los Hermanos de Sangre muramos aquí, pero no moriremos solos. —Sus ojos se deslizaron por la sala llena de guerreros y se detuvieron en Guðvarr, si bien no el tiempo necesario para que empezaran a temblarle las piernas y se le aflojara el vientre.

—No puedo entregarte a tu bruja seiðr si no sé dónde está —aseveró la reina Helka.

«Por hoy ya está bien de salvar la vida por un pelo».

—Se la ha llevado Jaromir —terció Guðvarr. Hasta el último ojo que había en la sala se volvió hacia él. Advirtió que Glornir le clavaba una mirada feroz y lo recorría de arriba abajo, y se dio cuenta de que todavía tenía en la mano el martillo con el que había machacado la cabeza de aquel caraculo. Lo dejó caer y el martillo repicó en el suelo.

—¿Cómo? —inquirió la reina Helka.

Guðvarr inspiró hondo.

—Jaromir se ha llevado a la bruja seiðr y el baúl que lord Skalk trajo con los huesos de la diosa. Jaromir comentó algo sobre no sé qué huesos de Hraeg.

—¿Y cómo es que tú sabes eso?

—Yo… estaba allí —respondió Guðvarr—. Lo vi. Jaromir se llevó a la bruja seiðr cruzada en su propia silla de montar.

Gruñidos y murmullos entre los Hermanos de Sangre. Glornir se quedó extrañamente inmóvil, salvo por la vena que le palpitaba en la calva.

—Estaba en la torre —espetó el hombre con el cuchillo de carnicero, sacudiendo la cabeza en dirección a Guðvarr. Tenía una marca de mordisco cubierta de sangre en un lado de la cabeza—. Mató a Jökul como un niðing cobarde y luego huyó. —Dio un paso hacia Guðvarr, pero Glornir lo sujetó.

—Yo no hui —afirmó altivamente Guðvarr, intentando ponerse un poco más derecho y reprimiendo el impulso de retroceder para aumentar la distancia que lo separaba del hombre con el cuchillo—. Vine para alertar a mi reina del peligro.

—Ya lo ves, Glornir. No puedo entregarte tu bruja seiðr —dijo Helka—. Ya no está aquí.

—Entonces tráeme a Skalk —respondió Glornir.

Helka suspiró.

—Esto no lleva a ninguna parte. Además, ¿qué piensas hacer si te traigo a Skalk? De todos modos no saldrás vivo de Darl.

—Si no veo a Skalk, tu hijo morirá —dijo Glornir—. Tu heredero, como él mismo se ha encargado de repetirnos un millar de veces.

—Tengo más —dijo Helka esbozando una sonrisa gélida.

—¡Madre! —graznó Hakon.

Glornir lanzó una mirada a Røkia y su brazo se tensó.

—Por favor, madre, haz lo que te pide —gimoteó Hakon con los ojos llenos de lágrimas.

Helka miró a su hijo largamente y sin perder la calma.

—Estoy negociando.

—Deja que muera —sugirió Estrid encogiéndose de hombros—. Yo seré mejor reina que él.

—Silencio, hija —dijo Helka.

—Por favor, madre… Tengo frío —gimoteó Hakon con la voz temblorosa, aunque lanzó una mirada asesina a su hermana.

—Ya se ve —apuntó una mujer bajita y corpulenta que formaba parte de los Hermanos de Sangre, sonriendo mientras miraba directamente el cuerpo desnudo del príncipe. Algunos guerreros rieron, no solo miembros de los Hermanos de Sangre.

—Dime, hijo, ¿por qué estás desnudo?

—Estaba follando —respondió la misma mujer—. Chillaba tanto que ni siquiera nos oyó cuando abrimos la puerta de una patada. —Sonrió y se oyeron más risas en la sala.

Guðvarr reparó en unas voces y un ruido de pasos procedentes del otro extremo de la sala de hidromiel. Se volvió y vio que Yrsa y Sturla entraban sosteniendo a otra figura.

Skalk.

Caminaba a duras penas arrastrando una pierna y tenía el rostro lleno de sangre. Le habían arrancado un trozo de la túnica para vendarle la cabeza y cubrir el destrozo que Guðvarr había visto que el halcón le hizo en el ojo.

Los tres avanzaban por el centro de la sala, entre las dos mesas largas, en dirección a la reina Helka.

—Mi reina —dijo Skalk.

—Vaya, parece que has tenido días mejores —comentó Helka—. Me alegro de que hayas venido. Me has ahorrado una búsqueda. —Señaló a Glornir, a los Hermanos de Sangre y finalmente a Hakon—. Glornir y sus Hermanos de Sangre quieren que te entregue a cambio de mi hijo. Creo que quieren matarte. ¿Es así? —Miró a Glornir.

—Sí —respondió este sin despegar los ojos de Skalk.

«Bien —pensó Guðvarr—. Entregadlo, entregadlo ahora mismo. Quiero ver cómo Glornir mata a ese pedazo de mierda de comadreja, mentiroso y torturador».

—Y a ella —espetó otra voz. Era el hombre con el cuchillo. Miraba a Yrsa con una expresión malévola en los ojos—. Mató a Torvik en la cámara de Rotta. Le hundió una espada cuando estaba sentado a mi lado. —Dio un paso hacia Yrsa.

—Espera —ordenó Glornir. El hombre con el cuchillo se detuvo.

Skalk desvió la mirada de Glornir para fijarla en la reina.

—Han venido a por tu bruja seiðr, como ya te advirtió ella —explicó la reina Helka.

—No está —dijo con la voz ronca Skalk.

—Eso ya lo sabemos. Guðvarr nos lo ha dicho. Tengo entendido que se la ha llevado Jaromir.

—Ajá. Tenía una bruja seiðr con él, y un thrall corrompido —contó el galdramaðr—. Muy… —Se tambaleó e Yrsa y Sturla lo sujetaron—… poderosos.

—Madre, ¿puedes entregarles de una vez a Skalk? —suplicó Hakon.

—No —dijo pensativa la reina—. Glornir, si te entrego a Skalk, lo matarás, y luego mis úlfhéðnar y mis drengir te matarán a ti.

—Es posible. —Glornir se encogió de hombros.

Helka se echó a reír.

—Tú y tus Hermanos de Sangre tenéis una fama, pero ¿cuarenta contra doscientos? Creo que no hay duda de cuál será el resultado. Sin embargo, hay una segunda opción.

Glornir se la quedó mirando sin decir nada.

—El príncipe Jaromir me ha insultado. Se podría decir que tanto como tú. Más, incluso, pues era mi invitado. Quiero capturarlo y castigarlo por su ofensa. Y aquí estáis vosotros, una banda de mercenarios. Alquiláis vuestras lanzas. Y en este caso la recompensa sería más importante para ti que un baúl lleno de plata. Jaromir tiene a tu bruja seiðr. —Hizo una pausa para que sus palabras calaran—. De esa manera, mi galdramaðr vivirá. Soltarás a mi hijo y te pagaré por capturar a nuestro enemigo común. Y de paso recuperarás a tu bruja seiðr. ¿Qué te parece?

«¡No, no, no! ¡Deja que mate a Skalk, por favor!».

—Puedes quedarte al galdramaðr por el momento —respondió Glornir tras meditarlo brevemente. Se volvió hacia Skalk—. Te mataré. Pero aún no. —Miró de nuevo a Helka—. Nos quedaremos a Hakon hasta que salgamos de Darl. Perdona que no me fíe de tu palabra, pero será nuestra garantía. Lo soltaré cuando nos marchemos de aquí. Y nos pagarás ahora la mitad y la otra mitad cuando te entreguemos a Jaromir. O su cabeza.

Helka frunció la boca.

—¿Cómo puedo estar segura de que soltaréis a Hakon?

—No puedes. Pero es por mi interés. Como tú misma has dicho, Jaromir tiene lo que quiero. ¿Y por qué iba a querer hacer de niñera de tu hijo mientras persigo druzhina por Vigrið?

Helka se dio unos golpecitos en la barbilla con un largo dedo.

—Y necesitaré un drakkar —añadió Glornir.

—Madre, no es posible que estés considerando seriamente esta estup…

—De acuerdo —dijo Helka.

Hakon farfulló una protesta, pero Guðvarr se fijó en que se rebajaba la tensión entre algunos guerreros presentes en la sala.

—Te llevarás a uno de mis úlfhéðnar contigo para que cuide de Hakon —agregó Helka.

Glornir se encogió de hombros y asintió.

Skalk se sentó en un banco y miró a Guðvarr. Algo se movió en las profundidades del torso de Guðvarr, que sintió un dolor agudo, como un pinchazo, pero dentro de su cuerpo. Guðvarr dio un grito ahogado y se apretó el pecho.

«El hyrndur… Creo que se ha movido». Le recordaba la tarea que Skalk le había encomendado. «Tengo que entablar amistad con el príncipe Hakon. A pesar de que es un maldito idiota».

Guðvarr se adelantó hacia el estrado y se inclinó para recoger la capa de un drengr muerto.

—¿Qué haces? —le preguntó Helka con el ceño fruncido.

—No te acerques —le advirtió Glornir.

—El príncipe tiene frío, y merece cierta dignidad —dijo Guðvarr—. No es ningún delito que lo pillen a uno follando. Más bien todo lo contrario.

El comentario provocó algunas risas.

—Eso depende de con quién te pillen —comentó alguien.

Helka miró a Glornir y arqueó las cejas.

—En algún momento tendrá que vestirse, ¿no? No puedes obligarlo a atravesar Darl así.

Glornir asintió y Helka hizo un gesto con la mano a Guðvarr, que avanzó hacia el estrado y se abrió paso entre los drengir hasta que se encontró cara a cara con Hakon.

—Mi príncipe —dijo. La mujer rubia levantó el seax una pizca para que Guðvarr envolviera los hombros de Hakon con la capa.

—Gracias —masculló el príncipe, y Guðvarr se alejó.

—Bueno, acabemos de una vez con este asunto —terció Helka. Dio una palmada—. Un baúl de plata y un drakkar para nuestros visitantes. Y comida y bebida mientras esperamos.

Los guerreros se dispersaron y regresaron a las mesas. Guðvarr se dio la vuelta para marcharse, pero una mano lo agarró por la muñeca y lo giró. Guðvarr se encontró de frente con la mirada feroz del hombre del cuchillo. Entre ambos solo había un palmo de distancia. Era más alto que él, de manera que lo obligaba a levantar la cabeza para mirarlo a la cara, que temblaba con una rabia apenas contenida. Tenía la barba corta y el rostro demacrado y de facciones angulosas. De su oreja arrancada no quedaban más que unos bultitos de carne desgarrada. Guðvarr tiró del brazo para soltarse, pero el otro hombre lo aferraba con una mano de hierro.

—¿Qué quieres? —preguntó con un hilo de voz.

—¿Eres Guðvarr?

«¿Cómo lo sabes? Yo nunca te diría mi nombre, zoquete llorica».

Los ojos del otro hombre se clavaban en los suyos con una intensidad atroz.

—Sí —masculló Guðvarr.

El hombre asintió con la cabeza.

—Un amigo me ha pedido que no te mate. Pero te envía un mensaje. Quiere que te diga que Lif viene a por ti.

—Lif. — Guðvarr resopló—. Ese niðing no es capaz de matar a nadie, ni siquiera encadenado.

—Como mataste tú a su hermano —repuso el hombre del cuchillo frunciendo un labio—. Y atacaste a Jökul por la espalda. Estás ganándote una reputación, cobarde.

«Debería retarte a un holmganga por tu insolencia. Pero no estoy en condiciones de luchar. Un monstruo acaba de cavar una madriguera hasta mi pecho».

—Suéltame, caraculo —gruñó Guðvarr.

—No sé si podré mantener la promesa que le hice a Lif —dijo el hombre del cuchillo—. Porque no sé hasta cuándo seré capaz de contenerme para no matarte. —Le temblaba el rostro y le palpitaban las venas.

Guðvarr volvió a tirar, pero no consiguió soltarse de su mano. Se dio cuenta de que había empezado a reunirse gente en torno a ellos: un hombre delgado y pelirrojo con una irritante sonrisita de suficiencia en los labios, una mujer bajita y rechoncha y otro hombre grande y feo como un trol.

—Deberías tener cuidado con a quién insultas, sin oreja —espetó Guðvarr—. He desafiado a gente a un holmganga por mucho menos.

—Desafíame entonces, por favor —dijo el hombre del cuchillo.

—Sí, creo que deberías desafiarlo —terció el hombre delgado y pelirrojo—. Tu honor lo exige. —Sonrió de una manera desagradable.

—Esta noche no se derramará más sangre —aseveró la reina Helka.

«Gracias, dioses muertos», pensó Guðvarr, y dijo:

—Estás de suerte, sin oreja.

Sin embargo, el hombre del cuchillo seguía sin soltarle la muñeca.

—Suéltalo, Varg. No es el momento —dijo una voz. Glornir.

El hombre del cuchillo abrió la mano y Guðvarr se apartó de él tambaleándose.

«Varg. No te olvidaré».

CAPÍTULO VEINTIOCHO

ELVAR

—Gracias —le dijo Elvar a Uspa.

La bruja seiðr asintió. A la luz cenicienta previa al amanecer, su rostro estaba surcado de pálidos caballones y hendiduras oscuras. Uspa exhaló un largo suspiro antes de ponerse en pie y alejarse ciñéndose la capa alrededor de los hombros.

Elvar se quedó mirando el fuego un rato y luego sacó una piedra de afilar de una bolsita que llevaba en la funda, cogió la espada y se puso a deslizar la piedra por el filo del acero.

Tras el ataque de los tennúr habían decidido poner tierra de por medio con la colina donde vivían, así que habían continuado la marcha hasta que se alejaron a una distancia prudencial de la sima de los vaesen. El manto de la noche ya había comenzado a cubrir el mundo cuando se detuvieron para acampar, y no pasó mucho más tiempo hasta que la mayoría de los miembros de los Terrores de la Batalla se acostaron, se taparon con la capa y se pusieron a roncar con la barriga llena. Varios días y noches de marcha ininterrumpida, combinados con el ataque de los tennúr, les habían pasado factura.

Elvar se había despertado temprano, cuando el amanecer solo se intuía en el horizonte. Había retirado la ceniza de la hoguera de la noche anterior para encender una nueva y había echado leña seca hasta que el fuego crepitó. Luego había ido a buscar agua a un arroyo cercano y la había puesto a hervir en una olla. Después se había acercado a Uspa, que dormía envuelta en la capa, se había agachado a su lado y le había puesto una mano en el hombro.

—¿Cómo está tu hombro? —le preguntó Grend al regresar de su turno de guardia. Se cruzó con Uspa, que se dirigía al carro donde estaban acostados Ulfrir y Skuld, y la saludó con un ademán de la cabeza. La bruja seiðr les había curado las heridas después del ataque de los tennúr y los dos dioses habían dormido profundamente durante la marcha y toda la noche. Aún no se habían despertado. Elvar ya había ido a echarles un vistazo.

Elvar se encogió de hombros e hizo rotar el hombro izquierdo. Sus músculos se habían quejado al levantar el escudo en el muro de escudos el día anterior. Sabía por qué se lo preguntaba.

—Bastante bien —respondió.

—No tienes por qué hacerlo —dijo Grend.

Elvar no respondió y se limitó a mirar en silencio la hoja brillante mientras deslizaba la piedra por el filo.

Empezaban a levantarse otros miembros de los Terrores de la Batalla. Orv el Serpiente se puso en pie, estiró los músculos y se abrochó el cinturón de armas, del que colgaban un carcaj y una funda para el arco. Les saludó con la cabeza y desapareció detrás de los carros para vaciar la vejiga. Regresó con un saco de avena que vertió en el agua hirviendo.

Sighvat se incorporó y eructó, se levantó y se rascó el culo. El cabello y la barba rojos parecían un arbusto en el que se habían peleado un par de gatos furiosos.

—Buenos días —dijo.

Una mancha roja apareció en el borde del mundo cuando el sol coronó el horizonte. Una figura se interpuso entre Elvar y el fuego y proyectó una sombra alargada.

—Convoco un althing —dijo Huld con los ojos fijos en Elvar—. Para que los Terrores de la Batalla decidan a su nuevo jefe en sustitución de Agnar Puño de Fuego. —Se echó hacia atrás la melena negra y se la recogió en la nuca como si se preparara para la batalla.

Elvar dejó de afilar la espada, guardó la piedra en la bolsita de cuero de la funda y envainó el acero.

«Así que ya ha llegado el momento», pensó.

Los que aún dormían se despertaron cuando Huld anunció a gritos la convocatoria de un althing, y poco después todos los miembros de los Terrores de la Batalla estaban reunidos alrededor del fuego.

—Date prisa, Sighvat —espetó Huld al guerrero, que estaba sirviéndose gachas en un cuenco.

—Este althing podría alargarse —refunfuñó Sighvat—. Y no me gusta hablar ni pensar con el estómago vacío. —Se echó otra cucharada de gachas, dio media vuelta y buscó un sitio libre en el círculo de mercenarios—. Todos sabemos de qué va esto, así que pasemos directamente a la votación. ¿Quién de los presentes se propone como jefe de los Terrores de la Batalla?

—Yo —dijo Huld. Estaba sentada y aferraba la garra de oso que colgaba de su cuello.

Se instaló el silencio en el claro, solo roto por el ruido que hacía Sighvat al sorber las gachas.

—¿Qué dices tú, hombretón? —le preguntó Orv a Sighvat—. Eras un hombre de Agnar, su segundo, y, en mi opinión, eres la persona adecuada para estar al mando en cualquier escaramuza.

Sighvat miró a Orv y dejó caer la cabeza.

—Agradezco tus palabras, Serpiente. Pero pensar no es lo mío, y esa debe ser la cualidad de nuestro jefe. Señálame un muro de escudos, un trol, un skraeling o cualquier otra cosa que pueda luchar y soy tu hombre. Pero idear planes astutos… —Se dio unos golpecitos en la sien—. Prefiero comer gachas y luchar. —Sonrió—. ¿Y tú? —preguntó Sighvat volviéndose hacia Grend.

—¿Yo? —exclamó Grend desconcertado. Elvar nunca lo había visto tan sorprendido.

—Ajá, tú —dijo Sighvat—. Probablemente eres el único hombre o mujer que puede ganarme en una pelea. Aunque no en un pulso. —Guiñó un ojo a Grend—. Con un acero en la mano eres un rival difícil de batir, de eso no hay duda. Y eres un pensador. Sabes mantener la cabeza fría para encontrar una salida en una situación difícil.

Ese comentario suscitó gruñidos y murmullos de conformidad entre los Terrores de la Batalla.

—No —dijo Grend. Negó con la cabeza—. No —repitió. Todos los Terrores de la Batalla lo miraban fijamente. El silencio se prolongó—. Estoy aquí por ella. —Señaló con la cabeza a Elvar—. Si ella se queda, yo me quedo. Si se va, o muere, yo me voy.

—Lo entiendo. —Sighvat se encogió de hombros.

—¿Alguien máz ce propone? —preguntó Sólin.

De nuevo cayó el silencio entre los mercenarios, también esta vez roto por los ruidosos sorbidos de Sighvat.

«¿De verdad quiero ser la jefa de los Terrores de la Batalla? —se preguntó Elvar—. Hace algún tiempo la respuesta habría sido que sí, sin dudarlo. Me proporcionaría todo lo que siempre he querido: reconocimiento y fama ganados con mi esfuerzo y no regalados por mi rico padre jarl. Pero ¿todavía quiero eso, después de haber hecho el bloð svarið y comprometerme a rescatar al hijo de Uspa? Ser jefa de los Terrores de la Batalla. —Se imaginó ocupando el cargo, saboreándolo como si fuera dulce hidromiel en la boca—. Ser la que les entrega el oro y los brazaletes. La que les llena la barriga de comida y los brazos de aros de plata. Pero, si quiero tener alguna posibilidad de cumplir este maldito juramento de sangre, necesito a los Terrores de la Batalla. Aunque no puedo llevarlos a una matanza como si fueran un rebaño…». —Ese argumento daba vueltas sin parar dentro de su cabeza.

Y entonces la asaltaron las palabras de Huld: «Eres la hija mimada de un jarl».

«Esa es la reputación de la que intento escapar desde hace cuatro años y Huld todavía piensa eso de mí. Un miembro de los Terrores de la Batalla, una de mis hermanas de espadas. ¿Qué tengo que hacer para demostrar que soy algo más que la hija de mi padre?»

La respuesta apareció dentro de su cabeza: «Grábale esa lección en el cuerpo. Gana. Lidera».

—Yo me propongo —dijo Elvar rompiendo el silencio.

Sintió la mirada de Grend posada en ella.

—En ese caso habrá que decidirlo en un holmganga —dijo Sighvat suspirando.

—¿Estáis seguras de que es lo que queréis? —preguntó Orv a ambas—. Las dos tenéis un buen brazo, y tenemos que matar un dragón. Sería una lástima contar con una guerrera menos.

—Elvar siempre está a tiempo de retirarse —dijo Huld.

—No —espetó Elvar.

—Elvar está herida —terció Grend—. Yo lucharé en su lugar.

—No —dijo de nuevo Elvar, poniéndose en pie y estirando los músculos. Recogió el cinturón de armas del suelo y movió los hombros para repartir el peso de la brynja antes de abrochárselo alrededor de la cintura. Se aseguró de que estuviera bien ceñido para que aguantara el peso de la cota de malla del lado del hombro herido. Finalmente miró a Huld—: Acabemos esto cuanto antes.

Huld esbozó media sonrisa y se levantó. Los Terrores de la Batalla se dispersaron y dejaron solo a Sighvat, que se quedó terminando su cuenco de gachas. Ante la falta de un avellano cercano del que conseguir las varas para delimitar el cuadrilátero, los guerreros de los Terrores de la Batalla la sustituyeron por sus lanzas. Elvar miró a Grend.

—¿Serás mi segundo?

—Como si hiciera falta preguntarlo, idiota —masculló el veterano guerrero.

Elvar se agachó y levantó el escudo. Dejó el brazo colgando para no forzar el hombro.

Se acercaron juntos a los límites del cuadrilátero del holmganga. Huld ya estaba esperándola. Un seax colgaba de su cinturón de armas. Sin despegar los ojos de Elvar, hizo algunos cortes en el aire y giró la muñeca para calentar los músculos y los tendones. A su lado había un hombre alto y desgarbado, con una nariz aguileña y escaso pelo rubio y grasiento en la cabeza. Era Urt el Sucio. Tenía preparados dos escudos más por si Huld los necesitaba, como permitían las reglas del holmganga.

—Puedes usar mi escudo si lo necesitas —le ofreció Grend.

Elvar levantó su propio escudo y evaluó su paso. Se estremeció y lo bajó rápidamente. Grend advirtió el dolor en sus ojos.

—Tienes que hacerlo rápido —le aconsejó Grend en voz baja, con una expresión de preocupación en el rostro.

Elvar asintió.

—Ella es ágil y hábil —añadió Grend. Su voz le recordó a Elvar los interminables días en el patio de Snakavik, donde Grend la había aleccionado en el manejo de las armas debajo de la ventana de su madre—. No la subestimes. Ataca como una tormenta de verano, con rapidez y violencia. Si no estuvieras herida, te aconsejaría que te concentraras en debilitarla y que esperaras hasta que se quede sin aliento para terminar con ella. Pero… —Echó un vistazo al hombro de Elvar—, es posible que no aguantes tanto tiempo. Así que termina con ella rápidamente.

Elvar asintió. Mientras escuchaba los consejos de Grend, cerró la mano alrededor de la empuñadura y extrajo una fracción la espada para comprobar que no se atascaba. Luego la dejó deslizarse de nuevo en el interior de la funda. Era otra vieja costumbre que había copiado de Grend.

Sighvat entró en el cuadrilátero demarcado por las lanzas e hizo una indicación a las contendientes para que se reunieran con él.

—Hay que respetar las reglas del holmganga —les recordó Sighvat mientras los Terrores de la Batalla se congregaban en torno al cuadrilátero—. Cuando el duelo termine no habrá pendiente una deuda de sangre ni un veregildo en favor de un amigo o pariente. —Miró a Grend—. ¿Lo has oído?

Grend miró fijamente y con los labios apretados a Sighvat.

—¿Lo has oído, hermano? —repitió Sighvat, en voz más alta y con un tono más severo.

—Ajá —murmuró Grend con los dientes apretados.

—Bien. Ahora, las contendientes deben acordar si es un duelo a primera sangre, sumisión o muerte.

—A muerte —aseveró Huld con los ojos fijos en los de Elvar.

Se oyeron algunos murmullos entre los Terrores de la Batalla.

—No es una buena elección, si os interesa mi opinión —dijo Sighvat—. Las dos sois muy útiles en una escaramuza, y tengo la sensación de que los Terrores de la batalla van a necesitar hasta el último acero y el último brazo fuerte que tengamos.

—A muerte —dijo Elvar mirando a los ojos a Huld.

Sighvat suspiró y asintió.

—Bueno, pues veamos quién sustituirá a Agnar.

Elvar se llevó la mano al colmillo de trol que colgaba de su cuello, el mismo que le había entregado Agnar, y lo apretó tan fuerte que se le pusieron los nudillos blancos.

«Te echo de menos, Agnar».

Sighvat salió del cuadrilátero. Grend y Urt el Sucio aún permanecieron unos segundos dentro del cuadrado marcado por las lanzas.

—Vete —dijo Elvar sin desviar la mirada de Huld—. Enseguida estaré otra vez contigo.

Huld resopló y retrocedió unos pasos con los ojos clavados en Elvar.

Grend vaciló un instante, pero finalmente dio media vuelta y se alejó de allí. Urt hizo lo mismo. Elvar vislumbró movimiento en la línea de los Terrores de la Batalla que se encontraban detrás de Huld. Los guerreros se apartaron y vio aparecer a Skuld y a Ulfrir.

«Dos dioses van a observarme mientras me bato en un holmganga. Es un buen material para que los escaldos compongan una canción. —Elvar sintió que se le aceleraba el corazón. Notó un hormigueo en las venas y se le dibujó una sonrisa en los labios—. No pienses en esas cosas —se reprendió—. Concéntrate o no vivirás para oír la canción de los escaldos».

—¿Estáis listas? —gritó Sighvat.

—Ajá —respondió Huld.

Elvar volvió para mirar a Grend. Desenfundó la espada, la levantó hacia él y tocó la parte plana de la hoja con los labios.

Grend se dio unos golpecitos con el dedo en la sien y movió los labios para decir sin emitir ningún sonido: «piensa».

Elvar se volvió de nuevo hacia Huld, que esperaba a una docena de pasos de ella.

—Ajá —gritó Elvar.

—¡Pues que comience el holmganga! —bramó Sighvat.

Huld se acercó rápidamente a Elvar acompañada por el rumor de las suelas de sus botas al pisar la hierba. Elvar separó los pies, se puso de puntillas y levantó a media altura el escudo con un estremecimiento. Huld recorrió diez pasos en un abrir y cerrar de ojos, con el escudo levantado y, cuando entró en el radio de alcance de su espada, asestó un fuerte golpe dirigido a la cabeza de Elvar, demasiado veloz para que su contrincante pudiera esquivarlo, así que Elvar no tuvo más remedio que detener la acometida con el escudo. El golpetazo subió por su brazo desde el escudo de madera de tilo hasta su hombro. Elvar dio un tambaleante paso atrás, con una mueca de dolor, y Huld la siguió con la velocidad que había predicho Grend. Elvar detuvo con el escudo la vertiginosa sucesión de golpes altos y bajos de su rival, sin bajar en ningún momento la espada, en espera de una oportunidad que nunca llegaba. El escudo de Huld era sólido como una muralla, perfectamente colocado, y la fuerza de sus golpes obligaba a retroceder a Elvar, menguaban su equilibrio y frustraban su capacidad para contraatacar.

Elvar se echó hacia la izquierda para que Huld tuviera que girar y alejarse de su escudo. Tras detener otro espadazo con el escudo, Elvar inmediatamente asestó una puñalada rápida y directa hacia la cara de Huld. Este levantó el escudo y empujó con el borde la espada de Elvar hacia arriba. Acto seguido arremetió con el umbo del escudo contra la cara de su oponente al mismo tiempo que propinaba un atroz espadazo dirigido a las costillas de Elvar, que esta consiguió bloquear por los pelos con el escudo. Se produjo una explosión de astillas y Elvar retrocedió trastabillando, se agachó para evadir el umbo de hierro de Huld y se estremeció e hizo una mueca de dolor.

Huld sonrió e insistió en su ataque. Dio un paso a la derecha y asestó un golpe en el costado izquierdo a Elvar, con la fuerza suficiente para derribar un toro. Elvar bloqueó el espadazo con el escudo y gritó, se tambaleó y bajó un poco el escudo aporreado. Pero con un esfuerzo enorme consiguió levantarlo justo a tiempo para protegerse del torbellino de golpes furiosos de Huld. La madera de tilo se astillaba y volaban fragmentos en todas direcciones. Elvar volvió a acercarse a su rival y trató de acertar en las piernas de Huld con un golpe bajo, pero la guerrera retrocedió con un breve baile y sonriendo.

—Aprendí a luchar en las calles de Svelgarth —gruñó Huld—, contra hombres y mujeres que te degollarían solo para calentarse las manos con tu sangre, no en un privilegiado campo de entrenamiento rodeada de thrall para que me sequen la frente cuando sudo.

—Balas como una cabra —espetó Elvar con la voz ronca, respirando hondo y tratando de alargar todo lo posible el momento de descanso.

—Una cabra que va a sacar ese brillante brazalete de oro de tu cadáver frío —dijo Huld señalando el brazalete de oro que Agnar había entregado a Elvar. Hizo rotar los hombros y levantó el escudo y la espada.

Elvar advirtió que los ojos de Huld se dirigían fugazmente a su hombro herido y a su escudo caído al mismo tiempo que la guerrera se movía y asestaba un espadazo.

Elvar alzó el escudo con agilidad y fue al encuentro del golpe de Huld. Absorbió su fuerza con la mitad superior del escudo, justo por encima del umbo, y giró el brazo y la muñeca para arrastrar la espada de Huld por el pecho de su rival e inmovilizarla detrás de su escudo.

El tiempo pareció detenerse un momento, mientras Huld miraba fijamente a los ojos a Elvar y se daba cuenta de lo que había pasado. La estupefacción dio paso al terror. Y entonces Elvar atacó con su espada y clavó la hoja en la cara de Huld. El acero se hundió en su boca triturando hueso y provocando una explosión de sangre y dientes. Huld dio un grito ahogado atragantándose con su propia sangre y retrocedió unos pasos tambaleantes antes de desplomarse. Elvar se detuvo a su lado. Unos regueros de sangre surcaban el rostro de Huld, cuya mano buscaba a tientas por el suelo la empuñadura de su espada. Elvar pisó la muñeca de Huld y le atravesó la garganta y la columna vertebral con la espada hasta que el acero se hundió en el suelo debajo de ella.

Hubo un momento de silencio. Luego los Terrores de la Batalla prorrumpieron en rugidos y Elvar extrajo la espada, se dio la vuelta y levantó el acero y el escudo en el aire.

Grend fue el primero en entrar en el cuadrilátero del holmganga y dirigirse con sus largas piernas hacia Elvar. Se detuvo delante de ella con una expresión en la cara que era en parte de preocupación y en parte de alegría.

—Lo has hecho muy bien —la felicitó.

Elvar sonrió.

—¿Cómo está tu hombro? ¿De verdad te dolía? ¿O has estado fingiendo todo el tiempo?

—No me dolía nada —confesó Elvar. Miró a Uspa, que estaba hablando con Skuld y Ulfrir—. Uspa pronunció unas runas seiðr dirigidas a él antes del amanecer. Mi hombro nunca ha estado mejor. —Volvió a sonreír y disfrutó de esa primera sensación de alegría y de alivio que siempre sigue a una lucha en la que tu vida ha estado en riesgo.

«Estoy viva». Un temblor comenzó en sus manos y rápidamente se propagó por todo su cuerpo mientras limpiaba con torpeza la hoja en la capa de Huld. Luego, con dificultad, enfundó la espada.

Sighvat se acercó a ella cargando algo pesado en un brazo. Era la piel de oso de Agnar. La sacudió, envolvió con ella los hombros de Elvar y la cerró con un broche de oro.

—Es la capa de un líder —dijo Sighvat—. La capa de nuestro líder. —Agarró la muñeca de Elvar y le levantó el brazo.

—¡Elvar Puño de Fuego, jefa de los Terrores de la Batalla! —bramó, y los guerreros sumaron sus voces al cántico.

Elvar paseó la mirada por los rostros de los mercenarios mientras coreaban su nombre y notó que algo se movía dentro de su pecho. Sus ojos se posaron en Ulfrir, que le sonrió con su boca llena de dientes afilados e inclinó la cabeza. Elvar le devolvió la sonrisa.

Sighvat se volvió a ella cuando las ovaciones ya cesaban.

—¿Y ahora qué? ¿Adónde vamos, jefa?

Elvar se lo quedó mirando perpleja.

«¡Jefa! Voy a tardar algún tiempo en acostumbrarme».

—Primero levantaremos un túmulo para Huld. Era un miembro de los Terrores de la Batalla. Luchó bien y murió bien.

Se oyeron gritos de conformidad.

De acuerdo con las huellas que habían encontrado en el puente de Isbrún, Ilska y sus Alimentadores de Cuervos se dirigían al este.

«Pero ¿es lo mejor ir en su persecución? Ulfrir aún tardará en recuperarse del todo y sumamos menos de cuarenta lanzas».

Se irguió mientras tomaba una decisión.

—Iremos al sur. Volveremos al *Jarl de las olas*.

CAPÍTULO VEINTINUEVE

VARG

Varg salió de los barracones en el puerto donde la reina Helka había alojado a los Hermanos de Sangre y lo recibió un día frío, con nubes efímeras dispersas en el cielo pálido. Sentía el cansancio en los huesos tras la lucha de la noche anterior y estaba abatido por la pérdida de Jökul. Tenía un dolor punzante en un lado de la cabeza y se palpó el vendaje que la envolvía. Cuando se tocó lo que quedaba de su oreja, le sobrevino una extraña sensación de náuseas.

«Es una mejora», le había dicho Røkia mientras lo sujetaba y Glornir le cauterizaba la herida con un cuchillo al rojo vivo. Recordaba haber gritado un poco.

A unos pasos de donde estaba, una docena de drengir de la reina Helka se calentaban las manos en un brasero crepitante y miraban con recelo a Varg. Cuando Einar Medio Trol salió de los barracones detrás de él, seguido por Svik y Røkia, los drengir bajaron las manos a las armas.

—¡Buenos días! —saludó cordialmente Svik al ver a los drengir. Røkia los fulminó con la mirada—. Vamos a comprar provisiones para el drakkar —añadió a modo de explicación.

—¿En qué dirección? —preguntó Varg.

—Sígueme —dijo Svik echando a andar—. Démonos prisa, no tenemos todo el día.

«Eso es verdad», pensó Varg. Aún no se había recuperado del asombro que le había causado que Glornir le permitiera acompañar a Svik.

Tras alcanzar un acuerdo en el salón de banquetes, la reina Helka había ordenado que sirvieran comida y bebida a los Hermanos de Sangre. Mientras los mercenarios comían con cierta desconfianza y sacaban los muertos de la sala, la gente de Helka había llevado un baúl que depositó delante de Glornir. Dos drengir levantaron la tapa y dejaron a la vista tal cantidad de plata que Varg se quedó sin respiración: monedas, aros, intrincados brazaletes, broches, colgantes y collares de todos los tamaños y formas. Glornir lo observó todo con el ceño fruncido y luego bajó la tapa con su hacha larga. Luego Helka le había ofrecido alojamiento dentro de la fortaleza, pero Glornir lo rechazó y acabaron instalándose en unos barracones cerca de los muelles, donde se estaban realizando los preparativos en un drakkar con la idea de zarpar esa misma mañana. Habían ido hasta allí de madrugada, cargados con los cuerpos de Jökul y de los otros tres mercenarios que habían caído a manos de los úlfhéðnar de Helka envueltos en sus capas. Durante todo el trayecto, Røkia no había despegado el seax del cuello del príncipe Hakon. Ahora Æsa se había quedado vigilándolo y estaba pasándoselo en grande torturándolo con comentarios sobre su desnudez y sus habilidades sexuales.

Svik condujo al grupo lejos de los muelles y del hedor y el estruendo de un centenar de barcos que cabeceaban en el río, donde un enjambre de comerciantes estaban descargando la mercancía llegada de todos los rincones de Vigrið y discutiendo precios. La ciudad de Darl se despertaba a medida que se adentraban en la ciudad por sus calles empinadas. Hombres y mujeres, la mayoría con aspecto de guerreros, pescadores y marineros salían pestañeando y con los ojos somnolientos de las tabernas y los burdeles donde habían pasado la noche. Lo primero que hacían muchos de ellos era buscar un callejón donde bajarse los pantalones y mear. Svik llevó a sus compañeros a través de una plaza de mercado donde había unas jaulas suspendidas en el aire con cadáveres en su interior. Los vendedores ya estaban montando sus tenderetes y encendiendo el fuego para las ollas que deberían alimentar la maraña de humanidad que pronto llenaría la plaza. Einar olisqueó y miró con anhelo los filetes que crepitaban en un brasero de carbón antes de dejar atrás la plaza del mercado y continuar por un laberinto de callejuelas estrechas y sinuosas. Sus botas repicaron en los puentes de madera tendidos sobre los canales que afluían al río Drammur y luego entraron en otra plaza de mercado, más grande que la anterior, con un estrado de madera en un extremo. La zona central de la explanada estaba rodeada de establos y corrales de madera, como aquellos destinados a cabras, ovejas, cerdos y bueyes en los que Varg había trabajado durante gran parte de su vida en la granja de Kolskegg. Sin embargo, los de la plaza estaban llenos de gente.

Centenares de personas, hacinadas como ganado. El penetrante olor de la orina y las heces impregnaba el aire y se adhería a la garganta de Varg. Todas tenían la cabeza afeitada, un collar de hierro y las muñecas y los tobillos engrilletados o ligados con cuerda, y se cubrían el cuerpo con una harapienta y tosca túnica de lino, cáñamo o lana. Miraban con ojos inexpresivos y vacíos la plaza. Varg sintió un espasmo de náuseas en el estómago, seguido rápidamente por un sentimiento de culpabilidad por ser libre mientras esas personas eran esclavas. No hacía mucho él había sido uno de ellos. Una chispa de horror y de rabia por vivir en un mundo donde se trataba así a la gente prendió en sus entrañas.

Delante de la puerta de cada uno de aquellos corrales y recintos había hombres y mujeres de aspecto severo, vestidos con prendas de cuero hervido y con porras en las manos.

Svik los condujo por la plaza abriéndose paso a través de la masa de gente, más densa a medida que se acercaban al estrado, donde había una hilera de thrall ligados unos a otros. Uno de los esclavos, al que habían dejado desnudo, era exhibido delante del resto mientras un subastador, un hombre alto y barrigudo, gritaba sus habilidades y sus aptitudes.

Varg caminó a trompicones hasta detenerse, sin poder dejar de mirar a los thrall que estaban sobre la tarima. Todos tenían la piel oscura, casi tan negra como el pino de tea pintado del casco del *Lobo del mar*.

—¿Qué pasa? —le preguntó Svik deteniéndose y dándose la vuelta—. Siguió la mirada estupefacta de Varg—. ¿Nunca habías visto un hombre amoratado?

—¿Amoratado? —farfulló Varg—. No son amoratados. Son negros.

—Tienen la lengua azul y su piel cambia de color dependiendo de la luz, o de la humedad, como las alas de las urracas o el aceite —dijo Svik.

Varg movió la cabeza de un lado a otro con incredulidad.

—¿De dónde son?

—De Iskidan —respondió Røkia.

—Son muy diferentes de Jaromir y sus druzhina —observó Varg.

—Iskidan es muy grande —explicó Svik—. Los hombres amoratados son del sur, mientras que Jaromir y sus druzhina son del norte.

Varg frunció el ceño.

—En Vigrið, la gente del norte y la del sur son iguales.

—Piénsalo de este modo —dijo Svik—. Imagina un forúnculo en el culo de Einar.

—No es una imagen agradable —murmuró Røkia.

—¡Yo no tengo forúnculos en el culo! —protestó Einar con gesto dolido.

—He dicho «imagina» —apuntó Svik—. Ya sabes, utilizando el cerebro. —Se dio unos golpecitos en la sien—. Así que imagina que Einar tiene un forúnculo en el culo. Vigrið sería el forúnculo e Iskidan sería todo el culo.

Varg hinchó los carrillos y soltó el aire silbando.

—Yo creía que Liga era la ciudad más grande del mundo, pero luego llegué aquí y pensé que Darl tenía que ser con toda seguridad la ciudad más grande del mundo.

—¡Ja! —exclamó Svik—. Pues no. Espera a ver Snakavik, e incluso Snakavik es un cobertizo comparada con Gravka, la ciudad del emperador de Iskidan.

Mientras conversaban, alguien compró al hombre amoratado del estrado, y por un precio que a Varg le pareció inconcebible para un thrall. Cubrieron al esclavo vendido con una túnica y lo bajaron de la tarima, las monedas cambiaron de manos y otro de los thrall que había en el estrado, una mujer, se adelantó. Le arrancaron bruscamente la túnica que la tapaba y dio comienzo la subasta.

—Esto me pone enfermo —gruñó Varg.

—El mundo es cruel y está lleno de actos viles y dolorosos —dijo Røkia en voz baja. Varg no sabía si hablaba con él o consigo misma, pero sus palabras resonaron dentro de su cabeza y le recordaron por qué había pedido a Glornir que le dejara ir allí con los demás.

—¿Cómo vamos a encontrar a Brimil? —preguntó Varg.

—Ya verás —respondió Svik—. ¿Todavía tienes tu collar de thrall?

—Ajá —masculló Varg. Metió la mano debajo de la capa y sintió el metal frío y pesado dentro de un bolsillo escondido.

—¿Y la llave?

—Ajá.

—Bien. Ponte el collar.

A Varg se le inflamó la mirada al pensar en ello y el miedo y la vergüenza sacudieron su cuerpo mientras un torrente de recuerdos indeseados inundaba su cabeza.

—Confía en mí, hermano —lo tranquilizó Svik.

Varg respiró hondo y asintió. Se puso el collar alrededor del cuello y lo cerró con un chasquido. Le apretaba más de lo que recordaba, y era más pesado. Le rozaba la piel. Se le torcieron los labios en un gruñido y oyó al lobo que aullaba en su sangre.

—Será breve —dijo Svik—. Røkia, actúa como si Varg fuera tu prisionero.

Røkia esbozó media sonrisa.

Svik se separó de ellos y se abrió paso entre la multitud en dirección al estrado. Se detuvo delante del subastador gordo y le preguntó algo. El subastador señaló a su derecha y Svik les hizo una señal para que lo siguieran. Røkia dio un golpecito con la punta de su lanza a Varg en la espalda y fueron tras Svik. Varg lanzó una última mirada a los amoratados del estrado mientras seguían a Svik por una calle que salía de la plaza y discurría cuesta abajo hacia el río. A ambos lados de la calle, que estaba embarrada y resbaladiza, se habían colocado unas pasarelas de madera. Svik se detuvo frente a la puerta de una taberna y habló con un hombre corpulento que se apoyaba en una larga porra. Cuando Varg se acercó allí, el hombre lo miró de arriba abajo, frunció la boca y abrió la puerta. Varg se fijó en que las ventanas de la taberna parecían haber sido reparadas recientemente. Sobre sus cabezas colgaba un letrero que crujía con la brisa: EL DRENGR MUERTO.

Svik regaló al portero una de sus sonrisas deslumbrantes y entró en la taberna.

—Vamos, thrall —dijo Røkia dando un empujón en el hombro a Varg.

Varg le sostuvo la mirada al portero mientras cruzaba la puerta.

—Más te vale no mirarme con esos sucios ojos de thrall —gruñó el vigilante—, o probarás los besos de mi chica —añadió levantando la porra y golpeándose la palma de la mano con ella.

Varg tuvo que reprimir el impulso de degollar al portero. Miró a otro lado y entró en la taberna seguido por Røkia. Einar se agachó para caber por el hueco de la puerta.

Varg se encontró en una sala oscura, iluminada por antorchas oscilantes y aceite de morsa que ardía en unas ollas. El aire estaba cargado y tenía un fuerte olor a salitre. Había un puñado de mesas con sillas y una barra, donde un hombre con escaso pelo cano llenaba de cerveza unas jarras altas colocadas en fila. El resto de la sala estaba vacía salvo por un hombre sentado detrás de una mesa; su calva reflejaba la luz de las antorchas y tenía una barba entrecana ensartada en anillos de oro. Era corpulento, con unos brazos y unos hombros musculosos, y daba la impresión de que podía cuidar de sí mismo a pesar de que la barriga le colgaba por encima del cinturón. En ese momento estaba contando un montoncito de monedas que había encima de la mesa. De pie detrás de él había una mujer con los brazos cruzados, vestida con prendas de lana y cuero hervido. De su cinturón colgaban un seax y un destral.

—¿Quién eres? —preguntó el hombre calvo alzando la mirada.

—Tengo un thrall para vender —respondió Svik señalando a Varg—. Un fugitivo. Busco a Brimil. Me han dicho que es el hombre perfecto para encargarse del asunto.

El hombre calvo miró de arriba abajo a Varg y este sintió que se le erizaba el vello, como si una serpiente estuviera reptando por su cuerpo.

—Yo soy Brimil, y te han informado bien. No hay nadie mejor que yo con los fugitivos. —Se volvió hacia el tabernero y levantó una mano.

—Rog, sirve cerveza a mis amigos.

El tabernero asintió, colocó una de las jarras que acababa de rellenar en una bandeja y reunió un puñado de vasos de arcilla.

—Pero los fugitivos son un grano en el culo —continuó Brimil—. Una vez que piensan que pueden escapar de las cadenas ya no dejan de intentarlo a la menor oportunidad. Y ese parece que lleva la palabra «problemático» tatuada en la frente. —Se reclinó en la silla y clavó una mirada feroz en Varg—. Te sugiero que apuntes a otro sitio con esos ojos insolentes —dijo con toda la calma del mundo, y escupió al suelo—. Con una actitud así no puedo darte mucho —añadió devolviendo su atención a Svik.

—Ah —dijo Svik—. Seguro que se le pueden bajar los humos a palos. Me han dicho que es tu especialidad. Domar thrall revoltosos.

Brimil sacó pecho.

—Se ha corrido la voz. —Sonrió.

A Varg se le apareció la imagen de Frøya dentro de su cabeza: sus ojos tristes mirándolo mientras le limpiaba el rostro hinchado y desfigurado por los cortes tras un combate en el cuadrilátero de Kolskegg. Y luego recordó las palabras de Terna en el pueblo de la cordillera Dorsal: «Brimil la azotaba a menudo porque siempre estaba intentando escapar».

El lobo gruñó en la sangre de Varg y él lo recibió con los brazos abiertos.

El tabernero, cargado con la bandeja con la jarra de cerveza y los vasos, fue renqueando con un tobillo vendado hasta la mesa.

Varg se abalanzó como una exhalación sobre Brimil y se llevó por delante al tabernero, que se golpeó la cabeza con el canto de la mesa y la volcó. La mesa cayó sobre el cuerpo del tabernero, que había quedado tendido en el suelo, inmóvil. La bandeja voló por el aire y un chaparrón de cerveza los mojó a todos. Brimil cayó hacia atrás todavía sentado en la silla, con Varg encima de él, estrangulándolo. La guardaespaldas se quedó paralizada un momento, pero enseguida retrocedió e hizo el ademán de desenfundar el seax y el hacha. Sin embargo, Røkia se adelantó de un salto y le clavó la lanza en el hombro. La mujer chilló y dio unos pasos tambaleantes hacia atrás, hasta que su espalda chocó con la pared, con la punta de la lanza de Røkia a escasos centímetros de su cuello.

—Maldito niðing… —gruñó Brimil, pero entonces el puño de Varg impactó en su boca y machacó sus palabras al mismo tiempo que sus labios.

Varg continuó sentado encima del comerciante de esclavos, asestándole un puñetazo tras otro en la cara.

—Creo que ya está preparado para hablar —terció Svik poniendo una mano en el hombro de Varg.

—Hum… —gruñó Varg con el puño levantado.

Brimil tenía un ojo hinchado y los labios partidos, la nariz torcida y sanguinolenta y unos cuantos dientes menos.

—Recuerda que has venido buscando respuestas —añadió Svik.

—Control —dijo Røkia con los ojos y la lanza fijos en la guardaespaldas de Brimil.

Varg se puso en pie, inspiró hondo y soltó el aire lentamente. Agarró la silla de Brimil por los reposabrazos y la levantó, todavía con el comerciante de esclavos sentado en ella. Brimil gruñó.

Se oyó el chirrido de una puerta que se abría.

—¿Todo bien, jefe? —preguntó el portero entrando en la taberna. Se detuvo para contemplar la escena.

Einar le propinó un puñetazo en la mandíbula que le hizo perder el conocimiento antes de estrellarse contra el suelo.

—Como guardaespaldas deja mucho que desear —observó Medio Trol dando un puntapié al portero inconsciente.

—Venga, interrógalo —dijo Svik.

Varg cerró los ojos y apretó los dientes mientras pugnaba con el lobo que habitaba en su sangre para que se calmara. Abrió los ojos y miró a Brimil, que estaba derrumbado en la silla, semiinconsciente.

—Quiero hablar contigo sobre dos thrall que compraste en la granja de Kolskegg.

Brimil gruñó con los labios recubiertos de una espuma sanguinolenta, su cabeza se balanceaba sobre sus hombros y tenía los ojos en blanco.

—Espera un momento —dijo Svik, y cruzó la destrozada sala de la taberna en dirección a la barra, agarró una jarra de cerveza y la vació sobre el comerciante de esclavos. Brimil tosió y escupió, detuvo los vaivenes de su cabeza y sus ojos recuperaron cierta claridad.

—Dos thrall de la granja de Kolskegg —repitió Varg—. Mujeres. Hace alrededor de un año.

—Kolskegg. —Brimil asintió—. Ajá —masculló.

—Le vendiste una a Njal Olafsson, el jarl de un pueblo en las Dorsales. Se llamaba Terna.

—La recuerdo —dijo Brimil—. Una buena thrall. Sabía cuál era su sitio. —Sonrió y dejó a la vista los dientes ensangrentados.

—La otra se llamaba Frøya… —A Varg se le hizo un nudo en la garganta. El mero hecho de pronunciar en voz alta el nombre de su hermana removía muchas cosas dentro de él.

«Y este hombre la pegaba».

El lobo se revolvía furioso en sus venas y gruñía, ansioso por probar la sangre de Brimil.

—Frøya —repitió Varg.

—La recuerdo —dijo Brimil—. Se escapaba constantemente. Pero siempre la capturaba. ¿Qué pasa con ella?

—Y la castigabas por escaparse, ¿verdad? —gruñó Varg.

Svik le puso una mano en el hombro.

—Hermano —le advirtió.

—No tenía más remedio que hacerlo. Era una zorra desafiante —dijo Brimil. Carraspeó y escupió un pegote de flema y sangre—. Había que enseñarle cuál era su sitio. A veces hay que follárselas para bajarles los humos.

—¡¿Cómo!?

Una rabia incontenible inundó a Varg y el lobo, incontrolable, se apoderó de él. Una bruma rojiza le nubló la razón y se abalanzó sobre Brimil con las fauces abiertas. Apenas oía los gritos del comerciante de esclavos ni sentía los brazos que lo envolvían y tiraban de él mientras se revolvía gruñendo y lanzando dentelladas.

—Tranquilo, hermano, tranquilo —le susurró en el oído Einar, que lo rodeaba con sus brazos como si fuera un torno.

Poco a poco Varg se calmó, la bruma rojiza se disipó y el lobo se retiró a un rincón de su alma.

—Está bien —murmuró Varg.

Einar lo soltó y Varg se acercó de nuevo a Brimil. Svik se colocó detrás del comerciante de esclavos y le puso una mano en el hombro para impedir que se levantara de la silla. A Brimil le colgaba un pedazo de mejilla y sangraba por las marcas de un mordisco. Miraba aterrorizado a Varg.

—Frøya —dijo lentamente Varg—. ¿A quién se la vendiste?

—A Brák… Brák el Azote de los Troles —se apresuró a responder Brimil temblando, evitando mirar a los ojos a Varg.

—¿Y dónde puedo encontrar a ese Brák el Azote de los Troles? ¿Está en Darl?

—Va y viene —dijo Brimil, que ahora soltaba la información torrencialmente, como un río al reventar el dique de un castor—. Es trampero. Y cazador a sueldo. Ahora mismo no se encuentra en la ciudad.

—¿Puedes contarme algo más? —preguntó Varg.

—Cuando está en la ciudad viene a beber aquí, a El drengr muerto. Eso es todo lo que sé.

Svik, en el lapso de dos latidos del corazón, deslizó el seax por el cuello de Brimil. La sangre salió a borbotones de la herida y el comerciante de esclavos comenzó a farfullar y a hacer un ruido de gárgaras ahogadas. Detrás de Svik se oyó un chillido y un borboteo cuando Røkia hundió la lanza en la boca abierta de la guardaespaldas y esta se deslizó por la pared dejando una mancha roja. Sonó un crujido a la espalda de Varg, que se dio la vuelta y vio cómo Einar extraía el hacha de la cabeza del portero inconsciente.

—¿Por qué?

—Vio tu lobo —respondió Svik—. Vio como te cambiaban los ojos. Nadie puede conocer tu secreto. Nuestro secreto.

Varg asintió. Estaba mareado. Todo había sucedido muy rápido. No sabía cómo tenía que sentirse. ¿Culpable por ser el responsable de la muerte de todas esas personas? ¿Furioso por no haber sido él quien matara a Brimil? Su lobo interior gruñó. Quería más sangre.

«Ahora ya está hecho».

—Deberíamos irnos —dijo Røkia limpiando la hoja de la lanza en los pantalones de la guardaespaldas muerta. Enfiló hacia la puerta.

—Ajá, Glornir está esperándonos —gruñó Einar.

Svik enfundó el seax y fue hacia la puerta con paso firme. Einar y Røkia ya habían salido de la taberna. Se detuvo en la puerta y miró atrás.

—Vamos, Varg. Hay un drakkar esperándonos. Después hablaremos sobre cómo podemos dar con ese niðing de Brák el Zurullo de los Troles.

Varg buscó debajo de su capa y sacó la llave del collar que le ceñía el cuello. Intentó introducirla en la cerradura, pero le temblaban demasiado las manos.

—Espera —dijo Røkia acercándose a él y cogiéndole la mano. Ella tenía las manos calientes y ásperas—. No eres un thrall —musitó mientras guiaba la llave para insertarla en la cerradura.

Varg giró la llave, se arrancó el collar del cuello y se lo guardó debajo de la capa.

—Gracias —murmuró.

Asomó una sonrisa en los labios de Røkia.

Einar estaba mirándolos.

—Tengo que pediros un favor —dijo Medio Trol.

El chillido de las gaviotas era más estridente a medida que se acercaban a los muelles abriéndose paso a través de la muchedumbre sin perder un segundo. La mayoría de la gente se apartaba a toda prisa antes de ser arrollada por Einar, no solo debido al tamaño de Medio Trol, también porque tiraba de unos bueyes enganchados a un carro. Se dirigían al drakkar que la reina Helka había prestado a los Hermanos de Sangre. Svik iba sentado en el asiento del conductor del carro y Varg y Røkia caminaban detrás del vehículo.

En la cabeza de Varg no paraban de dar vueltas las imágenes y las palabras de Brimil. Veía su expresión de estupor cuando Svik lo degolló y todavía podía oler su sangre. Un nombre susurrado se entrometía en las imágenes y resonaba en su cabeza como el murmullo de las ramas en mitad de la noche: «Brák el Azote de los Troles».

El sonido de la guardaespaldas de Brimil cuando Røkia la apuñaló y el crujido del hacha de Einar en el portero inconsciente.

«Yo soy el culpable de sus muertes, por mi falta de control. Podría haber matado a Brimil, aunque no estoy seguro de que hubiera sido capaz de hacerlo allí, de esa manera: matar a un prisionero desarmado…».

—Merecían morir —dijo Røkia.

Varg la miró y arrinconó esos pensamientos.

—¿Puedes leerme la mente? —le preguntó con el ceño fruncido.

—No se te da muy bien ocultar tus sentimientos. —Røkia se encogió de hombros—. El comerciante de esclavos merecía morir, y también los otros dos… un par de niðing que se ganaban la vida protegiendo a un hombre como él. —Frunció la boca—. Pero tú forzaste la decisión al perder el control. Esta vez no ha pasado nada, pero no puedes dejar que vuelva a ocurrir. ¿Y si hubiéramos estado en un mercado, o en una sala de hidromiel, o en esta calle?

—Lo sé —dijo Varg—. Lo siento.

—No lo sientas. Hazlo mejor. —Røkia lo miró con seriedad—. Un error así podría significar la muerte de todos nosotros, o que acabemos con un collar de galdur en el cuello.

Varg asintió y un escalofrío lo recorrió al pensar en ello. Se llevó una mano al cuello. El collar ya no estaba allí, pero todavía podía sentirlo ceñido a su piel. Pensó en los thrall con la mirada perdida que había visto en el mercado de esclavos.

«Jamás volveré a ser un thrall».

Varg se dio cuenta de que habían llegado al embarcadero donde estaba amarrado el drakkar. Era más pequeño que el *Lobo del mar* y tenía el casco negro. Disponía de veinte remos, así que los Hermanos de Sangre podrían remar por turnos cuando no soplara el viento.

Los miembros de los Hermanos de Sangre atestaban el muelle mientras embarcaban por una rampa. Cargaban a hombros cuatro cadáveres envueltos en sudarios de lino. Eran los cuerpos de Jökul y de otros tres guerreros que habían perdido la vida durante la escaramuza en la sala de hidromiel de Helka.

Einar rodeó el carro para unirse detrás de él a Røkia y a Varg, y Svik saltó del asiento del conductor. Medio Trol abrió la puerta trasera del vehículo y los guerreros se echaron unos barriles al hombro y enfilaron por el embarcadero. Svik iba delante de ellos y subió por la rampa, saltó al interior del drakkar y depositó el barril que cargaba junto a la fogonadura del mástil. Varg y los demás hicieron lo mismo y el barco cabeceó cuando Einar saltó a su interior.

—¿Encontraste lo que buscabas?

Varg se dio la vuelta y vio a Glornir de pie detrás de él, alto y corpulento. Un corte cubierto por una costra en la mejilla era el único signo que exhibía del combate del día anterior. Se apoyaba en su hacha larga.

—Sí —respondió Varg—. Gracias.

Sabía que Glornir había corrido un riesgo al permitirle ir en busca de Brimil.

—¿Sabes algo de un mierda niðing llamado Brák el Azote de los Troles? —le preguntó en voz baja Svik al pasar junto a su jefe de camino a la rampa para ir a por otro barril al carro.

—Brimil le vendió a mi hermana —terció Varg.

—Nunca había oído ese nombre —dijo Glornir frunciendo el ceño. Puso una mano en el hombro de Varg—. Ahora debemos partir, Varg. Pero eres uno de los nuestros y ajustaremos cuentas con ese tal Brák.

Varg mascullό un agradecimiento y asintió mientras iba a echar una mano a Svik y a los demás con los barriles. Todavía no se había acostumbrado a que le ofrecieran ayuda y amistad.

«Pero es una sensación... buena».

Subieron al drakkar otra tanda de barriles y regresaron al carro a por el resto mientras los otros integrantes de los Hermanos de Sangre ultimaban los preparativos para zarpar, revisaban las velas y los aparejos, colocaban y aseguraban la pala del timón y repartían el peso de las provisiones.

Varg oyó la nota de un cuerno cuando recorría el embarcadero cargado con el último barril y miró atrás. Una ancha columna de drengir avanzaba hacia ellos con la reina Helka en el centro.

Varg se apresuró a subir por la rampa, dejó el barril y cogió un remo de los soportes que había a lo largo de la embarcación. Luego buscó un baúl libre donde sentarse y esperó.

La reina Helka se detuvo delante de la rampa. La rodeaban una docena de sus úlfhéðnar. Los drengir formaron una fila a lo largo del embarcadero. Glornir la saludó con la cabeza.

—¿Dónde está mi hijo?

Glornir señaló al interior del drakkar. El príncipe Hakon estaba sentado en la sombría proa de la embarcación, con Æsa a su lado, lanza en mano. La mercenaria saludó con la mano a la reina Helka y le regaló una sonrisa de oreja a oreja.

—Hemos cuidado de él —dijo Glornir—. Le hemos dado de comer y lo hemos vestido.

—Lo de la ropa es una pena —dijo Æsa provocando a Hakon con una sonrisa—. Había empezado a gustarme su serpiente.

—A mí me parecía más un gusano —dijo Røkia poniendo los ojos en blanco.

Los Hermanos de Sangre se troncharon de risa. Svik incluso se daba palmadas en el muslo. Hasta a Varg se le torcieron los labios para esbozar una sonrisa.

El silencio y la mirada severa de Helka provocaron el cese de las risas.

—Como acordamos, uno de mis úlfhéðnar acompañará a mi hijo —dijo la reina. Levantó una mano—. Frek.

Un hombre que formaba parte del grupo de úlfhéðnar se adelantó. Una trenza de pelo oscuro le cruzaba la cabeza por el centro, y en el cuero cabelludo afeitado de ambos lados exhibía unos sinuosos tatuajes. Vestía una cota de malla y del cinturón colgaban una espada, un seax y un hacha. Por supuesto, un collar de thrall le ceñía el cuello.

Glornir se apartó para que Frek subiera por la rampa y saltara al interior de la embarcación. El úlfhéðnar, sin mediar palabra ni mirar atrás, se dirigió directamente hacia Hakon y se detuvo en la proa al lado de Æsa, sin hacer el menor caso a la sonrisa de recibimiento de la mercenaria.

—Mis mejores deseos en vuestra persecución de Jaromir —dijo la reina Helka—. Y habrá otro baúl lleno de plata esperándoos cuando me lo traigáis. Aseguraos de que venís a recogerlo.

—Volverás a verme —dijo Glornir—. Volveré a por la plata. Y a por Skalk. —Recorrió el embarcadero con la mirada—. ¿No ha venido contigo?

—Tiene diversas heridas. —Helka se encogió de hombros y Glornir frunció la boca—. Libera a mi hijo, y pronto. —Luego añadió en voz alta para que todos los Hermanos de Sangre la oyeran—: ¡Regresará a mi lado ileso, o pasaréis el resto de vuestras breves vidas huyendo!

—Te di mi palabra —dijo Glornir mientras levantaba la rampa con un cabo—. ¡Soltad amarras! —bramó. En el muelle desataron el cabo de amarre y lo arrojaron al drakkar. Los Hermanos de Sangre que estaban a estribor apoyaron los remos en el amarradero para impulsar el barco.

Varg giró el tope de cuero que cubría la porta y deslizó el remo por el agujero.

—¡REMOS! —bramó Einar, y comenzó a golpear rítmicamente la tapa de un barril con el mango del hacha. Los remos se hundieron en las aguas oscuras y el drakkar se deslizó por la corriente del río Drammur.

—Svik —dijo Varg. El guerrero pelirrojo estaba sentado en un baúl delante de él—. ¿Qué hacemos en un barco si Jaromir huyó a caballo? Podría estar en cualquier rincón de Vigrið.

Sulich, que estaba sentado detrás de Varg y oyó la pregunta, respondió:

—Porque Jaromir tiene prisa por volver a Iskidan, y sus barcos están amarrados en Liga. Son el único medio que tiene de huir de Vigrið. Si nos damos prisa, podremos atraparlo allí.

Svik dirigió una amplia sonrisa a Varg.

—Ya has oído, Insensato. A remar.

CAPÍTULO TREINTA

BIÓRR

Biórr tenía el sol a la espalda y su sombra se proyectaba justo delante de él. Marchaba en una columna con el resto de los Alimentadores de Cuervos de Ilska. Fain el Rojo y Storolf Dentadura de Guerra caminaban a su lado. Ilska y Lik-Rifa encabezaban la columna a caballo, y la cerraban los adoradores de la dragona puros y los carros llenos de niños. Lik-Rifa se había mantenido en su forma humana desde hacía varios días, mientras viajaban en dirección este. Tenía una sed insaciable de información y conocimientos, y la cadencia de su voz los había acompañado ininterrumpidamente durante la larga marcha.

«Tiene que ponerse al día de trescientos años de novedades».

Biórr se había hallado lo suficientemente cerca para oír buena parte de las conversaciones. Ilska había respondido el incesante torrente de preguntas de Lik-Rifa con toda la prolijidad de detalles que había podido y le había relatado la historia de Vigrið desde el Guðfalla y la caída de Snaka. Eso incluía el ascenso de la humanidad y la aparición de los galdramaðr; la persecución de los corrompidos con el objetivo inicial de exterminarlos y el posterior descubrimiento del fragmento de la cadena de Ulfrir y la forja de los collares galdur; los días de esclavitud y servidumbre que siguieron y en los que todavía vivían. Lik-Rifa se había interesado en la jerarquía del mundo e Ilska le había hablado de Vigrið, de los mezquinos jarl que se habían convertido en los reyes y las reinas modernos, de los poderes que estaban prosperando, del jarl Störr de Snakavik, de la reina Helka de Darl y del jarl Orlyg de Svelgarth, que estaban reclutando para su causa o engullendo a otros jarl menores de Vigrið. También le había hablado del mar

Divisorio y de Iskidan, una remota tierra en el sur, con unos dioses desconocidos en Vigrið que también murieron durante el Guðfalla y dejaron un vasto reino que ahora era el dominio de un único emperador, Kirill el Magnífico.

Ilska levantó una mano y detrás de ella Drekr tocó un cuerno para anunciar el final de otra jornada de marcha. La columna se detuvo y los hombres y las mujeres que la formaban se dispersaron y se pusieron a montar el campamento. A pesar de que se hallaban en el norte de Vigrið y los días de verano llegaban a su fin, todavía hacía calor y la hierba verde cubría el suelo, los riachuelos destellaban con los postreros rayos del sol y los árboles estaban repletos de hojas. Biórr miró al norte y vio lo que parecía una segunda puesta de sol: una fina franja roja y brillante que cruzaba el horizonte marcaba la posición de la sima de los vaesen. Habían marchado en paralelo al río de roca fundida, a una distancia suficiente para no pasarse el día sudando, pero lo bastante cerca de él para seguir sintiendo su calor en el suelo y no pasar frío.

—Vamos, muchacho —dijo Fain—. Quedarte ahí como un pasmarote no va a llenarte la barriga.

Biórr sonrió, asintió y se puso a trabajar con el resto de la banda de guerreros, que ya estaban cavando hoyos para los fuegos, recogiendo leña y llenando las cantimploras y los barriles que llevaban en los carros. Vio que Kráka e Ilmur estaban ayudando a organizar a los niños, que seguían hechizados y se movían con lentitud y con las extremidades rígidas, como si estuvieran medio dormidos.

El aire se llenó de olores cuando los fuegos comenzaron a crepitar y las ollas a hervir: el aroma de los corazones y los cuartos traseros ensartados de alces cazados dos días antes y de las gachas que borboteaban, el penetrante olor del pescado escabechado cuando se abrieron los barriles que lo contenían.

Enseguida se reunieron en grupos pequeños alrededor de numerosos fuegos, Biórr se sentó con Fain, Storolf y un par más de Alimentadores de Cuervos. Estaba callado, abismado en sus propios pensamientos, y no escuchaba la conversación que mantenían sus compañeros. Lo acosaban las imágenes de Agnar arrodillado, mirándolo rebosante de confianza y amistad.

«Y yo le hundí una lanza».

Casi todos los días algún miembro de los Alimentadores de Cuervos le daba una palmada en la espalda y lo felicitaba por haber matado a Agnar de los Terrores de la Batalla, pero lo único que Biórr quería era olvidarlo.

«Fue Agnar quien se batió en un holmganga con el bruto de Skrið. ¿Quién iba a pensar que ganaría? Imposible. Fue algo digno de cantarse en una saga. Lo único que he hecho yo es matar a una persona que confiaba en mí. Y traicionar a la persona que me amaba».

A menudo lo despertaba un sueño distorsionado en mitad de la noche, jadeando y sudando: Elvar lo miraba con gesto severo y expresión acusadora mientras el agonizante Agnar se retorcía a sus pies.

—Antes eras más hablador, Biórr —dijo Storolf.

Fain miró a su hijo y le hizo un escueto gesto de negación con la cabeza.

—Necesita tiempo —señaló Fain.

Biórr se encogió de hombros y se llenó el cuenco de skyr.

—¿O es que Myrk con su libido te ha dejado sin fuerzas para hablar antes de partir al sur? —añadió Storolf.

Estallaron las risas alrededor del fuego.

—Es mucha mujer —repuso Biórr esbozando media sonrisa—. Solo estoy reservando fuerzas para cuando regrese.

Más risas, esta vez verdaderas carcajadas. Storolf resolló y asintió, y Biórr siguió comiendo.

—Mirad —dijo Fain.

Biórr levantó la cabeza y vio a Lik-Rifa en el centro del campamento, alta, regia y aterradora. Ilska estaba junto a ella, esbelta y cruel como un látigo. Al otro lado de la diosa dragona estaba Drekr, que parecía bajo a su lado, a pesar de que era más alto que cualquier otro integrante del campamento. No obstante, era más corpulento que Lik-Rifa.

—Traedme a los niños —ordenó Lik-Rifa con su voz cavernosa. Detrás de ellos estaban el resto de los descendientes de los dragones, tal vez una veintena de guerreros.

Se oyeron gritos y pasos trepidantes cuando llevaron a los niños a través del campamento para ponerlos ante Lik-Rifa. Sumaban casi un centenar, todos con el brillo del frío hierro alrededor del cuello. Los collares de thrall incomodaban a Biórr. Myrk le había explicado que solo eran algo temporal, que había sido necesario ponérselos para impedir que huyeran, que los niños corrompidos eran esenciales en el hechizo rúnico para liberar a Lik-Rifa. Aun así…

«Luchamos contra los que nos esclavizan por ser corrompidos y hemos hecho lo mismo con nuestros iguales. ¿El fin siempre justifica los medios?».

Biórr hizo una mueca y trató de desterrar esos pensamientos de su cabeza.

«¿Qué me pasa? —se regañó—. Antes era feliz aquí. Pero después de pasar un año entre puros veo conflictos en todas partes».

Se pasearon algunos guerreros entre los niños bramando órdenes y empujando, alguno incluso llevaba a un niño cogido de la mano. Biórr vio que Kráka era una de esos últimos; cogía la mano de Bjarn, si bien este no parecía saber dónde se encontraba. Biórr se alegró de que Kráka estuviera allí, pues tenía debilidad por el muchacho.

Lik-Rifa aguardó a que todos los niños formaran en filas más o menos ordenadas delante de ella.

—Quitadles los collares —ordenó.

Ilska y el resto de los descendientes de los dragones se adelantaron con llaves en las manos.

—*Rúne-álög stjórnunar, dofna, láta vilja sinn og styrk snúa aftur* —entonaron en la lengua galdur Ilska y sus descendientes de los dragones mientras caminaban entre los niños corrompidos, abriendo los collares y dejándolos caer al suelo. Los niños liberados que iban dejando a su paso se erguían y miraban alrededor desconcertados.

—¿Papá? —gritó uno de ellos.

Otro rompió a llorar.

Otro chilló.

Cuando quitaron los collares a los últimos niños, Ilska y los demás se retiraron a un espacio libre que quedaba detrás de ellos.

—Silencio —espetó Lik-Rifa cuando los murmullos y los llantos se extendieron entre los niños y subió su volumen. Algunos miraban fijamente a Lik-Rifa, pero la mayoría estaban demasiado aturdidos o agitados para reparar en ella.

«Debe ser como acostarse en un lugar seguro y despertarse en un sitio completamente diferente, donde no hay nadie ni nada conocido alrededor», pensó Biórr, que sentía verdadera lástima por ellos.

—¡SILENCIO! —rugió Lik-Rifa. Una neblina se arremolinó en torno a ella y se oyó un crujido de huesos mientras su cuerpo se transformaba y crecía, sus fauces se expandían, se alargaban sus dientes, su piel se cubría de escamas y brotaban alas en su espalda. Los niños chillaron. Y entonces Lik-Rifa comenzó a contraerse para recuperar su forma humana y la niebla se disipó. Paseó la mirada por la multitud de niños, que se quedaron mirándola paralizados. No se oía ni una mosca, ni un gimoteo, ni un quejido ahogado—. Soy Lik-Rifa, la diosa dragona. La segunda hija y la favorita del Temible Snaka, el creador de todas las cosas.

El silencio se prolongó. Biórr no sabía si achacar el mutismo de los niños al miedo o al embelesamiento.

—La primera lección que debéis aprender es que vuestros padres os han mentido desde que nacisteis. Sois corrompidos, aunque eso jamás debería considerarse un insulto. Es un honor. La sangre de los dioses muertos corre por vuestras venas y vuestros padres os lo han ocultado.

Lik-Rifa hizo una pausa y sorbió por la nariz mientras sus palabras calaban en los niños.

—Ahora yo soy vuestra familia —continuó la diosa—. Lo soy todo para vosotros. Olvidad vuestro pasado. Solo existimos yo y el ahora, y todo lo que vendrá a continuación. A diferencia de este mundo que quiere convertiros en esclavos por el mero hecho de ser descendientes de los dioses, no tenéis nada que temer de mí. Seré vuestra reina. Os amaré. Os lideraré. Os protegeré. Os proporcionaré alimento y riquezas. Y a cambio solo os pido que seáis ¡LEALES! —Pronunció esta última palabra con un rugido, con una voz que sonó como un trueno, y con los ojos llameantes. Un temblor le recorrió el cuerpo mientras recuperaba la calma. Se oyó un gimoteo solitario entre los niños—. Os amaré como una madre ama a un hijo, y a cambio vosotros me amaréis a mí. —Era una orden, no una petición.

Se acercó a los niños y los miró a los ojos de uno en uno. Luego se paseó entre ellos acariciándoles la cabeza, las mejillas y los hombros. Algunos chiquillos se adelantaron para recibir sus atenciones, otros retrocedieron para rehuirlas.

—Estos hombres y mujeres que veis aquí —declaró Lik-Rifa señalando a Ilska y a los descendientes de la dragona que se habían situado detrás de los niños— son mis hijos, así que también son vuestra familia. Y también todos esos otros de allí. —Hizo un gesto hacia los Alimentadores de Cuervos y los puros sentados alrededor de los fuegos—. Sois mi pueblo, mis seguidores. Juntos cambiaremos el mundo.

Silencio.

—¡LIK-RIFA! —gritó Ilska—. ¡LIK-RIFA!

Drekr y los demás descendientes de la dragona sumaron sus voces a la de Ilska, y entonces Storolf y el resto de los Alimentadores de Cuervos que rodeaban a Biórr se pusieron en pie y también corearon el nombre de la diosa dragona. Biórr bajó despacio el cuenco de skyr, lo dejó en el suelo y se levantó con los demás para unir su voz.

Biórr advirtió entre el fragor general las voces agudas y discordantes de los niños que se sumaban al coro.

—¡LIK-RIFA, LIK-RIFA!

El alarido de un niño despertó a Biórr, que se incorporó y se frotó los ojos. El cielo tenía un tono rosado y anaranjado mientras el sol trepaba por el horizonte y hacía retroceder las tinieblas. Storolf roncaba cerca de él, y media docena de Alimentadores de Cuervos dormían alrededor de la ceniza fría del fuego de la noche anterior. Biórr paseó la mirada en derredor y vio a dos hombres que entraban en el campamento, uno de ellos arrastrando a un niño que se revolvía y pataleaba para zafarse de él. El primer hombre caminaba con largas zancadas delante del otro y Biórr vio que se trataba de Ilmur. El hundur también vio a Biórr y le sonrió. Luego le hizo un gesto para que se acercara. Biórr se levantó, hizo crujir los huesos del cuello, se abrochó el cinturón de armas y enfiló hacia Ilmur.

—Me han dado mi primer trabajo —dijo sonriendo Ilmur.

—¿Sí? ¿Y de qué se trata? —preguntó Biórr poniendo una mano en el hombro de Ilmur. Todavía tenía ese aire de sumisión y servilismo que tanto tardaba en abandonar a muchos de los que habían sido thrall. Se notaba que estaba ansioso por complacer, como si Ilska y los Alimentadores de Cuervos fueran sus nuevos amos en vez de sus libertadores.

—Buscar el rastro de un fugitivo —respondió Ilmur señalando por encima del hombro.

El otro hombre, que atravesaba con dificultad una zona densamente poblada de arbustos, pertenecía a la cuadrilla de Drekr. Tenía una pluma de cuervo prendida del cabello oscuro y llevaba un collar de dientes largos o colmillos. Su piel curtida por los elementos parecía la corteza de un árbol castigado por los vientos. No era alto ni bajo y tenía una complexión delgada. Vestía prendas de cuero hervido y pieles y su cinturón estaba lleno de cuchillos, además de una espada con la hoja larga y delgada que colgaba sobre su cadera. Llevaba a rastras a un niño, un muchacho pálido que debía contar diez u once inviernos. Mientras Biórr lo observaba, el chico consiguió erguirse y mantener el equilibrio, se revolvió aferrado por el hombre y hundió los dientes en la mano de su captor.

El hombre chilló y soltó al niño para sacudir la mano. El crío se tambaleó y cayó al suelo, pero volvió a ponerse en pie en un abrir y cerrar de ojos y echó a correr. Había recorrido por lo menos una veintena de pasos cuando un cuchillo enfundado impactó en su cabeza y el niño cayó rodando y hecho una maraña de brazos y piernas.

El hombre fue con pasos rápidos hacia él, con la mano goteando sangre y maldiciendo entre dientes. Cuando llegó junto al niño, le dio una patada en la barriga y el pequeño rodó por el suelo. El hombre lo siguió y le propinó otro puntapié. Finalmente se agachó para agarrarlo por la túnica, levantó la parte superior de su cuerpo y le giró la cara de un bofetón. Biórr oyó el sonido inconfundible del hueso de la nariz al partirse y corrió hacia ellos sin pensárselo dos veces.

—Creo que ya es suficiente —dijo según se acercaba.

El hombre se quedó inmóvil, ya con el puño levantado para golpear de nuevo al niño. Este aún estaba consciente y lloraba y gruñía al mismo tiempo. Tenía la boca y la barbilla manchadas de la sangre que manaba de su nariz.

—Tú eres la rata que estaba con los Terrores de la Batalla de Agnar —dijo el hombre mirando a Biórr con los ojos entornados.

—Creo que ya le has quitado las ganas de huir —dijo Biórr, haciendo oídos sordos a las palabras del hombre.

—Es un fugitivo —gruñó el hombre—. Hay que darle una lección. —Dio otro guantazo al chico sin despegar los ojos de Biórr.

—Ajá, pero los muertos no pueden aprender nada.

—¡Ja! —El hombre sonrió—. Eso es verdad.

Se oyó el silbido de un cuchillo al salir de la funda y Biórr vio que el chico había encontrado el arma enfundada que le habían arrojado y la había desenvainado. El niño atacó al hombre, que dio un salto atrás y el acero le rajó la manga de cuero y lino. El hombre masculló una imprecación, evadió otra acometida alocada y se adelantó con agilidad para propinar otro puñetazo, tan veloz que Biórr fue incapaz de seguirlo con la mirada, que machacó el mentón del chico. El muchacho se desplomó resollando y el hombre le pisó la mano que empuñaba el cuchillo. Se oyó otro estrépito de huesos que se partían y el niño chilló.

El hombre se agachó y le arrancó el cuchillo de los dedos apretados.

—¿Cómo te llamas, chico?

El muchacho balbuceó.

El hombre le dio otra bofetada en la cara.

—¿Cómo te llamas?

—B… B… Breca —masculló el niño. Inspiró hondo y su mirada aturdida se fijó en los ojos del hombre—. Breca Thorkelsson.

—Ahora solo eres Breca —dijo el hombre—. Recuerda lo que dijo anoche Lik-Rifa. Tus padres y tu pasado ya son historia.

—Breca Thorkelsson —repitió el niño.

El hombre sonrió, inmovilizó al muchacho apoyando una rodilla sobre su cuello y su pecho y le agarró un mechón del pelo azabache. Luego deslizó el filo del cuchillo para hacerle un corte que le cruzaba la mejilla, justo debajo del ojo. Breca gimoteó.

—Bueno, Breca Thorkelsson, pues ahora tendrás una cicatriz para el resto de tu vida. La próxima vez que pienses en escapar, tócatela y recordarás lo que les pasa a los fugitivos. Y quién te la hizo. Me llamo Brák el Azote de los Troles. No lo olvides.

—No lo haré —gruñó Breca.

CAPÍTULO TREINTA Y UNO

ORKA

Orka cortó el trozo de tela atado alrededor de la boca de Myrk.

—Es el momento de que tengamos otra conversación —dijo.

Myrk la miró con unos ojos que rebosaban odio. Estaba recostada contra un árbol, con las muñecas y los tobillos ligados con un cordón de cuero.

—¿Necesitas ayuda, jefa? —preguntó Revna Patas de Liebre desde la orilla de un arroyo de aguas turbulentas, donde estaba practicando con Lif. El repiqueteo de las varas de sus lanzas al chocar espantaba a las torcaces, que echaban a volar desde las copas de los pinos cercanos.

«No soy tu jefa», pensó Orka. En los pocos días que llevaban de marcha lo había dejado claro una veintena de veces, y no solo a Patas de Liebre, pero ya estaba empezando a darse por vencida.

—No —respondió Orka.

Spert y Vesli se habían puesto uno a cada lado de Myrk. Spert tenía levantado el aguijón y lo agitaba, y Vesli miraba con una intensidad desasosegante la boca y los dientes de Myrk.

—Necesitarías esa ayuda si no tuviera las manos y los pies atados —gruñó Myrk, todavía con el rostro hinchado por la paliza que le había dado Orka para sacarle información.

Spert se acercó un poco más a la pierna de Myrk y se la tocó con las antenas al mismo tiempo que arqueaba el aguijón encima de la espalda.

—¡No te acerques a mí, asqueroso vaesen enano! —espetó Myrk con los dientes apretados.

Spert le sonrió, lo cual nunca era una imagen agradable de ver.

—Mujer maður maleducada —comentó Vesli.

—Y tú, cósete esos colgajos que tienes por labios —gruñó Myrk dirigiéndose a la tennúr—. Solo eres una rata calva con alas.

Las alas de Vesli vibraron y la tennúr bufó a Myrk mostrándole las dos hileras de dientes.

Orka sorbió por la nariz y lanzó una mirada alrededor. A pesar de que habían cabalgado sin descanso y recorrido una gran distancia desde la cámara de Rotta desandando el camino de Myrk y sus Alimentadores de Cuervos hasta el refugio del dios rata, todavía no habían dejado atrás las estribaciones de las Dorsales. El sol vespertino bañaba de luz dorada y estriaba de sombras alargadas las colinas y los barrancos. Los ríos y los arroyos con las aguas del deshielo y los pinares convertían el paisaje en un tapiz tejido con hilos de oro y de plata. Myrk y su grupo no habían sido demasiado diligentes a la hora de borrar su rastro, así que los vestigios de fuegos apagados, la hierba pisada y los montoncitos de excrementos de caballo le habían confirmado todos los días a Orka que iban en la dirección correcta. La ruta los había llevado hacia el noroeste, como Edel había sospechado, siempre pegados a la cordillera Dorsal y acercándolos al lago Horndal.

—No tienes que responder mis preguntas —dijo Orka—. Solo tengo que seguir el rastro que dejasteis hasta donde me lleve. Supongo que allí estarán Drekr y mi hijo.

—Entonces, ¿por qué te molestas en interrogarme?

—Ten, jefa —dijo Gunnar Proa. Se acercó cojeando a Orka y le dio un cuenco de madera con queso curado, cebolla encurtida y un trozo de pan de centeno con varias lonchas de cecina.

«No soy tu jefa».

Orka cogió el cuenco con el ceño fruncido y lo dejó en el suelo a su lado. Gunnar se sentó en una piedra cercana con su cuenco de comida y miró sonriente a Myrk.

—¿Qué se siente al tener la cara tan hinchada como un cerdo que lleva diez días muerto?

—Es mucho mejor que tener una nariz como la proa de un drakkar —masculló Myrk.

A Gunnar le dio un ataque de risa tan violento que estuvo a punto de caerse rodando de la piedra en la que se había sentado.

—Tendrás que currártelo más para ganarme en un duelo de insultos —contestó Gunnar—. Me gusta mi nariz grande como la proa de un drakkar.

—¡A mí me encanta tu narizota! —terció Revna Patas de Liebre mientras intercambiaba golpes con Lif en la orilla del arroyo.

—Te interrogo porque podría ganar algo de tiempo —dijo Orka—. Estoy empezando a cansarme de arrastrar tu pellejo por toda Vigrið y de que alguien tenga que vigilarte todas las noches. Tal vez sería más fácil si te rajara la garganta y tirara tu cuerpo a ese arroyo.

—Comida para peces. —Gunnar sonrió con la boca llena de queso.

—¡Mordisquitos, mordisquitos, mordisquitos! —gritó Revna Patas de Liebre desde la orilla del arroyo al mismo tiempo que bloqueaba una lanzada de Lif.

—¿Y bien? ¿Dónde está mi hijo?

—¿Quién mató a mi padre? —espetó Myrk.

Orka suspiró.

—Esto podría acabar muy mal para ti. ¿Recuerdas la última vez que respondiste una pregunta con otra pregunta?

Myrk sonrió, abrió la boca y metió la punta de la lengua en el hueco que había dejado un diente perdido.

—Cómo iba a olvidarlo.

—Entonces responde mi pregunta —gruñó Orka.

—Suéltame y lucha conmigo —la desafió Myrk.

—Jefa, no está bien de la cabeza —dijo Gunnar masticando un trozo de queso.

—Haz un trato —terció otra voz. Halja Nariz Chata había terminado de quitar los arreos y de cepillar los caballos y enfilaba hacia ellos con largas zancadas—. El paradero del hijo de Orka a cambio del nombre que pide Myrk… del miembro de los Hermanos de Sangre que mató al niðing de su padre.

Myrk fulminó con la mirada a Halja.

—Vuelve a llamar niðing a mi padre y te mataré —gruñó.

—Era un niðing y murió chillando como un cerdo —dijo Halja con el rostro pétreo e inexpresivo como la pared de un acantilado.

Myrk se revolvió y forcejeó con las ligaduras, rechinó los dientes y se acumuló una espuma sanguinolenta en sus labios; sus ojos eran dos llamaradas rojas.

El seax de Orka, convertido en una mancha borrosa, cortó el aire con un silbido y se pegó al cuello de Myrk. El aguijón de Spert se agitó a un dedo de uno de los ojos de la hermana de Drekr e Ilska y la punta de la espada de Vesli le presionó el pecho a la altura del corazón.

Myrk se quedó paralizada y el fuego rojo de sus ojos se extinguió.

—Maður buena —graznó Spert.

—Continúa —dijo Vesli con su voz aflautada—. Tus dientes parecen deliciosos.

Myrk fulminó con la mirada a los dos vaesen.

—No estás ayudando —dijo Orka mirando ceñuda a Halja—. ¿Y cómo quieres que le diga quién mató a su padre? Jamás traicionaría a un Hermano de Sangre.

—No sería una traición —respondió Halja encogiéndose de hombros. Fue hasta la manta de lana donde Gunnar había puesto la cena para todos y se sirvió algo de comer—. Muy pronto los escaldos le dedicarán canciones en todas las salas de hidromiel. —Esbozó media sonrisa—. Creo que debería reunirse con su padre bajo tierra.

Orka asintió mientras reflexionaba.

—Gunnar, Revna, ¿vosotros pensáis igual?

—Ajá. —Gunnar asintió con la cabeza.

—Pienso lo mismo… ¡Ay! —gruñó Revna cuando Lif la golpeó en el estómago con la contera de la lanza—. ¡Tramposo! —gritó sonriéndole como una madre orgullosa.

Lif miró a su alrededor. En ese momento no había nadie más feliz en el mundo.

—¡Te he dado! —exclamó sonriente.

—Está bien —dijo Orka mirando a Myrk—. ¿Hacemos un trato? Responde mis preguntas y te diré quién mató a tu padre.

—¿Crees que soy una estúpida hálfviti? En cuanto te diga todo lo que quieres saber, ese seax me rajará la garganta.

—Si hablas, no te mataré hasta que encuentre a mi hijo —prometió Orka—. Luego te soltaré y podremos batirnos en ese holmganga que no te cansas de pedir.

—Ah, y yo tengo que creerte, ¿eh? ¿Esperas que confíe en ti? —Myrk se echó a reír y negó con la cabeza.

Orka levantó el seax y deslizó el filo por la palma de la mano. Brotó sangre.

—Lo juro, por la vida de mi hijo, y sello mi juramento con sangre.

Myrk se quedó mirando en silencio la sangre que goteaba de la mano de Orka.

—De acuerdo. —Myrk sonrió—. Por qué no. —Se encogió de hombros—. De todos modos vais a morir todos. Tanto si me matas como si sigues mi rastro o me sacas algunas respuestas, el final será el mismo. Tú y tus seguidores terminaréis triturados por Lik-Rifa.

—Antes también has mencionado a Lik-Rifa. Y todos hemos sentido la presencia de la dragona.

Myrk asintió con una sonrisa fanática en los labios.

—La hemos liberado de su mazmorra en las profundidades de Oskutreð. Lik-Rifa cambiará el mundo. Os devorará.

—Eso suena... poco probable —terció Gunnar Proa.

—¿Visitasteis el interior de la cámara de Rotta? —preguntó Myrk.

—Ajá —respondió Orka.

—Entonces visteis la habitación con los pergaminos de runas, ¿no?

—Hum. —Un mal presagio comenzó a cobrar forma dentro de Orka.

—Encontramos el *Raudskinna* —susurró siseando Myrk—. Los secretos, el poder... —Sacudió la cabeza—. Explicaba cómo neutralizar el encarcelamiento de Lik-Rifa. Entre otras cosas.

—Eso suena demasiado fácil —apuntó Gunnar Proa.

—Bueno, estoy simplificándolo, claro. Para empezar, necesitábamos mucha sangre de corrompidos para el hechizo. —Myrk volvió a esbozar lentamente una sonrisa dirigida a Orka.

—Breca —musitó Machacacráneos. Dentro de su cabeza se formó la imagen de Myrk sujetando a Breca y degollándolo con un seax.

«Esta zorra está jugando conmigo. Se cree que ella es un gato y yo un ratón».

Orka agarró del pelo a Myrk, le tiró hacia atrás la cabeza y le machacó el ojo con la empuñadura del seax. Se produjo una explosión de sangre y de gelatina ocular y volvió a tirar a Myrk al suelo.

La hermana de Ilska chilló y se retorció con convulsiones de dolor.

Orka esperó, manteniendo bajo control a su lobo interior y la niebla roja que inundaba su cabeza.

Los alaridos de Myrk se transformaron lentamente en otra cosa y Orka tardó unos momentos en darse cuenta de que estaba riéndose.

—Gunnar tiene razón —dijo Revna—, no está bien de la cabeza.

—Él... está vivo —resolló Myrk incorporándose. Un pringoso reguero de sangre corría por su mejilla.

—Como lo estás tú, por ahora —gruñó Orka.

—Tu cara, sin embargo... —apuntó Myrk—. Ah, tendrías que haberte visto.

—La tuya está peor —terció Revna Patas de Liebre.

—¿Breca está vivo? —preguntó Orka. El fuego en sus venas empezó a apagarse.

—No ha muerto ninguno de los niños corrompidos, así que, sí, seguramente sigue vivo —dijo con voz ronca Myrk, limpiándose la sangre de la mejilla con el brazo. Se estremeció, ya fuera por una punzada de dolor o de rabia, a Orka le daba igual—. De todas maneras no sé si alguno de aquellos mocosos era el tuyo.

—¿Por qué niños? —preguntó Halja acercándose con un plato de comida en la mano.

—Probamos con corrompidos adultos, pero la cosa no acabó bien —dijo Myrk. La sangre se acumulaba en su devastada cuenca ocular y corría por su mejilla—. Es más fácil controlar a los niños. Sobre todo si sabes combinar un poco de poder seiðr con poder galdur.

Orka se sentó de nuevo y flexionó los dedos. La idea de que Breca estuviera bajo un hechizo seiðr le daba ganas de arrancarle el otro ojo a Myrk, de desgarrarle el cuello y probar su sangre. Inspiró hondo y retuvo el aire en los pulmones un momento antes de expulsarlo lentamente.

—¿Y dónde está Breca ahora?

Myrk guardó silencio mientras la miraban Orka y los demás, todos reunidos ahora en torno a ella, incluso Lif, que estaba chorreando. Halja le pasó una manta de lana.

—Deberías quitarte la cota de malla y secarla, o se te oxidará y se quedará rígida como una olla.

Lif asintió y se retorció y tiró de la cota de malla para quitársela. La brynja se quedó atascada en su cuerpo un momento antes de deslizarse y quedar formando un montoncito en el suelo.

—Cuando me separé de Lik-Rifa y de mi hermana estaban al norte de la sima de los vaesen. Tenían que viajar al sur y cruzar el puente de Isbrún antes de que acabara el sólstöður.

Halja resopló.

—¡El puente de Isbrún! Estás contándonos una saga para divertirte.

—Es verdad —repuso Myrk—. Una bruja seiðr thrall de los Terrores de la Batalla abrió el puente y lo cruzamos. Los seguimos hasta Oskutreð.

—Conozco a los Terrores de la Batalla —terció Revna—. Su bruja seiðr es Kráka, y no tiene el poder suficiente para ir por ahí abriendo puentes de los dioses.

—Kráka se ha unido ahora a nosotros. —Myrk sonrió—. Pero no fue ella quien abrió el puente, sino otra bruja seiðr llamada Uspa.

Se instaló un silencio de estupefacción.

«La hermana de Vol. ¿Cómo ha terminado Uspa siendo una thrall de los Terrores de la Batalla? ¿Y Berak? Él nunca habría permitido que ocurriese una cosa así. A menos que esté muerto». Orka vio las expresiones de estupor y rabia de los Hermanos de Sangre.

—Así que conocéis a esa tal Uspa, ¿eh? —Myrk sonrió.

—¿Dónde está ahora? —preguntó Gunnar con un tono frío como el acero.

Myrk se encogió de hombros.

—Muerta, tal vez. O viva, con el puñado de Terrores de la Batalla que aún respiran. Teníamos prisa por marcharnos de Oskutreð, así que no nos quedamos a contar los muertos y los vivos que dejó Lik-Rifa. —Paseó la mirada por los rostros de los Hermanos de Sangre—. Os he contado muchas cosas, y ninguna es mentira, así que, decidme, ¿quién mató a mi padre?

—Todavía no me has dicho dónde está mi hijo —dijo Orka.

—Cuando me marché, estaba con mi hermana, Ilska, al norte del puente.

—¿Adónde se dirigían? ¿Dónde ibas a reunirte con ellos? —gruñó Orka.

—El plan era cruzar el puente e ir al oeste, hasta la costa frente a las islas Iskalt.

Orka frunció el ceño.

—¿Para qué?

—No sé qué piensa una diosa —dijo Myrk encogiéndose de hombros—. Lik-Rifa me pidió que llevara a mi padre allí. Es todo lo que sé.

Orka se recostó.

«Las islas Iskalt». El alivio que le procuraba saber era palpable, material. Por fin tenía un destino donde dirigirse. Miró con suspicacia a Myrk, que seguía sentada en el suelo, sangrando y con una sonrisita de suficiencia en los labios. «¿Me está contando la verdad?».

—Ahora sí. Dime, ¿quién mató a mi padre?

—Se llama Varg —respondió Halja.

—Varg —murmuró Myrk como si ese nombre fuera un veneno en su boca. Miró al este, hacia la cámara de Rotta—. Bueno, Varg, disfruta de lo que queda de tu corta vida mientras puedas.

CAPÍTULO TREINTA Y DOS

VARG

Varg se estiró y notó la rigidez de los músculos de su espalda y de sus hombros. Le crujieron los huesos. El drakkar avanzaba ligero por aguas oscuras cuando Einar levantó la piedra del ancla en la popa y la dejó caer por la borda. La piedra impactó contra la superficie del río con una gran explosión de agua. El drakkar redujo la velocidad y finalmente se detuvo. La corriente, escindida por el casco, formaba espuma alrededor de la embarcación. El día declinaba; el sol no era más que una franja roja en el borde del mundo y un resplandor pálido se reflejaba en las nubes onduladas.

Glornir ordenó que se repartiera una cena fría de los barriles donde se guardaba la comida, pues iban a pasar la noche a bordo. Varios Hermanos de Sangre se apresuraron a extender un toldo en la parte trasera de la cubierta por si acaso llovía.

Varg se levantó y dejó el remo en el soporte que había en la parte central del drakkar mientras Glornir se acercaba a los barriles estibados y apoyaba un codo en uno.

—A ver qué hay hoy para cenar —murmuró Glornir. Dio unos golpecitos en el barril, cogió un seax del cinturón y metió la punta en el resquicio de la tapa.

—¡Ese no! —gritó Einar corriendo por la cubierta, lo que provocó el cabeceo del drakkar.

Glornir se quedó parado y miró a Einar. Arqueó una ceja.

—¿Por qué no? —preguntó Glornir.

Einar frenó en seco delante de él y luego bajó la mirada, avergonzado.

—¿Porque no es buena idea cenar niños fríos, quizá? —dijo Glornir levantando la tapa. Metió las manos en el barril y sacó a un crío de aspecto desaliñado que contaba ocho o nueve inviernos.

—¿Podemos salir ya, Einar? —preguntó el niño.

Glornir depositó al chiquillo en la cubierta.

—Tengo hambre —gimoteó el niño acercándose a Einar. Se abrazó a una de sus piernas gruesas como troncos.

—Será mejor que los saques a todos antes de que se mueran de hambre —gruñó Glornir alejándose de allí.

Varg vio que el bigote de Glornir se torcía ligeramente cuando sus labios esbozaban la más leve de las sonrisas.

—¡Sí, jefe! ¡Gracias, jefe! —exclamó Einar, y se puso a abrir todos los barriles que habían subido a bordo desde el carro.

Varg le echó una mano y levantó las tapas de los barriles con el seax para sacar a los niños que se escondían dentro. Svik y Sulich abrieron otros barriles, estos con comida, y los pequeños enseguida recibieron un cuenco con arenques curados y pan duro. Røkia destapó un barril de hidromiel, se llenaron cuernos y los estómagos comenzaron a entrar en calor.

—No pienso comerme esa porquería, necesito algo caliente —protestó alguien. Era el príncipe Hakon, abriéndose paso a empujones entre los últimos niños que esperaban su plato de comida. Su guardaespaldas, el úlfhéðnar Frek, caminaba a su lado como una sombra silenciosa. Æsa los seguía de cerca.

—Esta noche vamos a dormir en el barco, así que no se encenderá ningún fuego —dijo Glornir—. Por lo tanto, no hay comida caliente.

—Pobre principito —se mofó Æsa, lo que provocó algunas risas y el gesto ceñudo de Hakon.

—Pero ¿por qué? —quiso saber el príncipe.

—Porque no me fío de ti ni de tu madre —respondió Glornir—. Es mucho más fácil escaparse en tierra firme cuando ha anochecido que en un drakkar fondeado en un río.

—¿Por qué iba a querer escapar esta noche si me vas a soltar mañana? —preguntó Hakon con el ceño arrugado.

—No voy a soltarte mañana —dijo Glornir.

—Deberías reconsiderar esa decisión —terció el úlfhéðnar Frek.

No había el menor asomo de ira en el guardaespaldas ni hizo ademán alguno de bajar las manos a las armas, pero Varg advirtió que se le erizaba el vello de la nuca y la tensión que de repente se respiraba en el ambiente. Vio que Æsa se erguía con la mirada fija en Frek.

—No voy a soltarte mañana porque entonces los guerreros de tu madre caerían sobre nosotros inmediatamente —explicó Glornir—. Tanto las fuerzas que ha enviado por tierra como los drakkar que siguen nuestra estela por el río.

—Yo no veo ningún drakkar —replicó Hakon.

Glornir se encogió de hombros.

—Están ahí —dijo—. Así que te liberaré en Liga. —Miró a Frek—. No mueras en vano, hijo de Ulfrir. No le tocaré ni un pelo al príncipe a menos que intente escapar. Y pronto será libre, cuando lleguemos a Liga. Tienes mi palabra.

Frek mantuvo la mirada a Glornir, como si no hubiera nadie más con ellos en el drakkar. Finalmente se encogió de hombros y dijo:

—Estoy aquí para proteger al príncipe y asegurarme de que lo liberas, así que comprobaré si se puede confiar en tu palabra, barba gris.

—¡Un momento! —terció Hakon—. ¿Es que yo no tengo voz ni voto en esto?

—No —gruñó Glornir.

—¡Pero… pero… no es justo! —protestó el príncipe.

—¿No es justo? —Glornir resopló—. La justicia no tiene nada que ver en este asunto. El mundo no es justo. Pregúntaselo a él —dijo mirando a Frek, cuyo collar de hierro despedía unos destellos dorados con los últimos rayos de sol.

Hakon se volvió a Frek y miró de nuevo a Glornir.

—Pero…

Glornir dio la espalda al príncipe y se marchó dejando con la palabra en la boca al hijo de Helka.

—Esto es un ultraje —masculló para sí Hakon. Aun así aceptó el cuenco con arenques curados y pan.

—No te preocupes, guapetón, yo te haré compañía —dijo Æsa sonriendo.

—¡Svik! —gritó Einar—. ¡Cuéntanos una historia para pasar el rato y distraer a estos niños. —Cuatro niños y seis niñas se habían colgado de las piernas de Medio Trol y trataban de derribarlo—. Parad. Como me caiga, el barco volcará, y ya tengo suficientes problemas —dijo en voz baja, aunque sus susurros se oyeron en todos los rincones del drakkar.

—¿Una historia? —respondió Svik.

—¡Sí, una historia! —gritó Einar.

Se sumaron otras voces a la petición hasta que Svik asintió con la cabeza y levantó las manos. Volvió a poner la tapa a uno de los barriles y se sentó encima de él con un cuerno de hidromiel en la mano.

—Está bien —dijo Svik. Paseó la mirada por el barco y se detuvo en Hakon y Frek—. Os contaré la historia del chico, la viuda, el lobo y el trol. Y de cómo es el mundo.

Einar aplaudió con unas manos que parecían dos losas y se echó a reír mientras se sentaba en la cubierta del drakkar. Los niños se arremolinaron en torno a él y treparon por su cuerpo como si fuera una gran piedra o un árbol hasta que encontraron un lugar cómodo donde instalarse.

Varg volvió a su baúl y se sentó con un cuenco rebosante de comida y un cuerno lleno de hidromiel. El resto de los Hermanos de Sangre, salvo los que tenían que hacer guardia, se sentaron en barriles o en el primer lugar que encontraron.

Se hizo el silencio a bordo del drakkar. Incluso Glornir se sentó en la proa y se preparó para escuchar con atención y en silencio la historia.

—Había una vez una viuda que se internó en un bosque —empezó Svik—, pues necesitaba unos postes para una valla nueva. Llamémosla... —Svik se llevó un dedo a la barbilla y se quedó pensativo—. Helka —dijo sonriendo. El príncipe Hakon lo miró estupefacto.

»Pues bien, Helka se adentró en el bosque en busca de madera para hacer los postes de la valla. Pero todos los árboles que encontraba tenían el tronco demasiado grueso o estaban demasiado torcidos, así que cada vez se internó más en el bosque. Finalmente dio con un árbol que le iba bien, pero, cuando levantó el hacha para talarlo, oyó un ruido. Un gruñido terrible. Un gimoteo desconsolado que despertó su compasión, así que fue a buscar a quien tan afligido estaba. Al cabo de un rato apareció delante de ella un gran montón de piedras en el fondo de un barranco. Allí los gruñidos y los gimoteos sonaban más fuerte. Helka se puso de rodillas, apoyó las manos en el suelo y vio a un trol enorme y con una piel muy gruesa atrapado debajo de una piedra plana. Lo llamaremos... Einar.

Los Hermanos de Sangre estallaron en carcajadas y Einar sonrió.

—No os preocupéis, no soy un trol de verdad —tranquilizó Einar a los niños que lo rodeaban.

—El trol Einar se encontraba en un estado lamentable —continuó Svik—. Estaba atrapado, exhausto y muy débil porque llevaba mucho tiempo sin comer. Daba la impresión de que no le quedaba demasiado tiempo en este mundo. «Ayúdame», suplicó el trol Einar a Helka. «Hum», dijo la mujer, y se puso en pie y se marchó de allí. Einar gimoteó cuando vio desaparecer los pies de la mujer, pero al cabo de un rato vio que regresaban. Helka había ido hasta un árbol y había cortado una rama gruesa con el hacha, la había podado un poco y la introdujo como una cuña debajo de la piedra plana. Con un salto y un tirón, hizo la palanca suficiente para que el trol Einar saliera arrastrándose de debajo de la gran piedra.

»Einar se puso en pie muy despacio y Helka se dio cuenta de que era alto y corpulento. Además se fijó en que le colgaba la piel de los huesos como cera derretida, ya que había perdido buena parte de su musculatura al pasar tanto tiempo atrapado bajo la piedra.

»Un estruendo ensordecedor retumbó en el fondo del barranco y Helka miró alrededor con miedo a que otro desprendimiento de rocas los sepultara a ambos, pero solo era el rugido de la barriga vacía de Einar.

—Siempre está rugiendo —dijo uno de los niños sentados encima de Einar.

Einar asintió sonriente.

—Es verdad —repuso.

—«Tengo mucha hambre», dijo el trol Einar tendiendo sus manos hacia Helka para cogerla —continuó Svik—. «¿Qué haces?», gritó Helka. «Tengo hambre, así que voy a comerte», respondió el trol Einar. «De todos los actos de ingratitud de los que he tenido noticia, este es el peor. ¿Te parece justo? Debería darte vergüenza», dijo Helka.

Se oyeron murmullos de conformidad y se vieron gestos de asentimiento entre los Hermanos de Sangre.

—Ella tiene razón —terció Sulich.

—«Lo siento», dijo el trol Einar —continuó Svik—. «Pero la vida está lejos de ser justa, y me temo que el mundo es así». Einar el trol volvió a tender sus largos brazos para coger a Helka. Pero ella, al comprender lo que el trol quería decir, se puso de rodillas y suplicó por su vida.

—Mi madre nunca haría eso —dijo Hakon, lo que fue recibido con una ronda de carcajadas, para deleite del príncipe, que sonrió.

—Helka se puso de rodillas y suplicó por su vida —repitió Svik, mirando ceñudo a Hakon por haberlo interrumpido—. Helka le imploró: «Lo decidiremos en un althing. Porque hay una discrepancia de opiniones. Yo creo que merezco irme sin que me comas, mientras que tú consideras que puedes devorarme porque así es el mundo».

»El trol Einar se asombró al oír a Helka y frunció el ceño. —Svik se inclinó hacia delante con aire conspirativo y dijo en voz baja—: Einar era un trol, así que no destacaba por su inteligencia. —Se dio unos golpecitos en la sien y volvió a enderezarse para agregar en voz alta—: "Está bien. Pero tendrás que encontrar alguna criatura que juzgue nuestro caso", dijo el trol Einar.

»Ocurrió que en ese preciso momento apareció un perro trotando. Era viejo, tenía los ojos cansados y unos pelos blancos en el hocico. Helka y el trol lo llamaron y, cuando se detuvo delante de ellos, le expusieron su problema y le pidieron que juzgara su caso.

»El perro dijo: "He servido lealmente a mi amo desde que era un cachorro. He cazado para él, lo he protegido y lo he defendido de ladrones y salteadores. Lo he llevado a casa cuando se ha perdido en mitad de una tormenta. Pero ahora soy viejo, apenas veo y no sirvo para nada, así que quiere rajarme el cuello y echarme a los cerdos para que me coman y así no seguir alimentándome". Miró malhumorado a Helka. "Lo siento, pero el trol tiene razón. La vida no es justa. Debería comerte. Así es el mundo".

»El perro siguió su camino. El trol Einar dijo entonces: "¿Ves? No es algo personal. El mundo es así". Y extendió los brazos para coger a Helka. Pero ella suplicó: "Esto es demasiado importante para dejarle la decisión a un perro viejo y ciego. Pidámosle a alguien más que juzgue el caso. ¡Por favoooor!".

Los niños sentados encima de Einar se rieron al oír el lloriqueo de Svik.

—El trol Einar se encogió de hombros y dijo: «¡Está bien!». Estaba seguro de que a quienquiera que preguntaran respondería lo mismo, porque, claro, el mundo era así. Miraron a su alrededor buscando otro juez. En ese momento apareció una yegua cojeando entre los árboles. Helka y el trol le pidieron que se acercara y le explicaron su problema, y la yegua aceptó juzgar el caso.

»"Lo siento", le dijo a Helka después de escuchar la exposición del caso por parte de los dos. "Desde que era un potro serví a mi ama. Dejé que me pusiera una silla de montar en el lomo y siempre la llevé donde quiso. He tirado de carros y arado la tierra para ella. Pero ahora que soy vieja y estoy coja dice que ya no valgo la avena y el heno que como, así que tiene pensado rajarme el cuello y echarme a un estofado". La yegua se encogió de hombros y relinchó. "La vida no es justa y el trol debería comerte. Así es el mundo", añadió, y se marchó trotando.

»"¿Ves?", dijo el trol Einar. "En estas circunstancias es completamente razonable que te coma. Lo siento, pero tengo que hacerlo. Estoy hambriento y no puedo pensar con claridad".

»Helka se arrodilló de nuevo y tendió las manos hacia el trol. "Un último juez. Que sean tres veredictos", suplicó.

»El trol suspiró y asintió con la cabeza. "Está bien. Si así voy a poder comerte, pidamos otro veredicto. Pero esta vez será la última".

»Miraron a su alrededor y en ese preciso instante un lobo con el pelo negro atravesaba saltando el bosque. Lo llamaremos... —Svik hizo una pausa y paseó la mirada por la cubierta hasta que sus ojos se posaron en el úlfhéðnar de Hakon—. Frek.

Los Hermanos de Sangre rieron entre dientes. Varg sonrió. Frek, sin embargo, ni siquiera parpadeó.

—Sales en la historia —dijo Hakon también sonriente, dándole un codazo a su guardaespaldas.

—Helka y el trol llamaron al lobo Frek —continuó Svik—. Se acercó a ellos y escuchó los argumentos de ambos. Cuando terminaron de exponerle el caso, el trol Einar se tambaleó y se sentó. Su barriga tronó y se sujetó la cabeza con las manos. "¿Ves lo hambriento que estoy?", dijo sorbiendo por la nariz y con las mejillas surcadas de lágrimas.

—Pobre Einar —dijo uno de los niños acariciando la mejilla de Einar Medio Trol.

—No soy yo —susurró Einar.

—Mientras el trol Einar lloraba, el lobo Frek llamó aparte a Helka. «¿Qué me darás si te ayudo con este trol?», le preguntó en voz baja. «Tengo un rebaño de ovejas en un prado verde», respondió Helka. «Si me ayudas, te dejaré toda una noche libre con ellas, desde la puesta hasta la salida del sol». El lobo sonrió mostrando todos sus dientes. Luego se dirigió al trol. «Trol Einar, he oído el argumento de cada uno de vosotros, pero antes de concentrarme en este asunto, hay algo que no entiendo y que espero que tú puedas aclararme». «¿De qué se trata?», preguntó el trol sorbiendo por la nariz y secándose las lágrimas de los ojos. «Bueno, tú eres un trol grande y ese agujero es pequeño. No comprendo cómo pudiste quedar atrapado en un espacio tan estrecho». El lobo entrecerró los ojos y añadió: «Todo esto no será alguna clase de broma, ¿verdad?». El trol Einar contestó: «No, es un asunto muy serio. Y es absolutamente cierto. He estado atrapado en ese agujero durante días». El lobo negó con la cabeza y dijo: «Lo siento, pero no me lo creo. Me parece imposible y tengo la sensación de que me estáis tomando el pelo. Creo que ahora me iré, y quién sabe cuándo pasará por aquí otro juez». «No, no, por favor, no te vayas», se apresuró a decir el trol Einar. Se levantó trabajosamente y fue arrastrando los pies hasta el agujero. Se puso de rodillas y volvió a meterse en el agujero del que había salido. «¿Lo ves? Sí que quepo».

»En cuanto Einar se metió en el agujero, Helka y Frek se abalanzaron sobre la rama que sostenía la piedra y la retiraron. La piedra cayó pesadamente y atrapó al trol Einar tal como estaba antes de la aparición de Helka. Einar lanzó un aullido atroz. "Lo siento, pero la vida no es justa. Así es el mundo", le dijo el lobo Frek.

Los Hermanos de Sangre rompieron a reír dándose palmadas en las piernas, salvo los niños, a quienes se les había metido en la cabeza que el Einar en el que estaban sentados era en realidad el trol de la historia. Algunos incluso sorbieron por la nariz para contener las lágrimas y con los labios temblorosos.

—No me gusta esta historia. No me parece justo —dijo Hakon.

—¡Así es el mundo! —gritó alguien, y estalló otra oleada de risas.

—Ah —dijo Svik levantando un dedo. Esperó a que las risas cesaran—. Pero ese no es el final de la historia.

—¡Ja! —exclamó Hakon sonriendo—. Sabía que había algo más.

—Así es —dijo Svik—. Algún tiempo después, cuando Helka ya había regresado a su granja y el lobo había vuelto al bosque, a Frek le entró el hambre y le pareció que había llegado el momento de cobrarse la deuda de Helka. Siguió su rastro con el olfato y encontró la granja. Vio el rebaño de ovejas pastando en una colina. Le rugieron las tripas. Esperó hasta que se puso el sol y entonces subió corriendo por la colina y se dio un festín de ovejas y corderos. Comió tanto aquella noche, más que nunca en su vida, que se sumió en un sueño profundo. No se despertó cuando amaneció. De hecho, solo se despertó cuando notó el primer golpe de un cayado de pastor en el hocico. Abrió los ojos aullando, pero se encontró rodeado de trabajadores de Helka, todos ellos armados con palos o con herramientas agrícolas, que le dieron una buena paliza. Al cabo de un rato se encontró tirado en el suelo, con dolores en todo el cuerpo, mientras los trabajadores enviaban a alguien a buscar a Helka. Ella no tardó en aparecer. La acompañaba su hijo, un muchacho que contaba catorce o quince inviernos. Lo llamaremos… Hakon.

Los Hermanos de Sangre sentados en torno a Svik prorrumpieron en abucheos y risas. A Varg le dolía la mandíbula de tanto reír. Hakon torció el gesto sin saber si reír o enfadarse.

—«Vaya, pero si es el lobo Frek», dijo Helka. «Has incumplido nuestro trato y te has quedado demasiado tiempo. Te dije desde la puesta hasta la salida del sol». Frek dijo: «Por favor, apiádate de mí. Sé justa. Te salvé del trol». Helka lo miró, negó con la cabeza y dijo: «La vida no es justa. Me temo que así es el mundo. Voy a tener que ir a buscar el hacha para acabar contigo rápidamente». Helka ordenó a sus trabajadores que cavaran un hoyo al pie de la colina para enterrar el cuerpo de Frek y dejó a su hijo, Hakon, vigilando al lobo hasta que volviera con el hacha.

»Frek gimoteaba tirado en la hierba, con el cuerpo dolorido y sintiéndose un desgraciado, demasiado maltrecho para escapar arrastrándose por el suelo. Entonces notó que lo cogían unas manos fuertes. Abrió los ojos y vio que Hakon lo llevaba en brazos mientras subía por la ladera de la colina y bajaba por el otro lado. Perdieron de vista a los trabajadores de Helka y se adentraron en el bosque. Hakon continuó caminando un buen rato a través del bosque y finalmente depositó a Frek sobre la hierba mullida al lado de un arroyo. "Gracias", consiguió decir Frek a pesar del dolor. "Creía que había llegado mi final. Después de todo, así es el mundo." Hakon le respondió: "Estúpido lobo viejo. El mundo no es de ninguna manera. Lo único que importa es esto", dijo dándose unos golpecitos con el dedo en la cabeza. Acto seguido, Hakon se levantó y se marchó.

Se instaló el silencio alrededor de Svik. Luego la gente empezó a sonreír y a asentir. Se oyeron algunos murmullos de conformidad a medida que la moraleja de la historia calaba entre los guerreros.

—Bien dicho, bien dicho —masculló Sulich.

—Yo no lo he entendido —terció Hakon con el ceño fruncido.

Varg se fijó en Frek, que estaba sentado en la oscuridad, mirándose las manos cerradas en unos puños nudosos y retorcidos como cuerdas.

CAPÍTULO TREINTA Y TRES

GUÐVARR

Guðvarr alzó la vista mientras recorría malhumorado las calles de Darl y vio delante de él la imponente torre Galdur. Era el último lugar que deseaba ver y, sin embargo, hacia allí se encaminaba por voluntad propia.

«Bueno, no propia del todo», pensó mirando de soslayo a la drengr Yrsa y a la morena aprendiza de galdramaðr Sturla, que lo flanqueaban.

«Zorras».

Le producía una pequeña sensación de satisfacción y placer ver que Sturla cojeaba y tenía una mano cubierta de ampollas y que la costra de un tajo cruzaba la frente de Yrsa.

Lo habían encontrado en el henil de El drengr muerto con la puta pelirroja, Vilja. Hacía menos de dos días que los Hermanos de Sangre habían zarpado de Darl y a Guðvarr todavía le dolía todo el cuerpo: el brazo, donde el hyrndur había abierto su madriguera con los dientes; las muñecas y los tobillos, de tanto forcejear con las ligaduras inmovilizado en la mesa de Skalk; y la cabeza, por las recurrentes pesadillas con alas zumbadoras, sangre y cuerpos descoyuntados embutidos en barriles. Después de los horrores que había padecido, se había dicho que se merecía una alegría, y Vilja estaba encargándose de dársela cuando los golpes de Yrsa y Sturla a la trampilla del henil la interrumpieron. Y luego las dos se habían quedado plantadas delante de él como un par de brujas nocturnas, observándolo y metiéndole prisa mientras se vestía solo porque lord Skalk quería verlo. Se miró de reojo el brazo, cubierto por una túnica nueva de lana verde y con el brazalete de oro que Helka le había entregado, resplandeciente a la luz del sol, pero debajo del oro y de la lana sentía el túnel que el hyrndur había cavado en su carne.

La torre se alzaba por encima de ellos. La empalizada de madera que la cercaba tenía algunos tramos quemados y carbonizados. Las puertas estaban abiertas cuando Sturla e Yrsa entraron en el patio delante de Guðvarr y se encontraron con un enjambre de hombres y mujeres pertrechados con sierras y martillos, reparando la muralla. Guðvarr se fijó en unas manchas oscuras en la tierra compactada del suelo y atisbó en un rincón una altísima montaña de cadáveres, entre los que también había unos cuantos caballos muertos. Intentó no mirarlos. Sintió un espasmo en el estómago y apoyó una mano en la espada que colgaba de su cinturón como si eso fuera a aplacar las molestias estomacales. No fue así, pero por lo menos le recordó que era un drengr caminando por un patio lleno de hombres y mujeres liberados.

«Soy mejor que ellos», se dijo.

Al entrar en la torre, los guardias les abrieron las puertas e inclinaron la cabeza a Sturla. Esta precedió a Guðvarr por el vestíbulo e Yrsa se quedó detrás de él. Guðvarr reparó en que la puerta que conducía a la cámara de Skalk pasando por las celdas estaba destrozada y una cuadrilla de carpinteros estaba sustituyéndola por otra nueva. El pasillo del otro lado estaba silencioso y la puerta de la celda donde habían estado encerrados Skapti, Hrolf y los demás, abierta.

«A lo mejor los han asesinado y han metido a presión sus cuerpos en barriles, como hicieron con Arild». Pese a sus esfuerzos para no pensar en ella, sus ojos de muerta insistían en aparecerse dentro de su cabeza en los momentos más inoportunos, tanto dormido como despierto.

Sturla lo condujo por una escalera de caracol, jalonada de puertas en arco que daban a pasillos según subían, hasta que finalmente entraron en un pasillo vacío y se detuvieron delante de una puerta a la que llamó la aprendiz de galdramaðr.

—Adelante —dijo una voz tristemente conocida desde el otro lado de la puerta.

«Odio a este hombre».

Skalk estaba inclinado sobre una mesa en una cámara circular, rodeado de herramientas y de pergaminos enrollados. Guðvarr se fijó en una pila de barriles y un escalofrío le recorrió la espalda.

«No, todavía no me quiere muerto. Antes tiene que usarme».

Sturla rodeó a Skalk para dirigirse a otra mesa, sirvió cerveza de una jarra en un vaso y se lo llevó a Skalk.

—¡Habéis terminado, lord Skalk! —exclamó maravillada la aprendiz. Estaba mirando algo que había encima de la mesa. Cuando se adentró un poco más en la habitación, Guðvarr vio que se trataba de un bastón gris de fresno. Yrsa cerró la puerta con un golpe desalentador detrás de él.

—Así es —dijo Skalk deslizando las yemas de los dedos por el báculo. Brotaron unos destellos en la superficie rugosa de la madera al contacto con el galdramaðr. Skalk vio que la cabeza del bastón era más gruesa y distinguió vagamente unas facciones: un mechón rizado, el contorno de unos ojos, de una nariz y de una boca... De repente Guðvarr se dio cuenta de qué era lo que estaba mirando.

«El espíritu froa que Sturla y los otros aprendices de galdramaðr asesinaron... o lo que queda de él».

Skalk se volvió para mirarlo y Guðvarr se obligó a sostenerle la mirada. El rostro del galdramaðr era una celosía de heridas vendadas; tenía unas largas franjas rojas donde el halcón lo había atacado con sus garras y donde antes había habido un ojo ahora solo había un agujero rojo.

—Ah, mi espía —dijo Skalk sonriéndole, aunque dio la impresión de que más bien hacía una mueca cuando los agujeros que tenía en la cara se arrugaron.

«Ojalá nunca hubieras salido de aquel abismo al que te arrojó la bruja seiðr de Iskidan».

—Lord Skalk —dijo Guðvarr desviando la mirada al cabo de un momento para fijarla en el suelo.

—Todos tenemos nuestras cicatrices, ¿eh? —señaló Skalk.

«Eso lo sabes tú mejor que nadie, ya que hiciste que un hyrndur cavara un túnel dentro de mí».

—Aunque no todos tenemos un hyrndur durmiendo en el pecho —agregó Skalk.

—Prefiero no pensar en ello —murmuró Guðvarr con la sangre hirviéndole en las venas. «Pero por lo menos yo conservo los dos ojos». No era capaz de evitar que el odio que sentía se reflejara en su mirada. Rechinó los dientes y apretó los labios para que las palabras que se formaban dentro de su cabeza no escaparan por su boca.

—Ah, ¿eso que veo es una chispa de desafío? —dijo Skalk torciendo de nuevo los labios. Guðvarr no estaba seguro de si sonreía o gruñía—. No te pienses que porque una bruja seiðr y un corrompido thrall me hayan vencido tú también puedes hacerlo. Y ahora que tengo un bastón nuevo, si vuelven, las cosas acabarán de una manera muy distinta.

«Todos somos muy valientes cuando el peligro ha pasado. Yo debería saberlo, pues es mi especialidad». Lo asaltó el recuerdo de Skalk chillando mientras el suelo se agrietaba y se abría debajo de sus pies; volvió a verlo tambaleándose y precipitándose al oscuro abismo gritando. Se le dibujó una sonrisa de suficiencia.

Skalk cogió el báculo de la mesa y apuntó con él a Guðvarr.

—*Hyrndur, heyr húsbónda þinn, hreyfðu þig í holdi hans* —graznó el galdramaðr.

Los ojos del espíritu froa brillaron con luz verde en el bastón de Skalk y su boca pareció moverse. Guðvarr sintió una punzada de dolor en el pecho cuando algo se movió dentro de él y le obstruyó la respiración de manera que tuvo que estirar el cuello. Dio un grito ahogado y se tambaleó, le flaquearon las piernas y se desplomó. Yrsa, que estaba detrás de él, lo agarró del brazo y lo levantó del suelo.

—*Hyrndur, farðu aftur að sofa* —dijo Skalk, y el movimiento en el interior de Guðvarr y el dolor cesaron de repente—. Recuerda que me perteneces. Esto solo ha sido una pequeña muestra de lo que te pasará si me disgustas. —Se acercó a Guðvarr y le clavó una mirada feroz con su único ojo—. ¿Me has entendido?

—S… sí, lord Skalk —respondió Guðvarr con un indeseado gimoteo. A su espalda, Yrsa resopló asqueada.

«Me gustaría ver lo que harías tú con un monstruo viviendo en el pecho», pensó con acritud Guðvarr.

—Lo hiciste bien en la sala de hidromiel de Helka —continuó Skalk como si charlara con un viejo amigo mientras apoyaba la base de su nuevo bastón en el suelo—. Cuando le ofreciste la capa a Hakon. Nunca lo olvidará. Te lo agradecerá. Asegúrate de aprovecharlo cuando regrese.

—Sí, lord Skalk —mascculló Guðvarr. El recuerdo del dolor en el pecho permanecía y consumía sus fuerzas.

—Yrsa me ha dicho que eres un cliente habitual de El drengr muerto.

—Sí…, así es —balbuceó Guðvarr.

—Tu amiga Orka me contó que Hakon se reunía allí con Drekr. Me he informado sobre El drengr muerto desde mi regreso a Darl y parece ser que Hakon visitaba la taberna a menudo, a altas horas de la noche, o temprano por la mañana, antes de que abriera sus puertas a los clientes. Puesto que pasas tanto tiempo allí, quizá encuentres la ocasión de estrechar lazos con Hakon.

—Seguiré vuestro consejo, lord Skalk.

—Bien. Ahora, vete.

La puerta crujió cuando Yrsa la abrió y Guðvarr dio media vuelta y salió de la cámara todo lo rápido que se lo permitieron sus inestables piernas.

Guðvarr recorría la fortaleza de Darl acompañado por el ruido de sus pasos en la pasarela de madera. Había abandonado la torre galdur con la firme intención de regresar al henil de El drengr muerto para abrazar el cuerpo de Vilja y olvidar todo lo que acababa de sucederle.

«Pero no hay manera de olvidarlo», se dijo apretándose el pecho y mascullando para sí. De manera que sus pies lo habían llevado por las calles de Darl hasta las puertas de la fortaleza que se alzaba en la cima de la colina. Había mostrado el brazalete de oro con el que lo obsequiara la reina Helka para que lo dejaran entrar y ahora caminaba por la pasarela de madera, refunfuñando entre dientes. Los drengir que estaban sentados en los escalones de una casa comunal lo miraron dándose codazos de complicidad.

«¡No estoy loco! —les espetó mentalmente—. Vuestro galdramaðr me ha maldecido».

Volvió a pensar en el cuerpo caliente de Vilja pegado al suyo y en la evasión de la realidad que procuraba la carne. «No, tengo que intentar hacer algo antes de que sea demasiado tarde. No soy tan estúpido como para pensar que Skalk me dejará vivir un solo instante más después de que cumpla la tarea que me ha encargado. Acabaré con el cuerpo descoyuntado y embutido en uno de sus barriles».

Fijó la vista al frente y continuó caminando. Se detuvo delante de una casa comunal con el tejado de tierra y hierba próxima a las murallas de la fortaleza. Un drengr, un hombre joven con una lanza en la mano, hacía guardia en la puerta. Tenía la barba rala y unas orejas demasiado grandes para su gorro de lana.

—Járn —dijo Guðvarr inclinando la cabeza hacia el drengr mientras subía los escalones—. ¿Está mi tía?

—Ajá. La jarl Sigrún ha preguntado por ti. No está de muy buen humor.

Guðvarr clavó una mirada asesina al drengr y lo rodeó para entrar en la casa comunal. Se detuvo un momento para que sus ojos se acostumbraran a la oscuridad.

El interior de la casa consistía en una única sala alargada, con un fuego que crepitaba en el centro. Había varios thrall barriendo y uno de ellos estaba removiendo un barril de cerveza. Guðvarr vio al fondo a su tía sentada en una silla, vestida con una elegante túnica con el bajo y los ribetes tejidos con la técnica de tablillas. Tenía la espada que le colgaba del cinturón cruzada sobre el regazo. Su oscuro cabello mostraba un aspecto impecable a la luz de las antorchas y la cicatriz que le había dejado Orka era un valle penumbroso que le atravesaba la cara. La rodeaban un puñado de criados y de drengir que escuchaban atentamente sus palabras. Sigrún dejó de hablar cuando vio que Guðvarr se acercaba y levantó una mano para acallar las preguntas.

—¿Dónde has estado? —inquirió la jarl con un tono frío y severo. Se revolvió en la silla y la luz de las antorchas confirió un color plateado a su cicatriz.

—En la torre galdur —respondió Guðvarr.

El entrecejo de Sigrún se cubrió de sombras cuando lo frunció.

—¿Y antes? Ya sabes que he estado preguntando por ti desde antes de la huida de Jaromir. Has estado evitándome.

Guðvarr bajó la vista y rascó con el pie los juncos frescos con los que se había cubierto el suelo para la cena. La verdad era que su tía tenía razón. Al principio la había evitado porque no deseaba contarle lo de su huida de Orka en Grimholt, pero, desde su terrible experiencia en la torre galdur, simplemente había querido evitarlo todo.

—Tengo que hablar contigo —dijo Guðvarr alzando de nuevo la vista para mirar a su tía.

—Ya lo estamos haciendo —respondió malhumorada la jarl Sigrún.

—A solas.

Su tía frunció la boca y miró fijamente a Guðvarr durante unos segundos.

—Fuera —ordenó haciendo un ademán con la mano, y la gente que había a su alrededor se marchó—. ¿Qué ocurre? ¿Qué ha pasado?

Guðvarr esperó hasta que estuvo seguro de que no había nadie lo suficientemente cerca para oírlo.

—Me he metido en un lío —respondió con un leve temblor en el labio inferior.

CAPÍTULO TREINTA Y CUATRO

ELVAR

Elvar marchaba a la cabeza de los Terrores de la Batalla mientras atravesaban un denso bosque. Se había dado cuenta de que el terreno era cada vez menos abrupto y los fresnos y los olmos daban paso a los alisos y los sauces. Delante de ellos, entre los árboles, se vislumbraban los destellos y los reflejos del agua burbujeante. Por fin tenían a la vista el lago Horndal.

Se sentía diferente desde el holmganga con Huld, como si sobre sus hombros hubiera caído un peso acompañando la capa de Agnar. A menudo rememoraba el duelo con ella. Se sentía culpable por haber disfrutado al matarla, pues había sido una mujer con la que había luchado codo con codo, que había estado a su lado en los muros de escudos, pero la verdad era que lo había disfrutado. Había disfrutado de la victoria, del rugido de los Terrores de la Batalla, de la emoción de seguir viva cuando todo terminó. Recordaba cómo le palpitaban las venas hinchadas de sangre, el goce puro cuando se dio cuenta de que Huld había mordido el anzuelo de su hombro herido y que había crecido como una ola antes de romper cuando la atrajo a su trampa, la engañó y la derribó. A pesar de ello, no había pasado un solo día que no se apoderara de ella una creciente sensación de intranquilidad mientras lideraba a los Terrores de la Batalla hacia el sur.

—¿Qué pasa? —le preguntó Grend a su lado.

Ella lo miró con el ceño fruncido.

—¿A qué te refieres?

—Estás diferente —dijo Grend encogiéndose de hombros.

Elvar decidió contarle la verdad.

—Me he dado cuenta de que ya nunca pienso en cómo ganar reputación y fama. Los problemas y las dudas del día a día ocupan todo mi tiempo.

—¿Problemas? ¿Dudas? —dijo Grend. Se llevó la mano al hacha como si todos los problemas fueran un enemigo al que se podía liquidar.

—¿Nos llevo en la dirección correcta? ¿Nos alcanzará la comida y el agua hasta el día siguiente? ¿Dónde podemos reabastecernos? ¿A quién enviaré como explorador cada día? ¿Quién irá en la vanguardia y quién se quedará en la retaguardia hoy? ¿Y estoy tomando la decisión correcta o voy a hacer que nos maten a todos? ¿Qué he pasado por alto? —Arrugó el ceño y se dio unos toquecitos en la sien—. Hay muchas más preguntas como esas rondando aquí dentro.

Grend torció el gesto y rompió a reír a carcajada limpia, algo que era a la vez irritante y perturbador, ya que Elvar rara vez le había oído reír en toda su vida, y mucho menos de esa manera. Grend aminoró la marcha y se plegó para apoyar una mano en la rodilla.

—¿Cuál es el chiste? —preguntó Sighvat cuando los alcanzó con sus pesados andares.

Grend se irguió y se secó las lágrimas de los ojos.

—Elvar está madurando —respondió el veterano guerrero.

Elvar lo miró con cara de pocos amigos y continuó caminando.

De los árboles que se alzaban más adelante surgió una figura. Era Orv la Serpiente.

—¿Qué pasa? —espetó Elvar.

—El *Jarl de las olas* —dijo Orv con una sonrisa de oreja a oreja.

Elvar revisaba a la luz del fuego todas sus armas, dispuestas sobre su capa delante de ella. Lanza, espada y seax. Se puso a frotar una mancha de óxido de la espada con arena y un trapo de lino sin quitar ojo a los Hermanos de la Batalla que la rodeaban.

El *Jarl de las olas* era digno de admiración y le lanzó una mirada. El barco descansaba en el río como una serpiente durmiente, amarrada a un sauce, y las largas y lustrosas tracas brillaban a la luz de la luna.

«Ahora es mi barco». Ese pensamiento le provocó un escalofrío de emoción e inquietud a partes iguales. El *Jarl de las olas* era el testimonio de lo que había conseguido, pero también le recordaba lo que tenía por delante y la responsabilidad que significaba tener bajo su mando una banda de guerreros.

«Ahora soy la que les hace ganar el oro, la que debe mirar por ellos, la que toma las decisiones, la encargada de llenarles la barriga de comida, el cuerno de hidromiel y los brazos de plata. Y a cambio ellos me seguirán, lucharán por mí, morirán por mí si es necesario».

Exhaló un largo suspiro.

«Este es el peso de la responsabilidad que mi padre debe sentir todos los días de su vida. Pero eso no lo excusa de ser un niðing pérfido y un maltratador».

La asaltó el recuerdo de los alaridos de su madre; de su hermano Thorun rodeándola con los brazos para impedir que fuera a ayudarla, de su risa en su oído; de Grend tirando abajo la puerta de una patada, irrumpiendo en la habitación y abalanzándose sobre su padre; de su madre gritando a Grend que no interviniera. Había sido una de tantas pruebas a las que su padre sometía a Grend para ver si era capaz de sacarlo de sus casillas hasta el punto de que desenfundara la espada contra su jarl, una ofensa que se habría castigado con la muerte. Grend había hecho caso a la madre de Elvar y se había quedado inmóvil como una estatua antes de hacer el ademán de marcharse, pero el jarl Störr le había ordenado que se quedara a mirar cómo seguía pegando a la madre de Elvar.

Elvar hizo una mueca al rememorarlo y apretó los puños, y precisó toda su fuerza de voluntad para empujar el recuerdo a los rincones más oscuros de su mente. Miró alrededor y vio a los Terrores de la Batalla sentados, comiendo y bebiendo. Los que se habían quedado vigilando el *Jarl de las olas* acribillaban a preguntas a los demás sobre las aventuras vividas en Oskutreð.

Ketil el Silencioso, apodado así por tener unos labios protuberantes y no callarse nunca, estaba sentado enfrente de Skuld y de Ulfrir y los miraba con una expresión que era una mezcla de asombro e incredulidad en su cara amplia y chata. Elvar reprimió una carcajada.

«Me he acostumbrado a vivir dentro de una saga —pensó—, a viajar en compañía de dioses».

Le vino a la memoria la última vez que había estado sentada en aquel claro, escuchando a Agnar mientras explicaba a los Terrores de la Batalla que habían cruzado el lago Horndal porque iban en busca del legendario Oskutreð y les mostraba la cicatriz de su juramento de sangre. Ella se había sentido eufórica, como si estuviera al borde de un precipicio de fama y fortuna.

«Aquella noche fue la primera vez que Biórr me besó».

La asaltaron más recuerdos, de Biórr, de los momentos tiernos que habían compartido.

—Es un mentiroso y un traidor, y si alguna vez tengo la buena suerte de volver a encontrarme con él, le arrancaré su negro corazón de niðing del pecho —espetó entre dientes mientras frotaba furiosamente la espada.

Oyó un ruido de pasos pisando hojas secas y levantó la cabeza. Uspa enfilaba hacia ella. La bruja seiðr se sentó a su lado y le ofreció un plato con pan y queso, una cebolla y un par de lonchas de cecina.

—Gracias —dijo Elvar pasando el trapo por la hoja de la espada y enfundándola.

—De nada —repuso Uspa—. Un líder debe comer para mantenerse fuerte.

—¿Has estado hablando con Grend? —espetó Elvar. Había asignado a su leal compañero el primer turno de guardia, más que nada porque su cara se deformaba para sonreír cada vez que lo miraba y no era una imagen que le apeteciera ver.

—Un poco —respondió Uspa esbozando media sonrisa—. Han cambiado mucho las cosas para ti y has conseguido mucho —añadió, ahora seria—. Liderar no es una tarea sencilla y, por si sirve de algo, pienso que estás haciéndolo bien.

—Gr… gracias —dijo Elvar cogiendo el plato de comida al mismo tiempo que sacaba el cuchillo corto y afilado que usaba para comer de su funda en el cinturón. Pinchó un trozo de cecina y se lo metió en la boca—. He estado pensando —murmuró con la boca llena— en la batalla de Oskutreð. Ilska te hablaba como si os conocierais.

—Sí. —Uspa asintió. Se quedó callada un momento, mirándose las manos—. Tienes razón, conozco a Ilska. Me invitó a unirme a ella. A mí y a mi marido, Berak, porque éramos corrompidos. Durante una temporada viajamos con ella y sus Alimentadores de Cuervos, pero, cuanto más tiempo pasábamos con ella, más claro veíamos que estaba siguiendo un camino oscuro. —Suspiró—. El camino equivocado. Habla de hacer justicia y de acabar con la esclavitud de los corrompidos, pero en el fondo solo busca venganza y muerte. Quiere sustituir una forma de vida injusta por otra. Así que Berak y yo le robamos el *Graskinna* y decidimos destruirlo convencidos de que eso significaría el final de sus planes y su locura.

—¿Eso era lo que estabais haciendo cuando os encontramos en Iskalt? —Elvar recordó que había visto a Uspa arrojar un libro a la charca de fuego líquido.

—Sí —dijo Uspa—. Creía que así estaba salvando el mundo de la locura de Ilska, que os estaba salvando a las personas como tú de una vida de esclavitud, tortura y muerte. —Miró a Elvar a los ojos—. Pero entonces nos capturasteis, le disteis una paliza a mi marido hasta que se postró ante vosotros, le pusisteis un collar y lo vendisteis al mejor postor. Y a mi hijo y a mí nos tratasteis como thrall, como ganado con el que comerciar o al que matar.

Elvar miró a otro lado, incapaz de sostener la mirada de Uspa.

—Yo… —balbuceó. Tenía la sensación de que debía disculparse, pero era incapaz de pronunciar las palabras—. Así es el mundo —masculló.

—Tonterías —gruñó Uspa—. Esa es la excusa de los necios. Cada uno decide cómo es el mundo. Nosotros. Las personas. No es algo impuesto por una fuerza superior. Hubo un tiempo en el que reinaban los dioses y los seres humanos éramos sus esclavos. Ahora mandan las personas y los retoños de los dioses son esclavos.

—¿Ves? Eso es lo que quiero decir —repuso Elvar.

—No —aseveró Uspa—. Nosotros decidimos lo que está bien, aquí —dijo dándose unos toquecitos en la sien con un dedo arqueado—, y aquí —agregó golpeándose el pecho a la altura del corazón. Y entonces actuamos. Yo decidí llevar una vida de paz y soledad con mi marido y mi hijo, y solo abandoné esa soledad para intentar ayudar a los que son como tú.

—Y mira cómo ha terminado todo —musitó Elvar.

—Pero no tiene por qué ser así —repuso Uspa—. Solo hace falta que sean más los que tomen la decisión, en sus cabezas y en sus corazones, de vivir en paz con aquellos a los que aman y aprecian, y permitir que los demás hagan lo mismo.

—Pero no hay nadie que piense como tú —señaló Elvar—. Y si los hay, yo nunca me he topado con ninguno.

—Los hay —dijo Uspa—. Hay mucha gente que sabe que la vida no va de poder y avaricia, de fama. —Miró a Elvar con la ceja arqueada—. Y hay otros que están de acuerdo conmigo, solo que aún no se han dado cuenta. —Volvió a fijar la mirada en la jefa de los Terrores de la Batalla.

Elvar soltó una tímida carcajada.

—¡Estoy bregando con la responsabilidad de liderar cuarenta guerreros y ahora quieres que lidere el mundo, que abola la esclavitud y que convenza a los jarl y a los reyes para que dejen las espadas! —Elvar se puso en pie, se abrochó el cinturón de armas y se colgó del hombro el tahalí con la espada—. Gracias por la comida —dijo, y enfiló con paso resuelto hacia

Ketil el Silencioso, que estaba rodeado por un puñado de Terrores de la Batalla mientras charlaba con Sighvat.

—Así que volvéis del norte con una noticia mala y otra buena —dijo Ketil sonriendo—. La mala noticia es que habéis dejado suelto un dragón, y la buena es que habéis reunido más riquezas que las que podremos gastar en cien vidas.

—Así es, pero eso no es todo —dijo Sighvat.

—¡Ah, sí, me olvidaba! —exclamó Ketil—. Había otra noticia mala y otra buena. La mala es que tenemos que luchar con el dragón y matarlo. Y la buena es que él va a ayudarnos a hacerlo. —Señaló a Ulfrir, que estaba acurrucado envuelto en su capa de piel de lobo, con la cabeza tapada—. A pesar de que por su aspecto dudo que pueda salir siquiera de debajo de esa capa.

Elvar oyó un gruñido cavernoso procedente de la capucha de Ulfrir.

—Ajá, eso es más o menos todo —dijo Sighvat sonriendo.

—Yo también ayudaré a matar a la dragona —terció Skuld. Las llamas del fuego reflejadas en su cabello semejaban ríos de lava.

—Ah, eso está mucho mejor —repuso Ketil—. Ahora me quedo más tranquilo.

Ketil miró a Elvar cuando esta se unió a ellos.

—¡Ah, y otra noticia es que tenemos jefa nueva! El miembro más joven de la banda, quien hasta no hace mucho saltaba sentada en la rodilla de su padre.

—Me he batido en un holmganga para demostrar mi valía, Ketil el Silencioso —replicó Elvar en un tono calmado, como si estuviera comentando el tiempo—. No tengo ningún problema en batirme en otro —afirmó plantándose delante de Ketil y apoyando despreocupadamente la mano en la empuñadura de la espada.

—Oh, no, eso nunca ocurrirá —dijo Ketil levantando las manos abiertas—. Yo ya soy viejo y estoy oxidado para pelear por la piel de oso de Agnar, y soy feliz como estoy, sin tener que preocuparme de cómo demonios voy a matar a un dragón o de liderar esta banda de granujas y cortagargantas.

—Típico de ti —terció Sólín escupiendo por los huecos de los dientes que le faltaban mientras afilaba el acero, un seax largo de un solo filo.

—¡Ja, mira quién fue a hablar, Sólín la Babas! Tú ni siquiera pudiste volver del norte con todos los dientes, así que no hablemos ya de matar un dragón.

Los Terrores de la Batalla rompieron a reír.

—¡Sólín la Babas! —exclamó riendo entre dientes Sighvat, dándose palmadas en la rodilla.

Elvar se sentó entre Sólín y Sighvat.

—Tengo fe en Ulfrir —Elvar tenía la sensación de que debía decirlo delante de los Terrores de la Batalla, a pesar de que ella misma no lo creía del todo.

—Tú eres la jefa y eso me basta —dijo Ketil—. Aunque, siendo justos, no he visto a esa dragona. A lo mejor en realidad es más pequeña que en mi imaginación y no será tan difícil matarla.

—Es enorme —terció Urt el Sucio—. Tanto que tapa el sol.

—Está loca y hay que acabar con ella —gruñó Ulfrir.

Ketil se movió para mirar fijamente a Ulfrir.

—Así que tú eres el dios lobo Ulfrir, el mismo que asesinó a un centenar de descendientes de la dragona y los colgó en el bosque de la Horca —dijo mirando a Ulfrir, que había vuelto a ocultar el rostro dentro de la capucha.

—Fueron quinientos hijos de Lik-Rifa —le corrigió Skuld con un bufido socarrón.

—¿Y eres el Ulfrir que luchó con una docena de serpientes sjávarorm durante una competición de natación contra tu hermano Berser?

—¡Ja! —exclamó Skuld—. Fueron cincuenta serpientes, y la competición no fue contra Berser, que no sabe nadar, sino contra Krodil, uno de los dioses del sur, que siempre estaba alardeando de que era el mejor nadador del mundo. —Miró a Ulfrir y sonrió—. Y no lo era.

—¿Y eres el mismo Ulfrir que atrajo a Lik-Rifa hasta la mazmorra de Oskutreð y la encerró allí? —preguntó Ketil.

—Esa fue mi madre —respondió Skuld.

—¿Tu madre? —inquirió Ketil.

—Orna, el águila —dijo con orgullo Skuld, agitando las alas—. Ella sabía cómo atraer a Lik-Rifa hasta las profundidades de Oskutreð.

—¿Cómo?

—El camino de las almas —susurró Skuld—. Mi madre lo encontró. Y sabía que Lik-Rifa no podría resistirse a ver con sus propios ojos el camino de los muertos. Estaba obsesionada con la vida y la muerte, y las barreras que separaban a los vivos de los muertos.

—Pero ¿qué necesidad teníais de hacerlo? ¿Por qué estaban en guerra Lik-Rifa y Orna?

—Lik-Rifa está loca, es una paranoica celosa. No necesita ninguna razón para ir a la guerra. Además estaba formando un ejército de criaturas, con sus vaesen. Creía que estaban escondidas, que era un secreto, pero nosotros lo sabíamos. Rotta nos lo contó. Estaba preparándose para matarnos a todos en una sola jugada en el tablero de tafl de los dioses.

Ketil asintió lentamente. Elvar reparó en que todos los Terrores de la Batalla escuchaban en silencio a una diosa que hablaba de una época que pertenecía a las sagas.

—Por lo tanto, Ulfrir, tú eres el que luchó con un clan de cien gigantes y los ganaste para tu causa.

—¡Bah! Ya está bien —gruñó Ulfrir rompiendo su silencio—. Solo era un gigante, y le arranqué la mano de un mordisco. —Se revolvió y el fuego se reflejó en su rostro de facciones angulosas, en sus dientes y en sus ojos—. Da la impresión de que no sabéis nada sobre el Guðfalla, el tiempo anterior. Ahora vais a decirme que no sabéis nada sobre la hermana de Snaka, Skuggar.

Se oyeron gritos ahogados en el claro. Todos los Terrores de la Batalla se quedaron boquiabiertos. Elvar también resopló con los dientes apretados.

«¿Cómo? ¡Snaka tenía una hermana!».

—No, no lo sabíamos —dijo Uspa—. ¿El temible Snaka tenía una hermana?

—Ajá, Skuggar, pero quizá no debería sorprenderme tanto que nunca hayáis oído hablar de ella. A diferencia de Snaka, a quien le encantaba que el mundo lo observara, Skuggar siempre se mantuvo en la sombra. Snaka era el creador y Skuggar la destructora.

Elvar abrió la boca para hacer una pregunta, pero entonces oyó un ruido de pasos y vio que Grend irrumpía en el claro.

—No vengo solo —anunció Grend. Las ramas se agitaron a su espalda y una sombra tan alta como los árboles surgió de la penumbra. El suelo vibró y del bosque salió una mujer esbelta y con la piel oscura, con un cabello ondulado que se arremolinaba como enredaderas en torno a ella; tenía unos brazos largos, nudosos y gruesos como cuerdas retorcidas. Su cabeza se balanceaba adelante y atrás y sus ojos verdes relumbraban.

—¿Dónde estás, dios lobo? —preguntó con una voz ronca y susurrante que a Elvar le recordó el murmullo de las ramas y las hojas al agitarse con el viento.

—¡UN ESPÍRITU FROA! —gritó uno de los Terrores de la Batalla.

La agitación se apoderó del claro cuando los guerreros se pusieron en pie de un salto y desenfundaron las armas.

Ketil echó hacia atrás el brazo con la lanza, afirmó los pies en el suelo y arrojó el arma. La lanza surcó el aire reflejando la luz de la luna e impactó en el pecho del espíritu froa. Otros mercenarios corrieron hacia ella y arremetieron con sus hachas contra sus piernas, que semejaban raíces.

—¡CÓMO OS ATREVÉIS! —rugió el espíritu froa lanzando por los aires a un puñado de Terrores de la Batalla con el brazo.

Ketil agarró un leño llameante del fuego y salió disparado hacia el espíritu froa.

Un aullido sacudió de repente el claro y todos se quedaron inmóviles un momento, mirando a Ulfrir mientras este se ponía en pie y su cuerpo se transformaba, se expandía, sus huesos crujían y reventaban mientras él crecía, su hocico se alargaba y sus músculos se hinchaban, hasta que se alzó por encima de todos ellos, incluso del espíritu froa. Ulfrir gruñó a los Terrores de la Batalla y luego bajó la cabeza y se precipitó con las fauces abiertas, agarró por la cintura a Ketil con los dientes, lo levantó en el aire y sacudió la cabeza violentamente. Elvar oyó el sonido de carne que se desgarraba y de huesos que se partían y, acto seguido, la mitad del cuerpo de Ketil cayó al suelo con un golpetazo. Ulfrir levantó la cabeza y se tragó la otra mitad.

Todos miraron estupefactos al lobo gigante.

Él los miró a ellos desde las alturas, con los ojos ambarinos llameantes y una mueca furiosa que dejaba a la vista unos dientes largos como lanzas.

—No haréis daño al espíritu froa —gruñó.

El froa se dirigió hacia Ulfrir caminando con sus piernas como troncos; los dedos de sus pies se extendían por el suelo como enredaderas. Se detuvo delante del dios lobo y apoyó una rodilla en la hierba acompañada por un crujido de madera.

—Así que has vuelto con nosotros, gran Ulfrir, amigo de los bosques y los árboles —dijo el espíritu froa con una voz que no era humana.

Ulfrir la observó un momento y luego se inclinó para olfatear y acariciar con el hocico la gruesa corteza que era su piel.

—He vuelto —gruñó—. Sin embargo, las cosas… han cambiado. —Giró el cuello y el collar que lo rodeaba brilló a la luz del fuego.

—Las estaciones pueden cambiar —dijo el espíritu froa—, los mares pueden secarse y las montañas pueden derrumbarse, pero la lealtad de los froa siempre se mantendrá inalterable.

—Me alegra saberlo, amiga —mascull el lobo.

El espíritu froa se irguió, recorrió con la mirada el claro y observó con desprecio a los Terrores de la Batalla. Después regresó al bosque y enseguida desapareció de nuevo en la oscuridad.

—Los espíritus froa son mis amigos —declaró Ulfrir paseando la mirada por los mercenarios.

—Y los Terrores de la Batalla son mi banda —gruñó Elvar adelantándose con paso firme para plantarse delante de Ulfrir y mirándolo desde el suelo—. No puedes comértelos sin más.

—Soy un dios —respondió Ulfrir rezumando malicia.

—*Eldsverkur* —bramó Elvar, y unas estrías al rojo vivo hicieron relumbrar el collar ceñido al cuello de Ulfrir. El lobo echó hacia atrás la cabeza y aulló, se retorció y corcoveó, partió ramas y arrancó árboles de raíz.

Skuld desplegó las alas y voló hasta el dios lobo.

—¡Sométete, padre! ¡Debes someterte a ella! —gritó Skuld por encima de los aullidos de dolor de Ulfrir.

El cuerpo del lobo se agitó con espasmos y tembló con convulsiones. Una niebla se arremolinó alrededor de él mientras sus huesos crujían y se encogían, su pelaje perdía color y su hocico menguaba, hasta que quedó arrodillado encima del lecho de hierbas y hojas ante Elvar. Alzó la vista para mirarla y gruñó.

—Debes obedecerme, dios lobo —aseveró Elvar—. Y eso incluye reprimir el impulso de comerte a mis guerreros. Si me desobedeces, habrá consecuencias. —Miró a Skuld—. Skuld, arráncate un ojo.

Skuld se quedó mirando con el rostro tembloroso a Elvar. Su collar brilló con luz roja y se llevó una mano a la cara. La larga uña de uno de sus dedos se dirigió hacia un ojo.

—¡No! —espetó Ulfrir alargando el brazo hacia su hija para detenerla.

—*Sársauki* —dijo Elvar, y Ulfrir retrocedió aullando de dolor.

—Para cuando yo lo ordeno, no cuando lo dices tú —afirmó Elvar por encima de los alaridos de Ulfrir—. Debes aprenderlo.

Skuld acercó la uña a su ojo.

—Por favor —suplicó Ulfrir con los dientes apretados.

—Alto, Skuld —ordenó Elvar, y Skuld dejó caer la mano—. *Sársauki endar* —dijo Elvar mirando a Ulfrir.

El collar del dios lobo se enfrío y recuperó su color negro. Ulfrir, jadeando y con el pecho subiendo y bajando aceleradamente, miró alternativamente a Skuld y a Elvar.

—Así son las cosas en el mundo nuevo, padre —dijo Skuld—. Al menos por ahora. —Se acercó a Ulfrir—. Pero por lo menos estás vivo. Y tenemos que matar a Lik-Rifa y vengar a mamá.

Ulfrir asintió lentamente y se irguió. Miró a Elvar.

—No me comeré a ningún miembro más de los Terrores de la Batalla. —Se metió los dedos en la boca, se sacó un pegote de carne roja y de piel desgarrada y lo tiró al suelo de un capirotazo.

—Bueno, parece que se encuentra mejor —dijo Sighvat en medio del silencio.

CAPÍTULO TREINTA Y CINCO

BIÓRR

Biórr dio la espalda a la sima de los vaesen cuando Lik-Rifa e Ilska llevaron a la banda de mercenarios hacia el sur. Al este se alzaban unos escabrosos peñascos que marcaban el límite oriental de Vigrið, pues más allá se extendía el mar Helado. El plan era seguir los peñascos en dirección sur durante la última legua del viaje, hasta donde confluyen con el extremo oriental de la cordillera Dorsal.

—Un esfuerzo final para acabar la carrera —les dijo Fain a Biórr y Storolf con los ojos fijos en el sur; a lo lejos, el color verde del paisaje se volvía gris y después blanco.

«Hacia la nieve».

—Irá bien correr un poco para mantener el cuerpo caliente —señaló Biórr.

—Ajá, y para que las pelotas se descongelen y ya no sea posible que se partan y caigan rodando pantalones abajo —dijo Storolf.

—Nunca había conocido a nadie tan preocupado por eso —comentó Biórr.

—Si tuvieras unas pelotas tan grandes como las mías, tú también estarías preocupado —repuso sonriendo Storolf.

Biórr rio entre dientes y echó un último vistazo por encima del hombro hacia el resplandor anaranjado y el aire vibrante que revelaban la presencia del río de fuego líquido de la sima de los vaesen. Divisó en la cola de la columna a Kráka, sentada en el banco del conductor de un carro. Había dos niños con ella; uno era Bjarn y el otro. Breca Thorkelsson, el muchacho al que Brák el Azote de Troles había roto los huesos de la mano. Biórr veía el destello de la venda de lino que envolvía la mano de Breca.

Todavía no había hablado con Bjarn, si bien había estado tentado de ir a buscar al chico. Él había organizado su rapto en Snakavik, era el responsable de haberlo separado de su madre, Uspa. Y encontrarlo con un collar de thrall puesto no ayudaba a mitigar el sentimiento de culpa.

«Pero ya le han quitado el collar. Hablaré con Bjarn esta noche. Le preguntaré si quiere jugar una partida de tafl», pensó Biórr. Se ciñó la capa al cuerpo para protegerse del frío cortante del viento del este y continuó caminando.

Biórr terminó su cuenco de estofado de pescado y metió la mano en el bolsillo de la capa para asegurarse de que estaba la bolsita con las piezas de tafl. Luego atravesó el campamento. Desde varios fuegos lo llamaron amigos del pasado, si bien él seguía sintiéndolos recuerdos lejanos. El tiempo que había pasado con Agnar y los Terrores de la Batalla parecía un muro que se interponía entre él y sus antiguos vínculos.

Delante estaban los carros utilizados para transportar a los niños y las provisiones. Vio a Kráka sentada entre un puñado de chiquillos junto a un fuego. Su cabello negro brillaba como el aceite a la luz de las llamas.

—Biórr —dijo Kráka cuando entró en la zona iluminada por el fuego. Se echó un poco a la izquierda para hacerle sitio a su lado.

Biórr vio a Bjarn sentado al otro lado de Kráka y a Breca junto a él. Cerca de este estaba sentado otro chico rubio, bajito y corpulento que parecía una roca. Después de que Brák capturara a Breca y lo llevara de vuelta al campamento con la mano rota y un tajo sanguinolento en la mejilla, ningún niño había intentado escapar. Si bien Biórr no podía decir si eso se debía a que habían aceptado su nueva vida con los Alimentadores de Cuervos de Ilska, o a que la paliza que había recibido Breca les había metido el miedo en el cuerpo.

«Pero por lo menos ya no los perseguirán ni los convertirán en thrall por su sangre corrompida».

—Bjarn —dijo Biórr sonriendo.

Bjarn alzó la cabeza para mirarlo.

—¡Biórr! ¿Qué haces tú aquí?

—Esta es mi gente —respondió Biórr señalando el campamento que tenía detrás—. Aquí estás a salvo.

—¿Con un dragón? —murmuró otro muchacho. Breca Thorkelsson.

—Una diosa —le corrigió Biórr. Metió una mano en el bolsillo y sacó la bolsita con las piezas de tafl. La abrió y cogió la figurita de un guerrero—. ¿Una partida de tafl, Bjarn?

Una tímida sonrisa se dibujó en los labios del niño, pero luego miró a otro lado, como si hubiera olvidado que Biórr estaba allí.

—¿Te encuentras bien, Bjarn? —preguntó Biórr.

Bjarn sonrió, pero no dijo nada.

—¿Qué le pasa? —dijo Biórr volviéndose hacia Kráka.

La bruja seiðr se encogió de hombros.

—Algunos se recuperan, otros… no tanto. Espero que solo sean los efectos de la magia seiðr y que acaben disipándose, como cuando hay demasiado hidromiel en la sangre.

—Yo jugaré al tafl contigo —dijo Breca Thorkelsson.

—¿Eh? ¿Con una sola mano? —exclamó Biórr. Atisbó unas tablillas de madera para reparar los huesos fracturados debajo del vendaje.

—Es un juego de pensar, no físico —apuntó Breca.

—De acuerdo —dijo Biórr. Vació la bolsita y desenrolló un trozo de tela con el tablero de tafl dibujado. Los dos colocaron las piezas en su sitio: un jarl y sus leales guerreros en el centro, y un ejército superior en número asediándolos desde todos los flancos—. ¿Jarl o ejército atacante? —preguntó Biórr a Breca.

—Jarl, por supuesto. Tengo que practicar maneras de escapar todo lo que pueda —dijo Breca sonriendo. El chico que parecía una roca rio a su lado.

—No hagas esa clase de bromas, Breca —le reprendió Kráka con gesto serio.

—No era una broma —murmuró Breca.

—Si hablas así acabarás con la otra mano rota —susurró Kráka—. Eso no es ser valiente, es ser estúpido.

—Hablas como mi padre —dijo Breca. Se quedó mirando el fuego un momento y comenzó a temblarle el labio inferior. Biórr se dio cuenta de que un lagrimón le caía por la mejilla.

—Bebe un poco de esto —dijo Biórr destapando su barril de cerveza. Kráka sacó unos vasos de cuero y Biórr sirvió cerveza para todos—. ¿Dónde está Ilmur?

—Ha hecho amigos nuevos —respondió Kráka. Señaló con la barbilla otro fuego.

Biórr vio a Ilmur sentado con Brák el Azote de los Troles y otros guerreros. También distinguió la enorme figura de Drekr allí, rodeada por las armas que estaba afilando. De repente sintió lástima por Ilmur. Sabía que el hundur era una persona frágil, había vivido muchos años como thrall, y necesitaba un poco de cariño para volver a vivir como un hombre libre. No estaba seguro de que la compañía de Drekr y la de ese Brák lo ayudara a conseguirlo.

—Juguemos —dijo Breca.

—Empieza. —Biórr asintió con la cabeza.

La partida fue breve. Breca golpeó sin piedad a los atacantes de Biórr y, si bien consiguió algunas victorias al principio y liquidó a unos cuantos drengir de Biórr, este no tardó en rodear al jarl de Breca e impedir que se moviera.

—Eres demasiado agresivo —comentó Biórr—. Es un juego de inteligencia, de estrategia y posición. Tienes que superarme tácticamente con menos piezas para escapar. Es posible hacerlo, pero nunca lo conseguirás si cargas contra mis líneas como un jabalí con la cabeza agachada. Es valiente, pero estúpido.

Breca frunció el ceño con la mirada fija en el tablero.

—¿Otra partida?

—Claro —respondió sonriendo Biórr.

Un murmullo de voces atrajo la atención de Biórr, que vio que Lik-Rifa cruzaba el campamento en dirección a él y los carros. La diosa dragona se sentó en una piedra grisácea cerca de ellos y observó a los niños. Ilska la seguía como si fuera su guardaespaldas.

«Aunque Lik-Rifa no necesita que nadie la proteja».

Cayó el silencio en el campamento mientras los niños miraban detenidamente a Lik-Rifa, también Bjarn.

—Hijos míos —dijo Lik-Rifa esbozando una sonrisa—. Os he dicho que sois corrompidos y que vuestros padres os lo han ocultado durante mucho tiempo. Pero, naturalmente, no tenéis que limitaros a creer lo que yo diga. Os ayudaré a descubrir vuestro verdadero ser interior. En primer lugar, ¿todos sabéis lo que significa corrompido?

La pregunta de Lik-Rifa fue recibida con más silencio.

—Ay, qué tímidos sois —dijo la diosa.

«¿Qué esperabas? Estoy seguro de que nunca antes habían hablado con una diosa dragona».

—Bueno, yo os lo explicaré —continuó Lik-Rifa—. Corrompido

significa que la sangre de un dios corre por vuestras venas. La mayoría de los dioses ya están muertos, pero sus descendientes siguen viviendo, ¡y este ridículo nuevo mundo ha cometido la imprudencia de llamar corrompidos a los descendientes de los dioses! Como si fuera algo de lo que hay que avergonzarse. ¡Menuda arrogancia! Ilska me ha contado que, si fluye sangre de un dios por vuestras venas, os consideran inferiores, os persiguen y os esclavizan, os usan como animales. ¡Vaya LOCURA! —dijo esta última palabra gritando y un atisbo de su forma de dragona revoloteó en el aire, se le pusieron los ojos rojos y le crecieron los dientes y la boca.

Biórr advirtió que los niños que estaban a su alrededor se ponían tensos y algunos se movían con nerviosismo, como si estuvieran a punto de echar a correr. Pero entonces el cuerpo de Lik-Rifa tembló, se retorció y agitó, y recuperó su forma humana, sentada en la piedra. Se apartó un mechón de pelo de la cara y lo colocó detrás de la oreja.

—Os deberían llamar afortunados, o algo por el estilo. —Lik-Rifa hizo un gesto desdeñoso con la mano para señalar la estupidez de la humanidad—. Cada uno de vosotros tiene la sangre de un dios en sus venas, y eso os hace especiales. Os hace poderosos.

Las palabras de Lik-Rifa suscitaron el entusiasmo de Biórr, y el orgullo, y esa era una sensación extraña. Durante muchos años, su linaje había sido motivo de miedo y vergüenza; llevaba las heridas de su estirpe en las cicatrices de los azotes recibidos en el pecho. Sin embargo, Lik-Rifa hablaba de una manera que hacía que se sintiera como si no hubiera nadie más allí, como si estuviera hablándole solo a él, y removía algo que había en su interior, un sentimiento de dignidad.

—Ilska, muéstraselo —ordenó Lik-Rifa.

Ilska dio unos pasos hacia el fuego y agachó la cabeza. Cuando volvió a levantarla, sus ojos estaban rojos y brillaban como dos ascuas. Alzó una mano y Biórr vio que sus uñas crecían hasta convertirse en unas largas garras, y luego abrió la boca y sus labios se dilataron para dejar a la vista unos largos y afilados dientes. Los niños dieron un grito ahogado y silbaron alrededor de Biórr.

—Gracias, hija mía —dijo Lik-Rifa. Ilska retrocedió para volver a las sombras y el fuego de sus ojos se extinguió—. Por las venas de Ilska corre mi sangre. Es una descendiente de la dragona, así que una parte de mí se manifiesta en su interior. Fuerza y furia, entre otras cosas. Vuestras capacidades serán diferentes, dependiendo de qué dios descendáis. Pero, ¿de qué dios es la sangre que corre por vuestras venas? Esa es la pregunta —continuó Lik-Rifa—. Hay muchos dioses: la serpiente Snaka. Yo, la dragona. —Hizo una pausa y se pasó una mano por el pelo lacio—. El águila Orna —dijo con desdén—. El lobo Ulfrir, Berser el oso, la rata Rotta, el jabalí Svin, el perro Hundur, y muchos, muchísimos más. Todos formábamos una gran familia. Os seré sincera, no siempre nos llevábamos bien, pero eso es algo que pasa en todas las familias, supongo. —Sonrió.

»Y cada linaje tiene distintos poderes y capacidades. Podríais poseer la vista aguda de un águila, o el olfato y el oído de un perro. La fuerza de un oso, la ferocidad de un lobo o la astucia de un zorro. —Se encogió de hombros—. Cuanto antes descubráis de qué dios descendéis, antes aprenderéis a utilizar y controlar vuestro verdadero potencial. Antes sacaréis lo mejor de vosotros mismos. —Lik-Rifa volvió a esbozar una sonrisa de oreja a oreja, como una madre cariñosa que estuviera revelándoles una maravillosa verdad.

—¿Y cómo lo hacemos? —preguntó con voz aflautada el chico corpulento que estaba sentado al lado de Breca y que se llamaba Harek.

—Cerrad los ojos —les pidió Lik-Rifa—. Será difícil, pero debéis hacerlo. Es imprescindible para que comprendáis quiénes sois.

Biórr vio que todos los niños reunidos en torno a él cerraban los ojos y agachaban la cabeza, incluso Breca.

—Ilska me ha explicado como os separaron de vuestras familias —continuó la diosa—, de vuestros padres y madres. Recordad ese momento. Cuando os arrancaron de su lado. Algunos incluso habéis visto morir a vuestros padres. Recordadlo también.

Biórr oyó que alguien sorbía por la nariz y vio que Harek estaba llorando y sus hombros se agitaban. Breca cerraba fuertemente los ojos, de los que escapaban lágrimas, y apretaba tanto el puño de la mano sana que tenía los nudillos blancos. Bjarn era el único que parecía tranquilo y relajado.

«Él ya sabía lo que eran sus padres. Seguro que le contaron que él también era un corrompido. Esto no es una conmoción para él como para el resto de los chicos».

—Las emociones hacen salir vuestra bestia interior —dijo Lik-Rifa—. ¿Lo sentís? ¿Sentís un susurro en la sangre? ¿Tal vez un gruñido, un chillido, un silbido?

—Sí —farfulló Harek. Sus hombros se habían quedado quietos. Breca dejó salir un gruñido.

—Esa es la bestia que habita en vuestra sangre. El dios. Hablad mentalmente con él —dijo Lik-Rifa—. Conoceos. Los dos sois uno y el mismo, así que, cuanto antes aceptéis y recibáis con los brazos abiertos a esa criatura, antes estaréis completos.

Un silencio sepulcral se instaló en el campamento mientras los niños se abismaban en su mente y los demás los observaban, conscientes de que estaban presenciando un acontecimiento de gran trascendencia. El aire parecía zumbar.

—Ahora abrid los ojos y decid qué animal habita en los rincones oscuros de vuestra alma —ordenó Lik-Rifa.

Bjarn levantó la cabeza rápidamente.

—El oso —dijo.

Harek abrió los ojos y esbozó una sonrisa tímida.

—El jabalí —susurró.

Un murmullo de voces infantiles rodeó a Biórr. Lik-Rifa aguardó pacientemente sentada en la piedra, escuchando los susurros de los niños.

Breca tenía la cara arrugada y temblorosa. Fue el último en abrir los ojos, y, cuando lo hizo, miró directamente a Kráka.

—Lobo… y oso —dijo.

Kráka se lo quedó mirando con incredulidad y Biórr puso cara de sorpresa. Normalmente solo el linaje de uno de los progenitores dominaba la sangre del descendiente, y era muy raro que alguien sintiera la presencia de la bestia de su padre y de la de su madre en las venas. Era raro, pero no el primer caso conocido. Y aquellos que tenían dos animales en su sangre eran mucho más apreciados que el resto de los corrompidos entre los jarl y los poderosos de Vigrið.

«La combinación de lobo y de oso es poderosa. Este chico se convertirá en un hombre temible. Fuerte, fiero y astuto».

Kráka cogió la mano sana de Breca y se la apretó.

—Y recordad —gritó Lik-Rifa—. Vuestros padres os han mentido desde que nacisteis. Os ocultaron vuestra verdadera naturaleza como si fuerais demasiado tontos y patéticos para merecer saber la verdad. No se merecen la pena ni la tristeza que sentís. Ahora yo soy vuestra familia y siempre os diré la verdad y os trataré con el respeto que merecéis.

Lik-Rifa se puso en pie bruscamente y se volvió hacia el oeste, aunque lo único que Biórr veía más allá de la claridad del campamento era una oscuridad impenetrable. Lik-Rifa bajó de un salto de la piedra y caminó unos pasos, pero de repente se quedó paralizada.

Biórr fue el primero en oírlo: un susurro en el aire, como una brisa rozando las ramas y las hojas secas del suelo de un bosque. Entonces vislumbró un movimiento, una sombra más oscura en la oscuridad y el reflejo del fuego en algo que había en el aire.

Todo el campamento se levantó rápidamente. Biórr empuñó el seax y lamentó haber dejado la lanza junto al fuego de Storolf.

Drekr se acercó a Ilska esgrimiendo su hacha larga y otros descendientes de la dragona rodearon a la jefa de los Alimentadores de Cuervos y pronunciaron palabras de poder. Un fuego rúnico brotó chisporroteando delante de ellos.

—No es necesario —declaró Lik-Rifa levantando una mano apaciguadora hacia Ilska. Sonrió—. Son mis hijos, que vuelven a mi lado.

Y entonces un enjambre de criaturas apareció encima de ellos y se arremolinó alrededor de Lik-Rifa. La diosa dragona abrió los brazos y los tennúr revolotearon en torno a ella; algunos descendieron a sus brazos y hombros, otros se posaron en el suelo a sus pies o se mantuvieron en el aire. Hablaron a Lik-Rifa con una confusión de voces y Biórr no fue capaz de entender nada lo que decían.

La sonrisa beatífica de Lik-Rifa se transformó en un gruñido de rabia.

—El niðing de mi hermano ha cruzado el puente de Isbrún —masculló.

CAPÍTULO TREINTA Y SEIS

ORKA

Orka frenó a Trúr y observó lo que tenía delante. El camino que habían seguido a través de un angosto y serpenteante barranco daba paso a una llanura extensa. Al este se alzaban las Dorsales, con los picos nevados y velados por las nubes. Delante de Orka y de sus compañeros, al noroeste, la soleada superficie del lago Horndal brillaba como plata líquida entre dos montañas. Y a lo largo de la orilla sur del lago se extendía Starl. La ciudad comercial había crecido extraordinariamente gracias a los viajeros y los comerciantes que se aventuraban al norte de la cordillera Dorsal y a los que llegaban del norte para vender sus productos a los comerciantes del sur. El sinuoso río Hvítá estaba jalonado de barcos cargados de mercancías que dejaban atrás el lago y descendían en dirección sur, con destino a la ciudad de Snakavik, situada en la desembocadura del río.

Lif, Gunnar y Revna se desplegaron alrededor de Orka, todos ellos a caballo. También Myrk, que ahora viajaba sentada en su montura en vez de hacerlo cruzada en la silla como si fuera un ciervo muerto. Aún tenía las manos y los pies ligados y estaba amordazada y atada a la silla de montar, y era Orka quien llevaba su caballo cogido de las riendas. Vesli revoloteaba encima de sus cabezas con la lanza de Breca en la mano y una bolsa repleta de dientes colgada del cinturón.

—¿Rodeasteis el lago a caballo o lo cruzasteis en un barco? —preguntó Orka inclinándose para quitarle la mordaza a Myrk.

Myrk torció el gesto y escupió.

—Contratamos un knarr y lo cruzamos. Es más rápido —respondió.

—Hum —gruñó Orka mirando de nuevo la ciudad y el lago.

«Cruzar el lago en barco es la manera más rápida de llegar a la orilla norte. Pero, si Myrk miente, perderemos su rastro y quizá nunca volvamos a encontrarlo».

—¿Paramos para comer? —preguntó esperanzado Spert, moviéndose en la silla de montar de Orka para mirarla.

—No —dijo Orka.

Una figura venía hacia ellos por la llanura dando saltitos. Era Halja Nariz Chata.

—El rastro de los Alimentadores de Cuervos lleva directamente a Starl, jefa. No rodea el lago —dijo Halja al acercarse a Orka.

Orka asintió.

—¿Lo ves? —mascculló Myrk.

Orka volvió a inclinarse y tapó de nuevo la boca de Myrk con el trozo de tela. Se aseguró de que quedaba apretado y de que no podría quitárselo.

—Spert, Vesli, no podéis entrar en la ciudad con nosotros. Os matarían. Buscad un sitio seguro cerca del lago desde donde veáis ir y venir los barcos. Buscadnos en el agua. No nos quedaremos más de un día.

—Sí, ama —dijo Vesli.

—¿Qué pasa con las gachas de Spert? —gruñó Spert.

—La vida es sacrificio. —Orka se encogió de hombros. Luego espoleó a Trúr y se pusieron en marcha.

Spert se elevó desde la silla de montar acompañado por el zumbido de su aleteo y los dos vaesen volaron hacia el norte. El viento frío transportó hasta los guerreros los refunfuños de Spert.

Orka atravesaba las calles de Starl a lomos de Trúr al paso. Los perros y los niños corrían detrás de ellos, los primeros suplicándoles y los segundos ladrando y gruñendo a los caballos. Orka les clavó una mirada feroz y los perros huyeron gañendo.

Habían entrado por las puertas abiertas en una empalizada con forma de herradura que cercaba la ciudad. Las paredes verticales de unos barrancos delimitaban la población por el este, y por el norte Starl se extendía hasta el lago Horndal. Los hombres y las mujeres que vigilaban las puertas estaban a sueldo de los más poderosos comerciantes de Starl, un grupo de mercaderes que gobernaba la ciudad. No había jarl en Starl. Los vigilantes habían mirado a Orka y a sus compañeros, y con más interés a Myr, atada como una forajida, pero no hicieron preguntas. Los inconfundibles escudos de los Hermanos de Sangre probablemente habían contribuido a ello.

Había tablas de madera tendidas en las calles y el barro se filtraba por los agujeros. A ambos lados de las tablas el suelo era resbaladizo y traicionero, y la gente que iba a pie patinaba al apartarse del camino de Orka. Esta vio una taberna con establos y desmontó, llevó a Trúr de las riendas hasta la puerta y lo ató a un travesaño. Luego entró en el establecimiento, una sala oscura iluminada con grasa de foca, el aire cargado de humo y de olor a sal. Orka buscó al tabernero y pactó un precio por los establos y la comida, le entregó una moneda de plata de la bolsa de Myrk y el tabernero llevó a Orka y a sus compañeros a un patio contiguo a la taberna. Una maraña de construcciones, una a continuación de otra, cercaban el patio: una fábrica de cerveza, una cuadra, un puñado de cobertizos que se utilizaban como almacenes y un potrero con más barro que hierba.

—Comida y agua para los caballos —dijo Orka mientras los Hermanos de Sangre entraban en el patio a lomos de sus caballos. Cada uno de ellos llevaba de las riendas otro caballo, además de los dos animales cargados con sacos y barriles que se habían quedado de los Alimentadores de Cuervos. Orka desmontó y entró a Trúr en la cuadra. Los demás siguieron su ejemplo. Dos mozos de cuadras los recibieron y les ayudaron a instalar a los caballos. Bajaron a Myrk de la silla y la ataron a un poste junto a las cuadras. Orka metió la montura de Myrk, un castrado bayo alto, en una cuadra y le desabrochó la cincha, deslizó la silla de montar por el lomo y la dejó encima de una pared divisoria. Sacó un seax del cinturón y cortó una tira de tela de su túnica interior, a continuación hizo un pequeño corte en el hombro del caballo y brotaron unas gotitas de sangre. El caballo se limitó a mirarla. Orka limpió la sangre con el trozo de tela y luego lo dobló y lo guardó en una bolsita que llevaba en el cinturón. Salió del establo y recogió el hacha larga, que había dejado apoyada contra unos fardos de heno.

—Enseguida os sacarán algo de comer de la taberna —dijo Orka—. No le quitéis los ojos de encima —añadió señalando a Myrk con la cabeza.

—¿Adónde vas? —quiso saber Lif.

—A reponer provisiones y comprar un pasaje para cruzar el lago.

—¿Quieres compañía, jefa? —preguntó Halja Nariz Chata.

—Está bien. Ven conmigo. —Orka dio media vuelta y salió con paso resuelto de los establos.

El barrio comercial de Starl era el corazón de la ciudad y Orka y Halja no tardaron en dar con él. Consistía en una sucesión de plazas y de calles que las conectaban donde se veían toda clase de productos, situadas delante de los muelles y los embarcaderos que se adentraban en el lago Horndal. En la primera de las plazas se vendían herramientas y armas, cuero, pieles y lino y lana sin teñir. Los tejedores pregonaban sus productos y de los ganchos colgaban cinturones confeccionados con la técnica de las tablillas. Orka pasó junto a un puesto lleno de colmillos de morsa, pieles de foca y de oso sin prestarle la menor atención, y entró en una calle que conducía a la siguiente plaza, donde competían aromas, alimentos, bebidas y especias llegados de toda Vigrið. Orka aminoró el paso y se tomó su tiempo para escoger a un vendedor y comenzar a regatear. Mientras tanto, Halja se paseó por la plaza escuchando los chismorreos. Orka enseguida estaba diciéndole al vendedor dónde entregar la mercancía y sacando monedas de la bolsa de Myrk.

—Podrías ahorrar dinero comprando a varios vendedores —comentó Halja cuando volvió junto a Orka.

—Ya lo sé —dijo Orka echando a andar—, pero tendría que dedicar más tiempo, y quiero marcharme de aquí lo antes posible.

Halja asintió.

—¿Qué novedades hay? —preguntó Orka mientras salían de la plaza.

—Se habla de una bestia con alas que se ha visto en el norte —respondió Halja—. Algunos afirman que es un dragón. Hay gente asustada y gente que se lo toma a risa.

Un escalofrío recorrió la espada de Orka. Una cosa era soñar con las alas de un dragón, y otra muy diferente oír a los comerciantes hablar sobre ello a plena luz del día. Entraron en la siguiente plaza. El hedor a sudor, orina y heces golpeó a Orka antes de que viera los puestos de venta de thrall y oyera al subastador bramando los precios desde una plataforma de madera.

Orka aminoró el paso y miró alrededor. Luego enfiló hacia un vigilante ancho como una pared y con una porra revestida de hierro en la mano.

—¿Hay algún comerciante de esclavos que comercie con corrompidos? —le preguntó Orka.

—Haga. Es esa de allí —masculló el vigilante señalando con la porra una mujer canosa.

Orka le dio al vigilante una esquirla de plata y se encaminó hacia Haga, que estaba rodeada por un puñado de guardaespaldas. Llevaba puesto un brillante vestido de lana anaranjado y collares de plata. El cabello recogido en una trenza tirante le caía por la espalda y tenía los dorsos de las manos cubiertos de tatuajes.

—¿Qué haces? —le preguntó en voz baja Halja.

—Voy a comprar un thrall corrompido, espero —respondió Orka.

—Pero nosotros somos… —susurró Halja.

—Lo sé —gruñó Orka—. Pero hay que hacerlo.

Halja negó con la cabeza.

—No me gusta —musitó.

«A mí tampoco», pensó Orka.

Dos guardaespaldas salieron a su encuentro cuando se acercó a Haga y miraron con suspicacia su hacha larga.

—Quiero comprar un thrall corrompido —dijo Orka. Levantó la bolsa que llevaba en el cinturón y las monedas tintinearon.

—Dejadla pasar —ordenó Haga. Era más baja, Orka le sacaba una cabeza, y miró de arriba abajo a la madre de Breca—. ¿Para qué quieres tú un thrall corrompido?

—Debería ser obvio, pero no es de tu incumbencia —respondió Orka—. El herrero no te pregunta lo que vas a hacer con su hacha. Pero este es tu negocio. —Cogió la bolsa del cinturón y se oyó un sonido metálico cuando la agitó.

Haga se quedó callada un largo momento.

—¿Qué buscas? —preguntó finalmente.

Orka se inclinó hacia ella y le susurró algo en el oído.

—Pues resulta que puedo ayudarte —dijo Haga.

Orka se marchó del mercado de thrall guardándose una llave en la bolsa que llevaba en el cinturón. Era la misma bolsa en la que guardaba el colgante de madera con la forma de una espada de Breca. La seguía una mujer alta y extremadamente delgada. Había empezado a crecerle el pelo castaño claro en la cabeza rasurada y vestía una túnica de lino manchada de barro. Iba descalza y un collar de hierro brillaba alrededor de su cuello, donde se apreciaban unas ampollas purulentas causadas por la rozadura.

—Yo me llamo Orka y ella es Halja.

—Me llamo Sæunn —dijo la thrall.

Cuando salieron del mercado de thrall, ante ellas apareció el puerto de Starl. El sol rielaba en el lago y un bosque de mástiles cabeceaba a lo largo de los embarcaderos. El fuerte olor de la brea de pino fue un cambio agradable después del hedor de la esclavitud que habían dejado atrás.

A un lado de la calle se había congregado una multitud que escuchaba a una mujer que hablaba subida en un barril. Vestía una cota de malla harapienta y llevaba el pelo grasiento recogido en muchas trenzas con aros de peltre y cobre ensartados. Había otros hombres y mujeres vestidos como ella diseminados entre la muchedumbre, algunos empuñando lanzas. Orka frunció el ceño según se acercaba allí.

—¡El día del juicio se acerca! —bramó la mujer—. ¡La dragona tapará el sol! ¡Quemará a los malvados y a los codiciosos y liberará a los oprimidos! ¡Debéis elegir un bando!

Hubo gente en la multitud que aclamó sus palabras, pero un hombre rompió a reír, y los que estaban vestidos como la mujer que hablaba subida en el barril se abrieron paso hacia él.

Halja le dio un codazo a Orka.

—Lo sé —dijo ella mientras pasaban junto a la muchedumbre con una sensación de intranquilidad revolviéndole el estómago.

Los gritos de la mujer fueron apagándose a su espalda. Orka se detuvo en un puesto y regateó por una capa de foca, una túnica de lana, una túnica interior de lino, unos calcetines de lana, unos zapatos de piel de alce y unas vendas de lana grises para las piernas.

—Toma —dijo Orka entregando las prendas a Sæunn.

La thrall las cogió.

—Sí, ama —dijo inclinado la cabeza y sosteniendo la ropa en los brazos.

—Son para ti, no para que las cargues —le explicó Orka.

Sæunn se la quedó mirando un momento, desconcertada.

—Póntelas —dijo Halja.

Sæunn dejó la ropa a un lado, se quitó la túnica de lino que llevaba puesta y se quedó desnuda bajo el sol brillante y frío. Su pálido y esquelético cuerpo estaba cubierto de cicatrices, la mayoría antiguas y ya blancas, pero otras más recientes todavía estaban rojas.

—O sea, busca un sitio donde cambiarte —dijo Halja mientras la gente se detenía a su alrededor para mirar a Sæunn y cuchicheaba.

—Lo siento, lo siento —dijo Sæunn haciendo el ademán de volver a ponerse la vieja túnica.

—Olvídate, cámbiate aquí mismo —repuso Orka.

Mientras Sæunn se vestía, Orka se volvió para contemplar el lago. Era enorme. Ni siquiera con su vista lobuna de corrompida era capaz de ver la orilla norte. A ambos lados de los muelles y embarcaderos, la ribera del río estaba densamente poblada de juncos, entre los que nadaban cisnes y gansos. Las gallaretas caminaban en los bajíos y las avefrías revoloteaban en el cielo. Las Dorsales se alzaban al este y al oeste, y Orka vio sobre el lago una de las costillas arqueadas de color verde grisáceo de Snaka. Sintió una presión en la cabeza.

«Los huesos de Snaka. Su poder perdura», pensó.

Pero la presión dentro de su cabeza creció mientras observaba el lago y oyó el aullido débil de un lobo. Entrecerró los ojos para forzar la vista y vio aparecer un drakkar en el lago, con la vela hinchada por el frío viento del norte. El casco estaba recién calafateado y la cabeza de serpiente de la roda se erguía orgullosa mientras la embarcación escindía el agua espumosa. Por lo hundido del casco, daba la impresión de que el drakkar transportaba una mercancía pesada. Orka vio que arriaban la vela y la plegaban y unas figuras se afanaban en la fogonadura para sacar las fijaciones y bajar el mástil. Los remos surgieron de los costados como las muchas patas de Spert y se hundieron en el agua, y el drakkar se deslizó lentamente hacia un muelle libre en el puerto de Starl. Según se acercaba el barco, Orka distinguió los dibujos en los escudos instalados a lo largo de la borda: una lanza y un hacha negras cruzadas sobre un fondo rojo sangre. El aullido dentro de su cabeza sonó más fuerte, como si un lobo estuviera llamando a su manada.

—¿Reconoces los escudos de aquel drakkar? —preguntó Orka a Halja señalando la embarcación.

Halja miró detenidamente el barco y dio un grito ahogado.

—Ajá. Son los Terrores de la Batalla.

CAPÍTULO TREINTA Y SIETE

VARG

Varg dejó el remo apilado con los de otra treintena de remeros y el drakkar se deslizó por el fiordo la distancia restante hasta el embarcadero. Se oyó el chirrido de la madera cuando desde el barco arrojaron las amarras a los hombres y mujeres que aguardaban en el muelle. La ciudad de Liga se extendía a lo largo de la orilla del fiordo, convertida en el escenario pestilente y bullicioso de una actividad frenética, como la montañita de la entrada de un hormiguero al darle una patada.

Cuando Varg había estado allí por primera vez, siendo un thrall fugitivo que huía del hijo de su recientemente fallecido amo, le pareció que Liga era la ciudad más grande del mundo, con sus colores, olores y sonidos casi abrumadores. Pero, ahora que había estado en Darl, veía Liga como lo que era: una ciudad comercial con un puerto bastante grande. El puerto era un hervidero de actividades comerciales: los barcos mercantes descargaban los productos que transportaban, los funcionarios del puerto cobraban las tasas de los amarres, los vendedores exhibían sus productos en mesas de caballetes, aquí y allá había registradores sentados con sus balanzas y sus pesos, con los afilados cuchillos preparados para grabar cifras y runas en tabletas de corteza de abedul.

Cuando las amarras estuvieron atadas, Glornir se subió a la borda del drakkar con el escudo terciado a la espalda y el hacha larga en una mano y saltó por encima de la oscura agua verdosa del fiordo hasta el embarcadero. Røkia lo siguió enseguida y luego el casco se pegó a la madera del muelle y se bajó una rampa para que desembarcara el resto de los Hermanos de Sangre. Un funcionario del puerto enfilaba por el embarcadero en dirección al barco, seguido por un puñado de guardias, pero frenó en seco cuando vio que Glornir se dirigía hacia él con paso firme. El jefe de los Hermanos de Sangre destilaba maldad y amenaza.

—¿Jaromir y sus druzhina? —gritó Glornir según se acercaba a la autoridad portuaria.

El funcionario se lo quedó mirando desconcertado. Era un hombre alto y delgado. Llevaba un gorro forrado de piel de borrego, una elegante túnica de lana de color rojo oscuro y un grueso brazalete de plata. Su rostro traslucía confusión mientras miraba a Glornir.

«Es evidente que no está acostumbrado a que le hablen así», pensó Varg mientras se apresuraba a bajar por la rampa, con una mano sobrevolando el hacha que le colgaba del cinturón. Escrutó la muchedumbre que atiborraba el puerto buscando los característicos cascos con las crines de caballo de los druzhina de Jaromir.

—La tasa de amarre… —dijo el funcionario.

—¿Está en Liga el príncipe Jaromir de Iskidan? —gruñó Glornir.

—Antes deberíamos acordar el pago de…

—Si no está aquí no nos quedaremos —lo interrumpió Glornir—. ¿Está o no?

—Mi trabajo son las tasas portuarias, no responder tus preguntas —dijo el funcionario.

Glornir agarró del cuello al funcionario y lo levantó del suelo. Los guardias que lo acompañaban, tres hombres y dos mujeres, se desplegaron a su alrededor y bajaron las manos a las armas. Uno de ellos se llevó un cuerno a los labios y sopló.

—Si yo fuera tú, no lo haría —le aconsejó desenfadadamente Svik rodeando a Glornir. Su media sonrisa le torció el bigote.

Einar Medio Trol apareció detrás de él y rápidamente llegaron Varg y otra docena de Hermanos de Sangre. Røkia se plantó al lado de Glornir con el escudo colgado a la espalda y empuñando una lanza. Sulich se colocó detrás de ella. Ningún miembro de los Hermanos de Sangre había desenfundado un arma, pero Varg percibía en el aire, como si fuera un olor, la inminencia de la violencia.

Los guardias miraron al funcionario del puerto, cuyos pies se balanceaban en el aire sobre las tablas de madera del muelle, esperando sus órdenes.

—Esto es un ultr…

—Sí, un ultraje, eso ya lo sabemos —dijo Svik—. Ahora dile al grandullón lo que quiere saber antes de que tu ultraje sea sustituido por tu muerte dolorosa.

—Jaromir —masculló Glornir apretando el cuello del funcionario.

—No… lo… sé —gimoteó el hombre.

Glornir lo tiró contra las tablas del embarcadero y el funcionario jadeó y tosió mientras se levantaba despacio y apoyaba una rodilla en el suelo.

—El jarl Logur se enterará de esto —resolló el funcionario del puerto.

—Bien. Envía a alguien para que avise a Logur —dijo Glornir.

—Creo que ya lo han hecho —terció irónicamente Svik.

Al final del embarcadero se arremolinaba una multitud, entre la que Varg distinguió un puñado de escudos azules con velas rojas pintadas. Otras figuras se abrieron paso a empellones y una mujer con el cabello plateado enfiló con paso resuelto por el muelle, con dos grandes perros en cada lado. Varg vio a Ingmar Hielo detrás de ella, corpulento, con la piel pálida y el cabello rubio que parecía blanco a la brillante luz del sol. El hombretón sonrió a los Hermanos de Sangre.

—Edel —dijo Glornir dejando atrás al funcionario del puerto. Los guardias se apartaron para dejarlo pasar—. ¿Has visto algún indicio de Jaromir o de sus druzhina?

—No. —Edel negó con la cabeza—. Acabamos de llegar con el *Lobo del mar*. ¿Por qué?

—Tiene a Vol.

Se oyeron voces en el puerto y el bramido de un cuerno, y aparecieron más escudos azules. La muchedumbre se dividió para que pasaran una veintena de guerreros. Entre ellos iba el jarl Logur, con su cabello cano, su amplio pecho y su voluminosa barriga. Sonrió al ver a Glornir, pero su sonrisa se esfumó cuando vio el gesto del jefe de los Hermanos de Sangre y al funcionario del puerto arrodillado en el embarcadero.

—Me gustaría decirte que me alegra verte —dijo Logur al llegar a ellos—. Pero… ¿hay algún problema? —Su mirada saltó de Glornir al funcionario, que estaba poniéndose en pie.

—Menos mal que habéis venido, jarl Logur. Estos bandidos se niegan a pagar la tasa del amarre. Me han atacado, ¡a mí, a uno de vuestros elegidos! —dijo el hombre con una voz ronca y estridente.

—Lo que quiero saber, Palrun, es si estás causando algún problema a mi amigo —espetó el jarl Logur.

—P… p… pero —tartamudeó el funcionario.

—Jaromir tiene a Vol —dijo Glornir sin prestar atención al funcionario—. ¿Está aquí?

Un momento de silencio mientras Logur asimilaba la información.

—No —respondió el jarl—. Llegó hace unos días, repuso las provisiones de sus barcos y zarpó con la marea.

Glornir gruñó y agachó la cabeza.

—¿Qué puedo hacer para ayudarte, amigo? —preguntó Logur poniéndole una mano en el brazo.

Glornir estaba temblando. Levantó la cabeza y exhaló un largo suspiro.

—Ayuda a mi tripulación a reponer las provisiones del *Lobo del mar* y encárgate de este drakkar. Es de Helka.

El jarl arqueó una ceja.

—Sus guerreros no tardarán en llegar —agregó Glornir—, así que no ocupará espacio en tus muelles mucho tiempo.

—¿Ha estado dándote problemas? —quiso saber Logur.

—Podría decirse que sí. —Glornir se encogió de hombros—. Y quiero pedirte otro favor. Cuida de ese hombre por mí. Devuélveselo a Helka junto con el barco. —Se volvió para señalar al príncipe Hakon, a quien en ese momento conducían por el embarcadero con el úlfhéðnar Frek pisándole los talones. Æsa los seguía de cerca.

El jarl Logur miró a Hakon y echó la cabeza hacia atrás carcajeando. Su risa era tan estruendosa y contagiosa que incluso Varg rio para sus adentros y otros miembros de los Hermanos de Sangre sonrieron.

—¡Por supuesto, amigo mío! —exclamó el jarl secándose las lágrimas cuando recuperó el aliento—. Palrun, encárgate de las provisiones del barco de mi amigo Glornir. Asegúrate de que reciban todo lo que necesiten.

—Sí, señor —dijo Palrun enfurruñado.

—Bien. Ahora, Glornir, mientras cargan el *Lobo del mar*, vendrás a beber conmigo en mi sala de hidromiel y me contarás cómo has terminado con el primogénito de Helka en tu barco y él con la cara como si alguien le hubiera bajado los pantalones y azotado el culo.

Glornir frunció el ceño, pero el resto de los Hermanos de Sangre se echaron a reír.

—De todas maneras no podrás zarpar hasta que cambie la marea —dijo Logur—. Me encantaría escuchar qué has estado haciendo y cómo ha terminado Vol en manos de ese arrogante niðing. Y mientras esperamos enviaré a mi gente a indagar sobre Jaromir. Quién sabe, quizá averigüemos algo que te ayude.

Glornir asintió escuetamente.

—Gracias. Svik, no le quites el ojo de encima —dijo Glornir señalando con la barbilla al funcionario del puerto.

—Será un placer. —Svik sonrió.

Glornir enfiló por el muelle en compañía de Logur. Los leales guerreros del jarl se reagruparon y los siguieron.

Svik miró a Palrun y sonrió.

—Bueno, buen hombre, ve tú delante. A ver si somos capaces de vaciar Liga de queso.

Palrun se lo quedó mirando desconcertado.

—¿Queso?

—Es broma —dijo Svik. Luego miró a Varg por encima del hombro, negó con la cabeza y susurró—: No, no lo es.

—¿Y qué pasa conmigo? —preguntó Hakon, indignado porque lo habían dejado de lado—. ¡Eh! ¿Es que soy invisible? —masculló cuando nadie le respondió.

—Podrías quedarte aquí y enseñarme lo bueno que eres en la cama. Apuesto a que yo soy mejor —dijo Æsa sonriendo al príncipe. Hakon pestañeó y se alejó un paso de ella.

Palrun dio media vuelta y precedió a Svik por el embarcadero, seguido por sus guardias. El grueso de los Hermanos de Sangre se pusieron a vaciar el drakkar. Einar llamó con un silbido a los niños que habían escoltado desde Grimholt; los críos bajaron corriendo por la rampa como si fueran una manada de cachorros de lobo y se arremolinaron en torno a Medio Trol, algunos incluso se auparon a sus hombros.

—Tendréis que empezar a echar una mano si queréis que Glornir deje que os quedéis —les advirtió Einar, y los envió a que recogieran todo lo que quedaba en la cubierta del barco.

Se oyó un estrépito de pasos en el muelle y Varg vio que cuatro guerreros de Logur con los escudos azules regresaban corriendo.

—Príncipe Hakon —dijo uno de ellos, una mujer con el cabello castaño rojizo y una cicatriz debajo del ojo izquierdo—, el jarl Logur solicita vuestra compañía.

—Hum —murmuró Hakon—. Justo a tiempo.

—Por favor, seguidnos —dijo la mujer.

—Será un placer —contestó Hakon. Lanzó una mirada ceñuda a los Hermanos de Sangre y se apresuró a irse lejos de Æsa.

La mercenaria le lanzó un beso a Hakon.

—¡Te echaré de menos! —gritó a su espalda.

Cuando el príncipe Hakon pasó junto a él, Varg tendió la mano para tocar el brazo de Frek. El úlfhéðnar se detuvo y miró a Varg al mismo tiempo que apartaba el brazo.

—Yo era thrall —dijo Varg—. Y nunca pensé que algún día sería otra cosa.

Frek lo miró largamente y una expresión de desesperanza le cruzó la mirada. Luego se encogió de hombros y continuó caminando detrás de Hakon.

—Deberías guardar la cota de malla en tu baúl de remo —le aconsejó Røkia mientras subían a bordo del *Lobo del mar*.

—¿Por qué? —preguntó Varg. Ya se había acostumbrado al peso de la cota de malla y se sentía más seguro con ella—. Pensaba dejármela puesta.

—Porque el mar tarda menos en corroer el metal que lo que tarda Svik en comerse un queso.

—¿El mar?

—Ajá. Ya sabes, esa agua de allí —dijo Røkia señalando con la lanza hacia el sur, donde había un hueco en el horizonte entre los escabrosos acantilados del fiordo; el sol rielaba en la superficie del agua.

—Ya sé lo que es —repuso Varg—, pero ahora no estamos en el mar.

—Pero lo estaremos —dijo Røkia—, tan seguro como que después del día viene la noche. Jaromir quiere volver a Iskidan y lo perseguiremos.

—Ah —murmuró Varg. No le gustaba la idea de salir a mar abierto. Se había acostumbrado a navegar, ya fuera remando o impulsados por el viento, en un drakkar, pero en el río, con la tranquilidad que daba tener siempre a la vista tierra firme. Incluso cuando habían salido del fiordo costearon en dirección norte, con el litoral siempre visible, y solo había sido durante medio día, hasta que volvieron a entrar en el estuario del río Slågen. Se encogió de hombros—. El mar, un río… qué más da.

Røkia se limitó a sonreír y echó a andar negando con la cabeza y murmurando:

—Insensato.

Varg cruzó la cubierta, dejó la lanza en un soporte y colgó el escudo de la borda antes de ir a buscar su viejo baúl de remo. Se detuvo delante de él y lo miró mientras recordaba la última vez que había bajado la tapa. Tenía la impresión de que había pasado una eternidad desde que desembarcara del *Lobo del mar* para emprender la búsqueda junto a Skalk y los Hermanos de Sangre de lo que estaba matando al pueblo de la reina Helka.

Levantó la tapa, las bisagras estaban duras, y vio un saco de cáñamo. Se inclinó para abrirlo y contempló todo lo que contenía: una cota de láminas metálicas, un ornamentado casco con el penacho de crines de caballo, un bonito cinturón con un cuchillo largo y un sable envainado, un arco desencordado, un carcaj con flechas con las plumas grises y una funda para el arco.

«Todo era del druzhina al que maté en el puerto». Un torrente de recuerdos dominados por una sensación de miedo: la carga del druzhina cuando todavía tenía puesta la funda de piel en la punta de la lanza, el salto para auparse a su caballo, la puñalada con el seax, la mano embadurnada de sangre. A Varg le había repugnado la idea de robar sus pertenencias a un muerto, pero ahora comprendía lo que significaba ese acto. «Es el relato de cómo conseguí mi fama, de los rivales que he derrotado en combate». Se miró la cota de malla que llevaba puesta, el casco y el seax que colgaban de su cinturón, todo ello cogido del descendiente del dragón que había matado en la cámara de Rotta. No tenía ningún reparo en llevar encima esas cosas.

«Pero ahora tengo demasiado equipo. No he usado un arco en mi vida». Echó un vistazo a su alrededor y sacó el saco del baúl, se lo echó al hombro y echó a andar balanceándose. Se detuvo junto a otro banco de remo, donde Sulich estaba guardando sus cosas, aunque no parecía poseer mucho. No tenía ninguna cota de malla, solo un casco con una protección nasal y una espada curva.

—Tengo una deuda de sangre contigo —dijo Varg—. Me salvaste la vida en Darl.

Sulich arrugó el ceño.

—¿En serio?

—Ajá. Cuando un úlfhéðnar estuvo a punto de matarme en la sala de hidromiel de Helka. —Varg se palpó el informe trozo de carne que había sido su oreja—. Te la pagaré.

—Somos Hermanos de Sangre, cuidamos unos de otros. Y quizá algún día me devuelvas el favor. —Sulich se encogió de hombros—. Creo que donde vamos tendrás muchas oportunidades de hacerlo.

—Podría salvarte la vida dándote esto —dijo Varg dejando caer el saco al suelo y abriéndolo. Levantó la mano cuando Sulich puso cara de no entender nada—. Ya te lo ofrecí una vez, lo sé, sin darme cuenta del insulto, y lo siento mucho. Pero ahora te debo la vida, y quiero darte algo que puede salvar la tuya. Una cota de láminas metálicas, un buen casco, un arco y una carcaj, flechas que podrían salvarme de nuevo si se las disparas a mi oponente. —Sonrió, aunque por la cara que tenía Sulich no sabía decir si lo había insultado otra vez.

—Tú te ganaste ese equipo, es tuyo —dijo Sulich.

«Bueno, se ha puesto serio, pero no me ha dado la espalda. Ni me ha pegado. Eso seguro que es buena señal, ¿no?».

—Ya —repuso Varg—. Es mío, así que puedo hacer lo que quiera con él. Puedo usarlo o pagar una deuda con él. —Se encogió de hombros—. Y eso es lo que quiero hacer. Estoy en deuda contigo y esto la saldará. Además —añadió señalando la brynja que llevaba puesta—. También me he ganado esta cota de malla y este casco y no necesito dos de cada.

Sulich entornó los ojos en silencio.

—¡Ja! —retumbó detrás de ellos, Einar Medio Trol—. ¡Escuchad a Varg el Insensato alardeando de su fama!

—No era esa mi intención… uf —gruñó Varg mientras Einar le daba palmadas en la espalda.

—Acepta la cota de malla, Sulich —dijo Einar—. Te la has ganado, y no hay duda de que Varg necesitará que le vuelvas a salvar la vida.

Sulich miró a Einar, luego a Varg y finalmente el saco con el equipo. Su ceño se arrugó. Volvió a mirar a Varg y sonrió.

—Lo acepto —dijo con el lánguido bigote torcido por la sonrisa.

—¿De… verdad? —dijo Varg—. Bien. Bien. —También sonrió.

Sulich hurgó en el saco de cáñamo y sacó el arco sin cuerda.

—Necesitaré una cuerda para el arco.

—Estás en el mejor sitio de toda Vigrið para comprar uno —terció Røkia señalando la densa multitud de vendedores que abarrotaba el puerto de Liga.

Sulich volvió a sonreír y cruzó la cubierta a toda prisa, saltó al embarcadero y echó a correr hacia el mercado del puerto.

—Bien hecho —dijo Einar asintiendo con la cabeza—. Este Sulich es un tipo orgulloso. Por un momento pensé que iba a apuñalarte.

—Yo también —reconoció Varg.

Einar rio.

Varg vio aparecer a Svik en la entrada del muelle, acompañado por Palrun. Los seguían una veintena de hombres y mujeres cargados con toda clase de productos. Varg regresó corriendo a su baúl, desenganchó el casco del cinturón y lo guardó en su interior. Acto seguido se desabrochó el cinturón de armas, lo enrolló alrededor del seax, el cuchillo de carnicero y el hacha y también lo metió en el baúl. Se inclinó hacia delante y dio unos saltitos para deslizar la brynja alrededor de su cabeza; la cota de malla cayó sobre la cubierta como una piel mudada y Varg la envolvió con su capa de piel de foca antes de guardarla en el baúl. Justo en ese momento Svik llegó al *Lobo del mar* e indicó a los que lo seguían que subieran a bordo.

La veintena de hombres y mujeres subieron al barco cargados con sacos de sal y avena, barriles de agua, de cerveza y de suero. Svik subió por la rampa delante de cuatro personas que llevaban montones de quesos redondos envueltos en lino y guiñó un ojo a Varg cuando reparó en él. Detrás de ellos subió a bordo mucha más gente con una multitud de barriles y de baúles: pescado en conserva y arenques curados, carne de cerdo curada, clavos y remaches de hierro, ovillos de hilo de lino y de cordón de cuero para reparar los equipos, gruesos rollos de cuerda de morsa e incluso una vela de lana doblada.

—Ya está todo —dijo Palrun cuando sus subordinados depositaron las cosas en la cubierta del *Lobo del mar*—. Un viaje caro…

—Tú pásale la factura a tu jarl —dijo Svik—. Los Hermanos de Sangre pueden pagarlo.

—Ya, bueno —graznó el funcionario portuario, que se quedó parado un momento, como si se dispusiera a expresar su desacuerdo. Las marcas rojas que Glornir le había dejado al agarrarlo del cuello estaban adquiriendo un color morado y todavía tenía la voz ronca. Finalmente frunció la boca y se marchó seguido por sus subordinados.

—¿Crees que han traído suficiente queso, Pelo Enmarañado? —terció Ingmar Hielo sonriendo.

Svik se encogió de hombros.

—Nunca sabes cuándo vas a toparte con un trol en el bosque —respondió, y Einar rio entre dientes—. Me alegra verte de nuevo, Hielo. ¿Ha ido bien el viaje?

—Ajá, bastante —respondió Ingmar—. Ha sido un viaje tranquilo, aunque nos hemos dejado la espalda en los remos para traer hasta aquí el *Lobo del mar*. Y tuvimos una bonita escaramuza en la cámara de Rotta para romper la monotonía.

—¿Una escaramuza? —preguntó Røkia. Miró a Edel—. ¿Estáis todos bien? No habéis vuelto todos. ¿Dónde están Gunnar Proa y Revna Patas de Liebre?

—Tampoco veo a Nariz Chata —apuntó Varg buscando con la mirada a Halja.

—Todos respiran aún —dijo Edel—. Gunnar tendrá una bonita cicatriz nueva en la pierna, pero eso es todo. Gunnar, Revna y Halja se han quedado haciendo compañía a Machacacráneos.

Varg se fijó en que a Svik se le borraba la sonrisa de los labios.

—¿Orka está… bien? —preguntó Svik.

—¡Ah, sí! —respondió Ingmar Hielo—. Los que no lo están son los que se enfrentaron con ella.

—Bien —repuso en voz baja Svik.

—Típico de Machacacráneos —dijo Røkia.

—¿Qué pasó? —quiso saber Svik,

—Aparecieron unos Alimentadores de Cuervos de Ilska en la cámara de Rotta cuando ya nos preparábamos para marcharnos —explicó Edel sentándose en su baúl de remo y tirando de la oreja a uno de sus perros—. Los lideraba una niñata feroz llamada Myrk que resultó ser la hermana de Ilska la Cruel. Y el hombre al que Varg mató con su cuchillo de carnicero era su padre.

Se oyeron gritos ahogados y murmullos entre los Hermanos de Sangre.

Varg frunció el ceño.

—He matado al padre de Ilska la Cruel.

—¡Ja! —Ingmar se echó a reír y dio unas palmadas tan fuertes en la espalda de Varg que este se tambaleó—. No te preocupes tanto, ahora eres uno de los nuestros. —Se fijó en la cicatriz en la cabeza de Varg y en que le faltaba una oreja—. Parece ser que tú también tienes una historia que contar, Insensato. No habrás intentado besar a Røkia, ¿verdad? Una cosa es la insensatez y otra, la locura.

Røkia fulminó con la mirada a Ingmar.

—¡No, nada de eso! —exclamó Varg ruborizándose.

—Fue uno de los úlfhéðnar de Helka —terció Sulich.

—Ah. —Ingmar asintió—. Me encantará escuchar el resto de la historia con un cuerno de cerveza en la mano.

—Debería estar preocupado por los descendientes de la dragona —dijo adustamente Edel—. Todos deberíamos estarlo. Al parecer, a Ilska la acompaña una deidad.

—¿Lik-Rifa? —preguntó Svik.

—Ajá —dijo Edel—. Eso nos dijo Myrk. Los Alimentadores de Cuervos están metidos hasta el cuello de alguna manera en este asunto. —Se encogió de hombros—. La cosa va a ponerse sangrienta, creo, así que no nos irá mal que algunos de los nuestros se peguen a Orka y se enteren de lo que está pasando. Halja además quiere vengar a su hermano.

A Varg lo asaltó el recuerdo de estar en el muro de escudos con Halja y su hermano, Vali Aliento de Caballo. El trol que encontraron en la cámara de Rotta había triturado los huesos de Vali de un porrazo. Ese recuerdo le hizo pensar en su hermana, Frøya.

«Familia y deuda de sangre. No soy el único que siente su fuerza de atracción».

Glornir apareció dando trancadas por el embarcadero en compañía del jarl Logur. Una docena de guerreros los rodeaban. Al llegar a la rampa de embarque, Glornir estrechó el brazo de Logur e intercambiaron unas palabras. Luego Glornir subió a bordo del *Lobo del mar*. Se detuvo un momento en la cubierta, cerró los ojos y deslizó una mano por la parte superior de la borda de la embarcación, inspiró hondo y retuvo el aire en los pulmones mientras se solazaba con un preciado recuerdo. Abrió los ojos bruscamente y paseó la mirada por las pequeñas figuras que corrían por la cubierta ayudando a colocar los suministros que Svik había adquirido. Luego se volvió hacia Einar.

—Ayudarán. No serán un estorbo, jefe —suplicó Einar.

—Más les vale —dijo Glornir fulminando con la mirada a la docena de niños—. Espero que puedan remar.

—¡Yo puedo! —exclamó una niña rubia que debía contar once o doce inviernos. Extendió las manos con las callosas palmas hacia arriba—. Tengo unas manos fuertes.

—¿Cómo te llamas? —le preguntó Glornir.

—Refna.

—Bueno, Refna Manos Fuertes, demuéstramelo —dijo Glornir.

La niña sonrió, levantó un remo y buscó un baúl libre donde sentarse.

—¡Preparaos para zarpar! —bramó Glornir.

Todos los Hermanos de Sangre se pusieron en movimiento, cogieron los remos de los soportes y se sentaron en sus baúles de remo. Røkia y Sulich habían puesto en su sitio el timón de espadilla y habían insertado a golpes de martillo las estacas que lo aseguraban. Glornir cruzó la cubierta hasta la proa y se dio la vuelta para ponerse de frente a su tripulación.

—Jaromir llegó aquí hace tres días.

Varios Hermanos de Sangre murmuraron y gruñeron al oír la noticia. Tres días eran una ventaja considerable.

—Pero Jaromir esperó un día y otras dos partidas de druzhina llegaron a Liga. Hace dos días partieron a bordo de tres drakkar y dos knarr que transportaban los caballos. Huye a su hogar, así que lo perseguiremos. Le enseñaremos lo que les pasa a los que roban a los Hermanos de Sangre. Pondremos rumbo a Iskidan.

Se oyó un rugido atronador cuando los Hermanos de Sangre introdujeron los remos en las portas y se subieron las amarras al *Lobo del mar*. Einar e Ingmar apoyaron las lanzas en el embarcadero para impulsar el barco. Glornir ocupó su sitio en la popa y aferró la espadilla del timón cuando los remos se hundieron en las aguas negras del fiordo.

Svik se volvió sentado en su baúl y miró a Varg.

—Tu primer viaje en mar abierto —dijo riendo.

—¿Por qué os hace tanta gracia? —preguntó Varg—. Røkia se ha reído de lo mismo antes.

—Solo estoy contento —dijo Svik—. No hay nada tan divertido como navegar por el mar.

Varg se encorvó cuando su remo se sumergió en la superficie del fiordo y tiró.

CAPÍTULO TREINTA Y OCHO

ELVAR

Elvar estaba de pie a la sombra en la proa del *Jarl de las olas*, con la capa de piel de oso de Agnar ceñida alrededor de sus hombros para protegerse del frío viento que había hinchado la vela y los había impulsado a toda velocidad por el lago Horndal. Ahora la vela estaba doblada y guardada, se había bajado el mástil y puesto el seguro a martillazos, y los remos subían y bajaban al ritmo que Sighvat marcaba golpeando un barril vacío. El drakkar avanzaba con una pereza que no era habitual, sumergido en el agua por el peso del oro y la plata que habían transportado desde Oskutreð.

Una vez que Elvar tomó la decisión de poner rumbo al sur para regresar al *Jarl de las olas*, no habían perdido el tiempo. Ahora que era la jefa de los Terrores de la Batalla y que tomaba ella las decisiones, buenas o malas, tenía la sensación de que se había quitado un peso de encima. Sabía lo que el blóð svarið esperaba de ella, y a ello se sumaba el juramento que había hecho a Uspa de intentar liberar a su marido, Berak. Ahora tenía dentro de su cabeza una ruta marcada, como navegar desde Vigrið a Iskidan. Podía seguir la cuerda en el nudo enmarañado.

«Ahora el objetivo es sobrevivir mientras deshacemos el nudo, no solo yo, también los Terrores de la Batalla. Quizá muera antes de conseguirlo, pero por lo menos conozco el camino. Es mi mayor esperanza de tener éxito y de librarme de esta magia seiðr que acecha en mi sangre».

No todo iban a ser batallas, hazañas y proezas dignas de sagas que se cantaran alrededor de un fuego. Tenía que ocuparse del problema del abastecimiento, ya que sus provisiones de comida y bebida estaban a punto de agotarse. Contempló Starl, una mancha oscura en la orilla del lago que crecía con cada palada de los remos. Elvar distinguía a las personas que se movían por la ciudad como gusanos en la mierda.

—¿Es lo más inteligente? —Grend era una presencia sólida a su lado, como siempre.

—Preferiría pasar de largo y descender directamente el Hvítá, pero habrá un motín si no alimento a la tripulación. La avena y la cerveza ya se han acabado y de lo demás no queda mucho. Tenemos que reponer provisiones.

Elvar se fijó en el ceño fruncido de Grend y conocía la causa. Llevaban dos dioses a bordo y una fortuna digna de una saga en la cubierta, tapada con una vela de repuesto, y Elvar sabía cómo se comportaban los Terrores de la Batalla cuando desembarcaban en una ciudad. En cualquier ciudad. Sabía adónde irían.

—Cerveza y putas —musitó.

—Sueltan la lengua —gruñó Grend.

Elvar asintió. Se volvió para pasear la mirada por la cubierta del *Jarl de las olas*.

Sólín estaba de pie al timón, guiando el drakkar hacia un espacio libre en un embarcadero. Elvar escrutó los rostros de la tripulación.

«Mi tripulación».

Le gustaba eso, aunque había quien aseguraba que el liderazgo aplastaba el alma y corroía el cerebro hasta que enviaba al guerrero a la tumba antes de tiempo. «Ahora que lo he probado, no discutiré esa afirmación». Los Terrores de la Batalla confiaban en ella y Elvar sentía el peso de esa responsabilidad, pero dentro de ella estaba creciendo algo más, un regocijo como nunca antes había experimentado. Como cuando se puso por primera vez la brynja que ahora vestía y que había encontrado en la llanura de Oskutreð. Se había ajustado a su cuerpo como ninguna otra que se hubiera puesto antes; se había deslizado sobre sus hombros y su torso como plata líquida, y había tenido la sensación de que se ponía una túnica, no un millar de anillos de hierro remachados. Había sentido que le pertenecía, que se había hecho para ella y para nadie más. Y así era como empezaba a sentirse ante el hecho de haberse convertido en la jefa de los Terrores de la Batalla, no desde el momento que Sighvat la envolvió con la capa de piel de oso de Agnar y levantó en alto su espada aún ensangrentada, sino desde que sometió a Ulfrir en el claro del bosque, junto al *Jarl de las olas*.

—¡Escuchad! —gritó mientras la tripulación remaba hacia los muelles de Starl—. Vamos a parar para comprar cerveza y comida.

Una aclamación entrecortada recorrió la cubierta.

—Pero solo Sighvat, Orv y Urt desembarcarán. Los demás nos quedaremos en el *Jarl de las olas*.

Esas palabras fueron recibidas con gruñidos, abucheos y gritos.

—Os conozco y sé que sois unos niðing follacabras —continuó Elvar—. Saldréis disparados hacia las tabernas como cuervos hacia los cadáveres y ya sabemos lo que hacen la cerveza y las putas.

—¡Zueltan la lengua! —gritó Sólín la Babas desde la espadilla del timón.

—Eso es. —Elvar sonrió cuando las carcajadas resonaron por toda la cubierta—. Y llevo a bordo dos dioses y el oro y la plata del tesoro de un dragón, y preferiría que no se corriera la voz por toda Vigrið. Por lo menos de momento. —Miró a Ulfrir y a Skuld, que estaban sentados cerca de la popa con Uspa. Skuld tenía la cabeza agachada y se acurrucaba debajo de la capa, pero Ulfrir miraba fijamente el puerto de Starl.

—¡REMOS! —bramó Sighvat.

Elvar se volvió y vio que se deslizaban hacia un muelle vacío. Los remos salieron del agua y entraron por las portas mientras Sólín maniobraba el drakkar. Sighvat agarró un cabo de morsa y se lo arrojó por encima del agua a la mujer que esperaba en el embarcadero, una funcionaria del puerto de Starl.

Grend dio un toquecito en la muñeca a Elvar y señaló con la cabeza hacia el puerto. En la entrada del embarcadero aparecieron tres mujeres que enfilaron con paso resuelto hacia el *Jarl de las olas*, donde ya estaban colocando la rampa para desembarcar. Una era una thrall, a juzgar por el collar de hierro que le ceñía el cuello, aunque vestía mejor que la mayoría de los thrall. Las otras dos eran guerreras en cota de malla, una pelirroja y con la nariz ancha y chata, hasta el punto de que daba la impresión de que había detenido con ella demasiados puñetazos; le colgaba una espada de la cadera. Sin embargo, fue la otra la que atrajo la atención de Elvar. Era la más alta y la más corpulenta de las tres; tenía unos hombros y una espalda musculosos, pero el talle estrecho. También era mayor que las otras dos y su cabello rubio ya había empezado a encanecer y lo llevaba recogido en una trenza. Vestía una cota de malla y empuñaba un hacha larga; del cinturón le colgaba un buen seax. Había algo en ella que le puso la carne de gallina a Elvar. A su lado, Grend hizo un ruido con la garganta, como el gruñido de advertencia de un perro, y apoyó la mano en su nueva hacha.

Elvar recorrió la cubierta del *Jarl de las olas* y subió a la rampa de desembarque, desde donde observó a las tres mujeres que marchaban hacia el drakkar. Grend se puso detrás de ella. Sighvat también se acercó.

—Sois los Terrores de la Batalla —dijo la mujer pelirroja mirando a Elvar. No era una pregunta.

—Sí —respondió Elvar, sosteniendo la mirada escrutadora de la mujer. Tenía los ojos de un color verde grisáceo y una expresión dura e implacable. Eran los ojos de una asesina, lo sabía. Se le puso la carne de gallina otra vez, como si tuviera unas arañas correteando por su cuello, pero se obligó a mantenerle la mirada.

—¿Dónde está Agnar? —preguntó la pelirroja—. Nos gustaría hablar con vuestro jefe.

—Agnar está muerto —dijo Elvar—. Ahora yo soy la jefa de los Terrores de la Batalla. ¿Y quiénes sois vosotras?

La pelirroja miró fijamente a Elvar.

—Soy Halja, de los Hermanos de Sangre. ¿Y tú quién eres?

«¡Los Hermanos de Sangre!». Elvar había oído historias sobre ellos y conocía su fama… ¿y quién no? Se cantaban canciones sobre sus hazañas alrededor del fuego. De los sangrientos días de Machacacráneos y de su nuevo jefe, Glornir Rompeescudos.

«También he oído historias sobre Halja Nariz Chata y su hermano, Vali Aliento de Caballo».

—¡Ella es Elvar Matatroles, Elvar Puño de Fuego! —gritó Sighvat a la espalda de Elvar.

Halja resopló.

—Nunca he oído hablar de ti.

—Lo harás —afirmó Grend sin alzar tanto la voz como Sighvat, pero hubo algo en su tono que llamó la atención de Halja.

—Estamos aquí por Uspa —dijo la mujer mayor, que hablaba por primera vez. Tenía una voz apagada, áspera, tan implacable como su mirada.

—¿Uspa está aquí o muerta en el norte? —preguntó Halja.

«¡En el norte! ¿Cuánto saben?».

Aquello pillaba por sorpresa a Elvar, que se quedó aturdida un momento; su mano bajó a la empuñadura de su espada y la mujer mayor siguió su movimiento con la mirada.

—Entregadnos a Uspa si la tenéis —espetó la mujer mayor. Inclinó la cabeza hacia un lado y luego hacia el otro y le crujieron los huesos del cuello—. Por vuestro bien.

Grend dio un paso adelante.

Sighvat se echó a reír detrás de Elvar.

—Estáis locas —dijo el mercenario—. Ahí atrás tenemos cuarenta guerreros y vosotras sois tres. Aunque respeto el tamaño de vuestras pelotas.

—Apártate, montaña de grasa de ballena.

Sighvat frunció el ceño y volvió a reír.

—¡Ja! Me gustas. Sería una pena matarte.

—Elige, gordinflón —dijo Halja—. ¿Vivir o morir?

Sighvat no paraba de reír.

—¿Quién te crees que eres? ¿Machacacráneos?

Halja soltó una risotada y lanzó una mirada fugaz a la mujer mayor.

Sonaron unos pasos en la cubierta del *Jarl de las olas*, detrás de Elvar.

—Halja Nariz Chata —bramó una voz. Uspa se subió a la parte superior de la borda del drakkar junto a la rampa—. ¿Qué haces aquí?

—Ahora mismo, buscarte —dijo Halja sonriendo.

Uspa le devolvió la sonrisa; su rostro traslucía una alegría sincera y Elvar se dio cuenta de que era la primera vez que veía sonreír a la bruja seiðr de una manera franca.

—Bueno, pues me has encontrado —dijo Uspa.

—Baja y acompáñanos —dijo Halja.

Elvar se fijó en que los ojos de Uspa se desviaban hacia la mujer mayor que estaba detrás de Halja y la expresión de alegría desaparecía de su cara sustituida por otra de estupefacción.

—Orka —masculló Uspa—. Creía… creía que habías muerto.

—Aún no —dijo la otra mujer.

—Ven con nosotras, Uspa —pidió Orka.

—Eso no va a pasar —terció Elvar. Avanzó un paso por la rampa de desembarque y sacudió los hombros para despojarse de la capa de piel de oso y dejar libre el brazo derecho y la espada.

La mirada implacable y fría de Orka volvió a fijarse en ella. Asintió escuetamente, como si aceptara lo inevitable, y levantó el hacha larga.

—¡Alto! —bramó una voz.

Elvar se volvió y vio que Ulfrir enfilaba por la cubierta del *Jarl de las olas*, seguido por Skuld. Esta llevaba una capa de lana extendida sobre las alas, lo que le confería el aspecto de un monstruo musculoso y jorobado.

Ulfrir se detuvo al llegar a la rampa y miró a Orka. Cerró los ojos e inspiró hondo. Volvió a abrirlos y sonrió.

—Así que has venido, hija del lobo —dijo.

CAPÍTULO TREINTA Y NUEVE

ORKA

Orka miró detenidamente al hombre que le había hablado desde el drakkar. Tenía el cabello largo y oscuro, con algunos mechones canos, y la miraba con unos ojos ambarinos. De manera inequívoca, fuera de toda duda, lo conocía, aunque era imposible.

«Lo he oído aullar en mi alma. Su llamada ha resonado en mi sangre; todavía la oigo». Su lobo interior caminaba de un lado a otro.

«Es Ulfrir, el dios lobo».

«Pero… murió. Lo mataron en el Guðfalla». Pero entonces Orka vio el destello del hierro en su cuello, el collar de thrall que lo rodeaba.

Ulfrir esbozó media sonrisa, salvaje, astuta, inhóspita.

«El lobo está encadenado».

Orka miró a Elvar.

—¿Qué has hecho?

Elvar la miró desconcertada.

—¿Qué está pasando aquí? —preguntó. Se volvió hacia Ulfrir.

—Es mi hija. Tiene mi protección —dijo Ulfrir desviando sus ojos ambarinos de Orka para mirar a la jefa de los Terrores de la Batalla.

—No necesito tu protección —gruñó Orka.

—No, no la necesitas —repuso Ulfrir—. Eres feroz y fuerte. Pero la tienes de todos modos.

Un escalofrío recorrió a Orka.

—Sube a bordo —dijo Ulfrir haciéndole una seña—. Tenemos mucho que hablar.

Los pies de Orka se movieron antes de que ella se diera cuenta de que estaba dando un paso. Hizo acopio de toda su fuerza de voluntad para detenerse.

—¿Quieres que suba? ¿Con los Terrores de la Batalla que han puesto un collar a mi amiga? —dijo Orka mirando a Uspa. «Amiga». Esa palabra tenía un sabor extraño en su boca—. Yo no rehúyo una pelea, pero sería como meterse en la boca del lobo.

Ulfrir se la quedó mirando y se echó a reír a carcajada limpia. La mujer pelirroja que estaba junto a él también rio y la risa rápidamente se contagió a otros tripulantes del barco. Finalmente Ulfrir dejó de reír y se secó las lágrimas de los ojos.

—No te pasará nada, Orka —dijo el dios lobo todavía con las arrugas de la risa en las comisuras de los ojos—. Tienes mi palabra, y nunca la doy a la ligera. Sube a bordo.

—Un momento —terció Elvar—. Aquí la que reparte las órdenes y las invitaciones soy yo. Y las promesas de que no le pasará nada a quien suba a mi barco. —Miró con dureza a Ulfrir. Su buen humor se había evaporado y sus labios se habían arrugado.

—No podéis llevaros a Uspa —dijo Elvar dirigiéndose a Orka y a Halja. Detrás de ellas, la thrall Sæunn mantenía una actitud sumisa y no decía nada—. La necesito, y no se iría con vosotras aunque fuera libre para elegir. Así que no hay nada que hablar.

—En eso te equivocas —apuntó Halja.

—¿Eh? —Elvar desvió la mirada de Ulfrir y volvió a mirar a Orka y a Halja.

—Tenemos una prisionera que es una descendiente de la dragona, recién llegada de Oskutreð —dijo Orka.

La noticia aturdió a Elvar. Orka se dio cuenta de que el cerebro de la joven líder de los Terrores de la Batalla se había puesto a funcionar rápidamente.

—Una conversación podría ser beneficiosa para todos —añadió Halja guiñando un ojo.

Elvar las observó largamente y luego asintió con la cabeza.

—De acuerdo —dijo—. Os concedo una tregua. Sed bienvenidos a mi barco y tened la tranquilidad de que no os pasará nada, a menos que rompáis la tregua. —Dio un paso atrás y volvió a saltar a la cubierta del drakkar.

Sin embargo, el guerrero que estaba a su lado no se movió. Era alto y corpulento, y las canas comenzaban a predominar en su cabello oscuro.

No despegaba los ojos de Orka. Machacacráneos se fijó en las cicatrices pálidas que tenía en la mejilla y en el dorso de las manos y que lo distinguían como un veterano guerrero. También reparó en que tenía el puño apoyado en un magnífico destral. «Ese es peligroso», pensó.

—¿Tienes algo que decir? —le gruñó Orka.

—Estaré observándote —respondió el veterano guerrero.

—Te irá muy bien —terció Halja.

—Sæunn, no te separes de mí —dijo Orka mientras enfilaba por la rampa. Se detuvo delante del guerrero moreno. Tenía el rostro accidentado como la pared erosionada de un acantilado. Era un palmo más bajo que ella, pero más corpulento. Intercambiaron una mirada dura y el hombre retrocedió y bajó de un ágil salto a la cubierta del drakkar. Orka bajó detrás de él.

—Sígueme, hija —dijo Ulfrir. Dio media vuelta y echó a andar.

«Hija». Orka frunció el ceño mirando la espalda de Ulfrir. No le gustaba cómo sonaba eso ni cómo le hacía sentir su presencia. Se sentía inestable, como si estuviera de pie en la orilla de la playa mientras la marea subía y bajaba. Su lobo interior caminaba de un lado a otro y gañía.

Halja abrazó a Uspa al bajar a la cubierta y Sæunn saltó desde la rampa y aterrizó a su lado.

Elvar bramó una serie de órdenes mientras iba y venía por la cubierta y los guerreros se pusieron en pie y movieron los baúles de remo. Ulfrir se sentó en uno de ellos y la mujer pelirroja, que nunca se separaba de él, se sentó a su lado. Elvar hizo un gesto a Orka, Halja y Sæunn para que tomaran asiento, pero Sæunn se quedó de pie detrás de Orka. Elvar se sentó junto al mercenario gordo. El hombre con el rostro accidentado permaneció de pie a su espalda. El resto de los Terrores de la Batalla se desplegaron alrededor de ellos.

—Empecemos con las presentaciones para nuestros nuevos amigos —dijo Ulfrir mostrando los dientes afilados al sonreír—. Como ya sabes, Orka, soy Ulfrir.

El hecho de oírselo decir en voz alta pareció hacerlo más real y un escalofrío recorrió la espalda de Orka.

—Esta es mi hija, Skuld —continuó Ulfrir—. Ya has conocido a Elvar, jefa de los Terrores de la Batalla.

—Y yo soy Sighvat, a veces me llaman el Gordo —dijo el hombre gordo moviéndose sentado en su baúl, que crujió bajo su peso. Halja soltó una risotada—. Y el simpático es Grend —añadió Sighvat sacudiendo la mano hacia el hombre con el rostro accidentado que estaba detrás de Elvar.

—Habéis despertado y esclavizado a un dios muerto —dijo Orka. Su mirada saltó de Elvar a Uspa y de nuevo a Elvar.

—Así es —dijo Elvar.

—¿Estáis locos? —preguntó Halja.

—Se necesita un dios para matar a otro dios —respondió Uspa, lo que hizo que se ganara una mirada severa de Elvar—. Se puede confiar en ellos —dijo Uspa dirigiéndose a Elvar—. Además, tienen una descendiente de la dragona que estuvo en Oskutreð. Seguro que ya saben lo de Lik-Rifa.

—Es verdad —terció Orka.

—En las calles de Starl corre el rumor de que se ha visto un dragón en el cielo —apuntó Halja—. Que Lik-Rifa haya escapado de su mazmorra no es un secreto que se pueda ocultar.

Orka vio que Elvar escuchaba con atención; vio la inteligencia que había detrás de sus ojos; vio que asentía para sí de una manera casi imperceptible.

—Propongo que hablemos abiertamente —dijo Elvar mirando a Orka y a Halja.

—Estoy de acuerdo —dijo Orka.

Halja asintió con la cabeza.

Orka respiró hondo y tomó una decisión.

—Busco a mi hijo —explicó con los ojos fijos en Uspa—. Lo raptaron, y quienes se lo llevaron asesinaron a Thorkel. —El dolor se manifestó dentro de ella al decirlo en voz alta. Era como si la pena fuera un océano en su interior que se agitaba debajo de una capa de hielo; siempre estaba allí, al acecho.

Los ojos de Uspa se arrugaron con tristeza, compasión, y algo más.

—También han raptado a mi hijo, Bjarn.

Orka tardó unos instantes en atar cabos.

«Están juntos, mi Breca y tu Bjarn. Esos descendientes de los dragones se los llevaron para utilizarlos en el ritual para liberar a Lik-Rifa».

—Deberías venir conmigo —dijo Orka—. Voy a rescatar a Breca.

Sighvat se echó a reír.

—¿Crees que es tan fácil? —preguntó entre carcajadas—. Olvidas el pequeño detalle de la dragona y de sus retoños, y de que no están solos.

Orka se volvió para clavar la mirada en Sighvat.

—No olvido nada.

—¡Ja! ¡Este par de escuderas se piensan que son la Machacacráneos! —exclamó riendo Sighvat, balanceándose sentado en su baúl de remo.

Halja también rio. Orka no le hizo caso y volvió a mirar a Uspa.

—Ven conmigo.

—No puedo —dijo Uspa. Se arremangó la túnica y mostró una espiral de cicatrices blancas que se enroscaba alrededor de su muñeca y su antebrazo. Elvar, Sighvat y Grend hicieron lo mismo—. Hemos hecho el blóð svarið para recuperar a Bjarn. —Miró a Elvar—. Elvar tiene un plan astuto. La tarea que tenemos por delante no es sencilla, pero, si hay una manera de recuperar a Bjarn, pienso que es siguiendo su plan. —Volvió a mirar a Orka y negó con la cabeza—. Pero lo que tú estás haciendo es una locura. Es probable que no haya ningún guerrero vivo que sea rival para ti, eso no lo dudo, pero ¿una diosa dragona y una banda de guerreros descendientes de ella? Ni siquiera tú puedes derrotarlos sola.

Orka se encogió de hombros.

—Solo hay una manera de averiguarlo —dijo.

Sighvat rio entre dientes.

—Me gusta esta mujer.

—Deberías venir tú con nosotros —intervino Ulfrir. Su voz era más bien un gruñido ronco—. Deberías venir conmigo. Mi sangre corre por tus venas. Mis hijos deberían estar a mi lado. —Dio unas palmadas en el brazo a Skuld, sentada junto a él.

Orka se imaginó viajando con ellos, caminando al lado de Ulfrir. Era… embriagador y parecía lo apropiado, como una espada cuando se desliza por el interior de una funda bien hecha. Pero entonces apareció también la cara de Breca, con su cabello negro y la nariz afilada, su mandíbula, mirándola con sus ojos verdes grisáceos.

—No —dijo, aunque necesitó toda su fuerza de voluntad para rechazar a Ulfrir—. Por muy astuto que sea vuestro plan, no pienso estar separada de mi hijo un segundo más de lo necesario.

—En esencia, soy tu padre —observó Ulfrir—. Tu sitio está a mi lado.

—Mi padre me pegaba por placer —espetó Orka—. Lo maté y me marché de casa cuando contaba doce veranos.

Ulfrir sonrió.

—Ningún padre es como yo.

Orka sentía el poder que irradiaba de él y sabía que el lobo que habitaba en su sangre deseaba acompañarlo, seguirlo, integrarse en su manada.

—Aun así, no —gruñó Orka.

Los ojos ambarinos de Ulfrir se clavaron en los suyos y Orka le sostuvo la mirada. Ulfrir finalmente agachó la cabeza y se echó hacia atrás.

—¿Cómo piensas encontrar a tu hijo sin nosotros? —quiso saber Sighvat.

—Han capturado a una descendiente de la dragona —apuntó Elvar.

—Ah, ahora lo recuerdo —repuso Sighvat.

—Eres muy grande, pero dentro de ese cabezón tuyo no hay mucha inteligencia, ¿eh? —terció Halja.

—Nada que objetar a esa observación —dijo Sighvat—. Pensar no es lo mío, por eso la jefa es ella y no yo —añadió señalando con la barbilla a Elvar—. Pero te daría una paliza en una pelea. ¿Te gustaría probar? —preguntó guiñando un ojo a Halja.

—Yo no peleo con ballenas. Las arponeo con la lanza —respondió Halja, y estallaron las risas en la cubierta del drakkar. Los Terrores de la Batalla profirieron abucheos y aullidos. Incluso Sighvat sonrió.

—Bueno —dijo Uspa con aire pensativo, golpeándose el collar de hierro con una uña—. Comprendo por qué estás aquí, Orka. Pero tú, Halja, miembro de los Hermanos de Sangre, ¿qué haces aquí?

Un temblor recorrió las mejillas y la mandíbula de Halja.

—Los tipos a los que persigue Orka mataron a Vali. Quiero vengarlo.

—Ah. —Uspa asintió con la cabeza. Se echó hacia delante y apretó la mano de Halja—. Vali era un buen hombre.

—Ajá —gruñó Halja.

—¿De dónde habéis sacado a vuestra prisionera descendiente de la dragona? —preguntó Elvar.

—La encontramos en las Dorsales —respondió Halja—. En un lugar donde llevamos a Orka unos cuantos miembros de los Hermanos de Sangre. Creemos que es la cámara de Rotta.

—¿Rotta? —dijo Ulfrir con los dientes apretados—. Rotta, ese niðing pedazo de mierda de trol —gruñó con los labios estirados y lanzó una dentellada al aire—. ¿Puedes describirme el lugar?

—Ahora todo está bajo tierra —explicó Halja—. No sé si por obra de la furia de Snaka o si siempre fue así. —Se encogió de hombros—. Era una catacumba de túneles y cámaras. En una de las cámaras había una roca plana en el centro, con un collar de hierro y cadenas fijados a ella. La roca estaba llena de agujeros y ennegrecida, como si hubiera sido rociada con alguna sustancia corrosiva.

—Es la cámara de Rotta —gruñó Ulfrir—. Su refugio. Pero no podía esconderse de nosotros. Lo habríamos perseguido hasta el fin del mundo por lo que hizo a mis valquirias.

Orka vio que brotaban lágrimas en los ojos de Ulfrir y que los músculos de sus mejillas y su mandíbula temblaban.

—Yo clavé esas cadenas de hierro a la roca —continuó Ulfrir—. Y sonreía cuando el veneno de las serpientes lo quemaban.

Orka y los demás miraron fijamente a Ulfrir, todos ellos intranquilos por la brutalidad y la malicia extremas que rezumaba su voz.

Halja carraspeó y continuó su relato:

—Había otra cámara con inscripciones rúnicas y pergaminos. Páginas copiadas de un grimorio. Pensamos que podría tratarse del *Raudskinna.*

—Así que es allí donde lo encontraron —musitó Uspa—. Lo necesitaban para romper los grilletes de Lik-Rifa en Oskutreð.

—No es buena idea que el *Raudskinna* ande suelto por el mundo, y en manos de Lik-Rifa y sus descendientes —dijo Halja.

—No, no lo es —concordó Uspa.

—Todavía quedaban fragmentos del grimorio en la cámara de Rotta, junto con otras cosas —prosiguió Halja—. Skalk, el galdramaðr de la reina Helka, se llevó algunas.

—¿Qué otras cosas? —preguntó Elvar con el ceño fruncido.

—Una garra de Orna, por ejemplo, o eso pensamos —respondió Halja.

—Orna —masculló Ulfrir—. Ah, mi hermosa, orgullosa y feroz Orna. —Se secó otra lágrima del ojo.

Skuld se estremeció a su lado y el temblor se propagó por su cuerpo y agitó la capa que envolvía sus hombros.

—Madre —susurró. Miró a Elvar—. ¿También podrías resucitarla?

—Todavía no habéis respondido mi pregunta —dijo Elvar sin prestar atención a la hija de Ulfrir—. ¿Cómo ha acabado en vuestras manos una descendiente de la dragona?

—Es una historia larga —dijo Halja.

—Bueno, yo estoy cómodo —terció Sighvat—. Aunque empieza a rugirme la barriga.

—Cuéntala —pidió Elvar.

Orka se recostó y miró a su alrededor mientras Halja explicaba que la reina Helka había contratado a los Hermanos de Sangre para que averiguaran quién era el responsable de la desaparición de sus súbditos. Contó que habían descubierto que los descendientes de los dragones estaban raptando a la gente para convertirlos en thrall y enviarlos a excavar la antiquísima cámara.

Ulfrir escuchaba sentado, con los hombros caídos bajo las pieles de lobo, con el rostro sombrío y un brillo en los ojos ambarinos. Orka sabía que estaba mirándola y atisbó el destello de sus dientes cuando sonrió.

«Hija». Oyó su voz dentro de su cabeza y sintió su presencia en la sangre. Desvió la mirada y se fijó en la mujer que estaba con él, Skuld, que también la miraba de un modo intenso y penetrante, como un halcón. Dedicó un gesto a Orka inclinando la cabeza, como si fueran viejas amigas.

«Skuld. ¿Será la Skuld de las sagas? Una de las tres hermanas que vigilaban la cámara de Lik-Rifa? Me he metido en una saga».

Orka desvió la mirada de los penetrantes ojos de Skuld. Una vela extendida cubría la carga, que ocupaba buena parte de la cubierta, y Orka vio un destello plateado.

—Encontramos la cámara —continuó Halja—. Luchamos y matamos a todos, liberamos a los thrall y partimos a toda prisa en persecución de Skalk, que se había llevado la garra de Orna, fragmentos del *Raudskinna* y... —Halja hizo una pausa y miró a Uspa—. A Vol. Tiene a tu hermana.

—¿Cómo? —masculló Uspa, pálida.

—Ajá. Skalk se la llevó cuando huyó. Glornir va detrás de él. Lo más probable es que ya lo haya alcanzado.

Uspa negó con la cabeza y unas profundas arrugas de preocupación surcaron su frente.

—Continúa —dijo Elvar, si bien estaba mirando fijamente a Uspa.

—Fue entonces cuando encontramos a Orka —prosiguió Halja—. Buscando a su hijo. Así que unos cuantos volvimos con ella a la cámara de Rotta. Una de las cámaras estaba llena de pequeños jergones, como si hubieran tenido viviendo allí muchos niños. Mientras estábamos allí apareció una descendiente de la dragona a la cabeza de un pequeño grupo de guerreros.

—Se llama Myrk y es hermana de Ilska la Cruel, la jefa de los Alimentadores de Cuervos —añadió Orka—. La habían enviado a la cámara para reunir a los descendientes de la dragona que siguieran allí y llevarlos con Ilska y Lik-Rifa. Sigue viva porque está llevándome al lugar de encuentro.

—¿Y dónde está ese lugar de encuentro? —preguntó Elvar.

—No me lo quiere decir. No es estúpida. Sabe que es la única razón por la que todavía respira. Pero sí me ha dicho que está al oeste, cerca de las islas Iskalt.

—Miente —aseveró Elvar con el ceño fruncido.

—¿Cómo? —exclamó Orka. La preocupación la apuñaló en el estómago y la ira palpitó en sus sienes.

—Ilska y los Alimentadores de Cuervos están viajando hacia el este —dijo Elvar—. En el puente de Isbrún vimos que su rastro seguía en esa dirección.

—Es verdad —apuntó Sighvat.

Orka apretó los dientes y los nudillos de su mano se pusieron blancos alrededor del mango del hacha larga.

—¿Estás segura? —gruñó Orka.

—Sus huellas se dirigían hacia el este, no hay duda —afirmó Elvar.

—Nastrandir estaba en el este —dijo Ulfrir—. Era el hogar de mi hermana. Ignoro si sigue en pie tras la destrucción de mi padre, pero Lik-Rifa es una criatura de costumbres y está débil después de pasar los últimos trescientos años bajo tierra. Estoy convencido de que querrá ir a un sitio conocido, donde se sienta segura, para descansar y reponer fuerzas.

—La cámara de Rotta aún existe, sepultada pero no destruida —observó Halja—. Quizá ese sitio, Nastrandir, se encuentra en el mismo estado.

—Bien —dijo Sighvat—. Entonces encontraremos a Lik-Rifa en Nastrandir.

—Qué más da si aún existe o no, si no sabemos dónde está —dijo Elvar.

—Eso es verdad —repuso Sighvat.

—Tal vez no sepamos dónde está Nastrandir —dijo Elvar en voz baja, como si hablara consigo misma. Luego clavó la mirada en Orka—, pero sabemos que estaba al este y que Lik-Rifa se dirige allí. No al oeste, como te ha dicho tu prisionera, así que ahora no tienes ninguna pista.

«Voy a matar a Myrk. La exprimiré hasta sacarle la última gota de vida y sonreiré mientras me deleito con su último resuello ahogado —pensó Orka. Se estremeció al inspirar y aplacó la ira que había comenzado a agitarse en su estómago—. No. Tengo que encontrar a Breca y Myrk sabe dónde está, aunque no me lo haya dicho. Todavía».

—¿Podrías hacer algo para ayudarme? —preguntó Orka.

Elvar arqueó una ceja y respondió:

—De donde yo vengo, un favor se paga con otro favor.

—De acuerdo —dijo Orka.

CAPÍTULO CUARENTA

BIÓRR

Biórr avanzaba trabajosamente por el camino cubierto de nieve y barro, expeliendo nubes de vaho por la boca y con la barba mojada. Los postreros copos de una fuerte nevada flotaban en el aire en torno a él y se vislumbraba el cielo azul entre los nubarrones. A su lado, Storolf resollaba con las mejillas rojas y una sonrisa en los labios mientras se ayudaba de su larga lanza para no caerse en el resbaladizo suelo.

—¿Por qué estás tan contento? —le preguntó Biórr expulsando una nubecilla con cada espiración.

—Por eso —respondió Storolf señalando delante.

Biórr siguió su mirada y vio a través de la cortina de nieve que empezaba a clarear una muralla de barrancos escarpados y, más arriba, cumbres nevadas.

—Las Dorsales —musitó.

—Ajá. Y nunca me he alegrado tanto de ver un montón de rocas gigantes —dijo riendo entre dientes Storolf.

Biórr estaba de acuerdo, porque ver las Dorsales significaba que se acercaban al final del viaje. Desde que dejaran atrás el calor de la sima de los vaesen, cada día había sido más duro que el anterior. El frío había aumentado bruscamente y el viento que soplaba del este parecía llevar esquirlas de hielo arrojadas desde el mar Helado. Y luego, la noche anterior, ya tarde, había empezado la ventisca. Al despertar por la mañana se había encontrado cubierto por un manto de nieve de un puño de profundidad, y había dado las gracias por tener la capa de piel de foca y la manta de borrego. La escarcha crujía en su barba y sus cejas, pero, tras media jornada de caminata a través de la nieve, su sangre había entrado en calor y se había derretido el hielo que le recubría la cara. Ahora estaba sudando.

Delante de él, los carros avanzaban a duras penas por el suelo embarrado. Buena parte de los niños que viajaban con ellos caminaban junto a los vehículos, en parte porque los carros continuamente se atascaban en el barro debido al peso que transportaban, pero también porque con el ejercicio físico los niños pasaban menos frío, si eran capaces de seguir el ritmo. Biórr divisó a Breca, todavía con la mano vendada y entablillada, caminando con su amigo Harek, el chico achaparrado. Viajaban por un camino abierto en la nieve por Ilska y sus descendientes de la dragona, que habían utilizado sus poderes de runas galdur para fundirla. Aun así, la marcha era lenta. Lik-Rifa no había echado una mano, y permanecía sentada en su caballo, con la mirada fija al frente y el gesto ceñudo en el rostro pálido y sin arrugas.

El viento salpicado de copos de nieve trajo desde la cabeza de la columna el sonido de los cuernos, que anunciaba la breve parada para la comida del mediodía.

Todos se detuvieron en seco; las ruedas de los carros chirriaron, los caballos piafaron y resoplaron. Biórr avanzó otra docena de pasos hasta alcanzar uno de los carros.

—Biórr.

Biórr vio que Bjarn lo miraba acurrucado y temblando debajo de una manta. Por primera vez había claridad y brillo en sus ojos y veía al muchacho tal como lo recordaba.

«¿Ya habrá desaparecido la magia seiðr de su sangre?».

—Me alegra verte, Bjarn —dijo Biórr sonriendo.

—Tengo hambre —dijo el chico esbozando una lánguida sonrisa.

—Yo también —terció Storolf cuando él y su padre se acercaron a ellos—. ¡Kráka, abre un barril antes de que empiece a comerme los dedos de los pies!

—Esperarás tu turno —espetó Kráka, aunque Biórr atisbó el indicio de una sonrisa en sus ojos y en la comisura de sus labios. Se dio cuenta de que era la primera vez que la veía sonreír. Kráka se puso de pie en el banco del conductor del carro y pasó a la plataforma. Estuvo rebuscando entre la hilera de barriles y cajas hasta que dio con el que quería. Intentó sacarlo, pero maldijo cuando no consiguió moverlo.

—Necesitas la ayuda de unos brazos fuertes —dijo Storolf subiendo al carro, aunque Biórr vio que la rueda trasera del vehículo se hundía en el barro bajo su enorme peso.

Kráka le lanzó un insulto, pero dejó que sacara el barril y se lo echara al hombro como si fuera un rollo de lana. Storolf bajó de un salto y dejó el barril en el suelo. Kráka también se apeó del carro y se preparó para levantar la tapa del barril haciendo palanca con un seax que sacó del cinturón.

—Bjarn vuelve a ser él mismo —comentó Biórr mientras Kráka abría el barril.

—Sí —dijo Kráka lanzando una mirada al muchacho. Entrecerró los ojos y se rascó el brazo a través de varias capas de lana y lino.

—Me tenía preocupado —añadió Biórr.

—Bueno, creo que ya no queda ningún residuo de magia seiðr en su sangre —dijo Kráka mientras volvía a intentar abrir el barril. La tapa por fin cedió y se puso a repartir manzanas y a cortar cuñas de un queso redondo—. Toma —dijo ofreciendo a Storolf una cuña de queso duro—. Aunque no sé cómo vas a comértelo con tan pocos dientes. Quizá deberías esperar a que repartan gachas o skyr.

—Si me llaman Dentadura de Guerra es por algo —dijo Storolf guiñándole un ojo—. Es verdad que me dejé algunos dientes en un escudo, pero creo que un trozo de queso no debería dar problemas a los que me quedan. —Arrancó un gran trozo de queso de un mordisco para hacer una demostración y sonrió mientras masticaba y se escapaban trocitos de queso por los huecos de los dientes que le faltaban.

Kráka reprimió una sonrisa y se dio la vuelta para seguir repartiendo comida a los niños.

—Aprended una lección de este hombre —dijo Kráka cuando dio su ración a Breca y a Harek—. Haced todo lo posible para conservar los dientes en la boca si no queréis escupir al suelo la mitad de la comida cada vez que comáis.

Storolf se echó a reír, se arrodilló en el barro y se puso a olfatear el suelo buscando los trozos de queso que acababan de caer de su boca.

—Llevo dentro de mí al jabalí Svin —dijo mirando a los niños, que se desternillaron de la risa—. No me importa hurgar en el barro para encontrar mi cena.

—Ajá. Bueno, cada cual que haga lo que quiera —dijo Kráka.

—¿Por qué no te agachas conmigo? —preguntó Storolf—. Tú llevas a Snaka en la sangre, podrías reptar un poco por el barro.

Kráka le dio un puntapié en broma y Storolf gruñó y fingió que le mordía el pie. Sonaron más carcajadas.

—No sé de qué te ríes —dijo Storolf mirando a Harek, que estaba llorando de la risa. Incluso Breca, que siempre parecía triste, esbozaba media sonrisa y la cicatriz rojiza que tenía debajo del ojo se había torcido—. Svin también corre por tu sangre, como bien sabes, así que deberías empezar a acostumbrarte a esto.

Fain tendió una mano a su hijo y Storolf la agarró para ponerse en pie, pero resbaló en el barro, agitó los brazos para tratar de recuperar el equilibrio y su padre tuvo que aferrarlo del brazo para evitar que se cayera, lo que provocó más risas.

Storolf sonrió y revolvió el pelo de Harek.

—Estás haciéndolo muy bien, muchacho —dijo—. Todos estáis haciendo un gran trabajo para conocer al dios que corre por vuestras venas.

Desde que les había enseñado a reconocer la bestia que llevaban en la sangre, todas las noches, después de cenar, Lik-Rifa continuaba aleccionando a los niños en la comprensión de sus fuerzas ocultas. Los muchachos se habían dividido en grupos más pequeños, cada uno a cargo de un Alimentador de Cuervos corrompido, y Storolf había estado instruyendo a un puñado de niños descendientes del jabalí Svin.

—Lo haréis aún mejor cuando vuelva mi hermano Kalv, ¿eh, papá? —dijo Storolf mirando a Fain—. Él es mejor profesor que yo.

—Lo harán muy bien —dijo Fain—. Aunque en mi opinión tú eres tan buen profesor como el mejor. —Fain revolvió el pelo rojo de Storolf como este acababa de hacerle a Harek.

Un movimiento más allá de la columna de marcha atrajo la mirada de Biórr. A lo lejos se veía una nube. Según se acercaba, Biórr se dio cuenta de que en realidad eran los tennúr supervivientes. Avanzaban muy rápido y no tardaron en descender en picado hacia Lik-Rifa en la cabeza de la columna. Se arremolinaban y revoloteaban alrededor de ella como las hojas en medio de una tormenta.

—Han encontrado algo —murmuró Kráka.

Biórr alcanzó la cima y aminoró el paso, entorpecido por un muro de viento cortante que estuvo a punto de tirarlo hacia atrás y devolverlo a la base de la colina que acababa de subir. El camino helado que se extendía delante de él descendía abruptamente a través de un promontorio con forma de serpiente y paredes escabrosas, que limitaba al sur con una serie de impresionantes y escarpados acantilados velados por las nubes. Contra esos acantilados rompían enormes olas, más altas que una sala de hidromiel, que embestían las erosionadas paredes rocosas en un ataque incesante y brutal, con sus crestas de espuma blanca. El rugido constante del mar resonaba en los oídos de Biórr, salpicado por el lastimero chillido de las gaviotas.

—El mar Helado —musitó.

Lik-Rifa encabezaba la columna a lomos de su caballo, con el enjambre de tennúr suspendido sobre su cabeza como si fuera una nube oscura. Ilska y Drekr la flanqueaban, y el resto de los descendientes de la dragona marchaban formando una fina hilera detrás de ellos, seguidos por el grueso de los Alimentadores de Cuervos. Detrás de ellos, los carros traqueteaban y se balanceaban por la rocosa península. Biórr, Fain y Storolf le habían cogido el gusto a caminar al lado de los vehículos. Biórr pasaba la mayor parte del tiempo charlando con Bjarn, que ya casi volvía a ser el chico que había sido en Snakavik. Storolf tampoco se quejaba, ya que parecía que le gustaba conversar con Kráka.

—¡Vamos, si te quedas demasiado tiempo parado, se te podrían congelar las pelotas! —gritó Storolf volviendo la vista atrás para que Biórr lo oyera por encima del viento aullante.

—Solo te preocupa que se te congelen las pelotas —mascculló Biórr. Se volvió al oír un estrépito de pasos y vio que la cola de la columna, formada por una veintena de adoradores de la dragona, coronaba la colina. Se ciñó la capa al cuerpo y continuó caminando arduamente. Desde más adelante llegó el sonido de un cuerno y la columna se detuvo inmediatamente.

—¿Qué pasa, Biórr? —preguntó Bjarn desde la parte trasera del carro de Kráka, con la voz estrangulada por el constante viento.

—No lo sé —musitó Biórr, y se abrió paso entre los guerreros, los niños y los carros hasta que llegó a un recodo del serpenteante camino y tuvo la vista más despejada.

Lik-Rifa desmontó del caballo en la cabeza de la columna y continuó a pie. Una orden seca y una mano levantada detuvieron a Ilska y a Drekr, que ya se disponían a seguirla. Se adelantó por el camino helado cien pasos, doscientos, hasta que su figura no fue más que una oscura estaca avanzando a través de una cortina de espuma. Los altísimos acantilados se alzaban delante de ella, con las paredes salpicadas de pedregal y de árboles retorcidos y vencidos por el viento. Lik-Rifa se detuvo ante ellos y alzó la vista hacia las alturas envueltas en nubes.

El aire vibró alrededor de la diosa dragona como por efecto de un intenso calor, y entonces su cuerpo comenzó a transformarse, creció, su cuello se alargó, surgieron unas alas en su espalda y una sinuosa cola que se agitaba. El cuerpo de Lik-Rifa continuó creciendo y Biórr se estremeció una vez más al contemplar el tamaño y la majestuosidad de Lik-Rifa en su forma de dragona. Sus escamas rociadas de agua salada brillaban, y Biórr pensó que tenía un aspecto aún más temible que cuando emergió de las profundidades de Oskutreð. Todavía tenía el cuerpo y el cuello surcados de cicatrices, pero ya no tenían costras ni supuraban, y sus huesos ya no destacaban por su debilidad y rigidez debajo de su piel pálida y escamada. Parecía más fuerte.

Ante la mirada atenta de Biórr y de los demás, Lik-Rifa desplegó unas alas que taparon el mar. Su cuello serpentino se arqueó y abrió sus enormes fauces para proferir un atronador rugido que sacudió los huesos de sus seguidores. El suelo tembló debajo de los pies de Biórr y se produjeron desprendimientos en las paredes de los acantilados. Las piedras sueltas se precipitaron al mar y provocaron unas grandes explosiones de espuma blanca.

—¡NASTRANDIR! —bramó Lik-Rifa. Su voz retumbó en las montañas y el eco se prolongó.

Cuando finalmente se apagó su bramido, Biórr vio que Lik-Rifa movía la boca y oyó el ululato de su voz en el viento, más parecida a la voz de un escaldo que cantara una saga alrededor de un fuego.

—*Ormsalur, hristu af Þér Þennan klettahylk, farðu aftur til mín* —repitió la dragona una y otra vez. Su voz reverberaba en los acantilados y los riscos, ascendía y caía en el viento.

Poco a poco Biórr empezó a notar unas vibraciones bajo sus pies. Los acantilados que Lik-Rifa tenía delante, que incluso empequeñecían su descomunal cuerpo, comenzaron a destellar y a agitarse, y despidieron una nube de polvo, como si un perro mojado estuviera sacudiéndose. Entonces se produjeron unas fuertes explosiones de tierra y piedras y enormes fragmentos de roca salieron disparados hacia el cielo y cayeron como una lluvia en el mar y alrededor de Lik-Rifa. Era como si el fin del mundo hubiera llegado. Biórr se derrumbó en el suelo. Todo el mundo a su alrededor caía, los caballos relinchaban y se encabritaban, los carros crujían y chirriaban. El agua rociada del mar y el polvo se fusionaron para formar una muralla que ocultó a Lik-Rifa y se extendió rápidamente por el promontorio envolviendo la columna entera de seguidores. Biórr apoyó las manos en el suelo y se puso de rodillas, pero solo alcanzó a ver unas figuras imprecisas en la penumbra húmeda.

Poco a poco, la nube de agua salada y polvo se asentó en torno a él mientras el viento la desgarraba y el mar seguía rugiendo. Biórr se puso en pie tambaleándose y se limpió la cara.

Lik-Rifa estaba delante de la pared del acantilado, aunque ya no era un acantilado. Unas enormes puertas negras de granito se alzaban ante ella, más grandes y anchas que la dragona, con los bordes plateados. Alrededor de las puertas, la roca se movía: unas fabulosas serpientes de piedra talladas en la pared del acantilado se ondulaban y enroscaban, cada una de ellas tan gruesa como una torre, levantaban la cabeza y siseaban mostrando unos colmillos de granito en sus bocas abiertas. Todas las serpientes se irguieron y luego se agacharon para hacer una reverencia a Lik-Rifa.

La dragona se dio la vuelta para contemplar a Ilska y al resto de la columna.

—¡Bienvenidos a mi hogar! —dijo con una voz profunda que retumbó en todo el promontorio.

CAPÍTULO CUARENTA Y UNO

GUÐVARR

—Lo siento —dijo Guðvarr.

—¿Qué sientes? —preguntó la jarl Sigrún. La ceja arqueada torcía la cicatriz que le cruzaba la cara. Estaban sentados en una cámara situada en el fondo de la casa comunal que la reina Helka había cedido a Sigrún y su séquito. Era el único lugar en el que podían tener algo cercano a la privacidad, si bien la jarl había advertido a Guðvarr de que hablara con prudencia y en voz baja.

—Siento no haberte traído la cabeza de Orka —dijo Guðvarr—. Lo intenté, estuve cerca de conseguirlo, pero… —Lo asaltaron imágenes de la cara ensangrentada de Orka, de sus llameantes ojos ambarinos, de sus gruñidos y sus dientes afilados. Parpadeó y sacudió la cabeza—. Es más de lo que parece. Orka. Es una corrompida. Y recibe una ayuda que no es humana. Vaesen. Tuvimos suerte de escapar vivos.

—Lo sé —repuso la jarl Sigrún. Solo había una antorcha encendida en la cámara, y la oscilante llama bañaba su rostro de sombras y luz anaranjada.

—¡Mereces su cabeza, mereces vengarte! —gruñó Guðvarr, sintiendo desprecio hacia sí mismo por un momento.

«Todo lo que tengo se lo debo a mi tía. Y no he sido capaz de hacer lo que me pidió».

—¿Vengarme? No tengo demasiado interés en eso —dijo la jarl.

Guðvarr frunció el ceño.

—¿Cómo es posible? Te ha dejado la cara marcada, mató a tu amante.

—Ajá —suspiró Sigrún—. Pero hay más amantes, y todavía respiro.

—Entonces, ¿por qué me enviaste en su persecución si no buscabas venganza?

—Porque Orka me hizo parecer débil, y eso no puedo permitirlo. Me convertí en la jarl de Fellur gracias a mi fuerza, tanto física como mental, a mi determinación y empecinamiento inquebrantables, y a que nunca mostré debilidad, sobre todo entre esta manada de perros feroces y carroñeros… —Negó con la cabeza.

—¿A quién te refieres? —preguntó Guðvarr con desconcierto.

—A Helka y sus mezquinos jarl: Glunn Puño de Hierro, Svard el Rascador, Illur Cuervo de Tormenta. Están todos aquí. Se creen que pueden oler mi debilidad como si fuera sangre en el agua. A todos les gustaría anexionarse mi territorio.

—Voy a matarlos —espetó Guðvarr.

—Ajá, tal vez lo hagas —repuso Sigrún—. Pero solo cuando yo te lo pida —añadió mirando con seriedad a su sobrino—. Pero se necesita algo más que fuerza bruta para ser jarl. Hay que tener astucia. Muchos holmganga se ganan gracias a la astucia y el engaño, con un amago para que tu rival deje un hueco para tu acero afilado.

Guðvarr asintió.

—A menudo es el golpe que no se ve el que termina el combate —murmuró, repitiendo las palabras que Sigrún le había inculcado en el campo de entrenamiento.

—Eso es —dijo la jarl. Sus labios se torcieron para esbozar lo que podía tomarse por una sonrisa—. La cabeza de Orka dentro de un saco podría haber sido útil, pero no sería el final. Tal vez sea el momento de emplear la astucia y dejar a un lado la fuerza bruta.

—Ojalá pudiéramos volver a casa, a Fellur —dijo Guðvarr. «Odio este lugar y sus gentes. Se sonríen y te regalan los oídos y luego te meten monstruos en el cuerpo».

—No puedes marcharte ahora de Darl. Skalk tiene tu vida en sus manos.

—Lo sé —gruñó Guðvarr, que odiaba que se lo recordaran—. ¿Por qué no acudes a Helka y le pides que ordene a Skalk que me deje libre? «Parece la opción más obvia y menos dolorosa».

—Porque no estoy segura de que aceptara mi petición —dijo Sigrún—. El hecho de que Skalk haya tenido la osadía de hacerte esto y de matar a Arild y a mis otros drengir me hace pensar que cree que puede actuar con absoluta impunidad. Yo soy importante para Helka y sus planes, pero no indispensable. ¿Y si entre él y yo elige a Skalk? No tardaríamos mucho en estar los dos embutidos en barriles. Más vale no adentrarse en tierras pantanosas hasta ver claro el camino.

Guðvarr asintió aunque por dentro le hervía la sangre. «Odio a Skalk, a Helka y este lugar».

—Aun en el caso de que no tuviéramos que arreglar tus... circunstancias —continuó la jarl Sigrún—, no podría volver a Fellur. La reina Helka nos ha pedido a mí y a sus otros jarl que nos quedemos. Ha invitado al jarl Orlyg de Svelgarth a una reunión. Ha enviado mensajeros para anunciar su llegada.

—¡El jarl Orlyg! —exclamó Guðvarr—. ¡El enemigo de la reina Helka!

Sigrún asintió.

—¿Y está en camino? ¿Por qué quieres quedarte en este nido de víboras?

—Buena pregunta —dijo la jarl—. Es posible que Helka quiera ofrecerle la paz, o un pacto. Tiene al jarl Störr en la frontera occidental y a Orlyg en la oriental. No puede atacar con todas sus fuerzas a uno de ellos sin dejar la espalda desprotegida para la puñalada del otro.

—Así que quiere entablar amistad con un enemigo para acabar con el otro.

La jarl Sigrún sonrió.

—Astucia.

Guðvarr oyó los cuernos que sonaban en la fortaleza y miró a su tía.

—Bueno, acaba de llegar alguien importante a Darl —dijo Sigrún—. Esos cuernos no se tocan para cualquiera. No lo hicieron para mí. —Miró a su sobrino—. Vayamos a echar un vistazo. —Se puso en pie, abandonó la cámara y atravesó la penumbrosa sala principal de la casa comunal para salir a la luz del día. La seguían un puñado de sus guardias.

Solo habían recorrido un pequeño trecho en dirección a las puertas de la fortaleza cuando aparecieron dos veintenas de drengir de Helka escoltando a dos hombres.

La jarl Sigrún se apartó para ceder el paso al grupo. Guðvarr se detuvo a su lado y observó a los guerreros que entraban en la fortaleza.

Los dos hombres que escoltaban los drengir eran el príncipe Hakon y el úlfhéðnar Frek. Hakon tenía mucho mejor aspecto que la última vez que Guðvarr lo había visto.

«Por lo menos está vestido. Y todavía lleva la capa que le puse alrededor de los hombros. Lo pillaron follando mientras los Hermanos de Sangre asaltaban la fortaleza... No sé si merece mi respeto o mi desprecio».

La jarl Sigrún le clavó un codo en las costillas.

«A trabajar».

—¡Bienvenido a casa, magnífico príncipe! —gritó Guðvarr.

Hakon miró a Guðvarr un momento. Era obvio que no sabía quién había gritado su nombre, pero entonces Guðvarr tuvo la certeza de que veía un destello de reconocimiento en sus ojos. El príncipe le dedicó un breve saludo con la cabeza. El úlfhéðnar Frek lo miró con una expresión fría e implacable.

Y luego el grupo desapareció de su vista.

—Bien —musitó Sigrún, y echó a andar detrás del príncipe, seguida por Guðvarr y sus guardias.

Según enfilaban hacia la sala de hidromiel de Helka, con las enormes alas del esqueleto de Orna extendidas sobre sus cabezas, una muchedumbre se congregó detrás del príncipe: guerreros y thrall, artesanos y putas, todos acudían para ser testigos del regreso del príncipe.

La escolta de drengir precedió a Hakon y a Frek por las puertas abiertas de la sala de hidromiel. La jarl Sigrún y Guðvarr fueron los primeros en entrar detrás de ellos y luego lo hizo mucha más gente.

La reina Helka estaba sentada en una silla en el estrado del salón principal, escuchando a un puñado de comerciantes. Cuando Hakon se abrió paso por su escolta dando trancadas y se detuvo delante de la reina, los comerciantes se callaron. Helka se puso en pie y bajó del estrado para recibirlo.

—Bienvenido a casa, hijo. —La reina dejó que Hakon le besara la mano y luego paseó la mirada por la multitud que llenaba el salón—. Esta noche celebraremos un banquete para celebrar el regreso de mi hijo.

La multitud recibió el anuncio con un rugido de gratitud.

«A todo el mundo le gusta un banquete, pero a nadie más que a mí», pensó Guðvarr.

CAPÍTULO CUARENTA Y DOS

BIÓRR

Biórr se detuvo en la punta del promontorio helado y contempló la entrada de Nastrandir, que se alzaba alta y ancha ante él: un enorme agujero negro en la ladera de la montaña, aunque ya no parecía una montaña, sino un agitado nido de serpientes de granito. Todas las serpientes reptaban y se enroscaban alrededor de la entrada como estatuas animadas, tan grandes como Lik-Rifa en su forma de dragón.

A Biórr le producía cierta desazón cruzar el umbral y entrar en el oscuro espacio del otro lado, y, a juzgar por las caras de estupor de Fain y de Storolf, no era el único que se sentía así.

—*Logi, logandi, bjartur* —dijo Lik-Rifa desde algún lugar un poco más adelante. Había recuperado su forma humana y estaba envuelta en sombras.

Entonces brotaron unas llamas en el interior de unos enormes braseros, más anchos que escudos; algunos estaban colocados en pedestales y otros parecían excavados a distintas alturas en las paredes toscamente labradas. Biórr vio que estaban atravesando una vasta sala, lo suficientemente ancha y alta para que una veintena de dragones caminaran o volaran en él. El chacoloteo de cascos, el traqueteo de carros y el crujido de pisadas resonaban en la roca seca. Hileras de gruesas columnas con serpientes talladas se alzaban y desaparecían en la espesa y vertiginosa negrura del techo. Lik-Rifa enfiló por el amplio pasillo que discurría entre dos hileras de pilares. Ilska, Drekr y los Alimentadores de Cuervos la seguían a cierta distancia. Biórr no paraba de mirar a su alrededor mientras andaba. La inmensidad de esa única cámara hacía que se mareara. Por grietas y fisuras en las altas paredes penetraban haces de luz solar que perforaban la penumbra aquí y allá. Por toda la cámara había mesas largas y bancos diseminados alrededor de hoyos para encender fuego, llenos de ceniza.

La cola de la columna entró en la sala y las puertas se cerraron tras ellos con un estruendo retumbante.

Delante, Lik-Rifa subió media decena de escalones tallados en la roca y se sentó en un sillón de piedra. Cuando se apoyó en el respaldo alto, la piedra comenzó a moverse sinuosamente a su alrededor y el sillón se dividió en serpientes que eran versiones en miniatura de las que custodiaban la puerta. Lik-Rifa tendió una mano y acarició una cabeza escamada que abrió la boca para emitir un áspero siseo.

—Bienvenidos a Nastrandir, mi hogar —declaró mientras Ilska y los Alimentadores de Cuervos se desplegaban delante de ella—. Ahora, descansad. Aquí estáis bajo mi protección. Todos estamos seguros en Nastrandir. Es un buen lugar para recuperarnos y reponer fuerzas. Y para planear el camino que hay que seguir. —Paseó la mirada en derredor—. Está un poco abandonado, tal vez, por la falta de cuidados, pero muy pronto devolveremos la vida y el calor a este lugar.

Lik-Rifa abrió la boca para añadir algo, pero se interrumpió cuando una de las serpientes de piedra que se enroscaba en su silla acercó a su oído la cabeza con la boca abierta y agitando la lengua también de piedra. Lik-Rifa ladeó la cabeza como si fuera un perro que oye un sonido inaudible para los humanos y su rostro adquirió una expresión tenebrosa.

Lik-Rifa se puso en pie enfurecida y se dio la vuelta para mirar el sillón.

—Alguien ha estado aquí —gruñó.

Bajó los escalones con paso resuelto y se dirigió al fondo de la enorme caverna, bramando órdenes. Delante de ella se iban encendiendo más braseros para alumbrarla. Los tennúr se arremolinaban en el aire y entraban y salían de las sombras revoloteando como murciélagos al anochecer. Los Alimentadores de Cuervos siguieron a la diosa dragona. Biórr se pasó adelante el escudo que colgaba a su espalda y apretó un poco más fuerte la lanza que empuñaba.

Salieron de aquella vasta cámara por un túnel que era lo suficientemente amplio para que Lik-Rifa en su forma de dragón lo recorriera caminando o volando. La diosa los llevó por una serie de cámaras y túneles y pasaron junto a un embarcadero de piedra, donde los barcos amarrados en fila cabeceaban en el agua helada. Biórr distinguió un par de drakkar con serpientes en la roda entre un puñado de snekke. Lik-Rifa no se detuvo hasta que llegó a una puerta cerrada con una serie de agujeros por los que se filtraba la luz.

—*Opinn* —rugió Lik-Rifa, y las dos grandes hojas de la puerta se abrieron hacia dentro, como si un trol toro les hubiera dado una patada.

Biórr asentó los pies en el suelo y levantó el escudo y la lanza mientras miraba lo que había al otro lado. A su alrededor, todo el mundo guardó un silencio de estupefacción.

Ante ellos se extendía otra cámara, no tan vasta como la del trono de Lik-Rifa, pero lo suficiente para alojar un dragón adulto. Ardían varios fuegos y el olor de un centenar de deliciosos alimentos diferentes flotaba en el aire. Un ciervo y un jabalí ensartados daban vueltas y goteaban grasa sobre el fuego, y toda clase de alimentos atestaban unas largas mesas: pan caliente, quesos redondos, fuentes con pescado fresco, ensaladeras rebosantes de nabo y col rizada, jarras de cerveza y de hidromiel, tarros de miel. Una veintena de hombres y mujeres se movían por la sala, atendían las mesas y giraban los animales espetados, y desde un grupo situado en el fondo de la sala llegaba música, las dulces notas de una lira y el zumbido rítmico de arpas de boca. La música cesó cuando toda la gente que había en la sala dejó lo que estaba haciendo y miró a Lik-Rifa.

Cerca de la puerta había un hombre sentado en un banco. A pesar de que no estaba de pie, Biórr se dio cuenta de que era excepcionalmente alto y delgado, con un cabello largo y castaño ungido y recogido cuidadosamente en trenzas fijadas con un largo alfiler de plata. Llevaba la barba muy corta y ungida. Unos ojos oscuros y brillantes miraban desde un rostro extraordinariamente apuesto y ligeramente alargado, y de su ancha boca sobresalían las puntas de los dientes, como si tuviera demasiados para que sus labios los contuvieran. Estaba recostado y sonreía, y no perdió la sonrisa cuando se levantó y dio unos pasos hacia Lik-Rifa con los brazos abiertos.

—Bienvenida a casa, hermana.

—¡Rotta! —masculló Lik-Rifa.

—Espero que no te importe —dijo Rotta—. He cuidado de este sitio mientras estabas fuera.

CAPÍTULO CUARENTA Y TRES

GUÐVARR

Guðvarr bebió cerveza de un cuerno sentado a una mesa en la sala de hidromiel; estaba deliciosa, era oscura y tenía un toque salado. Extendió el brazo con el cuerno para que un thrall se lo rellenara.

La sala estaba atestada de gente y hacía mucho calor. Un jabalí daba vueltas espetado encima del fuego. El humo que despedían las antorchas de juncos y el aceite que ardía se acumulaba en el techo alrededor de los pálidos huesos de Orna. Hombres y mujeres comían y bebían, aunque ya casi no quedaba comida: los tajaderos y los cuencos estaban medio vacíos y por todas partes había huesos roídos. Los perros lanzaban dentelladas y gruñían debajo de las mesas peleándose por los restos. La sala estaba llena de guerreros que reían y charlaban, algunos luchaban y había alguna que otra pelea, aunque los úlfhéðnar de la reina Helka eran una presencia que contribuía a aplacar los ánimos para que no se produjeran derramamientos de sangre serios. Helka estaba sentada a la mesa situada en la tarima, con su hijo Hakon a un lado y su hija Estrid al otro. A la misma mesa se sentaba Skalk, con la cabeza vendada, que miraba ferozmente con su único ojo la sala atiborrada de drengir disfrutando del banquete. La jarl Sigrún estaba sentada a su lado, así como los jarl menores que aún se encontraban en Darl: Glunn Puño de Hierro y Svard el Rascador. Guðvarr se dio cuenta de que su tía estaba mirándolo cuando se llevó el cuerno que acababan de rellenarle a los labios y advirtió que una expresión reprobatoria le cruzaba el rostro.

«"No dejes que el alcohol te nuble el entendimiento", me diría si estuviera sentada a mi lado. —Guðvarr sonrió a Sigrún—. Pero no está sentada a mi lado y lo he pasado muy mal, y es casi seguro que me esperan tiempos aún más difíciles». Guðvarr levantó el cuerno hacia ella como si brindara y tomó un largo trago.

El gesto ceñudo de la jarl Sigrún se hizo más pronunciado, pero Guðvarr miró a otro lado.

Vio que entraban dos hombres en la sala de hidromiel y se dirigían directamente hacia la mesa de la reina Helka. Solo se detuvieron cuando los úlfhéðnar de la reina intervinieron para interponerse en su camino.

Uno de los hombres era alto y corpulento, con una enmarañada barba negra en el rostro curtido. Una cicatriz le cruzaba una mejilla y los labios. Tenía aspecto de comerciante o de granjero rico, llevaba puesto un gorro de lana forrado de piel de borrego y vestía una elegante capa de lana roja y una túnica bordada también de lana. Del cinturón le colgaba un seax. El otro era un guerrero en cota de malla, con un hacha y un seax en el cinturón. Tenía el cabello rubio, lacio y grasiento, recogido con una coleta en la nuca, y una barba rala. Sus ojos eran tan pálidos que parecían opacos y le lloraban en el ambiente lleno de humo de la sala. Llevaba un escudo terciado a la espalda, en el que Guðvarr atisbó un ojo pintado con volutas doradas.

Sus voces se alzaron por encima de los úlfhéðnar que les cortaban el paso hasta la reina, y Guðvarr se inclinó hacia delante para oír mejor lo que decían.

—¡Solo pido un momento! —gritó el hombre de la barba negra—. ¡Solo quiero hacer una pregunta a mi reina!

—Dejadle pasar —ordenó Helka haciendo un ademán de fastidio.

Los úlfhéðnar se separaron para dejar pasar al hombre de la barba negra, pero volvieron a juntarse para impedir que el otro hombre lo siguiera.

—No es el Día de la Justicia —dijo Helka refiriéndose a la jornada que dedicaba a juzgar toda clase de asuntos y disputas que le presentaran.

—No se trata de una disputa, mi reina. Solo esperaba que me escucharais, como prueba de vuestra alegría y celebración del regreso sano y salvo de vuestro hijo —dijo el hombre de la barba negra. Se echó la capucha hacia atrás y agachó la cabeza.

Helka escrutó al hombre con severidad unos momentos. Luego sus labios se torcieron para esbozar una tímida sonrisa y asintió con la cabeza.

—Di lo que has venido a decir.

—Me llamo Leif Kolskeggson. Soy granjero en vuestro distrito y pago mis impuestos. He venido para solicitar vuestro permiso para capturar a un fugitivo. Un hombre que es tan enemigo mío como vuestro, según me han dicho.

—¿Y quién es ese hombre? —preguntó Helka.

—Se llama Varg.

«¡Varg! ¡El caraculo del cuchillo de carnicero!».

—Es un thrall de mi granja que asesinó a mi padre, robó su plata y huyó —añadió Kolskeggson.

«Sabía que era peligroso».

—Claro que puedes capturarlo —dijo Helka frunciendo el ceño y sacudiendo una mano en el aire—. Los asesinos y los ladrones deben recibir su castigo. No entiendo por qué vienes a pedirme permiso.

—Porque ese niðing, ese trozo de mierda de trol, ese follacabras... —Kolskeggson se enredó en un galimatías ininteligible de gruñidos, se puso morado y se le hincharon las venas, hasta que finalmente inspiró hondo—. Os pido perdón, mi reina. La muerte de mi padre me ha afectado mucho. Estoy aquí ante vos porque ese Varg ha venido bajo la protección de los Hermanos de Sangre. Es uno de ellos. He oído que eran vuestros enemigos, que osaron atacaros en vuestra propia sala de hidromiel, pero también que les habéis encargado un trabajo. No desearía hacer algo que os disgustara.

—Es decir, no quieres capturarlo y matarlo si luego yo voy a colgarte de una soga y dejar que los cuervos picoteen tu cadáver.

—Esto..., así es —dijo Kolskegg.

—Habla claro, Leif, siempre es la mejor manera de avanzar —le aconsejó Helka—. Y mi respuesta es la siguiente: captura a ese tal Varg. Mutílalo, ahórcalo, hiérvelo vivo en su propia sangre si quieres. Los Hermanos de Sangre se llevaron a mi hijo como rehén, pero como puedes ver, ahora él está de vuelta aquí conmigo. No les deseo nada bueno a los Hermanos de Sangre. Sin embargo dices que eres granjero. Los Hermanos de Sangre son... temibles. ¿Cómo piensas capturar a uno de los suyos?

«¿Temibles? Yo maté a uno sin apenas despeinarme».

—Tenéis razón, mi reina, solo soy un humilde granjero, no un guerrero entrenado o un asesino. Pero sé discernir el bien del mal, y soy propietario de una próspera granja y de un cofre de plata que financiará la justicia que busco. —Lanzó una mirada por encima del hombro hacia el hombre de los ojos pálidos—. Lo he contratado para que me ayude. Sterkur la Muerte en los Ojos y su banda de mercenarios.

Guðvarr se quedó mirando pasmado y con un interés renovado al hombre de los ojos pálidos. Había oído a los escaldos cantar sobre Sterkur, sobre sus demostraciones de fuerza y astucia, sobre su habilidad en el cuadrilátero del holmganga.

«No le veo mucha pinta de héroe de saga. Pero si algo he aprendido desde que partí de Fellur es que las apariencias engañan».

La mirada de Helka saltó de Leif a Sterkur.

—Te deseo lo mejor. Tienes mi bendición para capturar a ese tal Varg.

«También tienes la mía. Captúralo y mátalo como el pedazo de mierda de comadreja que es».

—Te daré una información que podría ayudarte —agregó Helka—. Los Hermanos de Sangre han zarpado de Liga en persecución del príncipe de Iskidan. Jaromir es su nombre. Sospecho que a estas alturas deben estar todos en Iskidan.

—Gracias, mi reina —dijo Leif haciendo una reverencia. Luego giró sobre los talones y se marchó con paso resuelto. Los úlfhéðnar le dejaron pasar y Sterkur lo siguió y salió de la sala de hidromiel tras él.

La reina Helka se puso en pie acompañada por el chirrido de la madera y un puñado de úlfhéðnar salieron de las sombras que había detrás de ella para colocarse a su lado. Se hizo el silencio en la sala.

—Un desafío para dar la bienvenida a mi hijo antes de que mi salón se llene de gente con peticiones —dijo Helka. Se volvió hacia Hakon—. Es tu banquete, tú eliges.

Hakon se puso derecho en la silla. Le encantaban los banquetes, pero lo que hacía memorable uno era que culminara con un desafío, ya fuera un duelo de insultos, una pelea, una competición de lanzamiento de hachas o cualquier otra oportunidad de alardear.

Hakon se tiró de la corta barba mientras paseaba la mirada por la sala. El silencio se acentuó mientras todo el mundo esperaba su decisión.

—¡El baile de los escudos! —anunció Hakon, y el salón estalló en vítores y gritos.

Guðvarr se puso en pie de un salto, sonriendo, y se tambaleó. Entre todos arrastraron las mesas para hacer espacio y los drengir fueron a buscar los escudos que habían dejado apoyados contra las paredes de la sala de hidromiel.

—¿Quiénes serán los competidores? —preguntó Helka.

Guðvarr salió disparado hacia la tarima.

—¡Yo! —gritó el jarl Glunn Puño de Hierro, un hombre achaparrado con unas piernas que parecían troncos. Era rubio y joven, no mucho mayor que Guðvarr—. Si el príncipe quiere correr contra mí, claro. —Sonrió a Hakon, quien miró a su madre y luego dirigió un breve gesto de asentimiento al jarl.

Guðvarr se abrió paso a empellones y culebreando por una muchedumbre formada por cuarenta o cincuenta personas, pues sabía que Hakon solo elegiría una docena de competidores.

El príncipe rodeó la mesa y se plantó en el borde de la tarima para observar la multitud de voluntarios mientras otros preparaban el salón.

—¡Hafrun, Bersi, Gunilla! —gritó Hakon señalando la alborotada y jubilosa multitud. Los tres elegidos subieron al estrado, sonriendo.

«Escoge a gente que conoce», pensó Guðvarr. A la mujer que tenía delante le dio una patada en la parte de atrás de la rodilla y, cuando ella se agachó, se escurrió para ponerse delante de ella. Luego se deslizó hacia un lado y se metió a empujones entre otras dos personas para colocarse en la segunda fila. Entre tanto, Hakon seguía pronunciando más nombres y la tarima estaba llenándose de competidores que rodeaban al príncipe.

—¡Bienvenido a casa, príncipe Hakon! —gritó Guðvarr haciendo bocina con las manos.

Hakon lo oyó y buscó con la mirada a Guðvarr. Se tocó la capa que llevaba puesta y Guðvarr asintió con la cabeza.

—¡Tú! —dijo el príncipe señalándolo.

Guðvarr, aliviado y emocionado a partes iguales, subió al estrado. Ya había diez personas con él, y Hakon estaba buscando en la multitud al último competidor.

—Yo también compito —dijo una voz lánguida detrás de Guðvarr. Este se volvió y vio que Estrid estaba recogiéndose el pelo en una trenza tirante mientras caminaba hacia su hermano.

—Es mi banquete, así que yo elijo —replicó Hakon.

—Hakon —espetó la reina Helka mirando con dureza a su hijo.

Hakon frunció los labios y su hermana sonrió.

—¿Tienes miedo de que te gane, hermano mayor?

—No —respondió Hakon.

La reina Helka dio una palmada.

—¡Escudos!

Guðvarr vio que los guerreros se habían repartido en dos filas que formaban un círculo doble alrededor del salón y entre ambas levantaban un escudo con los bordes apoyados en los hombros, de manera que creaban una especie de camino de piedras a través de un río. El baile de los escudos era un desafío que solía realizarse en el campo de entrenamiento, uno de los primeros ejercicios para preparar a los guerreros jóvenes para la danza de los remos a bordo de un drakkar. Era más fácil y no existía la amenaza de mojarte si te caías, pero con varios cuernos de cerveza en la barriga de los competidores aumentaba la sensación de estar en un barco en continuo movimiento en vez de en una sala de hidromiel.

Hakon precedió al grupo hasta el primer escudo, donde un puñado de thrall y de hombres y mujeres liberados sostenían en sus manos cuernos y jarras de cerveza. Hakon cogió un cuerno lleno de espumosa cerveza y lo vació de un trago, chasqueó los labios y se subió a una mesa riendo. Saltó al primer escudo y se balanceó tratando de mantener el equilibrio mientras los dos guerreros que lo sujetaban en alto ajustaban la postura para aguantar su peso.

—¡Que empiece! —gritó la reina Helka.

Hakon saltó al segundo escudo y flexionó las rodillas sobre el escudo tambaleante antes de pasar al siguiente de otro brinco. Estrid ya había apurado su cuerno de cerveza y saltó al primer escudo y luego al segundo sin detenerse. El jarl Glunn fue el siguiente competidor en entrar en liza, y los drengir que sostenían su escudo gruñeron bajo su peso. El jarl saltó riendo al siguiente, haciendo gala de un equilibrio y una agilidad sorprendentes para su voluminoso cuerpo. Delante de Guðvarr había dos competidores que se bebieron de un trago el cuerno de cerveza antes de saltar al primer escudo. Uno de ellos aterrizó demasiado cerca del borde izquierdo, resbaló y se estrelló contra el suelo, lo que provocó una explosión de abucheos y carcajadas en el salón.

Guðvarr levantó el cuerno para que se lo llenaran, con los ojos fijos en el primer escudo. El corazón le aporreaba el pecho y la sangre vibraba en sus venas.

—Bebe —dijo una voz. Guðvarr miró y vio que era la pelirroja Vilja quien le llenaba el cuerno. La prostituta le sonrió y se inclinó hacia él para acariciarle la parte interior del muslo—. Los ganadores se llevan un premio —le susurró en el oído.

Guðvarr apuró el cuerno, sonrió, se limpió la nariz y saltó al primer escudo. Permaneció encima de él un momento, manteniendo el equilibrio, y luego saltó con agilidad al siguiente. Reía con alborozo porque sabía que se le daba bien aquello; en Fellur había ganado todos los torneos de baile de los escudos y en el drakkar de Sigrún el baile de los remos. El ruido en la sala de hidromiel era ensordecedor, los guerreros aporreaban rítmicamente los escudos y todo el mundo chillaba y gritaba palabras de ánimo a los contendientes. Guðvarr se tomó un respiro tras completar la primera mitad del círculo y miró de soslayo a la reina Helka, que observaba el espectáculo de pie sobre la tarima, con Sigrún cerca de ella. Su tía le dirigió una sonrisa de ánimo, pero a su lado Skalk tenía una expresión furibunda y Guðvarr recordó el hyrndur que anidaba en su pecho. Se tambaleó un momento y agitó un brazo, y la multitud se preparó para celebrar otra caída, pero Guðvarr consiguió mantener el equilibrio y siguió saltando para regresar al punto de partida. Hakon ya había completado la primera vuelta al circuito al mismo tiempo que bebía cerveza del cuerno que habían vuelto a rellenarle. A Estrid todavía le quedaban tres escudos y el jarl Glunn iba un escudo por detrás de la hija de Helka. Entre el jarl y el siguiente competidor había cinco o seis escudos de distancia. Guðvarr oía el estruendo de los escudos cuando saltaban los competidores que lo seguían. Hasta sus oídos llegaron un ruido a destiempo, un chillido y un golpetazo, seguidos por otro rugido de la multitud cuando otro competidor cayó al suelo.

«¡Ja, qué vergüenza!», pensó mientras seguía saltando. Guðvarr rápidamente alcanzó al contendiente que lo precedía, un hombre muy delgado con el pelo negro recogido en la nuca. No perdió un instante y saltó al siguiente escudo en el mismo momento en que el otro competidor lo abandonaba. El borde del escudo se levantó un poco y golpeó en el talón al guerrero moreno, lo suficiente para desequilibrarlo en el aire y enviarlo al suelo con los brazos y las piernas abiertos. Guðvarr lo rebasó riendo.

Según se acercaba al punto de partida, dobló las piernas y se encorvó, cogió el cuerno que le ofreció Vilja, cuyos ojos reflejaban la promesa que le había hecho. Guðvarr siguió saltando con paso firme y agilidad, acortando la distancia que lo separaba del jarl Glunn, y bebió otro trago de cerveza al mismo tiempo que aterrizaba en el siguiente escudo; la mitad se derramó sobre su barba, pero apuró el cuerno y lo arrojó antes de volver a saltar. Solo un escudo lo separaba de Glunn Puño de Hierro. Era un hombre pesado y lento, pero tenía un sentido del equilibrio excelente y Guðvarr lo veía capaz de seguir saltando escudos hasta que saliera el sol, mientras que él ya respiraba con dificultad y le ardían los pulmones.

Oyó otro estrépito a su espalda y echó un vistazo atrás. Tres figuras volaban por el aire y otras se tambaleaban sobre los escudos que cabeceaban y se bamboleaban cada vez que aterrizaban en ellos. Delante de él,

Hakon estaba alcanzando a los últimos competidores y en ese momento saltó y empujó al guerrero que lo precedía. El hombre se precipitó dando vueltas en el aire y chillando y se estampó contra el suelo en medio del jolgorio de la multitud.

«Tengo que adelantar a este buey gordo de Puño de Hierro —pensó Guðvarr—. De lo contrario nunca alcanzaré a Hakon». Saltó en el preciso momento en que Puño de Hierro flexionaba las piernas para acometer su siguiente salto y aterrizó en el escudo junto a él. El jarl se tambaleó y balanceó y miró con la boca abierta, como un pasmarote, a Guðvarr mientras este lo adelantaba con agilidad y saltaba al siguiente escudo a pesar de que el jarl gruñó e intentó agarrarlo del brazo.

Guðvarr aterrizó en el escudo riendo mientras Glunn soltaba una ristra de imprecaciones a su espalda y la multitud celebraba ruidosamente su acción.

El sudor le entraba en los ojos, el humo y el calor eran sofocantes y le ardían los pulmones, pero Guðvarr apenas prestaba atención a todas esas molestias. Hacía rato que no sonreía siquiera, pero ahora se sentía invencible, tan firme sobre sus pies como el dios muerto Rotta. Delante de él, Estrid estaba cada vez más cerca. La hija de Helka saltó, aterrizó, volvió a saltar y bebió del cuerno en el aire, lo cual fue recibido con una atronadora ovación del público. Estaba acercándose a Hakon, solo un escudo los separaba, y Guðvarr se dio cuenta, por el ángulo de su cabeza y la posición de sus hombros, que estaba a punto de hacer la misma jugada que había hecho él para adelantar a Glunn Puño de Hierro. Guðvarr se arriesgó a echar un vistazo atrás y comprobó que todos los contendientes se habían caído salvo el jarl Glunn, que lo seguía con la tenacidad y la determinación de un perro, aunque ya los separaban ocho o nueve escudos.

Guðvarr devolvió la vista al frente y vio que los músculos de las piernas de Estrid se tensaban, así que saltó con más fuerza y más velocidad que nunca para volar por el aire y embestir a la princesa justo en el momento en que sus pies se despegaban del escudo. Los dos salieron despedidos por el aire agitando los brazos, pero a Guðvarr, antes de estrellarse contra el suelo y rodar por la alfombra de juncos hecho un ovillo, le dio tiempo a ver con el rabillo del ojo que el jarl Glunn los miraba embobado, perdía el equilibrio y se caía. La cabeza de un perro apareció encima de Guðvarr y le lamió la nariz.

Guðvarr oyó un grito furioso, sintió que unas manos lo agarraban y lo levantaban del suelo y se encontró cara a cara con Estrid.

—¡Estúpido hálfviti idiota! —espetó la princesa con briznas enredadas en el pelo.

«No me llames estúpido».

—Lo siento, princesa —balbuceó Guðvarr.

Estrid entornó los ojos.

—Lo has hecho a propósito. ¿Hakon te ha pagado o solo eres otro rastrero llorica lameculos?

«Ojalá me pagaran, pero solo lo hago porque tengo un monstruo viviendo en el pecho».

La multitud rugió atronadoramente y Estrid y Guðvarr se volvieron para ver cómo Hakon saltaba una vez más al escudo que era tanto el punto de partida como de llegada. Se detuvo encima del escudo, tambaleándose, lanzó los brazos al cielo y profirió un grito de victoria. El fragor de la multitud se volvió ensordecedor y Guðvarr aprovechó la oportunidad para escapar de la colérica princesa.

Se abrió paso a empellones por el gentío mientras Hakon saltaba al suelo y le ponían de inmediato un cuerno de cerveza en la mano que bebió sorbiendo ruidosamente. La reina Helka se acercó al borde de la tarima y se hizo el silencio en la sala. Dirigió una seña a su hijo y Hakon subió de un brinco y se colocó a su lado, con la cara roja y sonriente. A continuación llamaron al resto de los competidores, que fueron subiendo al estrado. Guðvarr se unió a ellos en la tarima. Glunn Puño de Hierro apareció a su lado, más bajo que él pero más ancho y musculoso.

—Buena jugada —le felicitó el jarl sonriendo, y Guðvarr se lo agradeció inclinando la cabeza.

Estrid empujó a Guðvarr para abrirse paso y lo fulminó con la mirada antes de colocarse junto a su hermano como segunda clasificada.

—Lo has hecho bien, hermana —dijo Hakon con una sonrisa de oreja a oreja—. Sigue practicando y quizá algún día seas tan buena como yo.

—Cierra el pico —espetó Estrid—. No me sorprendería descubrir que has pagado a ese estúpido mocoso para que me tirara.

«Te he dicho que no me llames estúpido —pensó Guðvarr—. Un momento… ¿mocoso?». Se limpió distraídamente la nariz con el dorso de la mano.

—Ha sido un accidente, princesa —mintió Guðvarr—. Empleé la misma maniobra para adelantar al jarl Glunn, pero, ay, en vuestro caso erré el cálculo. —Se inclinó para mirar a Hakon—. Os felicito por la carrera, príncipe Hakon. Habéis hecho una demostración magistral.

—Gracias —dijo Hakon sonriendo—. Sí, es verdad. —Su sonrisa se ensanchó cuando se volvió de nuevo a Estrid, que miraba con ferocidad a la multitud.

Los thrall recorrieron la fila de competidores entregando nuevos cuernos de cerveza.

Todo el mundo guardó silencio cuando la reina Helka agarró la muñeca de su hijo y le levantó el brazo.

—¡Por el ganador! —gritó.

Hakon bebió un trago largo de cerveza.

La multitud lo aclamó y corrieron la cerveza y el hidromiel.

«Me pregunto si Hakon acabará la noche en El drengr muerto».

—¡Por Hakon el Follador! —gritó alguien, lo que provocó las carcajadas en la sala de hidromiel. Dio la impresión de que Hakon no sabía si tomárselo como un insulto o como un cumplido, pero finalmente decidió que no era un sobrenombre del que tuviera que avergonzarse y sonrió.

«Hablando de El drengr muerto y de follar —pensó Guðvarr—. ¿Dónde se habrá metido Vilja?». Escrutó la multitud hasta que dio con ella. Estaba sonriéndole. Guðvarr apuró el cuerno de cerveza y lo lanzó por encima del hombro.

CAPÍTULO CUARENTA Y CUATRO

BIÓRR

Biórr miró detenidamente al hombre plantado en la entrada de la cámara. Era alto y muy delgado, vestía una túnica azul claro con magníficos ribetes confeccionados con la técnica de las tablillas, un seax y un destral colgaban de su cinturón y exhibía aros de oro y de plata en los brazos.

—Rotta, ¿qué haces aquí? —preguntó Lik-Rifa.

«¡Rotta! ¿El dios Rotta? ¿Rotta la rata? Pero… si estaba muerto».

Rotta se encogió de hombros sin perder la sonrisa.

—Se me ocurrió prepararte un recibimiento digno de ti. —Hizo una elaborada reverencia.

—Pero estabas muerto —dijo Lik-Rifa.

—Los rumores sobre mi defunción han sido exagerados —afirmó Rotta. Su sonrisa se ensanchó y dejó a la vista unos dientes radiantes.

—¿Cuándo escapaste de tu cárcel? —quiso saber Lik-Rifa.

La sonrisa se borró de los labios de Rotta.

—¿Antes o después del Guðfalla? —insistió Lik-Rifa con un tono que despertó la inquietud de Biórr—. ¿Antes o después de que me metieran a mí en una mazmorra?

Tras un breve silencio, Lik-Rifa dio un paso adelante con los puños apretados. Rotta retrocedió.

—No me mientas —gruñó la diosa dragona.

—Creo, si quieres que sea absolutamente preciso, que fue durante el Guðfalla —dijo Rotta.

—Deberías haber acudido a mi lado, haber luchado por mí —aseveró Lik-Rifa todavía con ese tono inquietante en la voz.

«No me sorprendería que te comiera, Rotta», pensó Biórr preparando los pies para salir corriendo de allí.

—Pensé en hacerlo —confesó Rotta—. Quería hacerlo, te lo aseguro.

—¿Y por qué no viniste? —preguntó colérica Lik-Rifa, aunque se advertía otro sentimiento en su voz. ¿Dolor? ¿Decepción?

La sonrisa de Rotta se marchitó en sus labios.

—Estaba… asustado —reconoció el dios rata—. Mira lo que me hicieron. Orna y Ulfrir. *Afhjúpa* —dijo llevándose una mano a la cara. Dio la impresión de que el aire vibraba alrededor de él y entonces su rostro se transformó: la barba se desprendió de su cara, sus hermosos pómulos se hundieron, en su piel aparecieron agujeros y desgarrones de los que manaba pus, su mandíbula se encogió y sus labios colgaron como unos odres de cerveza vacíos—. Me encadenaron a una roca y encima de mí colocaron unas jaulas con serpientes para que su veneno goteara en mi cuerpo y me quemara todos los instantes de todos los días y las noches. —Hablaba con la voz temblorosa, una lágrima rodaba por su mejilla y babeaba por la boca devastada—. Convivía con el dolor todos los días —masculló. Su cara y su cuerpo se agitaban con convulsiones—. *Leyna* —dijo pasándose la mano de nuevo por la cara, y el aire volvió a vibrar. Esta vez su rostro recuperó el aspecto apuesto y la barba arreglada del hombre que Biórr había visto cuando se abrió la puerta.

»Quise ir para ayudarte y luchar contra esos niðing… —A continuación emitió unos gruñidos ininteligibles al mismo tiempo que espumajeaba por la boca—. Orna y Ulfrir. —Se estremeció y respiró hondo antes de continuar—: Quería vengarme de ellos, pero me daba miedo perder, que volvieran a encadenarme. Y entonces, cuando la batalla terminó, descubrí que esas tres zorras, Skuld, Urd y Verdami, custodiaban tu mazmorra, y ya sabes cómo me odiaban —añadió sonriendo de nuevo.

—Mataste a su hermana, la despellejaste viva y usaste su sangre para escribir tu grimorio —le recordó Lik-Rifa encogiéndose de hombros.

—Sí, sí, ya lo sé —repuso Rotta—. No he dicho que no tuvieran un buen motivo para odiarme. Aun así, no tenía muchas ganas de enfrentarme a ellas. Sobre todo después de lo que sus malditos padres me habían hecho. —Un escalofrío le recorrió la espalda—. Esas zorras son la razón de que no me haya acercado a Oskutreð en todos estos años.

—Me las he comido. —Lik-Rifa sonrió—. Bueno, a una de ellas. Ilska y Drekr mataron a otra. Son unos buenos hijos. En cuanto a Skuld… —Frunció el ceño—. No lo recuerdo.

—Me alegra saber que esas dos zorras están muertas —dijo Rotta.

—De todas maneras tendrías que haber venido a mi lado. Te necesitaba —dijo Lik-Rifa, ya sin el tono amenazante en la voz.

—Lo siento. —Rotta hizo el ademán de acercarse a su hermana—. Por favor, créeme, quería ayudarte. El miedo es una cosa terrible. Pero mira el lado bueno —añadió sonriendo—, ahora eres libre. Así que bien está lo que bien acaba.

—Esto no ha acabado aún —replicó Lik-Rifa—. Ulfrir está vivo.

—¿Cómo? —exclamó Rotta. El miedo y el odio desfiguraron su rostro.

—He escrito mi propio grimorio. Trescientos años en la oscuridad en las profundidades de Oskutreð dan para mucho —gruñó Lik-Rifa—. Por desgracia, ha caído en las manos equivocadas.

Rotta se mordió la lengua y emitió un sonido desagradable por la boca. Luego inspiró hondo.

—Bueno, no sirve de nada entretenerse en los errores pasados —dijo—. Ahora estoy aquí y esta vez permaneceré a tu lado. Juntos acabaremos con Ulfrir para siempre. —Esbozó una sonrisa titubeante—. Te he echado de menos, hermana —dijo, y dio un paso hacia ella con los brazos abiertos—. Y, mira, te he preparado una fiesta de bienvenida.

Lik-Rifa no dijo nada ni se movió. Rotta la envolvió con sus brazos despacio y delicadamente para abrazarla. En un primer momento, Lik-Rifa se quedó inmóvil y rígida, pero luego, también lentamente, levantó los brazos para rodear a su hermano y dio la impresión de que se entregaba a su abrazo.

Biórr comía y bebía sentado en un banco al lado de Fain y de Storolf. No recordaba la última vez que se había dado un atracón de comida y bebida tan exquisitas. Pero a esa sensación de satisfacción se sumaba el hecho de tener delante a Rotta, el dios rata. ¡Su dios! El progenitor de su linaje.

«La sangre de Rotta corre por mis venas y él está sentado ahí mismo, comiendo, bebiendo y riendo con la dragona Lik-Rifa». Pese a lo extraño que era, todo le parecía lo más natural del mundo, como si hubiera estado esperando ese momento durante toda su vida sin saberlo. Se echó hacia atrás y rompió a reír a mandíbula batiente. Nadie lo miró como si estuviera haciendo algo fuera de lugar, ya que todo el mundo reía, la cerveza corría a raudales y la música sonaba y retumbaba en el cavernoso y tenebroso salón. Los únicos rostros que Biórr no veía sonreír eran los de Kráka y

Bjarn. Kráka estaba inclinada susurrándole algo en el oído al muchacho, que se miraba fijamente las manos con los ojos muy abiertos y el gesto serio mientras la escuchaba.

Se oyó un zumbido de alas y un tennúr se posó en la mesa delante de Storolf, que sorbía ruidosamente el caldo de un estofado de pescado. Era el tennúr que solía hablar con Lik-Rifa, así que Biórr supuso que era el jefe del enjambre. El tennúr plegó las alas y caminó por el centro de la mesa inspeccionando todos los cuencos y los tajadores, los escudriñaba y los olfateaba, con el ceño cada vez más fruncido en su pálida frente. Unas venas oscuras destacaban en su piel rosada y sin pelo.

—¿Qué te pasa? —le preguntó Storolf.

El tennúr interrumpió su inspección y se volvió para mirarlo.

—No hay dientes —respondió enfurecido.

Storolf se lo quedó mirando boquiabierto un momento y luego rompió a reír.

—Te daría uno de los míos —dijo el guerrero cuando su risa se calmó y mientras se secaba las lágrimas de los ojos—. Pero apenas me quedan. —Sonrió y se señaló los huecos en la dentadura.

—¡Fuera de la mesa, asquerosa rata! —bramó el hombre sentado al lado de Storolf. Se llamaba Oleif y era uno de los miembros de la cuadrilla de Drekr. Acababa de incorporarse a los Alimentadores de Cuervos. Bebió un trago largo de hidromiel de su cuerno y se tambaleó un poco.

El tennúr desplegó las alas, pero Storolf tendió una mano.

—Espera —dijo—. Eres un miembro más de la banda de Lik-Rifa, como cualquiera de nosotros. Así que creo que tienes derecho a disfrutar de este banquete como los demás.

—¿Has perdido la cabeza además de los dientes? —dijo arrastrando las palabras Oleif, visiblemente borracho—. Solo es una rata con alas.

Todo ocurrió tan rápido que Biórr no pudo seguir con la mirada los movimientos de Storolf cuando se revolvió en el banco y trituró de un puñetazo la mandíbula de Oleif. Este salió disparado hacia atrás y perdió el conocimiento antes de impactar contra el suelo.

Storolf se encogió de hombros y lanzó una mirada asesina a los compañeros de Oleif.

—¿Alguien más tiene algo que comentar sobre mi dentadura o sobre con quién decido hablar?

Nadie tenía ningún comentario que hacer, así que Storolf devolvió su atención al tennúr que estaba en la mesa.

—¿Cómo te llamas, pequeñín?

—Tannbursta —respondió el vaesen.

—Bueno, espera un momento, Tannbursta —dijo Storolf. Pasó una pierna por encima del banco y se agachó junto al cuerpo inmóvil de Oleif. Se oyó un crujido y un desgarrón y Storolf volvió a sentarse recto en el banco y arrojó algo al tennúr.

Tannbursta lo cazó al vuelo con sus largos dedos y contempló el diente que había en la palma de su mano, del que todavía colgaba un trozo de carne sanguinolento. Luego alzó la cabeza y sonrió a Storolf antes de meterse el diente en la boca y masticarlo.

Biórr estuvo a punto de caerse de la silla por el ataque de risa.

Una mano se posó en su hombro y Biórr se volvió. Rotta estaba de pie detrás de él. Al verlo de cerca, Biórr pensó que era más alto de lo que le había parecido. Rezumaba poder, y amistad. Biórr le sonrió sin darse cuenta.

—Mi sangre corre por tus venas, puedo sentirlo —dijo Rotta.

—Así… así es —balbuceó Biórr, que de pronto se dio cuenta de que no sabía cómo dirigirse al hombre que tenía delante. ¿Señor? ¿Dios? ¿Rata?

—Llámame Rotta —dijo el dios rata mirándolo fijamente a los ojos y apretándole el hombro. Cerró los ojos y ladeó la cabeza como si estuviera escuchando una voz que le susurraba. De repente volvió a abrirlos y Biórr vio intensidad en su mirada—. Has pasado muchas penalidades y has padecido muchos dolores a causa de tu linaje. Por ser mi descendiente.

Biórr asintió con la cabeza y de repente recordó muchos de sus tormentos, los insultos, los azotes y las quemaduras, el miedo y el dolor. Se le hizo un nudo en la garganta de la emoción y las lágrimas le empañaron los ojos.

—Lamento mucho que hayas sufrido tanto simplemente por haber tenido la mala suerte de pertenecer a mi linaje —añadió Rotta dándole unas palmaditas en la espalda. Sus numerosos brazaletes tintinearon—. Pero ahora estoy aquí y haré todo lo posible para compensarte.

Se hizo el silencio en la sala y Rotta desvió la mirada. Biórr la siguió y vio que Lik-Rifa se levantaba de su asiento y paseaba la mirada por los presentes.

—Me alegro de estar aquí —declaró—. Me alegro de celebrar este banquete. Y de ver a mi hermano. —Recorrió con la mirada el salón hasta que sus ojos se detuvieron en Rotta, que sonrió a su hermana—. Pero no debemos olvidar que tenemos una misión. Debemos enmendar todos los errores que se han cometido en este mundo desde el Guðfalla. Debemos recuperar nuestro sitio, y el sitio de nuestros hijos, de nuestros linajes, en este mundo destruido. —Hizo una pausa—. Y matar a mi dos veces maldito hermano Ulfrir.

—Sí —musitó Rotta junto a Biórr.

El salón estalló en vítores. Alimentadores de Cuervos, adoradores de la dragona y tennúr aclamaron por igual las palabras de Lik-Rifa. Biórr incluso vio que algunos niños las celebraban, entre ellos Harek, aunque Breca, sentado a su lado, estaba muy serio.

—Hay mucho trabajo que hacer —continuó Lik-Rifa—. Y somos muy pocos. Pero yo lo solucionaré.

Lif-Rifa abrió la boca y comenzó a cantar:

— *Komdu til mín, börn mín sem búa til. Börn úr föndri mínu kallar móðir þín til þín. Komdu til mín. Komdu til mín. Komdu til mín.*

Repitió las últimas palabras una y otra vez. Su voz resonaba en el salón y su volumen aumentaba imparablemente, hasta que sonó más fuerte que cien cuernos tocados a la vez. El sonido siguió retumbando y creciendo hasta que colmó los sentidos de Biórr y todo lo demás dejó de existir. Biórr casi podía ver cómo las palabras de Lik-Rifa abandonaban la cámara a través de la puerta abierta como un millar de tentáculos que se retorcían y se enroscaban en una procesión interminable y salían al mundo.

Sus palabras se fueron apagando poco a poco, hasta que solo las crepitantes llamas rompían el silencio.

—¿Qué habéis hecho? —preguntó Ilska sentada cerca de Lik-Rifa.

—Ha llamado a sus hijos —respondió Rotta por su hermana—. Los vaesen que creó y crio. Mi hermana les ha pedido que vengan.

CAPÍTULO CUARENTA Y CINCO

ORKA

Orka frotaba con una piedra de afilar la hoja de su hacha larga sentada en un fardo de heno. Era tarde, la luz plateada de la luna entraba por la puerta entreabierta del establo y el viento frío traía los sonidos lejanos de Starl.

—Tengo frío —protestó Myrk. Estaba sentada en el suelo cerca de Orka, con la espalda apoyada en el poste alrededor del cual le habían atado las manos.

Orka oía el ruido que hacía el caballo de Myrk al tirar del heno de un pesebre detrás de ella. Hizo oídos sordos a la queja de la hermana de Ilska.

Myrk murmuró algo y gruñó.

El resto de los Hermanos de Sangre se dedicaban a sus tareas en silencio antes de acostarse para dormir. Halja Nariz Chata estaba remendando su túnica y no muy lejos de ella Lif limpiaba una mancha de óxido en la punta de su lanza. Gunnar Proa estaba de pie con los pantalones bajados mientras Revna Patas de Liebre le retiraba el vendaje del muslo para examinarle la herida. Una parte de Orka era consciente de todo lo que estaba pasando a su alrededor, pero dedicaba la mayor parte de su atención a repasar los acontecimientos del día.

«He conocido a un dios —pensó mientras la piedra de afilar continuaba deslizándose por la hoja—. Y no a un dios cualquiera. Nada menos que a Ulfrir, el dios lobo. El creador de mi linaje».

Al alejarse de él y de los Terrores de la Batalla había sentido su ausencia, como al dejar atrás el calor del fuego para adentrarse en una noche helada. Esa sensación se había hecho más intensa a cada paso, pero no se había detenido. Sabía que aceptar su oferta de acompañarlo significaría perder una parte de sí misma. Su lobo interior había gañido y se había revuelto, y Orka todavía sentía esa agitación en la sangre.

«Soy tu padre», le había dicho Ulfrir.

«No quiero un padre ni tengo tiempo para eso —gruñó a la voz que le hablaba dentro de la cabeza—. Lo único que me importa es Breca». Vio la cara de su hijo, su pelo negro alborotado y de punta, su expresión seria, sus ojos verdes grisáceos sobre la tez pálida.

«Mientras corra sangre por mis venas, no pararé de buscarte».

—Sabes que mi hermano te matará. —La voz sacó a Orka de sus pensamientos. Miró a Myrk y dejó de afilar el hacha.

—Solo hay una manera de averiguarlo —dijo Orka encogiéndose de hombros.

—Eres un gusano patético comparada con él. Te abrirá en canal y echará tus despojos a tu hijo para que se los coma.

Un músculo tembló en el ojo de Orka a la mención de Breca.

Myrk sonrió.

—A fin de cuentas, eso es lo que le hizo a tu hombre.

Orka soltó la piedra de afilar. Se dio cuenta de que los demás habían interrumpido la tarea que estaban haciendo y las observaban, aunque no le dio mayor importancia.

—Malgastas demasiado aire —dijo Orka. Suspiró. Rebuscó en el saco que tenía a los pies y sacó el seax de Myrk dentro de su funda de cuero con intrincados repujados. Extrajo el arma de la funda y deslizó el dedo pulgar por el filo—. Es una buena arma. Cuando me lleves hasta tu hermano te la devolveré.

—Quizá Drekr me deje matarte —dijo Myrk frunciendo la boca y adoptando un aire pensativo—. Siempre le ha gustado verme en un holmganga.

—Nosotros ya te vimos en la cámara de Rotta —terció Revna resoplando—. Cuando Orka te hizo caer de culo al suelo y te espetó como si fueras un cerdo.

Todos se echaron a reír. Gunnar trastabilló y se cayó porque no se había subido los pantalones.

Myrk gruñó mostrándoles los dientes y les bufó forcejeando con las ligaduras. Las venas de su cuello y de sus sienes se hincharon y unas motas de fuego rojo revolotearon en sus ojos.

—Ya me he cansado de ti —dijo Orka acercando el seax al cuello de Myrk.

—*Eldur* —gruñó Myrk, y brotaron unas chispas en el aire.

Orka giró una pizca la muñeca y trazó una raya roja en el cuello de Myrk. Le mostró el seax para que viera la sangre.

—Otra palabra y te dibujaré una segunda sonrisa.

Myrk se tranquilizó, el rojo de sus ojos desapareció y ella dejó de forcejear con las ligaduras.

Orka limpió la sangre del seax en el bajo de la túnica que llevaba debajo de la cota de malla.

—Estoy encantada de llevarte hasta mi hermano —gruñó Myrk—. Estoy impaciente por veros morir a todos. Es como llevar corderos al matadero.

—Solo que estos corderos tienen dientes y garras afilados —apuntó Revna Patas de Liebre haciendo entrechocar los dientes—. Morder, morder, morder.

Gunnar se rio tanto que se cayó otra vez.

Orka volvió a ponerle la mordaza a Myrk antes de que pudiera soltar otra de sus réplicas.

—Lif, cántanos algo —pidió Gunnar Proa mientras se subía los pantalones—. Necesito algo que me haga olvidar los chillidos de Myrk. Retiñen en mis oídos como una bruja nocturna.

—¿Yo? —exclamó Lif.

—Una canción estaría bien —terció Revna.

Lif miró a Halja, que no dijo nada, pero dejó de coser y se recostó.

—Está bien. —Lif asintió. Frotó una última vez la moharra de su lanza y la cubrió con la funda de cuero. Tras pensar en silencio un momento, abrió la boca y empezó a cantar.

Cantó con voz dulce y triste la historia de dos hermanos y una venganza. Orka se dejó acunar por la voz de Lif y la sensación de melancolía que le transmitía mientras cantaba sobre el amor y la lealtad, la amistad y la pérdida. Dejó el seax de Myrk a un lado, se tumbó sobre el fardo de heno y se le cerraron los ojos. La última imagen que vio fue la cara de Halja, que miraba a Lif con lágrimas en los ojos.

Orka abrió los ojos al oír un ruido de pasos. Había estado soñando con lobos y dragones y el llanto de un niño. La puerta del establo chirrió y

Orka vio unas siluetas oscuras recortadas sobre la luz de la luna. El destello del acero.

—¡Alerta! —graznó al mismo tiempo que se ponía en pie, agarraba el hacha larga y se sacudía el sueño como si fuera un sudario.

Ocho, diez figuras estaban introduciéndose en el establo, y detrás venían más, todas ellas tapadas con capas y capuchas. Orka vio el acero en sus manos y el centelleo de la cota de malla debajo de las capas.

—¡Atrás, vieja! —espetó una voz en la oscuridad—. Solo queremos vuestros caballos. No tienes por qué morir esta noche.

—No será ella la que muera —replicó Halja colocándose al lado de Orka empuñando el escudo y la lanza.

Uno de los ladrones de caballos lanzó un bramido y una sombra densa se separó del resto y salió disparada hacia Orka, quien apenas tuvo tiempo de levantar el hacha para recibir a la enorme figura que la embestía y la tiraba hacia atrás. Orka se estrelló contra el suelo cubierto de paja y rodó unos metros. Estallaron los gritos a su alrededor y se oyó el fragor de los aceros que chocaban. Orka se dio la vuelta para asestar una patada y oyó un gruñido de dolor. Se levantó del suelo con el hacha larga en la mano. La figura que la había derribado avanzaba hacia ella cojeando. A su alrededor, todos los Hermanos de Sangre estaban trabados en batalla y las armas trazaban borrones plateados a la luz de la luna. Sin embargo, Orka se dio cuenta de que los superaban en número, tal vez en una proporción de tres a uno. Blandió el hacha larga y la sostuvo con las dos manos cruzada ante sí. Entonces su oponente se abalanzó sobre ella y le asestó un hachazo con el destral que empuñaba dirigido a la cabeza. Orka dio un paso a la derecha y golpeó con la contera del hacha a su rival en el costado. A pesar del gruñido de dolor y del grito ahogado, la figura que la atacaba se las apañó para asestarle un golpe con un hombro duro como una piedra en el pecho. El impacto obligó a Orka a dar media docena de pasos tambaleantes hacia atrás. A su derecha, atisbó a Lif con el escudo levantado y asestando lanzadas, pero el joven pescador tuvo que retroceder cuando dos figuras encapuchadas arremetieron contra él. Todos los Hermanos de Sangre estaban replegándose hacia el fondo del establo. Gunnar y Revna luchaban escudo con escudo y Halja estaba rodeada por media decena de oponentes. Los caballos relincharon y Orka retrocedió unos pasos más con el fin de conseguir el espacio que necesitaba para atacar con su hacha larga. Lanzó un rugido y arremetió contra el enorme guerrero que la seguía, pero este se agachó para evadir el golpe y contraatacó con su destral. Orka dio un salto atrás e inmediatamente se abalanzó sobre su rival. Unas manos enormes agarraron el mango de su hacha y comenzó el forcejeo de tirones y empujones. Orka tropezó con un fardo de heno y los dos se fueron al suelo. Orka aterrizó de costado y notó que la cabeza de su hacha pasaba a un dedo de su nariz. Asestó un cabezazo a la cara encapuchada de su rival, que lanzó un chillido de dolor y soltó el mango del hacha. Orka se puso en pie y levantó el hacha por encima de la cabeza.

De repente se oyó un relincho salvaje y un tamborileo de cascos. Orka se volvió y vio a Myrk a lomos de su caballo justo antes de que montura y jinete salieran como un rayo por la puerta del establo. El chacoloteo de los cascos resonó en el patio y luego se desvaneció en la noche.

Orka se quedó inmóvil un momento, paralizada, con su oponente gruñendo a sus pies mientras los Hermanos de Sangre luchaban en torno a ella.

—¡ALTO! —bramó Orka, y la lucha se interrumpió a su alrededor. Tendió una mano hacia la figura tirada en el suelo y lo levantó.

Sighvat el Gordo se echó hacia atrás la capucha. Tenía la nariz ensangrentada.

—No hacía falta golpear tan fuerte —masculló con los labios hinchados.

—Tenía que parecer real —dijo Orka encogiéndose de hombros—. Además me he contenido.

—Hum —gruñó Sighvat.

Orka paseó la mirada a su alrededor y vio que los Hermanos de Sangre habían bajado las armas. Lif se había quedado paralizado con el escudo y la lanza todavía levantados, estaba pálido y temblaba.

—No pasa nada, muchacho, ya puedes bajar ese espeto para cerdos —dijo otro guerrero levantándose la capucha de la capa—. Somos amigos. Encantado de conocerte. Yo soy Orv el Serpiente.

—¿Amigos? —dijo Lif—. Sois los amigos más raros que he tenido nunca.

Sighvat se echó a reír a pesar de la nariz ensangrentada y sus carcajadas contagiaron a los demás.

—Lo siento —le dijo Halja Nariz Chata a Lif—. No encontramos el momento para contártelo.

Lif miró a su alrededor estupefacto mientras el resto de las figuras encapuchadas descubrían su rostro. Orka vio a Elvar, con su pelo rubio recogido en una tirante trenza, y a Grend a su lado.

—Pero... pero... —tartamudeó Lif—. Myrk ha escapado.

—Esa era la idea —dijo Orka regresando al centro del establo dando trancadas. Saludó a Elvar con la cabeza cuando pasó junto a ella y echó un vistazo al poste donde Myrk había estado atada. También reparó en que el seax que había dejado junto al fardo de heno ya no estaba allí. Luego se acercó a las puertas del establo, se llevó los dedos a los labios y silbó. Una figura muy delgada surgió de las sombras y entró en el establo. El collar de hierro que llevaba en el cuello destelló a la luz de la luna.

—Ella es Sæunn —dijo Orka mirando a Lif y a los Hermanos de Sangre, que habían empezado a agruparse en torno a ella. Abrió la bolsa que llevaba en el cinturón y sacó el trozo de tela que había usado para limpiar la sangre del caballo de Myrk. Luego se arrancó el bajo de la túnica con el que había limpiado la sangre de Myrk de su propio seax—. Sæunn es una corrompida —continuó Orka—. La sangre del perro Hundur corre por sus venas. Sæunn, aquí están la sangre del caballo y la del jinete cuyo rastro necesito que sigas. ¿Puedes hacerlo?

Sæunn cogió los trozos de tela y olisqueó primero uno y luego el otro aspirando profundamente su olor.

—Por supuesto, ama.

—Soy Orka, no ama —la corrigió Orka.

—Por supuesto, ama Orka —dijo Sæunn.

Orka soltó un suspiro de exasperación.

—Iré a ensillar los caballos —terció Lif bajando el escudo con la mano todavía temblorosa.

—Espera un rato —dijo Orka—. No quiero capturar a Myrk.

—¿Eh? —Lif la miró extrañado.

—Quiero seguirla. Myrk me ha mentido, nos ha hecho seguir un rastro falso. Pero ahora... ahora nos llevará directamente hasta mi hijo.

Elvar se acercó a Orka y escrutó la noche. Grend y Sighvat la siguieron. Este último sonrió a Halja con los dientes ensangrentados.

—Gracias —dijo Orka dirigiéndose a Elvar.

—Ha sido un placer —repuso la jefa de los Terrores de la Batalla—. Siempre sienta bien una escaramuza en mitad de la noche. —Se volvió hacia Orka—. Y ese favor del que hemos hablado...

—Ajá. Quieres que le transmita un mensaje a Glornir y a los Hermanos de Sangre.

—Sí. Diles que me gustaría contratarlos y que les pagaré el doble de lo que me pidan. Entrégales esto como muestra de mi respeto. —Elvar sacó de debajo de la capa un brazalete de plata pura. Era grueso y tenía los ramales retorcidos para que se ajustara con facilidad a un brazo tan grande como el de Sighvat. En cada punta había una cabeza de oso gruñendo—. Es de la llanura de la batalla de Oskutreð —explicó Elvar—. Podría haber pertenecido al mismísimo Berser, o a uno de sus hijos.

—A Glornir le gustará —observó Gunnar Proa acercándose cojeando—. Pero el mensaje podría tardar algún tiempo en llegar a oídos de Glornir y del resto de los Hermanos de Sangre. No sabemos dónde están. Quizá en Darl.

Elvar se encogió de hombros.

—Yo he cumplido mi parte del trato —dijo con los ojos fijos en los de Orka—. Cómo cumpláis la vuestra es asunto vuestro, pero, cuanto antes le entreguéis el mensaje, mejor.

—Se lo entregaremos —prometió Orka—. ¿Dónde quieres que se reúna contigo?

Elvar se volvió de nuevo hacia la noche.

—Dile que vaya a Snakavik.

CAPÍTULO CUARENTA Y SEIS

GUÐVARR

Guðvarr se despertó con un dolor de cabeza atroz.

—¿Dónde estoy? —farfulló. Su voz sonó como un graznido seco y el olor acre a putrefacción de su aliento era tan fuerte que movió la cabeza en un intento por escapar del nauseabundo hedor.

Pero mover la cabeza fue una mala idea, ya que tuvo la sensación de que dentro de ella había atrapado un clan de troles intentando salir a golpes. Tenía el estómago revuelto y las náuseas le subían por la garganta.

—El cubo está allí —dijo una voz ronca y perezosa por el sueño.

Guðvarr se dio la vuelta y se incorporó. Descubrió que estaba acostado encima de un jergón en una habitación oscura, con las paredes inclinadas. Un haz de luz intensa se filtraba por una grieta y las motas de polvo flotaban en el aire.

«No, no son paredes, es un techo».

Se dio cuenta de dónde estaba. Le pasaron fragmentos de recuerdos de la noche anterior. Del baile de los escudos, de la caída con Estrid, de la borrachera con Vilja. Había bebido mucho. Y luego había vuelto a El drengr muerto para echar un polvo, aunque no recordaba si al final lo había echado o no. A juzgar por su desnudez, quizá sí. Se pasó la lengua por la boca y decidió que no volvería a hacerlo.

«Sabe como si un bicho se hubiera metido en mi boca para morir».

El indicio de un recuerdo, la sensación de que había ido allí, a El drengr muerto, por una razón.

«Bueno, eso es obvio. Siempre está bien echar un polvo».

Pero no había sido solo para eso, y entonces lo recordó.

«Hakon. Skalk me dijo que el príncipe frecuentaba este sitio, sobre todo a primera hora de la mañana, antes de que la taberna se abriera al público».

Vio sus pantalones en la oscuridad y se los puso muy despacio. Se levantó del colchón y se golpeó la cabeza con una viga. Maldijo y estuvo a punto de ponerse a llorar por sumar otro dolor a los que ya lo asolaban.

—Chis. Estoy durmiendo —murmuró Vilja.

Guðvarr le lanzó una mirada fulminante, aunque no tenía claro dónde estaba su cara, oculta bajo una maraña de rizos rojos. Su pálido hombro sobresalía de la manta de lana.

—Puedes quedarte si quieres —dijo estirándose y dando palmadas al jergón. Sacó una pierna desnuda de debajo de la manta y le dio unos toquecitos en el pantalón con los dedos del pie—. Te haré un descuento.

—Antes tengo que mear —masculló Guðvarr, que tenía la vejiga a punto de reventar. Se le pegó la lengua al paladar.

«Y tengo que encontrar a Hakon. Y sacarme esta criatura putrefacta de la boca. A lo mejor un trago ayuda».

Encontró los zapatos finos de cuero y la túnica y se vistió, aunque tardó un rato. Luego buscó su cinturón de armas. Lo encontró tirado en un rincón, con la espada semienterrada en la paja. Se colgó el cinturón del hombro y caminó con pasos tambaleantes hacia la puerta que se abría a una escalera de caracol. Bajó y apareció en una pequeña habitación donde se apilaban cajas y barriles de cerveza, hidromiel y comida. La puerta que daba al patio estaba a su derecha, y la luz del día lo cegó momentáneamente. Era temprano y en las calles de Darl reinaba el silencio, solo roto por el murmullo del agua que fluía lentamente en el canal que había detrás de la taberna. Fue hasta la letrina, un simple cobertizo con un balde grande, y gruñó mientras vaciaba la vejiga.

—Mucho mejor —masculló para sí. «Ahora puedo pensar con claridad. Voy a tomarme un vaso de cerveza para sacarme este sabor a podrido de la boca y echaré un vistazo a ver si hay algún rastro de Hakon. Si no, supongo que puedo volver arriba con Vilja. —Rio para sus adentros—. Ay, qué vida más dura».

Cuando regresó al interior de la taberna oyó un ruido de sillas arrastradas por el suelo y una voz a su derecha, procedente de la puerta abierta que daba a la sala principal. Reconoció la voz.

«¡Hakon!».

Se detuvo y aguzó el oído.

—Rog, sírvenos cerveza a mi amigo y a mí, y lo que tengas por ahí para comer.

—La cerveza nunca falta, mi señor —dijo otra voz, ajada y áspera—. Pero la comida es otra cosa. ¿Teníais pensado algo en concreto?

—Huevos, tortitas de avena, panceta. Anoche celebré mi victoria en los escudos, y después de una noche de borrachera no hay nada mejor que unos huevos con panceta, ¿no estás de acuerdo?

Guðvarr dio un sigiloso paso hacia la puerta abierta y echó un vistazo. El príncipe Hakon estaba en una mesa cercana a Guðvarr, al fondo de la taberna. Llevaba el pelo negro recogido a la altura de la nuca con un cordón de cuero. Junto a él había otra figura que llevaba puesta una capa oscura y manchada, con la cabeza oculta bajo la capucha. En otra mesa, junto al fuego crepitante, una drengr de espaldas se sentaba en el rincón, de manera que veía la entrada de la taberna y el resto de la sala. Un anciano detrás de la barra estaba sirviendo cerveza de una jarra en dos vasos de madera. Tenía un mugriento vendaje en la cabeza, el cabello cano y ralo y la barba descuidada.

—Estoy seguro de que detrás tengo huevos y jamón —dijo Rog, el tabernero, mientras llenaba otro vaso.

—Llevo días esperándote —dijo con una voz áspera la figura envuelta en la capa.

—Bueno, he estado fuera, Kalv —se excusó el príncipe Hakon—. No pude venir antes. Pero ya me tienes aquí. —Miró con severidad al hombre encapuchado—. Te recuerdo que soy un príncipe y que tienes que hablarme con el respeto debido.

—El respeto se gana —gruñó Kalv.

Hakon se lo quedó mirando desconcertado.

—Y yo me lo he ganado. De lo contrario, Drekr no te habría enviado.

Kalv refunfuñó y se revolvió en la silla. Guðvarr vislumbró unos hombros musculados y un torso fornido debajo de la capa.

—Drekr dijo que me demostrarías tu compromiso. Dijo que me debías dar una prueba de él antes de transmitirte su mensaje.

—Ah, ¿eso dijo? Bueno, me ofende tu falta de confianza, y la suya. Sin embargo… —Hakon tamborileó con los dedos en la mesa. Se echó hacia delante, se llevó una mano a la nuca y se levantó el pelo.

Kalv se inclinó hacia él y Guðvarr entrecerró los ojos para ver mejor. Daba la impresión de que Hakon se hubiera afeitado una franja de la cabeza y solo hiciera unos días que le había vuelto a crecer el pelo. Había una sombra debajo de la piel, como los sinuosos tatuajes que había visto en los úlfhéðnar de la reina Helka.

«¿Hakon tiene un tatuaje? ¿Drekr?». Ese nombre hizo brotar un recuerdo lejano en el cerebro de Guðvarr, pero los troles seguían aporreando su cabeza con demasiada insistencia como para concentrarse en él.

El príncipe Hakon se inclinó hacia Kalv y le habló en voz baja, pero, gracias a su proximidad, Guðvarr pudo oír lo que decía.

—Así que tienes un mensaje para mí, ¿eh? ¿Qué cuenta Drekr?

Kalv se descubrió la cabeza. Era rubio, con el pelo recogido en una tirante trenza, y en la barba corta se distinguían algunas vetas canas. Tenía unos ojos pequeños y estrechos, como si nunca los abriera del todo. Su mandíbula era ancha y sus facciones angulosas, y su tez parecía cubierta de inscripciones rúnicas. Guðvarr atisbó el brillo de una cota de malla debajo de la capa.

—Drekr dice que el trabajo está hecho. Se acerca el día. Dice que te asegures de que estás preparado.

Hakon se puso tenso y Guðvarr oyó que resoplaba con los dientes apretados.

—Vaya, eso está muy bien —dijo Hakon, y se pasó una mano por el pelo. Se puso pálido y sacudió la cabeza—. Entonces, ¿está libre?

—Ajá. El mundo ha cambiado, aunque todavía son pocos los que se han dado cuenta —respondió Kalv.

— Se acerca el día—repitió Hakon—. ¿Cuándo?

Kalv se acercó un poco más al príncipe y le susurró algo en el oído.

El tabernero puso dos vasos de cerveza en una bandeja, salió de detrás de la barra y enfiló cojeando hacia Hakon y su compañero.

«Va a venir aquí a buscar la comida», pensó Guðvarr con un repentino ataque de pánico. Dio un paso en dirección a la escalera de caracol, pero se lo pensó mejor, respiró hondo y cruzó la puerta de la taberna golpeándose en el marco.

Las sillas chirriaron cuando todos se volvieron hacia él y, antes de que pudiera dar otro paso, Guðvarr se encontró con la punta de una espada en el cuello. La drengr de Hakon lo miraba con sus ojos fríos e implacables. Se había levantado de la silla, desenfundado la espada y recorrido media docena de pasos en un abrir y cerrar de ojos.

—¿Señor? —dijo la drengr, y Guðvarr sabía demasiado bien qué estaba preguntando.

—Príncipe Hakon —dijo Guðvarr intentando disimular el miedo que hacía que sus pelotas se encogieran hasta parecer dos guisantes y le temblara la voz—. Os felicito por vuestra victoria de anoche. Fuisteis una inspiración para mí.

Hakon frunció el ceño, pero entonces reconoció a Guðvarr.

—Tú eres el que tiró a Estrid a la paja —dijo sonriendo.

—Es un dudoso honor, pero sí. También os entregué esa capa.

—Ah, sí —dijo Hakon tocándose la capa que le envolvía los hombros. Entrecerró los ojos—. ¿Qué haces aquí?

—Estaba follándome a Vilja en el henil. —Guðvarr se rascó la cabeza—. O eso creo. Anoche bebí demasiada cerveza e hidromiel y mis recuerdos están un poco borrosos. —Hizo un esfuerzo para no prestar atención a la punta de la espada detenida a un dedo de su garganta.

—¡Ja, sé lo que es eso! —exclamó Hakon, y sonrió—. Follando, ¿eh? Bueno, me alegro por ti. Pero ¿qué haces aquí? —preguntó Hakon señalando el salón de la taberna—. Acaba de amanecer y la taberna ni siquiera está abierta aún.

—Solo he salido a vaciar la vejiga, y en la boca tengo el mismo sabor que si una comadreja se hubiera metido en ella para morir —respondió Guðvarr—. Esperaba que un vaso de la cerveza de Rog me ayudaría a sacarme el mal sabor de las encías. —Se volvió hacia el tabernero, que lo miraba fijamente.

—Sírvele un trago a este hombre, Rog —dijo el príncipe Hakon—. Y tú, Gudrun, baja la espada —ordenó.

La drengr dedicó una última mirada gélida a Guðvarr antes de bajar la espada, enfundarla y retroceder, aunque Guðvarr reparó en que no volvía a sentarse.

—Un vaso de cerveza —murmuró Rog volviendo al otro lado de la barra. Llenó un vaso y regresó con él.

—Gracias —dijo Guðvarr.

—Lo apuntaré en la cuenta —mascculló Rog de camino al almacén.

«¿Cuenta? ¡No sabía que tenía una cuenta!».

—Guðvarr, ven a sentarte —dijo el príncipe Hakon señalando con la cabeza una silla vacía a su mesa—. Bebe conmigo.

—No quisiera… interrumpir —dijo Guðvarr desviando la mirada hacia Kalv.

—No interrumpes nada, solo nos hemos encontrado por casualidad, ¿eh, Kalv? —dijo el príncipe Hakon sonriendo, aunque por la mirada asesina de Kalv, Guðvarr tuvo la clara impresión de que Kalv no estaba de acuerdo.

—Bueno, en ese caso, gracias —repuso Guðvarr, y se sentó en la silla libre.

Rog regresó del almacén cargado con una caja y se dirigió al fuego, donde se puso a cortar tiras de jamón y a cascar huevos. Lo colocó todo sobre una plancha de hierro suspendida sobre las llamas y a Guðvarr le rugieron las tripas al olor de la grasa cocinándose.

—Corriste bien anoche —le felicitó Hakon levantando su vaso hacia él.

—No tanto como vos, príncipe Hakon —dijo Guðvarr chocando su vaso de cerveza con el del príncipe y bebiendo. Se enjuagó la boca con la cerveza antes de tragársela y chasqueó los labios. Le supo sorprendentemente bien.

—Ah, no hay nada como la cola del lobo, ¿eh? —comentó el príncipe Hakon. Miró detenidamente a Guðvarr—. ¿De dónde eres, Guðvarr? ¿Qué haces en Darl?

—Mi tía es la jarl Sigrún, del distrito de Fellur.

—Ah —dijo Hakon—, la de la… —Deslizó un dedo por la cara trazando la cicatriz que Orka le había dejado a Sigrún.

—Sí. Se vengará. Yo me encargaré de que así sea. —Guðvarr últimamente se sentía más valiente cuando pensaba en Orka y en Grimholt.

Hakon frunció el ceño.

—¿Eres amigo de Skalk, el galdramaðr?

—¿De ese niðing? ¡No! —espetó Guðvarr sin necesidad de fingir.

—Ese niðing es el consejero de mi madre —repuso el príncipe Hakon con el semblante serio.

—Os ruego que me disculpéis. No era mi intención ofenderos —balbuceó Guðvarr.

Hakon mantuvo el gesto severo durante unos interminables segundos y luego sonrió.

—Es un niðing —dijo. Se le borró la sonrisa de los labios—. Es que recuerdo la primera vez que te vi. Acompañabas a Skalk cargado con la garra de Orna.

El miedo se apoderó de Guðvarr, que se sintió como si le estrujaran el estómago.

—Perseguía a la mujer que dejó la cicatriz a mi jarl —soltó Guðvarr—, y su rastro me llevó al norte, donde mi camino se cruzó con el de Skalk. —Se encogió de hombros intentando actuar como si no tuviera importancia—. Él se puso al mando de mi grupo y, en contra de mis deseos, nos ordenó que lo escoltáramos en el viaje de regreso a Darl. Es un cerdo arrogante.

Hakon se recostó en la silla y mantuvo la mirada fija en Guðvarr como evaluándolo. A su lado, Kalv se movió y Guðvarr vio que apoyaba distraídamente la mano en la empuñadura del seax que tenía en el regazo.

«Debería haber vuelto arriba y haberme follado a Vilja», pensó Guðvarr. Notó que le caían los mocos por la nariz y se la limpió.

—Estoy de acuerdo, es un cerdo arrogante —dijo Hakon rompiendo el silencio, y bebió otro sorbo de cerveza—. Pienso, Guðvarr, que tú y yo podríamos ser amigos.

—Eso... sería un honor, mi príncipe —dijo Guðvarr, intentando evitar que su voz trasluciera el alivio y el miedo que lo embargaban.

Rog apareció y depositó en la mesa unos tajaderos con comida humeante, huevos y jamón a la plancha, tortitas de avena, skyr, un tarro de miel y varios cuencos y platos de madera. También puso uno delante de Guðvarr.

—Invito yo, come conmigo, Guðvarr —dijo el príncipe Hakon.

No se lo tuvo que pedir dos veces. Se llenó el plato con jamón y huevos, sacó el cuchillo de comer del cinturón y devoró con avidez.

«Podría acostumbrarme a esto. Y creo que el príncipe Hakon y yo podríamos ser amigos. Por primera vez siento que estoy en compañía de iguales, que este es mi sitio. He nacido para ser amigo de príncipes. —Tuvo que reprimir la sonrisa que se le había empezado a dibujar en los labios—. Tengo que encontrar la manera de librarme de Skalk y asegurarme de que Hakon nunca se entere de mi relación con el galdramaðr. Se necesita astucia, como ha dicho mi tía. Tengo un don especial para ella, así que no debería ser demasiado difícil».

Llamaron a la puerta de la taberna y Rog fue renqueando hasta ella. Levantó el pestillo y la abrió una fracción. Guðvarr atisbó unas figuras oscuras y oyó unos murmullos, pero no les dio importancia, pues estaba demasiado ocupado metiéndose una loncha de jamón en la boca.

Rog retrocedió y abrió la puerta del todo.

Entraron dos hombres, ambos envueltos en capas y encapuchados. Guðvarr vislumbró una barba blanca debajo de la capucha del que iba delante. El otro era alto y muy delgado.

—Más amigos vuestros, príncipe Hakon —dijo Rog, y los dos hombres se descubrieron la cabeza.

Guðvarr se los quedó mirando con la boca abierta llena de comida.

Eran Skapti y Hrolf, de Grimholt.

CAPÍTULO CUARENTA Y SIETE

VARG

Varg se encorvó sobre la borda del *Lobo del mar* y vomitó al oscuro mar verde, pero una racha de viento le lanzó contra la cara buena parte de lo devuelto. Percibió el sabor de los arenques curados, los guisantes y el skyr y volvió a vomitar para regocijo de Svik y Røkia.

«Voy a morir», pensó colgando de la parte superior de la borda como un náufrago. La cubierta se elevó y se balanceó con la acometida de otra ola y Varg se sintió como si estuviera en el lomo de una bestia que corcoveara enloquecida. Lanzó una mirada por encima del hombro y vio que Svik y Røkia lo observaban. Ella, sentada en su baúl de remo, lo miraba como si estuviera viendo a un idiota integral, mientras que Svik se partía de risa y le corrían lagrimones por las mejillas.

Llevaban dos días en el mar, y casi desde el mismo momento que perdieron de vista la costa y empezó a soplar el viento frío del este no había parado de vaciar el estómago por la borda del drakkar.

—Voy a morir —mascculló hacia Røkia y Svik con un grueso hilo de saliva colgando de la barbilla.

—¡No digas tonterías! —espetó Røkia.

Svik se plegó por la mitad con las manos en las rodillas mientras seguía llorando de la risa.

—¿Cuándo acabará? —resolló Varg con un tono casi suplicante.

—Pronto —respondió Røkia.

—Eso dijiste ayer.

Røkia se encogió de hombros.

—La mayoría son más fuertes que tú, todo sea dicho.

Varg sintió que se le revolvía el estómago y un nuevo espasmo se apoderó de él. Le sobrevino un acceso de arcadas y escupió bilis y guisantes a medio digerir. Le ardía la garganta. Se limpió las babas y miró de nuevo a Svik.

—Me aconsejaste que desayunara algo —le recriminó—. «Te sentirás mejor», dijiste.

—Eso pensaba —masculló Svik. Se puso derecho y apoyó las manos en los costados—. Voy a dar un paseo, porque creo que, si no, me moriré de la risa.

—Caraculo —murmuró Varg mientras Svik se alejaba riendo.

Glornir estaba bramando órdenes y el grueso de los Hermanos de Sangre bregaban con los cabos para mantener hinchada la vela mientras el barco daba bordadas a través del fuerte viento del sudeste. Durante el último medio día habían surcado en zigzag el mar abierto, como el camino de ascenso a una montaña, pero era eso o remar con viento de proa. Varg habría preferido esto último que vaciar el estómago por la borda.

—Aunque tú no seas capaz de detener esta tontería, deberíamos llegar a tierra mañana —dijo Røkia—, así que eso debería ponerle fin.

—¡Otro día!

—Tal vez un día y medio.

Varg lloró por dentro. Volvieron las arcadas, los espasmos y vertió por enésima vez el contenido de su estómago al espumoso mar. Al cabo de un rato se volvió hacia Røkia, que seguía observándolo sentada en el baúl. Tuvo la sensación de que su estómago se apaciguaba un momento, como la calma entre dos olas.

—Por lo menos mi dolor ha servido para que Svik recupere su buen humor.

Røkia arqueó una ceja.

—Así que te has dado cuenta.

—Ajá. Desde Grimholt ha estado… muy callado. ¿Sabes por qué?

—Te diría que se lo preguntaras tú mismo —respondió Røkia mirando a la espalda que se alejaba de Svik—. Pero nunca te lo dirá. —Se levantó del baúl y se acercó a Varg, se apoyó en la borda y contempló el infinito y ondulado mar—. Es por Orka.

—¿La Machacacráneos?

—Ajá, la Machacacráneos. Svik podría contarte muchas historias sobre cómo acabó en los Hermanos de Sangre. Te dirá que salvó a Glornir de un clan de troles, que entró en el campamento de los Hermanos de Sangre conduciendo un carro tirado por una docena de skraeling, que huía de un enjambre de hyrndur... —Se le dibujó una tímida sonrisa en los labios—. Es una buena historia, pero no es la verdad. Ninguna de ellas lo es.

—¿Y cuál es la verdad? —preguntó Varg con la voz enronquecida por los continuos vómitos.

—Orka lo encontró escondido en unos arbustos, muerto de frío y llorando, con el cuerpo cubierto de las sangrientas marcas del látigo. Era un thrall fugitivo, como tú. —Se encogió de hombros—. Contaba diez inviernos. Intentó morder la mano de Orka cuando lo agarró para levantarlo del suelo. La bestia que corre por su sangre estaba frenética.

Varg escuchaba pasmado.

—Orka lo adoptó —continuó Røkia—. Bueno, los Hermanos de Sangre lo adoptamos, pero Orka era la jefa y fue la que tomó la decisión. Ella lo entrenó, le enseñó a ser una persona de nuevo. Le ayudó a recuperar su orgullo y su dignidad. Así que cuando Orka murió fue un golpe muy duro para Svik. O cuando pensó que había muerto. Ocurrió durante una batalla a bordo del *Lobo del mar*. Nos asediaron tres barcos mientras salíamos de una bahía. La lucha fue dura y larga. Y cuando acabó, Orka había desaparecido. También Thorkel, su marido y hermano de Glornir. Los buscamos. Inspeccionamos las playas por si la marea había arrastrado a alguno de ellos hasta la costa. Exploramos el fondo del mar. —Miró a Varg—. Cuando luchas con la cota de malla puesta y te caes al agua, estás muerto. Pesa demasiado y te arrastra hasta tu tumba. Svik encontró a otros guerreros, pero no a Orka ni a Thorkel. Pensamos que las corrientes se los habrían llevado lejos. —Se encogió de hombros—. Fue un día triste para los Hermanos de Sangre, y sobre todo para Svik. La quería como a una madre. Todos sentíamos lo mismo por Orka.

Røkia se quedó callada, con la mirada perdida, mientras desenterraba esos recuerdos. Varg quería saber más, pero mantuvo la boca cerrada porque sabía que Røkia solo hablaría si quería hacerlo; él no la haría cambiar de opinión por mucho que le insistiera. Finalmente, Røkia continuó:

—Así que encontrarnos a Machacacráneos en Grimholt supuso una conmoción, para qué negarlo. Y seguro que Svik no para de preguntarse por qué nos abandonó. Nos había hecho un juramento a todos, como nosotros le hicimos a ella: permanecer juntos hasta la muerte. —Røkia volvió a encogerse de hombros—. La vida está llena de decepciones. Pero supongo que para Svik, bueno, descubrir que está viva ha sido como si se abrieran los puntos de una herida.

—Lo entiendo —repuso Varg.

—Svik debería seguir mi ejemplo —añadió Røkia—. Tendría que hacer de su corazón una piedra.

—Entiendo que eso ayuda a evitar el dolor de la traición, sin duda, pero también impide sentir la alegría de la amistad y del amor —murmuró Varg.

Røkia lo miró con una ceja enarcada.

—¿Esperas que confíe en la sabiduría de un hombre llamado Insensato?

Varg quiso añadir algo, pero un nuevo espasmo en el estómago lo obligó a encorvarse sobre la borda justo cuando el *Lobo del mar* volvía a elevarse sobre una ola enorme y luego caía en picado escindiéndola. Notó que le tocaban la cara y, cuando levantó la cabeza, vio a su lado a una niña, Refna, con un trapo y un cuerno de beber en las manos. Le limpió la barbilla con el trapo y le ofreció el cuerno.

—Agua fresca, para que te limpies la boca —dijo la niña.

Varg bebió un sorbo, se enjuagó la boca y escupió el agua. Le habría gustado tragársela, pero los espasmos del estómago le advertían de que era mejor que no lo hiciera.

—Gracias, Manos Fuertes —dijo. A la niña se le había quedado el sobrenombre que Glornir le había puesto al sentarse en el banco de remo por primera vez y no perdiera el ritmo de los Hermanos de Sangre mientras remaban para alejarse de Liga. Estaba delgada como una raspa de pescado y daba la impresión de que un golpe de viento la tiraría por la borda, pero era fuerte, puro músculo y cartílago. Sonrió a Varg cuando este le devolvió el cuerno.

—Mi hermano solía decir que con un poco de ayuda se podía llegar muy lejos.

—Tu hermano es muy sabio para su edad —dijo Varg. Frunció el ceño—. ¿Dónde está ahora?

Se borró la sonrisa de Refna de sus labios y una lágrima rodó por su mejilla.

—Murió.

—Ah, siento mucho oír eso —dijo Varg pensando en su propia hermana, Frøya. Recordó cuando Einar Medio Trol dijo que aquellos niños habían perdido a toda su familia—. ¿Tu hermano estaba contigo cuando os raptaron?

—Sí. Mataron a mamá y a papá, y a Kel y a mí nos raptaron.

—¿Qué le pasó al pequeño Kel? —preguntó Røkia acariciando el pelo de Refna.

«¿Es la primera muestra de afecto que le veo hacer a Røkia?».

—Kel… Kel siempre estaba intentando escapar. La última vez fui con él y me caí y me hice daño en el tobillo. Él se quedó. No quería escapar sin mí. Cuando nos encontraron, Brák empujó a Kel contra un carro y le cortó la garganta. Dijo que sería un ejemplo para los demás. —Le temblaban los labios y brotaron más lágrimas en sus ojos.

Røkia miró a Varg, quien miraba fijamente a Refna aferrado a la borda con los nudillos de la mano blancos.

—Ese Brák —masculló—. ¿No le llamaban Matatroles?

—Ajá —dijo Refna. Hizo una mueca. Sus ojos traslucían asco, rabia y terror—. Le odio.

Varg sintió que el mundo se precipitaba debajo de él como las rocas del borde de un barranco y se tambaleó con un repentino ataque de vértigo.

—¿Fue Brák Matatroles el que os separó de vuestros padres? —preguntó Varg.

—Uno de ellos. —Refna sorbió por la nariz—. Él no mandaba. El jefe era Drekr.

Røkia inspiró hondo al oír ese nombre.

—Drekr —repitió Varg—. Ese es el hombre que busca Machacacráneos.

—Ajá —musitó Røkia. Miró a Varg—. Creo que nos volveremos a cruzar con Orka.

Se oyó un ruido de pasos y Sulich se detuvo a su lado, pero no dijo nada, ni siquiera los miró. Estaba oteando el mar. Varg distinguió unas motas doradas en sus ojos.

—¿Qué pasa? —le preguntó Røkia.

—Allí —dijo Sulich sin despegar los ojos del mar. Røkia siguió su mirada.

—¿El qué? ¿Dónde? —dijo Varg.

—Allí —respondió Røkia señalando al sur, hacia la línea del horizonte.

Varg entrecerró los ojos para protegerlos de los reflejos del sol en las olas espumosas y entonces lo vio. En los límites de su visión, en el horizonte que parecía el borde del mundo, aparecieron dos pequeños puntos de color, que fueron creciendo a medida que Varg los miraba, como si fueran árboles o colinas que emergían del mar.

—¿Es… tierra? —preguntó casi sin atreverse a hacerse ilusiones.

—¡JEFE! —gritó Røkia.

Glornir le pasó la caña del timón a Æsa y se acercó con largas zancadas.

—¿Qué pasa?

Røkia señaló con el dedo y Glornir entornó los ojos. Casi de inmediato frunció el ceño.

—¡A LAS ARMAS! —bramó.

Entonces Varg comprendió que lo que estaba viendo no era tierra, sino velas.

CAPÍTULO CUARENTA Y OCHO

GUÐVARR

Guðvarr se quedó mirando a Skapti y a Hrolf sentado a la mesa de la taberna.

«Soy hombre muerto».

—Mi príncipe, qué alegría más grande veros otra vez. Skalk está tramando oscuras acciones —dijo Skapti. Pero entonces su mirada se posó en Guðvarr y entrecerró los ojos.

«No hay manera de salir de esta con palabras».

Guðvarr se puso en pie de un brinco, volcó la mesa encima del príncipe Hakon y arrojó el vaso de cerveza a la cara de Kalv. Hakon chilló cuando la comida caliente cayó en su regazo y la mesa lo aplastó. Kalv escupió cerveza y masculló una maldición al mismo tiempo que se levantaba y desenfundaba el seax. Guðvarr advirtió movimiento a su derecha, la drengr de Hakon, pero él ya estaba retrocediendo, dio media vuelta y salió como un rayo hacia la puerta del almacén. Al cruzarla, se golpeó el hombro con el marco y, desequilibrado, se estampó contra una pila de barriles y cajas. Sin embargo, se rehízo y tiró abajo la montaña de barriles antes de seguir corriendo, justo cuando la dreng aparecía en el hueco de la puerta. Uno de los barriles derribados golpeó en las espinillas a la guerrera, que se fue al suelo imprecando mientras Guðvarr pasaba por la puerta del fondo y salía al patio trasero de El drengr muerto. Cruzó el patio a la carrera, pasó junto al cobertizo de la letrina y atravesó con el cuerpo una puerta de madera podrida, lo que provocó una lluvia de astillas. Guðvarr continuó corriendo a trompicones y echó un vistazo atrás. Kalv salía en ese momento por la puerta trasera de la taberna con la drengr pisándole los talones. El terror le hacía correr más rápido y devolvió la vista al frente, pero entonces lanzó un chillido con sus pies deslizándose por el suelo y se detuvo tambaleándose en el borde de un canal, moviendo los brazos como si fueran aspas de molino.

«Detrás de mí y a ambos lados me espera la muerte. Solo hay una opción cuando no quedan opciones».

Saltó al canal con una explosión de agua y se sumergió. Debajo de la superficie el agua era oscura, estaba grasienta y flotaban cosas en las que Guðvarr prefería no pensar, aunque el hedor le daba una idea aproximada de lo que eran. Se impulsó con los brazos y las piernas, pero se le había enredado en el cuerpo el cinturón de armas y le agarraba uno de los brazos. Forcejeó con él hasta que consiguió liberar el brazo y buceó en la que esperaba que fuera la dirección correcta (es decir, lejos de Kalv y sus perseguidores) durante treinta o cuarenta latidos de su corazón. Cuando tenía los pulmones a punto de estallar, salió a la superficie salpicando a su alrededor, jadeando y escupiendo desechos y porquería. Comprobó que estaba cerca de la otra orilla y se volvió para mirar a Kalv, Skapti y la drengr. Estos también lo vieron y lo señalaron. Guðvarr volvió a darse la vuelta y nadó hacia la orilla, trepó a través de los juncos y el lodo y se dejó caer en la ribera del canal. Se dio la vuelta y permaneció tendido resollando en el suelo unos segundos. Cuando recuperó el aliento se puso en pie y sonrió al ver que Kalv, Skapti y la drengr seguían en la otra orilla.

«¡Ja! ¿Veis? Soy un hombre que hace lo que haga falta para sobrevivir. No queréis mojaros los pies, ¿eh?».

Entonces oyó unos crujidos y unos chapoteos rítmicos y vio un pequeño bote de remos con Hrolf sentado en su interior que se dirigía hacia Kalv y los demás. Saltaron todos a la embarcación y levantaron los remos.

Guðvarr dejó escapar un gañido, se dio la vuelta y miró a su alrededor con desesperación. Se dio cuenta de que estaba rodeado por varios graneros y establos; detrás de ellos, se alzaba la imponente fortaleza, con las alas de Orna desplegadas. Más allá se vislumbraba el contorno de la torre galdur.

Echó a correr, consciente de que su única esperanza era Skalk.

Oyó a su espalda el ruido del bote de remos al impactar con la orilla del canal y luego el chapoteo de los pies en el barro. El pánico dio alas a sus pies y recorrió como una exhalación las calles de Darl y sus serpenteantes callejones, atravesó el patio de una curtiduría, donde había pieles extendidas en bastidores listas para desengrasarlas, y continuó corriendo, saltó una valla, tropezó y cayó, pero volvió a levantarse y por fin entró en una calle más ancha, con pasarelas de madera tendidas en el suelo, y torció a la derecha para seguir ascendiendo por la colina.

«A lo mejor les he dado esquinazo», pensó esperanzado. Echó un vistazo atrás al doblar una esquina y vio a Kalv, con Hrolf solo un par de zancadas por detrás de él. Apenas veinte pasos los separaban de Guðvarr, que no pudo reprimir un grito e hizo acopio de todas sus fuerzas para correr más rápido.

Cada vez que respiraba le ardían los pulmones y sentía las piernas como si fueran de plomo, pero no se detuvo, pues sabía que, si reducía la velocidad o se paraba, probablemente acabaría muerto.

Vio la alta muralla de la fortaleza delante de él y enfiló por un camino que la rodeaba.

«Tengo que llegar a Skalk. Tengo que llegar a Skalk».

El dolor de cabeza se había vuelto insoportable y sentía náuseas. La bilis caliente le quemaba la garganta e hizo arcadas y la escupió. Giró en una curva y la torre galdur apareció delante de él; en las puertas vio unas figuras.

—¡Auxilio! —jadeó.

Solo cien pasos lo separaban de las puertas, noventa, ochenta. Inspiró hondo a pesar del dolor y abrió la boca para volver a gritar. Pero entonces algo impactó en su espalda y lo lanzó volando por los aires. Se estrelló contra el suelo, el impacto le vació los pulmones de golpe y rodó por el suelo como un muñeco hasta que se estampó contra la rueda de un carro.

—Ya eres mío, maldita comadreja —gruñó una voz.

Guðvarr sintió que lo agarraban del tobillo, levantó la cabeza y vislumbró la barba rubia y los ojos pequeños y oscuros de Kalv. Se revolvió y le propinó una patada en la cara, vio brotar la sangre y la mano que le aferraba el tobillo se aflojó. Luego se puso en pie apoyándose en el carro y vio que estaba rodeado por un grupo de mirones. Kalv se levantó trabajosamente, con la nariz y la barba ensangrentadas. Detrás de él apareció Hrolf.

—¡Auxilio! —suplicó Guðvarr.

—¿Qué sucede aquí? —le preguntó un hombre acercándose a él y poniéndole una mano en el hombro. Tenía la barba negra y vestía la indumentaria de pieles y cuero típica de un trampero.

—Tú no te metas —gruñó Kalv.

Guðvarr agarró al trampero, lo lanzó contra Kalv y echó a correr a trompicones. Oyó un alarido y echó un vistazo atrás. Kalv se quitaba de encima el cuerpo y tenía el seax rojo.

—¡AUXILIO! —gritó Guðvarr, y vio que los centinelas apostados en las puertas de la torre galdur miraban en su dirección. Algo le golpeó la cabeza y cayó desplomado, con los ojos haciéndole chiribitas. Se quedó tirado en el suelo, mirando con los ojos entrecerrados los huesos de las alas de la diosa Orna extendidas y el pálido cielo azul atravesado por nubes ajironadas. La cara de Hrolf apareció encima de él y vio que se agachaba para recoger un destral con el contrafilo de hierro pringado de sangre.

—Has tenido suerte. No se me da bien arrojar el hacha —dijo Hrolf ceñudo, blandiendo el arma.

—Acaba el trabajo —graznó una voz.

Hrolf levantó el hacha y Guðvarr se tapó la cara con las manos.

Se oyó un golpe seco y un alarido y una sustancia pegajosa roció las manos de Guðvarr, que separó un poco los dedos para mirar a través de ellos y vio que Hrolf ya no estaba allí. Luego giró el cuerpo y se encontró cara a cara con Hrolf, en cuyos ojos no había vida. Rápidamente se puso de rodillas y vio que Hrolf estaba tendido bocarriba, atravesado por una lanza. La sangre que manaba de la herida se esparcía por el suelo. Kalv estaba a unos pasos de allí, con el gesto ceñudo y los ojos fijos en un punto detrás de Guðvarr.

Se oyeron voces y el ruido de pasos a su espalda cuando los guardias corrieron desde las puertas de la torre. Skalk apareció detrás de ellos, caminando con su nuevo báculo en la mano.

Kalv miró a Guðvarr y luego a Skalk, y Guðvarr notó que cambiaba algo en él. Primero sus ojos se pusieron más oscuros, los iris y las pupilas cambiaron, como si se hubiera derramado tinta negra sobre ellos, y luego sus hombros y su cuello parecieron expandirse e hincharse. Finalmente sus dientes inferiores se curvaron y, con un rugido bestial, Kalv salió disparado hacia Guðvarr con la cabeza agachada y el seax apuntando a su barriga.

«Es un corrompido». A Guðvarr se le aflojó la vejiga. No podía moverse, estaba paralizado por la impresión y el terror.

—*Bindið hann* —gritó una voz.

Guðvarr vio surgir una llamarada roja y oyó las crepitaciones de un fuego que precedieron la aparición de una red de llamas que envolvió a Kalv. Este gritó y trató de rasgarla con el seax, pero la red se ciñó alrededor de su cuerpo y Kalv finalmente tropezó y cayó al suelo. Se revolvió agitando los brazos y las piernas y rodó con el rostro morado del esfuerzo, con los tendones y las venas hinchados y gruesos como cuerdas. Surgió un olor a carne chamuscada y brotaron unas manchas rojas en el cuerpo de Kalv.

Ocho o diez guardias de la torre galdur formaron un círculo alrededor de Kalv con las lanzas caladas y esperaron la llegada de Skalk.

El galdramaðr observó a Kalv con su único ojo y una mueca feroz en los labios. Ya no llevaba el vendaje y unas cicatrices rojas le estriaban el rostro y la cabeza, en la que se observaban algunas calvas donde el pelo ya nunca le crecería.

—Cuanto más forcejees, más te apretará la red —dijo Skalk—. Así que ya lo ves, eres el único que está empeorando las cosas.

Sin embargo, Guðvarr tenía la impresión de que eso le traía sin cuidado a Kalv, que rugía y chillaba con los ojos desorbitados completamente negros y rechinando los dientes.

«Este hombre odia estar atrapado».

—¿Quién es? —preguntó Skalk mientras Guðvarr se levantaba del suelo tambaleándose; el mundo daba vueltas a su alrededor. Sintió el cosquilleo de la sangre que se deslizaba por su nuca y su cuello cuando bajó la mirada a Kalv. La red irradiaba ráfagas de calor mientras el hombre se revolvía frenéticamente y brotaban ampollas en su piel.

«¡Ja! ¡Es lo que te mereces por lo que me has hecho correr y por haber intentado destriparme!».

—Se llama Kalv —resolló Guðvarr—. Traía un mensaje para el príncipe Hakon, de un hombre llamado… Drekr.

La expresión de Skalk cambió y miró a Kalv con más interés y menos desagrado.

Kalv chillaba con la cara apretada contra la red cada vez más tirante.

—Creo… creo que quiere matarse —observó Guðvarr.

—Bueno, pues no podemos permitirlo. —Skalk levantó el bastón y golpeó con él la cabeza de Kalv. El corrompido gruñó y la violencia de su forcejeo disminuyó. Skalk lo golpeó otra vez y Kalv se quedó inmóvil. El siseo de carne quemándose cesó y la red se expandió un poco para no apretarlo—. *Eldur Skökktur* —dijo Skalk, y una gran nube de vapor se formó a su alrededor, como si se hubiera vertido agua sobre la red de fuego.

Cuando el vapor se disipó, Guðvarr vio que lo que envolvía a Kalv era una vulgar red de cuerda.

—Traedlo —ordenó Skalk, y los guardias levantaron a Kalv del suelo. Skalk miró a Guðvarr y olisqueó el aire, y Guðvarr se dio cuenta muy a su pesar de la mancha de orina en sus pantalones—. Sígueme.

CAPÍTULO CUARENTA Y NUEVE

ELVAR

Elvar observó a Orka mientras esta se subía a la silla de montar. Todos los Hermanos de Sangre ya estaban sentados en sus monturas. La luz del sol entraba en el establo por los huecos de las puertas abiertas. Elvar y su grupo se habían quedado a pasar la noche con Orka y su puñado de guerreros y habían estado charlando en voz baja hasta el amanecer.

—Te deseo lo mejor —dijo Elvar. Hizo una pausa mientras decidía si debía transmitir a aquella mujer el mensaje de Ulfrir. Al final se encogió de hombros y se dijo: «¿Qué mal puede hacer? Ninguno. Pero sucedió algo… inquietante entre ellos cuando estuvieron juntos».—. Y tengo un mensaje para ti, de Ulfrir.

Orka se la quedó mirando en silencio, con una expresión seria y fría en sus ojos verdes grisáceos.

—Me ha pedido que te desee una buena cacería, y que te diga que volveréis a veros.

—Hum —gruñó Orka.

—Y yo tengo un mensaje para ti —terció Sighvat volviéndose hacia la guerrera pelirroja de los Hermanos de Sangre, Halja Nariz Chata.

Halja miró a Sighvat con la boca fruncida.

—Si alguna vez necesitas un buen polvo, búscame.

El joven que estaba sentado en su caballo con los Hermanos de Sangre le clavó una mirada escandalizada.

—Sería una vieja canosa antes de que encontraras tu serpiente debajo de esa barriga —dijo Halja esbozando una sonrisita—. Y de todas maneras, para entonces ya habrías olvidado lo que se hace con ella.

Los Hermanos de Sangre y los Terrores de la Batalla estallaron en carcajadas. Incluso Sighvat rio entre dientes.

Orka tiró de las riendas para hacer girar su caballo.

—Sæunn, ¿estás preparada?

—Sí, ama Orka —respondió la thrall hundur desde la entrada del establo.

—Entonces, guíanos —pidió Orka.

—No olvides tu parte del trato —le recordó Elvar mientras Sæunn aspiraba el olor de los dos trapos manchados de sangre que tenía en las manos y cerraba los ojos.

—Los Hermanos de Sangre oirán tu oferta —prometió Orka—. Si eligen aceptarla o no, eso ya es asunto suyo.

—Me parece bien —repuso Elvar.

Sæunn se puso en movimiento con paso firme. Orka espoleó a su caballo y salió del establo detrás de la hundur. Los demás la siguieron con los escudos terciados a la espalda y acompañados por el tintineo de las armas. Cada uno llevaba de las riendas otro caballo cargado con sacos y barriles. Atravesaron el patio de la taberna, salieron a las calles de Starl y desaparecieron envueltos en una nube de polvo.

—Ay, voy a echarlos de menos —dijo Sighvat acercándose a Elvar.

—¿En serio? —preguntó con el ceño fruncido Elvar.

Sighvat se encogió de hombros.

—Tengo un presentimiento con ellos. No me importaría tenerlos a nuestro lado en un muro de escudos.

—Ajá, o a una de ellaz tumbada debajo de unaz pielez, zeguro —terció Sólín.

—Las buenas mujeres escasean y es raro encontrar una —replicó Sighvat, y se agachó para esquivar el puñetazo de Sólín.

—Vamos —dijo Elvar saliendo del establo y atravesando el patio—. Tenemos que volver al *Jarl de las olas*.

Elvar enfiló por el muelle donde estaba amarrado el *Jarl de las olas* y vio que estaban descargándose las provisiones de un carro en el drakkar.

«Mi drakkar». Aún no se había acostumbrado a pensar en sí misma como la líder de los Terrores de la Batalla, pero cada vez se sentía más cómoda con la responsabilidad, como si fuera una cota de malla nueva. Grend estaba a su lado como su sombra.

—¿Estás bien? —le preguntó Elvar.

—Hum —gruñó el veterano guerrero.

—Te noto diferente. Tenso. Desde el encuentro con Orka y su banda.

Grend se encogió de hombros y unas vibraciones recorrieron su cota de malla.

—Es una mujer… peligrosa. Rezuma por todos los poros de su piel.

—¿El qué?

—El olor de la muerte —respondió Grend.

—¡Ja! ¿Y lo dices tú? El hombre que ha matado a más enemigos que las muescas que se pueden hacer en un palo de cuentas. El mismo que ha visto emerger a Lik-Rifa de las profundidades de Oskutreð y ha navegado con el dios lobo Ulfrir.

—Ulfrir es tu thrall y Lik-Rifa se fue volando, así que no corres riesgo.

—Ah, así que todo esto tiene que ver con mi seguridad, ¿eh? ¿No crees que estás siendo un poco sobreprotector?

El asomo de una sonrisa apareció en los labios de Grend.

—Es posible —reconoció.

—Pues vamos, leal protector —dijo Elvar—, protégeme mientras subo por esa rampa.

Elvar echó a correr por la rampa y saltó a la cubierta del *Jarl de las olas*. Grend la siguió con su habitual gesto ceñudo.

—¡Preparaos! —gritó—. Sighvat, hazte cargo del timón.

—Sí, jefa —dijo Sighvat, y se dirigió a la popa de la embarcación.

Ya se habían estibado todas las provisiones que había encargado comprar a Uspa en los mercados de Starl y los Terrores de la Batalla estaban abstraídos en sus equipos y sus baúles de remo. Algunos incluso ya estaban sentados con el remo en las manos. Elvar fue hasta la proa, desde donde Uspa, Ulfrir y Skuld contemplaban el lago Horndal.

—Uspa, has hecho un buen trabajo con las compras.

—Es más fácil que abastecer una casa comunal y llevar una granja —murmuró la bruja seiðr sin desviar la mirada del lago.

—¿Tenías una granja? —Por alguna razón, a Elvar le costaba imaginarse a Uspa llevando una vida tan aburrida y monótona.

—Ajá —dijo Uspa casi con nostalgia—. Una vez. Ahora parece que fue hace mucho tiempo.

—Estamos preparándonos para zarpar —dijo Elvar dirigiéndose a todos—. Deberíais volver a vuestros sitios en la popa.

Skuld desvió la mirada del lago para clavarla en Elvar.

«Aún no se ha acostumbrado a que le digan lo que tiene que hacer. No sé por qué, pero creo que nunca se acostumbrará».

—¿Le entregaste mi mensaje? —preguntó Ulfrir, todavía contemplando el lago.

—¿A Orka? Sí. —Elvar asintió—. Pero no me dio ninguna respuesta.

Ulfrir rio.

—No me sorprende —dijo.

—Me gustó esa mujer —terció Skuld.

«A mí también —pensó Elvar—, a pesar de que Grend recela de ella. Tal vez por eso. No me gustaría tenerla como enemiga».

—¿Por qué estáis mirando todos el lago Horndal? —preguntó Elvar, que no entendía por qué los tres observaban con tanta atención la masa de agua. Siguió sus miradas y se dio cuenta de que en realidad no miraban el agua, sino el movimiento que se veía en la orilla. Entornó los ojos y forzó la vista, y entonces distinguió una fila de jinetes que cabalgaban por un camino que discurría entre el borde del lago y las faldas arboladas de las Dorsales—. Orka —musitó.

—Sí, es ella —confirmó Ulfrir.

La reducida columna de jinetes se detuvo y Elvar tuvo el convencimiento de que los estaban mirando. Ulfrir se quedó extraordinariamente quieto, como un lobo antes de saltar sobre una presa, cuando el tiempo se detenía durante un instante letal. Y entonces suspiró y se sacudió.

—Volveremos a verla —afirmó Ulfrir. Dio media vuelta y caminó por la cubierta seguido por Skuld.

Elvar no lo dudaba.

—¡PREPARAOS! —bramó cuando se introdujo en el hueco que había frente a la proa y apoyó una mano en la cabeza de serpiente de la roda—. ¡SOLTAD AMARRAS!

Sólín desató la amarra, la arrojó al barco y saltó desde el muelle a la borda del *Jarl de las olas*. Los remos de estribor se apoyaron en la madera del embarcadero para empujar el drakkar, se hundieron en el agua helada y el *Jarl de las olas* se puso en movimiento, perezosamente al principio, pero fue ganando velocidad y la espuma brotaba mientras el casco escindía el agua. Elvar sonreía con la caricia en la cara del viento frío y los chillidos de las aves en el cielo. Sighvat dirigió el barco hacia la desembocadura del río en la orilla sur del lago.

—El río Hvítá —murmuró Elvar—. Y luego Snakavik.

«Y mi padre».

CAPÍTULO CINCUENTA

ORKA

Orka, a lomos de Trúr, paseó la mirada por el puerto de Darl, que se extendía al otro lado del lago. Permitió que una parte de su lobo interior se filtrara en su sangre e inmediatamente se produjo el cambio en sus sentidos: su vista y su olfato se volvieron más agudos.

Dio con el *Jarl de las olas*. Unas figuras diminutas trajinaban en la cubierta e introducían los remos en las portas. Y en la proa lo vio a él, Ulfrir, con Skuld y Uspa a su lado. Él también la veía. Enseguida supo que Ulfrir estaba observándola como ella a él. Y entonces oyó su voz dentro de su cabeza.

«Estamos en los albores de una nueva era —aulló el dios lobo en su cabeza—. Una era de lobos y espadas, y por los ríos correrá sangre. Recuerda que no soy un sueño que desaparece con el inicio de un nuevo día. Volveremos a vernos, mi feroz hija».

Y entonces se marchó. Y la desesperación y el miedo se apoderaron de Orka por un momento, como si fuera una niñita abandonada.

«Mantente fuera de mi camino, y de mi cabeza», le gruñó Orka, aunque no tenía ni idea de si él podía oírla. El *Jarl de las olas* ya se movía y el aire se llenaba de gotitas centelleantes mientras los remos entraban y salían del agua. Continuó observándolo unos momentos y luego desvió la mirada.

—¿Por qué hemos parado, jefa?

La voz sonó lejana al principio. Orka sacudió la cabeza, hizo retroceder al lobo en su sangre y miró a su alrededor. Lif y los Hermanos de Sangre se habían agrupado detrás de ella. Algunos caballos tenían la cabeza agachada y comían hierba del borde del camino. Sæunn regresó corriendo por el camino, pues había continuado un trecho sin percatarse de que Orka y los demás se habían detenido.

—Para esto —respondió. Se metió dos dedos en la boca y silbó. Luego esperó.

Se oyó un ruido de chapoteo en el agua a su izquierda y el zumbido de un aleteo a su derecha, y Spert y Vesli aparecieron: el primero salió chorreando del lago y subió por la orilla y la segunda llegó revoloteando, con la lanza corta de Breca en la mano.

—El ama Orka dijo que estuviera pendiente del puerto —dijo Spert con un tono de reprimenda. Por su arrugada cara de anciano daba la impresión de que se había tragado una avispa.

—Vesli preocupada —chilló la tennúr—. Vesli pensaba que habíamos perdido tu barco, que te habíamos perdido otra vez.

—Ha habido un cambio de planes —gruñó Orka.

—Myrk nos estaba haciendo seguir un rastro falso —añadió Lif—, así que le hemos dejado pensar que ha escapado y ahora la seguimos.

Vesli sonrió y dejó a la vista sus dos hileras de dientes.

—Una idea astuta —dijo—. A Vesli le gusta.

—Ha sido idea de Orka —apuntó Lif encogiéndose de hombros.

Las antenas de Spert se agitaron, su boca se movió y sus dientes rechinaron.

—¿Qué pasa? —preguntó Orka.

—Nada —murmuró Spert.

Orka miró a Vesli.

—¿Qué ha pasado? —inquirió Orka con el ceño fruncido.

La boca de Vesli se torció, miró fugazmente a Spert y volvió a mirar a Orka.

—Nuestra creadora nos ha llamado —dijo Vesli—. En la oscuridad. Nos ha convocado.

—¿Qué quieres decir? —preguntó Gunnar Proa—. ¿Qué creadora?

—Lik-Rifa —mascculló Spert—. La dragona.

—¿Qué? ¿Cómo? —exclamó Lif.

—No sé cómo lo ha hecho —dijo Spert. Su cuerpo segmentado se contorsionó como si se encogiera de hombros—. Spert simplemente la oyó, en la cabeza de Spert.

—Vesli también —dijo Vesli.

Orka miró a Spert y luego a Vesli. «Igual que yo he oído a Ulfrir. He estado oyéndolo en mis sueños».

—Explicaos.

—Somos vaesen —dijo Vesli—, y Lik-Rifa nos creó, o mejor dicho, creó nuestra especie, a nuestros antepasados. Por la noche, cuando Vesli estaba durmiendo, su voz llegó como una canción. Nos ha llamado, nos ha pedido que acudamos a su lado, nos ha dicho que el mundo ha cambiado y que formaremos parte de grandes y terribles acciones.

Orka se revolvió en la silla de montar. Sonaba inquietantemente parecido a la experiencia que ella acababa de tener con Ulfrir.

—Entonces, ¿por qué estáis aquí todavía? —gruñó Orka—. ¿Por qué no habéis ido? «¿Puedo seguir confiando en ellos ahora que sé que su ama es mi enemiga?».

—Porque Spert hizo un juramento, a la ama Orka. Porque tenemos un pacto.

—Te eximí de él —dijo Orka.

—Ya —espetó Spert—. Pero Spert no estaba de acuerdo. —Parecía enfadado con ella, pero eso no era raro.

Orka miró a Vesli.

—¿Y tú? —preguntó a la vaesen.

—Porque el ama Orka y Breca salvaron a Vesli cuando incluso su propia familia la repudió —dijo Vesli torciendo el gesto. Parecía… dolida—. Ha sido… difícil resistirse a la llamada de Lik-Rifa, pero nuestro juramento, nuestro pacto para encontrar a Breca nos ha dado las fuerzas necesarias para rechazarla.

Orka los miró con el ceño fruncido. Una parte de ella comprendía lo que Spert y Vesli querían decir. Ella había sentido la llamada de Ulfrir y la compulsión automática de acudir a su lado. Lo que le había dado la fuerza para resistirse a esa compulsión había sido la promesa de encontrar a Breca y vengar a Thorkel.

—De acuerdo. —Orka asintió.

—Me alegra saber que aún contamos con vosotros dos —terció Revna—, pero esto me da mala espina.

—¿A qué te refieres? —preguntó Lif.

—A que Lik-Rifa esté llamando a los vaesen. No solo a Spert y a Vesli, sino a todos los vaesen. ¿Qué querrá de ellos?

Se instaló el silencio en el grupo mientras todos rumiaban.

—Guerra —gruñó finalmente Orka.

CAPÍTULO CINCUENTA Y UNO

VARG

Varg miraba fijamente su baúl de remo mientras los Hermanos de Sangre se apresuraban a prepararse en torno a él. Unos se recogían el pelo en una coleta mientras otros se ponían las cotas de malla, se abrochaban los cinturones o cogían las lanzas y los escudos de sus soportes en la borda. Glornir había ordenado que se arriara la vela en cuanto avistó las dos embarcaciones que se acercaban.

—A lo mejor son amigos —había dicho Varg a Røkia.

—Nosotros no tenemos amigos —le respondió Røkia—. Además, estas aguas están infestadas de piratas que atacan los barcos que van a Iskidan o vienen de allí.

—¿Y no podemos dejarlos atrás simplemente? —sugirió Varg.

—No —dijo ella, y le explicó que era imposible dejar atrás aquellos barcos porque ellos tenían el viento de popa, mientras que el *Lobo del mar* lo tenía de proa, y que, para intentarlo, una veintena de Hermanos de Sangre tendrían que ocuparse de los cabos y la vela para dar las bordadas. Arriar la vela y prepararse para el abordaje era mejor opción que ser atacados con los guerreros sin poder soltar las jarcias o corriendo a sus baúles de remo.

Por lo tanto, todos los Hermanos de Sangre estaban preparándose para la batalla, menos Varg. Él estaba paralizado, y en su cabeza solo retumbaba un nombre que lo consumía: Brák Matatroles. Las palabras de Refna reverberaban dentro de su cabeza como el estridente bramido de un cuerno.

—¿Insensato?

Le dieron una palmada en el hombro y Varg levantó la cabeza y vio a Svik a su lado, peinándose la barba enmarañada con un peine de hueso.

—Más te vale espabilar —dijo Svik—, o saltarán por la borda antes de que estés vestido para la ocasión.

—Hum. —Varg asintió.

—¿Estás bien? —le preguntó Svik con cara de preocupación—. No es un buen momento para echar la pota.

—No, ahora me encuentro mejor —balbuceó Varg. «Según parece, no hay nada más eficaz que la inminencia de una lanza atravesándote el estómago para curar el mareo».

—Bien, entonces prepárate. —Svik terminó de hacerse las trenzas de la barba y las ató con un fino cordón de cuero. A continuación abrió su baúl de remo, sacó un fardo envuelto en piel de oveja y desenrolló la cota de malla que había dentro de la piel de oveja, que con su grasa la protegía de la corrosión del mar.

—¿Vas a ponerte la cota de malla? —preguntó Varg—. Røkia me dijo que, si te caías al mar, eras hombre muerto.

—Y tiene razón —dijo Svik sonriendo mientras se embutía en la brynja de anillos de hierro—. Así que procura no caerte por la borda. —Sacudió una última vez el cuerpo y la malla bajó del todo. Hizo rotar los hombros—. Vamos a luchar contra gente con aceros afilados que está loca por agujerearte el cuerpo. —Se encogió de hombros—. Es una cuestión de prioridades. Por supuesto, cada guerrero hace lo que quiere, pero mira a tu alrededor.

Varg miró y vio que todos los Hermanos de Sangre se habían puesto la cota de malla. Incluso Sulich se había abrochado la cota de láminas metálicas que le había regalado. De manera que sacó de su baúl la cota de malla, todavía oscurecida por la grasa.

—Bien hecho. Tal vez el Insensato esté adquiriendo un poco de sensatez —dijo riendo Svik.

Varg se vistió rápidamente, se puso la cota de malla y se abrochó el cinturón de armas. El peso del hacha, el cuchillo de carnicero y el seax sobre las caderas ya no le resultaba extraño, ahora lo consideraba más bien un buen amigo, una presencia tranquilizadora. Se encasquetó el gorro de lana y finalmente sacó el yelmo del baúl y se lo puso en la cabeza, pero la ausencia de una oreja producía una extraña falta de equilibrio. A continuación extendió el alpartaz para cubrirse el cuello y los hombros y se abrochó la correa del casco a la barbilla. Comprobó la visibilidad por los orificios para los ojos. Se le quedaron enganchados algunos pelos de la barba en la hebilla y tiró de ellos para soltarlos, y se dio cuenta de que nunca se había dejado crecer tanto la barba. A los thrall no se les permitía dejarse la barba. Cogió su escudo del soporte en la borda y fue dando tumbos por la cubierta para coger la lanza, que estaba en el contenedor interior, le quitó la funda de cuero de la moharra y la guardó debajo del cinturón.

Se irguió y oteó el mar.

Los dos barcos se habían acercado mucho. Eran barcos de guerra, aunque ambos más pequeños que el *Lobo del mar*, de unos treinta o cuarenta remos. Atravesaban las olas volando en dirección al *Lobo del mar*, con las velas hinchadas y las proas envueltas en espuma. Varg divisó guerreros apelotonados en las cubiertas y los destellos de los aceros. Un hombre con el pelo azabache y vestido con gruesas pieles se alzaba en la proa de la embarcación más cercana, esgrimiendo un hacha larga.

—¡Hermanos de sangre, enseñadles a esos niðing quiénes somos! —gritó Glornir desde la proa del *Lobo del mar*, enfundado en su cota de malla y empuñando el hacha larga.

Æsa golpeó el escudo con la lanza y rio.

—¡No cortéis sus cabos! ¡Dejad que piensen que nos escondemos en el vientre de nuestro barco y que somos una presa fácil! ¡Luego dejad libre a vuestra bestia! ¡No dejéis supervivientes! —Miró a Varg—. Insensato, ha llegado el momento de que corras con el lobo.

Varg atisbó unos destellos verdes en los ojos de Glornir. Asintió y sintió que su lobo interior aullaba. Los Hermanos de Sangre se agruparon en el centro de la cubierta, formando dos filas espalda con espalda, una de cara a babor y la otra a estribor. Varg se encontró con Sulich a un lado y Svik al otro. Einar Medio Trol había metido a los niños en el espacio que quedaba entre las dos filas.

—Agachaos —les gruñó mientras sopesaba su enorme escudo y su hacha.

Varg vio que los drakkar que se acercaban arriaban las velas y oyó el crujido y el chapoteo de los remos cuando las dos embarcaciones se separaron y maniobraron para atacar al *Lobo del mar* por estribor y por babor.

Røkia empujó a Sulich para hacerse sitio al lado de Varg.

—Intenta conservar la cabeza, Insensato.

—Haré lo que pueda —dijo Varg.

Se oyó un siseo.

—¡ESCUDOS! —rugió Glornir.

Los Hermanos de Sangre levantaron los escudos. Røkia le lanzó un gruñido a Varg y este se sobresaltó y alzó un poco más el escudo, y un segundo después sonó el ruido seco de un impacto y una flecha se clavó en él.

Svik le sonrió y partió riendo la flecha que sobresalía del escudo de Varg.

—Por los pelos —graznó.

Al otro lado de él, Røkia profirió un rugido grave y retumbante y Varg pudo ver las puntas de sus dientes afilados.

A continuación se oyó el chirrido de la madera cuando el casco del otro barco se deslizó por el del *Lobo del mar*. Este era más grande y sobresalía más de la superficie del agua. Varg vislumbró cascos de hierro y puntas de lanza. Un puñado de ganchos de abordaje sobrevolaron la borda y aterrizaron con un estruendo metálico, se deslizaron arañando la madera de la cubierta y algunos se fijaron a las bancadas.

Varg intentó tragar saliva; de repente tenía la boca muy seca. El miedo le agitaba el pecho. Sin embargo, había convivido con la violencia y maldijo con furia al terror; también su lobo interior le gruñó. El lobo había estado allí toda su vida, como una bruma rojiza que le proporcionaba fuerza, velocidad, brutalidad cuando había luchado en el cuadrilátero para Kolskegg. Pero de alguna manera lo había mantenido a raya, pues sabía que no podía permitir que la sed de sangre lo dominara, que no podía matar a sus rivales en el cuadrilátero. Ahora, sin embargo…

«Haremos esto juntos —dijo al lobo que habitaba en sus venas, y este le respondió con un gruñido—. Matar, desgarrar, destripar».

En la borda aparecieron manos, cabezas envueltas en cota de malla y cuerpos que se dejaban caer a la cubierta del *Lobo del mar*.

—¡ESCUDOS! —rugió Glornir, aunque él estaba fuera de las filas, con el escudo colgado a la espalda y el hacha larga aferrada con las dos manos.

Los Hermanos de Sangre volvieron a levantar los escudos, que se juntaron con un estrépito. El de Varg se solapaba con el de Røkia a su derecha, de manera que el borde rozaba el umbo del escudo de ella. A su izquierda, el escudo de Svik hacía lo mismo con el suyo. Røkia miró de reojo a Varg y vio que tenía el brazo, desde los nudillos hasta el codo, apretado contra la parte interior del escudo para sujetarlo con firmeza. Con la mano derecha empuñaba la lanza de la manera adecuada para apuñalar con ella de abajo arriba. Eso significaba que reducía la distancia de alcance, pero así se ganaba en agarre y la lanza era un arma más manejable en las estrecheces de un muro de escudos.

—Hum —gruñó, lo cual era un gran halago viniendo de ella.

Varg oyó un estrépito a su espalda cuando el otro barco chocó con el *Lobo del mar* y los cascos se deslizaron uno sobre otro. Giró el cuello para tratar de ver algo por encima del hombro, pero lo único que vio fue la espalda de la cota de malla de Ingmar Hielo.

—La vista al frente, Insensato —le susurró Røkia en el oído—. Confía en los Hermanos de Sangre que te cubren las espaldas, igual que ellos confían en ti.

Una docena de figuras pasaron por encima de la borda del *Lobo del mar* y detrás venían muchas más. Algunas aterrizaron de pie en la cubierta y otras cayeron a plomo y rápidamente se levantaron. La mayoría de los piratas vestían prendas de lana y cuero, aunque se veía alguna que otra cota de malla harapienta. Se echaron adelante los escudos que llevaban colgados a la espalda y blandieron lanzas y hachas mientras sus filas seguían creciendo. No se movían de donde estaban y miraban impasibles y en silencio a los Hermanos de sangre. Varg arrugó el ceño. Había algo extraño en aquella gente, algo perturbador.

«Esperaba un ataque enloquecido».

De repente, los silenciosos piratas se lanzaron en tropel hacia los mercenarios, pero solo se oían las pisadas de sus zapatos de cuero en la madera y los golpes de los escudos al chocar.

Glornir se adelantó rugiendo y haciendo molinillo con el hacha por encima de la cabeza antes de atravesar con el acero un escudo levantado y la carne y los huesos que se protegían detrás. Sonaron un ruido como al partir madera mojada y un crujido de huesos cuando Glornir extrajo el hacha y el hombre se desplomó con un grito ahogado y chorreando sangre por la herida.

Varg miraba paralizado y desconcertado a aquellos guerreros mudos cuando de pronto la punta de una lanza fue directa a su cara. Movió la cabeza hacia la derecha y sintió que la moharra pasaba rozándole la mejilla, e instintivamente atacó con su lanza y notó como la hoja chocaba con la espina dorsal de su agresora. Tiró de la lanza y salió un chorro de sangre oscura. La mujer abrió la boca, pero no salió ningún sonido de ella, solo un reguero de sangre. Luego se tambaleó y volvió a atacar. Varg no se esperaba que fuera a seguir luchando con un agujero sanguinolento en el cuello y solo pudo mirar como la punta de su lanza se dirigía a su ojo. Se oyó un crujido de madera cuando las astas de las lanzas chocaron. El arma de Røkia se movió con una velocidad impresionante, apartó el arma de la mujer y le abrió un tajo de mejilla a mejilla. La pirata retrocedió tambaleándose y desapareció en el tumulto que había detrás de ella.

—Sigue luchando hasta que los derribes —gruñó Røkia.

Una gran masa de gente empujaba el muro de escudos de los Hermanos de Sangre, los aporreaba y les asestaba lanzadas y hachazos. Varg recibió un golpe demoledor en el casco que le hizo tambalearse y el mundo se puso a dar vueltas a su alrededor, pero consiguió reponerse y mantuvo el escudo levantado. Oyó como si llegara de muy lejos la risa de Svik, miró con el rabillo del ojo y vio que apuñalaba a los piratas por encima del borde del escudo con la espada goteando sangre, con tal velocidad que Varg a duras penas podía seguirlo con la mirada. El lobo de su sangre estaba furioso y gruñía, desesperado por ser liberado, pero Varg mantenía a raya la bruma roja.

Mientras asestaba puñaladas y gruñía detrás del escudo, Varg sintió que algo le golpeaba el pie. Le dio una patada, pensando que era un cuerpo caído, pero la presión continuó, e incluso aumentó, hasta el punto de que tuvo la sensación de que estaban estrujándole el pie. Se agachó detrás del escudo y miró abajo. Descubrió que una mano le agarraba el tobillo. Sacudió la pierna, pero, lejos de soltárselo, la mano se aferró a él como si fuera un hombre ahogándose en un río y su tobillo, una rama. La mano le estrujó el pie y el brazo se movió, y un cuerpo se deslizó por la cubierta embadurnada de sangre. Varg vio que era la mujer a la que había apuñalado en el cuello, que rodaba a un lado y a otro mientras lo miraba con unos ojos apagados y carentes de vida. El terror se apoderó de Varg, que la apuñaló una y otra vez en la cara y en la boca hasta que lo único que quedó de su cabeza fueron tiras de carne, debajo de las cuales brillaban los huesos blancos. Con un último suspiro ahogado, la mujer se quedó rígida y su mano se aflojó alrededor del tobillo de Varg, hasta que finalmente lo soltó y cayó muerta sobre la cubierta. Varg se estremeció y volvió a erguirse, recibió un golpe en el escudo y respiró entrecortadamente.

—No tienen ganas de morir —dijo empujando a Røkia.

—Pues oblígales a hacerlo —gruñó la mercenaria al mismo tiempo que apuñalaba a un hombre en el ojo.

Un dolor abrasador le recorría el brazo y el hombro con los que sujetaba el escudo y le escocían los ojos del sudor, pero parecía que los enemigos nunca se acababan. En torno a él oía los gruñidos y los gritos ahogados de los Hermanos de Sangre, los bramidos de Einar, los rugidos de Glornir, en contraste con las silenciosas acometidas de sus atacantes.

Varg asestó otra puñalada de arriba abajo y su lanza pasó por encima del borde de un escudo y atravesó lana y lino para clavarse en el pecho de un hombre. Se oyó el crujido de costillas que se partían y la lanza se hundió un poco más. Varg tiró de la lanza, pero la punta se había quedado atascada en los huesos, así que soltó el arma cuando el hombre al que había apuñalado le asestó un hachazo dirigido a la cabeza. Retrocedió tambaleándose y desenfundó el seax. Vio que el hombre con su lanza en el pecho agarraba su escudo y lo empujaba hacia abajo, arrastrando al propio Varg hacia él, y por un momento lo invadió el pánico al verse fuera de la seguridad del muro de escudos. Le llovieron golpes y su casco y su cota de malla desviaron aceros, vio manos, lanzas y hachas volando por todas partes. Varg movió el escudo y apuñaló con el seax. Notó que el cuchillo penetraba en carne y siguió asestando puñaladas. Tenía la mano bañada de sangre, pero el enemigo se arremolinaba a su alrededor intentando agarrarlo y tirar de él. Oyó débilmente el rugido bestial de Røkia y a Svik gritando su nombre, pero estaba solo en otro mundo, rodeado de aquellos extraños guerreros mudos. Le arrancaron el escudo del puño y muchas manos trataron de hacer lo mismo con el seax que empuñaba. De repente apareció un rostro delante de él, de un hombre delgado, con el pelo grasiento y marcas de viruela en la piel.

El hombre bufó y abrió la boca. Su aliento olía a algas podridas y Varg vio que su lengua se movía detrás de unos dientes marrones y torcidos. Era gorda y estaba cubierta de una sustancia pringosa, y se movía como la lengua de una serpiente. Mientras la miraba, Varg vio que la punta de la lengua se separaba, como si tuviera su propia boca con unos dientes pequeños y afilados.

Varg chilló y en lo más profundo de su ser su lobo aulló.

—Eres libre, sálvame— suplicó Varg al lobo.

El mundo cambió entre un latido de su corazón y el siguiente. Los olores se volvieron más intensos, su vista se hizo más aguda y los sonidos eran más claros, una fuerza nueva inundaba sus músculos y la rabia palpitaba en sus venas. Se quitó de encima las manos que querían agarrarlo. Sus propias manos de repente se habían convertido en garras que arañaban arrebatadamente. Asestó un cabezazo al hombre con la boca abierta delante de él y vio salir un chorro de sangre; la cabeza del hombre dio una sacudida hacia atrás y lo vio retroceder trastabillando. Varg se abalanzó sobre él de un salto, con las fauces abiertas, y le mordió el cuello al mismo tiempo que lo apuñalaba en el estómago y retorcía la hoja del seax hundida en él. Extrajo el acero y lo apuñaló una y otra vez. Cayeron juntos al suelo. El hombre con las marcas de viruela se estremecía y se agitaba con convulsiones, jadeaba y bufaba mientras Varg lo apuñalaba, lo desgarraba y lo mordía. Recibió un golpe en la espalda y se levantó de un salto, asestando puñaladas y gruñendo, en medio de una tormenta de sangre mientras acuchillaba los cuerpos que lo rodeaban.

«Destripar, desgarrar, matar», gruñía su lobo interior sin cesar.

Y entonces, de repente, no quedaba nada más que matar delante de él. Se habían ido y Varg estaba de pie encima de una montaña de cadáveres. La cubierta estaba bañada de sangre. De pie sobre su presa muerta, Varg levantó la cabeza hacia el cielo gris y aulló.

CAPÍTULO CINCUENTA Y DOS

GUÐVARR

Guðvarr esperaba de pie en una cámara de la torre galdur y se movía inquieto. Sus pantalones todavía húmedos despedían olor a orina y Sturla olfateó el aire y lo miró con una mueca de asco. Guðvarr no le hizo caso y miró a otro lado, pero eso inevitablemente le hizo posar los ojos en Skalk, que estaba de pie encorvado sobre una mesa.

«Odio a ese hombre».

Junto al galdramaðr, Kalv tenía las manos y los pies encadenados y estaba atado con correas a una silla.

Encima de la mesa había toda clase de herramientas con aspecto desagradable: sierras, tenazas, martillos de varios tamaños, cuchillos y un pequeño seax. El fuego crepitaba en un brasero del que Guðvarr vio que descollaba la empuñadura de un cuchillo con la hoja estrecha clavada en el ardiente carbón. La mesa le evocó unos recuerdos que había tratado de olvidar con todas sus fuerzas. Pese a la alegría de seguir vivo, Guðvarr habría preferido no volver a pisar la torre galdur.

«Da igual lo que haga para escapar de este lugar, todos los caminos parecen traerme de vuelta aquí». Se frotó el brazo. La única marca que le quedaba en el lugar por donde el hyrndur había entrado en su cuerpo era una abultada cicatriz blanca.

«Ese monstruito sigue aquí dentro, acechante. —Se estremeció al pensarlo—. Pero podría ser peor —se dijo mirando a Kalv—. Podría estar en su lugar».

Kalv se revolvió y se estremeció. Su túnica quemada estaba hecha jirones y tenía el torso cubierto de ampollas rojas. Se veía un tatuaje con un dibujo de nudos que se extendía desde un hombro hasta el pecho de ese lado. Una serpiente, o un dragón, pensó Guðvarr. El fuego había consumido algunos mechones de pelo y tenía quemaduras en el cuero cabelludo, y parecía haber perdido un ojo, ya que por su mejilla caía una sustancia pringosa desde una cuenca ocular.

«Tiene peor aspecto que Skalk después de que aquel halcón se ensañara con él, que ya es decir».

A pesar del dolor obvio, Kalv miraba con ferocidad a Guðvarr y destilaba oleadas de rabia tangible. Murmuraba y maldecía entre dientes, abriendo y cerrando las manos como si imaginara estrangularlo.

Guðvarr se alejó un poco de él arrastrando los pies por el suelo.

—Bueno —dijo Skalk desviando la atención de la mesa para depositarla en Kalv—. Querías capturar a mi amigo Guðvarr por lo que oyó durante tu reunión con el príncipe Hakon. ¿Qué le dijiste exactamente al príncipe?

«¿Amigo? Si yo soy tu amigo, no me gustaría ver cómo tratas a tus enemigos».

Kalv seguía mirando a Guðvarr, revolviéndose, murmurando y bufando con los dientes apretados.

Skalk se volvió hacia Sturla.

—Consigue su atención, por favor.

Sturla cogió un pequeño martillo de la mesa, se agachó y le quitó un zapato a Kalv. A continuación levantó el martillo y le machacó un dedo del pie.

Kalv rugió de dolor y se lanzó hacia atrás en la silla, pero esta estaba fijada al suelo y las cadenas alrededor de sus muñecas y sus tobillos eran de hierro. Skalk esperó a que su agitación se calmara y sus gritos se debilitaran.

—¿Qué le dijiste a Hakon?

Kalv clavó una mirada asesina en Skalk, con los labios apretados. El galdramaðr hizo una señal con la cabeza a Sturla y la aprendiz redujo a un puré sanguinolento otro dedo del pie de Kalv.

Más gritos que terminaron con un largo y entrecortado lamento.

—Le dijo a Hakon de parte de Drekr que el trabajo estaba hecho y que estuviera preparado —terció Guðvarr. Los gritos de Kalv estaban dándole dolor de cabeza y el sonido de los dedos triturados con el martillo no le ayudaba a apaciguar su estómago revuelto. Quería que aquello terminara cuanto antes.

Skalk se volvió hacia él.

—Ya me lo habías dicho, pero me gustaría oírlo de boca del jabalí. Porque eso eres, ¿no, Kalv? Eres un corrompido y la sangre del jabalí Svin corre por tus venas.

Kalv apretó los dientes y Skalk suspiró y miró de nuevo a Sturla. La aprendiz levantó el pequeño martillo y le machacó otro dedo.

Guðvarr reprimió el impulso de cerrar los ojos y taparse los oídos con las manos. Su estómago se contrajo con un espasmo y la visión de los dedos de Kalv, que ya solo eran un puré de carne, sangre y huesos debajo del martillo de Sturla, le provocó náuseas. Solo un rato antes estaba sentado a la mesa con aquel hombre, con un vaso de cerveza y un desayuno caliente delante.

«Un desayuno caliente: no pienses en eso, no pienses en eso».

Las arcadas regresaron.

—Kalv, estás quedándote sin dedos en los pies —observó el galdramaðr cuando las arcadas y los gritos cesaron—. Y quiero que sepas que no pararé ahí cuando eso suceda. Ni cuando el martillo acabe con tus tobillos, tus rodillas y tus pelotas. Una vez llegados a ese punto, te mostraré lo que es capaz de hacer ese cuchillo. —Señaló el arma con la hoja fina, que ya había comenzado a brillar hundida en el brasero—. Y si ni aun así sueltas la lengua, conocerás el poder de mi bastón galdur. El dolor del martillo no es nada comparado con el que te puede hacer sentir él. Así que ya ves, solo hay una manera de poner fin a tu tormento. Habla.

—Haz conmigo lo que quieras —gruñó Kalv—. Disfruta lo que te queda de tu vida de niðing.

—Sturla —dijo Skalk, y la aprendiz levantó el martillo.

Guðvarr oyó pasos en el pasillo.

—Espera —ordenó Skalk, y el martillo que empuñaba Sturla quedó suspendido en el aire.

Llamaron a la puerta y la abrieron sin esperar respuesta. Yrsa entró seguida por la reina Helka y el príncipe Hakon. Este vaciló y se quedó pálido al ver a Guðvarr, a Kalv y a Skalk. Aparecieron unos úlfhéðnar a su espalda y Guðvarr reconoció a Frek entre ellos.

—Mi reina, mi príncipe —dijo Skalk sonriendo, como si comentara los precios de las hortalizas en el mercado del día.

—¿Y bien? —preguntó Helka.

—Creo que este de aquí es un conocido vuestro, príncipe Hakon —dijo Skalk señalando a Kalv.

—No —dijo Hakon sin perder la calma—. No lo había visto en mi vida. —Miró a Guðvarr—. Sin embargo, tu cara me suena. —Chasqueó los dedos—. Ya me acuerdo, en el baile de los escudos de anoche.

«¡Será mentiroso! —pensó Guðvarr escandalizado—. Pero, bueno, probablemente yo haría lo mismo en su lugar».

—Hemos tomado juntos una cerveza en El drengr muerto esta mañana, mi príncipe —dijo Guðvarr—. Donde estabais reunido con este hombre, Kalv.

—Es evidente que eres peor que un thrall embustero si inventas una mentira como esa —espetó Hakon—. ¿Y quién es Kalv?

Guðvarr reprimió el impulso de desenfundar la espada y liquidar a Hakon delante de su madre.

«Hoy he vivido una auténtica pesadilla solo para seguir vivo. Tener que escuchar ahora las mentiras desesperadas de un principito pretencioso ya es la gota que colma el vaso».

La mirada de Helka saltó de Hakon a Kalv y los dedos destrozados de su pie y finalmente se posó en Skalk.

—¿Qué te ha contado?

Skalk se encogió de hombros.

—Todavía nada, pero acabamos de empezar.

—Kalv entregó un mensaje a vuestro hijo de parte de un tal Drekr, mi reina —terció Guðvarr con la esperanza de agilizar todo lo posible aquello. Estaba impaciente por cambiarse los pantalones y tomarse una jarra de cerveza—. Le dijo al príncipe que el trabajo estaba hecho y que estuviera preparado.

Hakon dio un grito ahogado y fingió indignación.

—¿Qué pruebas tienes de esa acusación? ¡Ninguna, por supuesto, porque eres un mentiroso! ¡Haré que te despellejen y que hagan un vaso con tu cráneo por esto!

A Guðvarr no le gustó la idea y la semilla de la preocupación germinó en su estómago, porque daba la impresión de que no importaba lo que le hicieran a Kalv, el muy estúpido no hablaría. El temple con el que había aguantado que le trituraran los dedos del pie lo dejaba claro.

—Espero que se me presente alguna prueba —dijo la reina Helka—. Estás acusando a mi primogénito, mi heredero. El testimonio del sobrino mocoso de la jarl de un lugar atrasado no basta.

—Eso es exactamente lo que pienso yo. —El príncipe Hakon sonrió.

Guðvarr miró con ojos suplicantes a Skalk, sin embargo, el galdramaðr lo observaba con el ceño fruncido. Así que miró a Kalv, pero allí no había motivo para la esperanza. De hecho, el muy idiota le sonría a pesar de su lamentable estado, con el pie machacado, la cara quemada como si fuera un jamón pasado por la plancha y la túnica y el cuerpo desgarrados y ajironados.

Pero entonces Guðvarr recordó algo.

—Hakon tiene una marca en la nuca.

—¿De qué hablas? —espetó la reina Helka.

—En El drengr muerto Kalv no le transmitió el mensaje hasta que el príncipe Hakon se la enseñó. Dijo que era una orden de Drekr. No podía pasarle el mensaje hasta que el príncipe Hakon le demostrara su compromiso con la causa.

—¡Eso es ridículo! —Hakon hizo un ruido con la boca que era mitad resoplido y mitad carcajada, pero sus ojos saltaron de Guðvarr a la puerta—. Este caraculo miente.

—Demostradlo —dijo Guðvarr—. Levantaos el pelo y mostrad la marca como hicisteis a Kalv.

—Esto es un insulto —protestó Hakon—. No pienso quedarme aquí escuchando a este…

—Muéstramela —dijo la reina Helka sin alzar la voz.

Hakon dio un paso en dirección a la puerta, con una mano sobrevolando el seax que colgaba de su cinturón.

—Frek —dijo Helka.

El úlfhéðnar se movió tan rápido que Guðvarr no fue capaz de seguirlo con la mirada, y en un abrir y cerrar de ojos estaba sujetando firmemente a Hakon.

—¡Suéltame! —gruñó Hakon—. Madre, esto es ridícu…

—Cállate, Hakon. Voy a mirarte la nuca, y si no hay ninguna marca este Guðvarr será el próximo en sentarse en la silla de Skalk y tú podrás irte si quieres.

—¡Esto es un insulto! —insistió Hakon con un grito agudo mientras forcejeaba con Frek, pero el úlfhéðnar lo tenía completamente inmovilizado.

—¿Dónde está esa marca? —preguntó Helka.

—En la nuca, debajo del pelo —respondió Guðvarr.

Frek obligó a Hakon a encorvarse y Helka se acercó a su hijo, le agarró la larga melena negra y la levantó.

—¡Ay! —protestó Hakon.

El príncipe tenía una pequeña porción de la cabeza afeitada recientemente y el pelo ya había empezado a crecer de nuevo, pero incluso desde donde Guðvarr estaba se veía la mancha oscura en el cuero cabelludo, como una marca de nacimiento.

Helka frunció el ceño y entornó los ojos. Cogió un pequeño cuchillo de su cinturón y lo apretó contra la cabeza de Hakon. El príncipe bufó y se revolvió.

—Estate quieto o te cortaré —dijo Helka con un tono severo y frío como el hielo.

Hakon gimoteó y se quedó quieto.

—Por favor, madre —suplicó.

El cuchillo rasuró el cuello cabelludo y cayeron pelos al suelo. Guðvarr se movió un poco para obtener una vista mejor por encima del hombro de Helka. La reina siguió afeitando la cabeza de su hijo. Luego miró fijamente la nuca de Hakon y dio un grito ahogado. Y entonces Guðvarr vio lo que Hakon tenía en la parte de atrás de la cabeza. Era un tatuaje reciente y la piel todavía estaba de color verde oscuro y escamada, pero se veía con claridad el dibujo: un dragón, con las alas desplegadas y las fauces abiertas. Guðvarr miró a Ķalv y vio la misma imagen tatuada en su pecho y su hombro.

Helka retrocedió y le giró la cara a Hakon de una bofetada.

—Estúpido —dijo con los dientes apretados.

—Madre, tú no lo entiendes —masculló Hakon con la marca roja de la mano de la reina en la cara.

—Lo que no entiendo es que te hayas tatuado una diosa muerta en la cabeza —gruñó Helka, con el cuchillo temblando en su mano—. Has contravenido todo lo que yo defiendo, lo has echado todo a perder. —Levantó la mano y volvió a abofetear a su hijo—. ¿Por qué?

Hakon apretó los labios.

La reina Helka dio un paso atrás, cerró los ojos y un estremecimiento recorrió su cuerpo. Volvió a abrirlos.

—Quiero que te quede clara una cosa, Hakon. Ser mi hijo no te salvará de esta. Obtendré las respuestas que busco de una manera o de otra. —Miró a Skalk y asintió con la cabeza.

Skalk sacó el cuchillo siseando de entre las ascuas del brasero y enfiló hacia Hakon sosteniendo en alto el arma, que despedía un calor abrasador.

—Skalk, no sigas —dijo Hakon.

Skalk no le hizo caso y solo se detuvo cuando estuvo enfrente de él. Acercó lentamente el cuchillo a la cara del príncipe.

—Responde mis preguntas —dijo Helka.

—No puedo —masculló Hakon—. Drekr es… —balbuceó algo ininteligible.

—Drekr es ¿qué? —inquirió la reina.

—Es temible —susurró Hakon.

Helka soltó una risotada de incredulidad.

—¿Y yo no? Está claro que no me conoces si piensas que voy a perdonarte movida por no sé qué sentimiento maternal. Me has engañado, Hakon, has conspirado contra mí. —Negó con la cabeza—. Skalk.

El cuchillo se acercó a la cara de Hakon y salió de él un sonido de evaporación cuando la distancia que lo separaba de su mejilla era de apenas un dedo.

—¡No, por favor! —gimoteó el príncipe.

—Entonces responde mi pregunta. ¿Por qué lo has hecho?

—No digas nada —terció Kalv con la voz entrecortada.

—Hazlo, Skalk —ordenó Helka. El cuchillo se movió.

—¡Porque está libre! —soltó Hakon en apenas un susurro con los dientes apretados.

Skalk se quedó quieto como una estatua y el cuchillo quemó los pelitos que crecían en la mejilla de Hakon. Guðvarr advirtió el olor a pelo chamuscado.

—¿Qué quieres decir? —preguntó Helka—. ¿Quién está libre?

—Lik-Rifa, la dragona. La han sacado de su mazmorra en las profundidades de Oskutreð.

—No digas tonterías —espetó la reina.

—¡Es verdad! —dijo Hakon casi llorando—. Pregúntaselo a él. —Sus ojos se volvieron hacia Kalv.

—¿A él? ¿Quieres que confíe en un niðing corrompido?

—Es verdad —resolló Kalv desde su silla—. La gran dragona está libre. Si no me crees, pregúntaselo a ellos. —Señaló con la barbilla a Frek y el resto de los úlfhéðnar.

—¿De qué está hablando, Frek? —preguntó la reina Helka,

Frek frunció el ceño y los otros úlfhéðnar se movieron con nerviosismo.

—Tenemos sueños oscuros —reconoció Frek—. Todos nosotros. Con una dragona y alas batidas en medio de la tormenta.

La reina Helka resopló.

—Sueños oscuros, eso sí es una prueba.

—¿Cómo ha salido la dragona de su mazmorra? —interrogó Skalk al príncipe.

—Te lo diré, pero aparta el cuchillo de mi cara.

—Hazlo —ordenó Helka.

Skalk dio un paso atrás.

—¿Cómo ha salido Lik-Rifa de las profundidades de Oskutreð? —preguntó Helka a su hijo.

Hakon se encogió de hombros.

—Los descendientes de la dragona existen de verdad —dijo casi en un susurro, como si temiera que lo oyera alguien que no debía—. Los he visto. Drekr y otros. Son muchos, vivimos rodeados de sus espías, y encontraron la manera de liberar a Lik-Rifa.

—¿Y qué manera es esa? —espetó Skalk.

Hakon se encogió de hombros.

—Algo relacionado con la cámara de Rotta. Drekr y sus descendientes de la dragona la encontraron en la cordillera Dorsal. Sabes que no miento —añadió mirando a Skalk—. Tú la has visto con tus propios ojos. En ella encontraron escondido un grimorio con un encantamiento capaz de romper las ligaduras que mantenían cautiva a Lik-Rifa en Oskutreð. Pero necesitaban niños corrompidos.

«Orka está metida en esto —pensó Guðvarr—. Fue al norte buscando a su mocoso, Breca». No le gustaba ni un pelo toda esa conversación sobre descendientes de la dragona, dragones, encantamientos y niños corrompidos.

—La cámara de Rotta —dijo Skalk. Parecía preocupado—. Allí encontramos la garra de Orna. Ya os conté que los Hermanos de Sangre lucharon con un hombre corrompido. Era un descendiente de la dragona. Y ya sabéis que en las cámaras subterráneas encontramos páginas copiadas de un grimorio, vos misma las visteis. —Se rascó distraídamente una de las cicatrices en su cabeza—. Creo que podría ser el *Raudskinna.*

—Sí, todo eso ya lo sé —dijo Helka con los dientes apretados—. Pero ¿crees que hay algo de verdad en lo que dice Hakon? ¿Crees que Lik-Rifa vuela libre por los cielos de Vigrið?

—Es… posible —respondió Skalk—. Cuando interrogamos a Orka en Grimholt mencionó a un hombre llamado Drekr. Dijo que había raptado a su hijo y se lo había llevado al norte. Descubrimos que ella era una úlfhéðnar, así que su hijo también sería un corrompido. —Se tiró de la trenza de su barba rubia—. Y Skapti, el capitán de Grimholt, reconoció que permitía que Drekr fuera y viniera a la fortaleza a su antojo, y dijo que Drekr transportaba niños al norte y que contaba con la protección de Hakon. —Sonrió al príncipe—. Parece ser que las piezas de tafl comienzan a juntarse en el tablero.

Helka se desinfló como una vela cuando deja de soplar el viento.

—No —musitó.

—La dragona está a punto de llegar —terció Kalv—. Y cambiará el mundo. —Se echó a reír con estertores—. Os devorará.

—Cierra la boca, gusano —dijo Skalk distraídamente—. ¿Dónde están ahora? —preguntó a Hakon.

—¿Eh? ¿Cómo? —dijo el príncipe.

—Lik-Rifa y los descendientes de la dragona. ¿Dónde están ahora? ¿Y qué planes tienen?

—No digas nada —gruñó Kalv revolviéndose y forcejeando con las cadenas. La silla crujió y vibró. Se oyó un chasquido de madera y un reposabrazos y una pata de la silla se partieron. Kalv se levantó a medias, todavía con un brazo y una pierna atados a la silla.

—Frek —espetó la reina Helka.

El úlfhéðnar soltó al príncipe Hakon y cruzó la cámara acompañado por el silbido del acero al salir de la funda, y un instante después Kalv estaba derrumbado de nuevo en la silla, sangrando por un tajo en el cuello y por la boca. Frek se quedó plantado delante de él, con el seax que empuñaba goteando sangre.

—Bien, ahora tendremos un poco de paz y podré oír mis propios pensamientos —dijo Helka. Se irguió de nuevo una vez recuperada una parte de sus fuerzas—. Hakon, Skalk te ha hecho una pregunta. ¿Dónde están la dragona y ese tal Drekr?

El silencio de Hakon se alargó.

—¿Es necesario que te deje más claro que las decisiones que tomes ahora determinarán tu futuro?

—En algún lugar en el norte —dijo Hakon dejando caer la cabeza—. Kalv dijo... ¿Nastrandir?

—Nastrandir —murmuró Skalk—. Las sagas cuentan que Nastrandir era el hogar de Lik-Rifa, antes de que Snaka cayera y destruyera el mundo.

—Pero seguro que ese lugar ya no existe —dijo Helka.

—Encontraron la cámara de Rotta —señaló Skalk—. Derrumbada, pero aún existía. No olvidéis que esos sitios fueron construidos por los dioses. A lo mejor cuentan con alguna clase de... protección. —Se encogió de hombros y luego clavó la mirada en Hakon—. ¿Dónde está? Sin duda Kalv tenía previsto volver allí con un mensaje vuestro.

Hakon inspiró entrecortadamente.

—Kalv me dijo que estaba en el extremo nororiental de las Dorsales, a tres jornadas de viaje de Svelgarth.

«Hay que ver cómo el príncipe mimado lo suelta todo ante la simple amenaza de un cuchillo caliente. Es patético. Aunque debería estar agradecido, porque por un momento pensé que sería su palabra contra la mía, y me hago una idea aproximada de cómo habría terminado eso. —Miró a Kalv, desplomado en la silla y degollado—. Con mi cuerpo descoyuntado y metido a presión en un barril. Pero ya he cumplido el juramento que hice a Skalk. Me hice amigo del príncipe y he revelado sus secretos. —Tenía la sensación de que se había quitado un peso de encima y respiró hondo—. Ahora Skalk me sacará el hyrndur del cuerpo. Ese era el trato. —Pero entonces recordó las palabras de su tía—: "Cuando ya no te necesite te sacará del tablero de tafl sin titubear"». Se le hizo un nudo en la garganta.

—¿Por qué lo has hecho, Hakon? —preguntó la reina a su hijo.

—Porque Lik-Rifa lo cambia todo —respondió desesperado Hakon—. Lik-Rifa hace añicos tus planes de poder, de derrotar al jarl Störr y al jarl Orlyg para dominar Vigrið. Hay un nuevo poder invencible libre en el mundo. Es mejor unirse a él que ser destruido por él.

—¿Y por qué no acudiste a mí? ¿Por qué preferiste traicionarme?

—Iba a acudir a ti —dijo Hakon—, pero el odio que sientes hacia los dioses muertos, la manera como tratas a los que los adoran, a los que cuelgas dentro de jaulas para que mueran de hambre y se pudran… —Negó con la cabeza—. Me… me daba miedo tu reacción. Así que lo dejé pasar, y cuanto más tiempo esperaba para contártelo, más difícil se me hacía hablar contigo sobre esto.

La reina Helka negó con la cabeza.

—Eres un idiota, y una absoluta decepción. Me has dejado en una posición de debilidad, expuesta a un ataque y sin tiempo para prepararme.

—Hay una manera segura de salir de esto, madre —dijo Hakon.

—Ah, ¿en serio? Por favor, ilumíname con tu inagotable sabiduría, hijo. ¿Cuál es esa manera?

—Únete a ella. Únete a Lik-Rifa.

—Yo no me arrodillo ante nadie —gruñó Helka—. Ni siquiera ante una diosa. —Se volvió a Skalk—. ¿Qué propones?

—Si Nastrandir está al norte de las Dorsales, el viaje es largo —dijo Skalk mesándose la barba—. La ruta más rápida sería a través de las tierras del jarl Orlyg, pero teniendo en cuenta el tamaño del contingente necesario, eso sería imposible. Quizá podrías ofrecerle un pacto a Orlyg tras su visita a Darl —sugirió a la reina.

«¡Ja! Así que mi tía tenía razón. Esperas conseguir el apoyo del jarl Orlyg».

—¿Y qué haríamos una vez allí? —preguntó Helka—. ¿Cómo se lucha contra una dragona?

—Ya se mataron dioses una vez —recordó Skalk.

—Sí, pero se mataron entre ellos —puntualizó Helka.

—Cierto, tenéis razón —repuso Skalk—. ¿Y quién era el mayor enemigo de Lik-Rifa?

—Su hermana, Orna. Ya lo sabes. Las sagas hablan extensamente del odio que se tenían.

—Orna, cuyas alas nos envuelven ahora. —Skalk asintió—. El esqueleto de Orna está completo desde que le devolví la garra —continuó—. Y los fragmentos copiados del *Raudskinna* que encontré hablan de encantamientos de resurrección.

Se instaló el silencio en la cámara.

—Y tengo un eslabón de la cadena de Ulfrir que es capaz de hacer un thrall de cualquier criatura de carne y hueso.

—No hablarás en serio —dijo Helka.

—Podríamos resucitar a Orna, controlarla con la cadena y usarla para matar a la dragona. —A Skalk le brillaban los ojos.

—Una diosa, mi thrall —musitó Helka—. Me gustaría ver la cara que pondría el jarl Störr. —Se dibujó una sonrisa en las comisuras de sus labios—. Tal vez —susurró—. Tal vez. ¿Cuánto tiempo necesitarías?

—No lo sé. —Skalk se encogió de hombros—. Primero tendría que estudiar los fragmentos del *Raudskinna*, asegurarme de que los encantamientos están completos, probar las runas galdur. Luego hay que forjar un collar de thrall para un dios. Días. Muchos días.

—¿Y si Lik-Rifa nos ataca antes de que hayas terminado?

La incomodidad de Guðvarr iba en aumento y crecía en su interior la sensación de que era un fisgón mientras se tomaban decisiones trascendentes.

«Se han olvidado por completo de mí. De lo contrario no estarían hablando con tanta libertad en mi presencia. —Y entonces lo asaltó un pensamiento desagradable—. A menos que Skalk no tenga ninguna intención de dejarme salir vivo de esta cámara. —El terror hizo que se le encogiera la vejiga y se le arrugaran las pelotas—. Tengo que darle a Skalk una razón para que me deje vivir. Debo seguir siéndole útil».

«Astucia. —Recordó las palabras de su tía y una idea empezó a germinar dentro de su cabeza—. No solo se encuentra el valor con una espada en la mano».

Guðvarr tragó saliva antes de hablar.

—Enviadme a Nastrandir —propuso.

—¿Qué? —exclamaron Skalk y Helka al unísono, volviéndose hacia él para mirarlo con sorpresa, de manera que confirmaron su sospecha de que habían olvidado que estaba allí.

Helka frunció la boca como si acabara de asaltarla el olor de un montón de mierda de trol humeante y preguntó:

—¿De qué hablas?

—Enviadme a Nastrandir como mensajero del príncipe Hakon —dijo Guðvarr—. Habéis dicho que seguramente esperan el regreso de Kalv. Enviadme en su lugar. Podría decirles que Kalv fue capturado y asesinado, lo cual es la pura verdad, y que el príncipe Hakon me ha enviado en su lugar. Tenéis que averiguar qué planes tienen. En su mensaje, Drekr le pedía a Hakon que estuviera preparado. ¿Preparado para qué? Si les llevo un mensaje, seguro que me envían de vuelta con otro mensaje.

Skalk entornó los ojos y dijo:

—No eres tan estúpido como pensaba.

CAPÍTULO CINCUENTA Y TRES

VARG

Varg se estremeció y paseó la mirada por la cubierta bañada de sangre del *Lobo del mar*, con el lobo que corría por sus venas ávido de más carne que desgarrar, más sangre que derramar, más enemigos que matar. Le pusieron una mano en el hombro y Varg se dio la vuelta como una exhalación, gruñendo.

—Tranquilo, hermano —dijo Svik, y Varg vio a la bestia en los ojos de su amigo, vio que el brillo verde se apagaba y recuperaba su color azul—. Controla tu lobo.

«Basta», ordenó Varg a su lobo interior. Oyó sus dentelladas y sus gruñidos, su deseo de desgarrar y destripar era un fuego blanco que recorría su cuerpo. «¡Basta!», repitió dentro de su cabeza, y lentamente el lobo cumplió la orden, la bruma roja retrocedió y la furia en sus venas amainó. Varg se estremeció, con los hombros y los brazos caídos, repentinamente exhausto, demasiado cansado para levantar siquiera una mano. Vio cómo Ingmar Hielo derribaba de un golpetazo con el escudo a un hombre en la otra punta de la cubierta y luego la emprendía a hachazos con él. Más cerca, Edel apuñaló el cuerpo de un enemigo inmovilizado por su pareja de perros. Oyó el crujido y el chapoteo de remos y vio que uno de los drakkar que habían abordado el *Lobo del mar* retrocedía como un animal herido.

Glornir estaba rodeado por una montaña de cadáveres, con los destellantes ojos de color marrón verdoso y los dientes afilados. Profirió un gruñido grave y se estremeció, y Varg vio que el oso que corría por sus venas desaparecía y regresaba el Glornir humano.

—¿Te encuentras bien, hermano? —le preguntó Svik.

—Hum. —Varg asintió y escupió sangre. Contempló los cadáveres que los rodeaban y recordó al hombre con la boca abierta y su sinuosa lengua.

—¿Qué son? —preguntó con un hilo de voz.

Svik hizo una mueca de asco.

Un crujido atrajo la mirada de Varg, que vio cómo Glornir aplastaba con el pie el cuello de un hombre que tenía un agujero en la espalda, las costillas machacadas por el hacha y el pulmón húmedo y rosado visible. Era obvio que estaba muerto; no era posible que siguiera vivo. Y sin embargo se movía: abría y cerraba una mano y sacudía la cabeza lanzando dentelladas sin parar.

Glornir se agachó y metió la mano en la boca abierta del hombre, agarró algo y tiró con todas sus fuerzas. La cabeza y los hombros del hombre se levantaron del suelo, así que Glornir apoyó una bota en la frente para impedirlo y tiró con más fuerza. Se oyó un sonido de desgarro y la mano cerrada de Glornir salió de la boca con la lengua del hombre, con la peculiaridad de que era extraordinariamente larga, gruesa como un músculo y goteaba un moco pegajoso. Varg se fijó en que tenía unas hileras de pinchos con forma de gancho a todo lo largo. Glornir continuó tirando y aquello que parecía un músculo siguió saliendo de la boca, aunque ahora se dividía en una especie de tentáculos muy finos que se enroscaban y trataban de fustigar a Glornir. Por fin, con un repugnante sonido de tejido arrancado, la lengua salió del todo de la boca, la cabeza del hombre cayó al suelo y él ya no se movió.

Glornir sostuvo la lengua ante sí, mirándola con una expresión de asco, y la estranguló. La punta de la lengua, gorda, abotagada y pringosa, se retorció, y Varg vio aparecer una boca que se abrió para dejar a la vista unas hileras de diminutos dientes afilados que brillaban recubiertos de moco. También se veía un par de ojos negros.

—¿Qué es eso? —musitó Varg asqueado.

—Un tungumatur, un comelenguas —dijo Sulich apareciendo al lado de Varg y de Svik, con la mirada fija en lo que Glornir tenía en la mano.

—¿Un qué? —preguntó Varg con el estómago revuelto.

—Son parásitos, más pequeños que una pulga cuando son jóvenes. Viven en aguas estancadas.

—Por los dioses muertos —murmuró Varg—. ¿Y cómo ha llegado a la boca de ese hombre?

—Quizá se bañó en un lago o en una charca. —Sulich se encogió de hombros—. O bebió un agua que no debía. Cuando entran en la boca se aferran a la lengua con esos cientos de garras que parecen ganchos que les recorren el cuerpo, ¿las ves? Y luego, lentamente, comienzan a comerse la lengua, bocado a bocado, hasta que ya no queda nada de ella y ellos han crecido lo suficiente para sustituirla.

—No puede ser verdad —dijo Varg con la esperanza de que no lo fuera—. Yo creo que me daría cuenta si algo estuviera comiéndose mi lengua.

—Te inyectan algo para que no lo notes. Como un mosquito cuando te chupa la sangre —explicó Sulich. Sonreía. Daba la impresión de que estaba disfrutando de la reacción horrorizada de Varg—. Luego, cuando han alcanzado su tamaño definitivo y te han dejado sin lengua, se alimentan de lo que comes. Se quedan una pequeña parte de la comida que te metes en la boca y el resto lo empujan por tu garganta para mantener vivo al hospedador.

—Eso es repugnante —dijo Varg, que sentía que se le hinchaba la lengua y se le cerraba la garganta. Sufrió unas arcadas y escupió.

—Y cuando son adultos —continuó Sulich, todavía sonriendo—, les crecen unas colas que te llegan al cerebro. —Frunció el ceño—. ¿Las ves? —Señaló la criatura que había sacado Glornir. Varg asintió—. No me preguntes cómo, pero acaban controlando al hospedador, como un titiritero que mueve su marioneta con los hilos. Pero el hospedador muere poco tiempo después. Por eso comienzan la búsqueda de uno nuevo.

Varg recordó al hombre con las marcas de viruela en la cara que lo había atacado y el comelenguas contoneándose en su boca abierta. «¡Intentaba meterse en mí!».

—Pero ¿cómo es posible que haya tantos infectados? —preguntó Varg paseando la mirada por la cubierta sembrada de cadáveres y dirigiéndola luego hacia el barco que se alejaba—. Debe haber sesenta o setenta.

—Beberían agua del mismo barril, o cerveza, o hidromiel. Un beso. El sexo. Hay muchas maneras de pillarlos —dijo Sulich—. Esos parásitos abundan en Iskidan, y en las islas que hay entre nosotros e Iskidan se esconden muchos piratas. No cuesta imaginar que, si uno solo de ellos se infectó, los parásitos se propagaron por toda una tripulación o banda. Como los piojos en la barba de Ingmar.

—Yo no tengo piojos —terció Ingmar.

Varg sacudió la cabeza.

—Por eso nunca viviré en Iskidan —murmuró.

El comelenguas que tenía Glornir en la mano chillaba y se agitaba mientras intentaba morder al jefe de los Hermanos de Sangre con sus afilados dientes. A Glornir se le hincharon las venas mientras lo estrujaba con todas sus fuerzas, hasta que por fin la criatura reventó en su puño con una explosión de carne y sangre y quedó colgando fláccida, como una serpiente muerta, entre sus dedos. Glornir la arrojó por la borda y paseó la mirada por la cubierta. Luego se volvió hacia la nave que huía.

—Tras ellos —gruñó.

Varg remaba con la frente perlada de sudor y los músculos de la espalda y los hombros doloridos.

Glornir bregaba con la caña del timón guiando el *Lobo del mar*.

Habían tirado los cadáveres por la borda y limpiado la sangre de la cubierta con cubos de agua del mar. Varg habría estado encantado de quedarse de brazos cruzados mientras el barco lleno de parásitos se alejaba, pero Glornir estaba decidido a liquidar a los infectados. Varg no sabía cuánto tiempo llevaban remando, pero se había sentado en el banco y había introducido el remo por la porta antes del mediodía y ahora el sol caía sobre el mar.

De repente los remos encontraron menos resistencia y el *Lobo del mar* incrementó la velocidad. Varg echó un vistazo sin dejar de remar y descubrió que estaban pasando entre las verdes islas de un archipiélago que tapaban el viento y calmaban las aguas. El barco que perseguían ya estaba más cerca, a unos trescientos o cuatrocientos pasos. La proa del *Lobo del mar* escindía su estela.

—¡Remad, malditos follacabras! —gritó Svik—. ¡Así podremos cenar y beber cerveza antes de que se ponga el sol!

Varg remó con fuerzas renovadas.

—¡REMOS! —bramó Glornir.

Todos a una, los Hermanos de Sangre levantaron los remos, que chorrearon como fuentes y las gotitas destellaron doradas y broncíneas a la luz del declinante sol. Varg introdujo el remo por la porta acompañado por el sonido del roce de la madera.

—¡PREPARAOS! —rugió Glornir.

El *Lobo del mar* se deslizaba por las aguas tranquilas de una bahía. Varg se levantó para ir a buscar su escudo y se lo pasó por encima de la cabeza y del hombro, luego se puso el casco, se lo abrochó y cogió la lanza. Se había dejado puesto el resto del equipo tras la batalla anterior. Delante de ellos, el barco que perseguían llegó hasta la orilla de la playa y encalló en la arena. Sus ocupantes saltaron de él y echaron a correr a trompicones hacia un puñado de casas construidas en un recodo del borde del bosque.

Einar dejó caer el ancla de piedra por la borda y el *Lobo del mar* se detuvo con una sacudida. Glornir saltó desde la popa y avanzó hundido hasta los muslos en el agua, seguido de cerca por Svik y Røkia. Edel y sus perros saltaron detrás de ellos.

—Quedaos aquí —les dijo Einar Medio Trol a Refna y al resto de los niños, y luego saltó por la borda y cayó al agua con una gran explosión de espuma.

Varg lo siguió y dio un grito ahogado al meterse en el mar helado. Caminó por el agua sosteniendo en alto la lanza y salió chapoteando a la playa de arena. Echó a correr detrás de Glornir y la docena de Hermanos de Sangre que iban delante de él y dejó atrás a Einar. El terreno se empinaba y Varg ascendió por la pendiente en dirección a las casas construidas en el borde del bosque. Glornir ya había llegado allí y Varg vio que su hacha larga subía y bajaba y oyó el sonido de los hachazos en carne y huesos.

El terreno se niveló, Varg pasó corriendo junto a una hilera de corrales y entró en una especie de patio, cercado por unas casas con el tejado de tierra y hierba que formaban un semicírculo junto a los primeros árboles de un hayedo que se extendía hasta donde alcanzaba la vista. En el centro del patio había un pozo, y los Hermanos de Sangre estaban perpetrando una auténtica carnicería en torno a él.

Muchos de los guerreros del barco que había perseguido se habían dado la vuelta y estaban luchando, pero no eran rivales para los Hermanos de Sangre. Allá donde mirara, Varg los veía caer, y de repente sintió compasión por aquella gente. La mayoría eran ladrones y piratas, pero nadie merecía la triste vida a la que condenaban aquellos parásitos comelenguas. Matarlos era un acto de piedad.

Mientras Varg contemplaba inmóvil la escena, Einar lo rebasó blandiendo el escudo y el hacha y asestó un hachazo en el cuello de un hombre que se había encaramado a la espalda de Svik y trataba de atravesarle el casco de hierro a mordiscos. El hacha de Einar estuvo a punto de decapitarlo, y el hombre se desplomó con la cabeza colgándole de una fina tira de carne y la sangre manando a borbotones de la herida. De la penumbra de una casa salieron más figuras que trataron de acuchillar a Einar y a Svik con las lanzas. Varg saltó hacia allí, sintiendo el lobo que corría por sus venas, y apuñaló a uno de los atacantes en el cuello, extrajo el acero y el hombre se tambaleó, giró un poco el cuerpo para mirar a Varg y lo atacó con un destral. Varg se apartó para evadir la hoja y luego siguió al hombre herido y le hundió la hoja en el estómago, la sacó y le asestó un tajo en el pecho. Luego lo rodeó y deslizó la punta de la lanza por la parte de atrás de la pierna para desjarretarlo. El hombre se tambaleó, apoyó una rodilla en el suelo y tendió las manos hacia Varg, con la boca abierta y el comelenguas dentro de ella agitándose y siseándole. Varg hundió la punta de la lanza en el grueso parásito, giró la hoja para atravesar el músculo hinchado de sangre y de una patada en el pecho tiró al hombre al suelo. Luego se acercó a él y volvió a meter la lanza en su boca sanguinolenta para acuchillar una y otra vez al tungumatur, hasta que el hombre quedó inmóvil, con la cara destrozada rodeada por un charco de sangre. Varg lo observó resollando.

—Creo que está muerto —dijo Æsa al pasar corriendo por su lado, con una sonrisa de oreja a oreja, en persecución de un puñado de hombres y mujeres que huían del asentamiento y se adentraban en la penumbra del hayal—. Más vale cazarlos —añadió—. No querría que uno de esos niðing propagadores de parásitos saliera de esta isla.

Varg echó a correr detrás de ella. Einar los vio y los siguió.

El bosque se espesó a su alrededor, con los troncos recubiertos de musgo y plantas trepadoras. El fragor de la batalla enseguida se desvaneció. Æsa era poco más que una sombra que revoloteaba delante, pero entonces oyeron el golpe del acero en la carne y Æsa chilló.

Varg dejó que el lobo fluyera por su cuerpo y salió disparado dejando a Einar atrás. Salió a un claro y apareció ante él una oscura charca invadida de algas y juncos putrefactos. El olor a descomposición era intenso y acre. Varg se detuvo deslizando los pies por el suelo y trató de comprender lo que estaba viendo. Einar irrumpió en el claro y se detuvo en seco al lado de Varg. Los dos miraron la escena que se desarrollaba ante ellos.

Había por lo menos una docena de personas infectadas desplegadas alrededor del borde de la charca; algunos yacían muertos en el suelo y otros luchaban con Æsa. También había algunos atados a árboles, entre los que Varg reconoció inmediatamente a unos cuantos druzhina por la cabeza afeitada y las gruesas trenzas, los finos bigotes, las cotas de armadura de láminas metálicas y los pantalones abombados. Algunos miraban inmóviles, otros chillaban y trataban de zafarse de las ligaduras mientras observaban horrorizados algo que se alzaba en el borde de la charca.

Del agua emergía una especie de serpiente gigante, con un cuerpo recubierto de mucosidades y más ancho y alto que Einar. Parecía un grueso músculo, verde y pringoso, con unas venas oscuras que parecían gusanos retorciéndose debajo de su pegajosa piel. Tenía unos ojos pequeños y negros y una cabeza con una enorme boca, en cuyo interior se veían unas hileras de dientes diminutos y afilados como cuchillas y una lengua gruesa que se agitaba y restallaba frenéticamente.

«Un comelenguas gigante —comprendió consternado Varg—. Más grande que un oso».

En ese momento estaban arrastrando a uno de los druzhina hacia la criatura, y Varg contempló con una expresión de terror en los ojos como el comelenguas gigante se erguía, se abalanzaba sobre el guerrero con la colosal boca abierta y la cerraba alrededor de la cabeza y los hombros del druzhina.

El guerrero chilló y pataleó, y los comelenguas que lo sujetaban lo soltaron para que la criatura gigante lo sorbiera y se lo introdujera en la boca hasta el torso, luego lo levantó en el aire y los músculos de su cuerpo vibraron mientras se lo tragaba entero. Hasta que solo se vieron las botas del druzhina.

Los comelenguas arrastraron hasta la criatura a Æsa, que imprecaba y se revolvía enloquecidamente.

Varg y Einar se pusieron en movimiento a la vez y corrieron hacia la charca. Einar derribó a hachazos a los comelenguas y los pisoteó.

Varg advirtió un movimiento a su izquierda y se protegió con el escudo de un torpe hachazo al mismo tiempo que acuchillaba instintivamente con la lanza y la moharra se clavaba en el estómago de su agresor. Este se plegó alrededor del acero, soltó el hacha para poner las dos manos en el asta de la lanza y las deslizó por ella en dirección a Varg, abriendo la boca de una manera horrible, con la criatura que había en su interior retorciéndose y chillando. Varg soltó la lanza como si fuera un hierro candente y retrocedió, bajó a tientas la mano al cinturón de armas y encontró el mango del cuchillo de carnicero, lo sacó y asestó un tajo en la cabeza al hombre, que se desplomó con un golpetazo y comenzó a girar grotescamente cuando la lanza que lo atravesaba se clavó en el suelo. Varg se acercó a él, lo apuñaló en el cuello y se produjo una explosión de sangre. El comelenguas salió contoneándose de su boca y miró a su alrededor moviendo la cabeza, de la que goteaba moco, buscando a Varg. Cuando lo vio, se abalanzó hacia él con la boca abierta y moqueando, con los afilados dientes brillantes. Varg lo decapitó con el cuchillo y la cabeza de la criatura cayó al suelo duro. Los pies del hombre tamborilearon un momento y luego el cuerpo ya no se movió.

Varg se dio la vuelta al oír el rugido de Einar y vio como Medio Trol ahuyentaba a los comelenguas que sujetaban a Æsa. Esta se levantó de un salto al mismo tiempo que sacaba el hacha y arremetió frenéticamente con ella. Una mujer se abalanzó sobre ella y le hundió la punta de la lanza en el muslo, pero Einar le arrancó la mandíbula con el hacha y la mujer salió disparada dando vueltas.

Una sombra cubrió a Einar y a Æsa, que se volvieron justo a tiempo de ver como el comelenguas gigante los embestía. Se apartaron de un salto y la abotagada criatura se estrelló contra el suelo entre ambos, agitó el sinuoso cuerpo, se enroscó alrededor de la cintura de Einar y lo levantó en el aire.

Varg corrió hacia allí, se elevó de un salto y se aupó a la espalda del monstruo. Lo apuñaló con el cuchillo y le abrió unos profundos tajos de los que comenzó a manar a borbotones un fluido que semejaba moco.

El comelenguas gigante arrojó por los aires a Einar. Medio Trol salió volando y dio varias vueltas antes de estamparse contra un árbol con un estruendo atroz, cayó al suelo y ya no se movió. El comelenguas se volvió y giró la cabeza con las fauces abiertas con la intención de engullir a Varg. Æsa gritó, se adelantó dando bandazos y hundió la lanza en el cuerpo de la criatura. Esta corcoveó y chilló, con Varg todavía aferrado a ella y asestándole puñaladas. Se oyeron más gritos y alaridos y Varg vio fugazmente que Glornir entraba en el claro seguido por Ingmar y Svik y otras figuras que no alcanzó a distinguir.

El comelenguas dio una sacudida brutal y envió a Varg a las aguas poco profundas de la charca, entre juncos putrefactos, y luego se irguió sobre él con la boca completamente abierta.

El hacha larga de Glornir impactó en su cabeza con un ruido de succión y se hundió hasta el fondo. La criatura se estremeció, se sacudió con espasmos y se desplomó con medio cuerpo dentro del agua y el otro medio fuera.

Varg salió arrastrándose de la charca y tomó una bocanada de aire, ya que había cerrado la boca y contenido la respiración al caer al agua. Se levantó trabajosamente y corrió hasta Einar, que yacía en el suelo. Le levantó la cabeza y la apoyó en su regazo.

Medio Trol respiraba. Había perdido el conocimiento, tenía una abolladura en un costado del casco y un reguero de sangre le recorría el rostro hasta la barba. Varg le desabrochó el casco, se lo quitó y vio el pelo enmarañado y ensangrentado en su coronilla. Tenía el brazo doblado en un ángulo que no era natural y se veía el destello blanco del hueso. A Varg se le encogió el estómago y de repente se apoderó de él un miedo más grande ante la posibilidad de que Einar muriera que el que había sentido durante la batalla.

—¡No, no, no! —gritó Svik corriendo hacia Varg. Se dejó caer a su lado y puso dos dedos en el cuello de Einar. Otros Hermanos de Sangre se agruparon a su alrededor. Svik le examinó la herida y levantó con delicadeza los mechones apelmazados. Salía sangre de la herida y Svik la palpó con sumo cuidado—. Se ha partido el cráneo —murmuró—. Y tiene el brazo roto. Quizá algún hueso más.

—Uf. —Glornir se volvió para escupir.

Una mano se posó en el hombro de Varg.

—Aparta, Insensato —dijo Røkia. Varg se levantó con el cuerpo entumecido y Røkia ocupó su lugar—. Necesito agua, pero no me la traigáis de esa charca maldita. Id a buscar un barril al *Lobo del mar*. Y un rollo de lino.

Ingmar se dio la vuelta y salió del claro corriendo.

Røkia sacó el seax, cortó una tira de lino del bajo de su túnica interior y limpió con mucha delicadeza la herida de Einar.

—¡Jefe! —gritó Sulich—. ¡Deberías ver esto!

—Cuida de él —gruñó Glornir mirando a Røkia—. Edel, asegúrate de que no quedan más comelenguas por los alrededores.

Edel asintió con un gruñido y desapareció del claro con sus perros pisándole los talones. Glornir echó a andar con trancos seguido por Varg.

—Parece ser que nuestro barco no fue el primero que estos idiotas atacaron —dijo Sulich cuando Glornir llegó a su lado.

Pasearon la mirada por los hombres y las mujeres atados a los árboles.

—¿Está Jaromir? —gruñó Glornir acercándose a ellos.

Los druzhina miraron a Glornir. Algunos le sostuvieron la mirada, otros se encogieron y se retorcieron. Sangraban por la boca. Uno de ellos tosió y escupió sangre con los labios agrietados. Abrió la boca para hablar, pero tenía la lengua hinchada y ensangrentada.

«Parece que ha querido arrancarse la lengua con los dientes».

—Mátanos —balbuceó el hombre con la lengua hinchada mirando fijamente a Glornir. Tenía la barba entrecana y un largo bigote.

—¿Por qué? —quiso saber Glornir.

—Esa cosa —dijo sacudiendo la cabeza en dirección a la criatura muerta derrumbada en la orilla de la charca—. Se comió a algunos de nosotros. Se los tragó enteros. A otros los… infectó, se los metió en la boca y les llenó de su moco la boca y la nariz. —Profirió un gemido ahogado—. Nos introdujo su porquería.

—¿Sois druzhina de Jaromir? —preguntó Glornir.

—Ajá. —El hombre asintió.

—¿Dónde está él?

El hombre se quedó callado.

—Puedo irme y dejaros aquí, con esas cosas en la boca —dijo Glornir—. O puedo ayudaros y hacer lo que me pedís.

El hombre atado miró a Glornir con los labios apretados y una expresión suplicante en los ojos.

—Vamos, Sulich —dijo Glornir dando media vuelta y marchándose de allí.

—El príncipe Jaromir no viajaba en nuestro barco —soltó el druzhina—. Nosotros íbamos en un knarr con los caballos y perdimos el drakkar de Jaromir en la niebla. Cuando el sol la disipó, nos encontramos navegando entre estas islas y… —Frunció la boca y señaló con la barbilla los cuerpos de los comelenguas muertos diseminados por el claro—… nos atacaron.

—Hum —gruñó Glornir—. ¿Sabes quién soy? ¿Sabes por qué busco a tu príncipe?

—Sois los Hermanos de Sangre. Tú eres el jefe —respondió el druzhina—. El príncipe Jaromir tiene a tu mujer.

Un temblor recorrió a Glornir.

—¿Adónde va con Vol?

—Soy un hombre del príncipe —dijo el druzhina.

Glornir se puso en cuclillas y le crujieron las rodillas.

—Esa cosa que tienes en la boca, ¿sabes lo que va a hacerte? Se comerá tu lengua y luego te infectará el cerebro hasta que no seas más que un recipiente vacío. ¿Es esa la muerte que deseas? ¿Tú, un orgulloso y feroz druzhina de Iskidan?

El druzhina torció el gesto.

—Jaromir lleva a tu mujer a Valdai.

CAPÍTULO CINCUENTA Y CUATRO

BIÓRR

Biórr se echó a un lado y pivotó sobre el pie adelantado al mismo tiempo que levantaba el escudo para bloquear con el umbo el golpe de un hacha larga. Se oyó un estruendo apagado cuando desvió el hachazo, se aproximó al hombre que esgrimía el hacha y hundió el seax de abajo arriba en la barriga de Storolf. O eso habría sucedido si la hoja del seax no hubiera estado envuelta en una piel de carnero.

—Y está muerto—dijo Biórr apartándose de Storolf y volviéndose hacia la fila de niños que lo miraban con atención.

Como colofón de la exhibición, Storolf se dejó caer de rodillas y se desplomó sobre el frío suelo de piedra, gruñendo y retorciéndose. Algunos niños rieron disimuladamente.

Se encontraban en la vasta cámara de la entrada de Nastrandir. La sombras oscilaban y en las paredes resonaban los golpes de las armas de prácticas. Algunos Alimentadores de Cuervos estaban enseñando a los niños corrompidos mayores mientras otros lo hacían a los adoradores de la dragona o practicaban entre ellos. Ilska había establecido un estricto programa de trabajo al día siguiente del banquete en el salón de Rotta, como lo habían empezado a llamar todos.

«Nos preparamos para la guerra —les había anunciado Ilska—. Se acerca el momento de marchar como los paladines de Lik-Rifa. Debemos ser dignos de ella».

—Storolf tenía el hacha larga, que tiene un alcance mayor —explicó Biórr a la docena de niños que lo observaban mientras él tendía la mano a su amigo y lo ayudaba a levantarse.

Storolf siempre tenía a punto una broma para los niños, pero ese día estaba diferente, callado y reservado.

—Decidme, ¿qué he hecho para poder matar a Storolf con un pequeño cuchillo? —Biórr levantó el seax y lo hizo girar entre los dedos.

—Lo has apuñalado —dijo Harek mirando a Biórr como si este fuera un poco tonto. Algunos niños rieron.

—Así es, Harek, pero ¿cómo lo he hecho para acercarme lo suficiente a él para apuñalarlo con un arma tan corta, cuando Storolf estaba atacándome con su hacha larga?

Harek se rascó la cabeza.

—Has usado el escudo para abrir un hueco en su defensa —dijo otra voz. Era Breca, flanqueado por Harek y Bjarn.

—Buen chico —le felicitó Biórr—. Breca tiene razón, y cuando estás dentro del alcance de la cabeza de su hacha, Storolf está desprotegido. Pasa lo mismo con el resto de las armas largas, como la lanza.

—¿Y la espada? —preguntó Breca.

—Ah, la espada es un mundo aparte. No se puede desviar ni entrar en su distancia de alcance sin temor a recibir un espadazo. Incluso la empuñadura de la espada es un arma. Puede partirte el cráneo o machacarte la cara, romperte los dientes o hacerte puré un ojo.

—Por eso quiero aprender a manejar la espada —dijo Breca encogiéndose de hombros—. No el seax, ni la lanza, ni el hacha. La espada.

—La espada es el arma de los ricos o de los expertos —dijo Biórr—. Son más caras que cualquier otra arma, así que solo las poseen los ricos, o los que son lo suficientemente hábiles para matar al propietario de una. —Se encogió de hombros—. Si quieres una espada, aprende a manejar el resto de las armas o cásate con una jarl rica.

Los niños rompieron a reír.

—Tú tienes una espada —repuso Breca con el ceño fruncido, señalando con la cabeza el acero que colgaba sobre la cadera de Biórr.

—Así es. —Biórr asintió.

—¿Cómo la conseguiste? —quiso saber Breca.

—Bueno, solo os contaré que nunca he sido rico ni me he casado con una jarl.

—Entonces, ¿cómo...? —empezó Harek desconcertado, pero Breca le dio un codazo.

—La ganó en un combate —dijo Breca—. Se la quitó a su rival muerto.

—Ah. —Harek frunció el ceño y sonrió asintiendo con la cabeza—. Entonces eso tendrás que hacer tú, Breca.

—Esa es mi intención —afirmó Breca, y su mirada se desvió hacia donde había un puñado de Alimentadores de Cuervos entrenando, entre ellos Brák el Azote de los Troles, empuñando su fina espada envuelta en lana. Estaba preparado, con las piernas flexionadas, para recibir a la guerrera que avanzaba hacia él, una mujer grande que esgrimía un hacha larga. Con una velocidad pasmosa, Brák derribó a la mujer y la inmovilizó en el suelo con un pie plantado en el pecho y la espada apuntando a su cuello. Una sonrisa se dibujó en el rostro del guerrero.

—Olvídalo —le dijo Storolf a Breca—. Ahora estamos todos en el mismo bando. Coged los escudos y practicad en pareja. Uno con la lanza y el otro con un destral o un seax.

Breca frunció el ceño, pero no dijo nada. El grupo de niños cogió armas de prácticas y escudos de los soportes y formaron parejas. Biórr dio la señal para que empezaran y él y Storolf se pasearon entre ellos corrigiendo la manera de empuñar el arma y la postura del cuerpo, dando consejos sobre el movimiento de los pies y el equilibrio.

—Olvidad los pomposos movimientos que habéis oído en las sagas —dijo una nueva voz retumbante.

Biórr se dio la vuelta y vio que Rotta caminaba con trancos hacia ellos. De su cinturón colgaban dos seax, un hacha y una espada.

—Atacad los pies y los tobillos —gruñó arrugando la cara—. Apuñaladle las pelotas, cortadle los dedos, hacedle un agujero en la garganta o en la boca. Un seax en el ojo. Si vuestro enemigo lleva puesta una cota de malla, no dirijáis los ataques al torso, id a por las partes blandas, las desprotegidas. Haced lo que sea necesario para ser el que queda vivo.

Biórr sintió que su bestia emergía en sus venas, excitada y ávida de sangre y caos, cuando Rotta se acercó a él. Hizo un esfuerzo para aplacarla.

Los niños hicieron una breve pausa, embelesados mientras un dios se paseaba entre ellos, y luego reanudaron el entrenamiento con un fervor renovado. Biórr se fijó en que su agresividad crecía como un pan dentro de un horno. Acertaban más golpes en el rival y se oían más gemidos de dolor y gruñidos de rabia.

Rotta se detuvo al lado de Biórr y de Storolf.

—Son unos monstruitos feroces, ¿eh? —comentó Rotta mostrando sus grandes dientes al sonreír. Todo rastro de violencia había desaparecido de su voz.

—Todos tienen la sangre de un dios muerto en las venas. —Storolf se encogió de hombros—. Se convertirán en buenos guerreros.

—No todos los dioses estamos muertos. —Rotta sonrió, guiñó un ojo y dio una palmada en la espalda a Biórr—. Estás haciendo un buen trabajo, sigue así —añadió, y se alejó para echar un vistazo a otro grupo de niños.

El comentario llenó de orgullo a Biórr, que paseó la mirada por la cámara y los guerreros que entrenaban, reían, cocinaban, cosían, algunos corrompidos, otros sin una gota de sangre de los dioses en las venas, todos a salvo entre las gruesas paredes de Nastrandir. Entre ellos vio a Lik-Rifa.

Esbozó una sonrisa y dio una palmada en la espalda a Storolf.

—Observa, amigo mío. Esto es lo que siempre habíamos deseado. Nuestros amigos, nuestra familia, luchando por un mundo nuevo.

Oyó que Storolf sorbía por la nariz y se quedó pasmado al ver que corría una lágrima por la mejilla del hombretón.

—¿Qué pasa, amigo?

—Mi hermano Kalv —musitó Storolf—. He tenido sueños oscuros con él, pero me digo que solo son sueños. Ahora, sin embargo… —Su cara se contrajo con una mueca de dolor y se golpeó el pecho a la altura del corazón—. No lo siento. Es mi hermano y no lo siento. —Miró a su alrededor buscando a su padre.

Fain se separó de un grupo de adoradores de la dragona a los que estaba entrenando y enfiló hacia Storolf, con las arrugas de la edad más pronunciadas en el rostro.

—Estoy preocupado por Kalv, papá.

—Yo también —dijo Fain envolviendo a Storolf con sus grandes brazos.

Biórr no dijo nada y se limitó a poner una mano en el brazo de Storolf. Conocía los vínculos que existían entre los integrantes de una familia de corrompidos y sabía que lo que Storolf sentía significaba que Kalv probablemente había muerto.

Sonaron los cuernos y se abrieron las puertas con un crujido. Un haz de luz penetró en la cámara acompañado por una ráfaga de viento y lluvia que hizo agitarse y crepitar las llamas en los braseros. Recortadas en la pálida y cenicienta luz del día aparecieron unas siluetas que avanzaban correteando con numerosas piernas. Biórr vio el destello de ojos arracimados y el brillo del hielo en colmillos azulados.

—Arañas del hielo —masculló Storolf secándose las lágrimas de los ojos con el dorso de la mano.

Más de una veintena de criaturas entraron en la cámara agrupadas, arañando el antiquísimo suelo de piedra con unas garras dotadas de pinchos. Lik-Rifa se levantó de su trono para recibirlas. No eran los primeros vaesen que llegaban a Nastrandir en respuesta a la llamada de la diosa dragona. Más tennúr se arremolinaban en las tinieblas del techo de la caverna y una veintena de musculosos skraeling se movían alrededor de Lik-Rifa como un puño protector, con sus cuerpos grisáceos envueltos en pieles y prendas de cuero toscamente cosidas y rudimentarias armas de pesado hierro colgadas de sus cinturones y tahalíes. En los márgenes de las sombras, tendidas entre las altísimas columnas de la cámara, Biórr apenas distinguía el brillo de las telarañas, con unos hilos gruesos como cuerdas, de las primeras arañas que habían llegado a Nastrandir. Y sobresaliendo de otra columna se veía el nido hecho por un enjambre de hyrndur que había entrado zumbando en la cámara. Incluso el imponente Drekr se había puesto nervioso cuando aparecieron los hyrndur. Los troles habían hecho de un rincón de la cámara su hogar, y una docena de ellos estaban sentados alrededor de un gran caldero de gachas. El penetrante olor a amoníaco de su orina y sus heces inundaba la caverna. Lik-Rifa había cedido una cámara a un aquelarre de brujas nocturnas porque preferían vivir en la oscuridad. Biórr se había estremecido cuando pasaron cerca de él, etéreas y flotando como la niebla.

«Pero todos son creaciones de Lik-Rifa, nacidos y criados en las tinieblas de la sima de los vaesen, antes de que la caída de Snaka destruyera la montaña Eldrafell y provocara los ríos de fuego que obligaron a los vaesen a huir en busca de un lugar seguro en el mundo exterior».

Lik-Rifa hincó una rodilla en el suelo según se acercaban las arañas del hielo. Una de las criaturas se separó del grupo. Tenía el cuerpo cubierto de gruesos pelos y plagado de cicatrices. Levantó las patas delanteras y acarició, como tanteando, la cara y el cuerpo de Lik-Rifa.

—Ay, mis pequeñitas —dijo canturreando la diosa dragona, y el resto de las arañas corretearon para rodearla y desaparecieron de la vista cuando apretaron contra ella sus cuerpos abotagados y peludos.

Biórr oyó la voz de Lik-Rifa, aunque no alcanzó a entender lo que dijo, y luego las arañas se marcharon, se agruparon alrededor de una columna con una serpiente esculpida y comenzaron a trepar por ella. Desaparecieron en la penumbra del techo, de donde colgaban las telarañas heladas.

Lik-Rifa se puso en pie e hizo una señal a uno de los skraeling que había cerca de ella, como un guardaespaldas. Este se llevó el cuerno a los labios torcidos y sopló. El vibrante sonido del cuerno retumbó siniestramente en la cavernosa cámara.

—Ha llegado el momento de hablar sobre la guerra —anunció Lik-Rifa.

Biórr era uno más en la multitud congregada. Fain, Storolf e Ilmur estaban pegados a él en el semicírculo que formaban los Alimentadores de Cuervos y los adoradores de la dragona delante de Lik-Rifa sentada en su trono de serpiente. La mayoría de los niños estaban diseminados, así como una veintena de skraeling, enjambres de tennúr y un puñado de troles. Biórr vio en la parte de atrás de la cueva las oscuras formas de las brujas nocturnas flotando en el aire, y, desplegados en los márgenes de la cámara, unos cuantos spertus permanecían quietos como estatuas, con sus rostros que semejaban cera derretida y los aguijones goteando un fluido negro arqueados sobre la espalda. Para alivio de Biórr, las arañas del hielo y los hyrndur no parecían interesados en los detalles de los planes de guerra de Lik-Rifa, si bien Biórr vislumbró la sombra de un movimiento en las tinieblas que se extendían encima de su cabeza, justo fuera del alcance de la luz, y el destello de las llamas reflejadas en racimos de ojos.

—Me siento más fuerte y descansada —declaró Lik-Rifa sonriendo y estirándose lánguidamente, como un gato después de haberse dado un festín con un ratón o un pájaro—. Y me siento mejor por tener a mis vaesen conmigo. —Señaló a los vaesen repartidos por la cámara—. Así como a aquellos por cuyas venas corre mi sangre. —Dirigió a Ilska una amplia y perezosa sonrisa—. Y, por supuesto, vuelvo a tener a mi hermano a mi lado. —Estiró el brazo y apretó la mano de Rotta, que estaba de pie a su izquierda—. Soñé con todo esto durante los largos y solitarios años que pasé encerrada en las entrañas de Oskutreð. —Un escalofrío le recorrió el cuerpo y Biórr advirtió en ella un asomo de la rabia que parecía a punto de aflorar en todas las emociones de Lik-Rifa. Su rostro se contrajo y se vislumbraron escamas de dragón y dientes, pero exhaló un largo suspiro y recuperó la calma recostada en su trono.

»Sin embargo, por muy grato que sea esto, no podemos quedarnos aquí para siempre. En primer lugar, porque este nuevo mundo ha cometido una gran injusticia con mi linaje y los de mis hermanos y hermanas. —Alzó la vista hacia Rotta y sonrió—. ¡Quiero CASTIGARLOS por lo que han hecho! —bramó con los ojos desorbitados.

Biórr levantó la mano hacia las cicatrices en su pecho y respiró hondo mientras se imaginaba cómo sería el mundo cuando lo cambiaran. «Los corrompidos ya no serán esclavizados —pensó—. Se acabarán las palizas y la depravación, el odio y la vergüenza. —Solo de pensarlo se puso más derecho y levantó un poco más la cabeza—. Me siento orgulloso de estar aquí y de formar parte de la espada que traerá la libertad». Compensaba todo el sufrimiento que había padecido y hacía que el dolor y el sacrificio hubieran valido la pena. Y también esos oscuros actos que lo atormentaban: las mentiras y los engaños, las traiciones y los asesinatos. Se le apareció el rostro de Agnar, arrodillado en la ceniza de la planicie de Oskutreð con la mano tendida hacia él.

—Y la otra razón por la que debemos actuar —continuó Lik-Rifa una vez recuperada la compostura— es Ulfrir. El niðing de mi hermano está ahí fuera, acechando y conspirando. Posee la astucia del lobo y seguramente solo piensa en cómo desgarrarme el cuello con sus dientes. —Se revolvió en el trono y las serpientes de piedra se retorcieron y sisearon cuando ella giró la cabeza a izquierda y a derecha—. Seré yo quien le arrancaré la cabeza peluda del cuerpo —gruñó.

—¡Lucharemos hasta que volvamos a ponerlo bajo tierra! —gritó Ilska desde la multitud.

—Sí —dijo Lik-Rifa sonriéndole—. Sé que lo haréis. Pero antes hay que encontrarlo. Así que arrasaremos Vigrið hasta que aparezca. Ilska, háblame de nuevo sobre el mundo que hay fuera de mi hogar.

—Al sur —dijo Ilska—, a no más de un par de días de marcha de aquí, está Svelgarth. Allí encontraréis al jarl Orlyg, uno de los tres poderes de Vigrið. Es viejo, pero es un hombre robusto y belicoso, si bien más débil que sus dos rivales. En sus fronteras lucha con Helka, que se autodenomina reina…

—Despreciable ilusa —gruñó Lik-Rifa—. En Vigrið solo hay una reina.

—Helka es probablemente la más fuerte de los tres —continuó Ilska—, si tenemos en cuenta el número de jarl menores, drengir y guerreros que tiene bajo su mando. Su territorio se extiende hasta el río Slågen, y todo lo que queda al oeste de ese río pertenece al jarl Störr. Los tres son ambiciosos y fuertes a su manera. Orlyg es un guerrero. Helka es implacable. Störr es inteligente.

—Entonces, hermana, ¿cuál es el plan? —preguntó Rotta.

—Los mataremos a todos —respondió Lik-Rifa encogiéndose de

hombros con aire despreocupado—. Empezaremos por ese Orlyg de Svelgarth. Luego iremos a por Helka y finalmente a por Stôrr. Y por el camino liberaremos a tus descendientes corrompidos y nos apoderaremos de las bandas de guerreros de esos jarl menores y pretendientes hasta que encontremos a Ulfrir escondido en su guarida. Y entonces lo mataremos.

CAPÍTULO CINCUENTA Y CINCO

ORKA

Orka echó tierra con el pie para apagar el pequeño fuego mientras se preparaban para partir. Durante los dos últimos días, Sæunn los había llevado hacia el norte bordeando el lago Horndal siguiendo el rastro de Myrk y luego hacia el sur, rodeando las laderas boscosas de las Dorsales. Elvar había acertado: llevaban a Breca hacia el este, no hacia el oeste como le había jurado Myrk. Le hirvió la sangre y oyó un aullido lejano al pensarlo. Imágenes de sangre y carne desgarrada le inundaron la cabeza.

«Espera —tranquilizó a su lobo interior—. Volveremos a encontrarnos con Myrk…».

Unos sorbidos ruidosos atrajeron la mirada de Orka y vio la lengua gorda y negra de Spert lamiendo los restos de gachas de un cuenco. Vesli estaba sentada en una piedra con el ceño fruncido mientras sopesaba su bolsita de dientes, que parecía mucho más ligera que cuando salieron de la cámara de Rotta.

—¿Cuál de los dos es mejor volador? —les preguntó Orka.

Los dos vaesen interrumpieron lo que estaban haciendo y la miraron.

—Ella —dijo Spert con la voz ronca, señalando con una antena a Vesli.

—¿Es verdad? —dijo Orka mirando a la tennúr.

Vesli asintió.

—Spert es más gordo que Vesli —respondió sorbiendo por la nariz.

Spert mascculló algo ininteligible.

—Necesito que me hagas un favor —dijo Orka. Metió la mano debajo de la capa y sacó el brazalete de plata que Elvar le había entregado—.

Quiero que encuentres a los Hermanos de Sangre y le des a Glornir un mensaje. Y este brazalete. —Lanzó el aro de plata hacia Vesli, que abrió las alas y se elevó como un rayo para atrapar el brazalete con uno de sus pies con garras curvas. El peso del aro le hizo perder un poco de altura y Orka frunció el ceño—. ¿Qué distancia puedes recorrer en un día con el peso adicional del brazalete?

—No lo sé. —Vesli se encogió de hombros—. Pero Vesli lo hará por el ama. No le importa el tiempo que tarde. ¿Cuál es el mensaje, ama? —preguntó, a pesar de que una expresión de preocupación le cruzó la cara de huesos afilados.

—Es un mensaje de Elvar, la jefa de los Terrores de la Batalla. —Orka hizo una pausa e hinchó los carrillos mientras paseaba la mirada por la cordillera que estaban siguiendo—. Dame un tiempo. Tengo que darle unas vueltas. —Tendió la mano hacia Vesli y la tennúr dejó caer el brazalete para devolvérselo.

Se oyó un tintineo de cascos y arreos y Lif apareció con las riendas de su caballo y de Trúr en las manos. Orka le dio las gracias con la cabeza, cogió las riendas y se montó en la silla. Tenía los músculos entumecidos por el frío.

—Sæunn.

La thrall hundur echó a correr hacia el este siguiendo el rastro de Myrk.

Orka se revolvió en la silla de montar y se ciñó la capa al cuerpo. El frío aumentaba a medida que se acercaban al noreste. A lo lejos apenas si distinguía la figura de Sæunn, que se había agachado para examinar algo en el suelo. El rastro que seguían se adentraba en un denso bosque de pinos en las estribaciones septentrionales de la cordillera Dorsal. A simple vista, el suelo estaba cubierto por una mullida alfombra de hojas de pino, pero, según se acercaba allí, Orka vio que los árboles crecían cada vez más dispersos y terminaban cuando el terreno se empinaba hacia unos vastos prados salpicados de rocas negras. Sæunn estaba agachada en el borde del pinar, con los ojos fijos en el terreno que se extendía delante de ella.

—¿Qué pasa? —preguntó Orka deteniendo su caballo.

Sæunn se puso de pie y señaló el suelo, donde había una gran franja de hierba levantada y arrancada, como si alguien hubiera pasado por allí arrastrando un tronco recubierto de púas. Orka siguió el rastro y vio que ascendía y atravesaba los prados hasta desaparecer en más árboles que se veían a lo lejos.

—¿Qué ha hecho esto? —preguntó Gunnar Proa cuando se detuvo a lomos de su caballo junto con los demás.

Habían visto muchas huellas en los últimos días de viaje, todas de diferentes especies de vaesen: skraeling, troles, faunir… Y todas se dirigían al este.

—Es la primera vez que veo esta clase de huellas —dijo Sæunn con el ceño fruncido—. Lo que las ha hecho no iba solo. Son de un grupo numeroso.

Sæunn pasó la mano por el suelo removido y, cuando la levantó, se apreciaban en ella unos pálidos destellos, unos pelos casi invisibles cubiertos de rocío que reflejaban la luz del sol. Sæunn se acercó la palma de la mano a la cara y se la olió. Luego hizo una mueca y se limpió la mano en la túnica.

—Arañas del hielo —dijo.

Lif gruñó en su silla de montar y se giró para echar un vistazo a los árboles que se alzaban a su espalda, con la lanza firmemente aferrada con las dos manos apuntando a las sombras.

«Tiene un mal recuerdo de las arañas del hielo», pensó Orka, que también lanzó una mirada atrás y divisó el brillo de un grueso hilo de telaraña de hielo que colgaba entre unas ramas.

—Acuden en respuesta a la llamada de Lik-Rifa —murmuró Spert levantando la cabeza desde el lugar donde dormía cruzado en la silla de montar de Orka.

La idea de que un número incontable de vaesen estuviera acudiendo en manada a la llamada de Lik-Rifa no era agradable, ni presagiaba nada bueno para el futuro de Vigrið.

«No puedo pensar en eso. Para mí solo existe Breca».

Reanudaron la marcha a través de los prados y las mariposas alzaban el vuelo delante de los cascos de sus caballos. Al norte, el mundo se precipitaba hacia una llanura ondulada surcada de ríos y simas tenebrosas y salpicada de escabrosos peñascos y espesos bosques. Aquí y allá se alzaban columnas de humo desde granjas aisladas. El mundo al norte de la cordillera Dorsal era diferente al del sur. En el sur también merodeaban los vaesen, pero se mantenían ocultos en las sombras y acechaban en las montañas y en las profundidades de los bosques, mientras que abundaban las personas, que prosperaban en sus fortalezas y poblaciones. Al norte de las Dorsales, sin embargo, ocurría lo contrario. Los vaesen vivían sin miedo de ser cazados por los humanos y las pocas personas que podían encontrarse vivían aisladas, en granjas separadas por grandes distancias.

«Gente como yo, que quería una vida solitaria».

Cruzaron rápidamente los prados porque Orka se sentía expuesta en terreno abierto, pero aminoraron el paso y avanzaron con más cautela cuando se adentraron en el bosque que se extendía al otro lado. El terreno recuperaba su aspecto normal y Sæunn encontró más marcas y rastros de telarañas en la corteza de los árboles.

—Regresaron a las copas —dijo la thrall hundur.

Orka dejó que el lobo se filtrara en ella para que le aguzara la vista, el olfato y el oído, pero no vio ni olió nada.

—¿Ves algo? —preguntó a Halja, que llevaba al águila Orna en la sangre, así que era la que tenía una vista más aguda entre ellos.

El aire vibró en torno a Halja y Orka vio que sus ojos se transformaban en unos puntitos ambarinos y dorados.

—Telarañas. Muchas —respondió Halja—. Pero cuelgan sueltas, mecidas por la brisa. Hace tiempo que las arañas se marcharon de aquí.

—Y en la misma dirección que nosotros —murmuró Revna Patas de Liebre mirando al frente, a través de las laderas pobladas de pinos.

—Ajá. Estad atentos —les advirtió Orka—. Mantened las manos cerca de las armas, que estén sueltas en las fundas. Y, Sæunn, ten cuidado. No quiero que acabes convertida en la cena de una araña del hielo.

—Sí, ama Orka —dijo Sæunn, y se puso en marcha.

Continuaron el viaje a través del pinar, donde reinaba un silencio opresivo e inquietante. Orka dio un tirón a las riendas para aminorar el paso y cabalgar al lado de Lif, que no despegaba los ojos de las copas de los árboles.

—Tu hermano era un hombre valiente —comentó Orka.

Lif frunció el ceño y se tomó un momento para asimilar sus palabras.

—Yo también lo pensé siempre —dijo finalmente—. Pero ¿por qué lo dices?

—Porque cuando tú estabas tirado en el suelo retorciéndote y echando espuma helada por la boca con el veneno de la araña del hielo en tus venas, Mord se quedó a tu lado y luchó. Mató muchas arañas.

—¿En serio? —preguntó Lif. Su semblante se suavizó un poco—. No recuerdo nada. Hasta la torre…

—Me di cuenta de lo asustado que estaba cuando entramos en el bosque, pues sabía que podría haber arañas del hielo encima de nosotros, en las ramas, y aun así se quedó. Aguantó y venció su miedo. Se ganó mi respeto —dijo Orka.

—Ajá. —Lif asintió. Le caían lágrimas por las mejillas y se quedó callado un momento—. Creía que pensabas que Mord era un cobarde. —Sorbió por la nariz—. Por lo asustado que estaba.

Orka recordó lo que Thorkel solía repetir a Breca, casi podía oír su voz dentro de su cabeza: «El verdadero valor es sentir miedo y quedarse para hacerle frente, no huir de él».

—No —repuso Orka—. Nunca pensé que fuera un cobarde. Todos sentimos miedo. No hay que avergonzarse por ello.

—Tú no —dijo Lif, resoplando.

«Yo siento miedo todos los días. Casi todos los momentos de vigilia. Miedo de fallar a Breca, de no encontrarlo, de no volver a ver su cara, tocar su mejilla, abrazarlo y besarlo otra vez. Miedo de que Thorkel yazga frío en su túmulo sin ser vengado». Un escalofrío le recorrió el cuerpo, casi un dolor físico, como si le estrujaran el corazón.

Cabalgaron en silencio un rato, Orka abismada en su oscuro terror al fracaso.

—¿Por qué nos metiste en un nido de arañas del hielo? —Lif arrancó a Orka de sus tenebrosos pensamientos con su pregunta—. ¿Por qué ayudaste a aquellos cuervos atrapados en la telaraña?

—Porque soy idiota —gruñó Orka.

—Eres muchas cosas, Orka Machacacráneos —repuso Lif—, pero yo no pondría idiota en la lista.

—Hum.

—¿Por qué, entonces?

Orka suspiró.

—Por Breca —dijo recordando la noche anterior a su rapto, cuando Breca salvó una polilla atrapada en una telaraña. Le contó la anécdota a Lif—. "No es una buena muerte, mamá", me dijo. "Ni quedarse de brazos cruzados y dejar que ocurra". —Orka se encogió de hombros.

—Entiendo —dijo Lif asintiendo con la cabeza.

Volvieron a quedarse callados.

—¿Te sientes sola? —preguntó Lif al cabo de un rato.

Orka lo miró con el ceño fruncido sin responderle.

«Llorar la pérdida de alguien es vivir atrapado en un mundo de soledad».

—Yo sí —dijo Lif—. ¿Alguna vez piensas en el consuelo, tienes la esperanza de que algún día lo encontrarás?

—Solo encontraré consuelo cuando el cadáver de Drekr se retuerza a mis pies —masculló Orka bajando una mano a uno de los seax del descendiente de la dragona enfundados sobre su regazo.

—Y yo cuando mate a Guðvarr —afirmó Lif—. Pero me refiero a otra cosa, a algo más. —Miró de reojo a Halja Nariz Chata, que cabalgaba bastante adelantada, sin quitar sus ojos de águila de Sæunn.

—Ah —dijo Orka entendiendo lo que quería decir.

—Pero seguro que piensa que soy un débil y un patético —dijo abatido Lif.

—Si es que piensa alguna vez en ti —apuntó Orka.

Lif la miró desconcertado.

—Vaya, gracias por los ánimos.

A Orka se le dibujó una tímida sonrisa, lo cual era bastante raro últimamente.

—Tenéis algo en común, y el compañerismo a menudo empieza así —dijo Orka.

—¿Algo en común?

—El dolor —murmuró Orka—. Tenéis en común el dolor por una pérdida.

—Sí —repuso Lif—, compartimos eso.

—Y le gusta cómo cantas —terció Revna Patas de Liebre a su espalda.

Lif se sobresaltó y se volvió en la silla de montar.

—¡Nos estabas escuchando! —exclamó ruborizándose.

—Es aburrido cabalgar día sí y día también. Por fin ha surgido un tema de conversación interesante. Puedo ayudarte. —Revna sonrió a Lif y Gunnar Proa rio entre dientes.

—Olvidas una cosa —observó Gunnar—. Halja solo se lía con mujeres.

—Pero recuerdo a aquel tipo en Liga —dijo Revna con el ceño fruncido—. Se lo tiró.

—Ya, pero luego lo mató.

Las arrugas en el entrecejo de Revna se hicieron más profundas.

—Porque le hizo trampas al tafl, no porque tuviera una serpiente entre las piernas.

—¿Estás segura?

—No. —Revna se encogió de hombros. Miró a Lif—. No hagas caso a Gunnar, yo te ayudaré con Halja.

—Me gusta Halja —dijo Lif—, pero suena un poco...

—¿Peligroso? —Gunnar acabó la frase por él, negó con la cabeza y sonrió.

Revna no dijo nada y sonrió a Lif guiñándole un ojo.

Orka divisó un oscuro montículo en el camino un poco más adelante y un hedor nauseabundo se adhirió a su garganta cuando Trúr pasó por encima de él.

—¿Qué es este olor? —preguntó Lif resollando. Hizo una mueca de asco y se tapó la nariz con el dorso de la mano.

—Mierda de skraeling —dijo Revna.

—Odio a los skraeling —gruñó Gunnar.

El sonido grave y reverberante de un cuerno retumbó en el bosque y agitó las copas de los árboles.

—Por los dioses muertos, ¿qué es eso? —exclamó Lif con cara de preocupación.

Orka espoleó a Trúr y chasqueó la lengua. Torcieron en un recodo del camino y vieron a Halja y a Sæunn detenidas en el borde de otra ondulante pradera. La pálida luz del sol moteaba el suelo a través de las ramas que se mecían. Orka no tuvo que preguntarles por qué se habían detenido. Miraban fijamente la granja cercada por una empalizada al abrigo del bosque al final de la ladera y del sinuoso prado. Los graves bramidos del cuerno llegaban desde la granja, y detrás de ellos Orka distinguía en la brisa unos gritos. Una columna de humo negro ascendía en el cielo.

—Será mejor que echemos un vistazo, ¿no crees, jefa? —dijo Halja Nariz Chata.

«La desgracia de los demás no es problema mío —pensó Orka—. Vivimos en un mundo de dientes y garras. —Miró al cielo y giró el cuerpo en la silla de montar buscando el sol. Hacía rato que el sol había superado su punto más alto y ya descendía por el oeste detrás de ellos—. Pero no quiero que nada nos ataque por la espalda durante la noche».

—Ajá, echaremos un vistazo —repuso Orka.

CAPÍTULO CINCUENTA Y SEIS

ELVAR

Elvar se encorvó y tiró del remo. Encorvarse y tirar, encorvarse y tirar. Le gustaba remar, aunque algunos miembros de los Terrores de la Batalla habían arqueado una ceja al ver que se sentaba en su viejo baúl de remo. Agnar nunca había remado. Su anterior jefe prefería ocuparse del timón del *Jarl de las olas*; era una posición de poder, desde donde se guiaba y se controlaba el rumbo de la banda de mercenarios. Elvar lo había probado, pero descubrió que no le gustaba demasiado.

«Es raro, porque soñaba con ser la jefa y aferrar la caña del timón, soñaba con librarme del cansancio y la mundanidad del banco de remos». Pero en la caña del timón se había sentido aislada y tenía demasiado tiempo para pensar, sobre Lik-Rifa y su juramento, sobre adónde iba y a quién vería, todo demasiado rápido. Así que le había entregado la caña del timón a Sighvat y ella había regresado a su banco de remo, donde podía abstraerse en el ritmo del esfuerzo, el dolor de los músculos y los estertores de los pulmones.

—¡REMOS! —bramó Sighvat.

Todos a una, los remeros levantaron los remos para sacarlos del agua clara creando una cortina centelleante de gotitas heladas y los guardaron en los soportes de la cubierta. El *Jarl de las olas* se deslizó manteniendo la velocidad gracias a la corriente y el segundo turno de remeros se sentó en los bancos e introdujo sus remos en las portas.

—¡PREPARAOS! —gritó Sighvat—. ¡REMAD!

Los remos volvieron a hundirse en el río e impulsaron el barco.

Elvar se puso derecha y estiró la espalda, se levantó y fue hacia la cubierta. Desde que partieron de Starl habían recorrido un buen tramo del río Hvítá, y la decisión de remar en dos turnos había contribuido a ello. Gracias a eso, los remos los impulsaban ininterrumpidamente hacia su objetivo desde el amanecer hasta que se detenían por la noche para acampar. Pero también ayudaría a que los guerreros no estuvieran agotados cuando llegaran a Snakavik.

«Probablemente necesitaremos todas nuestras fuerzas».

—Toma —dijo Grend ofreciéndole su cantimplora de piel repujada.

Elvar bebió un trago largo mientras la brisa fría le secaba el sudor. Cogió la capa de piel de oso de Agnar. «Mi capa de piel de oso». Se envolvió los hombros con ella, dio media vuelta y recorrió la cubierta en dirección a Sighvat.

—Llegaremos antes de lo previsto, jefa —dijo Sighvat cuando vio llegar a Elvar. Ulfrir estaba sentado en la sombra, entre unas pilas de baúles y barriles, embozado con una capa. Skuld estaba de pie y observaba la tierra que los rodeaba.

—Ajá —dijo Elvar. El temor y la emoción pugnaban en su interior al pensar en ello. «Estaré un paso más cerca de sacarme de las venas este juramento de sangre, pero eso significa...». Sacudió la cabeza. No sentía ningún deseo de pensar en las consecuencias.

Elvar vio un knarr mercante río abajo que se dirigía hacia el *Jarl de las olas*. La tripulación remaba y hacía avanzar lentamente la embarcación contra la corriente y el viento.

El río Hvítá se había ensanchado desde que dejaran atrás el lago Horndal y el paisaje de montañas y colinas había dado paso a llanuras ondulantes a medida que el río se adentraba serpenteando en Vigrið y el reino de su padre, con bosques vastos y oscuros y praderas onduladas salpicadas de pueblos y aldeas. Todo lo que se veía estaba controlado con mano de hierro por el jarl Störr, su padre. Y ahora el río discurría de nuevo hacia el oeste, con los picos nevados de las Dorsales cada vez más grandes, y la acercaba al jarl Störr y al lugar donde había nacido. Se veía el destello verdoso y grisáceo de los huesos a través del suelo y de los árboles que tapaban el esqueleto que albergaban las Dorsales.

«De vuelta al principio. Mi principio. De vuelta a Snakavik».

El knarr mercante estaba un poco más cerca y había virado para dirigirse a la orilla más lejana del río, siguiendo un rumbo que lo apartara todo lo posible del *Jarl de las olas*.

«Huyen de un drakkar como una oveja de un lobo».

—Sighvat, acércanos a esa puerca gorda —ordenó Elvar.

—Ajá, jefa —gruñó Sighvat—. ¡REMOS, A MEDIO TIEMPO! —bramó, y el *Jarl de las olas* redujo la velocidad mientras él lo guiaba por el río.

Elvar apoyó las manos en la parte superior de la borda para observar el barco mercante. En cuanto el *Jarl de las olas* modificó su rumbo para dirigirse a él, Elvar vio movimiento en su amplia cubierta, y al cabo de unos pocos segundos, los rayos del sol se reflejaban en las puntas de las lanzas y en las cotas de malla de una docena de guerreros que se desplegaban por el lado de babor.

«Este mercante ha contratado escolta. Debe llevar una carga valiosa, y, si yo fuera Agnar, nos prepararíamos para abordarlo y teñir de rojo su cubierta».

Ya estaban lo suficientemente cerca como para que Elvar distinguiera los rasgos de los que iban a bordo. De pie en la proa vio a una mujer delgada y vestida elegantemente, con un gorro forrado de piel de borrego. De su cinturón con la hebilla de oro colgaba una bolsa estampada en oro.

Una flecha cortó silbando el aire y cayó al río salpicando débilmente.

—¡Osan levantar las armas contra mí, hija de Ulfrir y Orna! —exclamó Skuld al lado de Elvar—. ¡Voy a aplastarlos por su insolencia! Los mataré a todos, los descuartizaré, los ahogaré en su propia sangre...

—Los matarás cuando yo te lo diga —gruñó Elvar. Luego levantó las manos para amplificar su voz—. ¿TENÉIS NOTICIAS DE SNAKAVIK? —gritó hacia la mujer cubierta de oro.

El *Jarl de las olas* se acercó un poco más y entró en la distancia de alcance de las flechas.

—¡REMOS! —ordenó Elvar, y su tripulación levantó e introdujo los remos en el barco. El *Jarl de las olas* se deslizó por el agua perdiendo velocidad.

—¡Pagaréis con vuestra sangre y vuestras vidas si nos abordáis! —gritó la mujer.

—No me interesa vuestra carga. Solo quiero noticias, y estoy dispuesta a pagar por ellas —respondió a voz en cuello Elvar. Se quitó un brazalete de plata y lo arrojó hacia el otro barco. Vio como aterrizaba tintineando en la cubierta, a los pies de la comerciante. Esta lo recogió y lo mordió, lo examinó y puso los ojos como platos.

«Seguramente ese brazalete vale tanto como tu carga —pensó Elvar—, pero necesito noticias más que el oro y la plata».

—¿Y bien? —gritó Elvar—. No me obligues a ir allí a recuperar mi brazalete.

—El jarl Störr está reuniendo a sus drengir —dijo la comerciante desde el otro barco.

—¿Para qué?

—Para la guerra —respondió la mujer—. Contra Helka. El jarl Orlyg de Svelgarth está viajando a Darl y el jarl Störr sospecha que van a aliarse. Quiere atacar a Helka antes de que esté preparada. —La comerciante se encogió de hombros—. Al menos eso es lo que los drengir del jarl Störr les cuentan a las putas en la cama.

Elvar asintió con la cabeza.

—¡Gracias! —dijo. Se volvió hacia Sighvat—. Volvamos a nuestro rumbo.

—Ajá, jefa —dijo Sighvat, y gruñó mientras movía la caña del timón. La espadilla giró para alejar el drakkar de la orilla del río y el *Jarl de las olas* dejó atrás el knarr mercante surcando las aguas más profundas.

«Hacia Snakavik. Hacia la guerra».

Elvar notó un golpecito en el hombro mientras meditaba de pie en la proa. Era Grend.

—¿Qué quieres? —espetó.

Grend señaló hacia la orilla oeste del Hvítá. Un movimiento atrajo la atención de Elvar, que vio gente en la empinada ribera a estribor. Se dirigía al puente de madera que cruzaba el río. Eran treinta o cuarenta hombres y mujeres que formaban una columna algo desordenada. El acero de las moharras y las cotas de malla destellaba entre ellos.

«¿Más drengir que acuden a la llamada de mi padre?».

Elvar también vio carros cargados hasta los topes tirados por bueyes y, cuando el *Jarl de las olas* estuvo más cerca, distinguió niños entre los adultos. Llegaron al puente y empezaron a cruzarlo.

«Van hacia el este. Se alejan de Snakavik».

Al acercarse un poco más, Elvar se dio cuenta de que no eran drengir, o, si lo eran, deberían haberse avergonzado de sí mismos, porque sus cotas de malla estaban harapientas y oxidadas y las puntas de sus lanzas, sucias. Pero entonces vio sus escudos.

Llevaban un dragón gris pintado sobre un cielo blanco.

Elvar se quedó pasmada por la osadía de aquella gente.

Notó una presencia a su espalda y se encontró a Skuld plantada detrás de ella cuando se volvió, observando la misma escena. También a Ulfrir, que se echó hacia atrás la capucha de la capa y levantó la cabeza para olfatear el aire.

—Están al servicio de mi hermana —gruñó el dios lobo.

—¡Son adoradores de la dragona, atravesando tranquilamente las tierras de mi padre a plena luz del día, sin la menor preocupación! —murmuró Elvar. Recordó a los adoradores de la dragona que había visto colgando dentro de las jaulas en Snakavik, o lo que quedaba de ellos después de que los cuervos hubieran saciado su hambre. Soltó una carcajada al pensar en la cara que pondría su padre si los viera.

«Le daría un ataque de ira por su ofensa».

—Podríamos desembarcar y liquidarlos —sugirió Grend según se acercaba el *Jarl de las olas* al puente. Las pisadas y las chirriantes ruedas de los carros hacían que se desprendiera polvo de la parte inferior del puente. Elvar los miró desde abajo y luego echó un vistazo al este, en la dirección que los llevaba el drakkar.

—No, dejémoslos. Las batallas, mejor de una en una.

Pasaron por debajo del puente, a través de su sombra, y al salir al otro lado torcieron en un meandro del río.

Ulfrir bufó con los dientes apretados y con la mirada fija en un punto lejano.

—Padre —dijo.

El contorno del gran cráneo de Snaka se dibujaba a lo lejos, una silueta negra de colmillos y cuencas oculares. Sobre la cabeza de la serpiente muerta se alzaba la fortaleza de Snakavik.

CAPÍTULO CINCUENTA Y SIETE

ORKA

Orka subió a gatas por la pendiente cubierta de mantillo y raíces gruesas y retorcidas y asomó la cabeza al llegar arriba para echar un vistazo a través de los pinos.

La granja se hallaba debajo de ellos, a unas decenas de pasos. Una tosca empalizada hecha con troncos de pino rodeaba media docena de construcciones: una casa comunal, un granero, una porqueriza, un gallinero, un horno de carbón, una fábrica de cerveza, una forja. Orka solo veía una puerta en el cercado. Un arroyo atravesaba la granja y Orka se fijó en que se había hecho un hueco amplio en la empalizada en el lugar por donde entraba. Una de las hojas de la puerta se balanceaba colgada de una bisagra, mientras que la otra yacía pisoteada en el barro. En el centro del patio amplio y embarrado había algo que resultaba muy extraño: una pila de árboles talados, como si un gigante los hubiera dejado caer allí.

«¿Qué será eso?».

Junto a ese montón de troncos había un bastidor de madera del que colgaba un cuerno enorme, alrededor del cual había dos cuerpos tendidos en el suelo, sobre unos charcos de sangre oscura que se expandían por el barro. En ese momento había un skraeling desollando uno de los cuerpos con un cuchillo fino y otro descuartizándolo con una tosca arma de hierro, como un cuchillo largo de carnicero. Un tercer skraeling estaba examinando concienzudamente una montañita de asaduras. Otros tres skraeling estaban despojando al segundo cuerpo de sus armas y sus botas. Las llamas crepitaban en el tejado del granero y nubes de humo negro ascendían por el aire.

Desde la casa comunal con el tejado de tierra y hierba llegaron unos gritos ahogados y Orka desvió la mirada del extraño montón de troncos hacia allí. La puerta estaba destrozada y Orka vio en el tejado un agujero enorme que dejaba a la vista la estructura de madera de la casa que había debajo.

Un recuerdo teñido de sangre la asaltó: ella corriendo por el bosque, los gritos de Breca flotando en el aire, su hogar en llamas. De repente le costó respirar y un gruñido grave retumbó en sus venas. Reprimió el impulso de levantarse y bajar corriendo a la granja.

«No son mi familia».

Se oyó otro alarido.

—Tenemos que ayudarles —dijo Lif, que había subido a gatas la ladera y se había colocado a su derecha. Los Hermanos de Sangre se habían desplegado a lo largo de la cresta a ambos lados de Orka y todos contemplaban la macabra escena.

—No —dijo Orka.

—Recuerda la compasión de Breca, la polilla y la araña —repuso Lif—. El cuervo y la araña del hielo.

—Tu hermano murió por culpa de su estupidez —espetó Orka—. No somos una saga.

—Pero no está bien lo que está pasando allí —murmuró Lif—. Y podríamos ayudar.

—Todos los días se cometen un millar de injusticias —gruñó Orka—. Y bajar es arriesgarse a morir. Y entonces olvídate de vengar a Mord y de encontrar a Breca. Lo único que conseguiremos será un hoyo poco profundo y túmulo, y eso si sobrevive alguien a quien le importemos lo bastante para sepultarnos. La vida es el filo de un cuchillo, y todo puede cambiar con una puñalada.

Lif se quedó callado. Sonaron más gritos. Una nube de humo pasó a través del grupo de Orka y su olor acre se adhirió a la garganta de Machacacráneos.

—Si fueran Breca y Thorkel y alguien hubiera podido salvarlos... —insistió Lif.

Orka se arrastró por el suelo y agarró a Lif por la cota de malla, tiró de él y gruñó colérica mostrándole los dientes. Lif la miró en silencio; se veía el miedo en sus ojos, pero no hizo nada para resistirse a ella.

—Jefa. —Una mano se posó en el hombro de Orka. Era Halja Nariz Chata, aunque daba la impresión de que había hablado desde muy lejos.

—¡Aj! —espetó Orka. Soltó a Lif y volvió a descender por la ladera para no seguir viendo la granja—. No soy vuestra jefa —masculló negando con la cabeza—. Aquí todos tenemos voz y voto. —Miró a sus compañeros y ellos la miraron a ella.

—Odio a los skraeling —dijo Gunnar Proa encogiéndose de hombros—. Y de todas maneras van a unirse a Lik-Rifa. Propongo que los liquidemos ahora, así habrá menos de los que preocuparse cuando encontremos a tu chico.

—Hum. —Orka frunció el ceño. Ella también había pensado en eso—. ¿Nariz Chata?

—Había skraeling en la cámara de Rotta cuando mi hermano murió. Colaboraban con el niðing descendiente de la dragona. —Escupió al barro—. Me encantaría matarlos, por Vali.

—¿Revna? —preguntó Orka.

—Por hacer algo diferente que no sea cabalgar todo el día. Me duele el culo. —Revna sonrió—. Además, preferiría acabar con esos vaesen ahora a que nos ataquen por sorpresa por la noche.

Orka inspiró hondo.

—De acuerdo —dijo bajando ya por la ladera hacia donde Sæunn esperaba con los caballos. Fue hasta Trúr, se desabrochó la capa, se la quitó y la dejó encima de la silla de montar. Luego desenganchó el hacha larga, le quitó la funda de cuero de la cabeza y la metió debajo de una correa de la silla.

—¿Cómo está tu pierna, Gunnar?

—Bien —respondió apoyando el peso de su cuerpo en ella para demostrárselo—. No sé qué tendrá la saliva de Vesli, pero funciona —añadió haciendo una mueca de asco.

Vesli sonrió desde la silla de montar de Orka, donde estaba sentada junto a Spert.

—Revna y tú rodead la granja por el este y entrad por donde lo hace el arroyo. Nariz Chata y Lif, vosotros vendréis conmigo. Entraremos por la puerta principal. —Miró a Gunnar y a Revna—. Reunidnos con nosotros en el centro.

—¿Y nosotros, ama? —preguntó Vesli.

—Luchad o no luchéis. Haced lo que queráis —respondió Orka.

Spert se estiró encima de la silla de montar.

—Spert luchará —murmuró el vaesen.

—Vesli también luchará —dijo la tennúr, y voló hasta el caballo de carga en el que estaba atada su lanza.

Orka asintió.

—Está bien, pero no os dejéis matar.

—No será Spert el que muera —dijo el vaesen arrugando el rostro ceroso en una mueca que destilaba malicia.

—¿Cuáles son tus órdenes, ama Orka? —preguntó Sæunn.

—Quédate aquí vigilando los caballos —dijo la Machacacráneos. Se acercó a uno de los animales de carga, sacó una lanza de repuesto de las correas y se la arrojó a Sæunn—. ¿Sabes usarla?

Sæunn la cogió con destreza con una mano y la giró para agarrarla como si fuera un puñal.

—Los protegeré con mi vida.

—Bien.

Los Hermanos de Sangre se preparaban en torno a Orka: desengancharon los escudos negros con las salpicaduras de sangre de las sillas de montar, se recogieron el pelo, sacaron las lanzas, soltaron los aceros en las fundas y se abrocharon los cascos. Orka observó a Lif cuando este fue hasta su caballo y se preparó: se puso el casco de hierro en la cabeza, sopesó el escudo y se apretó el cinturón de armas. Un ligero temblor en sus manos delataba sus nervios. Orka se dio la vuelta y se puso el gorro de lana, luego se abrochó el casco con la protección nasal e hizo rotar los hombros para colocarse el alpartaz alrededor del cuello. Revisó los seax sacándolos de la funda y dejándolos deslizarse de nuevo en su interior. A continuación blandió su hacha larga y paseó la mirada por sus compañeros.

—¿Estáis listos?

Asentimientos y gruñidos.

—No os separéis de vuestro grupo. Trabajad juntos. Lif, los skraeling son fuertes, inhumanamente fuertes, así que usa tu inteligencia y tu habilidad con las armas.

Lif asintió con la frente perlada de sudor.

—De acuerdo —masculló Orka—. En marcha.

—Nos vemos luego —dijo Revna sonriendo a Gunnar mientras este ya enfilaba a través de los árboles.

—Lif, echa otro vistazo desde la cresta. Comprueba dónde están los skraeling.

Lif asintió y echó a correr ladera arriba, con un poco de precipitación de más. Le temblaban los brazos y las piernas.

—Spert, Vesli —dijo Orka en voz baja—. No perdáis de vista a Lif. Quiero que siga respirando cuando esto acabe.

—Sí, ama —dijeron los dos vaesen.

Orka subió dando trancadas por la ladera acompañada por Halja. Spert y Vesli subieron volando a las copas de los árboles.

—Son siete en el patio —dijo Lif.

Orka asintió sin detenerse al alcanzar la cresta y emprendió el descenso por la otra vertiente. Recorrió unos cincuenta pasos a través del bosque y luego otros veinte por campo abierto hasta las puertas destrozadas de la empalizada.

«Lobo, ha llegado el momento del hacha y de las garras», dijo a la bestia que vivía en su sangre. Oyó un gruñido gutural que reverberó dentro de su cabeza y un hormigueo recorrió sus brazos y sus piernas. Todo se hizo más intenso y nítido: el olor a pino que emanaban las hojas caídas en el suelo, los gritos y los bramidos procedentes de la casa comunal, la piel grisácea y llena de pliegues de los skraeling, la mugre y el sudor, los mechones de pelo en las cabezas que colgaban de sus cuellos, el óxido en sus aceros. Orka gruñó cuando el terreno se niveló y alcanzó el borde del bosque.

—Quédate detrás de mí —masculló hacia Lif, y echó a correr por el campo abierto acompañada por el sonido suave de sus pisadas en la hierba, con la respiración agitada y la necesidad de matar palpitando en sus venas. Cruzó la puerta destrozada y la recibió el sonido débil de unos golpes sordos cuando entró en el patio.

Los dos skraeling que estaban desollando y descuartizando el cuerpo eran los más cercanos a la puerta y, sin aminorar el paso, Orka levantó el hacha y arremetió contra la espalda del primero. Se oyeron un golpetazo y un crujido cuando carne y huesos se partieron, seguidos por un alarido ahogado. Orka se dio la vuelta al mismo tiempo que extraía el hacha mientras el skraeling se desplomaba, muerto antes de llegar al suelo, con un tajo desde el hombro hasta la cadera. Orka volvió a levantar el hacha para golpear al skraeling que empuñaba el enorme cuchillo de carnicero, pero apareció el destello de una cota de malla y pudo atisbar un mechón de pelo rojo debajo de un casco de hierro. El skraeling se estampó contra el suelo, con la cara desfigurada por una herida roja. Halja se alzaba al lado del vaesen agonizante, gruñendo e imprecando.

Lif alcanzó a las guerreras y se oyó el zumbido de un aleteo. Un poco más adelante, tres skraeling levantaron la mirada de una montaña de entrañas y asaduras, y otros dos, que habían estado ocupados destripando un cuerpo, ya avanzaban hacia Orka y Halja. Orka no esperó a que llegaran.

Con un gruñido feroz, dio un salto adelante aferrando con las dos manos su hacha larga cruzada ante sí, se agachó para esquivar la acometida de un hacha mellada y machacó la cara del skraeling con el mango de su hacha larga. Le reventó la nariz y los labios y saltaron dientes. El skraeling lanzó un alarido, dio varios pasos tambaleantes y se derrumbó de espaldas. Orka levantó el hacha por encima de la cabeza con un rugido y lo hundió en el pecho del vaesen. Se produjo una explosión de sangre y huesos. Orka apoyó un pie en el torso del vaesen para extraer su arma y tiró, pero la hoja se había quedado atascada en las costillas partidas. Oyó un gruñido y percibió un aliento fétido a su derecha. Soltó el hacha, se agachó al mismo tiempo que desenfundaba un seax y asestó una puñalada en el preciso momento en que otro skraeling la embestía. Orka gruñó, escupió y maldijo al cerrar la boca alrededor de un trozo de carne cubierto de gruesos pelos. Notó la explosión de sabor salado de la sangre en la boca y continuó apuñalando y mordiendo mientras el skraeling trataba de escapar a trompicones por el patio y sus gruñidos salvajes se transformaban en gañidos desesperados. El skraeling se desplomó con un golpetazo y la cara de Gunnar Proa apareció detrás de él, con un brillo verde en los ojos, la boca torcida, todo rabia, dientes afilados, gruñidos y espumarajos.

El lobo interior de Orka aulló mientras ella jadeaba y movía la cabeza a un lado y a otro buscando otra criatura a la que matar.

Los siete skraeling del patio estaban muertos. Revna tenía un par a sus pies. Cerca de ella estaba Lif con el escudo astillado y marcas rojas de garras en una mejilla. Goteaba sangre de su lanza y un skraeling yacía delante de él, todavía retorciéndose en el suelo con unos agujeros rojos en el pecho y el estómago y las venas negras e hinchadas. Spert estaba suspendido en el aire encima de él. Vesli bajó al suelo y se puso a arrancar los dientes del skraeling a golpes con la contera de la lanza.

Los Hermanos de Sangre miraron a Orka.

—Gunnar, Revna. —Señaló el tejado de la casa comunal.

Los mercenarios asintieron y se pusieron en movimiento. Rodearon la casa corriendo con agilidad y saltaron para encaramarse al tejado de tierra y hierba. Una nube de humo negro, irritante y asfixiante, cruzó el patio, pero una ráfaga de viento la dispersó.

—Seguidme —ordenó Orka a Halja y a Lif, y echó a correr con el hacha y el seax aferrados en las manos ensangrentadas. Subió a saltos la escalera de la casa comunal y entró por el agujero negro de la puerta. Tropezó en los cadáveres de humanos y de skraeling amontonados en la entrada, saltó por encima de ellos y se detuvo deslizando los pies por el suelo. Se tomó un momento para que sus ojos se acostumbraran a la penumbra. Por el agujero del tejado entraba un chorro de luz. Las llamas crepitaban en la chimenea, donde había un cuerpo derrumbado; su ropa y su pelo ardían y su piel se carbonizaba. Una olla de hierro volcada rodaba por el suelo.

En el fondo de la sala había un grupo numeroso de skraeling rodeando a tres o cuatro personas, tal vez más. Orka atisbó a una anciana con el pelo blanco, a una mujer más joven y a un muchacho formando un semicírculo con los escudos levantados y pegados delante de ellos. Detrás del muro de escudos, alguien arremetía con una lanza para cazar jabalíes. Entre Orka y ellos yacían más cuerpos en el suelo, todos inmóviles.

Orka notó una presencia a su lado. Era Halja. Machacacráneos señaló el flanco derecho y Halja asintió. Luego dio un manotazo en el brazo a Lif para captar su atención y señaló el flanco izquierdo de los skraeling. Orka se puso en movimiento, soltó un aullido feroz y se lanzó como un rayo hacia los vaesen. Un puñado de skraeling la oyeron y se volvieron gritando con sus voces graves y ásperas. Revna y Gunnar se dejaron caer por el agujero en el tejado y Orka saltó para embestir a los monstruos, asestando hachazos y cuchilladas y derramando sangre mientras los tronchaba como si fueran ramas secas. El lobo emergió dentro de ella, aullando y gruñendo, y Orka se perdió en un mar de sangre, dientes y hierros afilados. En momentos fragmentados de lucidez veía las caras de los skraeling, gruñendo primero y luego gritando. Recibió un golpe en la espalda que la obligó a hincar una rodilla en el suelo con un trozo de carne entre los dientes y la sangre precipitándose por su garganta. Hundió el hacha en un rostro, una mano le agarró el alpartaz y tiró hacia atrás de ella. La cara de Lif apareció en su campo visual y el joven pescador hundió la lanza en la boca de un skraeling. Y luego Orka rodó por el suelo bañado de sangre y se levantó en posición de ataque, con el hacha arriba y el seax abajo, gruñendo.

Los skraeling se amontonaban a su alrededor, muertos o agonizantes. Detrás de los escudos, unos ojos la miraban con estupefacción. Halja estaba cerca de Lif y había más skraeling muertos a sus pies. Lif se tambaleó y apoyó una rodilla en el suelo. Halja lo sujetó. Se oyó un ruido de pasos y Orka vio que dos o tres skraeling corrían hacia la puerta. Sin pensárselo dos veces, salió disparada hacia ellos y cruzó la casa comunal en media decena de zancadas, saltó y embistió por la espalda a uno de los skraeling, que al caer derribó a los demás y todos salieron volando por la puerta con las extremidades enredadas. Orka se golpeó el hombro con un escalón y volvió a volar por el aire, dando vueltas, y se estrelló contra el barro con un golpetazo que le vació los pulmones. El destral salió disparado de su mano. Se levantó apoyando una rodilla en el suelo, todavía empuñando el seax, y vio que un skraeling se ponía en pie y recogía una gruesa hoja de hierro. Orka se impulsó con una pierna y se abalanzó sobre la criatura al mismo tiempo que le clavaba el seax en el estómago una, dos, tres veces, antes de que los dos cayeran al suelo. Orka se separó del vaesen y quedó tendida bocarriba, y vio que otro skraeling avanzaba hacia ella con un hacha levantada por encima de la cabeza. Se tomó un momento para recuperar el aliento y una sombra se extendió sobre ella, el skraeling y el patio. Se levantó viento a su alrededor y oyó el sonido de alas batidas y un graznido que retiñó en sus oídos. Entonces unas garras apresaron al skraeling y lo elevaron en el aire con una poderosa batida de alas con plumas negras.

Orka lanzó una mirada hacia arriba y vio un cuervo gigante con un skraeling en las garras. Otro cuervo se lanzó en picado y arremetió contra otro skraeling con sus garras como cuchillas. Se oyó un sonido de desgarro y comenzó a llover sangre sobre Orka, mientras caían trozos de carne arrancados del cuerpo del skraeling que el cuervo despedazaba con sus garras.

Orka se agarró al barril con las dos manos y hundió la cabeza en el agua helada. La mantuvo sumergida durante una docena de latidos del corazón, y luego otra docena; y el mundo desapareció por un momento, solo eran ecos apagados, mientras el frío del agua se filtraba en su piel. Sacó la cabeza arrojando gotitas de agua rosada y se lavó la cara para sacarse la sangre incrustada. Tosió y escupió más sangre de skraeling. A continuación deambuló por el patio para recoger sus armas. Extrajo el hacha larga del pecho del skraeling muerto y encontró el destral tirado en un charco de sangre.

Gunnar y Revna habían ido a buscar a Sæunn y los caballos. Halja acompañaba a Lif, que estaba sentado en los escalones de la casa comunal con la cara cubierta de la sangre que manaba de un tajo profundo en una mejilla; en la otra tenía unas feas marcas de garras. Vesli se había posado en una rodilla de Lif y se escupía pegotes de mocos fibrosos en las manos y luego se las frotaba. Spert estaba tendido como un perro a los pies de Lif y parecía profundamente dormido.

Otras personas entraban y salían por la puerta de la casa comunal: un anciano con el pelo blanco peinado hacia atrás y recogido en una coleta y un muchacho alto y desgarbado con una pelusilla rubia en la barbilla. Estaban sacando cadáveres de la casa; los de los skraeling los amontonaban de cualquier manera en el patio y los de las personas los colocaban en una fila ordenada cerca de la vivienda. De momento había catorce skraeling y siete personas.

Uno de los cuervos gigantes estaba arrancando trozos de carne de los cuerpos de los skraeling con su enorme pico negro. El otro se había posado encima del extraño montón de troncos que había en el centro del patio y se arreglaba las plumas con el pico. Orka se dio cuenta de que era un nido gigante. El fuego había reducido el granero a un esqueleto carbonizado y en el suelo se extendía un grueso manto de ceniza.

Se oyó un chacoloteo de cascos y aparecieron Gunnar, Revna y Sæunn con los caballos. Los ataron a la valla de la porqueriza y Revna enfiló hacia la escalera donde Vesli estaba tratando las heridas de Lif mientras Halja limpiaba sus armas a su lado.

—Así que sigues entero, Lif —dijo Patas de Liebre.

—Por los pelos —repuso Lif mientras Vesli apretaba las tiras de piel que colgaban de su mejilla y esperaba a que su saliva las uniera.

—Has recorrido un largo camino desde que te quedaste dormido durante una guardia y te visitó una bruja nocturna, ¿eh? —Revna miró de soslayo a Halja—. Se está convirtiendo en todo un guerrero, ¿no crees, Nariz Chata?

Halja levantó la mirada del seax ensangrentado.

—Él aún respira —dijo asintiendo con la cabeza—, y sus enemigos están fríos en el barro.

Revna sonrió y guiñó un ojo a Lif, y luego se marchó. Las mejillas de Lif adquirieron el color de la sangre que le salpicaba la cara y se le dibujó una sonrisa. Vesli le reprendió por moverse.

El anciano de pelo blanco se acercó cojeando a Orka. Era alto, delgado y fibroso, y una amplia cicatriz le cruzaba la barbilla. Tenía los ojos rojos de tanto llorar, aun así inclinó la cabeza para dar las gracias a Orka.

—Me llamo Gudleif Arnesson y estamos en deuda contigo.

—Ejem… Dale las gracias a él —gruñó Orka señalando con la cabeza a Lif—. La idea de ayudaros fue suya. —Orka desvió la mirada del cuervo gigante para posarla en el enorme cuerno que colgaba del bastidor de madera y finalmente en el gran nido que había en el centro del patio—. Por los dioses muertos, ¿qué está pasando aquí?

—Tenemos un trato —respondió Gudleif encogiéndose de hombros—. Comida a cambio de noticias y protección.

—La protección brillaba por su ausencia cuando llegamos nosotros —comentó Revna.

—Vinieron. —Gudleif volvió a encogerse de hombros.

«Cierto», pensó Orka paseando la mirada por los sanguinolentos pedazos de skraeling esparcidos por el patio.

—¿Y las noticias? —preguntó Orka.

—Nos gusta vivir aislados —dijo Gudleif—, pero siempre está bien saber lo que pasa en el resto del mundo, y esos cuervos son la mejor fuente de información que he visto en mi vida. A cambio los alimentamos y les damos un lugar seguro donde descansar cuando están por aquí.

—¡Ja! ¿Es que aún no me he despertado? —exclamó Gunnar riendo—. ¡Eso es aún más loco que algunos de los sueños que he tenido!

—Entonces, esos cuervos son… ¿amigos? —dijo Revna.

El cuervo más cercano, el que estaba dándose un festín con los cadáveres de los skraeling, levantó la cabeza y miró a Revna con unos ojos brillantes que rebosaban inteligencia.

—Todo el mundo necesita un amigo —graznó la criatura.

Gudleif asintió. Gunnar se atragantó y escupió el agua que estaba bebiendo.

—Extraños amigos tienes —dijo Orka arqueando una ceja.

—No se puede ser demasiado quisquilloso con las amistades cuando vives al norte de la cordillera Dorsal —repuso Gudleif.

Gunnar Proa soltó otra carcajada y sacudió la cabeza.

—Que sea un ser humano es uno de los principios básicos para elegir a los amigos.

—No siempre —terció Vesli mientras aplicaba su saliva en la mejilla de Lif.

Orka se acercó al cuervo y se detuvo delante de él a la distancia suficiente para tocarle las plumas si alargaba el brazo.

—¿Qué sois exactamente? —preguntó Revna.

—Cuervos —respondió el ave que estaba delante de Orka. Sacudió las plumas y miró a Revna como si esta fuera estúpida.

—Lo que quiero decir es que si sois vaesen, o dioses, o simplemente… cuervos —aclaró Revna.

—¡NO somos vaesen! —chilló el cuervo sentado en el nido. Parecía ofendido.

Spert levantó la cabeza y miró a los dos cuervos como si él sí se hubiera ofendido.

—Lik-Rifa creó los vaesen —dijo con voz ronca el cuervo que estaba delante de Orka.

—Esa zorra loca —murmuró el otro cuervo.

—Pero a nosotros nos creó Snaka —graznó el primer cuervo sin prestar atención a su pareja en el nido—. Como creó a los gigantes, y a los espíritus froa, y a vosotros…

—Ah —Orka asintió—. Gracias por la aclaración.

—De nada —dijo el cuervo que estaba frente a Machacacráneos.

—¿Sois los mismos cuervos con los que nos topamos en Grimholt? —preguntó Orka al que tenía delante.

—¿Cuántos cuervos gigantes crees que hay? —graznó el ave—. Yo me llamo Kló, y ese de ahí es mi pareja, Grok. Fue a él a quien rescataste de la tela de las arañas del hielo.

Grok saltó desde el nido, desplegó las alas y cruzó el patio planeando.

—Grok te da las gracias —graznó el cuervo.

Gunnar Proa se apoyó en la valla y rompió a reír. Todas las miradas se volvieron hacia él.

—Antes éramos más —dijo Grok—. Éramos los mensajeros de Snaka, sus ojos y sus oídos.

—Es decir, sus espías —terció Revna.

—Sí —Grok asintió con la cabeza.

—A Lik-Rifa no le gustaba eso —añadió Kló.

—No sé qué me parece más extraño —dijo Gunnar cuando recuperó el aliento—, si unos cuervos educados que hablan u Orka Machacacráneos recorriendo Vigrið rescatando cuervos de las arañas del hielo. Esa no es la reputación que tiene Machacacráneos.

Orka fulminó con la mirada a Gunnar.

—El mundo es un lugar duro, los amigos lo hacen mejor —graznó Grok—. Tú nos ayudaste y nosotros te hemos ayudado. —Se picoteó las plumas negras de un ala—. Favor por favor y todos felices.

—Es extraño que menciones eso —dijo Orka pensativa—, porque necesito un favor.

CAPÍTULO CINCUENTA Y OCHO

BIÓRR

Biórr ladeó la cabeza y aguzó el oído. Tenía la espalda apoyada contra una pared de piedra, la capa ceñida al cuerpo y su lanza descansaba en el pliegue interior de su codo mientras cumplía su turno de guardia en los muelles subterráneos, donde los barcos cabeceaban con el movimiento perezoso del agua. Había muchas entradas que vigilar en las cuevas de Nastrandir. Al parecer, el lugar era una extensa catacumba en las entrañas de las Dorsales, con entradas al norte y al sur del lugar donde Snaka había caído, así que tanto humanos como vaesen patrullaban las distintas cámaras. Ya era tarde y la oscuridad se extendía como una mancha de tinta negra por el mar subterráneo. En una pared ardía un brasero de aceite, y solo el suave balanceo y el crujido de los cascos de los barcos mecidos por la marea rompían el silencio.

Biórr exhaló un suspiro de satisfacción.

«Soy feliz», pensó. Toda su vida había vivido con miedo, dolor o angustia, ya fuera como thrall, como nuevo miembro de los Alimentadores de Cuervos de Ilska que tenía que demostrar su valía, o como espía en los Terrores de la Batalla de Agnar. Pero ahora se sentía… en casa.

No había sido fácil reintegrarse en la banda de Ilska. Sus viejos amigos lo habían ayudado, sin duda, Fain y Storolf sobre todo, pero había algo en los que se habían incorporado en su ausencia, la mayoría de la cuadrilla de Drekr, que hacía que se le erizara el vello de la nuca. A ello se sumaba lo poco que ayudaba que las imágenes de su temporada con los Terrores de la Batalla lo asaltaran continuamente, sobre todo la expresión de confianza en la cara de Agnar en el momento previo a que lo apuñalara y la cara pecosa de Elvar, su sonrisa, y los momentos que habían compartido. Echaba de menos hablar con ella, el interés que había mostrado en él, con todas sus preguntas sobre su pasado y su familia. Ninguna mujer se había preocupado antes por esas cosas sobre su vida. Pero la aparición de Rotta había disipado toda esa pesadumbre. Desde la irrupción del dios rata, Biórr sentía que por fin había encontrado su lugar en el mundo y que era importante.

Algo atrajo su atención, un sonido débil, como del aleteo de un murciélago en la noche. Dejó de mordisquear el trozo de queso que tenía en la mano y escuchó. Al principio no oyó nada, pero entonces volvió a percibir ese sonido débil, casi inaudible. Cerró los ojos y dejó que su bestia corriera por sus venas; la rata se mostró curiosa y ansiosa por ayudar. Su oído y su olfato se agudizaron y oyó el sonido con más claridad: unos pasos sigilosos, el roce del cuero de los zapatos en la piedra. Le dio mala espina. Era como si alguien pusiera demasiado empeño en no ser oído.

Bajó el queso, empuñó la lanza y se apretó contra el estrecho y oscuro hueco que quedaba entre una roca y la pared de la cueva. Era otra de las ventajas de tener la sangre de Rotta en sus venas: por alguna razón su esqueleto se volvía más flexible cuando la rata corría libremente en su sangre, y el hecho de que su cuerpo fuera capaz de comprimirse más de lo normal le permitía introducirse en los espacios más angostos.

Oyó un susurro atajado por un *chis* y dos figuras entraron sigilosamente en la cámara. Una era alta y la otra baja. Incluso antes de que la luz los bañara, Biórr supo quiénes eran por su olor: Kráka y Bjarn.

«¿Habrán venido para jugar una partida de tafl?».

Dejó salir un suspiro de alivio, pero por alguna razón no salió inmediatamente de su escondite. Había algo extraño en la furtividad de sus movimientos, en el intenso olor a miedo que rezumaba su sudor y flotaba en torno a ellos como una miasma. Biórr se apretó un poco más en el hueco y los observó.

Kráka llevaba un saco de cáñamo a la espalda. Escrutó la cueva y luego se dirigió apresuradamente hacia uno de los embarcaderos de piedra, donde había amarrados varios botes. Corrió por él hasta el final, arrojó el saco a un pequeño snekke y le hizo un gesto a Bjarn para que se reuniera con ella. Bjarn corrió por la cueva con una expresión de terror en los ojos, acompañado por el eco de sus pasos en la piedra.

Biórr salió de las sombras.

—¿Qué estás haciendo, Kráka?

Bjarn frenó en seco y Kráka se quedó paralizada, mirando a Biórr. Su rostro arrugado reflejaba las emociones que pugnaban en su interior.

—Voy a llevar a Bjarn con su madre —susurró Kráka con los dientes apretados. Sus ojos se desviaron fugazmente hacia el túnel que había detrás del niño.

—¿Cómo? —exclamó desconcertado Biórr—. No, no puedes hacer eso —espetó—. ¿Por qué nos traicionas? Ahora eres libre. Yo maté a Agnar y te liberé.

—No soy libre —respondió con acritud Kráka. Sus facciones se contrajeron en una mueca de ira y desesperación. Se arremangó la túnica y dejó a la vista un conjunto de cicatrices y heridas rojas. Algunas ya estaban cubiertas por costras, otras eran recientes y estaban salpicadas de sangre y ampollas purulentas.

Y entonces Biórr lo recordó. Agnar Puño de Fuego. Agnar hablándoles de Oskutreð, de su pacto con Uspa, la bruja seiðr. Un trato: Oskutreð a cambio de Bjarn, sellado con magia seiðr. Elvar también había hecho el juramento, pero Biórr había olvidado que Kráka estaba en la trastienda de la taberna de Snakavik cuando se cerró ese pacto con magia rúnica.

—El blóð svarið —musitó.

Kráka asintió.

—No se puede luchar contra él —dijo casi con un gimoteo—. Conoce mis pensamientos, mi voluntad, mis intenciones. —Tendió el brazo con las heridas hacia Biórr—. Esto es lo que pasa cuando por un momento se te pasa por la cabeza la idea de romper el juramento.

—¿Y por qué has esperado tanto? ¿Por qué no escapaste cuando aún estábamos cerca de Oskutreð y de Uspa?

—Porque mientras Bjarn ha estado bajo el hechizo seiðr yo no podía romper el juramento, ya que era imposible llevarlo a ninguna parte. Eso le dije al blóð svarið, y él… lo aceptó. Pero desde que Bjarn volvió en sí he tenido que planear una manera de escapar con él. Estábamos viajando a través de tierras inhóspitas y heladas, así que intentar huir entonces significaba una muerte segura. Pero ahora… —Kráka lanzó una mirada al bote de remos.

—No puedo dejar que os marchéis —dijo Biórr.

—No puedo quedarme —contestó con pesar Kráka—. Moriría. —Musitó unas palabras desconocidas y unas brillantes runas rojas brotaron en el aire delante de ella.

Biórr invocó a la rata que corría por sus venas y se agachó, ligero de pies y con la lanza levantada.

Bjarn se interpuso entre ellos.

—Por favor, Biórr, deja que me vaya —suplicó el chico.

Biórr lo miró.

—En ningún lugar estarás mejor que aquí, Bjarn. Aquí estás a salvo, con nosotros, entre corrompidos, entre los que son como tú. Lik-Rifa te protegerá. Ahí fuera probablemente acabarás con un collar de hierro, y te pasarán cosas aún peores.

Bjarn miró al suelo y de nuevo a Biórr.

—Quiero volver con mi mamá —dijo con un lagrimón rodando por su mejilla.

—Ella no puede protegerte como nosotros.

—Pero es mi mamá.

Toda la lógica y la razón que había dentro de la cabeza de Biórr no podía competir con la esperanza que reflejaban los ojos de Bjarn.

Pasaron los segundos.

Biórr bajó la lanza.

—Vete, entonces —dijo sacudiendo la cabeza. Y luego añadió—: Espera. Te perseguirán. Descubrirán que has cogido un bote y me interrogarán. —Enfiló por el embarcadero de piedra hasta Kráka—. Toma —dijo ofreciéndole la lanza—. Atácame. Haz que parezca real. —Vaciló un momento—. Pero no demasiado real.

Kráka esbozó una tímida sonrisa y cogió la lanza.

—Eres un buen hombre, Biórr.

—Gracias —dijo Bjarn abrazándolo.

Biórr le dio unas palmadas en la cabeza.

—Dile a Storolf que… —Kráka se interrumpió—. Dile que lo siento por lo que podría haber sido. —Luego golpeó a Biórr con la contera de la lanza.

—Biórr, Biórr —gritó una voz. Unas manos lo agarraron y lo levantaron del suelo.

—Ay —gimió Biórr. Le dolía la cabeza como si se la hubieran abierto y se le estuvieran saliendo los sesos. La cara de Storolf con su dentadura llena de agujeros llenaba su campo visual.

—Por los dioses muertos, por un momento me he preocupado —masculló Storolf con una sonrisa de oreja a oreja.

Biórr intentó moverse, pero se produjo una explosión de dolor en su cabeza, se le revolvió el estómago y vomitó en el suelo de piedra.

—¿Qué… ha pasado? —graznó Biórr cuando sintió que ya no quedaba nada que devolver en su estómago. Además del dolor de cabeza, tenía maltrecha la mandíbula y los labios hinchados, así que hablaba arrastrando las palabras.

—Tienes una grieta en la cabeza —dijo Storolf—, y tu cara no tiene mejor aspecto, pero creo que eso es porque caíste de bruces al suelo.

Apareció una mano en el hombro de Storolf y el grandullón desvió la mirada y rápidamente desapareció de la visión borrosa de Biórr, sustituido por otra persona. Esta tenía el pelo oscuro y unas facciones severas.

Ilska se puso en cuclillas delante de Biórr y se tomó su tiempo para escrutar sus heridas.

—¿Quién ha sido? —preguntó.

Lo asaltó el recuerdo de Bjarn, con lágrimas en las mejillas, y el de Kráka, empuñando su lanza.

—Ay —balbuceó al intentar sacudir la cabeza. El mundo empezó a dar vueltas a su alrededor y regresaron las arcadas.

—Estuvieron aquí —gritó una voz—. Se han llevado un bote.

Ilska se volvió, miró una última vez a Biórr antes de levantarse y desapareció de su vista.

—Llevadlo al salón —oyó que ordenaba Ilska, pero le parecía que estaba lejísimos. Unas manos lo agarraron y lo levantaron, y de repente se le llenaron de puntitos blancos los ojos, se le nubló la visión y la oscuridad lo envolvió.

Biórr abrió los ojos y escudriñó la oscuridad. Unas figuras se movían en la penumbra y atisbó el reflejo del fuego en un puñado de ojos. Intentó moverse, pues no le gustaba la idea de que una araña del hielo estuviera rondando justo encima de su cabeza, pero el vértigo se apoderó de él y lo que quedaba dentro de su estómago comenzó a subir hacia su boca; en su mayor parte era bilis que le abrasó la garganta.

—Toma —dijo Storolf agarrándolo por las axilas para incorporarlo con la espalda apoyada en una fría estatua de piedra. Le puso un vaso de agua en la mano y retrocedió.

Biórr se llevó el vaso a los labios y bebió. El agua le ayudó a aplacar la dolorosa irritación de la garganta.

—¿Fue Kráka? —preguntó Storolf.

—No lo sé —dijo Biórr—. Estaba vigilando los botes y… de repente lo siguiente que vi fue tu fea cara.

—Kráka ha desaparecido —dijo Storolf sin el menor atisbo de una sonrisa en los labios—. También Bjarn.

Biórr se palpó la cabeza y descubrió que se la habían vendado. Miró a su alrededor lentamente. Su lanza estaba en el suelo a su lado, con la contera recubierta de sangre seca. Se encontraba en el gran salón y el trono de serpientes de Lik-Rifa estaba vacío. Con ellos en el salón estaba el enorme esqueleto de la ballena capturada por Lik-Rifa en su forma de dragona unos días antes para alimentar a su cada vez más numerosa banda de guerreros. Las pálidas costillas curvas formaban una especie de túnel que llevaba al trono de Lik-Rifa. Biórr vio unos cuantos rostros, entre ellos los de Breca y Harek, que estaban sentados junto a un fuego con las cabezas pegadas, cuchicheando. En un rincón había dos crías de trol, más grandes que Storolf a pesar de su edad, jugando o luchando; era difícil encontrar la diferencia. Un trol toro con la cara de granito se alzaba por encima de ellos, con una porra apoyada en el pliegue interior de un codo. Parecía que estaba riendo. Aquí y allá había grupos de personas reunidas alrededor de los fuegos.

—¿Dónde está todo el mundo?

—Casi todos han salido a buscar a Kráka —dijo Storolf encogiéndose de hombros.

Se oyó una carcajada y Biórr vio las siluetas de unas figuras que se alejaban de un fuego donde los adoradores de la dragona habían establecido su campamento. Tres personas caminaron con trancos hacia Biórr y Storolf. Según se acercaban, Biórr vio que una de ellas era Rotta, rodeando la cintura de una mujer con cada brazo. Él hablaba y ellas reían.

—Mi pobre Biórr —dijo Rotta mirándolo desde arriba—. Tienes una herida muy fea.

Biórr no supo qué decir y se limitó a asentir con la cabeza, pero inmediatamente se arrepintió de haberlo hecho porque el movimiento desencadenó una explosión de dolor que provocó unos espasmos en su estómago.

—Un golpe en la cabeza es peligroso —murmuró Rotta—. Debes tener cuidado. —Soltó a las mujeres para agacharse y se inclinó hacia él hasta que sus labios casi tocaron los de Biórr—. Puede nublar la memoria y el entendimiento. Recuerda a quién debes ser leal —dijo en voz tan baja que ni siquiera Storolf lo oyó.

Biórr miró con desconcierto a Rotta y un miedo repentino hizo presa en él.

«Lo sabe».

Abrió la boca para decir algo, pero las palabras se atoraron en su garganta.

—Chis, no digas nada —susurró Rotta—. La ignorancia es una bendición, y a veces mucho más segura que el conocimiento. Pero detestaría que te ocurriera una desgracia. Al parecer, quedan muy pocos descendientes míos en este mundo. —Se levantó, volvió a pasar los brazos alrededor de la cintura de las mujeres y las arrimó a su cuerpo—. Aunque tengo la sensación de que es mi sombrío deber cambiar ese triste estado de las cosas. Menos hablar y más follar, ese es mi lema —afirmó Rotta, y se marchó arrastrando a las dos mujeres que reían estúpidamente.

—Maldito suertudo —mascullo Storolf—. ¿Qué tiene él que no tenga yo?

—Todos los dientes —dijo Biórr—. Y que es un dios.

—Me refiero a aparte de eso —gruñó Storolf.

Biórr intentó no reír para que la cabeza no le diera vueltas y bebió un sorbo de agua.

—¿Cuánto tiempo llevo aquí?

Storolf alzó la vista al techo de la caverna. Por las grietas que había en las paredes de granito entraba la luz cenicienta del día.

—Está amaneciendo, así que casi toda la noche.

Llegó el eco de un murmullo desde el extremo este del salón, donde el túnel conducía a los muelles subterráneos, seguido por un ruido de pasos que aumentaba gradualmente, hasta que finalmente irrumpió un grupo de personas en la gran cámara. Se oyó un zumbido de alas y un enjambre de tennúr emergió del túnel y desapareció en las tinieblas del techo. Ilska entró en la zona iluminada con el imponente Drekr a su lado y una veintena de guerreros a su espalda.

Traían a rastras dos figuras.

Biórr se encorvó para coger su lanza y trató de ayudarse con ella para levantarse, pero a mitad de camino se tambaleó y Storolf lo agarró del brazo y lo acabó de poner en pie como si Biórr fuera un muñeco de paja. Biórr se balanceó un momento, pero respiró hondo varias veces y poco a poco el mundo dejó de girar en torno a él. Storolf le ofreció el brazo para que se sostuviera y juntos caminaron hacia el otro lado del enorme esqueleto de la ballena, donde Ilska se había detenido delante del trono vacío de Lik-Rifa. Alrededor de Ilska y su cuadrilla había comenzado a congregarse una multitud formada por adoradores de la dragona, más Alimentadores de Cuervos, skraeling y el trol toro que estaba cuidando de sus crías. Biórr vislumbró el movimiento de numerosas patas en las sombras que se extendían encima de la muchedumbre.

—No está —dijo Rotta, que apareció despeinado y cariacontecido de detrás de una ancha columna, colocándose bien los pantalones—. Mi hermana ha salido a cazar para proveernos de comida fresca. —Sonrió—. Es buena con sus seguidores, con los que le son leales. —Clavó una mirada llena de intención a las dos personas que Ilska y su compañía habían arrastrado hasta la cámara y habían tirado al suelo frente al trono vacío.

Storolf se abrió paso a través de la multitud con Biórr en su estela hasta que llegaron cerca de Rotta e Ilska. Y los dos prisioneros.

Kráka y Bjarn. Los dos estaban atados de pies y de manos con cuerdas de tripa de foca y Kráka además estaba amordazada. Tenía el pelo apelmazado por la sangre de una herida en la cabeza. Bjarn la miraba con regueros de lágrimas en las mejillas mugrientas.

—Los he capturado —dijo Brák el Azote de los Troles sonriendo, detrás de Kráka. Tenía un corte que todavía sangraba en una mejilla y sangre en los dientes. A su espalda estaba Ilmur, con el semblante pétreo.

—No ha sido fácil, según parece —comentó Rotta caminando hacia Brák con la mirada fija en el corte que tenía en la cara. Se detuvo delante de Kráka y de Bjarn.

—Es una bruja seiðr —dijo Brák encogiéndose de hombros, como si eso lo explicara todo—. Es de esperar que oponga un poco de resistencia. —Movió la lengua dentro de la boca y escupió un pegote de sangre.

—Quítale la mordaza —ordenó Rotta.

—Pero… —balbuceó Brák. Sin embargo, la mirada siniestra de Rotta le quitó las ganas de continuar.

Ilska se adelantó y desenfundó el seax.

—Cualquier tontería que hagas solo te causará más dolor —advirtió a Kráka antes de cortar el trozo de tela que le envolvía la boca y retirarlo.

Kráka tosió y escupió.

—¿Por qué desearías abandonar las comodidades de Nastrandir y la compañía de mi dulce hermana? —le preguntó Rotta con un tono calmado, cordial.

Kráka hizo una mueca.

—No era un deseo, era una necesidad —resolló Kráka. Intentó mover los brazos y Brák el Azote de los Troles le puso el seax en la garganta en menos de lo que tardó Biórr en parpadear.

—Te agradezco tu preocupación —dijo Rotta mirando a Brák—, pero te aseguro que no corro ningún peligro.

A la indicación de Rotta, Brák cortó la manga de la túnica de Kráka y tiró hacia arriba de ella. Kráka estiró el brazo para mostrar las heridas rojas que lo recorrían desde la muñeca hasta el codo.

Rotta se inclinó para mirar de cerca el brazo y lo olfateó. Asintió con un ademán respetuoso.

—Un blóð svarið —dijo. Puso un dedo en una ampolla purulenta y luego se lo metió en la boca y lo chupó. Escupió y abrió los ojos con sorpresa—. ¿Quién lo ha hecho? —preguntó—. Tú no has sido. Puedo oler tu poder y no te alcanza para hacer una cosa así.

—Otra bruja seiðr. Se llama Uspa —dijo Kráka—. Es la madre de Bjarn.

—Uspa era la thrall de otra banda de mercenarios —explicó Ilska—. Luchó contra nosotros en Oskutreð, cuando liberamos a vuestra hermana.

—Hum… Creo que deberíamos encontrar a esa tal Uspa y ofrecerle nuestra grata compañía —dijo Rotta.

—No vendrá —afirmó Ilska—. Ya le hice esa oferta. Me dejó muy clara su respuesta. —Ilska giró la cabeza y tiró de la túnica que le envolvía el cuello para dejar a la vista una cicatriz blanca.

—Es una pena —murmuró Rotta. Miró de nuevo a Kráka—. Me temo que no hay manera de escapar de un blóð svarið. Lo mejor que puedo ofrecerte es una muerte rápida.

Kráka asintió.

—No —dijo Bjarn reprimiendo un sollozo.

—Ah, y luego estás tú, osito —dijo Rotta.

—Él es inocente —musitó Kráka—. Lo obligué a venir conmigo.

—No, no es verdad —dijo Bjarn—. Quería irme. Echo de menos a mi mamá.

Algunos de los niños que estaban entre la multitud rieron disimuladamente al oír a Bjarn.

—Tu hogar ahora está aquí, con nosotros —dijo Rotta.

—Podríamos utilizar a este mocoso para dar ejemplo —sugirió Brák rodeando a Kráka para acercarse a Bjarn con el seax levantado—. Una muerte memorable es mejor que mil palabras.

—Déjalo —dijo alguien desde la muchedumbre. Un niño se adelantó. Breca.

Brák fue hacia él y levantó la mano para propinarle una bofetada.

Breca lo miró fijamente, sus ojos brillaron con un color marrón verdoso a la luz del fuego y sus labios se dilataron para gruñir y dejar a la vista unos dientes puntiagudos.

Rotta rio y aplaudió.

Brák abofeteó a Breca con la velocidad de una serpiente y la cabeza del niño salió disparada hacia atrás. Breca dio un par de pasos tambaleantes, pero se rehízo, se agachó y gruñó antes de abalanzarse sobre Brák. Cayeron juntos al suelo y el seax de Brák salió volando.

Rotta fue riendo hasta ellos y agarró a Breca por la túnica. El chico se volvió hacia él lanzando frenéticas dentelladas y gruñendo.

—¡BASTA! —gritó Rotta con una voz repentinamente atronadora que retumbó en toda la cámara. Su rostro comenzó a temblar, su nariz se alargó y le crecieron los incisivos. Breca cayó inerte en sus garras. Brák se levantó apresuradamente, limpiándose la sangre de la nariz.

Rotta miró a Breca con una expresión asesina sin soltarlo.

—Tienes que aprender a controlar la bestia que llevas en la sangre. No dejes que ella te controle a ti —dijo en voz baja tras su estallido anterior, aunque resultaba igual de aterrador. Esperó a que Breca asintiera con la cabeza y luego lo soltó y lo empujó hacia la muchedumbre.

—Ilska, suelta al niño —ordenó Rotta señalando a Bjarn—. Él no es responsable de lo que ha pasado. La que tiene que asumir la responsabilidad es ella. —Miró a Kráka mientras Ilska cortaba las ligaduras de Bjarn, lo levantaba del suelo y dejaba que se fuera renqueando con Breca y Harek.

—En cuanto a ti, hija de Snaka, como he dicho, la muerte es la única salida. Mi hermana nunca te perdonará. —Se volvió hacia las grandes puertas de la cámara—. Y será mejor que nos demos prisa, antes de que ella regrese, o terminarás en el estómago de una dragona, y la forma de llegar a él será cualquier cosa menos agradable. —Dirigió un ademán seco con la cabeza a Ilska y esta enfiló hacia Kráka con el seax desenfundado.

—Debería hacerlo el chico rata —terció Brák adelantándose y mirando fijamente a Biórr.

—¿Cómo? —dijo Rotta.

—Algo huele mal. Estos dos escaparon con mucha facilidad. Biórr estaba de guardia allí abajo. —Se acercó un poco más a Biórr y entrecerró los ojos—. ¿Quieres decir que simplemente se acercaron por la espalda y te partieron la crisma?

—Eso ocurrió —dijo Biórr.

Brák bajó la mirada a la lanza que empuñaba Biórr, con la mancha oscura de sangre en la contera.

—¿Y cómo te quitaron la lanza para golpearte con ella?

Biórr se quedó en blanco un momento. Empezó a hervirle la sangre en las venas. Nada deseaba más que enterrar la lanza en las tripas de Brák. Pero también tenía miedo. A ser descubierto. A terminar en la barriga de Lik-Rifa.

—Esto... —balbuceó—. Debía estar apoyada contra la pared. —Se tocó el vendaje de la cabeza.

—Entonces, no les ayudaste —continuó Brák.

—No —dijo Biórr intentando evitar que su voz lo delatara. Era plenamente consciente de que todos los ojos que había en la cámara estaban clavados en él, tanto los humanos como los de los vaesen.

—¿Y no les tienes ningún cariño? Estuvisteis juntos en la misma banda, ¿no es así?

—Eso no significa nada —terció Storolf adelantándose.

—Tú no te metas, grandullón —espetó Brák volviéndose hacia él—. Quizá seas grande, pero eso me trae sin cuidado. No me llaman Matatroles porque sí. Me he enfrentado con otros más grandes que tú y he salido vivo.

Storolf bajó la mano al seax que colgaba de su cinturón.

—Basta —dijo Ilska adelantándose, con Drekr a su lado.

Storolf inspiró hondo. Brák sonrió y escupió al suelo sin despegar los ojos del enorme guerrero. Luego miró de nuevo a Biórr.

—En ese caso, si estás diciendo la verdad y no tuviste nada que ver, ella no significa nada para ti, así que hazlo. Mátala.

—Preferiría matarte a ti —gruñó Biórr.

—Inténtalo, por favor —le retó Brák abriendo los brazos y sonriendo.

—Ya es suficiente —terció Ilska. Brák inclinó la cabeza sumisamente. Ilska miró a Biórr—. Hazlo.

—¿Eh? ¿Cómo? —exclamó Biórr.

—Mata a Kráka. Ahora. —Ilska dio media vuelta y regresó al lado de la bruja seiðr, la agarró del pelo y tiró hacia atrás su cabeza para dejar a la vista su cuello.

Biórr se quedó paralizado, mirando a los ojos a Kráka.

—Pero es una de los nuestros —dijo.

—Se necesita algo más que llevar un dios en las venas para formar parte de este grupo —dijo Drekr—. Hay que ser leal. Hizo un juramento y lo rompió —gruñó, y luego escupió a Kráka—. No puede seguir viviendo.

«Hazlo —le dijo una voz dentro de su cabeza—. Mátala». Biórr se volvió a Rotta, que lo miraba intensamente.

«Pero es mi amiga», le respondió.

«Ya está muerta, pero tú todavía puedes vivir. Tú y yo somos supervivientes. Haz lo que sea necesario para sobrevivir».

Biórr dudó un instante más y luego se adelantó y hundió la lanza en la garganta de Kráka.

CAPÍTULO CINCUENTA Y NUEVE

VARG

La imaginación de Varg jamás habría podido concebir lo que estaba contemplando.

Ulaz, la puerta a Iskidan, se extendía en torno a él hasta donde alcanzaba la vista. Un paisaje infinito de edificios con las tejas blancas y rojas jalonado de torres y bosquecillos de árboles verdes. Habían avistado Ulaz poco después del amanecer, cuando en el horizonte apareció un vibrante resplandor blanco tras dejar atrás el archipiélago que se extendía frente a la costa de Iskidan. Según se acercaban a bordo del *Lobo del mar*, Varg se dio cuenta de que la ciudad se había construido en las dos orillas de un estuario, con puertos a ambos lados, en cuyos incontables muelles y embarcaderos había amarradas toda clase de embarcaciones.

Pero «ciudad» no era la palabra adecuada para describir Ulaz. El área que ocupaban los edificios era tan vasta como la de un bosque.

Al entrar en el estuario pasaron entre dos estatuas colosales que se alzaban desde el agua. Una era de un toro con los cuernos curvos, y la otra, de una criatura que a Varg le recordó a Spert, el vaesen compañero de Orka, solo que diez mil veces más grande; tenía unas garras que parecían pinzas y el cuerpo segmentado, con un aguijón puntiagudo arqueado sobre la espalda al final de la cola.

—Es un escorpión —dijo Svik al ver a Varg boquiabierto—. En Iskidan tienen unos dioses muy raros.

En las estatuas se veían las manchas y las marcas de los elementos y de los excrementos de las aves, el verdor de las algas donde las olas rompían y brillantes y oscuros mantos de crustáceos que semejaban costras de heridas.

Solo la mitad de la tripulación remaba mientras entraban lentamente en el estuario. El puerto de Ulaz ocupaba las dos orillas del río. Glornir manejaba la espadilla del timón y guiaba el *Lobo del mar* por el río de vastas riberas que se adentraba serpenteando en las tierras de Iskidan. Embarcaciones de todos los tipos y tamaños surcaban el agua, de manera que daba la impresión de que, más que por un río, se movían por una calle concurrida de Darl, y Varg no veía dónde acababan los muelles, los embarcaderos ni el bosque de mástiles. Desde el puerto llegaba un zumbido incesante de voces, risas, música, sonidos de animales, bramidos, gruñidos, chillidos de gaviotas que sobrevolaban los muelles en número incontable, como las moscas alrededor de un cadáver. Todos esos sonidos se fundían y retumbaban con un ritmo constante que subía y bajaba, como el oleaje en una playa. Una miríada de olores flotaba sobre el agua: el hedor del pescado y la verdura podridos y del sudor, el intenso olor del amoníaco, y otros aromas desconocidos que, según le explicó Svik, pertenecían a unas cosas llamadas especias que se usaban para condimentar alimentos y bebidas.

—Huele a mierda, ¿no? —dijo Røkia acercándose a ellos.

—Es… grande —murmuró Varg.

—Creo que tu capacidad de observación no es tu fuerte —apuntó irónicamente Svik.

—Quiero decir abrumador —repuso Varg. Se dibujó una sonrisa tímida en sus labios, por primera vez desde que zarparan de la isla de los comelenguas. Hizo el ademán de rascarse la oreja que le faltaba, pero lo que encontró en su lugar fue una costra y piel arrugada. El abatimiento había cundido en la tripulación desde que partieran de la isla y la ausencia de Einar pesaba mucho en sus corazones. A Varg no le había parecido bien abandonar a Einar Medio Trol, y ahora que el grandullón no estaba a bordo, se daba cuenta del importante papel que jugaba en los Hermanos de Sangre. Sin embargo, una parte de Varg comprendía la decisión. Habían pasado la noche en la isla atendiendo a Einar con la esperanza de que recobraría el conocimiento y se recuperaría lo suficiente para viajar, pero cuando al día siguiente amaneció Einar seguía inconsciente, temblando y sudando por la fiebre. Obligarlo a echarse al mar otra vez y a recorrer Iskidan en una persecución que no se sabía adónde los llevaría no parecía lo más razonable para lograr su recuperación.

De manera que Glornir lo había dejado allí con Æsa, que era una experta sanadora y también estaba herida. Los niños también se habían quedado. Glornir había descargado un tercio de las provisiones, barriles de agua y de comida.

«Volveremos a por vosotros, espero que antes de que se agote lo que hay en los barriles —les había dicho—. Si os quedáis sin agua antes de nuestro regreso, no bebáis de ese pozo. Buscad un arroyo y hervid el agua antes de beberla».

Varg se estremeció al pensar en que lo hubieran infectado aquellos comelenguas. Todos los días desde que partieron de la isla se había frotado la boca con arena y había bebido agua todo lo caliente que era capaz de soportar, y luego se había examinado la lengua con las manos, utilizando el lustroso umbo de su escudo como espejo. Se pasó una mano por el pelo cada vez más largo y volvió a angustiarse al recordar aquellos repugnantes parásitos.

—Ese pelo —dijo Svik con el ceño fruncido.

—¿Qué le pasa? —masculló Varg.

—Está hecho un desastre. —Svik negó con la cabeza.

—¿Y qué más da? —espetó Varg. Dedicaba muy poco tiempo a pensar en su pelo o en su aspecto. Desde que nació le habían afeitado la cabeza, como a todos los thrall, y desde su huida de la granja de Kolskegg no se había cortado el pelo. Ahora tenía una barba que le picaba y los pelos le caían o se le levantaban formando toda clase de ángulos. Solo pensaba en su pelo cuando le picaba.

—Es una vergüenza —le reprendió Svik—. Ahora eres un Hermano de Sangre. Deberías hacer un esfuerzo para tener siempre un buen aspecto.

Varg frunció el ceño y miró a Røkia.

—¿Tú piensas igual?

—Tu cabeza parece un arbusto —dijo ella encogiéndose de hombros.

—¿Qué puedo hacer? —preguntó Varg llevándose las manos a la cabeza y palpándose los mechones apelmazados y enredados.

—Tú confía en mí —dijo Svik sonriéndole al mismo tiempo que sacaba del cinturón un pequeño cuchillo afilado y un peine de hueso.

Røkia soltó una carcajada.

Svik se puso manos a la obra con la barba de Varg, recortando y peinando.

—Todavía no está lo suficientemente larga para una trenza —dijo al cabo de un rato con la cara seria y concentrado—, pero un anillo la mantendrá recogida, de momento.

Sacó un pequeño anillo de plata de la bolsita de su cinturón y lo ensartó en la barba de Varg, luego le hizo un nudo. Retrocedió para mirar a Varg, sonriendo.

—Mejor —dijo—. Y ahora el pelo. ¿Qué puedo hacer con este descuidado bosque?

—Aféitalo —sugirió Varg.

Svik frunció el ceño.

—Entonces parecerás un thrall otra vez.

—No toda la cabeza —explicó Varg—. Como el úlfhéðnar de Helka. Deja la parte de arriba tal cual y solo aféitame la parte de atrás y los lados. Cuando el pelo de arriba me haya crecido lo suficiente, me haré una trenza. —Miró a Svik y luego a Røkia.

—Me gusta —dijo Svik asintiendo, y se puso a trabajar de nuevo.

—Toda esa gente que hay en Ulaz, ¿de dónde sale? —preguntó Varg mirando con el rabillo del ojo la ciudad mientras Svik le cortaba el pelo.

Svik se quedó parado un momento, con el ceño fruncido.

—Por favor, dime que sabes cómo se hacen los niños.

—¡Claro que lo sé! —Varg se ruborizó cuando vio la ceja arqueada de Røkia—. Lo que quiero decir es que me parece mucha gente en un solo lugar. ¿Toda la población de Iskidan se concentra en una ciudad?

Svik tuvo que parar de cortar el pelo a Varg porque le había dado un ataque de risa.

—No, esto solo es un puerto, como Liga. Iskidan es extensa, como ya te he dicho, y Gravka, la gran ciudad donde vive el emperador Kirill, es lo mismo que Darl a Liga, muchas, muchísimas veces más grande que Ulaz.

Varg hinchó los carrillos.

—¿Cómo acaba tanta gente siendo gobernada por un solo hombre?

—¿No conoces la historia de los tres hermanos y el Caminante de las Sombras?

—No —respondió Varg—. En algunos aspectos estoy empezando a pensar que he tenido una vida muy protegida.

Røkia soltó otra carcajada.

—Bueno, entonces yo te instruiré —dijo Svik—. Aunque, la verdad, es una saga que debería contarse alrededor de un fuego, con un poco de comida en un plato y un odre de hidromiel. —Chasqueó la lengua y continuó cortando el pelo de Varg—. Te resumiré la historia.

—Gracias, dioses muertos —murmuró Røkia.

—Poco después del Guðfalla, donde los dioses se enfrentaron entre ellos y se mataron unos a otros, mientras la humanidad se lamía las heridas y luchaba para hacerse un sitio en el nuevo mundo, tres hermanos se levantaron de entre los supervivientes de Vigrið: Mag, Oleg y Aslog.

—Kirill el Magnífico es descendiente de su linaje —susurró Røkia.

—¡Chis! —Svik le lanzó una mirada fulminante—. Estás echando a perder la historia.

—Solo la estoy acortando —espetó Røkia.

Svik suspiró y continuó:

—Los tres hermanos eran fuertes e intrépidos, y habían oído historias sobre los territorios fértiles y cálidos del sur, más allá del mar, donde la tierra era de quien la quisiera y los ríos plateados corrían caudalosos. Así que reunieron una banda de guerreros con ideas afines y emprendieron la construcción de una flota de barcos. Zarparon con treinta esbeltos barcos de guerra y surcaron el mar. Arribaron aquí, a Ulaz. Entonces solo era una miserable aldea de pescadores, pero los hermanos establecieron aquí su base y construyeron una empalizada. Encontraron una tierra devastada por el Guðfalla, como Vigrið. Los dioses habían convertido el mundo en su campo de batalla y lucharon y murieron por toda Iskidan, como habían hecho en el norte. La gente de Iskidan estaba dividida en numerosos reinos pequeños y clanes que desconfiaban unos de otros y ambicionaban el poder.

—Como en Vigrið, entonces —murmuró Varg.

—Exactamente —dijo Svik—. Mag, Oleg y Aslog se acercaron a un clan vecino y le ofrecieron su ayuda a cambio de plata.

—Eso es lo que harían los Hermanos de Sangre —terció Røkia.

—Sí —Svik asintió—. Y de esa manera los reinos vecinos fueron conquistados y los hermanos se hicieron ricos. Y muy pronto el norte de Iskidan estuvo gobernado por un solo clan, de quienes los tres hermanos eran sus guerreros de élite.

—¿Y cómo acabaron los hermanos controlando toda Iskidan? ¿Y quién es el caminante de las sombras?

—A eso voy —dijo enojado Svik—. Los tres hermanos y el clan para el que luchaban eran cada vez más poderosos. Su dominio no paraba de crecer hacia el sur, el este y el oeste. Con el tiempo, el resto de los clanes se unieron contra ellos y la guerra fue terrible. Mag, el mayor de los hermanos, propuso una tregua, el final del derramamiento de sangre, y todos los clanes estuvieron de acuerdo. Se organizó una reunión para que todos los líderes pudieran reunirse, acordar las fronteras de sus reinos y sellar la paz con un juramento de sangre. Llegó la noche de la reunión, que se celebró en una tienda de campaña del tamaño de una pequeña ciudad. Estaba llena de señores y señoras. Los líderes de cada clan acudieron con un pequeño séquito para hacer su juramento de paz. Los clanes de Iskidan eran como las estrellas del cielo, centenares, así que en la Gran Reunión debía haber miles de personas. Sin embargo, cuando el sol salió a la mañana siguiente… todos estaban muertos. Solo Mag, Oleg y Aslog salieron de aquella tienda respirando. Habían asesinado a todos, incluido el clan para el que habían luchado.

—Pero ¿cómo pudieron matar a tanta gente? —preguntó Varg con un hilo de voz.

—El Skuggar Ganga, el Caminante de las Sombras —dijo Svik. Y un escalofrío recorrió a Varg a pesar del sol.

—¿Quién es el Caminante de las Sombras? —susurró Varg.

—Nadie lo sabe. —Svik sonrió—. ¿Un thrall corrompido? ¿Un vaesen bajo un hechizo seiðr? ¿Una bruja seiðr o un galdramaðr? —Se encogió de hombros—. La gente de Iskidan todavía cuenta la historia del Caminante de las Sombras a los niños para que no se pierdan en la oscuridad.

—Solo es una historia más —terció Røkia.

—Por supuesto, pero una muy buena, reconócelo. —Svik sonrió—. Y lo que cuenta aún está vigente. Solo hay un rey en Iskidan, y eso es de destacar. —Dio un paso atrás—. Ya está —dijo con una montaña de pelo a sus pies.

—Le pasa lo mismo que a la barba, todavía está demasiado corto para hacer una trenza, pero puedes atártelo detrás, si tienes un cordón de cuero. Así no se te meterá en el ojo, lo cual no ayuda en una escaramuza.

—Tengo un poco de cuero —dijo Varg, que sentía la caricia de la brisa del mar en el cuero cabelludo. Se frotó la cabeza encima de la nuca y notó la piel suave. Miró a Røkia—. ¿A ti qué te parece?

Røkia permaneció callada un largo momento, con una expresión inescrutable en el rostro.

—Me gusta —dijo finalmente, y miró a Svik—. Házmelo a mí también —pidió sentándose en un barril.

—Así —dijo Røkia levantando el destral. Enganchó el hacha barbuda al borde del escudo de Varg y tiró hacia abajo.

Se encontraban en la cubierta del *Lobo del mar* mientras surcaban el río Reka y ya dejaban atrás los últimos edificios de Ulaz. El sol era un resplandor derretido en el horizonte que teñía de color naranja y rosa las nubes altas mientras Røkia seguía aleccionando a Varg en el manejo de las armas. El hecho de que estuvieran en la inestable cubierta de un barco no la había disuadido.

«¿Cómo? —había exclamado ella cuando Varg le cuestionó el sentido de entrenar en la cubierta de un barco—. ¿Crees que solo vas a luchar cuando tengas los pies en un suelo firme y estable? ¿Qué clase de enemigos tan educados tienes que te dejarán elegir? —Negó con la cabeza—. Insensato —murmuró».

Así que allí estaban, entrenando entre turno y turno de Varg a los remos mientras la mitad de la tripulación remaba y el *Lobo del mar* se adentraba en el territorio de Iskidan.

—¿Ves? —continuó Røkia—. Si estamos en un muro de escudos, dejas un hueco para que desde la segunda fila arremetan con una lanza o en diagonal con un seax o una espada. Es lo que se llama trabajar en equipo.

«Eso es algo a lo que no estoy acostumbrado», pensó Varg. Asintió con la cabeza. Røkia había decidido que ya había aprendido lo suficiente con la lanza y el escudo y había empezado las lecciones con el hacha.

—Dime, ¿y cómo contraataco? —preguntó Varg.

Røkia enarcó una ceja.

—Vaya, ¿una pregunta sensata del Insensato? —Se acercó a él y le puso una mano caliente y áspera en la frente—. ¿Tienes fiebre?

Svik y otros guerreros sentados a los remos soltaron una carcajada.

Varg se encogió de hombros.

—Respondiendo tu pregunta, puedes hacer cuatro cosas. En primer lugar —dijo levantando un dedo—, no permitas que te ataquen. Observa a tus enemigos, estudia sus ojos y sus movimientos, su peso y su equilibrio. La mayoría delatará sus intenciones, así que ataca antes de que lo hagan ellos, apártate, cambia el ángulo de tu escudo.

—De acuerdo —repuso Varg.

—Lo segundo que puedes hacer es ir a por él —continuó Røkia levantando dos dedos—. Embístelo con el hacha. Probablemente no se lo esperará, así que puedes pillarlo por sorpresa y terminar el combate rápidamente. Por supuesto, habrás saltado del muro de escudos y estarás rodeado de enemigos, así que también tú podrías morir rápidamente.

—¿Y tercero? —preguntó Varg.

—Baja el escudo —dijo Røkia—. Tampoco será algo que se espere, y eso te dará un momento para atacar. Aunque, si estás en el muro de escudos, probablemente acabarás ensartado por media docena de lanzas de la segunda fila.

—Eso me suena a lo que haría un insensato —gritó Svik.

—¿Y cuarto?

Røkia se rascó la cabeza recién afeitada, que le daba un aspecto aún más feroz que el que tenía antes, cosa que Varg había creído imposible.

—No hay cuarto.

—Ah, entonces me has explicado tres maneras diferentes de morir. Unas más rápidas que otras.

Estallaron más risas en la cubierta.

—Todo depende de lo bueno que seas y de la suerte que tengas —dijo Røkia—. Es mejor hacérselo a ellos antes de que ellos te lo hagan a ti. La suerte no se puede cambiar, pero la destreza sí es algo que puedes aplicar en una batalla. Ya sé que tu estrategia es saltar sobre tu rival y zas, zas, zas. Y la gente piensa que porque es un hacha y se usa para cortar madera no hay ninguna técnica que aprender. —Miró a Varg a los ojos—. Se equivoca.

—Vale. Todo lo que me has enseñado hasta ahora es para cuando esté en un muro de escudos. Pero, ¿y en otras situaciones?

Røkia dio un paso atrás y fingió sentirse mareada, como si estuviera a punto de desmayarse.

—¡Dos preguntas sensatas en un día! ¿Quién eres tú? —gritó Svik desde su banco de remo.

Todo el que lo oyó se echó a reír.

—Me alegra que me hagas esa pregunta, Insensato —dijo Røkia cuando las risas se apagaron—. Bueno, si te enfrentas con un drengr con un escudo, da igual qué arma use, lanza, espada, hacha o seax; se hace lo mismo. Te acercas protegiéndote con el escudo y enganchas tu arma al borde de su escudo, como he hecho yo antes. —Volvió a fijar el hacha barbuda al borde del escudo de Varg—. Y luego haces esto. —Tiró hacia abajo y arrastró a Varg hacia delante un paso, y luego le golpeó con el ojo del mango del hacha en la cara. No tan fuerte como para triturarle los labios y romperle los dientes, pero lo suficiente para que Varg sintiera el golpe. Si la funda de la cabeza del hacha no hubiera estado puesta, la punta de la hoja le habría hecho un tajo desde el labio hasta la frente. Varg retrocedió trastabillando y apretándose la boca con una mano.

—¿Ves? —dijo Røkia con el rostro escindido por una sonrisa maliciosa—. No es un golpe letal, pero te aseguro que duele.

—Me has dejado un diente suelto —protestó Varg examinándose la boca.

Una voz retumbó en la cubierta.

—¡Allí están, jefe! —gritó señalando con el dedo Ingmar Hielo desde la proa del *Lobo del mar*—. En la orilla este.

Glornir se apoyó en la caña del timón y el *Lobo del mar* cruzó el río y enseguida se adentró en la espesura de los juncos en dirección a la enlodada orilla. Allí esperaban dos figuras, una de ellas flanqueada por dos perros sentados, con sus siluetas recortadas en el sol.

Se levantaron los remos y se guardaron en el barco cuando el casco del drakkar rozó el fondo del río y su velocidad se redujo hasta que se detuvo. Glornir aseguró la caña del timón y salió dando trancos hasta la proa.

Las figuras de la orilla eran Sulich y Edel con su pareja de sabuesos. Se adentraron en el río a través de los juncos.

—¡Bienvenidos de nuevo, hermano y hermana! —gritó Ingmar desde el barco, sonriendo, y se inclinó sobre la parte superior de la borda para tender la mano a Sulich. Tiró del hombre con la cabeza afeitada y lo subió a bordo como si pesara menos que un saco de plumas.

Edel se elevó de un salto y subió con agilidad al drakkar. Sus perros tomaron carrerilla y también saltaron a bordo.

—¿Qué noticias traéis? —preguntó Glornir.

—Jaromir llegó a Ulaz hace dos días —dijo Sulich. Se había comprado ropa nueva en los mercados de Ulaz y vestía un elegante caftán de seda y lana rojo y gris, unos pantalones abombados de lino y unas botas de piel. Su espada curva colgaba sobre su cadera y un gorro de fieltro y piel le cubría la cabeza.

—Dos días —murmuró Glornir torciendo el gesto. Había algo más que ira en su expresión. ¿Miedo?

—Pero no se marchó hasta ayer al mediodía. Tenía que comprar caballos nuevos y suministros para su grupo. Partió a caballo a la cabeza de más de un centenar de lanzas. —Sulich desvió la mirada un momento y luego la devolvió a Glornir—. Me han dicho que iban dos brujas seiðr con él, una de ellas encadenada. Por la descripción que me hicieron de ella, no hay duda de que es Vol. —Escupió por encima de la borda del barco—. No la han tratado demasiado… bien.

A Glornir le temblaron las mejillas y se le pusieron blancos los nudillos de las manos aferradas a la parte superior de la borda.

—¿Qué significa eso exactamente? —gruñó. Sus ojos destellaron y cambiaron de color y sus hombros se encorvaron y se expandieron.

—La han golpeado —dijo en tono grave Sulich—. Y le han cosido los labios.

Glornir soltó un rugido grave y rebosante de dolor y se oyó un crujido de madera cuando una parte de la borda se agrietó entre sus manos. Inspiró hondo y se estremeció.

—¿Adónde se dirigen? —preguntó Glornir con los dientes apretados.

—A la torre de Jaromir en Valdai —respondió Edel—. Los druzhina de la isla dijeron la verdad.

—¿A qué distancia está? —preguntó Glornir a Sulich.

—Valdai está a tres días a caballo de Ulaz, por un camino serpenteante a través de las montañas.

—¿Podemos alcanzarlos?

Sulich aspiró por la boca con los dientes apretados.

—Es posible. Si remamos sin descanso. Hay un lugar al pie de las montañas donde podemos desembarcar. Desde allí parte un estrecho sendero atravesando las montañas que se cruza con el camino a Valdai. A caballo es intransitable, pero podríamos ir a pie.

—Bien —gruñó Glornir—. ¿Algo más?

Sulich y Edel se miraron.

—Está pasando algo extraño en Ulaz, jefe —dijo Edel—. Hay más movimiento de lo habitual: druzhina, artesanos, comerciantes...

—Y ahora hay patrullas en el puerto oriental. Nadie puede entrar ni salir sin una tablilla de corteza de abedul.

—¿Por qué? —murmuró Glornir—. ¿Qué están haciendo en ese puerto?

—No lo sabemos —dijo Edel.

—No pudimos acercarnos —añadió Sulich. Se encogió de hombros—. Si hubiéramos tenido más tiempo..., pero íbamos con prisa.

—Hum. —Glornir dio una palmada en la espalda a Sulich y a Edel y ambos se tambalearon—. Habéis hecho lo correcto. Nuestra única preocupación es Vol. —Se dio la vuelta para pasear la mirada por el resto de los Hermanos de Sangre—. Volved todos a los bancos de remo. Vamos a rescatar a Vol.

CAPÍTULO SESENTA

GUÐVARR

«La ambición está sobrevalorada», pensó Guðvarr mientras se balanceaba en su silla de montar y se ceñía la capa de pieles alrededor del cuerpo en un vano intento por protegerse de la nieve helada que caía con el grosor y la fuerza del granizo. Giró el cuerpo en la silla para mirar al hombre que cabalgaba a su lado, el úlfhéðnar Frek, envuelto en una piel de lobo con la cabeza erguida, y se le pasó por la cabeza la idea de quejarse de que llevaban cabalgando lo que le parecían cien años sin descansar, comer ni beber, pero se lo pensó mejor.

«Me mirará con el labio torcido y no dirá nada, así que, ¿para qué?».

Guðvarr sabía que pasaría eso porque ya le había dirigido la palabra por lo menos una veintena de veces desde que levantaran el campamento y se pusieran en marcha aquella mañana.

«¿Qué hago yo aquí? Por los dioses muertos, ¿qué me poseyó para que me ofreciera voluntario para esta misión? ¡Ir a Nastrandir, al matadero de Lik-Rifa, una dragona!».

Pero sabía perfectamente por qué se había ofrecido voluntariamente.

Instinto de conservación. Sabía que había cumplido su misión para Skalk de ayudarle a sonsacar al príncipe Hakon el secreto que escondía. ¡Y menudo secreto! Pero también sabía que, si quería salir vivo de la torre galdur, tenía que volver a ser útil.

«Así que aquí estoy, en el culo del mundo, congelándome las pelotas para alargar un poco mi vida. Ojalá termine de una vez este viaje. Ojalá pueda llegar a mi destino y poner fin a esto para siempre. —El escaso consuelo que le procuró ese pensamiento duró muy poco. Se apretó el pecho con la mano—. Pero cuando acabe esta misión seguirá estando el problema del monstruo que vive dentro de mí».

Si le hubieran quedado fuerzas habría llorado. Sin embargo sorbió por la nariz y levantó la mano para limpiarse los mocos; notó un crujido de hielo partido.

«Hasta los mocos se me congelan en la nariz en este agujero helado. ¿Dónde estamos, por cierto? En algún lugar en el norte de las Dorsales, es todo lo que sé. ¿Por qué, por qué, por qué no me quedé en Fellur? "Vamos a Darl", dije. "Persigamos a Orka". Creía que así conseguiría fama».

Sacudió la cabeza malhumorado.

«La ambición está sobrevalorada».

Atisbó un movimiento a su lado y vio que Frek detenía su caballo. Guðvarr dio saltos de alegría. «¡Paramos! Doy gracias a todos los poderes por ello. Por favor, que encienda un fuego y se ponga a cocinar. O, no, me da igual. Se me ha pegado el culo congelado a la silla y lo único que quiero es bajar de este caballo y acurrucarme detrás de una piedra».

Frek pasó una pierna por encima de la silla de montar y se dejó caer al suelo. Llevó su caballo de las riendas hasta un árbol retorcido y sin hojas y ató el animal a él.

«¡Sí, sí, sí!». Guðvarr intentó separar los dedos yertos dentro de los mitones de lana de las riendas y se balanceó adelante y atrás para despegar el culo de la silla de montar.

Frek se acercó caminando pesadamente por la gruesa capa de nieve.

«¡Ah! Viene a ayudarme. Quizá no sea tan mala persona como pensaba, después de todo. Retiro todos los insultos que le he lanzado mentalmente... Que han sido muchos». Esbozó una sonrisa de agradecimiento.

—Ayúdame a desmontar, buen hombre —dijo con los dientes castañeando, y tendió una mano hacia Frek.

—Tú no —espetó Frek con el gesto ceñudo.

—¿Qué quieres decir? —exclamó Guðvarr. Se le borró la sonrisa de los labios.

—Sigue cabalgando.

—¡Qué! —chilló Guðvarr—. ¿Solo? No digas tonterías.

—Ya casi hemos llegado. Yo no puedo seguir, ya lo sabes —dijo Frek.

—Pero... pero... pero... ¿qué quieres decir con que casi hemos llegado?

Frek se limitó a mirarlo con el ceño fruncido.

De repente, el miedo, cada vez más intenso, le estrujó el estómago y le retorció la vejiga.

Ahora que era una realidad, se dio cuenta de que en verdad no quería llegar a su destino. Habría preferido cabalgar eternamente a través de aquella ventisca incesante que llegar al hogar de una diosa dragona.

«¡Una diosa dragona!».

Tragó saliva.

—Me perderé —musitó.

—No —dijo Frek. Señaló con el dedo a través de la cortina de nieve—. Hay una península. Sigue por este camino hasta el mar y habrás llegado. Es lo que dijo el príncipe Hakon.

«¡Pero el príncipe Hakon es un niðing, un caraculo, un trozo de mierda de trol mentiroso!».

—Acompáñame un poco más —dijo Guðvarr—. Por favor —gimoteó. «Yo suplicando a un thrall. He perdido toda mi dignidad, pero no me importa».

—¿Tanto te gusta mi compañía? —inquirió Frek mostrando sus dientes puntiagudos al sonreír. Negó con la cabeza—. Podrían tener gente vigilando el camino. Deberían tenerla. Si me capturaran, los dos acabaríamos siendo la cena de un dragón.

—Pero… —empezó a decir Guðvarr, pero entonces Frek levantó la cabeza para olfatear el aire a través de la nieve.

—Hay olores extraños en el aire —dijo el úlfhéðnar. Sacudió la cabeza—. En marcha. Continúa. —Y antes de que Guðvarr pudiera seguir discutiendo, Frek dio una palmada a la grupa del caballo y el animal se puso en movimiento.

Guðvarr fijó la vista al frente y tragó saliva. Una agitada cortina blanca colmaba su mundo. Una repentina racha de viento arrojó la nieve contra su cara y tuvo la misma sensación que si le hubieran tirado un cubo de agua helada. Maldijo inútilmente al mundo que lo rodeaba, agachó la cabeza y dejó que su caballo lo llevara.

A través de la ventisca atisbó una península que se adentraba en el mar helado, agitado y revuelto como unas espesas gachas. A su derecha, hasta donde alcanzaba su vista, se alzaban unos acantilados.

«¿De verdad he llegado a Nastrandir, el hogar de Lik-Rifa?».

«Espero que no».

Ofrecerse para hacerse pasar por un mensajero del príncipe Hakon le había parecido una buena idea en la torre galdur de Darl. Le había permitido escapar de Skalk y de Helka vivo y con la perspectiva de un largo viaje, durante el cual tendría tiempo para elaborar su siguiente plan, pero la verdad era que apenas había tenido en cuenta el hecho de que iba a encontrarse con un dragón. También había recibido como un puñetazo en el estómago que le endilgaran al silencioso Frek; el hombre le había dicho más en su despedida que durante todo el viaje desde Darl, remontando el río Drammur, a través del abandonado paso de Grimholt y luego al noreste siguiendo el borde septentrional de la cordillera Dorsal, así que no había sido una compañía tan molesta. Es más, por mucho que Guðvarr despreciara a los úlfhéðnar y a cualquiera que estuviera al servicio de Helka o de Skalk, le habría gustado tener a Frek cabalgando a su lado en ese momento.

Su culo resbaló un poco en la silla de montar y Guðvarr se dio cuenta de que estaba descendiendo por una pendiente. De la nieve sobresalían unas grandes piedras cubiertas de hielo a ambos lados del serpenteante camino que seguía. El suelo comenzó a nivelarse y el ruido del roce de las placas de hielo que flotaban en el mar retiñó en sus oídos.

«¿Quién elegiría este sitio para vivir? Debe ser el lugar más inhóspito de toda Vigrið. A lo mejor a Lik-Rifa no le gustan las visitas».

Sintió una presión en el pecho que lo empujó hacia atrás mientras su caballo continuaba avanzando.

—¿Qué...? —masculló al ver un trozo de cuerda tendido de un lado al otro del camino. Apenas se veía bajo la nevada y el hielo que lo recubría brillaba. Agarró la cuerda y tiró de ella con la intención de sacarla de en medio.

La cuerda estaba dura como el hierro.

«¿Quién habrá puesto esto aquí?».

Miró frenéticamente a su alrededor y su preocupación rápidamente se transformó en pánico cuando el caballo corcoveó debajo de él, relinchó y salió desbocado hacia delante. Guðvarr cerró los ojos y se envolvió con los brazos para protegerse del golpe demoledor de la caída.

El golpe no llegó.

Abrió los ojos y vio que estaba suspendido en el aire; sin saber cómo, todavía asía la cuerda con una mano. Frunció el ceño y quiso desenfundar el seax, pero su mano estaba adherida a la cuerda.

«¿Es... pegajosa?».

Guðvarr tiró y tiró, pero su mano no se soltaba, así que retorció el cuerpo para intentar alcanzar el seax con la otra mano.

Oyó un zumbido y apareció una figura delante de él, pequeña y sin pelo, con una cabeza que parecía una rata calva y una boca demasiado grande para su cara. Se quedó suspendida enfrente de él batiendo con frenesí las alas.

Un tennúr.

—Intruso —dijo con los dientes apretados la criatura.

Guðvarr exhaló un suspiro de alivio.

—Vete antes de que te destripe y te arroje al mar —espetó Guðvarr.

El tennúr le sonrió y le mostró dos hileras de dientes repugnantes que Guðvarr encontró perturbadores.

«¡Tengo que bajar de aquí!».

Entonces advirtió otro movimiento en los márgenes de su campo visual.

Una figura indefinida en la ventisca, sentada encorvada en una piedra a su derecha.

«¿Y eso qué es?».

Guðvarr tuvo que mirarla fijamente antes de que la figura fragmentada se distinguiera entre los remolinos de nieve. Tenía muchas patas articuladas, unos ojos pequeños y arracimados y unos goteantes colmillos azules.

«Oh, no».

Se apoderó de él un miedo atroz, mucho más que el que había sentido cuando el hyrndur de Skalk se posara en su brazo. Guðvarr estiró la mano hacia el cinturón para tratar de agarrar un arma, cualquiera, y se balanceó colgado de la cuerda.

La criatura se movió con una velocidad pasmosa cuando bajó de la piedra y subió a la cuerda, por la que correteó en dirección a Guðvarr con una agilidad aterradora.

«No es una cuerda. Es un hilo de araña».

Guðvarr abrió la boca y gritó, pero el viento y la nieve engulleron su voz.

Oyó un murmullo de voces y abrió los ojos. Y entonces deseó no haberlo hecho.

Guðvarr estaba tendido sobre un frío suelo de piedra, tiritando, incapaz de moverse, y delante de él, demasiado cerca para su gusto, los ojos arracimados de una araña del hielo que lo miraban fijamente.

Gimoteó.

—Despierta —dijo una voz débil y chillona.

Guðvarr sintió unos golpes en el hombro. Giró la cabeza y vio al pequeño tennúr dándole patadas.

«Cuando recupere las fuerzas voy a meterte un palo por el culo y asarte en el fuego, maldita rata cojonera».

—Atrás —ordenó una voz grave.

La araña del hielo retrocedió correteando y desapareció de la vista de Guðvarr. El tennúr también se esfumó acompañado por el zumbido de sus alas. En su lugar apareció un hombre enorme que parecía no tener cuello, solo losas de músculo unas encima de otras. Llevaba el pelo negro trenzado y atado en la nuca, y unas cicatrices blancas le cruzaban un lado de la cara, como si un oso le hubiera dado un zarpazo.

«Es Drekr», pensó Guðvarr al recordar la descripción que había hecho de él el príncipe Hakon. Intentó moverse para enseñarle su prueba, pero descubrió que estaba atado e inmovilizado.

«No, no estoy atado», comprendió cuando echó un vistazo a su cuerpo y vio que estaba envuelto por unos gruesos y pálidos hilos de araña del hielo.

Volvió a gimotear.

—¿Quién eres? —preguntó el hombretón.

—Soy G… G… Guðvarr, y traigo un mensaje del p… p… príncipe Hakon —respondió Guðvarr con los dientes castañeando y temblando de frío.

Drekr frunció el ceño.

—No eres el mensajero que yo envié.

—K… K… Kalv está muerto.

—¿Cómo? —exclamaron otras voces. Un anciano de pelo blanco y un joven guerrero pelirrojo al que le faltaban algunos dientes aparecieron al lado de Drekr. El muchacho pelirrojo se agachó, levantó a Guðvarr del suelo y lo sentó de mala manera con la espalda apoyada contra una columna de piedra.

—Repite lo que has dicho —espetó el joven escupiendo por los huecos en su dentadura. El anciano apareció detrás de él.

—Kalv fue asesinado —dijo Guðvarr—. Poco después de reunirse con mi príncipe. Por eso el príncipe Hakon me ha enviado en su lugar.

El hombre pelirrojo miró fijamente a Guðvarr y su rostro se deformó, el azul de sus ojos desapareció sustituido por unos iris dorados y castaños moteados. Su mandíbula pareció hacerse más grande y debajo de su labio inferior brotaron dos dientes como colmillos. Hizo rechinar los dientes y empezó a espumajear por la boca. Brotaron lágrimas en sus ojos. El anciano de pelo blanco le puso una mano en el hombro. También tenía lágrimas en los ojos.

«Deben ser parientes de Kalv. El pelirrojo es tan feo que no hay duda de que pertenecen a la misma familia».

—Fain, Storolf —dijo Drekr mirando primero al hombre canoso y luego al pelirrojo—. ¿Es verdad?

—Aj —espetó el anciano agachando la cabeza—. Sabíamos que le había pasado algo malo a Kalv, lo sentíamos en la sangre.

Storolf clavó una mirada feroz en Guðvarr.

—¿Cómo pasó? —gruñó.

—Fue el galdramaðr Skalk —respondió Guðvarr.

Fain profirió un gruñido gutural y grave.

—Skalk es hombre muerto —aseveró.

—Le arrancaré la cabeza de los hombros —prometió Storolf.

«De verdad espero que lo hagas».

Fain abrazó a Storolf, que estaba llorando y temblando. Otros guerreros con plumas negras prendidas del pelo se congregaron en torno a ellos. Uno se adelantó y puso una mano en el brazo de Fain. Era un guerrero delgado, moreno y apuesto, de una edad similar a Guðvarr.

Drekr se puso en cuclillas delante de él, inquietantemente cerca.

—Así que eres un hombre de Hakon, o eso dices —gruñó Drekr. Su voz retumbó en el pecho de Guðvarr como el rugido de un oso.

—Sí —dijo Guðvarr, esforzándose por dotar a su voz de un tono grave también. No lo consiguió.

Drekr frunció el ceño.

—Nunca te había visto.

—Soy un drengr del distrito de Fellur. Mi jarl vive a la sombra de la reina Helka, pero yo quiero más.

Drekr no dijo nada y se limitó a mirar fijamente a los ojos a Guðvarr.

—Otro jovencito que busca fama y reputación, ¿eh? —dijo pensativo Drekr—. Hakon tiene un don especial para encontrar gente así.

—Sí, quiero formar parte de una saga —dijo con entusiasmo Guðvarr—. Quiero que mi nombre aparezca en la canción que cantarán los escaldos en las salas de hidromiel y alrededor de los fuegos.

«No hace mucho tiempo eso era completamente cierto. Pero ahora lo único que quiero es un fuego que me caliente y una jarra de hidromiel en algún lugar alejado de galdramaðr, corrompidos y monstruos».

—¿Y qué mejor manera de conseguirlo que siguiendo a la dragona? —concluyó Guðvarr.

Drekr asintió.

—No serías el primero —repuso. Apoyó distraídamente la mano en el hacha que colgaba de su cinturón y, con una velocidad inaudita, la levantó y arremetió contra el pecho de Guðvarr.

Guðvarr inspiró para gritar, pero entonces se dio cuenta de que podía mover los brazos. Drekr estaba cortando los hilos de araña que lo sujetaban. Unos momentos después Guðvarr estaba poniéndose en pie trabajosamente.

El bramido de un cuerno resonó en la caverna y unas puertas enormes se abrieron chirriando. Guðvarr aprovechó la oportunidad para echar un vistazo al lugar donde había acabado.

Se trataba de una vasta cámara iluminada por braseros. Las sombras y el humo se aferraban a los lugares más altos. Había gruesas columnas de granito en las que se habían esculpido unas serpientes con los cuerpos escamados enroscados y un estrado con un trono con serpientes talladas, en ese momento vacío. Esparcidos por el suelo había unos huesos pálidos, más grandes que las tracas de la más imponente de las naves de guerra de Helka. Sin embargo, no fue la cámara lo que provocó el grito ahogado de Guðvarr, sino sus ocupantes.

Por supuesto había guerreros, hombres y mujeres de aspecto amenazador en cota de malla y armados hasta los dientes, muchos de ellos con plumas de cuervo prendidas del pelo. Pero también había skraeling con la piel gris y las caras cerosas tumbados alrededor del estrado, con sus musculosos cuerpos cubiertos con toscas pieles y pesadas armas de hierro colgadas de tahalíes y cinturones. Correteando por el suelo de piedra o descansando en vastas telas tendidas entre las columnas había arañas del hielo. Enjambres de tennúr sobrevolaban la cámara. En lo que parecía un verdadero poblado de troles, estos se dedicaban a sus cosas; muchos de ellos estaban reunidos alrededor de un enorme caldero, otros jugaban a peleas. Dos troles estaban follando sobre una piel de oveja. En un rincón oscuro, Guðvarr vio unas figuras oscuras que se arremolinaban suspendidas en el aire; tenían unas pálidas caras cadavéricas y sus largas y espesas melenas flotaban como la niebla.

«Brujas nocturnas».

Se estremeció.

«Este lugar es peor que la torre galdur de Skalk».

A la sombra de una columna había un hombre alto y atractivo, vestido con una elegante túnica de lana bordada y con adornos estampados en oro en el cinturón y las armas. Miraba a Guðvarr con una intensidad desconcertante. De hecho, era la única criatura en toda la cámara que miraba a Guðvarr. Todos los demás habían interrumpido lo que estaban haciendo y miraban en dirección a las puertas que se abrían, por las que entró en la caverna una ráfaga de viento arrastrando remolinos de nieve.

Y entonces una figura emergió de la neblina blanca, alada y aterradora. Era un dragón, fabulosamente enorme, con el cuerpo pálido recubierto de escamas que brillaban y destellaban como una cota de malla. Batió lentamente las alas y las turbulencias zarandearon a Guðvarr, que estuvo a punto de irse al suelo.

«Lik-Rifa, la última de los dioses».

Nada en el mundo podría haberlo preparado para el momento de verla, enorme y majestuosa, con las fauces abiertas y plagadas de dientes más largos y afilados que lanzas; unos pálidos cuernos sobresalían y se curvaban en su cabeza como si fueran una corona, y sus ojos ardían rojos y dorados como el fuego de una forja. En sus garras llevaba una ballena colosal, con la piel azul húmeda y cubierta de crustáceos. Tenía unos tajos enormes de los que caía sangre como lluvia. Lik-Rifa abrió la boca y su rugido al soltar el cuerpo de la ballena agitó los huesos de Guðvarr, que sintió que el hyrndur se revolvía en las profundidades de su pecho.

La ballena se estrelló contra el suelo con un estrépito y se levantaron nubes de polvo. Lik-Rifa trazó unos círculos en el aire y descendió lentamente en espiral hasta posarse enfrente del trono.

A Guðvarr le temblaban las piernas. Se dejó caer de rodillas y pegó la cabeza al suelo en señal de reverencia ante aquella extraordinaria y espantosa visión que tenía delante. Ni siquiera estaba actuando. Oyó una serie de crujidos y chasquidos, de huesos que se partían, de carne que se desgarraba, y entonces se hizo el silencio.

—Bueno, bueno. ¿A quién tenemos aquí? —preguntó una voz profunda e hipnótica, y una mano le tocó un hombro.

Guðvarr levantó la mirada y vio a una mujer plantada delante de él, alta y regia, con vetas plateadas en el cabello oscuro recogido en numerosas trenzas. Sus ojos eran de fuego rojo. Guðvarr no sabía si reír o llorar, la alegría y el terror lo azotaban como un temporal.

—Es el mensajero de Hakon, de Darl —dijo Drekr—. O eso afirma. —Hizo una señal con la cabeza a alguien que estaba detrás de Guðvarr y unas manos agarraron al sobrino de la jarl Sigrún y lo levantaron del suelo.

—M… m… mi reina —balbuceó Guðvarr.

Lik-Rifa lo escrutó con una intensidad feroz y el terror se apoderó de Guðvarr, y luego sonrió y el corazón de Guðvarr estalló de alegría.

—¿Qué noticias traes de Darl? —preguntó Lik-Rifa.

—Esto… —balbuceó Guðvarr.

«¡Tranquilízate, idiota! ¿Es que quieres acabar en la barriga de un dragón? Piensa. Recuerda el plan». Lo había recitado miles de veces dentro de su cabeza durante el viaje. Ahora, sin embargo, le parecía vago y etéreo, imposible de asir.

—E… El príncipe Hakon me envía —soltó—. Me ha pedido que os diga que vuestro mensajero fue capturado por vuestros enemigos, pero prefirió morir antes que darles la oportunidad de interrogarlo. Me han enviado en su lugar. El príncipe Hakon se alegra inmensamente de vuestra liberación y está preparándose. Desea desesperadamente conocer la fecha de vuestra llegada, ya que está impaciente por ver ondear el estandarte de la dragona en la fortaleza de Darl.

—Bueno, eso suena maravilloso. —Lik-Rifa sonrió—. Y mi mensajero prefirió quitarse la vida antes que traicionarme. Es admirable. —Pero entonces arrugó el ceño y se formó un nubarrón en el corazón de Guðvarr—. ¿Has dicho príncipe? Pero para ser príncipe hay que ser hijo de una reina. —Había ahora una ira en la voz de Lik-Rifa que heló la sangre en las venas de Guðvarr—. ¿Quién es el príncipe Hakon? —dijo torciendo los labios y mostrando unos brillantes dientes afilados. Unas escamas resplandecieron fugazmente en su cara.

—Hakon es el hijo de Helka —explicó Drekr adelantándose—. Ha sido útil y está en una posición valiosa para nosotros. —Se encogió de hombros—. Es un niðing vanidoso.

«Estoy completamente de acuerdo».

—Hum. —Lik-Rifa asintió con la cabeza y se dio unos golpecitos en los labios con un dedo mientras escrutaba a Guðvarr—. ¿Y cómo puedo estar segura de que dices la verdad? ¿Cómo sé que no eres un mentiroso? Me han engañado antes y no pienso permitir que vuelva a suceder.

Guðvarr tenía la impresión de que todos los ojos que había en la cámara estaban clavados en él. El silencio que lo envolvía era aplastante. Drekr se acercó a él, todavía empuñando el hacha. Otros guerreros se aproximaron. El miedo que inundaba a Guðvarr consumía todas sus fuerzas y le retorcía la vejiga.

—Llevo vuestra marca, oh, gran reina —dijo arremangándose la túnica. Un dragón tatuado se enroscaba en su brazo con las fauces abiertas y con la cola curvada como si se aferrara a él.

—¿No será un ardid para ganarte nuestra confianza? —terció una mujer a la espalda de Drekr. Tenía el pelo negro con mechones grises y era delgada y fina como un acero recién forjado. A Guðvarr no le gustaba su aspecto, pero le sostuvo la mirada.

—Sí, Ilska, me has leído el pensamiento —repuso Lik-Rifa.

«¿Ilska? ¿Ilska la Cruel?».

Un miedo nuevo hizo presa en él. «Conozco su reputación, y no me gustaría tenerla de enemiga. —Guðvarr respiró hondo—. Recuerda el plan, recuerda el plan».

—Sería la persona más imbécil del mundo si me hubiera tatuado la dragona y no fuera un seguidor —dijo, a pesar de que no pudo evitar la ironía de su afirmación. Se pasó la lengua por los labios—. Es una sentencia de muerte en toda Vigrið.

—Eso es verdad —apuntó Drekr.

Se instaló un silencio prolongado y preñado de terror. Guðvarr volvió a posar sus ojos en Lik-Rifa e intentó sostener su mirada de fuego.

—Lo que pronto será una sentencia de muerte es no llevar mi marca —declaró la diosa dragona.

«¡Me cree!».

Guðvarr sonrió para sus adentros.

CAPÍTULO SESENTA Y UNO

ELVAR

Elvar contemplaba las colinas de Snakavik desde la proa del *Jarl de las olas*.

El río Slågen era ancho y las aguas, tranquilas en ese tramo, cerca de su desembocadura en el fiordo de Snakavik, y Urt el Sucio estaba marcando un ritmo lento con el mango del hacha en el barril para la mitad de la tripulación sentada en los bancos de remo. En la orilla occidental del río se extendían densos pinares y laderas cubiertas de pedregal, y, más arriba aún, por encima de todos, la cabeza de Snaka emergía de los escombros de su caída, con los ojos y la boca con colmillos vueltos hacia el fiordo y el mar occidental. En la coronilla del cráneo, Elvar apenas si vislumbraba los muros de la fortaleza de su padre y la mancha negra de su torre galdur. Las nubes se concentraban en el cielo encima de la fortaleza y de las montañas, hinchadas y brillantes por la inminencia de la nevada, y Elvar notaba el sabor del hielo en el aire cada vez que respiraba.

El miedo y la emoción pugnaban en su interior y le aceleraban el corazón. Una cosa era idear un plan, y otra muy distinta ponerlo en práctica.

«¿Puedo hacerlo? ¿Debo hacerlo?».

Oyó un ruido a su espalda, un gruñido grave, y se volvió. Ulfrir estaba sentado a su lado, mirando el cráneo de Snaka con los ambarinos ojos encendidos y una expresión de emoción en su afilado rostro lobuno. Sus labios se movían, pero Elvar no oía lo que decía.

«Los dos estamos pensando en nuestros respectivos padres».

Skuld también miraba fijamente la cabeza de Snaka cerca de allí.

«¿Qué recuerdos tendrán? Cada uno de ellos es una saga. Pero los recuerdos ahora no nos sirven para nada. Tenemos que proporcionar el material para una nueva saga, o morir en el intento».

Elvar sacó la mano de debajo de la capa de piel de oso y levantó una espada envainada envuelta en un cinturón con incrustaciones de oro. La espada tenía hilo de oro alrededor del pomo de tres lóbulos y enrollado en la empuñadura, en lugar de una de cuero. La funda era igualmente magnífica.

Skuld vio la espada y giró la cabeza para observarla, como un ave rapaz.

—Es tuya —dijo Elvar—. Me la quedé cuando saliste disparada de las profundidades de Oskutreð. —Se la ofreció—. Toma, cógela.

Skuld frunció el ceño. Luego sonrió e hizo el ademán de extender el brazo, pero vaciló y miró a Elvar como si desconfiara de ella.

—Cógela —insistió Elvar—. Probablemente, vas a necesitarla.

Skuld cogió la espada de la mano de Elvar, desenrolló el cinturón y se lo abrochó bien ceñido sobre la brynja de escamas de pez. Cerró la mano alrededor de la empuñadura.

—Gr… gracias.

—Solo la usarás cuando yo te lo diga o para protegernos a mí o a los míos —le advirtió Elvar.

Se oyeron unos pasos en la cubierta y Grend se detuvo al lado de Elvar sin decir nada.

Torcieron en un meandro del río y ante ellos apareció la ciudad de Snakavik, en el interior de las enormes fauces abiertas del gran Snaka. Los muelles y los embarcaderos se sucedían uno detrás de otro, y la ciudad se alzaba dividida en niveles como una laberíntica maraña de humo, pestilencia y penumbra.

Elvar notaba los ojos de Grend clavados en ella, así que desvió la mirada de su hogar para fijarla en él.

—Ya estamos aquí —dijo Grend.

—Siempre he valorado tu capacidad de observación —espetó Elvar.

—Como yo siempre he valorado tu dulzura al hablar —replicó el veterano guerrero—. Desde el día que te conocí.

Elvar inspiró hondo. Se arrepentía de sus palabras. Grend había sido la única presencia constante en su vida y no merecía que pagara sus miedos con él.

—Háblame otra vez de ese día.

Grend se quedó callado un momento con la mirada perdida.

—Tu madre mandó a alguien a buscarme a la granja de tu abuelo para que me reuniera con ella en Snakavik —dijo—. Me llevó al campo de entrenamiento y te encontramos escondida detrás de un barril lleno de lanzas, observando a los guerreros mientras practicaban y luchaban. Contabas cuatro inviernos. Tu padre quería que te sentaras en un taburete y aprendieras a usar la rueca, pero tu madre decía que las armas tejerían el tapiz de tu vida, no el telar. —Se dibujó una tímida sonrisa en el rostro pétreo de Grand—. Me pidió que te enseñara a manejar las armas, que te aleccionara en la guerra y la batalla. Así que te puse una espada de madera en la mano y te pedí que intentaras matarme. La mayoría de los niños, cuando les dices eso, te atacan inmediatamente al pecho o tratan de golpearte en la cabeza, si es que llegan. Tú me golpeaste con la espada de madera en el pie, me rompiste tres dedos y caí de culo. —Rompió a reír de una manera franca y estentórea, y muchos de los Terrores de la Batalla que estaban sentados a los remos se lo quedaron mirando boquiabiertos, pues era muy raro oír reír a Grend. Levantó una mano y dio unas palmadas en la frente a Elvar—. Entonces supe que eras una niña muy inteligente, que siempre encontrarías la mejor manera de llevar a cabo cualquier tarea. —Paseó la mirada por la parte más alta de Snakavik—. Estoy seguro de que en esta ocasión harás lo mismo.

Elvar sonrió, puso una mano en la mejilla arrugada de Grend y apoyó la frente en la suya.

Un copo de nieve aterrizó en la mejilla de Elvar.

El volumen de los chillidos de las gaviotas aumentaba en torno a ellos y tapaba el resto de los sonidos a medida que el Hvítá vertía sus aguas en el fiordo. Los acantilados se erguían altos y nevaba suavemente. Sighvat se inclinó sobre la espadilla del timón y el *Jarl de las olas* trazó un espumoso arco a través de las tenebrosas aguas verdosas. El mundo se oscureció cuando pasaron por debajo de los colmillos de Snaka para entrar en la cavidad de su cráneo moteado. Los sonidos cambiaron y retumbaban en la bóveda de la gran cabeza de la serpiente. Los muelles eran una maraña de mástiles; drakkar, knarr mercantes, snekke y toda clase de byrding se hacinaban en los embarcaderos. Elvar estaba acostumbrada a ver el puerto de Snakavik como una gran masa de madera a punto de explotar, pero aquello excedía cualquiera de sus recuerdos. Había más barcos de guerra que los que había visto nunca juntos en un lugar, y recordó las palabras de la mujer del knarr a la que había interrogado durante el viaje por el río: «El jarl Störr está reuniendo a sus drengir y ofrece plata a cualquier banda de guerreros que esté dispuesta a luchar por él».

Vio un hueco en el embarcadero más lejano y dio una voz a Sighvat señalándolo. El casco del *Jarl de las olas* no tardó en deslizarse por el muelle de madera y las amarras enseguida estuvieron atadas. Elvar no esperó a que se bajara la rampa y saltó desde la borda al muelle, donde esperó la llegada del funcionario del puerto.

Grend apareció a su lado acompañado por un golpetazo en la madera y le ofreció un escudo con una lanza y un hacha negros cruzados sobre un fondo rojo. Sobre el hombro, haciendo equilibrios, llevaba un pequeño cofre.

Elvar hizo rotar los hombros para colocarse la brynja forjada por una deidad y la capa de piel de oso, se apretó el cinturón de armas con el seax y luego se colgó el escudo a la espalda. Por costumbre, bajó la mano a la empuñadura de la espada y comprobó que la hoja no estuviera atascada en la funda que colgaba de un tahalí; dejó que se deslizara de nuevo al interior de la vaina de madera forrada de piel de oveja.

El funcionario del puerto enfiló hacia ella. Era un hombre gordo con una túnica de lana con ribetes de piel. Lo seguían dos guardias con prendas de cuero y cota de malla. Elvar apoyó la mano en la empuñadura de la espada y esperó.

—¿Has venido para la reunión? —preguntó con brusquedad el funcionario al llegar donde estaba Elvar. Lanzó una mirada a su tripulación, llena de guerreros en cota de malla.

Elvar se tomó un momento para meterse en el papel.

—¿Y bien? —insistió el funcionario.

—Sí —respondió Elvar. Introdujo la mano en la bolsa llena de monedas tintineantes.

—Entonces no tienes que pagar la tasa —dijo el funcionario haciendo un ademán con la mano—. Todo aquel que vaya a luchar por el jarl Störr está exento de pagar las tasas del puerto. Puedes dejar el barco amarrado aquí durante el tiempo que prestes tus servicios al jarl.

Elvar asintió.

—Está bien saberlo.

El funcionario grabó algo con un pequeño cuchillo afilado en una tablilla de corteza de abedul que llevaba en la mano y se la alargó a Elvar.

—¿Qué es esto? —preguntó ella con el ceño fruncido.

—Vuestro permiso para entrar en la fortaleza.

—¿Para mí?

—Para toda tu tripulación. Tienes que llevarlos a todos a la cabeza de

Snaka. Eso o tendrán que dormir en el barco, ya que no hay sitio para una sola persona más en toda Snakavik. Todas las posadas están a reventar. Además, lo primero que tienes que hacer es ir a la fortaleza. El jarl Störr quiere conocer a todos los que van a luchar por él. ¿Tenéis tiendas de campaña?

—Una vela que usamos como toldo, y otra de repuesto —respondió Elvar.

—Tendréis que apañaros con eso —dijo el funcionario. Volvió la mirada hacia el fiordo y la nieve que caía—. La noche será fría. —Miró de nuevo a Elvar—. ¿Alguna pregunta?

—No. —Elvar negó con la cabeza y el funcionario del puerto giró sobre los talones y se marchó dando trancos.

«Bueno, ha sido más fácil de lo que esperaba».

Miró a Grend y sonrió.

—Si los dioses no estuvieran muertos, diría que me sonríen —dijo recordando el viejo dicho de Agnar.

«Aunque tres de ellos están vivos, y dos son mis compañeros. Mis thrall». Se tiró del colmillo de trol que colgaba de su cuello.

—Terrores de la Batalla, ya lo habéis oído. Tenemos que subir a la cabeza de Snaka. Ya sabéis a lo que vamos, así que vestíos para la ocasión.

Elvar esperó mientras Sighvat sacaba la espadilla del timón y la aseguraba. Entre tanto, los Terrores de la Batalla se pusieron las cotas de malla, se abrocharon los cinturones de las armas y los cascos y cogieron los escudos.

Poco después desembarcaron, todos enfundados en su brynja y con gesto severo. Sighvat llevaba sobre el hombro un gran baúl. Se detuvo al lado de Elvar y alzó la vista hacia la parte más alta de Snakavik. La ciudad, permanentemente sumida en una penumbra crepuscular, quedaba iluminada por un millar de antorchas parpadeantes.

—Bueno, ha llegado el momento de ganarnos el sueldo —dijo Sighvat afablemente.

Ulfrir y Skuld bajaron al muelle. Él con la capucha de la capa puesta; ella con la capa ceñida alrededor de las alas, lo que le daba un aspecto monstruosamente musculado, con la empuñadura de su espada sobresaliendo de la capa.

Uspa era la única que aún quedaba en la cubierta del *Jarl de las olas*. Estaba de pie junto al montón de tesoros del botín de Oskutreð tapados con la vela de repuesto.

—*Bráðið holdið frá hverjum þeim sem þorir að snerta þennan fjársjóð, þangað til ég kem aftur* —dijo. Unos centelleantes hilos rojos brotaron de la palma de su mano y envolvieron el toldo como una red protectora.

Ante la mirada atenta de Elvar, esas venas de fuego desaparecieron.

—Esto debería bastar para dar una sorpresa desagradable a cualquiera lo suficientemente estúpido como para intentar robar a los Terrores de la Batalla —dijo Uspa mientras bajaba por la rampa y se detenía al lado de Elvar.

Elvar asintió y luego contempló Snakavik. Sus ojos enseguida se sintieron atraídos por la escalera que subía en espiral en la parte de atrás del cráneo de Snaka y el camino hasta el túnel de huesos que conducía a la cima. Que conducía a su padre.

—¿Preparada? —le preguntó Grend.

Elvar no le respondió. En cambio, miró a Uspa.

La bruja seiðr asintió con el semblante serio, pero Elvar advirtió un destello en sus ojos.

«Esperanza».

—Ha llegado el momento de rescatar a tu marido —dijo Elvar, y echó a andar por el embarcadero con una bruja seiðr, un dios lobo y una mujer con alas a su espalda. Los Terrores de la Batalla los siguieron.

CAPÍTULO SESENTA Y DOS

BIÓRR

Biórr revisó el equipo que estaba preparando. Necesitaba un momento de calma en medio de lo que parecía una tempestad devastadora, porque en torno a él los guerreros de la banda de Lik-Rifa estaban preparándose para partir, para marchar sobre Svelgarth. Los troles rugían, los skraeling gritaban, los tennúr chillaban y Drekr bramaba órdenes. Lik-Rifa ya había partido, e Ilska y la mayoría de los descendientes de la dragona la seguían al galope. Rotta era el único que no parecía alterado por el entusiasmo y el miedo que inundaban la caverna. Estaba arrellanado en el trono de serpientes de su hermana, mordisqueando una manzana.

Biórr miró los elementos de su equipo colocados encima de su jergón: la cota de malla enrollada en una piel de oveja para mantenerla engrasada y protegida de la corrosión del agua salada; una túnica de lana, unos pantalones y unas vendas para las piernas de repuesto; la caja de cobre con yesca y astillas; el pedernal y el hierro para golpear; hilo de tripas de foca y anzuelos para coser heridas; un rollo de vendas de lino y un hierro para cauterizar heridas; el cinturón de armas enrollado en la espada y el seax, y un casco de hierro con una sencilla protección para la nariz.

Resopló y paseó la mirada por la cámara.

«Está pasando de verdad. —El entusiasmo y el miedo lo embargaban—. Tantos años esperando que llegara este día. Por fin vamos a enfrentarnos al mundo con la cabeza alta. Lucharemos por todos los corrompidos thrall que han derramado su sangre y muerto a manos de un amo». Solo de pensarlo le hervía la sangre.

Cerca de allí estaba Storolf, de pie, inmóvil y callado, mirándose los puños apretados con los nudillos blancos.

«La muerte de su hermano lo ha afectado mucho».

Storolf debió notar que Biórr lo miraba, porque se volvió hacia él.

—La pena nos corroe, como hace el óxido con el hierro —dijo Biórr acercándose a su amigo—. Pero también puede ser un arma. Venga a Kalv. Venga a todos los corrompidos asesinados por los jarl niðing y los amos de esclavos.

Storolf se lo quedó mirando con los ojos rojos y el semblante endurecido.

—Hemos llevado el collar de thrall durante trescientos años —continuó Biórr—. Y seremos los que acabaremos con él.

—Eso es mucha venganza.

—Ajá, pero se la merecen —repuso Biórr con los dientes apretados, desbordado por la ira. Dio media vuelta y regresó junto a su equipo. Se puso la cota de malla, contorsionándose para colocársela correctamente. Luego se abrochó el cinturón de armas alrededor de la cintura, que también le ayudó a descargar una parte del peso de la brynja de los hombros. El peso de la espada y del seax era un viejo amigo que lo tranquilizaba. Finalmente, se envolvió los hombros con la capa de piel de foca. Guardó en la bolsita del cinturón buena parte de los elementos más pequeños de su equipo y metió el resto en una bolsa grande. Se terció el escudo a la espalda y llevó la bolsa grande a los carros. Pasó junto a una mancha oscura en el suelo; todavía no se había limpiado la sangre de Kráka. No hacía mucho tiempo, la ira y la vergüenza se habrían entrelazado en su interior; hacia Kráka por haberlo involucrado en su huida, y hacia Brák por haberlo acorralado y obligado a convertirse en su verdugo.

«Debería saber que no es inteligente acorralar a una rata».

Pero ahora no sentía nada. Solo una oscuridad fría y vacía dentro de él.

Sonó un cuerno y Biórr pensó que había llegado el momento de partir. El plan era viajar al sur a través de la catacumba de cuevas y túneles que recorría las profundidades de la cordillera Dorsal y salir por una de las entradas de Nastrandir situadas en el sur, y a partir de ahí marchar sin descanso hasta Svelgarth, donde el jarl Orlyg tenía la sede de su poder. A Biórr lo habían destinado a la retaguardia, detrás del convoy de carros y niños. Pero, en vez de oír el restallido de los látigos y el traqueteo de los carros, la puerta norte empezó a abrirse. Una grieta blanca dejó entrar una ráfaga de viento, nieve y agua del mar. Por esa grieta entró también un jinete solitario rodeado por un puñado de arañas del hielo que correteaban por el suelo y unos cuantos tennúr.

«Arañas y comedientes. ¿Quién iba a pensar que serían los vigilantes más eficaces?».

El jinete estaba envuelto en una oscura capa, sucio del viaje, tenía el cabello azabache y liso y una venda en la cabeza que le tapaba un ojo.

—¡Que alguien les diga a estas mascotas que se larguen antes de que se me agote la paciencia y los ase! —gritó el jinete con un ojo llameante.

Y entonces Biórr la reconoció.

«Myrk».

Drekr bramó una orden mientras enfilaba hacia su hermana con largas zancadas, seguido por una muchedumbre. Los tennúr ascendieron revoloteando a la oscuridad del techo y las arañas del hielo corrieron hacia la columna más cercana y treparon por ella hasta sus telas.

—Necesito una espada nueva, una veintena de Alimentadores de Cuervos y quizá unas cuantas mascotas de estas tuyas con colmillos y garras, hermano —gruñó Myrk—. Tengo que ir a matar a algunas personas.

—¿Qué ha pasado? —preguntó Drekr con el gesto ceñudo—. ¿Dónde están nuestro padre y todos los demás?

Biórr se abrió paso a empellones a través de la multitud que se apelotonaba alrededor de Myrk hasta que llegó a la primera fila, y entonces vio que estaba pálida y muy delgada y que su cara estaba surcada de arrugas y temblaba de ira.

—Todos muertos —respondió Myrk con la voz temblorosa.

Se hizo el silencio en la caverna. Todos la escuchaban. Biórr vio que Rotta se colocaba detrás de Drekr, que miraba a su hermana con una expresión de incredulidad en los ojos, en los que rápidamente brotaron lágrimas.

—Cuéntame lo que ha pasado —gruñó Drekr.

—Han sido los Hermanos de Sangre —dijo Myrk—. Esos niðing, montañas de mierda humeante de follacabras… —A continuación emitió una serie de sonidos de rabia, hasta que consiguió controlar su ira—. Helka los había contratado para investigar lo que estaba pasando en la mina. —Inspiró hondo con el cuerpo aún tembloroso—. Alguien llamado Varg mató a nuestro padre.

Drekr movió la boca, pero no salieron palabras de ella, solo unos guturales sonidos animales.

—Me atacaron por sorpresa al poco de llegar —continuó Myrk—.

Los Hermanos de Sangre. Y les ayudaron vaesen, como estos que veo aquí. —Paseó la mirada alrededor—. Un tennúr y un spertus.

Rotta frunció el ceño al oír eso.

—Pero escapaste, ¿no? —terció otra voz. Era Brák el Azote de los Troles, situado a la sombra de Drekr.

Myrk se lo quedó mirando y esbozó media sonrisa.

—Al final sí —respondió—, gracias a mi ingenio. Pero después de que me capturaran. —Levantó el vendaje que le tapaba el ojo y mostró un agujero cubierto por una cicatriz arrugada—. Su líder me hizo esto.

—¿Ese viejo con la barba gris llamado Glornir Rompeescudos? —preguntó Brák.

—No, otro —dijo Myrk.

—¿Quién? —gruñó Drekr.

—Alguien a quien conoces, hermano. Está buscándote. Solo me dejó vivir para que la llevara hasta ti. Se llama Orka y dice que te llevaste a su hijo.

—Orka —murmuró Drekr tocándose la cara. Se acarició las cicatrices que tenía en el rostro con las yemas de los dedos.

—¡Mamá! —gritó una voz, y Biórr vio a Breca en la multitud, con el brillo de la esperanza en los ojos. Detrás de él estaban Harek y Bjarn.

—Dijo que luchó contigo en Darl, que fue la que te rompió el dedo —añadió Myrk.

—Ajá, es ella —repuso Drekr—. Sabía que sería un problema. Debería haberla matado cuando tuve la oportunidad. —Se encogió de hombros—. Si te ha seguido, la mataré cuando nos encuentre.

—¡Será ella la que te mate a ti! —espetó Breca. Sus ojos habían adquirido un color verde y ambarino. Olisqueó el aire—. ¡Huelo tu miedo desde aquí! —exclamó riendo.

Drekr soltó un gruñido, fue hasta Breca y le propinó una bofetada en la mandíbula con el dorso de la mano. El niño cayó rodando por el suelo, gimoteando.

—Tu familia está causando más problemas de los que debería —gruñó Drekr.

—¿Ese es Breca, el mocoso que busca Orka? —preguntó Myrk—. Lo destriparé ahora mismo y me haré un cinturón con sus entrañas. —Pasó una pierna por encima de la silla de montar y se dejó caer al suelo, se tambaleó y se derrumbó sobre las rodillas.

Drekr se agachó para cogerla en brazos.

—Deja que lo mate —dijo con la voz ronca Myrk.

—¿Dónde está Orka ahora? ¿Está cerca?

—No, hermano. Cree que tú y el gusano de su hijo estáis en las islas Iskalt. —Volvió a mirar a Breca—. Quiero matarlo. Necesito matarlo.

Drekr se acercó a Breca, que seguía tirado en el suelo.

—Deberías mantener vivo al chaval —terció Rotta adelantándose.

—¿Quién es este caraculo? —gruñó Myrk mirando ceñuda a Rotta.

—¡Ja! Me cae bien tu hermana —exclamó Rotta mirando a Drekr.

—Es Rotta, el dios rata —explicó Drekr.

Myrk se quedó mirando con incredulidad a Rotta.

—Es verdad, ese soy yo —repuso Rotta sonriendo y encogiéndose de hombros—. Deberías dejar que viva —repitió.

—¿Por qué? —preguntaron al unísono Myrk y Drekr.

—Porque, para atrapar un lobo hambriento, el cebo vivo siempre es el más eficaz.

CAPÍTULO SESENTA Y TRES

VARG

Varg corría. Le ardían los pulmones y le dolían las piernas, la brynja le pesaba en los hombros y la correa del escudo le rozaba el cuello. Intentó moverla sin detenerse, pero decidió dejar de pensar en ella y puso toda su atención en la siguiente zancada, y en la siguiente, y en la siguiente. Delante veía las espaldas de Edel y de Røkia y la mancha en movimiento que eran los perros de la exploradora. Se concentró en el lobo que había en su alma y dejó que se filtrara en él a través de su sangre. Casi inmediatamente sintió que lo recorrían su fuerza y su energía y apretó el paso.

Habían pasado dos días desde que recogieran a Sulich y a Edel en la orilla del río. Dos días remando por el Reka antes de dejar el *Lobo del mar* amarrado en la ribera. Al principio lo habían echado a suertes porque nadie quería quedarse, pero, cuando eso suscitó protestas, Glornir decidió que irían todos y dejarían el *Lobo del mar* amarrado y escondido lo mejor posible. «En el peor de los casos, siempre podemos comprar un drakkar nuevo», había dicho Svik. Así que ahora los cincuenta y cuatro miembros de los Hermanos de Sangre corrían, llevaban corriendo casi medio día a través de las montañas, desde que el sol había proporcionado la claridad suficiente para desterrar las tinieblas de la tierra. Seguían a Sulich por un angosto sendero que serpenteaba a través de valles con las paredes escarpadas, traicioneras laderas salpicadas de píceas y espinos, y prados de hierba amarillenta, descolorida por el sol. De vez en cuando un águila ratonera proyectaba su sombra en el suelo. Solo las cabras se detenían para mirarlos a su paso. En una ocasión, un carnero se había colocado protectoramente entre su rebaño y Varg había golpeado el suelo con la pezuña mientras ellos pasaban de largo.

«Hoy tu rebaño está a salvo del lobo, viejo carnero —pensó Varg—. Vamos a por una presa más grande».

Edel había elegido a Varg para formar la partida de exploradores con Røkia y Sulich, que era quien los guiaba porque solo él conocía el camino. Varg aminoró una pizca el paso para echar un vistazo por encima del hombro y vio a lo lejos el corpachón de Glornir, con la calva sudorosa brillante al sol, el hacha larga en las manos y el escudo a la espalda. Tras él, la mancha alargada de los Hermanos de Sangre se extendía en la distancia.

Pisó unas piedras sueltas y trastabilló, patinó un poco, pero se enderezó con la ayuda de la lanza y siguió corriendo. Edel y Røkia solo le habían sacado una ventaja de una veintena de pasos. Hizo un esfuerzo y las alcanzó. Llegaron juntos a una cresta y vieron a Sulich apoyado contra una roca y jadeando con la cara roja después de haber bajado unos pasos por la pendiente del otro lado.

—Ya... hemos... llegado —farfulló. Llevaba puestos los pantalones abombados, envueltos desde los tobillos hasta las rodillas en unas vendas para las piernas, y la cota de láminas metálicas que le había regalado Varg. El carcaj y la funda del arco colgaban de su cinturón junto al casco con las crines de caballo y el sable. Y, terciado a la espalda, el escudo.

La cota de malla de Varg era pesada, pero este sabía que la de láminas metálicas lo era más. No envidiaba a Sulich por subir y bajar montañas corriendo cargado con ese equipo durante medio día.

—Tienes que correr más a menudo —dijo Røkia mirando a Sulich—. Estás en baja forma.

—Llevo el... halcón... en la sangre —dijo resollando Sulich—, no el... lobo ni... el perro.

Røkia se encogió de hombros.

—Cuando recuperes el aliento, dinos dónde está —dijo Edel tirando de las orejas de uno de sus perros, que le golpeaba la cadera con el hocico y tenía la lengua fuera.

—Esperaremos a que llegue Glornir —repuso Sulich—. No tiene sentido gastar el aire diciéndolo dos veces.

Edel asintió y se sentó con la espalda apoyada en la misma roca en la que estaba apoyado Sulich.

—Varg, baja aquí —dijo Røkia—. No te quedes en la cresta.

—¿Por qué? —preguntó Varg. Dio unos pasos rápidos y se detuvo al lado de Sulich.

—Porque si hay alguien más en estas montañas verá tu silueta anunciando al mundo que estamos aquí —respondió Røkia, y puso los ojos en blanco.

—Ah.

—Insensato —murmuró Røkia negando con la cabeza.

Bebieron agua de las cantimploras mientras esperaban al resto de los Hermanos de Sangre. Varg aprovechó para practicar con los sentidos de la vista, el olfato y el oído del lobo que corría por sus venas. La ladera donde estaban bajaba a un valle atravesado por un camino de tierra. Al sur, el camino discurría por una llanura de escasa hierba salpicada por grandes piedras oscuras. Un arroyo la cruzaba y el sol rielaba en el agua. El camino llevaba a la mancha oscura de una fortaleza de madera, de la que ascendían las delgadas columnas del humo de las chimeneas. Varg percibió el sabor del humo en el aire y el olor a humanidad, a sudor y a heces, y débil como un suspiro oyó el murmullo de la vida: los martillazos de los herreros, el relincho de los caballos, los gritos de los niños, los ladridos de los perros.

El sol estaba alto en el cielo y, a pesar de que su corazón se había calmado, seguía corriéndole el sudor por la frente y entrándole en los ojos. Se lo limpió de un manotazo.

—¿Por qué hace tanto calor? —murmuró—. El mundo se dirige al invierno.

Røkia lo miró como si estuviera loco.

—Porque estamos yendo en dirección sur —dijo—. Cuanto más al sur vas, más calor hace. —Alzó la vista al sol, que brillaba en un radiante cielo azul—. Esto no es nada. —Se encogió de hombros.

En la granja de Kolskegg, Varg había oído historias sobre vastos océanos de arena, donde el horno del sol quemaba toda vida en la tierra, pero el hecho de pasar toda la vida en una granja donde el hielo se aferraba a la tierra durante más tiempo del que el sol la calentaba le había impedido creer que pudiera existir un lugar así.

El estrépito de pasos sonaba cada vez más cercano y, finalmente, Glornir coronó la cresta. Una ola de Hermanos de Sangre se precipitó tras él por la ladera opuesta y se dispersaron alrededor de Sulich y de la roca; algunos se sentaron, otros se pusieron en cuclillas o pasearon por la zona para explorar el terreno.

—¿Por qué hemos parado? —gruñó Glornir. Estaba empapado en sudor y su barba gris estaba oscura y apelmazada, pero, contrariamente a lo que había esperado Varg, no respiraba con resuellos—. ¿Qué pasa? —preguntó a Varg al ver su cara de perplejidad.

—Llevamos corriendo todo el día, pero ni siquiera jadeas —respondió Varg encogiéndose de hombros.

—El oso no es rival para el lobo en una carrera de velocidad, pero puede correr durante todo el día si es necesario —dijo Glornir, y volvió a mirar a Sulich.

—Hemos llegado —dijo Sulich señalando ladera abajo—. Ese es el camino que viene de Ulaz. —Luego señaló al sur, hacia las columnas de humo y la mancha de las murallas de madera—. Y eso de allí es Valdai, la fortaleza de Jaromir.

Glornir miró a un lado y luego al otro con los ojos entornados y el gesto ceñudo.

—¿Estás seguro de que llevamos ventaja a Jaromir?

—Sí —afirmó Sulich—. Ese camino bordea serpenteando las bases de las montañas como un río perezoso. El viaje a caballo desde Ulaz es largo.

—Hum —gruñó Glornir mientras estudiaba el terreno que los rodeaba. El camino discurría entre dos escarpadas laderas cubiertas de grandes piedras y espinos. Un desprendimiento de rocas había estrechado un tramo de camino en el valle.

—¿Crees que Jaromir ha enviado exploradores por delante de él?

—No —dijo Sulich—. Este es su territorio. Ni siquiera se le debe pasar por la cabeza la posibilidad de que alguien lo ataque aquí, tan cerca de su fortaleza.

—¿Estás seguro? —insistió Glornir.

—Lo conozco bien, es mi hermanastro —dijo Sulich encogiéndose de hombros—. Es un caraculo arrogante.

Glornir miró al norte y luego al sur.

—Edel, sigue el camino que se adentra en las montañas. Cuando estén cerca quiero enterarme.

—Ajá, jefe. —Edel echó a correr a través de la ladera flanqueada por su pareja de perros.

—Røkia, tú ve a echar un vistazo a Valdai, a ver qué descubres. —Glornir se encogió de hombros.

Røkia asintió y emprendió el descenso por la ladera en dirección al camino. Varg sintió el impulso de seguirla, como si tuviera una cuerda atada a la cintura.

—Los demás bajaremos y prepararemos a Jaromir un recibimiento que jamás olvidará —gruñó Glornir.

CAPÍTULO SESENTA Y CUATRO

ORKA

Orka frenó a Trúr y de sus bocas salieron nubecillas de aliento. Se habían detenido en la cresta de una colina desde donde se descendía a una península que se adentraba en el agitado mar como un brazo recubierto de nieve. En el borde sur de la península, en el extremo oriental de la cordillera Dorsal, los acantilados de granito se alzaban altos en el cielo despejado y pálido; el viento del oeste por fin se había llevado las nubes cargadas de nieve de los últimos días tras dejar la tierra cubierta de un liso manto blanco y monótono.

«¿Dónde te has metido, Myrk? ¿Has saltado al mar? No hay otro sitio adonde ir».

El resto del grupo coronó la cresta acompañados por el crujido de los cascos en la nieve y se detuvieron detrás de ella.

Sæunn se había adelantado una veintena de pasos y estaba agachada en el suelo, olisqueándolo y examinándolo.

Spert, que estaba tumbado en la silla de montar de Orka, se movió y la miró.

—¿Paramos para comer?

—No —respondió Orka. Chasqueó la lengua y espoleó a Trúr para descender lentamente en dirección a Sæunn.

—Ha pasado por aquí —dijo Sæunn. Rascó la capa superior de nieve y pegó la nariz al suelo.

—¿Y adónde ha ido? —preguntó Orka paseando la mirada en derredor. «¿Ha escalado una montaña o se ha tirado al mar?».

La nieve los había retrasado. De no haber sido por Sæunn habrían perdido la pista de Myrk, pero de alguna manera la thrall hundur siempre había sido capaz de encontrar un rastro de olor para seguir adelante.

Sæunn se encogió de hombros.

—Ha continuado adelante —dijo. Alzó la cabeza y respiró hondo—. Hay olores extraños en el aire, pero muy débiles.

—¿De qué?

Sæunn se encogió de hombros.

—Son como el residuo de un olor. La nieve ha limpiado la tierra —Se puso en pie y echó a andar por el sinuoso camino.

Orka y los demás la siguieron.

Pasaron entre rocas cubiertas de nieve y árboles sin hojas retorcidos por el viento mientras el camino se nivelaba gradualmente. Un destello un poco más adelante captó la atención de Orka. Sæunn se detuvo con la mano levantada.

—Arañas del hielo —musitó la thrall hundur.

Orka cogió el hacha larga que colgaba de un gancho de su silla de montar y adelantó a Sæunn.

—Quédate detrás de mí —ordenó a la thrall hundur.

Un grueso hilo de telaraña cruzaba el sendero, más o menos a la altura del pecho de Orka sentada en el caballo. Estaba tendido entre dos rocas situadas cada una a un lado del camino. Halja y Revna se desplegaron a la izquierda y a la derecha de Orka a lomos de sus monturas, con la espada y la lanza levantadas, preparadas para lo que pudiera aparecer. Orka esgrimió el hacha y cortó el grueso hilo de araña. Cada trozo de hilo salió disparado hacia la roca a la que estaba fijado y levantó una nube de nieve.

No pasó nada.

Sæunn cogió carrerilla y se aupó de un salto a una de las piedras, se puso en cuclillas y paseó la mirada por la península.

—No hay ninguna criatura viva —dijo.

Orka frunció el ceño.

Reanudaron la marcha. Sæunn avanzaba dando trancos y, de vez en cuando, se agachaba, escarbaba en el suelo y olfateaba. Luego corría de nuevo un trecho y repetía la operación.

Finalmente se detuvieron, con el mar a un lado y la pared de granito de un acantilado al otro. Las olas rompían en las piedras y los rociaban de agua salada. Orka miró detenidamente a su alrededor sentada en la silla de montar, deseando con todas sus fuerzas ver aparecer a Myrk.

«No puede acabar así». La semilla de la desesperación germinó en su estómago y su lobo interior le gruñó con los pelos del lomo erizados. Rendirse no estaba en su sangre.

Sæunn estaba explorando a gatas la base del acantilado, donde el suelo estaba más liso y la capa de nieve era menos profunda, como si la hubieran retirado recientemente, antes de la última nevada. Orka recorrió con la mirada la pared del acantilado preguntándose si Myrk la habría escalado. «Imposible». Extensas zonas de la pared eran lisas como el mármol, sin una sola grieta a la que aferrarse, aunque, mientras la miraba, Orka se percató de una cosa extraña: a cierta altura había unos enormes caballones que recorrían sinuosamente la superficie de granito, como si un gusano gigante y primitivo hubiera excavado túneles en la roca y amontonado los escombros a su paso.

—¿La tuerta ha aprendido a atravesar la roca? —dijo Revna Patas de Liebre a su lado, observando ceñuda la pared del acantilado.

De repente Sæunn miró a su alrededor con frenesí.

Orka y los Hermanos de Sangre empuñaron las armas y se desplegaron.

—¿Qué pasa? —preguntó entre dientes Orka.

—Algo malo —respondió Sæunn aterrorizada, con la voz temblorosa.

—¿Dónde? —susurró Gunnar Proa lanzando una mirada a la península cubierta de piedras que tenían detrás.

—En todas partes —dijo Sæunn dándose la vuelta inquieta.

Spert se movió en la silla de montar de Orka y sus antenas se retorcieron palpando el aire. Luego miró a Machacacráneos con su cara como cera gris derretida.

—Lik-Rifa —dijo.

«La dragona. —Un escalofrío recorrió a Orka y la ira se apoderó de ella—. La dragona para cuya liberación me quitaron a mi hijo».

El caballo de Halja relinchó y dio unos pasos laterales, y Lif movió la cabeza a un lado y a otro intentando ver en todas direcciones a la vez.

—¿Dónde está? —preguntó en voz baja Orka a Spert.

—Allí. —Spert señaló con una de sus muchas patas la pared del acantilado.

—¿Dentro de la montaña? —inquirió Gunnar.

—No es una montaña, es Nastrandir —dijo con voz ronca Spert.

—¿El hogar de Lik-Rifa? —dijo Revna señalando el acantilado.

Spert murmuró entre dientes, desplegó las alas y se elevó desde el regazo de Orka. Se quedó suspendido en el aire enfrente de la pared de granito.

—*Opinn* —graznó el vaesen.

Tras un largo silencio, ante la mirada expectante de Orka y sus compañeros, la pared del acantilado comenzó a moverse y del granito vibrante se desprendieron montones de nieve. Surgieron unas enormes serpientes de granito que se contorsionaron y torcieron el sinuoso cuello para mirar a Spert.

A continuación apareció una grieta vertical en la roca y el contorno de unas puertas que comenzaron a abrirse.

—¿No crees que nos estamos precipitando un poco? —gimoteó Lif—. Podría haber un dragón ahí dentro.

«Breca podría estar ahí dentro».

Orka se bajó de la montura de Trúr y echó a correr en cuanto sus pies tocaron el suelo, con el hacha larga aferrada con las dos manos cruzada sobre el pecho. En cuanto el hueco de la puerta fue lo suficientemente amplio para que cupiera su cuerpo estrujándolo contra la roca, Orka entró. Oyó cascos de caballos y gritos detrás de ella, pero solo pensaba en lo que tenía delante, en Breca; el lobo que corría por sus venas saturaba sus sentidos. Se encontró en el interior de una enorme caverna iluminada por la luz oscilante de braseros y con grandes columnas que desaparecían en la oscuridad de las alturas. Orka gruñó y buscó a su hijo, y a cualquier persona o criatura a la que matar.

Se detuvo bruscamente y paseó la mirada por la cueva mientras las puertas terminaban de abrirse por completo y Lif y sus compañeros entraban apresuradamente.

La cámara estaba vacía.

—¡Sæunn! —gritó Orka.

La thrall hundur se acercó con pasos cautos y se detuvo al lado de Orka, arrugando la nariz y olfateando el aire con la cabeza levantada.

—Olores malos. Muchos olores malos. Pero son antiguos, ama.

—Registra el lugar —gruñó Orka, que todavía sentía como la necesidad de violencia palpitaba en sus venas. Alzó la mirada al techo tenebroso y aulló.

Sæunn inspiró hondo, sin duda haciendo acopio de todo su valor, y se puso en movimiento olfateando y explorando la cueva. Revna y Gunnar desmontaron y se adentraron en la cámara. Lif apareció detrás de Orka llevando a su caballo y a Trúr por las riendas. Halja lo acompañaba en silencio. Spert entró volando en la caverna y se posó al lado de Orka.

—¿Cómo lo has hecho? —le preguntó Machacacráneos.

—No lo sé —confesó Spert, y su cuerpo segmentado se onduló como si se encogiera de hombros—. Spert lo sintió. Solo supo qué había que hacer.

—Debe ser la magia seiðr de Lik-Rifa —terció Halja—. La misma que ha usado para convocar a los vaesen.

—Ajá —gruñó Orka. Se internó unos pasos en la cueva entre dos filas de gigantescas columnas de granito. Por todas partes había signos de que había estado habitada recientemente, no solo por humanos. Vio jergones, la ceniza amontonada de fuegos, montañas de excrementos y huesos roídos; barriles con armas de madera para entrenar, y gruesas telarañas azuladas tendidas entre columnas. Un poco más adelante había un cuerpo enorme de una ballena, del que ya apenas si quedaban los huesos blancos que se curvaban para formar una especie de túnel, al final del cual había un estrado con un trono de piedra.

—Así que esto es Nastrandir, el matadero de Lik-Rifa —musitó Lif mientras recorrían la cámara. A pesar de que las pronunció en voz muy baja, sus palabras resonaron en las paredes—. Es justo decir que es más impresionante que la cámara de Rotta. —Olfateó el aire—. Aunque también huele mucho peor.

Halja se detuvo delante de un montón de heces secas que alcanzaba la altura de sus rodillas, se agachó, arrancó un trozo con la mano y lo olió. Debajo de la corteza dura, los excrementos aún estaban blandos y goteaban entre los dedos de sus guantes.

—De troles —dijo—. Tienen un día, quizá menos.

—Ha habido muchos vaesen aquí —murmuró Spert, que correteaba detrás de ellos agitando las antenas.

Orka vio un montón de despojos de animales, los restos de un alce, de un jabalí y de un reno. Según se acercaba, se dio cuenta de que en ninguna de las bocas quedaba un solo diente.

—Asquerosos tennúr comedientes —masculló Spert.

—Vesli es una tennúr —señaló Lif.

—Vesli es diferente —gruñó Spert. Inspiró hondo—. Spert echa de menos a Vesli.

—Yo también —repuso Lif.

Orka había pedido a los cuervos gigantes, Kló y Grok, que llevaran a Vesli a Darl para que buscara a Glornir y a los Hermanos de Sangre y así poder cumplir su parte del trato con Elvar. Vesli aceptó hacerlo, aunque tenía lágrimas en los ojos cuando se subió al lomo de uno de los cuervos.

El grupo se detuvo ante los escalones del estrado, sobre el que destacaba un gran trono de piedra que parecía construido con serpientes entrelazadas.

Se oyeron un chacoloteo de cascos y un eco de pasos, y Gunnar y Revna se detuvieron al lado de sus compañeros.

—Menuda reunión —comentó Revna—. Muy íntima.

—Muchos vaesen —dijo Gunnar.

—Y no solo vaesen —terció Halja señalando con la barbilla los barriles con las armas de prácticas y la ceniza de los fuegos.

—¿Y adónde se han ido? —inquirió Lif subiendo al estrado y acercándose al trono de piedra.

Orka notaba un cambio en el joven pescador desde que habían atacado a los skraeling en la granja de Gudleif. Tenía una cicatriz nueva en la mejilla, justo debajo del ojo derecho, que estaba curándose bien gracias a la saliva de Vesli, pero no era solo eso. Parecía más alto cuando caminaba, menos inseguro, destilaba una confianza que antes no tenía.

«Solo hay que enfrentarse a la muerte las veces suficientes para acostumbrarse a la compañía de esas alas de cuervo».

—A hacer alguna diablura en algún lugar, eso es seguro —afirmó Gunnar Proa.

—Ajá —gruñó Orka. Paseó la mirada por la cámara—. Todo esto va a acabar en un baño de sangre.

El lobo de Orka expresó su conformidad con un gruñido.

—Sí —musitó Halja Nariz Chata.

Según se acercaba Lif al sillón de piedra, este vibró desprendiendo nubes de polvo. Sonaron unos crujidos y las serpientes esculpidas se movieron y se separaron del trono, se contorsionaron y enseñaron los dientes a Lif, siseando.

Sæunn llegó acompañada por el ruido de sus pasos. Sus ojos completamente abiertos todavía reflejaban miedo y asombro.

—He encontrado el rastro de Myrk.

CAPÍTULO SESENTA Y CINCO

ELVAR

«Doscientos once, doscientos doce», Elvar contó mentalmente los escalones del túnel de huesos como había hecho desde niña. El olor de la grasa de ballena impregnaba el aire, opresivo y claustrofóbico, y, cuando salió del cráneo de Snaka, la recibió la nevada.

Los guardias se calentaban reunidos alrededor del fuego de un brasero y uno de ellos lanzó una mirada a Elvar.

—Estamos aquí para la reunión —gritó Elvar levantando la mano con la tablilla de corteza.

El guardia asintió con la cabeza y les hizo una indicación con la lanza para que pasaran.

Elvar condujo a sus Terrores de la Batalla por una serie de pasarelas de madera que conectaban el túnel de huesos con la fortaleza del jarl Störr. Según se acercaban, Elvar vio el resplandor de los fuegos encendidos a ambos lados y los grupos de tiendas de campaña en la llanura de la cabeza de Snaka; también atisbó a los guerreros reunidos en torno a los fuegos y las ollas y oyó las voces que se alzaban entonando una canción. Apoyados contra los palos de las tiendas había escudos redondos con toda clase de símbolos: cuervos, serpientes, hachas cruzadas, lobos dibujados con sinuosos nudos… Se trataba de una hueste formada por drengir reclutados de los séquitos de todos los jarl menores dentro de los dominios de su padre y por bandas de mercenarios como los propios Terrores de la Batalla.

«El funcionario del puerto no mentía. Da la impresión de que todos los hombres y mujeres de Vigrið han respondido a la llamada a la guerra de mi padre».

Intercambió una mirada con Grend, que caminaba a su izquierda con la cabeza gacha y sujetando con un brazo el cofre que cargaba sobre el hombro.

—El poder de atracción de la plata y de la fama es una magia seiðr en sí mismo —murmuró el veterano guerrero.

Continuaron caminando en silencio y enseguida se alzaron ante ellos las murallas y la puerta de la fortaleza, bañadas por el resplandor anaranjado de las antorchas. Elvar se cubrió la cabeza con la capucha de la capa de piel de oso y la boca de la bestia sumió en la oscuridad su rostro. Grend también se puso la capucha de su capa. Las puertas estaban abiertas y los centinelas se congregaban alrededor de los braseros como en el túnel de huesos. Uno de ellos se adelantó, un guardia con una cicatriz que le recorría la barbilla y abría un surco en su barba cana.

—Hemos venido a la reunión —dijo Elvar mostrando la tablilla.

El guardia miró la tablilla, luego a Elvar y finalmente a los guerreros que había a su espalda.

—¿Quién sois? —preguntó.

—Los Terrores de la Batalla —respondió Elvar. Y añadió, elevando la voz—: Somos asesinos de vaesen, cazadores de corrompidos, cosechadores de almas. Y hemos venido para luchar por el jarl Störr y ayudarle a conseguir la victoria en sus batallas. —Esbozó una sonrisa y sus dientes destellaron fugazmente en las sombras y a la luz de los fuegos.

—Ajá —dijo Sighvat. Y, detrás de Elvar, los Terrores de la Batalla profirieron murmullos y gritos de aprobación y de celebración.

—El jarl Störr no acepta a cualquiera con una espada y unas cuantas lanzas de acompañamiento en su muro de escudos solo porque proclame su propia fama —dijo el guardia de la barba cana—. Antes os conocerá. ¡Syr! —gritó, y una mujer se acercó desde el brasero—. Más buscadores de oro con una fama extraordinaria. Llévalos ante el jarl.

Syr asintió con la cabeza, hizo un gesto a Elvar y giró sobre los talones.

Elvar la siguió y la guardia condujo a los Terrores de la Batalla por la fortaleza. A ambos lados de la pasarela de madera tendida en el suelo se alzaban las casas comunales donde se alojaban los drengir que habían jurado lealtad al jarl Störr. Siguieron por una calle con forjas en la que flotaba un humo acre y resonaban los martillazos en el hierro. Elvar vio barriles llenos de moharras que esperaban ser fijadas a las astas de madera de fresno, y unos largos cajones en los que se amontonaban cabezas de hacha y puntas de flecha. Hombres y mujeres sentados con cubos llenos de anillas de hierro, las remachaban con los martillos para confeccionar cotas de malla.

«Mi padre está tomándose muy en serio este asunto de la guerra. ¿Qué habrá pasado? ¿Lik-Rifa tendrá algo que ver?».

Entraron en otra calle y el eco de los martillazos se debilitó, hasta que por fin llegaron al patio que se extendía delante de la sala de hidromiel del jarl Störr.

Syr cruzó el patio, subió por la ancha escalera de madera y se detuvo ante la puerta de roble para hablar con otros guardias.

Elvar subió por la escalera detrás de ella y se apoyó en una columna tallada con un dibujo de nudos como si se aburriera, si bien en realidad la sangre vibraba en sus venas, estaba tensa como la cuerda de un arco y el corazón le aporreaba el pecho como si marcara el ritmo de los remos.

—Vamos —dijo Syr dirigiéndose a Elvar cuando la puerta se abrió—. No podéis entrar todos —añadió cuando los Terrores de la Batalla hicieron el ademán de subir detrás de Elvar.

—Grend, Sighvat, Uspa, Ulfrir, venid conmigo —dijo Elvar, y cruzó con paso firme la puerta de la sala de hidromiel de su padre.

CAPÍTULO SESENTA Y SEIS

VARG

Varg se limpió el sudor de la frente y se apartó el rebelde pelo de los ojos. El cabello que ya le había empezado a crecer de nuevo encima de la nuca le rascó la palma de la mano, así que sacó el seax y empezó a afeitarse la cabeza.

—Eso me gusta más —dijo Svik, que estaba sentado al lado de Sulich, ambos con la espalda apoyada contra un tronco, rodeados de píceas. Sulich estaba revisando una flecha con las plumas grises que llevaba en el carcaj—. Varg el Insensato se preocupa de su aspecto antes de una batalla.

—No me gusta el pelo corto —murmuró Varg—. Me recuerda cuando era thrall.

Svik asintió con la cara seria un momento. Luego, la sonrisa regresó a sus labios.

—Ten cuidado, no te cortes la cabeza. Estoy seguro de que alguno de los druzhina de Jaromir estaría encantado de ayudarte.

—Hum —gruñó Varg cuando el acero que se deslizaba por su cuero cabelludo le hizo una pequeña muesca en la piel.

Estaba de pie en el camino llano del valle cercado por escarpadas laderas. El sol pegaba fuerte, no había una sola nube en el cielo, y a Varg le parecía que en ese momento no se movía nada en el mundo. Oía el zumbido de los insectos y el graznido ronco de un cuervo viejo, pero aparte de eso daba la impresión de que el mundo estaba conteniendo la respiración. El grueso de los Hermanos de Sangre se había diseminado en pequeños grupos y descansaba en las escasas sombras que podían encontrar, que eran casi ninguna, sobre todo después de que hubieran cortado la mayoría de las ramas de los árboles de los alrededores. Todos los guerreros estaban empapados en sudor y revisaban sus equipos sentados en silencio, apretaban hebillas y nudos o deslizaban piedras de afilar por las hojas de acero. Varg se dio cuenta de que no paraba de mirar por encima del hombro hacia el punto donde el camino que atravesaba las montañas entraba en la llanura cubierta de hierba que llevaba a las puertas de Valdai.

«¿Dónde estará Røkia? Ya debería haber vuelto».

El único que, aparte de Varg, no estaba sentado era Glornir. El jefe de la banda contemplaba el valle quieto como una estatua, como si solo con desearlo pudiera hacer aparecer a Jaromir y sus druzhina.

—Entonces, ¿Jaromir es tu hermano?—preguntó Varg a Sulich mientras se afeitaba la cabeza y el otro guerrero revisaba sus flechas.

Sulich hizo una pausa en su tarea.

—Hermanastro —puntualizó—. Tenemos el mismo padre.

—Kirill el Magnífico, Gran Kan de Iskidan —terció Svik.

—¿El Gran Kan? ¿El rey de Iskidan? —exclamó Varg—. Entonces, ¿eres príncipe?

Sulich se encogió de hombros.

—Mi padre tiene más hijos que piojos tiene Ingmar en la barba.

—¡Mi barba está muy limpia! —gritó Ingmar, y luego se sacó un piojo de ella y lo miró con el gesto ceñudo antes de meterlo entre una uña y el dedo pulgar y aplastarlo.

—Pero, estrictamente hablando, sí, soy un príncipe de Iskidan —concluyó Sulich.

—¿Por eso Jaromir quiere capturarte?

—Tal vez. Utiliza el hecho de que soy un corrompido, con la sangre del halcón Hauker en mis venas, para legitimar su persecución. Si eso es verdad o no, lo ignoro. Es ambicioso, así que quizá utiliza mi sangre corrompida para eliminar a los que considera rivales futuros o competidores para el trono de Iskidan cuando mi padre fallezca. Jaromir tiene un hermano gemelo, Rurik. Cuando eran más jóvenes solían hablar de que gobernarían toda Iskidan juntos. Muchos de mis hermanos y hermanas ya han caído a causa de su ambición y su maldad. Han desaparecido en plena noche… —Sulich se puso en pie y estiró los músculos del cuello—. Quizá se lo pregunte a Jaromir cuando lo vea. —Paseó la mirada por el valle con los ojos entrecerrados. Luego recogió el escudo, que estaba apoyado contra un árbol, se lo colgó a la espalda y se marchó.

—¿He vuelto a ofenderlo? —preguntó Varg mientras se limpiaba el seax en los pantalones y lo enfundaba.

—Es un tema doloroso para él —dijo Svik—. Es una de las pocas veces que le he oído hablar sobre él con alguien, pero sé que lo que acaba de decirte solo es la punta del cuchillo. Jaromir no es un hombre… agradable.

Varg asintió y se ató con una tira de cuero el largo mechón de pelo que se extendía desde su frente hasta su coronilla. Svik hizo un ruido de aprobación con la boca mientras él mismo se trenzaba la barba. Varg giró sobre los talones y dio una docena de pasos por el valle escrutando la llanura con los ojos entornados.

—Te convendría relajarte un poco, lobezno —dijo Ingmar Hielo. El enorme guerrero estaba sentado junto a una piedra, revisando tranquilamente las correas y el asa de su escudo salpicado de sangre—. Preocuparse por algo no hace que ocurra antes.

—No puedo —confesó Varg.

Entonces avistó una figura oscura a lo lejos, corriendo hacia ellos. Sus ojos de lobo distinguieron la trenza rubia de Røkia y el brillo del sudor en ambos lados de la cabeza, que Svik le había afeitado como a él. Una veintena de latidos del corazón y Røkia entró en el valle, flanqueada por las escarpadas laderas. Glornir interrumpió su vigilia silenciosa y acudió apresuradamente a su encuentro.

—Solo es una guarnición. Hemos conquistado un centenar así —dijo Røkia patinando por el suelo hasta detenerse delante de Glornir—. Murallas de madera de dos veces tu altura. Las puertas están cerradas y apenas vigiladas. Por lo que he visto, debe haber unas cincuenta lanzas, pero se necesitarían por los menos el doble para defenderla bien. Un arroyo pasa por debajo de la muralla, de norte a sur. Hay una torre, una casa, establos… lo habitual.

Glornir asintió.

—Bien.

—Me alegra tenerte de vuelta —dijo Varg alargándole una cantimplora con agua. Røkia bebió y frunció el ceño al ver su cabeza recién afeitada.

—Estás sangrando —dijo—. ¿Es que ya ha empezado la batalla?

—¡Solo la del pelo de Varg con su seax! —gritó Svik.

Varg se limpió la sangre del pequeño corte que se había hecho afeitándose.

—Jefe —dijo Ingmar poniéndose en pie lentamente y señalando en dirección al valle con la lanza.

Edel apareció en un lejano recodo del camino acompañada por sus perros.

—¡Ya llegan! —oyó Varg que gritaba la exploradora.

Glornir levantó el hacha larga para que se detuviera y luego señaló la escarpada ladera que había a la derecha de Edel, que emprendió la ascensión por ella y desapareció detrás de una roca.

—Bueno, ha llegado el momento —declaró Glornir. Paseó la mirada por los Hermanos de Sangre desplegados a su alrededor—. ¡Por Vol!

El corazón de Varg empezó a aporrearle el pecho con el ritmo de la guerra.

«¡Por Vol!». Recordó la última vez que la había visto y su gesto cariñoso en la húmeda cámara de Rotta. Recordó cómo Skalk la había derribado de un golpe con el báculo. Recordó a Torvik apuñalado en el cuello por Yrsa.

El lobo que vivía en su sangre gruñó, ávido de sangre y de venganza.

«También yo», le dijo Varg.

Los Hermanos de Sangre se pusieron en movimiento inmediatamente y la calma que había reinado un momento antes fue sustituida por una eficiencia que era el resultado de la práctica. Los guerreros se abrocharon los cascos y se pasaron adelante los escudos que colgaban a su espalda. Varg regresó a la zona con sombra bajo los árboles donde Svik se había recostado contra un tronco para coger el escudo y la lanza que había dejado apoyados contra un árbol. Se puso el gorro de lana sudado y encima el casco que desenganchó del cinturón, se lo abrochó bien ceñido a la barbilla y sacó la barba de debajo de la correa. A continuación se extendió el alpartaz alrededor del cuello y los hombros y comprobó la visión por los huecos para los ojos del casco. Movió los hombros para colocarse bien la cota de malla y cogió la lanza y el escudo, cuya asa de madera aferró con firmeza, plegando los dedos detrás del umbo de hierro.

Glornir descendió por el camino de tierra una veintena de pasos y se detuvo donde las rocas del desprendimiento lo habían estrechado. Al otro lado se extendían unos densos matorrales de espinos gruesos como setos. Glornir plantó los pies en el suelo entre las rocas y los espinos para fijar la proa del muro de escudos y los guerreros de los Hermanos de Sangre se desplegaron alrededor de él, formando dos filas detrás de su jefe.

—Lanzas en la segunda fila, Insensato —dio Røkia desde su posición a la derecha de Glornir.

Varg asintió y se colocó detrás de ella. Apareció una sombra a su derecha y vio que Ingmar Hielo se ponía a su lado, con el escudo en una mano y una larga lanza, con el asta tan gruesa como la muñeca de Varg, en la otra.

—Un día magnífico para una escaramuza, ¿eh? —dijo Ingmar sonriendo.

Y luego esperaron.

El silencio se instaló entre los mercenarios. El cuervo viejo graznaba desde el árbol. Varg empezó a notar unas vibraciones en el suelo bajo sus pies, y entonces los oyó: un estruendo, como un trueno lejano, que crecía cada vez que parpadeaba. Comenzó a distinguir los diferentes sonidos: el crujido de los arneses de cuero, el tintineo de los arreos y las cotas de malla, el tamborileo de los cascos de los caballos.

Los jinetes aparecieron por una curva en el camino con los rayos del sol reflejados en pulidos cascos, en cotas de láminas metálicas, en un bosque de lanzas.

Jaromir cabalgaba a la cabeza, con su halcón posado en el pomo de su silla de montar y la columna de druzhina a su espalda, de cuatro en fondo hasta que desaparecía al otro lado de la curva como el cuerpo alargado y segmentado de un vaesen.

—No refrenéis a vuestra bestia —dijo Glornir con la voz grave y profunda mientras se ponía el casco de hierro—. Hoy no hay necesidad de esconder lo que somos. Hoy somos la manada y ellos son la presa. —Soltó un gruñido cavernoso y retumbante que reverberó en el pecho de Varg—. ¡Hoy será el último día de sus vidas!

El miedo y la emoción desbordaron a Varg. El miedo era un viejo amigo que lo había acompañado el centenar de veces que había entrado en un cuadrilátero en la granja de Kolskegg. Pero ahora era diferente. No era lo mismo luchar con un acero afilado en la mano que con los puños y con un cubo lleno de plata en juego. Ahora se jugaba la vida, y eso hacía que el miedo y la emoción vibraran frenéticamente en su sangre. Intentó tragar saliva, pero tenía la boca seca.

Según se aproximaban Jaromir y sus druzhina, Varg se fijó en un hombre musculoso que marchaba a pie cerca de la cabeza de la columna. Tenía la cabeza afeitada y su piel tornasolada adquiría distintos tonos de negro, azul o morado según cómo reflejara la luz del sol, como los hombres morados que había visto en el mercado de thrall de Darl. Además, llevaba un collar de hierro, si bien su cuello era grueso y musculoso como el de un toro. A su lado cabalgaba una mujer, también con la cabeza afeitada y cubierta de sinuosos tatuajes. Sus manos y sus brazos también estaban tatuados y los dibujos continuaban bajo las mangas de su túnica de lana gris. En su cuello también se veía un collar de thrall.

«Es la bruja seiðr de la que habló Sulich».

La semilla de un nuevo miedo germinó en el estómago de Varg, más incisivo, más intenso. Una cosa era enfrentarse a guerreros con aceros afilados, dientes y garras, pero enfrentarse a una bruja seiðr era otra completamente distinta.

El lobo gruñó en su sangre y el pelo de su lomo se erizó; eso le infundió valor.

Jaromir ya los había visto, pero continuó cabalgando hasta que los separaron un centenar de pasos. Entonces frenó su montura y miró a Glornir con una mueca de desprecio.

—¿Cómo te atreves? —gruñó. Acto seguido, con una parsimonia deliberada, cogió el casco con el penacho de crines que colgaba de su silla y se lo puso en la cabeza—. ¡Consideraos comida para los cuervos por esta ofensa! ¡No tendré piedad con vosotros por mucho que me supliquéis! ¡Esta noche los chacales dejarán limpios vuestros huesos!

Jaromir levantó la mano y los jinetes que estaban detrás de él se pusieron en movimiento y se desplegaron a lo ancho del camino en formación de ocho o diez en fondo, que era lo máximo que permitía el estrechamiento causado por el desprendimiento.

—Iva, aparta esta chusma de mi camino —dijo Jaromir haciendo un gesto despectivo con la mano.

La bruja seiðr tatuada se adelantó unos pasos a lomos de su caballo, seguida por el enorme hombre morado. Al moverse la bruja, Varg vio a otra mujer sentada en un caballo detrás de ella. Tenía las muñecas ligadas con una cadena de hierro y se balanceaba en la silla de montar. En su cabeza se distinguía el pelo incipiente en algunas zonas afeitadas. Un tatuaje con un diseño de nudos trepaba por su cuello, pero apenas se distinguía debajo de las costras de sangre seca y los moratones. Sin embargo, lo que más llamó la atención de Varg fue su rostro. Era un retrato del dolor; tenía los labios cosidos, hinchados, con costras purulentas. Por un momento se quedó con la mirada perdida, pero cuando sus ojos se posaron en Glornir, que se erguía solitario al frente de los Hermanos de Sangre, su mirada se hizo más penetrante y su cuerpo se puso tenso.

—Vol —oyó Varg que musitaba Glornir.

Un escalofrío recorrió el cuerpo del líder de los Hermanos de Sangre, sus hombros vibraron y su cuello se hinchó cuando echó la cabeza hacia atrás y lanzó un rugido hacia el cielo que hizo temblar el suelo.

—¡MURO DE ESCUDOS! —bramó Glornir mientras retrocedía para integrarse en la primera fila de los Hermanos de Sangre.

CAPÍTULO SESENTA Y SIETE

ELVAR

Elvar enfiló con paso resuelto por un pasillo mientras los recuerdos se agolpaban dentro de su cabeza: de su madre, tendida en un jergón tosiendo sangre; de su padre, ordenando a Elvar que dejara de gimotear y se secara las lágrimas, y prohibiéndole entrar en la cámara de su madre, del cuerno que sonó para anunciar la muerte de su madre. Cuando lo oyó, estaba en el campo de entrenamiento con Grend; solo contaba doce inviernos, pero todavía recordaba el frío y la debilidad que se apoderaron de su cuerpo y veía caer la espada de madera de sus dedos a la tierra compactada del suelo, y recordaba a Grend mirando hacia la casa, con el rostro pálido, cadavérico, y la lágrima que había visto rodar por su mejilla.

Miró a Grend, que ahora caminaba a su lado. Su rostro no daba ninguna pista de lo que estaba pasando por su cabeza.

Syr, la guardia que precedía a Elvar, se volvió y la miró.

—¿Quiénes sois? Tengo que anunciaros al jarl.

—Somos los Terrores de la Batalla —respondió Elvar siguiendo a Syr por la puerta abierta de la sala de hidromiel del jarl Störr.

—Esperad aquí —dijo Syr, y enfiló entre dos mesas largas, rodeó el fuego central y subió al estrado que había en el fondo del salón, donde el jarl Störr estaba sentado, conversando con un puñado de personas.

Elvar se adentró unos pasos para que sus compañeros tuvieran espacio para desplegarse detrás de ella. Se dio cuenta de que estaba temblando. ¿Era… miedo? ¿Emoción? Era la misma sensación que tenía en el muro de escudos al ver acercarse al enemigo. Inspiró hondo y el aire entró vibrando en su cuerpo; lo retuvo y lo soltó lentamente. Miró a su alrededor.

En cada una de las paredes se habían desplegado una veintena de drengir de su padre; permanecían inmóviles y parecían aburridos. Sin embargo, uno de ellos se puso recto de repente y fijó la mirada detrás de Elvar, en Grend. Era una mujer con el pelo negro recogido en una trenza tirante y una cicatriz que le cruzaba la mejilla y continuaba por el labio.

Era Gytha, la paladín del jarl Störr.

Elvar desvió la mirada de ella y observó el salón. En el estrado estaba sentado su padre, con la galdramaðr Silrið a su lado, alta y rubia, con el cuello rodeado por los huesos de un collar que destellaban a la luz oscilante del fuego. Su padre parecía avejentado; tenía la cara más delgada y la nariz más afilada, y en su cabello moreno se veían más canas. Vestía una elegante túnica de lana de color rojo oscuro con ribetes en el bajo y en el cuello realizados con la técnica de tablillas. En los brazos llevaba brazaletes de plata y el cinturón y la funda del seax que colgaba de su cintura tenían adornos estampados en plata. El colmillo de serpiente todavía colgaba de una cadena de plata alrededor de su cuello.

Estaba hablando con un hombre alto enfundado en una cota de malla, con el pelo negro enmarañado y una barba que le tapaba casi toda la cara. En el escudo terciado a su espalda había pintadas unas volutas anudadas que representaban dos cuervos.

—¿Con quién está hablando mi padre? —preguntó Elvar a Sighvat.

—Es Hjalmar el Pacificador —respondió Sighvat inclinándose para hablar al oído de Elvar—. Es el jefe de los Corazones Feroces. Le llaman así porque mata a sus enemigos rápidamente, y así consigue la paz. O eso es lo que cantan los escaldos a los que paga.

Elvar asintió. Había oído ese nombre en las sagas cantadas por los escaldos, y sabía por Agnar que, si se ponían un par de monedas de plata en la mano adecuada, era posible difundir una reputación con la velocidad con la que se propagaba la peste.

Sus dos hermanos estaban sentados cerca de su padre. Thorun, el mayor, era fornido y moreno, tenía unas cejas espesas y su nariz habría sido tan fina como la de su padre si hubiera tenido menos carne en los huesos.

«Parece que has pasado más tiempo en banquetes que en el campo de entrenamiento, hermano».

Junto a él estaba sentado su hermano pequeño, Broðir. Físicamente se parecía a Thorun, aunque era menos ancho de espaldas y tenía una cintura más estrecha.

De pie, detrás del jarl Störr y sus hermanos, Elvar vio acechando en las sombras a los berserkir de su padre: altos, corpulentos e imponentes, enfundados en cotas de malla y plata, con el cabello y la barba ungidos y recogidos en trenzas atadas con hilo de oro y de plata, las hachas visibles en los cinturones. Y unos gruesos collares de hierro ceñidos al cuello. Uno de ellos había salido de las sombras y miraba fijamente la compañía de los Terrores de la Batalla. Elvar oyó el grito ahogado de Uspa detrás de ella.

«Así que Berak aún vive». Tenía mejor aspecto que la última vez que Elvar lo había visto, durante su captura. Entonces estaba ensangrentado, con el pelo y la barba desaliñados y apelmazados y la espalda y los hombros encorvados, una señal inequívoca de que la persona había sido thrall recientemente.

Detrás de todos ellos, destacaba el amplio contorno de la cabeza gigante de Hrung, posada en su pedestal de piedra. Tenía los ojos cerrados y el rostro caído, con la boca torcida mientras dormía. Elvar oyó un rumor rítmico y cavernoso que resonaba en el salón.

«El viejo Hrung está roncando». Se le dibujó una sonrisa en los labios.

La guardia Syr estaba plantada en el estrado, esperando pacientemente. El jarl Störr desvió un momento la mirada de Hjalmar hacia Syr y levantó una mano para pedir silencio al mercenario. Luego hizo una indicación a la guardia para que se acercara. Syr se inclinó para hablar con el jarl, que inmediatamente dirigió la mirada a través del salón hacia Elvar.

—Agnar de los Terrores de la Batalla —dijo el jarl Störr—. Has vuelto a nosotros. Me han dicho que esta vez lo haces para aceptar mi plata y luchar en mi muro de escudos. ¿Mi desagradecida hija todavía forma parte de tu banda de inadaptados, o se ha buscado a otro al que chuparle la sangre?

Se instaló el silencio en el salón. Todos los ojos se clavaron en Elvar cuando dio un paso adelante.

—Agnar está muerto y los Terrores de la Batalla tienen un nuevo líder —dijo Elvar echándose hacia atrás la capucha de la capa de piel de oso—. Hola, padre.

CAPÍTULO SESENTA Y OCHO

VARG

Los escudos de los Hermanos de Sangre se acoplaron con un estruendo. Varg levantó el suyo, se arrimó a Ingmar y se aseguró de que su escudo solapaba el de su compañero y de que el borde quedaba pegado al umbo de hierro del escudo de Ingmar.

Los Hermanos de Sangre, casi cuarenta guerreros repartidos en dos filas, llenaban el camino.

—¡ARMAS! —rugió Glornir.

Varg levantó la lanza, empuñándola como si fuera un puñal para aumentar su alcance, y apoyó la moharra en el borde del escudo.

La bruja seiðr Iva se adelantó una decena de pasos a lomos de su caballo, levantó la mano y la cerró, y Varg vio que sus labios se movían. Una llamarada culebreó alrededor de su puño, crepitó, se expandió y se escindió en una serie de tentáculos que se precipitaron furiosamente hacia el suelo.

Sonaron unos restallidos y unos silbidos y un puñado de flechas con las plumas grises se clavaron en la espalda de la bruja seiðr. Iva se agitó con espasmos, lanzó las manos al aire y los tentáculos de fuego chisporrotearon y se extinguieron. Se oyó un ruido sordo y otra flecha se hundió en la espalda de Iva, que se desplomó hacia delante y cayó de la silla de montar. El hombre morado la cogió con unos brazos como troncos y la miró con horror y desconcierto. Se arrodilló lentamente, levantó la cabeza al cielo y lanzó un bramido.

Más flechas surcaron el aire silbando y un druzhina chilló con la sangre manando a borbotones de su garganta. Desde las laderas volaron flechas que derribaron jinetes de los caballos. Los gritos se mezclaban con los relinchos y los caballos corcoveaban y se encabritaban. Los druzhina situados en el flanco izquierdo de su columna sacaron los arcos de las fundas que colgaban sobre sus caderas, cogieron flechas y una ráfaga de saetas trazó un arco en el aire en dirección a la ladera. Los proyectiles impactaron en los árboles y salieron rebotadas de las piedras.

—¡Ilia! —bramó Jaromir mientras cogía el escudo colgado de la silla de montar y su halcón se elevaba en el aire chillando.

Otro druzhina se adelantó a caballo. Era una mujer con la trenza de pelo enroscada como si fuera una serpiente debajo del casco con el penacho de crines. Desenvainó el sable, aferró el escudo en su mano izquierda y gritó una orden.

Las cinco o seis filas de druzhina situadas detrás de Jaromir se pusieron en movimiento y formaron a la espalda de Ilia. Algunos empuñaban largas lanzas, otros tenían arcos curvos en las manos. Ilia dio otra orden y los jinetes primero avanzaron al paso y luego al medio galope.

—¡Aquí vienen! —gritó Røkia. Echó un vistazo atrás, a Varg y la punta de su lanza—. Vigila dónde clavas esta cosa.

Varg resopló y asintió con la cabeza.

El estruendo de los cascos de los caballos no dejó continuar la conversación. El suelo temblaba y el pedregal se precipitaba por las escarpadas paredes del valle mientras los druzhina cargaban hacia los Hermanos de Sangre. Las flechas volaban zumbando y silbando, golpeaban los escudos o pasaban de largo por encima de sus cabezas. Varg se encogió detrás de su escudo y oyó un grito cuando un proyectil acertó en un cuerpo.

—¡Nunca me ha gustado demasiado recibir la carga de unos caballos! —gritó Ingmar en el oído de Varg—. ¡Pero solo lo hacen para impresionar, ningún caballo embestiría jamás un muro de escudos! ¡Se desviarán antes, si es que consiguen acercarse tanto!

—¿Y por qué lo hacen entonces? —vociferó Varg.

—Para que nos asustemos y abramos un hueco. Solo necesitan una grieta en el muro de escudos para introducirse como los gusanos en una herida.

Varg echó un vistazo por encima del borde del escudo. Los druzhina estaban a cuarenta o cincuenta pasos y era capaz de distinguir las expresiones de sus caras. Sus gruesas trenzas de pelo se agitaban detrás de sus cabezas como estandartes sacudidos por el viento. Varg miró a una mujer a los ojos justo cuando disparaba una flecha y volvió a agacharse detrás del escudo. Una lluvia de astillas le golpeó la cara y la punta de la flecha apareció en su lado del escudo y se quedó a un palmo de su ojo.

Varg oyó entonces el ruido de madera que se partía, de caballos que caían y gritos y volvió a asomarse por encima del escudo. Vio que la primera fila de druzhina caía cuando el suelo debajo de ellos desaparecía con una explosión de madera y tierra.

Glornir había ordenado excavar una zanja a lo ancho del camino. Su profundidad era poca, ni siquiera llegaba a la altura de las rodillas, pero no hacía falta más. No les había dado demasiado trabajo; los Hermanos de Sangre habían cavado sin escatimar esfuerzos con las hachas y luego habían colocado ramas de los árboles para tapar el agujero y tierra y piedrecitas para disimularlo. Un montón de hachas habían necesitado la piedra de afilar después.

Los caballos de la primera fila cayeron profiriendo chillidos de terror y muchos se estrellaron contra el suelo y catapultaron a los jinetes de las sillas de montar. Solo un puñado de animales se mantuvieron en pie y continuaron avanzando. La fila que venía detrás chocó con ellos y más caballos cayeron y más jinetes salieron disparados por el aire. Los druzhina de la siguiente fila tiraron de las riendas y las monturas frenaron deslizándose por el suelo, se arremolinaron y algunos jinetes subieron por las laderas para rodear la zanja.

Los escasos jinetes que lograron sortear la zanja y mantenerse sentados en sus sillas se reagruparon, entre ellos la mujer con el sable. Doce o quince jinetes espolearon los caballos. Las cuerdas de los arcos restallaron y sonaron los golpes entrecortados de las flechas en la madera. Calaron las lanzas y llegaron al muro de escudos de los Hermanos de Sangre. Recorrieron de lado a lado la línea de mercenarios asentando lanzadas y disparando flechas. Los Hermanos de Sangre resistieron. De detrás de los escudos aparecían los aceros afilados que apuñalaban caballos y jinetes como si dieran picotazos. Ingmar arremetió con su enorme lanza por encima del hombro derecho de Røkia y hundió la moharra en la axila desprotegida de un jinete. El druzhina chilló y se derrumbó hacia atrás, e Ingmar extrajo la hoja con una explosión de sangre.

Un caballo se empinó, controlado por su jinete, Ilia, la mujer del sable, y arremetió con los cascos contra un escudo. Varg oyó el estruendo de la madera que se partía y el crujido de huesos que se rompían. Un alarido de dolor, interrumpido de cuajo por un sablazo de Ilia, precedió la caída del escudo.

Glornir estaba cerca y asestó un hachazo empuñando su hacha larga con una sola mano, como si fuera una rama, y el acero se hundió en la pierna de Ilia, entre la rodilla y la cadera. Un chorro de sangre salió de la herida cuando Glornir extrajo el hacha. Ilia se tambaleó y cayó de la silla de montar.

La primera carga de los jinetes había terminado. Detrás de ellos, los guerreros druzhina se levantaban del suelo y esgrimían lanzas y espadas mientras a su espalda los jinetes cruzaban cuidadosamente la zanja.

Glornir no los esperó.

—¡ADELANTE! —bramó.

El muro de escudos dio un pesado paso adelante, y luego otro, y otro, pisoteando cadáveres y apuñalando heridos, hasta que llegaron casi a la zanja. Algunos druzhina intentaron retroceder saltando la zanja; unos trastabillaron y se cayeron, otros profirieron gritos de batalla y aguantaron con los pies firmes en el suelo, con los escudos levantados y empuñando lanzas y espadas curvas.

Varg atisbó detrás de ellos a Jaromir gritando órdenes, con su caballo dando vueltas sin moverse del sitio mientras una veintena de Hermanos de Sangre se precipitaban rugiendo por las laderas, donde habían esperado escondidos detrás de rocas y árboles. Las flechas estriaban el cielo zumbando como avispones, las lanzas volaban y los guerreros chillaban.

Con un estrépito atronador, los druzhina y los Hermanos de Sangre colisionaron. Un fragor ensordecedor de gritos, aceros y madera que chocaban se prolongó mientras los guerreros se apuñalaban, se empujaban y se golpeaban. Delante de Varg, Røkia estiró el brazo con el destral, enganchó la hoja barbuda al borde de un escudo y tiró de él para bajarlo y dejar expuesto al guerrero que lo sujetaba. Varg arremetió con su lanza por encima del hombro izquierdo de Røkia y la hundió en la garganta del druzhina. Tiró hacia atrás de la lanza y el guerrero dio un paso tambaleante y se precipitó a la zanja, aunque otra cara desencajada lo sustituyó.

Los caballos se arremolinaban al otro lado de la zanja. Algunos jinetes desmontaron y corrieron a sumarse a los compañeros que trataban de obligar a retroceder a los mercenarios de Glornir. Varios druzhina subieron con sus caballos por las laderas del valle para rodear el muro de escudos con la intención de atacar los flancos de los Hermanos de Sangre. Otros permanecían sentados en sus sillas de montar y disparaban flechas contra las filas de los mercenarios. Una saeta rebotó en el casco de Varg y otra se clavó en el escudo de Ingmar. Delante de ellos, Glornir rugía y asestaba hachazos, y la cabeza de su arma dejaba estelas de sangre en el aire. Por su parte, Røkia gruñía y repartía golpes con su destral, mientras que Svik, al otro lado de Glornir, acuchillaba con furia por encima y por debajo de su escudo con el seax. Varg escogía el momento de sus ataques y propinaba una lanzada cada vez que veía desprotegida una parte del cuerpo de un enemigo.

Un rugido ensordecedor se alzó por encima del fragor de la batalla y se produjo una breve interrupción en la lucha a lo largo de la línea de escudos. Tanto los Hermanos de Sangre como los druzhina se volvieron para mirar el valle.

El caos reinaba entre los druzhina de la columna de Jaromir mezclados con mercenarios de Glornir. Varg vislumbró a Sulich encaramado a una roca disparando flechas a los jinetes. Pero no era eso lo que había hecho el ruido atronador.

Era el hombre toro.

Había tendido el cuerpo de la bruja seiðr Iva debajo de unos árboles y ahora cargaba por el valle en dirección a los Hermanos de Sangre y los druzhina trabados en batalla alrededor de la zanja.

El hombre toro profería unos angustiosos y feroces alaridos de dolor que retumbaban en el valle mientras corría. Dio la impresión de que su cuerpo crecía por momentos, se expandía, y agachó la cabeza como si fuera un toro a punto de embestir. El suelo temblaba. Los druzhina espolearon sus monturas para subir por las laderas de ambos lados desesperados por apartarse de su camino. Otros guerreros se tiraron al suelo a izquierda y a derecha. No todos consiguieron escapar a tiempo.

Volaron cuerpos dando vueltas por el aire y se oyó el crujido de huesos partidos cuando el hombre toro arremetió contra la masa de guerreros, abrió un surco a través de la zanja llena de cuerpos y embistió el muro de escudos de los Hermanos de Sangre. El mundo pareció explotar con un estruendo demoledor y Varg voló por el aire. Se estrelló contra el suelo y el impacto le vació los pulmones, rodó unos metros y el escudo y la lanza salieron disparados de sus manos antes de que se estampara contra algo duro. Sintió un dolor punzante en el hombro y en la espalda.

Se quedó tendido en el suelo sin oír ni sentir nada durante un momento, pero entonces todo regresó como una avalancha: chillidos, gritos y gruñidos de hombres y mujeres, resoplidos de caballos, el dolor atroz en la espalda.

Varg se incorporó con un codo apoyado en el suelo y vio que el muro de escudos de los Hermanos de Sangre se había descompuesto y había una brecha de la amplitud de cuatro escudos en el centro. El suelo estaba sembrado de cuerpos. Vio que Ingmar Hielo se levantaba hincando una rodilla en el suelo y recogía su enorme lanza. Glornir se puso en pie gruñendo cerca de una de las laderas del valle, donde había aterrizado tras ser embestido por el hombre toro. Varg buscó con la mirada a Røkia y a Svik y vio a este último levantándose trabajosamente del suelo y sacudiendo la cabeza, todavía con el escudo y el seax en las manos.

Los druzhina también estaban poniéndose en pie. Otros cabalgaban en la estela del hombre toro por el valle y la batalla se reanudó en cuanto llegaron a la posición de los Hermanos de Sangre.

—¡HABÉIS HERIDO A IVA! —bramó el hombre toro a los Hermanos de Sangre con los ojos desorbitados, espumajeando por la boca y bufando. Se dirigió hacia Ingmar, que sujetaba la lanza con las dos manos y apoyaba una rodilla en el suelo. El hombre toro levantó las manos, entrelazó los dedos y asestó un golpe como un martillazo.

Ingmar levantó la lanza en un acto reflejo y se oyó un crujido cuando las manos del hombre toro atravesaron el asta de la lanza como si fuera una ramita seca e impactaron en el pecho de Ingmar, que volvió a dar con sus huesos en el suelo.

El lobo interior de Varg se precipitó por sus venas: se puso en pie gruñendo y echó a correr, con los músculos inundados de una fuerza y una energía nuevas. Buscó a tientas un arma en el cinturón y su mano se cerró alrededor de la empuñadura del seax. Vio que Svik y Røkia también se dirigían hacia el hombre toro, que había levantado un pie para aplastar la cabeza de Ingmar.

Varg lo embistió con un estrépito y lo apuñaló frenéticamente con el seax. Su oponente se tambaleó y su pie impactó en el suelo junto a la cara de Ingmar. El impulso que llevaba Varg lo lanzó alrededor del torso del hombre toro y se agarró a su túnica de lino con una mano, pero el seax hundido en el cuerpo de su rival se soltó de su puño. El corrompido thrall rugió y propinó un puñetazo en diagonal a Varg en el hombro y en la espalda que lo lanzó por los aires. Varg aterrizó con un golpetazo y volvió a rodar por el suelo. Røkia se abalanzó entonces sobre el hombre toro y esquivó el martillazo de sus puños para encaramarse a su grueso torso y asestarle un hachazo. Un chorro de sangre salió del hombro del thrall, que lanzó un bramido y agarró por la cota de malla a Røkia y la arrojó por el aire. Svik, convertido en una mancha de cota de malla y pelo rojo, embistió al hombre toro, lo apuñaló y se agachó, pero recibió un manotazo demoledor que le hizo volar dando vueltas.

El corrompido thrall vio que Varg se incorporaba medio grogui con las manos y las rodillas apoyadas en el suelo y fue renqueando hacia él, con su seax todavía hundido en el muslo.

Varg no se movió de donde estaba. La cabeza le daba vueltas e intentó ponerse en pie, pero se tambaleó y tuvo que poner una rodilla en el suelo. Miró al imponente hombre toro y le gruñó mientras bajaba la mano entumecida a su cinturón de armas.

Detrás del hombre morado se oyó un gruñido cavernoso.

Ingmar se había puesto en pie y tenía los ojos amarillos, los dientes afilados y el cuello y los hombros encorvados. El oso corría libremente por sus venas. En cada mano empuñaba un trozo de su lanza partida. Echó a correr pesadamente, gruñendo y rugiendo. El hombre toro rascó el suelo con un pie y también cargó hacia Ingmar.

La colisión hizo temblar el suelo y el impacto sonó como la caída de una ballena al mar. Los dos contendientes se tambaleaban enzarzados, propinándose puñetazos, cabezazos, mordiéndose y desgarrándose.

Varg se levantó a trompicones, cogió el destral del cinturón y enfiló hacia ellos con pasos inseguros.

Se oyó un ruido de cascos y los jinetes se abrieron paso a través del caos del combate. Varg saltó para apartarse del camino de un caballo al galope y atisbó a Jaromir sentado en el lomo, con una cuerda en la mano atada a otro caballo que galopaba detrás de él, en el que iba Vol encadenada en la silla. Atravesaron como un torbellino la batalla y continuaron galopando por el valle en dirección a la llanura. Una docena de druzhina los seguían.

Un bramido resonó en el valle. Varg se dio la vuelta como una exhalación y vio una mitad de la lanza rota de Ingmar hundida en el musculado cuello del hombre toro, quien rodeaba con sus enormes manos la garganta de Ingmar y lo sostenía suspendido en el aire. Ingmar, con los ojos fuera de las órbitas y el rostro morado, aporreó con la otra mitad de la lanza la cabeza de su rival. Brotó un chorro de sangre y el hombre toro se tambaleó hacia un lado, pero no soltó a Ingmar. Se oyó otro porrazo demoledor, y otro, y otro, y el hombre toro por fin se derrumbó sobre las rodillas, se balanceó un momento y cayó a plomo al suelo. Ingmar rodó unos metros, jadeando.

Varg corrió hasta él y se arrodilló a su lado.

—¿Estás bien?

—¿Tengo aspecto de estar bien? —dijo Ingmar resollando, con unas marcas moradas en el cuello, el casco arrancado de la cabeza, un ojo tan hinchado que no podía abrirlo y sangrando por un tajo en la frente.

Varg se encogió de hombros.

—Estás vivo.

Un rugido estalló alrededor de ellos. Varg levantó la mirada y vio a los Hermanos de Sangre celebrando la victoria. Todos los druzhina estaban muertos.

Glornir apareció empapado en sangre, con los ojos amarillentos y una mueca feroz que dejaba a la vista sus afilados dientes. Aferraba el hacha larga con las dos manos mientras observaba la nube de polvo que levantaban Jaromir y los guerreros que huían con él.

—A por ellos —gruñó, y echó a correr dando largas zancadas.

CAPÍTULO SESENTA Y NUEVE

ELVAR

Elvar disfrutó con la conmoción que traslucieron los ojos de su padre. Solo duró un instante, pero Elvar la vio y la grabó como un tesoro en su memoria. Luego regresó a su máscara habitual.

—Así que Agnar está muerto y ahora tú eres la jefa de su banda de mercenarios —dijo el jarl Störr con desdén—. Qué lejos has llegado. Qué orgullosa debes estar.

Elvar oyó el gruñido grave de Grend a su espalda y se mordió la lengua para no soltar la réplica que estaba formándose en sus labios.

—¿Por qué estás reuniendo fuerzas para la guerra, padre? ¿Te ha llegado la noticia de la dragona?

—¿La dragona? —dijo el jarl Störr—. No. Helka se ha aliado con Orlyg. Están reunidos en Darl, uniendo sus fuerzas para ir contra mí. Es mejor golpear primero, y golpear fuerte, que esperar a que lo hagan ellos. —Hizo una pausa—. ¿Qué dragona?

—Lik-Rifa está libre —respondió Elvar—. Vuela por los cielos de Vigrið.

Su padre frunció el ceño.

—Mis espías me vinieron con rumores —murmuró—, pero pensé que no eran más que eso. Sin pruebas… —Miró intensamente a Elvar—. ¿Cómo te has enterado tú?

—La he visto. Estaba allí cuando salió de su mazmorra en Oskutreð.

Se oyeron gritos ahogados en el salón, también algunas risas, pero Elvar se fijó en que Silrið la miraba con una intensidad feroz.

—No le hagas caso, padre —terció Thorun poniéndose en pie y adelantándose unos pasos. Le temblaba el rostro de la ira—. Vive en el sueño de una saga.

—Me alegra verte, querido hermano —dijo sarcásticamente Elvar, y vio la rabia en su rostro—. Dejémoslo ya —añadió Elvar haciendo un gesto con la mano—. No he venido para discutir cosas que he visto con mis propios ojos.

—¿Y para qué has venido? —quiso saber el jarl Störr.

—Para ofrecerte un trato. Tienes algo que quiero.

—Ah —repuso el jarl, que recuperó la compostura mientras observaba a su hija con una expresión calculadora en los ojos entrecerrados—. ¿Y qué es?

—Él —respondió Elvar señalando a Berak.

Su padre miró por encima del hombro y vio a Berak, que no despegaba los ojos de Uspa.

—No digas tonterías —replicó el jarl—. Pagué un cofre de plata por él.

—Y te lo compraré por el doble del precio que pagaste a Agnar.

—No puedes permitírtelo —dijo riendo su padre.

—Grend —dijo Elvar.

Grend se adelantó y se detuvo a una docena de pasos del estrado. Depositó en el suelo el cofre que cargaba y levantó la tapa de una patada, luego dio media vuelta y regresó al lado de Elvar. El resplandor del oro y de la plata irradiaba del interior del cofre.

El jarl Störr se levantó de su asiento y dio unos pasos por el estrado mirando fijamente el cofre.

—¿Cómo has conseguido tantas riquezas? —preguntó en un hilo de voz.

—Ya te lo he dicho —respondió Elvar—. He estado en Oskutreð.

Se oyeron murmullos y cuchicheos y Elvar reparó en la ausencia de risas esta vez. Silrið bajó por los escalones del estrado, se agachó junto al cofre y pasó una mano por encima del tesoro mientras murmuraba unas palabras. Su mano adquirió un pálido brillo verde y unos tentáculos vaporosos descendieron hacia el cobre. Pero de repente dio un grito ahogado y saltó hacia atrás.

—Es antiguo —masculló—, y…

—¿Qué? —preguntó el jarl Störr.

—Poderoso —dijo Silrið.

El jarl miró a su hija con una expresión completamente nueva en el rostro.

—No es la única oferta que tengo para ti, padre —dijo Elvar.

El jarl Störr sonrió, incluso dejó salir el conato de una risa.

—Vaya giro está dando el día. Esto es completamente inesperado. Continúa, pues, ¿qué otra oferta es esa?

—Sighvat —dijo Elvar.

Sighvat se adelantó y depositó el baúl que había cargado desde el *Jarl de las olas* al lado del que había dejado Grend. Era el doble de grande que el primero. Le dio un puntapié y la tapa se levantó con un chirrido. Se oyeron gritos ahogados y silbidos en el salón, y todo el mundo se inclinó para mirar lo que contenía con los ojos completamente abiertos. Elvar sabía que ninguna de las personas que estaban en el salón había visto jamás tantas riquezas juntas, incluido su padre, y el hecho de que procedieran de la fabulosa Oskutreð, en fin, Elvar podía ver que tenían los mismos efectos en sus corazones y en sus cabezas que un hechizo seiðr.

—Quiero contratar a tus berserkir —dijo Elvar rompiendo el silencio que se había instalado—. Te pagaré por ellos como tú pagas a los tipos como Hjalmar por los servicios de sus bandas de guerreros. —Señaló al guerrero de la barba negra, que se había puesto de pie en el estrado y miraba los dos baúles llenos de oro y plata con una codicia indisimulada. Hjalmar lanzó una mirada fugaz a Elvar e inclinó la cabeza.

—¿Para qué quieres contratarlos? —preguntó su padre.

—Padre, ¿no estarás considerando en serio lo que esta zorra loca...?

—Cállate, Thorun —espetó el jarl Störr—. ¿Para qué? —preguntó de nuevo a Elvar.

—Para rescatar a un niño que Lik-Rifa tiene en su poder. Su hijo —dijo señalando con la barbilla a Berak.

—¿Mi Bjarn? —masculló Berak.

—Silencio —ordenó el jarl Störr.

—¿La dragona tiene a mi hijo? —dijo Berak.

—*Verkir* —murmuró el jarl Störr agitando la mano, y unas rojas estrías de fuego brotaron en el collar de Berak.

El berserkir gruñó de dolor y resopló con los dientes apretados agarrándose el collar, se tambaleó y clavó una rodilla en el suelo.

Elvar vio que Uspa se movía y le hizo un gesto de advertencia con la mano.

—*Nóg* —dijo el jarl Störr.

El fuego se apagó y el collar recuperó su aspecto de hierro frío. Berak continuó arrodillado, jadeando. El jarl Störr desvió la mirada de los baúles con oro y plata y la posó en Elvar, con sus espesas cejas unidas en el entrecejo y los ojos sumidos en sombras.

—No —aseveró—. Para eso tendría que darte el poder de controlar sus collares y no pienso hacerlo. —Sus labios se dilataron para esbozar una fina sonrisa—. No me fío de que me los devuelvas, querida hija, y no puedo correr ese riesgo. He dedicado toda mi vida a reunirlos.

Elvar asintió lentamente y suspiró.

—En ese caso, si no me los entregas por las buenas tendré que llevármelos por las malas.

Su padre rompió a reír de una manera estentórea. Elvar nunca lo había visto reír así.

—¡Me gusta esta nueva Elvar! —exclamó secándose las lágrimas de los ojos—. Por esta vez perdonaré tu insolencia. Y tengo una oferta para ti. Quédate. Lucha conmigo contra Helka y Orlyg.

—No puedo —dijo Elvar—. Tengo cosas... más apremiantes que hacer.

Su padre volvió a mirar los baúles con los tesoros.

—Es evidente que has hecho algo extraordinario —murmuró—. Tal vez me has dicho la verdad y has estado en la fabulosa Oskutreð. Sea cierto o no, esto lo has encontrado en algún lugar, y, si estás dispuesta a comerciar con ello, imagino que tienes mucho más escondido. —El jarl la observaba ahora con cautela, con los ojos fijos en los suyos—. Seguramente en tu drakkar. Sé cómo sois los mercenarios, os pensáis que vuestro barco es vuestra fortaleza. Pero ¿dónde está tu drakkar? Amarrado en mi puerto, supongo. ¿Está bien vigilado? En realidad da igual, porque una veintena de berserkir harán cambiar de opinión a cualquier vigilante.

Elvar frunció el ceño y pensó en el *Jarl de las olas* amarrado en el puerto de Snakavik.

Su padre sonrió.

—¿Lo ves, Elvar? No vas a llevarte nada mío. Soy yo el que se quedará algo tuyo. —Hizo un gesto con la mano y los drengir desplegados alrededor del salón se adelantaron.

Grend y Sighvat se colocaron en los flancos de Elvar, desenfundaron los destrales y empuñaron los escudos.

—Atrás, Grend —dijo uno de los drengir. Era Gytha, la paladín del jarl Störr.

—No puedo hacerlo —respondió Grend.

—Y yo no puedo permitir que levantes tu arma contra el jarl ni sus guerreros.

Grend se encogió de hombros.

—Todos hacemos lo que tenemos que hacer —repuso.

—Permíteme que te deje clara una cosa —continuó el jarl Störr—. Me perteneces. Acéptalo y no se derramará sangre. Pero si decides desafiarme… bueno. —Echó un vistazo por encima del hombro—. *Taktu hana.*

Todos los berserkir salieron de las sombras a la vez. También Berak se levantó del suelo y cruzó pesadamente el estrado.

—Esos son muchos cabrones con aspecto peligroso —murmuró Sighvat.

Los berserkir, un muro de cota de malla y hierros afilados, bajaron del estrado. Sus ojos dorados, verdes y marrones destellaban. Gytha y sus drengir cerraron el círculo alrededor de los Terrores de la Batalla.

—¡Ulfrir! —gruñó Elvar, y el dios lobo se adelantó.

CAPÍTULO SETENTA

VARG

Varg corría por la llanura cubierta de hierba descolorida por el sol, respirando por la boca. El sol calentaba alto en el cielo y el lobo gruñía en su sangre.

Delante de él, Jaromir y la docena de druzhina que habían huido con él del valle levantaban una nube de humo. Y más allá se alzaba la empalizada de Valdai, cada vez más cercana. En torno a él resonaban las zancadas de los Hermanos de Sangre que perseguían a Jaromir, cincuenta hombres y mujeres cubiertos de sangre y blandiendo armas. Varg había recuperado la lanza y el escudo cuando Glornir salió disparado detrás de Jaromir, y ahora la espalda, el hombro y el brazo le ardían bajo el peso del escudo.

Algunos Hermanos de Sangre estaban alcanzando a Jaromir y sus guerreros. Todos habían dejado libre la bestia que llevaban en la sangre y los inundaban las capacidades animales del dios de su linaje. Røkia iba delante de Varg, también Edel, con su pareja de perros, que daban largas zancadas con la lengua fuera. Un druzhina se dio la vuelta en la silla para mirar atrás y vio que los Hermanos de Sangre estaban acortando la distancia con ellos. Un momento después, las flechas surcaron el cielo. Uno de los proyectiles se dirigió zumbando como un avispón furioso en dirección al hombro de Varg y este levantó el escudo. Uno de los perros de Edel se desplomó con un gañido y rodó por el suelo. Edel se detuvo patinando, se agachó al lado del animal y lanzó un aullido furioso antes de echar a correr de nuevo con una velocidad incrementada por la rabia. Las flechas silbaron hacia ella, pero las desvió todas con el escudo y acortó la distancia con el jinete más retrasado. Sin embargo, la primera en alcanzarlo fue

Røkia, que saltó desde su flanco para auparse a la silla de montar detrás de él y le asestó una cuchillada con el seax. Un chorro de sangre salió de la herida y Røkia tiró al agonizante jinete del caballo. Solo unos instantes después Edel se abalanzó sobre su cuerpo tirado en el suelo y lo apuñaló una y otra vez con la lanza.

Røkia se acomodó en la silla de montar, agarró las riendas y espoleó el caballo encorvada sobre su cuello.

Otro druzhina la vio y flechó el arco.

—¡No! —gritó Varg. Pero entonces el jinete se puso rígido en su silla de montar, con una flecha hundida en el cuello, y el arco resbaló de sus dedos. Se tambaleó y cayó. Varg oyó el ruido de cascos a su espalda y un caballo lo adelantó al galope con Sulich sentado en su lomo flechando de nuevo el arco.

Llegaron gritos desde la muralla de Valdai cuando Jaromir ya se acercaba a las puertas y gesticulaba enloquecidamente. Se oyeron voces de respuesta y las puertas se abrieron.

Desde la empalizada comenzaron a volar flechas.

Jaromir cruzó las puertas acompañado por el estruendo de cascos de caballos, con Vol a lomos de su montura detrás de él, y luego entraron el resto de los druzhina supervivientes. Cruzaron todos las puertas en medio de una tormenta de cascos de caballos y polvo, entre ellos Røkia y Sulich, y luego las puertas comenzaron a cerrarse.

Varg hizo un esfuerzo para correr más deprisa. Estaba a sesenta pasos de las puertas, cincuenta, cuarenta, y entonces se cerraron. Con una frenética explosión de energía, Varg intentó llegar a las puertas antes de que pusieran la tranca, pero entonces oyó como la aseguraban en los ganchos. Las flechas impactaron con un ruido seco en el suelo a su alrededor, se clavaron en su escudo levantado o rebotaron en su yelmo. Varg saltó para embestir las puertas y oyó un crujido de madera, pero no se abrieron.

Los Hermanos de Sangre dispararon una andanada de flechas y algunas se hundieron en las puertas y en la muralla; una se clavó en el pecho de un arquero, que cayó hacia atrás chorreando sangre y desapareció de la vista. Por fin llegaron otros mercenarios de Glornir a la muralla. Svik se detuvo al lado de Varg con el escudo levantado. Glornir surgió corriendo del remolino de polvo con los ojos llameantes, gruñendo con el rostro desencajado y haciendo rechinar sus afilados dientes, y se lanzó contra la puerta atrancada. Las hojas temblaron, la madera crujió y salieron nubes de polvo de los intersticios. Glornir retrocedió media decena de pasos para coger carrerilla y volvió a embestir las puertas rugiendo. A continuación blandió su hacha larga y la emprendió a golpes contra la madera. Saltaron astillas. Ingmar se unió a ellos y se lanzó con ímpetu contra las puertas.

Los alaridos, el estrépito de aceros y los gritos de guerra resonaban al otro lado de la muralla. Se oyó un aullido enloquecido.

«¡Røkia, Sulich!». Varg miró a su alrededor con frenesí, desesperado por encontrar la manera de llegar a ella, a ellos. Miró arriba.

—¡Ingmar! —gritó agarrando del brazo al hombretón—. Pon una rodilla en el suelo.

Ingmar lo miró desconcertado, con los brillantes ojos de oso.

—Confía en mí —gruñó Varg.

Ingmar hincó una rodilla en el suelo. Varg retrocedió unos pasos, arrojó su escudo a las cabezas que se asomaban desde la muralla para hacer un hueco entre ellas y luego echó a correr, apoyó un pie en la rodilla de Ingmar y saltó por encima de su hombro y de su espalda, flexionó las piernas y se agarró a una lanza clavada en la muralla de madera, se balanceó para coger impulso y se arrojó por encima de la muralla para aterrizar en la pasarela de madera.

Se tomó un momento para echar un vistazo a su alrededor y vio a un lado y al otro hombres y mujeres en cotas de malla y de láminas metálicas y cuero, con arcos en las manos, mirándolo.

Varg sabía que lo superaban en número y la muerte lo acechó con sus alas de cuervo. Oyó un grito de Røkia, pero no supo si era de dolor o de cólera.

El lobo se irguió dentro de él, liberado de la correa, e inundó su cuerpo. Varg gruñó y rodó por el suelo, se puso en pie de un salto al mismo tiempo que bajaba las manos al cinturón de armas y desenfundaba el destral y el cuchillo de carnicero. Asestó un hachazo en un muslo y atravesó un arco y un antebrazo con el cuchillo. Oyó gritos cuando extrajo las armas y giró sobre los talones gruñendo, moviendo los brazos y rebanando y trinchando. Los guerreros caían a su alrededor. Uno retrocedió tambaleándose y se precipitó al patio. Vislumbró a Sulich, todavía a lomos de su caballo. Su sable subía y bajaba intercambiando golpes con Jaromir a un lado y un druzhina al otro. Atisbó fugazmente a Røkia abajo, empapada en sangre, esgrimiendo el seax y el destral y con cuerpos derrumbados a sus pies. Desde todas partes llegaban en tropel guerreros al patio.

Varg advirtió un movimiento a su izquierda y el destello del acero, se agachó y una lanza atravesó el espacio que su cabeza acababa de desocupar. Atacó con el destral a lo largo de la vara de la lanza, encontró la resistencia de la mano que la aferraba y cercenó unos dedos que salieron volando acompañados por un chorro de sangre. De repente oyó un grito y golpeó de arriba abajo con el cuchillo de carnicero un hombro cubierto por cota de malla, el acero se hundió en la carne y notó que chocaba con hueso. Lo extrajo con un tirón salvaje, se produjo una explosión de sangre y de fragmentos de malla y se quitó de encima al guerrero de una patada.

Vio aparecer otra figura cerca y levantó el hacha, pero se detuvo en el último momento al ver que era Svik, que había subido a la pasarela con él. Tenía una sonrisa de oreja a oreja y sus ojos eran dos llamas amarillas.

—No vas a ser el único protagonista de esta saga —gruñó Svik riendo. Se pasó adelante el escudo que llevaba a la espalda y hundió la espada en la cara de un arquero. El guerrero dio unos pasos tambaleantes hacia atrás y se estrelló contra el suelo del patio.

Entonces apareció Edel trepando por la muralla y saltó a la pasarela. Otros Hermanos de Sangre hicieron lo mismo detrás de ella.

—Este sitio está empezando a llenarse de gente. —Svik sonrió y saltó al patio. Cayó encima de un puñado de guerreros que estaban empujando la puerta que vibraba en los goznes.

Varg no se lo pensó dos veces y saltó detrás de él. Aterrizó sobre los guerreros gruñendo y asestándoles cuchilladas hasta que se dispersaron. Se quedó parado un momento, agachado, con el cuchillo de carnicero arriba y el destral abajo, mientras Svik apuñalaba a un guerrero detrás de él y empujaba con todo el peso de su cuerpo la tranca de las puertas. Varg reparó en que al otro lado de Svik había trozos de puerta arrancados y agujeros, y por esos huecos vio a Glornir asestando frenéticos hachazos a la madera. Una oleada de druzhina se precipitó hacia Varg y él corrió a su encuentro. Vio con el rabillo del ojo que Edel saltaba a su izquierda y corría con él. Y entonces se encontró avanzando por una masa de cuerpos y vislumbró rostros desencajados, carne desgarrada, aceros apuñalando y estelas de sangre en el aire. Sintió la carne entre sus dientes, desgarrándola, arrancándola, y la sangre precipitándose por su garganta. Oyó los gritos cada vez más estridentes. En un primer momento no reparó en los rugidos que sonaban a su espalda, en los cuerpos cada vez más numerosos que lo rodeaban cuando las puertas se abrieron y los Hermanos de Sangre entraron atropelladamente en el patio, como una ola de acero y hierro, de dientes y garras. El fragor de la batalla aumentó e hizo temblar el mundo entero. Y, dentro de Varg, su lobo babeaba y lo animaba a morder, a desgarrar, a destripar.

Se tambaleó al recibir un golpe en la espalda y los hombros e hincó una rodilla en el suelo, giró el cuerpo y asestó una puñalada con el seax. Saltaron chispas de una cota de láminas metálicas un instante antes de que recibiera un impacto en la mandíbula que hizo que vibraran sus dientes dentro de su boca y que estallaran unos puntitos de luz blanca delante de sus ojos. A continuación se encontró tendido bocarriba. No sabía cómo había terminado de esa manera ni cuánto tiempo llevaba así. Pestañeó mirando el radiante cielo azul entre cuerpos oscuros que giraban, luchaban y se insultaban a su alrededor. Sentía un dolor palpitante en un lado de la cara, como si le hubieran trazado una raya con fuego en la mejilla. Se dio cuenta de que había alguien a su lado, con las piernas abiertas, en cuclillas, con las armas embadurnadas de sangre levantadas.

—Ay —gruñó Varg al mover un brazo. Lo notó pesado y vio el cuchillo de carnicero todavía en su mano llena de sangre.

—¿Puedes levantarte, Insensato? —La voz llegó a sus oídos como si le hablara debajo del agua.

«Solo quiero seguir tumbado aquí un rato».

Suspiró, se dio la vuelta en el suelo y se impulsó con un brazo para levantarse.

—Arriba, entonces —dijo la misma voz, y entonces vio la cara de Røkia, más grande a medida que se agachaba para pasar el brazo por debajo del suyo y ayudarlo a ponerse en pie.

Varg se irguió sobre las piernas temblorosas y miró a Røkia. Tenía el rostro cubierto de sangre, pero pensó que la mayoría no sería suya. Røkia se puso delante de él en actitud protectora con el hacha y el seax levantados.

—Era yo el que venía a salvarte —murmuró Varg, y vio que Røkia hacía una mueca que no supo si era un gruñido o una sonrisa. Se palpó la herida que le quemaba en la mejilla y se dio cuenta de que le faltaba un trozo de carne. Al separar los dedos de ella los tenía ensangrentados.

—No hay tiempo para preocuparse del aspecto —dijo Svik apareciendo a su lado.

Por un momento Varg no vio ni oyó nada. Sacudió la cabeza y de repente recuperó el oído y la vista.

El patio se había convertido en el escenario de una batalla salvaje. Glornir bramaba y arremetía con su hacha larga, los caballos se encabritaban y caían delante de él. Sulich, todavía sentado en la montura, repartía sablazos entre los druzhina que lo hostigaban. Por todas partes había Hermanos de Sangre matando. Al final del patio estaba Jaromir sentado en su caballo, en lo alto de las escaleras de un edificio con una torre de madera, todavía con la cuerda atada al caballo de Vol en la mano. Varg vio que tiraba de la cuerda para acercar el caballo de Vol y se inclinaba para agarrar a la bruja seiðr por la cintura. La levantó de su montura y la sentó delante de él en su caballo.

—¡GLORNIR! —gritó Jaromir poniendo la hoja curva de su espada en el cuello de Vol—. ¡VOY A MATARLA!

Glornir arrancó el hacha de un cadáver y miró a Jaromir. En torno a él, los guerreros interrumpieron la batalla y los Hermanos de Sangre y los druzhina se separaron sin bajar la guardia.

—¡Tirad las armas o le cortaré la garganta! —gritó Jaromir. Apretó un poco más el acero contra el cuello de Vol y corrió un hilo de sangre por su piel.

—Es el último día de tu vida, príncipe de Iskidan —espetó Glornir. Más que palabras, de su boca salían gruñidos—. Suéltala y tendrás una muerte rápida. Si le haces daño, tus gritos resonarán en todo el mundo.

Jaromir frunció la boca.

—¡Cómo te atreves a hablarme así, mierda de cabra niðing! —gruñó. Varg vio que los músculos del brazo con el que empuñaba la espada se tensaban y los nudillos se ponían blancos alrededor de la empuñadura. Un temblor recorrió los hombros y la espalda de Jaromir.

Glornir rugió. Ya avanzaba hacia el príncipe de Iskidan, pero estaba demasiado lejos.

Vol asestó un cabezazo hacia atrás contra la nariz de Jaromir. Se oyó un crujido de cartílago y salió sangre a borbotones. Jaromir se tambaleó, pero no soltó a Vol.

Ingmar apareció corriendo de repente por el flanco de Jaromir y embistió a su caballo, que se encabritó. Jaromir se inclinó hacia atrás en la silla de montar y Vol voló por los aires y aterrizó en el patio, entre los druzhina y los Hermanos de Sangre. Un jinete de Jaromir hizo ademán de ir a agarrarla y Edel le hundió la lanza en la garganta.

La batalla estalló de nuevo. Glornir asestó un hachazo y una cabeza salió disparada por el aire dejando una estela de sangre. Røkia corrió como un rayo hacia Jaromir, seguida por Varg, que aún no se sentía seguro sobre sus piernas. Jaromir se enderezó en la silla de montar y arremetió con el sable contra Ingmar. El hombretón desvió la hoja con el brazo y una línea roja le cruzó el antebrazo, del que quedaron colgando unos trozos de carne. Ingmar alargó los brazos, aferró la cota de láminas metálicas con las garras y trituró las piezas de hierro intentando tirar al príncipe de la silla.

Se oyó un chillido y un pájaro descendió en picado desde el cielo. El halcón de Jaromir arremetió contra la cabeza de Ingmar con sus garras y le arrancó trozos de carne de la cara al mismo tiempo que le daba picotazos. Ingmar gritó, soltó a Jaromir y se puso a dar manotazos al pájaro; lo agarró por un ala y lo estampó contra el suelo. Luego se volvió de nuevo hacia Jaromir para continuar donde lo había dejado, pero el sable del príncipe cortó el aire y se hundió en su cuello. Ingmar lanzó un gruñido y Jaromir levantó el brazo trazando un arco de sangre en el aire. Ingmar se ahogaba y gorgoteaba apretándose el cuello con las manos. El sable volvió a golpearlo e Ingmar se derrumbó sobre las rodillas y se desplomó de lado. Jaromir gruñó, agarró las riendas de su caballo y lo espoleó. La montura pisoteó el cuerpo de Ingmar.

Varg gritó y oyó los alaridos de otros Hermanos de Sangre. Vio que Jaromir se fijaba en las caras de los guerreros que corrían hacia él. El príncipe tiró de las riendas y giró la montura para volver a pisotear a Ingmar. A continuación, el caballo subió chacoloteando los escalones restantes y entró por las puertas abiertas del edificio de madera. Un puñado de druzhina cerraron las puertas detrás de su príncipe.

Røkia y Svik llegaron al cuerpo de Ingmar y se dejaron caer de rodillas a su lado. Varg los alcanzó un instante después. Varg se dio cuenta inmediatamente de que Ingmar estaba muerto. Su cuerpo parecía haberse encogido, despojado ahora del oso que había luchado con tanta ferocidad; no había vida en sus pálidos ojos azules. Toda la rabia y la furia desaparecieron de Varg, sustituidas por una pena desgarradora. Le brotaron unas lágrimas en los ojos que enturbiaron su visión y un sollozo se formó en su pecho.

Oyó un aullido a su espalda y, cuando se volvió, vio a Glornir de rodillas junto a Vol. La bruja seiðr yacía en el patio, inmóvil, con las manos encadenadas. Glornir dejó que el hacha resbalara de sus manos y pasó los brazos por debajo del cuerpo de Vol, la levantó delicadamente y la apretó contra sí, la besó con dulzura, en los ojos, en las mejillas, en los labios cubiertos de costras. Desde sus ojos rodaron unas lágrimas que abrieron unos surcos pálidos a través de la sangre y la mugre incrustadas en su cara.

—Ay, mi Vol, mi Vol, mi Vol —repitió una y otra vez mientras la mecía entre sus brazos.

Vol gruñó, se movió. Glornir, muy despacio, con sumo cuidado, bajó la mano al cinturón, cogió un pequeño seax y cortó las puntadas que mantenían cosidos los labios de Vol. Tiró uno a uno de cada trozo de hilo hasta que los sacó todos.

—Le… dije… que vendrías —dijo Vol con un hilo de voz.

—Cruzaría todos los mares del mundo por ti —dijo Glornir acariciándole la mejilla con una mano dura como una losa—. Solo la muerte me detendría.

—Ayúdame a… levantarme —pidió con voz áspera Vol, con los labios agrietados e hinchados.

Glornir se levantó y puso de pie a Vol.

—*Logi, brennið þessi bönd til ösku* —pronunció con un hilo de voz Vol. El aire vibró alrededor de sus puños y brotó una llama. Casi de inmediato, las manillas y las cadenas que le ataban las muñecas brillaron y se pusieron al rojo vivo. Se oyó un crujido y las manillas cayeron, convertidas en ceniza antes de golpear el suelo.

Vol levantó lentamente las manos y las separó como si eso fuera algo maravilloso.

—¿Dónde está? —espetó.

Glornir señaló con la cabeza el edificio de madera.

Vol dio unos pasos vacilantes. Glornir se agachó para recoger el hacha larga y caminó a su lado. Los Hermanos de Sangre se apartaron para dejar pasar a Vol, que se dirigió hacia el edificio y se detuvo cuando llegó al lado de Varg, Svik y Røkia. Miró el cadáver de Ingmar. Su mirada se suavizó y brotaron lágrimas en sus ojos. Luego, su rostro se endureció y fijó su mirada en las puertas cerradas del edificio.

Sulich chasqueó la lengua y subió los escalones montado en su caballo, acompañado por el chacoloteo de los cascos en la madera. Se detuvo delante de las puertas, se inclinó sobre la silla de montar y el caballo se empinó y aporreó las puertas con los pies. Las puertas explotaron hacia dentro con una lluvia de astillas y Vol subió los escalones mascullando entre dientes. Unas llamas crepitantes envolvían sus manos y el aire caliente en torno a ellas vibraba.

Las flechas surcaron el aire silbando, pero Vol agitó una mano y las llamas desintegraron los proyectiles, cuyos restos se llevó la brisa. Vol entró con paso firme en el edificio, con Glornir a su lado. Sulich cruzó la puerta a lomos de su caballo y se agachó para no golpearse la cabeza con las vigas. Edel, Røkia, Varg, Svik y el resto de los Hermanos de Sangre los siguieron.

El interior recordaba bastante una sala de hidromiel. Había dos largas filas de mesas y bancos que formaban un pasillo hasta un estrado con otra mesa. La pared del fondo estaba cubierta por un tapiz enorme, como una vela tejida con la técnica de tablillas, lleno de imágenes de guerreros a caballo. En otro momento Varg se habría maravillado al verlo. Jaromir estaba de pie en el estrado, rodeado por un puñado de druzhina con los escudos levantados y blandiendo espadas y lanzas.

Otra andanada de flechas volaron hacia los Hermanos de Sangre y Vol las incineró con un movimiento de las manos.

Los druzhina se agruparon, guardaron los arcos en las fundas que colgaban de sus cinturones y desenvainaron los sables. Jaromir abrió una puerta que había en la pared del fondo y se escabulló por ella.

Vol avanzó en silencio dando trancos y se detuvo delante del estrado. Se tambaleó y Glornir la sujetó con delicadeza.

—*Brenndu þá, brenndu þá alla* —gruñó Vol.

Unos tentáculos de llamas se extendieron desde sus puños y descendieron serpenteando al suelo, se deslizaron por la madera y subieron al estrado. Los druzhina apostados allí se tambalearon y retrocedieron, pero las llamas los siguieron, más veloces que ellos, y el fuego les lamió los pies, trepó por sus piernas, inflamaron sus pantalones y sus túnicas y Varg percibió el olor de carne chamuscada.

Vol pasó por encima de los agonizantes druzhina. Glornir se puso delante de ella y asestó un hachazo. La puerta por la que Jaromir había huido se hizo añicos y Glornir la cruzó con Vol a su espalda. Bajaron por una amplia escalera y luego el suelo se niveló para dar paso a un túnel, todavía lo bastante alto para que Sulich pudiera recorrerlo a caballo. Vol encabezó el grupo hasta que llegaron a una gruesa puerta de roble con herrajes y puso una mano en ella.

—*Eik og járn, beygja og brjóta* —gruñó Vol, y la puerta explotó hacia dentro.

Jaromir gritó, dio unos pasos tambaleantes hacia atrás y chocó con una mesa que ocupaba casi todo el espacio de una pequeña cámara. De la pared del fondo colgaba un tapiz que mostraba guerreros a caballo luchando con criaturas que Varg no reconoció.

Vol entró con paso firme en la cámara sorteando los fragmentos de la puerta.

Jaromir intentó desenfundar el sable, pero el brazo le colgaba sin fuerzas del hombro, donde tenía clavada una astilla.

—Rurik te matará por esto —espetó el príncipe con los dientes apretados.

—Yo soy tu muerte —dijo Vol.

—¡MI HERMANO TE MATARÁ! —gritó Jaromir.

—*Mölbrotna eik, verða að spjótum, verða að hnífum, gata óvin minn, gata kvalara mina* —pronunció Vol, y los fragmentos de la puerta se alzaron del suelo y se agruparon suspendidos en el aire para formar un muro erizado de puntas. Vol agitó la mano y los fragmentos de la puerta salieron disparados hacia Jaromir, se hundieron en su cuerpo y lo lanzaron por encima de la mesa contra la pared del fondo. El príncipe de Iskidan quedó tendido en el suelo debajo del tapiz, sangrando por una multitud de heridas.

Vol permaneció inmóvil un momento, gruñendo y respirando agitadamente, luego dio unos pasos tambaleantes y chocó con la mesa. Glornir se adelantó para sujetarla con una mano y frunció el ceño al ver lo que había encima de la mesa.

—¿Qué es esto? —preguntó Svik acercándose un poco.

Varg lo siguió y se inclinó para mirar lo que había en la mesa. Era un mapa enorme dibujado en un pergamino y fijado a la mesa con alfileres en las esquinas. Por todas partes había tablillas de corteza de abedul con runas grabadas. También había runas grabadas en el mapa, pero Varg no las entendía. Nunca le habían enseñado las letras y no sabía leer.

Sin embargo, no necesitaba saber leer para comprender lo que estaba mirando. Vio una cordillera que cruzaba sinuosamente la región del norte, en uno de cuyos extremos la boca abierta del esqueleto de una serpiente entraba en el mar.

—Es un mapa de Vigrið.

—Ajá —masculló Røkia a su lado.

—¿Por qué Jaromir estaba tan interesado en Vigrið? —murmuró Varg, pero nadie le respondió. Todos miraban en silencio el mapa.

Oyeron una voz débil y apagada que pedía ayuda.

El tapiz de la pared del fondo se movió.

Sulich se adelantó, acompañado por el tamborileo de los cascos de su caballo, cortó de un sablazo el bramante que ataba el tapiz a una vara y la tela cayó. A continuación agarró el tapiz, tiró para arrancarlo de la pared y lo arrojó encima del cadáver de Jaromir.

Sulich se quedó mirando lo que escondía el tapiz: unos gruesos barrotes de hierro y, al otro lado, otra habitación. Con gente dentro.

Una figura salió de las sombras de la celda y se acercó a los barrotes. Era un hombre delgado y rubio vestido con una túnica harapienta, estaba pálido como un cadáver y llevaba puesto un collar de hierro. Se agarró a los barrotes y miró con los ojos entrecerrados a los Hermanos de Sangre.

—¿Sulich?

Se acercaron más personas a los barrotes, hombres y mujeres, algunos pálidos como la leche, otros con la piel tornasolada que adquiría distintos tonos de negro, púrpura y azul, hombres y mujeres morados. Todos miraron a Sulich.

Él los miró fijamente.

—Sulich —terció Glornir—. ¿Quiénes son estas personas?

—Son los hijos corrompidos del Gran Kan —respondió Sulich con lágrimas en los ojos—. Son mis hermanos y hermanas.

CAPÍTULO SETENTA Y UNO

ELVAR

Elvar inspiró hondo. Una parte de ella había tenido la esperanza de que las cosas no llegaran a ese punto. Otra parte había tenido la esperanza de que sí lo hicieran.

—Berak debe vivir —murmuró Ulfrir adelantándose.

—¿Y ese quién es? —preguntó el jarl Störr esbozando una tímida sonrisa—. ¿Una reliquia de tus viajes que ha oído demasiadas canciones de los escaldos y cree que puede enfrentarse a cuarenta berserkir?

—Es Ulfrir, el dios lobo. Yo lo resucité y es mi thrall —declaró Elvar cuando Ulfrir se echó hacia atrás la cabeza de lobo que era la capucha de su capa.

Gytha y sus drengir se quedaron atónitos un momento. Incluso los berserkir enlentecieron sus pasos.

—¡MATADLA! —gritó Thorun desde el estrado.

Un estentóreo bostezo retumbó en la cámara. El gigante Hrung levantó la cabeza abriendo la boca y movió los gruesos labios como si masticara.

—¿Qué tiene que hacer un cabeza cortada para poder dormir tranquilo? —dijo con una voz atronadora que reverberó en el salón. Luego parpadeó, sorbió por la nariz y volvió a bostezar de una manera que dio la impresión de que absorbía todo el aire de la habitación. Frunció el ceño.

—¿Ulfrir? Debo estar dormido aún —murmuró Hrung. Sacudió la cabeza y volvió a sorber por la nariz—. Ah, Ulfrir, amigo mío, ojalá esto no fuera un sueño. —Un lagrimón brotó en uno de sus ojos y corrió por su mejilla.

—No es un sueño, viejo Hrung —dijo Ulfrir, y la cabeza gigante se lo quedó mirando con una expresión de incredulidad en los ojos—. Si bien la realidad es extraña y mucho más cruel, me temo. —Se tocó el collar de thrall que le ceñía el cuello.

Elvar se dio cuenta de que su padre miraba a Hrung y luego a Ulfrir con la duda en los ojos.

—Ya basta —espetó—. Matadlo y apresad a mi hija.

Los berserkir todavía dudaban.

—*Drepið hann og taktu dóttur mina* —gruñó el jarl Störr.

Unas estrías rojas crepitaron en los collares de los berserkir, que gruñeron y rugieron y enfilaron juntos por el salón en dirección a Ulfrir.

—Detenlos, pero no los mates. Mi padre los controla —dijo Elvar a Ulfrir.

El aire vibró alrededor del dios lobo, que comenzó a transformarse y a expandirse. Los huesos crujieron mientras adquirían nuevas formas y su cara cambió, su hocico se extendió, aparecieron unos dientes que sobresalían de su boca y el pelaje cubrió su cuerpo. La gente gritó mientras Ulfrir se metamorfoseaba en el lobo y su tamaño aumentaba hasta llenar el salón. Las vigas del techo crujieron empujadas por sus cuartos traseros y su lomo. Se oyeron unos chasquidos de madera partiéndose y se derrumbaron partes del techo. La nieve y la luz pálida del día entraron por los huecos en haces brillantes. Los drengir retrocedieron con pasos tambaleantes y solo un puñado se quedaron donde estaban, entre ellos Gytha.

Los berserkir continuaron avanzando con reticencia, convertidos ahora en una gran ola, con la sed de sangre en los ojos, los dientes y las garras largos y afilados, y empuñando las hachas.

Cayeron más trozos de madera al suelo y algunas partes de la sala se desmoronaron. La nieve que entraba se arremolinaba en la cámara.

Ulfrir levantó la cabeza al cielo y aulló. La gente se encogió y se tapó los oídos con las manos.

Desde el estrado llegó un destello rojo y Uspa se puso delante de Elvar y levantó unas manos relumbrantes.

—*Eldhlíf, verndaðu okkur* —pronunció Uspa.

El aire vibró y aparecieron unas runas rojas delante de Elvar que se expandieron como una telaraña. Se produjo una colisión y una explosión de chispas. Elvar vio a Silrið en el estrado con los puños envueltos en llamas intentando fundir la carne de sus huesos.

Los berserkir y los drengir se abalanzaron sobre Ulfrir y arremetieron contra sus patas delanteras con las hachas. Ulfrir gruñó, sacudió el cuerpo y algunos guerreros salieron volando. Luego agachó la cabeza, lanzó una dentellada y apresó un cuerpo con los colmillos. De una brutal sacudida de la cabeza partió al drengr, y las piernas y la sangre se precipitaron de sus fauces mientras se tragaba la parte superior del cuerpo.

—¡Cuidado! —gritó Grend levantando el escudo para desviar la lanzada de un drengr. Se adelantó y asestó un hachazo en el pecho del guerrero. Su nueva hacha atravesó la cota de malla, se hundió en la carne y partió sus huesos. Extrajo la hoja y derribó al drengr con el escudo.

Elvar desenfundó la espada y se pasó adelante el escudo que colgaba a su espalda. Vio que los guerreros de su padre se escabullían entre las piernas de Ulfrir y se movían alrededor del parapeto de magia seiðr de Uspa. Una mujer atacó a Elvar esgrimiendo un hacha y con el escudo levantado. Elvar evadió el hachazo y, con un golpe demoledor con el escudo en el costado, se quitó de encima a su oponente, que dio unos pasos tambaleantes hacia atrás. La mujer recuperó el equilibrio y se dio la vuelta, pero Sighvat le partió el casco de un hachazo y la mujer cayó al suelo desplomada. Sighvat se plantó junto al cadáver y lanzó un rugido desafiante al grupo de drengir que avanzaba hacia ellos.

—¡Seguidme! —bramó Elvar avanzando por el salón. Uspa se apresuró a colocarse a su lado mientras musitaba sus palabras de runas seiðr que mantenían el escudo de llamas crepitantes extendido delante de ellos. Grend y Sighvat se colocaron en sus flancos y liquidaban con sus hachas y gruñían a cualquiera que se atreviera a acercarse a Elvar.

Ulfrir aulló y se revolvió en el interior del salón, lo que causó más estragos en el edificio. Toda una pared lateral se derrumbó hacia fuera y dejó a la vista la calle cubierta de nieve y la gente que miraba boquiabierta la escena. La nieve entró en el salón y se formaron unos remolinos que hicieron crepitar las llamas de los fuegos. Volaron drengir arrojados por los aires por las lacerantes garras del dios lobo, destripados y lanzados desde sus fauces en una lluvia de sangre y trozos de cuerpos. Los berserkir asestaban hachazos a las patas de Ulfrir y trepaban por su cuerpo. Elvar vio que uno de ellos se subía a una de las mesas de la sala de hidromiel y saltaba con el hacha larga levantada por encima de la cabeza. Pero una flecha se hundió en su hombro y el berserkir se precipitó con las extremidades caídas.

Una figura cayó del cielo. Era Orv el Serpiente. Aterrizó y flexionó las piernas.

—Jefa —dijo a Elvar esbozando una sonrisa radiante al mismo tiempo que cogía una flecha del carcaj, la ponía en el arco y la disparaba. Un drengr se derrumbó con un chillido y chorreando sangre. Más Terrores de la Batalla surgieron de la nieve, Sólín empuñando el escudo y el seax largo, Urt el Sucio atravesando con la lanza el estómago de un drengr. Con las alas rojizas desplegadas, Skuld se deslizó en un vuelo bajo a través del destrozado salón y se posó en el estrado. El jarl Störr se alejó de ella con pasos tambaleantes. Thorun atacó con la espada a la diosa pelirroja, pero esta levantó su hoja, los aceros chocaron, y Thorun salió despedido dando vueltas por el estrado y se precipitó por los escalones. Skuld se adelantó con unas largas zancadas y llamas doradas en los ojos y agarró por la túnica al jarl Störr, luego batió las alas y se elevó con él. El jarl Störr gritó y cogió el seax de su cinturón, pero Skuld se lo arrancó de las manos y lo lanzó girando por el aire. Una furiosa llamarada roja salió disparada del puño de Silrið, pasó rozando a Skuld y le chamuscó algunas plumas, pero la hija de Ulfrir volvió a cruzar la sala volando en dirección a su padre y quedó suspendida en el aire batiendo las alas delante de las fauces de Ulfrir.

El dios lobo hizo una pausa en la destrucción que estaba perpetrando y miró al jarl Störr con una mueca feroz.

Skuld bajó la mirada hacia Elvar, esperando sus instrucciones.

Un recuerdo asaltó a Elvar, de su madre gritando mientras el puño de su padre subía y bajaba en el aire, y asintió con la cabeza.

—No —leyó en los labios de su padre.

Skuld lanzó por el aire el cuerpo del jarl Störr, que dio unas cuantas vueltas antes de que Ulfrir estirara el cuello y lo atrapara con los dientes. Se oyó un alarido amortiguado, seguido por el crujido y el chasquido de huesos partidos, y corrió sangre por los pelos apelmazados que rodeaban los labios de Ulfrir.

Se instaló una quietud momentánea en la sala de hidromiel, como una respiración contenida, cuando los arrebatados berserkir vacilaron. Muchos de ellos dieron unos pasos tambaleantes y miraron a su alrededor desconcertados. Algunos se llevaron las manos al collar.

Elvar había pensado a menudo en la muerte de su padre y en ella como su verdugo. Había imaginado la escena muchas veces. Había imaginado las cosas que le diría y las réplicas virulentas de él, y luego sus súplicas. Había imaginado la sensación de justicia que la embargaría en ese momento. Pero nunca había imaginado que sería así. No sentía… nada.

—¡P… P… PADRE! —gritó Thorun con una expresión de horror en los ojos. Desvió la mirada hacia Elvar, que se encontraba cerca del estrado.—¡Tú! —gruñó—. ¡Has sido tú! —Paseó la mirada por los drengir diseminados por la sala de hidromiel—. ¡MATADLA! —bramó.

Unas estriadas llamas rojas crepitaron en los collares de los berserkir y se produjo un estallido de rugidos de dolor y alaridos. Y entonces sus ojos se fijaron en Elvar. Thorun parecía confundido, sorprendido, y después satisfecho.

«Thorun ha heredado el control de mi padre. Pero Uspa ya me lo advirtió. Es su primogénito».

Elvar salió como un rayo hacia el estrado y Thorun se dio cuenta de que no había ningún guardia entre él y su hermana. La única persona que estaba con él era Hjalmar, apoyado en una columna de madera con una serpiente tallada. Elvar reparó en que tenía a sus pies uno de sus baúles con tesoros.

—¡Detenla! —gritó Thorun al jefe de los Corazones Feroces.

—No pienso intervenir en un asunto que es a todas luces una disputa familiar —dijo Hjalmar con una sonrisa irónica en los labios.

—¡Silrið, derrite su carne! —gruñó Thorun.

Elvar subió de un salto al estrado. Oyó pasos a su espalda y el estrépito de aceros, gruñidos y alaridos, y supo que Grend y Sighvat estaban luchando con los berserkir y que la cosa no acabaría bien para sus compañeros de remos.

—¡Ayúdalos, Uspa! —bramó mientras corría hacia su hermano. Lo atacó con la espada, que había mantenido escondida hasta el último momento detrás del escudo. Pero Thorun ya estaba retrocediendo, así que la hoja solo le hizo un corte en la mejilla que inmediatamente empezó a sangrar.

Thorun chilló, se palpó la cara y miró a Elvar, que tenía el escudo levantado y el feroz rostro cubierto por la cota de malla. Thorun levantó la espada y Elvar vio en sus ojos que de repente se daba cuenta de lo poco rival que era para su hermana.

—Silrið, mátala —ordenó a la galdramaðr, que estaba detrás de él. Se lamió los labios. Su voz destilaba pánico—. Hazlo y serás la persona más importante de mi reino. Estarás por encima de todos.

Silrið se adelantó con las manos levantadas y moviendo los labios. Brotaron unas llamas crepitantes en torno a sus puños y sus antebrazos y el fuego se expandió y rodeó las muñecas de Thorun. Este chilló y soltó la espada, intentó arrancarse las llamas de las manos, pero se aferraban a él como una furiosa correa.

—Mi regalo para ti, mi jarl —dijo Silrið mirando a Elvar, inclinando la cabeza sin despegar los ojos de ella.

Elvar le sostuvo la mirada mientras consideraba sus opciones. Luego se adelantó y apuñaló a Thorun en el cuello. Notó como la hoja chocaba con el hueso y extrajo el acero con un torrente de sangre.

Thorun abrió la boca, pero no salieron palabras de ella, solo un chorro de sangre oscura. Su garganta hizo unos ruidos de gorgoteo y de asfixia y Thorun se tambaleó, cayó de rodillas y se desplomó de bruces contra el suelo.

Elvar lo miró y recordó como le había impedido ayudar a su madre mientras el jarl Störr la pegaba, recordó la risa de su hermano en su oído. Escupió al cadáver y luego se dio la vuelta para pasear la mirada por la sala de hidromiel. Vio a los berserkir luchando con los miembros de los Terrores de la Batalla. El menudo Orv, con sus pies ligeros, dio esquinazo a un berserkir que pretendía agarrarlo, se dio la vuelta y se tiró de rodillas al suelo para pasar deslizándose entre las piernas del enorme guerrero. Luego se levantó y corrió. Urt el Sucio yacía en el suelo, inmovilizado por el pie de un berserkir que le pisaba la cabeza mientras levantaba el hacha. Uspa estaba intentando detener al berserkir con el escudo de runas. Había varios grupos de drengir lo suficientemente valientes o estúpidos como para seguir atacando a Ulfrir.

—¡Basta! —gritó Elvar, y vio con alivio y alegría que las llamas rojas crepitaban en los collares de los berserkir.

Un instante después, los berserkir abandonaron el combate, se separaron de sus oponentes y se volvieron para mirar a Elvar.

—Hermana —dijo una voz, y Elvar vio que Broðir caminaba con pasos vacilantes hacia ella. Sus ojos saltaron de la cara de Elvar a la espada ensangrentada.

—Broðir —dijo Elvar, con el cuerpo tenso y preparado para responder a su ataque.

Broðir se arrodilló ante ella, le cogió la mano impregnada de sangre, todavía con la espada empuñada, y pegó los labios a ella para besarla.

—Mi jarl —dijo Broðir.

Elvar lo miró y consideró la posibilidad de degollarlo. «Es el último de mi linaje, y el más joven, así que se convertiría en el amo de los berserkir si yo muriera».

Sin embargo ya había tenido suficientes muertes por un día y guardaba buenos recuerdos compartidos con su hermano pequeño. Dejó caer el escudo, que repicó en el suelo, y envolvió la cara de Broðir con las manos.

—Hermano —musitó.

—¡JARL ELVAR! —bramó Sighvat con la barba escindida por una sonrisa.

Los gritos resonaron en la sala de hidromiel y los Terrores de la Batalla apuñalaron el aire con sus aceros. Gytha y sus drengir contemplaban la escena estupefactos. Los berserkir regresaron en silencio al estrado y se colocaron alrededor de Elvar, que vio que Uspa corría por el salón y se arrojaba a los brazos de Berak. Se agarraron el uno al otro como si quisieran ahogarse.

Fuera de la destrozada sala de hidromiel, Elvar vio aparecer unas figuras entre las ráfagas de nieve. Guerreros, cientos de ellos, con las armas desenfundadas y los escudos con toda clase de sigilos estampados en ellos levantados, formando algo parecido a un muro de escudos, atestaban las calles.

Eran las huestes de drengir y mercenarios que había visto acampada al otro lado de las murallas de la fortaleza.

Ulfrir salió de los escombros de la sala de hidromiel, paseó la mirada por los guerreros y gruñó mostrando los dientes ensangrentados.

Muchos huyeron. Pero muchos más se arrodillaron en la nieve ante el gran lobo.

—Jarl Elvar —dijo una voz detrás de Elvar, grave y reverberante.

—Hrung. —Elvar inclinó la cabeza.

—En fin, siempre sostuve que tú sí sabías cómo entrar en los sitios —dijo el gigante.

CAPÍTULO SETENTA Y DOS

ORKA

Orka frenó a su caballo y miró. Sæunn se colocó delante de ella y los demás se desplegaron a su alrededor.

Se hallaban en un camino de montaña desde donde contemplaban una fortaleza que se alzaba a lo largo de la orilla de un fiordo con las heladas aguas azules. Un revoltijo de barcos cabeceaban en los muelles, la mayoría barcas de pescadores y knarr mercantes, pero también había algunos snekke y drakkar entre ellos. Una sala de hidromiel se alzaba desde una loma, con una torre contigua negra, ancha y no muy alta, construida al abrigo de un imponente acantilado. Por las laderas de la loma se desparramaban otros edificios como si fueran la estela espumosa de un barco de proa estrecha. Una muralla alta que cruzaba el valle del río que desembocaba en el fiordo era la única protección de la ciudad, y Orka vio los destellos de las cotas de malla de los guerreros que la patrullaban.

—Svelgarth —murmuró Orka a través de una nube de vaho.

Unas escarpadas laderas salpicadas de pinos cercaban el fiordo, con cataratas heladas que estriaban como regueros de lágrimas plateadas las oscuras paredes de granito de los acantilados. En las murallas de Svelgarth estaban tocando los cuernos y la ciudad era un hervidero de actividad, como un hormiguero pisoteado. Y Orka veía la razón.

Una hueste avanzaba hacia la muralla de Svelgarth. Los guerreros ocupaban todo el valle en la ribera sur del río como una mancha de tinta expandiéndose por un pergamino. Pero no era una hueste normal. Los guerreros a caballo encabezaban el ejército, pero los seguía una masa heterogénea de criaturas. Orka vio un enjambre oscuro de tennúr en el aire, troles dando trancos por la orilla del río con porras apoyadas en los hombros, arañas del hielo moviéndose con sus muchas patas por las copas de los pinos que rodeaban el valle, una multitud de skraeling cantando con voz estridente mientras marchaban. Los oscuros fragmentos de una neblina surgieron de los árboles con el viento que aullaba en el fiordo en contra.

«Brujas nocturnas».

Detrás de todos ellos avanzaba una columna de carros con barriles y gente, flanqueados por más guerreros con cuervos garabateados en los escudos.

Orka se concentró en los carros y dio un poco de libertad al lobo que llevaba en la sangre para ver con su aguda vista.

«No son adultos, son niños».

El corazón comenzó a aporrearle el pecho como un tambor de guerra.

—Nariz Chata —dijo, y Halja se acercó a lomos de su caballo—. Dime qué ven tus ojos de águila allí abajo, en los carros.

Halja fijó la mirada en los vehículos y su cabeza se movió a un lado y a otro como un ave rapaz.

—Niños —murmuró—. Muchos. La mayoría van hacinados en los carros. Pero algunos caminan a su lado.

«Está allí. Breca. Mi hijo. Tiene que estar allí». La revelación la golpeó como un martillo y se tambaleó en la silla de montar. Se asió a las riendas. Tantos meses de búsqueda, la desesperación por encontrar la más vaga pista de él. Y ahora, allí estaba, al alcance de su vista, lo suficientemente cerca para que oyera su voz si gritaba su nombre.

Una mano le tocó el hombro y Orka pestañeó y se volvió. Lif la miraba con una expresión de preocupación en los ojos.

—Te vas a caer —dijo el joven pescador.

—Hum —gruñó Orka, y se puso derecha en la silla. Exhaló un largo suspiro y desvió la mirada de los carros y los niños para observar la hueste, que se había detenido a unos centenares de pasos de la muralla de Svelgarth. Solo un puñado de jinetes que iban en la cabeza continuaron cabalgando y se detuvieron a los pies del parapeto. Dio la impresión de que intercambiaban unas palabras. El resto de los guerreros se dispersaron y parecieron ponerse manos a la obra para montar un campamento. Orka estudió detenidamente el terreno y luego se dio la vuelta en la silla de montar para mirar a sus compañeros.

—Vamos a acercarnos. Buscaremos un sitio donde prepararnos antes de… —No acabó la frase. Simplemente sacudió las riendas de *Trúr* y lo espoleó para emprender el descenso por el camino.

Orka puso las armas en fila delante de ella: el hacha larga, un destral, un pequeño seax que había conseguido en Starl y que llevaba sujeto con correas en el brazo debajo de las dos túnicas y la manga de la brynja, la espada enfundada de Myrk con el cinturón enrollado, y los dos seax con el dragón tallado en la empuñadura que había extraído del cadáver de Thorkel.

«Drekr también debe estar allí abajo».

Ese pensamiento le provocó un temblor en las venas.

«El hombre que asesinó a Thorkel y me robó a mi hijo».

Le tembló un músculo en la mandíbula. Apoyó el hacha larga en el regazo y deslizó la piedra de afilar por la hoja. Frotar. Frotar. Frotar.

Habían montado un pequeño campamento entre los pinos de un vallecito apartado, a una distancia prudencial de la hueste. Lif se había ocupado de atender a los caballos primero. Orka había confiado la primera guardia a Sæunn. Gunnar había hecho un agujero en la costra de hielo que cubría un arroyo para regocijo de Spert, que no había parado de refunfuñar y de quejarse todo el día de que necesitaba agua para dormir. El vaesen se había zambullido en el arroyo sin apenas salpicar por el agujero en el hielo agrietado y Gunnar había rellenado las cantimploras. El agua estaba tan fría que la garganta dolía al beberla y daba la impresión de que se iba a congelar al llegar al estómago. Ahora todos estaban sentados en silencio, poniendo a punto las armas y el equipo mientras masticaban tiras de carne congeladas y pan plano duro.

—¿Y bien? ¿Cuándo actuaremos? —preguntó Revna Patas de Liebre. Estaba recostada contra un árbol y frotaba las hojas de las armas con una piel de oveja para engrasarlas. Tenía una pierna apoyada despreocupadamente en los muslos de Gunnar, que cortaba con un seax un trozo de cuero desgastado y deshilachado de la empuñadura de su espada sentado a su lado.

Orka respiró hondo y paseó la mirada por sus compañeros.

—No estáis obligados a hacerlo —dijo. La responsabilidad de que la siguieran a aquel nido de colmillos, garras y acero era una carga muy pesada sobre sus hombros.

—Nosotros vamos donde tú vayas, jefa —afirmó Gunnar Proa.

—Y cuanto antes mejor —añadió Revna—. Necesito hacer algo para entrar en calor. Odio tener frío.

—Lo único que digo es que no estáis obligados a hacerlo —murmuró Orka. Abrió la boca para añadir algo, pero no dio con las palabras.

—Eso ya lo sabemos —dijo Halja Nariz Chata mientras afilaba con la piedra su espada—. Queremos hacerlo. No es necesario decir nada más.

Se instaló el silencio en el pequeño campamento. Orka miró de uno en uno a sus compañeros y finalmente asintió con la cabeza.

—De acuerdo —repuso.

—¿Y bien? ¿Cuál es el plan? —quiso saber Lif—. Y, por favor, no me digas que es «matarlos a todos salvo a uno».

Todos los Hermanos de sangre se echaron a reír. Incluso los labios de Halja se separaron para esbozar una sonrisa.

—Eso sería demasiado incluso para Machacacráneos —dijo Revna mirando a Lif y guiñándole un ojo—. Hasta ella tendría dificultades para liquidarlos a todos en una sola noche.

—No —dijo Orka negando con la cabeza—, ese no es el plan. Solo por esta vez, tengo un plan diferente. Voy a bajar a su campamento, encontrar a mi hijo y sacarlo de allí. Y solo mataré a quien intente impedírmelo.

CAPÍTULO SETENTA Y TRES

BIÓRR

Biórr gruñó cuando Myrk se levantó de encima de él y se subió los pantalones. Estaba tendido sobre la nieve, respirando agitadamente. Su sudor ya estaba enfriándose y el frío introducía sus dedos de hielo en su cuerpo. Una racha de viento helado pasó silbando entre las ramas encima de él y las miró con suspicacia. Tenía la sensación inconfundible de que los habían estado observando.

«¿Arañas del hielo, brujas nocturnas, tennúr, spertus? El mundo se ha vuelto loco».

—Será mejor que te subas los pantalones —dijo Myrk—, o se te congelará la serpiente y se partirá. —Le dio un pellizco juguetón y luego frunció el ceño—. Ahora sonríes menos que antes —añadió—, cuando deberías sonreír más, sobre todo después del polvo que te he echado. —Myrk sonrió con una expresión de desquiciada, acentuada por el agujero del ojo que había perdido.

«Lo haría, si Elvar dejara de aparecer en mi cabeza cada vez que follamos. ¿Por qué no puedo dejar de pensar en esa mujer? Es una comerciante de thrall, una esclavista, una enfermedad en el mundo».

—Tú sonríes demasiado —dijo Biórr. Siguió el consejo de Myrk acerca del frío y se levantó. Saltó sobre un pie mientras se subía los pantalones de lana. La cota de malla volvió a deslizarse sobre sus caderas y se colocó el cinturón y las armas.

—Es mejor reír que llorar —murmuró Myrk. Su sonrisa desapareció un momento.

«Quizá tienes razón». Una imagen de la cara de Kráka mientras la apuñalaba apareció dentro de su cabeza, delante de otras personas a las que había traicionado: Agnar de los Terrores de la Batalla, tendiéndole la mano con los ojos rebosantes de confianza en él, y Elvar, la expresión de confusión en su rostro, que cambiaba al comprender que Biórr era un traidor. «¿Por qué?», le había preguntado Elvar.

«Otra vez Elvar».

Hizo acopio de toda su fuerza de voluntad para desterrar esas caras de su cabeza y sonrió mecánicamente a Myrk. Era lo mejor que podía hacer.

—¿Por qué no hemos atacado Svelgarth aún? —le preguntó con el deseo de cambiar de tema.

—Algunos de nuestros nuevos compañeros de armas prefieren luchar en la oscuridad —respondió Myrk encogiéndose de hombros—. Yo lo haría cuanto antes, pero Lik-Rifa dice que debemos ser más comprensivos…

Biórr asintió. A él le daba igual, pues la bestia que habitaba en su sangre se sentía cómoda por la noche. Alzó la vista al cielo, apenas unas franjas grises entre las ramas.

—Ya casi ha anochecido.

—Ya —repuso Myrk siguiendo su mirada—. Eso significa que debería volver a la muralla. Seguro que los galdramaðr de Svelgarth ya están allí, así que las runas nos esperan. —Agarró por la brynja a Biórr y se lo acercó para darle un beso apasionado. Algo dentro de ella cambió al besarlo; la tensión y la rigidez que la dominaban se suavizaron y se fundieron con él. El mundo pareció detenerse. Cuando por fin se separaron, Myrk miró a Biórr con su único ojo y le acarició la mejilla con una ternura que contrastaba con su rudeza anterior—. No dejes que te maten. Durante mi largo viaje, pensar en ti es lo único que me ha ayudado a levantarme cada día, a dar otro paso, y luego otro.

Biórr la miró en silencio. Nunca la había oído hablar así.

«La vida nos está cambiando a todos con su fuego de forja».

—Haré lo que pueda —repuso Biórr.

—Nos vemos luego —se despidió Myrk. Esbozó una última sonrisa caminando unos pasos hacia atrás antes de dar media vuelta y marcharse.

Biórr se quedó mirándola mientras desaparecía entre los árboles y luego puso rumbo a su zona del campamento, con los carros. Dio un rodeo para evitar una neblina densa en cuyo interior sabía que estaban las brujas nocturnas. A pesar de que todos luchaban en el mismo bando, Biórr no se fiaba de esos vaesen ni de sus apetitos. El crepúsculo había alcanzado su apogeo y el manto de la noche se posaba sobre ellos. Vio unos skraeling reunidos alrededor de una olla y jugando a la taba, riendo y cantando mientras bebían cerveza de los barriles, y luego llegó a los carros.

Storolf y Fain estaban de pie delante de un fuego, calentándose las manos. El tennúr Tannbursta revoloteaba cerca de ellos. Daba la impresión de que estaban charlando. Ilmur estaba con ellos. Durante el viaje al sur, Ilmur había pasado más tiempo en su compañía. Una veintena de guerreros, una mezcla de Alimentadores de Cuervos y adoradores de la dragona, estaban diseminados entre los carros y alrededor de ellos en la parte del campamento más alejada de Svelgarth. La mayoría se congregaban en torno a un puñado de fuegos. También había unos pocos skraeling, discutiendo sobre una olla con gachas. En torno al fuego de Storolf se habían acurrucado algunos niños, Breca y Harek entre ellos. Biórr buscó con la mirada a Bjarn, pero no lo vio.

—¿Un buen polvo? —le preguntó Fain cuando Biórr se unió a ellos alrededor de su fuego.

—Ajá. Es lo mejor para el frío —dijo Biórr.

—Ya —repuso Fain sonriendo y pateando el suelo. Miró a Storolf, que había torcido los labios en un vano intento de esbozar una sonrisa, aunque no le llegó a los ojos. Todavía estaba abatido por la noticia de la muerte de su hermano.

—¿Un diente? —ofreció Tannbursta a Storolf acercándose a él revoloteando y con un diente en la palma de la mano abierta.

—No —gruñó Storolf. Tannbursta se encogió de hombros, se metió el diente en la boca y lo masticó.

—Está bueno —dijo el tennúr encogiéndose de hombros otra vez.

—Ajá. Para ti, quizá —repuso Storolf. Miró a Biórr—. Hace demasiado frío para estar parados aquí —murmuró—. Deberíamos estar allí, matando enemigos, y esta noche dormiríamos calentitos en la sala de hidromiel de Orlyg. —Señaló con la barba pelirroja del mentón las murallas de Svelgarth, negras sobre el fondo ceniciento del crepúsculo. Las antorchas se encendieron con un parpadeo.

—Pronto —dijo Biórr—. Myrk y los descendientes de la dragona están esperando a que oscurezca.

—Ya ha oscurecido —terció Fain alzando la vista al cielo, donde ya titilaban las primeras estrellas.

Como si respondieran a las palabras de Fain, los cuernos reverberaron en las laderas y los acantilados del valle y del fiordo, y el campamento se convirtió en un hervidero de actividad, las sombras crecieron y fluyeron.

Biórr permitió a la rata que corría por su sangre filtrarse en él y sus sentidos de agudizaron. La oscuridad cobró vida. Los guerreros se pusieron en marcha. También los vaesen. Los troles rugían y avanzaban con sus clanes. Los skraeling berreaban canciones de guerra y aporreaban los escudos con sus armas. Las arañas del hielo correteaban por las copas de los árboles. Las densas nubes de niebla que eran las brujas nocturnas se deslizaban hacia las murallas. Oyó un ruido de chapoteo y de agua removida y vio los cuerpos segmentados de los spertus nadando por el río en dirección al fiordo.

No obstante, algunos vaesen se quedaron. Unas telarañas que resplandecían como el hielo cercaban el campamento, racimos de ojos observaban furtivamente, y aquí y allá se venían sombras más densas que revelaban la presencia acechante de las brujas nocturnas.

Una chisporroteante luz roja surcó la oscuridad en dirección a la muralla de Svelgarth. A ella se sumó otra, y luego otra. Los guerreros profirieron gritos de batalla y Biórr oyó el silbido de las flechas.

—Deberíamos estar allí con nuestros hermanos y hermanas —refunfuñó Storolf. Miró a su alrededor, los carros atestados de suministros, los niños, la mayoría reunidos en grupos grandes, otros en grupos más pequeños y alguno solo. Todos miraban los proyectiles incandescentes que escindían el cielo sobre Svelgarth.

—Ya —concordó Biórr.

—¡Ja! ¡La sabiduría de la juventud! —exclamó Fain bebiendo un sorbo dc hidromiel de un cuerno—. Estos huesos viejos ya no tienen la velocidad necesaria para huir de la muerte.

—Deberíamos ir y sumarnos a la batalla sin más —sugirió Storolf sin prestar atención a su padre.

—Brák está allí —murmuró Ilmur.

—¿Y? —preguntó Storolf.

—Es… cruel —dijo Ilmur.

—¿Te ha hecho daño? —espeto Biórr.

Ilmur miró el fuego.

—No —respondió—. Pero el aire huele mal a su alrededor. A maldad. Prefiero estar cerca de vosotros.

—El mal aliento no es un motivo para odiar a un hombre —dijo sonriendo Storolf. Dio una palmada en el hombro a Ilmur—. Y con el mal aliento de Brák o sin él, sigo prefiriendo hacer algo.

—Ya estamos haciendo algo —le recordó Fain—. Estamos vigilando, como nos ordenó Rotta.

—Pero ¿vigilando por si nos ataca qué? —espetó Storolf—. ¡Como si una banda de guerreros fuera a acercarse sigilosamente desde el helado norte!

—Son las órdenes de Rotta —dijo Biórr—. Quién sabe lo que piensa un dios. Yo, por lo menos, no voy a desobedecerlo.

—Brindaré por eso —dijo Fain sonriendo y levantando su cuerno con hidromiel. Biórr llenó el suyo y también lo levantó.

—Aj —gruñó Storolf, pero también levantó su cuerno con cerveza y bebió con ellos—. Parece que nosotros vamos a tener una noche tranquila —dijo con espuma en la barba.

CAPÍTULO SETENTA Y CUATRO

ORKA

Orka se acercó al borde del vallecito y escrutó la noche. Una manada de troles llegaron rugiendo a las murallas de Svelgarth y golpearon las puertas con sus porras. A pesar de la distancia, Orka podía oír los crujidos de la madera que se agrietaba y se astillaba. Desde las murallas les disparaban flechas, pero los troles seguían rugiendo y atizando con sus enormes porras. Unos destellos rojos estriaron la oscuridad y estallaron en chispas al impactar contra la torre de las puertas.

—¿Qué está pasando? —preguntó Lif cuando él y Halja llegaron a su lado.

—Los descendientes de la dragona —dijo Orka.

Mientras observaban la escena, Orka vio unos tentáculos de fuego que salían disparados desde el espacio que había delante de la gran puerta de Svelgarth y se enrollaban como látigos alrededor de la torre. Saltaron chispas y el viento llevó hasta sus oídos los alaridos de los guerreros. Orka miró con su vista de lobo y vio una fila de figuras en oscura cota de malla plantadas delante de la torre de la entrada, de cuyas manos salían unas cuerdas de fuego rojo.

—Descendientes de la dragona —gruñó Orka. «¿Estará Drekr entre ellos? ¿Y dónde está Lik-Rifa?». Notó que el pelo del lomo de su lobo se erizaba.

También vio que una docena de troles toro, con sus enormes e imponentes cuerpos desnudos, se acercaban a los descendientes de la dragona, que de alguna manera les pasaron las cuerdas de fuego y les rodearon la cintura con ellas como si fueran cinturones de llamas. Los troles rugieron, dieron media vuelta y se alejaron de la muralla.

Las cuerdas de llamas se tensaron chisporroteando y el fuego se extendió por la torre de madera, envolviéndola en llamas y carbonizándola. Los guerreros apostados en ella chillaban y vaciaban cubos de agua en la estructura que ardía.

Con un estrépito ensordecedor, la puerta de la torre fue arrancada de la muralla y cayó lentamente hasta estrellarse contra el suelo y explotar en cientos de fragmentos que salieron disparados por el aire.

Por un momento reinó el silencio, mientras el polvo se asentaba y todos miraban el agujero en la muralla.

Y entonces la hueste de Lik-Rifa, una marea de cotas de malla y aceros, de sombras densas y patas que correteaban, de músculos como troncos, estalló en rugidos y alaridos y se lanzó en tropel hacia la brecha en el parapeto.

—En marcha —dijo Orka. Dio media vuelta y regresó dando zancadas al centro del vallecito. Vio salir a Spert de entre los árboles, murmurando y rezongando.

—No se puede dormir con esos asquerosos maður cerca —protestó con la voz ronca.

—¿Qué te pasa? —le preguntó Lif.

—Esos dos —dijo Spert señalando con una antena hacia los árboles, de donde Revna y Gunnar aparecían en ese momento—. ¡Follando al lado del arroyo de Spert! Spert ha tenido pesadillas por su culpa y le han despertado.

—Un buen polvo no tiene nada de malo —dijo Gunnar cuando entró en el vallecito.

—Estoy de acuerdo —afirmó Revna sonriendo—. Sobre todo antes de una escaramuza. Te recuerda cuáles son las cosas por las que vale la pena luchar. —Miró a Lif y a Halja—. Deberíais probarlo.

Lif se puso rojo como la sangre y Gunnar rio a mandíbula batiente.

Orka se acercó a Sæunn, que estaba apretando las cinchas de los caballos y comprobando que todo el equipo que no necesitaban y las provisiones estaban bien guardadas y sujetas en los animales de carga. Orka abrió la bolsita que llevaba en el cinturón y sacó una llave, tendió las manos hacia el cuello de Sæunn e introdujo la llave en la cerradura del collar, la giró y se abrió con un clic. A continuación se lo quitó, lo arrojó a la oscuridad y se oyó el golpe del collar al caer lejos de allí.

—Eres libre —dijo Orka a Sæunn.

Sæunn se la quedó mirando. Luego, muy despacio, con vacilación, se llevó la mano al cuello y se acarició con las yemas de los dedos las cicatrices de las rozaduras del collar durante años.

—¿Q… qué? —musitó.

—Eres libre. Y muchas gracias por tu ayuda —dijo Orka.

—¿No… no quieres que te ayude a rescatar a tu hijo?

Orka se dio la vuelta y miró a través de los árboles en dirección al fragor de los aceros y los gritos de agonía.

—No, ese no es lugar para ti.

Sæunn agachó la cabeza. Cuando volvió a levantarla, Orka vio el brillo de las lágrimas en sus mejillas.

—No sé qué hacer ahora —susurró.

—Puedes hacer lo que desees —dijo Orka.

—Podría esperar aquí, vigilando los caballos —sugirió Sæunn.

—Aquí no —dijo Orka—. Este sitio está demasiado cerca. Es probable que, cuando salgamos de aquí, encontremos compañía. —Se volvió a Spert—. ¿Exploraste el arroyo como te pedí?

—Por supuesto, ama —respondió con su voz áspera Spert—. Desemboca en un río que a su vez muere en un lago al sur, a la sombra de las montañas.

—¿Muy lejos? —preguntó Orka.

—Lo suficiente.

—Hum —gruñó Orka—. Nos reuniremos donde el río desemboca en el lago. Todos los planes salen mal, así que nos encontraremos allí cuando este se tuerza. —Vio gestos de asentimiento entre sus compañeros—. Sæunn, puedes llevarte allí nuestros caballos. Espéranos si quieres, y te acogeremos con los brazos abiertos si decides viajar con nosotros. Iremos al sur, sin descanso, a Darl. Pero eres libre para irte si lo prefieres. Coge un caballo, comida, todo lo que necesites. —Orka se encogió de hombros.

—Llevaré vuestros caballos hasta ese lago —dijo Sæunn.

—Gracias. —Orka miró a sus compañeros mientras Sæunn regresaba con los caballos.

—Así que este plan va a salir mal —dijo Revna—. ¿En qué consiste?

Orka regresó al borde del vallecito y paseó la mirada por el valle del río y el fiordo. Se libraban combates a ambos lados de la brecha en la muralla de Svelgarth y la batalla se extendía hacia el puerto y el interior de la ciudad. Más cerca, en la zona del campamento de Lik-Rifa más alejada de Svelgarth, Orka veía fuegos encendidos alrededor de los carros y siluetas oscuras recortadas en ellos. Otras sombras se movían donde la luz del fuego no llegaba.

—Todavía quedan muchos en el campamento —masculló—. Nariz Chata, Lif, necesito una distracción para los centinelas del campamento. Si podéis, hacedles creer que se trata de un contraataque de Svelgarth.

—Sí, jefa. —Halja asintió con la cabeza. Lif gruñó.

—Spert, ve con ellos.

—Sí, ama.

—Gunnar, Revna, vosotros vendréis conmigo.

Gunnar asintió. Revna sonrió.

—Lif, hay brujas nocturnas allí abajo —le advirtió Orka.

—No creo que me duerma durante este trabajo —dijo serio Lif.

Gunnar y Revna rieron entre dientes.

—Si te topas con una, tienes que decir unas palabras rúnicas mientras la golpeas con el acero, de lo contrario no le harás nada. *Skuggar skilja*. Repítelas.

—*Skuggar skilja* —dijo Lif con torpeza—. ¿Qué significan?

—Es la lengua divina de Snaka —explicó Orka—. La bruja seiðr Uspa me las enseñó hace mucho tiempo.

Lif las repitió, de una manera más fluida esta vez.

—Ya lo tengo —dijo, y esbozó una sonrisa titubeante.

—¿Estáis listos? —preguntó Orka al grupo.

Se abrocharon los cascos, revisaron las armas y asintieron con la cabeza.

Orka se puso el gorro de lana que había pertenecido a Thorkel y que todavía conservaba su olor. Luego se puso el casco y se lo abrochó bien apretado. Los ruidos sonaron más débiles. Respiró hondo y miró a sus compañeros, que esperaban con los ojos fijos en ella. Dio media vuelta y salió del vallecillo para adentrarse en la arboleda, moviéndose con cautela y sigilo mientras descendía por la ladera en dirección al valle del río. Oyó los pasos silenciosos de Gunnar y Revna detrás de ella, desplegados en sus flancos. Recorrieron cincuenta pasos, cien, eligiendo concienzudamente donde pisar antes de dar cada uno de ellos, y entonces vieron el final de la arboleda. Al otro lado oscilaban los fuegos, y todas las siluetas reunidas a su alrededor miraban en dirección al fragor de la batalla de Svelgarth.

Un poco más adelante, a media altura, Orka atisbó un destello de luz de luna reflejada y vio que un fragmento de telaraña se movía, y no por el viento. La telaraña estaba tendida a la altura de sus hombros entre los árboles. Orka dejó que el lobo corriera libre por su sangre y su vista se agudizó. Vio una sombra más densa en la copa de un pino, un débil resplandor de ojos arracimados, una pata peluda y recubierta de pinchos apoyada en un hilo de la telaraña.

«Como una cuerda de trampa».

Orka señaló con el hacha larga y se aseguró de que Gunnar y Revna veían la telaraña. Luego movió el hacha para señalar las sombras desde las que acechaba la araña del hielo.

«Ahora a esperar».

Orka se esforzó en quedarse lo más inmóvil posible, respiró más lentamente y esperó con la paciencia con la que el lobo espera su presa. Estudió el campamento y su mirada fue saltando de uno a otro de los fuegos entre los carros. Vio un puñado de skraeling bebiendo con cuernos en un barril y una veintena de hombres y mujeres en cota de malla diseminados alrededor de los fuegos, algunos con escudos con el símbolo de los cuervos terciados a la espalda o apoyados contra los vehículos. También unas figuras más pequeñas. Niños. Muchos niños. Algunos acurrucados en la parte de atrás de los carros, simples sombras, otros reunidos en torno a los fuegos, con las manos tendidas para combatir el frío.

«Mi Breca está aquí».

Se le hizo un nudo en la garganta al pensarlo y sintió un dolor casi físico en el pecho, como si alguien estuviera estrujándole el corazón.

Oyó un grito a su derecha, un alarido. Un resplandor precedió la aparición de las llamas que envolvieron una tienda de campaña a unos doscientos pasos de donde estaba ella. Lo mismo le ocurrió a otra. Unas figuras cruzaron su visión corriendo, meras sombras vibrantes, y Orka distinguió a Halja y a Lif pasando como un rayo entre las tiendas incendiadas, asestando hachazos a los guerreros reunidos alrededor del fuego. Durante unos instantes solo oyó el sonido de las hojas atravesando cotas de malla y carne, el ruido metálico del choque de aceros, gritos. Una sombra revoloteó y Spert se lanzó en picado desde el cielo. Más gritos. Más alaridos.

—¡ALARMA! —tronó una voz que reverberó por todo el campamento—. ¡SVELGARTH ATACA!

Orka pensó que era Halja quien gritaba. Los centinelas apostados alrededor de los carros se pusieron en movimiento, levantaron las armas y salieron disparados hacia el caos de llamas entre las tiendas.

Orka miró a Revna y asintió con la cabeza.

Se oyeron un zumbido y un ruido seco cuando la araña del hielo cayó desde su penumbrosa guarida y se estrelló con un golpetazo contra el suelo cubierto de hojas de pino, ya muerta, con las patas dobladas y tiesas. La lanza de Revna sobresalía de su cuerpo.

Orka avanzó un paso, atisbó un movimiento en los márgenes de su visión y asestó un hachazo. El acero se hundió en la dura piel de una araña del hielo mientras descendía por un hilo de su tela y se produjo una explosión de una sustancia pringosa. Orka extrajo la hoja y la araña murió antes de tocar el suelo. Echó un vistazo a su alrededor para comprobar si alguien había visto u oído algo y vio que los carros estaban vaciándose porque todo el mundo se dirigía al tumulto causado por Halja y Lif. Orka continuó avanzando y salió corriendo agachada de los árboles para internarse en el campamento. Gunnar y Revna se movieron con el sigilo de las sombras a uno y otro lado de ella.

Cuatro skraeling estaban holgazaneando alrededor de un fuego. Dos de ellos discutían sobre una tajada de carne espetada y los otros se reían de ellos. Orka arremetió con el hacha y la clavó en el cuello de un skraeling, que embistió a uno de sus compañeros. Los dos cayeron con las extremidades enredadas, el muerto encima del otro, que chillaba, gruñía y gritaba mientras intentaba sacarse de encima el pesado cadáver de su compañero. Orka apoyó una bota en el hombro del muerto y sacó el hacha, la levantó dejando una estela de sangre en el aire y volvió a descargarla con todas sus fuerzas contra el skraeling que se revolvía en el suelo. El acero se hundió en la cabeza del monstruo con un sonido de succión. Gunnar y Revna golpearon a los otros dos skraeling y ambos se derrumbaron sin apenas hacer ruido, aunque uno de ellos cayó de espaldas sobre el espeto que había encima del fuego, con la sangre negra a la luz de la luna saliendo a borbotones de su cuello, y se produjo una explosión de chispas en el fuego y el hierro mientras se chamuscaban cuero y carne.

Orka levantó la mirada y vio que estaba rodeada de niños que la miraban con la cara pálida. Revna y Gunnar gruñeron y fueron a buscar otros enemigos a los que liquidar.

—¡Breca! —gritó mirando frenéticamente a su alrededor. Veía rostros aterrados que la observaban con los ojos muy abiertos. Y entonces se dio cuenta de que lo que veían esos niños era a tres guerreros en cota de malla y cascos, unos asesinos empapados en sangre, unos homicidas con hachas que surgían de la oscuridad. Orka se llevó las manos al casco, se desabrochó con dedos torpes la correa, se lo quitó con un gruñido y lo tiró al suelo. Luego se dio la vuelta escrutando las caras que la miraban fijamente.

—¿Mamá? —dijo una voz.

Un niño dio unos pasos vacilantes hacia ella. Era un muchacho envuelto en lana y pieles, con el pelo negro enmarañado, más alto de lo que lo recordaba, y también más delgado, con las mejillas hundidas, y tenía una oscura cicatriz plateada debajo de un ojo. Sin embargo, supo que era él inmediatamente.

Era Breca.

El mundo alrededor de Orka desapareció y ella corrió hacia él. Breca también corrió. Orka soltó el hacha larga, se dejó caer de rodillas al suelo y Breca se arrojó a sus brazos abiertos. Orka le acarició el pelo, las lágrimas le nublaron la visión. Sonrió, rio, lloró, besó su cara, lo apretó con fuerza contra su cuerpo.

—Mamá, sabía que vendrías. Sabía que vendrías —repitió una y otra vez Breca entre lágrimas.

Orka intentó hablar, pero se había quedado sin voz.

«Está aquí, entre mis brazos».

El lobo que habitaba en su sangre gruñó para recordarle dónde estaba y notó una mano en el hombro.

—Jefa —dijo Revna.

Orka se separó de su hijo y lo miró.

—¿Y papá? —preguntó Breca.

Orka vio un brillo de esperanza en la mirada de su hijo. Negó con la cabeza y brotaron más lágrimas en los ojos de Breca.

—Vamos —dijo Orka—. Voy a sacarte de aquí.

Breca asintió.

—¿Conoces a Bjarn? —preguntó Orka a su hijo mientras recogía el hacha del suelo.

—Es el hijo de una amiga nuestra —terció Gunnar Proa.

—Sí —respondió Breca—, pero no sé dónde está. —Gritó su nombre.

Una figura salió de las sombras, también un chico, moreno como Breca, con las cejas espesas y una cara de huesos grandes.

—¿Conoces a mi madre? —preguntó el chico a Gunnar.

—Ajá, muchacho —dijo Gunnar—. Es la hermana de la mujer de nuestro jefe. Está buscándote. Podemos llevarte a su lado.

Bjarn asintió. Vaciló un momento, pero luego respiró hondo y enfiló dando trancos hacia ellos.

Orka miró a los otros niños. Sabía que no podía llevárselos a todos, pero se compadecía de ellos. Por sus vidas destrozadas, por sus padres asesinados.

—Deberíais huir, todos —dijo Breca—. Coged lo que podáis llevar de esos carros y corred. Id al sur, donde hace más calor.

Muchos niños desviaron la mirada de Orka para posarla en los carros. Algunos se pusieron en movimiento de repente y corrieron hacia los barriles con las provisiones. Otros ni siquiera se molestaron en hacer eso y salieron disparados hacia la noche.

Orka cogió de la mano a Breca y dio los primeros pasos para marcharse de allí. Bjarn los siguió. Breca lanzó una mirada por encima del hombro.

—¡Harek! —gritó—. ¡Harek, ven con nosotros!

Un muchacho robusto surgió de las sombras y Orka reconoció a Harek, el hijo de Asgrim. También lo encontró cambiado, más corpulento y con las piernas más largas. Los miró con el ceño fruncido.

—¡No! —espetó Harek—. Son unos mentirosos. Todos. Es lo que dijo Lik-Rifa.

—La mentirosa es ella —gruñó Breca con más veneno en la voz que el que Orka le había oído nunca.

Harek dio un paso atrás y abrió la boca.

—¡ENEMIGOS! —gritó—. ¡ENEMIGOS EN EL CAMPAMENTO!

CAPÍTULO SETENTA Y CINCO

BIÓRR

Biórr vaciló mientras corría hacia las tiendas envueltas en llamas. Ilmur iba un poco por delante de él, y Storolf y Fain daban zancadas a su izquierda y a su derecha. Frente a él, el fuego consumía las tiendas, las sombras oscilaban y los guerreros gritaban y se arremolinaban. Sin embargo, su oído de rata percibió algo más a su espalda, otra voz más aguda, la voz de un niño.

Se detuvo y se dio la vuelta para mirar.

Los niños corrían en todas direcciones. Algunos estaban vaciando los barriles de los carros y otros desaparecían en la oscuridad.

Vio a Harek junto a un fuego, gritando, mirando a Breca y a…

«¿Quién es esa?». Era una mujer en cota de malla, alta y fuerte, con el cabello rubio que despedía destellos plateados y dorados a la luz de la luna y de los fuegos oscilantes. Empuñaba un hacha larga. Cogía de la mano a Breca. Ocultados por las sombras había otras dos personas con ella, un hombre y una mujer, con cotas de malla, cascos, escudos negros y hachas barbudas en las manos. Bjarn estaba con ellos. Se alejaban a toda prisa del fuego en dirección a la arboleda.

—¡No te pares, Biórr! —gritó Fain.

Pero Biórr estaba mirando los escudos de aquellos guerreros. Eran negros, con unas salpicaduras. Un recuerdo emergió dentro de su cabeza, algo que había dicho Myrk al llegar a Nastrandir.

—Orka y los Hermanos de Sangre —murmuró.

Oyó que Fain lo llamaba y luego sus pasos.

«Deja que se vayan —dijo una voz en su cabeza—. Es su hijo». Pero

Bjarn también escapaba con ellos, y entonces se le apareció la cara de Kráka, sus ojos suplicantes, la sangre manando a borbotones de su garganta. Había pagado un precio muy alto por ayudarles, había estado a punto de morir por ella y por Bjarn, y no podía permitir que Bjarn escapara otra vez cuando él era uno de los encargados de vigilar a los niños.

«Lik-Rifa me devorará».

—¿Qué pasa? —preguntó Fain a su lado.

Biórr señaló con el dedo.

—Orka, la que le sacó el ojo a Myrk, y los Hermanos de Sangre. Han venido a por Breca. —Biórr echó a correr. Oyó que Fain llamaba a Storolf y luego pasos detrás de él. Sopesó la lanza y de repente se dio cuenta de que no llevaba el escudo ni el casco, aunque sí tenía puesta la cota de malla. Vaciló un momento e Ilmur lo adelantó como una exhalación, con el perro de su sangre libre, gruñendo y enseñando los dientes afilados.

—¡Yo los capturaré, Biórr! —masculló al pasar junto a él, levantando la lanza que llevaba en la mano mientras corría para arrojarla hacia la espalda de uno de los Hermanos de Sangre, que ya dejaban atrás el último fuego que había antes de la arboleda. En el suelo había un puñado de skraeling muertos.

Orka fue la primera en mirar atrás, pues debía haber oído a Ilmur, y dio la voz de alarma. El miembro de los Hermanos de Sangre hacia el que corría Ilmur, una mujer, se dio la vuelta y vio la lanza levantada que Ilmur iba a arrojarle. La mujer movió con agilidad los pies, desvió la lanza con el escudo negro y a continuación asestó un hachazo conciso y controlado. Ilmur retrocedió trastabillando, con una flojera repentina en las piernas, dio unas vueltas con el cuello sangrando a borbotones y cayó a plomo al suelo.

Biórr arrojó su lanza, que surcó el aire silbando y se clavó en el pecho de la mujer atravesando la cota de malla. La mujer salió despedida hacia atrás con un grito de dolor. El otro Hermano de Sangre lanzó un gruñido cuando vio caer a su compañera y se dio cuenta de que Biórr corría hacia él, desenfundando la espada y el seax sin detenerse, con Fain y Storolf siguiéndolo a pocos pasos.

El guerrero afirmó los pies en el suelo al lado del cuerpo de la mujer, levantó el escudo y blandió el hacha. Biórr dejó libre la rata que corría por sus venas y sintió que lo inundaban su velocidad y su brutalidad. Cuando estaba a unos veinte pasos de él pudo ver que el hombre era moreno y alto, tenía unos brazos largos, una nariz casi tan grande como su cara debajo del casco y la barba trenzada. A sus pies, la mujer rubia se revolvía y tiraba sin fuerzas de la lanza de Biórr enterrada en su pecho. A diez pasos de distancia vio el brillo animal en sus ojos y sus dientes afilados en la boca torcida por el gruñido, y supo que era un corrompido.

«Eso no te salvará». Levantó la espada y bajó el seax para destriparlo con su ataque.

Pero de repente apareció una sombra a su izquierda y algo lo golpeó en el costado. Un dolor irradió desde sus costillas y salió disparado por el aire. Vislumbró un cabello rubio y una cota de malla, a Orka gruñéndole, y luego se estrelló contra el suelo con un golpe atroz. Sintió un dolor punzante en el hombro y gritó, se le resbaló la espada de la mano y siguió rodando hasta las llamas de un fuego de campamento. El calor lo invadió y se encontró cara a cara con un skraeling muerto que tenía un agujero en la cabeza, por donde se desparramaban sus sesos como si fuera un huevo roto. Se impulsó para salir del fuego, envuelto en llamas, y oyó un estrépito de aceros. Apoyó una rodilla en el suelo y vio a Fain y a Storolf intercambiando golpes con Orka mientras el otro Hermano de Sangre estaba agachado junto a la guerrera caída, intentando ayudarla.

Storolf esgrimía su hacha larga y Fain arremetía con su espada y su destral, pero de alguna manera Orka, que no era más que una mancha oscilante a la luz del fuego, conseguía bloquear todos los golpes con el hacha larga que empuñaba con las dos manos. Siguió oyéndose el ruido entrecortado de los golpes en acero y madera que se daban y se detenían hasta que Storolf gruñó y clavó una rodilla en el suelo, sangrando por la boca. Fain lanzó un rugido cuando su destral surcó el aire dando vueltas y asestó un cabezazo a Orka en la nariz, de la que empezó a salir sangre a borbotones mientras la guerrera daba unos pasos tambaleantes. Fain levantó entonces la espada y siguió a Orka, pero esta rodeó la cintura de Fain con el hacha larga, lo enganchó con la cabeza de acero y tiró de él para acercárselo, lo envolvió con sus brazos y soltó un gruñido antes de abrir las fauces y hundirle los dientes en la mejilla. Lo mordió salvajemente, desgarrándolo y arrancándole trozos de carne. Fain chillaba y la golpeaba con el pomo de su espada, pero sus gritos se volvieron cada vez más débiles, hasta que sonaron apenas como un borboteo y luego como un jadeo, su espada cayó al suelo y su cuerpo se desplomó entre los brazos de Orka.

Biórr se levantó tambaleante, vio su espada en el suelo y la recogió. No prestó atención al dolor de su hombro, pues tenía los ojos fijos en Fain. Orka se lo quitó de encima y su cuerpo se derrumbó en el suelo, resollando y echando espuma sanguinolenta por la boca, con media cara reducida a una espantosa herida. Orka tenía la boca y el mentón embadurnados de sangre.

Biórr oyó un bramido y vio que Storolf embestía a Orka con la cabeza por delante, como un jabalí, y los dos salieron volando juntos.

El hombre que estaba agachado junto a la guerrera herida lanzó un grito de dolor y rabia. El charco de sangre que se expandía alrededor del cuerpo tendido empapaba la tierra. El hombre se levantó con los labios temblorosos y un brillo verde en los ojos. Vio a Biórr, blandió el escudo y el hacha y enfiló hacia él.

«¿Luchar o huir?», le susurró su rata interior.

«Luchar», gruñó Biórr, y sintió una fuerza y velocidad renovadas mientras corría hacia el hombre.

Chocaron con un estrépito de acero y madera. El hombre lo embistió con el escudo y arremetió con el hacha. Biórr esquivó el golpe del escudo y se agachó para evadir el hacha al mismo tiempo que atacaba con la espada y el seax. Su espada cortó el aire silbando cuando su rival se movió con una velocidad fabulosa y el seax rozó la cota de malla y arrancó algunos anillos sin llegar a herir. El impulso de sus respectivas acometidas los separó unos pasos y los dos se dieron la vuelta gruñendo y blandiendo las armas.

Biórr oyó vagamente voces, gritos y ruido de pasos, y vislumbró guerreros que regresaban desde las tiendas quemadas.

El guerrero de los Hermanos de Sangre volvió a atacarlo con los ojos inflamados por el dolor, la rabia y la fuerza. Asestó un hachazo y atizó a Biórr con el umbo del escudo. Biórr arremetió con su espada, pero su contrincante detuvo el golpe con el hacha y usó la cabeza barbuda para sujetar la espada de Biórr y arrancársela de las manos. Biórr se abalanzó sobre el Hermano de Sangre, le pasó un brazo alrededor del cuello y lo apuñaló con el seax. Saltaron chispas cuando el acero se deslizó por la cota de malla. Pero entonces su pierna salió disparada hacia atrás y cayó arrastrando consigo a su rival. Rodaron por el suelo, con el escudo del Hermano de Sangre trabado entre ellos, gruñéndose y espumajeando por la boca, lanzándose dentelladas.

Entonces unas manos lo agarraron y lo levantaron para separarlo del Hermano de Sangre, que quedó tendido en el suelo con un bosque de lanzas apuntándolo. El guerrero intentó levantarse y la punta de una lanza le acarició el cuello.

—Muere ahora o dentro de un rato —dijo Rotta mirando al Hermano de Sangre con una larga lanza en la mano.

El guerrero se quedó inmóvil.

—Sabia elección —dijo Rotta—. Quitadle las armas y ponedlo de rodillas —ordenó a la veintena de guerreros que lo rodeaban, una mezcla de adoradores de la dragona y skraeling. Luego se dirigió con largas zancadas hacia Orka y Storolf.

CAPÍTULO SETENTA Y SEIS

ORKA

Orka propinó un puñetazo en el mentón al guerrero pelirrojo, que aflojó los brazos alrededor de ella. Luego echó la cabeza hacia atrás abriendo la boca mientras agarraba del pelo a su rival y tiraba hacia atrás su cabeza para dejar a la vista su cuello.

—Basta, hija de Ulfrir —ordenó una voz, y el filo de la moharra de una lanza le tocó el cuello.

Orka miró y vio a Breca colgando de los brazos de un hombre alto y apuesto, con el cabello oscuro peinado hacia atrás y la barba arreglada, vestido con una capa con ribetes de pieles y una túnica de lana. Apestaba a maldad, y el lobo que vivía en la sangre de Orka gruñó y el pelo de su lomo se erizó.

«No es humano», gruñó el lobo. Orka respiró hondo, examinando cuidadosamente los olores a sangre y a muerte que la rodeaban. Había algo en el aire que había olido antes, recientemente, algo que le recordó a Ulfrir.

—No serás otro niðing dios —espetó Orka.

—Muy bien —la felicitó Rotta sonriendo—. Soy Rotta, el más inteligente y apuesto de los dioses. Ahora, ponte en pie.

Orka levantó las manos y se alzó lentamente. El guerrero que había debajo de ella gruñó.

Breca pataleaba y gruñía sujeto por Rotta, intentaba arañarlo con las largas garras de sus manos. En sus ojos había un brillo ambarino y verde y tenía los dientes y la barbilla manchados de sangre. Orka reconoció la furia del lobo en él, pero había algo más.

—Has criado a un pequeño salvaje sin modales —dijo Rotta frunciendo la boca—. Me gusta.

—Suéltalo —gruñó Orka.

—Primera lección: no se da órdenes a un dios. —Rotta golpeó a Breca con el asta de la lanza, lo tiró al suelo y le dio una patada en el estómago que sacó al chico todo el aire y toda la furia que tenía dentro.

—Me importa una mierda de trol quién o qué seas. Has hecho daño a mi hijo, así que ya eres hombre muerto —gruñó haciendo el ademán de moverse, pero Rotta acercó la punta de la lanza a Breca.

Orka se quedó quieta como una estatua.

—Un lobo sensato. —Rotta sonrió—. De rodillas. Al lado de tu hijo.

Orka estiró el cuello y le crujieron los huesos mientras frenaba al lobo de su sangre. Se puso de rodillas junto a Breca.

—Mamá —gimoteó el niño.

Orka le puso una mano en el hombro y paseó la mirada por los numerosos vaesen que la rodeaban: arañas del hielo, brujas nocturnas, tennúr revoloteando en el aire, un puñado de spertus correteando por el suelo. Un grupo de skraeling y guerreros trajo a Gunnar. El guerrero tenía los ojos rojos y le temblaban los músculos de la cara. A Orka le bastó un vistazo a Revna para saber que estaba muerta, y una ira fría le recorrió el cuerpo.

El hombre pelirrojo con el que había luchado se levantó del suelo. La sangre del jabalí Svin corría por sus venas. Tenía la mandíbula desfigurada, unos colmillos sobresalían desde su labio inferior y Orka había notado su piel gruesa y resistente a sus golpes.

Gunnar fue obligado a arrodillarse junto a Orka y Breca hizo un esfuerzo para sentarse al lado de su madre. Los vaesen formaron un cerco a su alrededor. De los colmillos de las arañas del hielo goteaba un veneno azul como el hielo y las brujas nocturnas flotaban en el aire.

Un tennúr se posó al lado del hombre pelirrojo, que se había acercado al guerrero de pelo blanco con el que Orka había luchado, quien ahora resollaba a través de los agujeros que tenía en la cara y el cuello. El hombre pelirrojo se puso al otro en su regazo, llorando.

—Sigue respirando, papá —dijo apartando el pelo de los ojos del hombre herido. El tennúr le puso una mano en el brazo intentando consolarlo.

—Hay mucha gente que desea matarte —dijo Rotta mirando a Orka—. Drekr, Myrk…

—Déjame matarla —gruñó el hombre pelirrojo.

—¿Ves? —dijo Rotta haciendo una mueca—. Incluso Storolf desea matarte, y suele ser un hombre tranquilo y comedido. Debo reconocer que desde que oí la historia de Myrk sobre ti he estado impaciente por conocerte. —La nariz de Rotta se arrugó y frunció el ceño. Se inclinó hacia delante hasta casi tocar la piel de Orka y aspiró su olor. Apartó bruscamente la cabeza y dio un paso tambaleante hacia atrás. Unos temblores de miedo y furia recorrieron su cara—. Has estado con mi hermano.

Orka no dijo nada. Sentía el peso de los dos seax de Drekr en el cinturón. Giró la muñeca y notó el pequeño seax sujeto con correas a su brazo, debajo de la manga.

—¿Dónde está? —gruñó Rotta.

Orka apoyó el peso de su cuerpo en el otro lado.

—Ah, ah, ah —dijo Rotta retrocediendo otro paso, fuera del alcance de Orka y agitó un dedo hacia ella. La mueca de su cara era en parte una sonrisa y en parte un gruñido. Levantó la lanza para ponerla en la garganta de Orka y un hilito de sangre corrió por su cuello. Machacacráneos le enseñó los dientes de lobo. Rotta subió lentamente la punta de la lanza hacia la barbilla de Orka y siguió en línea recta a través de la boca y la mejilla hasta detenerse sobre uno de sus ojos—. ¿Dónde está mi hermano?

Orka dejó salir un gruñido retumbante y su pelo se erizó como si fuera el lomo de un lobo.

Los vaesen estrecharon el círculo en torno a ella y una araña del hielo le tocó el pie. Los spertus corretearon a su alrededor.

—Podría hacerte daño. Infligirte un dolor que nunca has imaginado —dijo Rotta.

—La vida es dolor —repuso Orka escupiendo un pegote de sangre a los pies del dios rata.

Pasó un largo momento durante el cual la punta de la lanza de Rotta se mantuvo suspendida a un pelo del ojo de Orka, que no pestañeó.

Rotta suspiró, dio un paso atrás y miró con gesto pensativo a Machacacráneos.

—Storolf, coge esa hacha tuya tan grande y ven aquí.

Storolf se acercó blandiendo su hacha larga.

—Ponte delante de su cachorro —ordenó Rotta.

Storolf lanzó una mirada asesina a Orka mientras se colocaba delante de Breca.

—Ahora levanta el hacha.

Cuando Storolf se movió, Orka saltó hacia él gruñendo. Pero un golpe en la espalda la tiró al suelo y notó una presión que la aplastaba contra el barro mientras se revolvía y gruñía.

—Tu hijo puede vivir o morir. Tú eliges —dijo Rotta sin perder la calma. La levantó del suelo para ponerla de rodillas otra vez y algo frío y pegajoso la envolvió. Una araña del hielo estaba atándole las manos con un grueso hilo. Orka se vio rodeada de guerreros con las lanzas caladas. El que había matado a Revna estaba entre ellos. Blandía una espada. Era joven y moreno, y habría sido apuesto de no ser por la frialdad y la falta de emoción que traslucían sus facciones.

Otras manos agarraron a Breca y a Gunnar para sujetarlos al lado de ella.

—Storolf, levanta el hacha —repitió Rotta, y la hoja brilló a la luz de la luna encima de la cabeza de Breca.

Un spertus separó las alas de su carapacho segmentado y se elevó en el aire delante de Orka. El aguijón de su cola vibró y dejó caer una gota de veneno negro.

—Muévete y probarás mi aguijón —dijo con voz ronca el vaesen. Luego sonrió y sus labios como cera derretida se retorcieron como gusanos—. Me encantaría matarte.

Rotta se puso delante de Orka.

—Bueno, ahora que tengo toda tu atención, te lo volveré a preguntar. ¿Dónde está el pulgoso de mi hermano?

—No lo sé —respondió Orka.

Rotta le giró la cara a Breca de un guantazo y el niño empezó a sangrar por los labios.

—¿Dónde está mi hermano?

—Voy a rajarte ese cuello de niðing —gruñó Orka, que sentía que la furia ardiente que la consumía había empezado a transformarse en algo más frío y letal.

Rotta miró a Storolf y asintió con la cabeza.

El hombre pelirrojo levantó un poco más el hacha y los músculos de sus brazos se hincharon.

—¡NO! —aulló Orka forcejeando con el hilo de araña que la ataba. Sus venas se abultaron.

El spertus que estaba delante de Orka giró en el aire y arremetió con el aguijón con la velocidad de una víbora. Storolf gruñó y unas venas negras se expandieron por debajo de la piel de su cara. Intentó hablar, pero la lengua negra e hinchada sobresalía de su boca. Empezó a caer espuma por sus labios y se derrumbó de bruces. El spertus ya estaba moviéndose y arrojó por la boca completamente abierta una nube negra, como una plaga de moscas, directamente a la cara de Rotta.

Rotta gritó y dio unos pasos tambaleantes.

Se oyó el silbido del acero cortando el aire y una lanza se hundió en el pecho del dios rata y lo tiró al suelo.

—¡Levántate, ama! —apremió Spert a Orka mientras todo el mundo miraba con estupor a Rotta, que chillaba y se revolvía sacudiendo violentamente los brazos y las piernas. Sonaron unos crujidos de huesos y unos ruidos de carne desgarrada y Orka vio, mientras se ponía en pie trabajosamente, que el cuerpo del dios rata se agrandaba, se transformaba y se expandía, le brotaba un pelaje, se le alargaba el hocico y le crecía una cola sin pelo que se agitó y partió por la mitad un carro. El tamaño de su cuerpo aumentó tan rápidamente que las criaturas que estaban alrededor del dios durante su metamorfosis salieron volando por los aires, entre ellas Orka. Machacacráneos fue arrojada hacia la arboleda y rodó después de estrellarse contra el suelo, todavía con los brazos atados. Unas manos la agarraron y la cara de Lif apareció delante de sus ojos, pálida a la luz de la luna. El joven pescador cortó el hilo de araña que ligaba a Orka con el destral. Halja blandía el escudo y la espada, pendiente del campamento. Spert apareció acompañado por el zumbido de sus alas, volando sobre Breca mientras el chico corría guiado por el spertus.

Orka se arrancó el hilo de araña y lo tiró al suelo, donde quedó formando un montoncito pringoso.

—¡Aquí! —gritó.

Breca corrió hasta su madre, le rodeó la cintura con los brazos y se apretó fuerte contra ella. Orka le puso una mano en la cabeza y le acarició el pelo mientras miraba detenidamente el campamento.

Rotta seguía expandiéndose, revolviéndose, temblando y chillando, y Orka todavía veía la lanza clavada en su pecho, aunque parecía una simple ramita en el cuerpo del dios rata, que continuaba creciendo a pesar de que ya era tan grande como un barco de guerra y llenaba el campamento. Humanos y vaesen corrían para no ser aplastados o reducidos a puré por la gigantesca rata que no paraba de moverse.

Orka dio un paso hacia el campamento, pero Lif la agarró por la muñeca.

—¿Qué haces? —preguntó con los dientes apretados.

—Gunnar Proa —dijo Orka—. Nunca abandonamos a los vivos.

Orka dio otro paso hacia el campamento, pero entonces vio que una figura oscura corría hacia ellos. Era Gunnar con el cuerpo sin vida de Revna en sus brazos. Estaba llorando y temblando de la ira.

—Los mataré a todos —gruñó cuando llegó a sus compañeros.

—Ajá, hermano —repuso Orka—. Pero ahora no.

—Entonces, ¿ahora qué hacemos? —quiso saber Lif.

—Ahora huiremos. —Orka agarró de la mano a Breca y echó a correr a través de los árboles.

CAPÍTULO SETENTA Y SIETE

GUÐVARR

Guðvarr pateó el suelo y se sopló en el cuenco que formaban sus manos mientras esperaba en el patio de la fortaleza de Darl. Se había vestido con sus mejores galas para ese día tan especial, aun así tenía frío. Desde su regreso de Nastrandir tenía frío, una sensación heladora que se le había metido hasta los huesos y no se le iba. Hacía poco que había amanecido y el aire era cortante y fresco, el cielo estaba pálido y había unas nubes altas y deshilachadas como el lino estirado, con los reflejos dorados de la primera luz del día.

«Hoy es el gran día», se dijo mientras contemplaba el enorme esqueleto de Orna, la diosa muerta. Se había erigido un nuevo andamiaje en el patio con el fin de que Skalk pudiera estar cerca del cráneo del águila cuando realizara cualquiera que fuera el encantamiento de magia galdur necesario para recubrir sus huesos con carne.

Guðvarr no era la única persona en ese momento en el patio.

Unas cuantas veintenas de drengir que habían jurado lealtad a Helka cercaban la explanada y había comenzado a congregarse una multitud llegada de la ciudad. Las puertas de la fortaleza estaban abiertas y todos los ciudadanos de Darl habían sido convocados para presenciar aquel momento, para ser testigos del ascenso de la reina Helka desde su posición como una más del puñado de gobernantes de Vigrið a la mujer que resucitaba a la diosa águila y se convertía en la reina de todos.

«Los escaldos cantarán sobre este día por siempre jamás».

La puerta de la sala de hidromiel se abrió y salió la reina Helka, rodeada por su guardia de úlfhéðnar, formada por más de dos decenas de guerreros tatuados y con la cabeza afeitada salvo por una trenza de pelo.

El jarl Orlyg de Svelgarth caminaba a su lado. Era un hombre robusto y cano, con la barba recogida en una gruesa trenza, envuelto en una capa de piel de lobo y un hacha metida debajo del cinturón. Detrás de él iba una mujer morena, una galdramaðr, y una docena de guerreros, todos ellos con collares alrededor del cuello.

«Guerreros corrompidos», pensó Guðvarr con un escalofrío.

El príncipe Hakon seguía a Helka y a Orlyg un paso por detrás, aunque Guðvarr comprobó con agrado que sus andares habían perdido buena parte de su arrogancia y su resolución. Guðvarr le dedicó una breve sonrisa cuando sus miradas se cruzaron, pero el príncipe lo miró como si fuera un trozo de mierda de trol en su zapato.

«Caraculo», pensó Guðvarr sin perder la sonrisa.

Estrid caminaba al lado de su madre, con su cabello oscuro recogido en una tirante coleta y envuelta en una capa azul pálido ribeteada de piel de zorro. El pomo y la empuñadura de una espada sobresalían de la capa.

La reina Helka y su séquito enfilaron hasta una plataforma recién construida que no solo ofrecía una vista magnífica del esqueleto de Orna, sino que permitía a toda la gente agolpada en el patio y en las calles de la fortaleza ver con claridad a su soberana.

Guðvarr se volvió al oír pasos a su espalda y vio a su tía entrando en el patio. Ella también se había puesto los mejores elementos de su equipo: una resplandeciente brynja, una espada y un seax en magníficas fundas colgados del cinturón y brazaletes de oro y de plata. La cicatriz que le cruzaba la cara se había puesto roja por el frío. Cuarenta drengir marchaban detrás de ella, todos los que quedaban de la escolta que la había acompañado desde Fellur.

—Ven conmigo —dijo la jarl Sigrún sin detenerse cuando pasó junto a su sobrino—. Tú has propiciado este día, así que deberías estar cerca de la reina, compartiendo su momento de gloria.

«Esta es una de las razones por las que te quiero —pensó Guðvarr—. Eres una de las pocas personas que reconocen mi valía. —Dio vueltas a ese pensamiento mientras se apresuraba para alcanzar a su tía—. Tal vez la única…».

Cruzaron el patio con largas zancadas en dirección a la plataforma de madera. Los úlfhéðnar se interpusieron en su camino para impedirles acercarse a Helka.

—Sigrún y Guðvarr —dijo la reina.

Los úlfhéðnar se apartaron para dejarles pasar y subieron por los escalones de madera para ponerse al lado de Helka, sus hijos y su escolta. Los drengir de Sigrún se colocaron a los pies de la plataforma con el resto de los guerreros.

Desde la plataforma, Guðvarr paseó la mirada por el patio y vio que se habían grabado unas runas en el suelo: ocho enormes surcos como los radios de una rueda partían en línea recta de la sala de hidromiel, con el esqueleto de Orna en el centro, y en la punta de cada uno de ellos se habían grabado unas runas.

—Mi príncipe —susurró Guðvarr inclinándose hacia Hakon—. Sé que no hemos empezado de la mejor manera, pero me gustaría que supierais que no tuve elección. Skalk tenía mi vida en sus manos. Lo desprecio.

Hakon lo miró con sorpresa, pero, antes de que pudiera hablar, se alzaron unas voces en el patio. Eran los jarl menores que, como Orlyg, habían sido convocados por la jarl Sigrún: Glunn Puño de Hierro y Svard el Rascador, todos rodeados por sus drengir, y otros a los que Guðvarr no conocía. Los jarl recibieron permiso para subir a la plataforma y sus drengir se quedaron en el patio, que ya estaba lleno a reventar con gente de toda clase y condición que había acudido desde la ciudad de Darl para el gran espectáculo.

La puerta de la sala de hidromiel volvió a abrirse y Skalk salió a la pálida luz del día con su nuevo bastón en la mano. Los numerosos huesos de su collar despidieron destellos blancos al reflejar la luz del sol.

«Odio a ese hombre».

Las heridas que le había infligido el halcón de Jaromir habían cicatrizado bien y las marcas le recorrían la cara como las costuras gruesas y bastas de una túnica. Su cuenca ocular vacía era un agujero arrugado con un cerco rojo. La drengr Yrsa caminaba a su lado con el gesto pétreo y una mano apoyada en la empuñadura de la espada. Detrás de ellos aparecieron Sturla y un puñado de aprendices de galdur de Skalk. Sturla llevaba en los brazos un pequeño baúl.

Se hizo el silencio en el patio y la multitud se escindió y formó un pasillo para Skalk. El galdramaðr se detuvo delante de la plataforma de Helka e inclinó la cabeza a la reina. A continuación desenfundó el seax que llevaba en el cinturón y se pinchó el dedo pulgar de una mano. Embadurnó la cabeza de su bastón con la sangre que brotó de la herida y acto seguido tocó las runas con él.

—*Jörð og klettur loft og himinn, kraftur blóðs og rúna, rís upp og fyllir bein Orna* —pronunció.

Un chisporroteo precedió la aparición de unas llamas que se propagaron por los surcos del suelo en dirección a la sala de hidromiel. La gente se apartó saltando del camino de las llamas que se extendían con voracidad, y Guðvarr se dio cuenta de que también se había excavado un círculo alrededor de la sala de hidromiel y el esqueleto de Orna. Todos esos surcos y sus runas estaban ahora invadidas por el fuego.

Skalk enfiló hacia el andamiaje y subió a la plataforma que se había colocado justo debajo de la cabeza de Orna, donde ya lo esperaban Sturla y los demás aprendices de galdur. Sturla depositó el baúl que cargaba a los pies del galdramaðr y este sacó de su interior un pálido collar de thrall de hierro.

—*Opna og vaxa, kraga bundin við mig* —dijo Skalk mientras levantaba el collar hacia el cuello de Orna y lo abría.

Guðvarr inspiró con los dientes apretados cuando vio aparecer unas rojas estrías de calor en el collar y este se expandió como si un gigante invisible estuviera moldeándolo, hasta que rodeó el punto más alto del espinazo del águila.

Skalk pronunció más palabras en su lengua galdur. Todo el patio observaba embelesado en un silencio sepulcral.

El collar se cerró con un chasquido. Se produjo un último resplandor y el hierro volvió a enfriarse.

Skalk levantó en alto su báculo manchado de sangre y dibujó unas líneas en el aire mientras recitaba más palabras en su desconocida lengua.

Unas angulosas runas de llamas y sangre brotaron crepitando en el aire entre el galdramaðr y el esqueleto. Skalk se volvió hacia Sturla y los otros aprendices de galdur. Todos sacaron unos pequeños seax, se hicieron unas incisiones en la mano y arrojaron la sangre que manaba de los cortes hacia el esqueleto, cuyos huesos blancos se cubrieron de salpicaduras rojas.

—*Hjarta sló aftur* —dijo Skalk.

Sus aprendices sumaron sus voces y el silencio cayó sobre el mundo.

Las llameantes runas que flotaban en el aire se expandieron como una red gigante.

—*Kraftur orðs, kraftur blóðs, drekkur í dauða og lífgar* —entonaron Skalk y sus aprendices, y las runas de fuego cayeron sobre el esqueleto de Orna, desde la punta de la cola hasta el pico curvo. Los antiquísimos huesos relumbraron recorridos por unas fulgurantes venas rojas y anaranjadas que se atenuaron lentamente.

Guðvarr notó un temblor en el patio. El aire alrededor de Orna vibró y los huesos del águila muerta se agitaron y arrojaron una nube de polvo al patio. Entonces Guðvarr vio aparecer tendones y carne en los surcos llameantes del suelo que crecieron como enredaderas. Venas y arterías envolvieron los huesos de Orna y aparecieron músculos. En el interior de su caja torácica se atisbaron pulmones y un corazón palpitante. El cráneo se movió cuando brotó carne en él y en las cuencas oculares, hasta ese momento unos agujeros oscuros, apareció un brillo dorado. Y entonces crecieron las plumas, rojizas, doradas y blancas.

Guðvarr, como todas las personas que lo rodeaban, lo contemplaba paralizado. Y entonces el águila batió las pesadas alas muy despacio y una racha de viento huracanado zarandeó a la gente, e incluso derribó a algunas de las personas que se encontraban en el patio. Skalk y sus compañeros bajaron corriendo como ratas de la plataforma y se alejaron del andamiaje. Se oyó un estruendo ensordecedor y el nuevo cuerpo de Orna se elevó en el aire desde la sala de hidromiel acompañado por el crujido de madera partida. Luego volvió a posarse en la destrozada sala de hidromiel y flexionó las garras afiladas como cuchillas. Levantó la cabeza, abrió el pico y chilló. El sonido que salió de su boca obligó a Guðvarr a ponerse de rodillas y taparse los oídos con las manos.

Orna se erguía sobre las runas de la sala de hidromiel, más grande que lo que nunca había sido el salón de Helka. Sacudió el cuerpo, un temblor recorrió sus plumas y plegó las alas. Miró altivamente a Helka y a la gente que la acompañaba en la plataforma con unos ojos que rebosaban inteligencia.

—¿Dónde está Ulfrir? —preguntó con una voz sonora, cortante como una espada afilada—. ¿Y mis hijas? ¿Y la zorra de Lik-Rifa? —Giró la cabeza para intentar ver el grueso collar de hierro que le ceñía el cuello—. ¿Qué es esto?

—Habéis estado muerta mucho tiempo, oh, poderosa Orna —dijo la reina Helka—. Y el mundo ha cambiado mucho en vuestra ausencia. Ese collar significa que me pertenecéis.

—¿Cómo? —exclamó Orna con los dorados ojos inflamados. Echó la cabeza hacia atrás sobre su poderoso cuello y trituró madera al flexionar las garras. Guðvarr reprimió el impulso de echar a correr.

Desde las alturas llegó un sonido lejano y la cabeza de Orna dio una sacudida para escrutar el pálido cielo.

La muchedumbre del patio señalaba arriba. Alguien gritó.

Guðvarr divisó un punto oscuro atravesando las nubes a lo lejos que crecía por momentos. Unas alas enormes, una larga cola y un cuello serpentino. Hasta sus oídos llegó un ruido como de un trueno lejano.

—Lif-Rifa —espetó con los dientes apretados Orna, y su voz retumbó en todo el patio. Extendió las alas, cuya sombra cubrió a Guðvarr y la fortaleza de Darl, y las batió para elevarse en el aire y remontar el vuelo. Lik-Rifa ya era enorme en el cielo mientras descendía en picado rugiendo.

El águila voló en diagonal, lo que obligó a Lik-Rifa a interrumpir su descenso, y ambas deidades colisionaron con un estrépito atronador sobre la fortaleza. El choque produjo unas turbulencias en el aire que tiró a la gente al suelo y zarandeó a cuantos se encontraban en la plataforma.

El águila y la dragona giraron en el aire rugiendo y chillando, batiendo las alas, asestando picotazos la una y mordiendo la otra, desgarrándose con las uñas. Una lluvia de plumas, escamas y sangre caía del cielo.

Hakon agarró por la capa a Guðvarr y tiró de él. Helka se erguía a su espalda, con el rostro desencajado de la ira.

—¡Nos dijiste que el ataque de la dragona estaba planeado para dentro de nueve días! —espetó Hakon en la cara de Guðvarr—. ¡Nos dijiste que teníamos tiempo para prepararnos!

—Me… me mintieron. Me engañaron —balbuceó Guðvarr con voz chillona.

—¡LANZAS! —bramó Helka—. ¡ARQUEROS! —El estupor inicial había desaparecido de la cara de la reina y Guðvarr quedó impresionado por la rapidez con la que Helka era capaz de dominar sus miedos.

Se oyeron gritos y chillidos procedentes de la multitud cuando algunos de sus integrantes se echaron la capa hacia atrás para dejar a la vista cotas de malla oxidadas y arremetieron con hachas y lanzas. Guðvarr vio cómo brotaban unas llamas y guerreros en oscuras cotas de malla se abrían paso por el patio como una lanza, con fuego rúnico en las manos. Un hombre enorme que marchaba a la cabeza del grupo abatió a un drengr de un hachazo y la sangre salió a borbotones de la herida. A su lado iba una mujer morena asestando espadazos. Ellos dos eran la afilada punta de la lanza, detrás de la cual venían todos los demás formando una cuña.

«¡Drekr e Ilska la Cruel!».

—¡DESCENDIENTES DE LA DRAGONA! —gritó Guðvarr señalando a los hermanos al mismo tiempo que desenfundaba la espada.

La jarl Sigrún lo oyó, agarró del brazo a la reina Helka y señaló a los enemigos.

—¡PROTEGED A LA REINA!—bramó Sigrún.

Helka gritó una orden y sus úlfhéðnar corrieron para interceptar a los descendientes de la dragona. Frek y otros situados en la plataforma desenfundaron los aceros y saltaron para unirse a su manada. Estallaron gritos y salió sangre pulverizada en todas direcciones cuando los adoradores de la dragona se lanzaron contra los úlfhéðnar.

—¡CONMIGO! —rugió el jarl Orlyg, y saltó de la plataforma sacando el hacha del cinturón. Sus drengir de aspecto amenazante corrieron para unirse a él.

Hakon, boquiabierto, desvió la mirada del duelo que libraban la dragona y el águila para posarla en la sangre y el caos que reinaban en el patio.

Helka, con un porte orgulloso y feroz, miraba a los descendientes de la dragona desde la plataforma mientras sus úlfhéðnar se precipitaban hacia ellos. Y entonces la jarl Sigrún desenvainó su espada y la clavó en la espalda de la reina Helka.

Fue una puñalada poderosa que perforó lana y lino y se hundió en la carne. Helka chilló y su espalda se arqueó mientras Sigrún empujaba el acero y la punta de la espada salía al exterior atravesando el vientre de Helka con una explosión de sangre. Helka se quedó paralizada un momento, con los ojos completamente abiertos y moviendo la boca, y entonces Sigrún extrajo la hoja y la reina se precipitó desde la plataforma y desapareció en la masa de gente que había abajo.

—¡No! —oyó Guðvarr que gritaba Hakon.

Los úlfhéðnar vacilaron antes de embestir a los descendientes de la dragona, se detuvieron y miraron desconcertados a su alrededor, con sus collares repentinamente recorridos por unas fulgurantes estrías rojas.

—¡ASESINA, TRAIDORA! —gritó Hakon echando saliva por la boca y señalando a la jarl Sigrún—. ¡Atrapadla! ¡Matadla!

Los úlfhéðnar dieron media vuelta y se abrieron paso de regreso a la plataforma, con sus ojos ambarinos clavados en la jarl Sigrún.

«Así que es verdad que el control sobre los thrall pasa de padres a hijos», pensó Guðvarr. Agarró del pelo a Hakon, tiró hacia atrás de él y le rajó el cuello con la espada. La sangre manó a borbotones y Guðvarr tiró al suelo al príncipe, que cayó con un golpetazo, rodó y se agitó como un pez fuera del agua, agarrándose con las manos el cuello ensangrentado. Guðvarr lo miró sonriendo mientras Hakon resollaba y jadeaba, hasta que se quedó quieto. Luego buscó con la mirada a Estrid.

La hija de Helka miraba fijamente a su hermano mientras el charco de sangre se expandía alrededor de su cadáver.

—¡CONMIGO! —gritó Estrid—. ¡Úlfhéðnar, conmigo!

«No es tonta. Se ha dado cuenta del poder que tiene ahora —pensó Guðvarr al echar un vistazo a la multitud y ver que los úlfhéðnar se abrían paso hacia la plataforma—. Tiene que morir antes de que lleguen aquí».

Arremetió con su espada contra ella, pero Estrid se echó a un lado, agarró por la manga a Glunn Puño de Hierro, lo arrojó contra Guðvarr y los dos perdieron el equilibrio. Guðvarr vio un destello de acero y detuvo el golpe que Estrid le asestaba levantando la espada por encima de la cabeza. A continuación bloqueó un espadazo que la hija de Helka le dirigió a las costillas y otro al cuello, y Guðvarr se dio cuenta de que Estrid era mucho más diestra con la espada de lo que había pensado, y de que cada vez que respiraba los úlfhéðnar estaban más cerca de destriparlo. Guðvarr desvió la espada de Estrid con la fuerza y la velocidad que le insuflaban la desesperación y el miedo, se adelantó y le propinó un puñetazo en la mandíbula. Estrid dio unos pasos tambaleantes hacia atrás y Guðvarr levantó la espada.

El mundo explotó y Guðvarr salió disparado por el aire, dando vueltas, rodeado de gente que volaba como él y fragmentos de madera. Aterrizó con un golpe demoledor y unas lucecitas blancas estallaron delante de sus ojos. Apoyó un brazo y una rodilla en el suelo y se levantó tambaleante. Vio que Lik-Rifa y Orna se habían estrellado contra el edificio de la sala de hidromiel y el patio y los habían aplastado junto con toda la gente que había allí.

Orna se levantó del polvo y los escombros chillando y arremetiendo con el pico y las garras contra el cuerpo de Lik-Rifa, del que arrancó trozos de carne recubiertos de escamas. La dragona rugió y asestó un coletazo devastador a Orna, que salió girando por el aire. Lik-Rifa se elevó y siguió al águila.

Aquí y allá la gente se levantaba del suelo y se reanudó el combate entre los drengir de Helka y los adoradores de la dragona. Guðvarr atisbó el brillo de un fuego rúnico y divisó a Skalk en el patio, rodeado por Yrsa, Sturla y un grupo de aprendices, todos ellos abatiendo adoradores de la dragona y enfrentándose con descendientes de Lik-Rifa. Yrsa estaba llamando a los drengir de Helka, que se congregaban en torno a ella en un número cada vez mayor. Pero Guðvarr veía que Ilska y Drekr avanzaban por el flanco de los drengir y se deshacían de ellos como si fueran ahechaduras.

«¡Mi espada! ¿Dónde está mi espada?». Guðvarr miró a su alrededor con desesperación, la vio y la recogió. Luego se dio la vuelta y buscó a Estrid, pero no la veía por ninguna parte en medio del polvo y el fragoroso tumulto de la batalla.

«Entonces iré a por Skalk. Ya ha llegado el momento de que muera».

Se abrió paso a trompicones a través de la multitud, se quitó de en medio de un espadazo a un drengr que estaba luchando con tres adoradores de la dragona y apuñaló a alguien que se cruzó en su camino, hasta que por fin se acercó al lugar donde había visto a Skalk por última vez. Allí el estrépito de los aceros era ensordecedor, el polvo se arremolinaba y por todas partes se veían llamas rojas. Atisbó a Yrsa batiéndose con un corrompido, al que le estampó el umbo de su escudo en el rostro desencajado y plagado de dientes afilados.

Y entonces apareció Skalk poniéndose en pie trabajosamente justo delante de él. No empuñaba arma alguna y su bastón yacía en el suelo.

—¡Tú! —gruñó el galdramaðr al verlo—. ¡Tú nos has traicionado, idiota!

—Así es —dijo Guðvarr sonriendo a aquel hombre al que odiaba.

—Ha sido tu último y más doloroso error —espetó Skalk—. Ha llegado el momento de que recupere al hyrndur. *Hyrndur, vaknið af svefni, etið þig í gegnum hold, farðu aftur til húsbónda þíns* —dijo apretando el puño y con una sonrisa feroz en los labios.

Guðvarr se miró el pecho y rompió a reír. Se arremangó lentamente la camisa de malla, la túnica de lana y la túnica de lino por encima del tatuaje del dragón para mostrar la cicatriz del lugar por donde el hyrndur se había introducido en su brazo. Tenía una costra reciente y todavía sangraba un poco.

—Ya no está —dijo.

—¿Qué? —Skalk frunció el ceño—. ¿Cómo?

—Lo olió —respondió Guðvarr lanzando una mirada fugaz a Lik-Rifa, en el cielo encima de ellos—. ¿Qué esperabas? Ella creó los hyrndur, creó todos los vaesen. Son sus hijos.

Como para confirmar las palabras de Guðvarr, se oyó un sonido nuevo en el patio, cada vez más fuerte. Era un zumbido de alas. Guðvarr y Skalk alzaron la mirada y vieron unas nubes oscuras que se deslizaban por el patio. Eran un enjambre de hyrndur que se había dividido para hostigar a los drengir. Los gritos desgarraban el aire; hombres y mujeres corrían dando tumbos y trastabillando, con los cuerpos hinchados por la multitud de aguijonazos, y se desplomaban retorciéndose.

Otras criaturas aladas, los tennúr, se arremolinaron en el aire y se lanzaron contra los guerreros para morderlos con sus bocas exageradamente grandes y atiborradas de dientes, y les arrancaban los dientes de las encías mientras sus víctimas continuaban chillando. Un rugido atronador precedió la aparición de un trol toro, que arremetía con una porra recubierta de clavos de hierro y a su paso salían volando cuerpos machacados.

Guðvarr miró de nuevo a Skalk.

—Cuando Lik-Rifa se enteró de que el hyrndur vivía dentro de mi pecho comprendió que no era un mensajero de Hakon. Así que se lo conté todo, y a cambio ella sacó el hyrndur de mi cuerpo sin matarme. —Se estremeció al rememorarlo—. Me dolió, sí, no veas lo que grité. Pero sobreviví. Soy un superviviente, tú mismo me lo dijiste, ¿lo recuerdas?

Guðvarr atacó con la espada a Skalk, apuntando directamente a su pecho. Pero un impacto en su espalda lo derribó con la cara envuelta en una nube de polvo y tierra y se le resbaló la espada de la mano. Se dio la vuelta y vio a Yrsa de pie a su lado, empuñando una espada y un escudo, con una tira de carne colgándole de la cara y sangrando.

—Nunca perdí la esperanza de poder matarte, patético montón de mierda —gruñó Yrsa levantando la espada.

Un chillido estridente resonó en los oídos de todos y una sombra los cubrió. Yrsa miró arriba y Guðvarr aprovechó la oportunidad para escapar rodando por el suelo. Atisbó a la drengir saltando y a Skalk corriendo, y entonces se produjo una explosión ensordecedora. El suelo dio una sacudida bajo sus pies y lo catapultó. Guðvarr voló por el aire hasta que se estrelló contra una columna partida de la sala de hidromiel, soltó un chillido, cayó al suelo con un golpe atroz y se quedó tendido allí, con los ojos abiertos.

Orna yacía en el patio, con un ala rota debajo de su cuerpo. Agitó la otra ala y consiguió levantarse a medias del suelo. Sangraba torrencialmente por un centenar de heridas infligidas por las garras de la dragona, pero tenía el pico rojo de la sangre de Lik-Rifa y trozos de su carne en las uñas. Y entonces Lik-Rifa descendió desde el cielo y embistió a Orna, la despedazó con sus garras y cerró sus grandes fauces alrededor de la cabeza y el cuello del águila.

Los chillidos de Orna eran de furia y de dolor, pataleaba y se retorcía, pero Lik-Rifa la apresaba con una fuerza descomunal. La dragona estiró el cuello hacia atrás para levantar a Orna del suelo y la zarandeó como un perro zarandea una rata. Se oyó un estruendo brutal de huesos que se partían y de carne que se desgarraba y la sangre corrió torrencialmente. El cuerpo de Orna colgaba sin fuerzas de la boca de Lik-Rifa, con las alas caídas.

La dragona escupió el águila, batió las alas para elevarse en el aire y volvió a embestir a Orna, la descuartizó con las garras, la pisoteó, le arrancó trozos de carne con los dientes y en todas direcciones volaron plumas y pedazos de águila. Lik-Rifa daba rienda suelta a su furia y su ira con un frenesí sangriento. Guðvarr se tapó los oídos con las manos.

Poco a poco se atenuaron los sonidos de la carnicería y la nube de polvo, sangre y plumas se asentó. Skalk había desaparecido. Yrsa había desaparecido. Lik-Rifa se erguía sobre los restos del águila descuartizada, que no eran más que un saco de piel, carne y huesos. La dragona levantó la cabeza hacia el cielo y rugió.

CAPÍTULO SETENTA Y OCHO

ORKA

—Spert, llévanos al arroyo —dijo Orka—. Lo seguiremos hasta el lago.

Desde el valle llegó el eco de un grito estridente.

—¡ENCONTRADLOS! —bramó una voz con la fuerza suficiente para resquebrajar el hielo. Las copas de los árboles se agitaron, los pájaros alzaron el vuelo asustados y cayó una lluvia de hojas de pino. La pálida claridad del amanecer ya se filtraba en el mundo, pero todavía no había tocado el valle ni el bosque.

Se adentraron corriendo en las tinieblas del bosque guiados por Spert, que volaba delante de ellos. Orka enseguida atisbó un destello de hielo y llegaron al arroyo helado y cubierto de escarcha. Enfilaron hacia el sur, corriendo como buenamente podían por la ribera del arroyo. Trastabillaban con las raíces de los árboles y Lif tropezó y cayó, pero volvió a levantarse ayudado por Halja y continuaron corriendo.

Orka no tardó en oír a sus perseguidores. El rugido de un trol, el estrépito de troncos partidos, los pasos trepidantes de muchos pies resonaban en las laderas arboladas detrás de ellos.

Orka miró arriba al oír el zumbido de un aleteo y vio la figura de un tennúr revoloteando entre las copas de los pinos. Alguien arrojó una lanza y el vaesen chilló, plegó las alas y se estrelló contra el suelo. Continuaron corriendo. Orka oyó que Breca comenzaba a resollar. El arroyó se ensanchó y finalmente vieron que confluía con un río que bajaba turbulentamente de las montañas. En las zonas donde el agua corría más rápida se formaba espuma alrededor de las piedras resbaladizas por la centelleante escarcha.

Siguieron corriendo.

Los ruidos de la persecución crecían y resonaban a su alrededor.

—Jefa —dijo Halja desviándose para correr más cerca de Orka—. Deberíamos separarnos para dispersarlos. Tal vez así los confundiremos.

—Ajá —dijo Orka, que había estado pensando lo mismo.

Halja comunicó la decisión a los demás sin aminorar el paso y luego ella y Lif tomaron otra dirección. Gunnar, con Revna cargada sobre un hombro, siguió corriendo con Orka y Breca.

—¿Me ayudarás a matarlos? —preguntó Gunnar jadeando.

—Sí —gruñó Orka.

Gunnar asintió con la cabeza.

—Nos vemos en el lago, jefa —dijo Gunnar, y se alejó del río para adentrarse en la oscuridad.

—¿Estás bien, Breca? —preguntó Orka a su hijo.

«Mi hijo, Breca, está aquí, en carne y hueso, corriendo a mi lado. Lo he encontrado». El alivio y la alegría la golpearon como un martillo y la embargaron. Acarició el pelo sudado de Breca mientras corrían.

Breca miró a su madre. Estaba sudado y sin aliento, pero esbozó una sonrisa y a Orka se le encogió el corazón al verla. Notó que sus labios también dibujaban una sonrisa; era una sensación que casi había olvidado.

—Has encontrado el lobo en tu sangre. Déjalo libre, te ayudará.

—Y… el… oso…, mamá —dijo Breca jadeando.

«Ah, eso es lo otro que noté en ti. —Orka sonrió, contenta de que ella y Thorkel estuvieran presentes en la sangre de Breca—. Te juré, Thorkel, que encontraría a nuestro hijo».

Continuaron corriendo.

El tiempo pasaba y solo lo llenaban el ruido de sus pasos, los jadeos y los latidos del corazón de Orka que resonaban dentro de su cabeza. Otros sonidos llegaban a sus oídos: el chasquido de las ramas, movimientos en los márgenes de su visión que atraían su mirada, figuras revoloteando en las copas de los árboles.

Vio un destello un poco más adelante, el centelleo de una telaraña recubierta de escarcha que reflejaba la luz de la luna.

—¡Agáchate, Breca! —gritó Orka empujando a su hijo.

Breca cayó debajo de la tela que una araña del hielo estaba tejiendo. Orka se arrojó a un lado, trastabilló y se estrelló contra un tronco. Vio que la araña descendía hacia Breca por un hilo y salió disparada de la base del árbol al mismo tiempo que cogía el destral del cinturón. Se abalanzó sobre la araña y le asestó un hachazo en la dura piel, que se partió y comenzó a verter chorros de una sustancia pringosa mientras Orka caía con ella. La araña temblaba y chillaba, abría y cerraba la boca y sus colmillos se retorcían y goteaban mientras agonizaba.

Algo golpeó en la espalda a Orka y un peso aplastante la tiró al suelo. Orka se derrumbó sobre las hojas de los pinos, intentó darse la vuelta y notó en la mano el frío hilo de escarcha de la araña. También sintió una punzada de dolor en el cuello. El lobo se enfureció en su sangre, lanzó dentelladas y gruñó mientras Orka se levantaba del suelo y se daba la vuelta. La araña del hielo se erguía ante ella. Arremetió con sus colmillos y Orka apartó la cabeza y vio como los caninos perforaban la tierra. Acto seguido, Machacacráneos le asestó un hachazo y notó como la hoja se hundía en una pata peluda y la seccionaba, y de la herida fluyó a borbotones la sustancia pegajosa. Oyó los gritos de Breca, unos chillidos incoherentes mezclados con gruñidos, y luego un crujido, seguido por el ruido de un desgarro, y sintió que la araña temblaba encima de ella mientras las fuerzas la abandonaban y finalmente se precipitaba al suelo. Breca estaba encaramado a ella, tenía las garras que eran sus manos embadurnadas de la sustancia pringosa del vaesen, que también le chorreaba de los dientes y la mandíbula.

Orka vio a Thorkel encarnado en él, cuando el furor de la batalla dominaba a su marido. Los ojos de Breca rebosaban una furia fría, y Orka se sintió orgullosa de su hijo, de que hubiera matado a la araña del hielo.

«Somos una manada».

Orka se levantó del suelo, se tambaleó y se sintió débil. Un frío corría por sus venas. Se encontraba… mal. El lobo que llevaba en la sangre soltó un gañido. Le dolía el cuello y se lo palpó, y cuando retiró la mano tenía sangre en los dedos y algo más, un espeso icor de un tono azulado. Estaba muy frío, tanto que quemaba.

«Me ha mordido».

Oyó un crujido de ramas a su espalda y el sonido de unas patas que correteaban.

—¡Breca, tenemos que correr! —consiguió decir. Notaba la boca dormida. Agarró por la túnica a su hijo y tiró de él mientras echaba a correr con largas zancadas.

«No —gruñó dentro de su cabeza—. No volveré a perderlo».

Breca siguió a su madre, todavía gruñendo y aullando, con el frenético lobo libre en sus venas.

A cada paso Orka sentía como se extendía el veneno de la araña por sus extremidades y hacía retroceder al lobo en sus venas, atosigándolo en una lucha que la bestia no comprendía. El lobo gimoteaba y lanzaba dentelladas a ese nuevo enemigo que había dentro de Orka, pero se debilitaba con cada latido de su corazón. Orka corrió medio centenar de pasos, tropezó con una raíz, le pesaban demasiado las piernas y se le estaban entumeciendo los pies. Corrió otra docena de pasos y cayó al suelo, se arrastró e intentó levantarse de nuevo.

—¿Qué te pasa, mamá? —gritó Breca, que volvió corriendo adonde estaba ella tirada en el suelo. La ayudó a ponerse en pie y sus ojos se abrieron con estupor. Su mirada destilaba miedo—. Tienes los labios azules.

—Es el… veneno de la araña —balbuceó Orka con los labios temblorosos. Intentó caminar, pero no sentía los pies. Breca dio un grito de esfuerzo y cargó con buena parte de su peso, y medio arrastrándola medio llevándola continuaron avanzando.

—¿Adónde vamos, mamá? —preguntó con la voz ronca del esfuerzo.

—Al la… lago, al final del… del río —tartamudeó Orka—. Caballos. Ami… migos.

Caminaron otra docena de pasos y Orka ya no sentía las piernas. Breca tropezó y se cayó, y Orka se derrumbó a su lado. Machacacráneos se estiró y miró el río. Sabía que si saltaba a él se ahogaría, que la cota de malla la hundiría y se le congelarían los brazos y las piernas y no podría moverse.

—¡Levántate, mamá! ¡Levántate! —gritó Breca agarrándola del brazo y tirando de ella.

Sobre sus cabezas crujieron unas ramas y Orka alzó la mirada y vio una multitud de patas y ojos arracimados. Se oyó un ruido de patas con garras que correteaban por el suelo y salieron más arañas del hielo de entre los árboles. Otra descendió por un hilo desde las copas.

—¡Levántate, mamá! —insistió Breca zarandeándola.

—No puedo —dijo con un hilo de voz Orka. Una nubecita de vaho salió de su boca.

—¿Qué voy a hacer, mamá? —gritó Breca con las mejillas surcadas de lágrimas. Miró hacia la araña que bajaba por el hilo. Orka vio que sus ojos cambiaban de color y sus labios se separaban al gruñir y dejaban a la vista unos dientes afilados.

—Vivir —dijo Orka. Con las pocas fuerzas que le restaban agarró a su hijo, lo levantó del suelo y lo lanzó por los aires. Breca cayó con un estrépito en las aguas turbulentas del río y Orka lo vio desaparecer debajo del agua, y luego volver a emerger mientras la corriente lo arrastraba.

—¡MAMÁ! —le oyó gritar, y luego lo perdió de vista.

Orka alzó la cabeza y aulló. Fue un grito de pena y de dolor desgarrador, de rabia y de frustración. Se dejó caer contra un árbol y desenfundó con manos torpes el seax que llevaba en el cinturón.

La araña aterrizó delante de ella y la observó un momento con sus numerosos ojos. Aparecieron otras figuras detrás de ella. Con un silencio aterrador, la araña se irguió sobre las patas traseras y levantó las delanteras, sus colmillos vibraron y se abalanzó sobre Orka. Sus colmillos la golpearon en el pecho, pero no lograron perforar la cota de malla. El aliento de la araña era fétido, repugnante. Orka la apuñaló con el seax y notó que la hoja atravesaba la capa exterior de su piel y se hundía en un fluido. La araña chilló y cayó hacia atrás con el seax clavado, y se agitó y se retorció mientras agonizaba. Orka esbozó una sonrisa y gruñó.

Otra araña saltó hacia Orka con los destellantes colmillos dirigidos a su cara y Machacacráneos levantó los brazos con las escasas fuerzas que le quedaban para agarrar los dos grandes caninos. Consiguió sostener la araña encima de ella a pesar de su enorme peso y el vaesen se revolvió y agitó las patas tratando de zafarse de ella.

Orka apretó con las manos, gruñendo, y con un último esfuerzo mastodóntico lanzó un aullido y arrancó los colmillos del cuerpo de la araña, que reventó como si fuera un odre de cerveza y un pestilente líquido cayó sobre ella. Orka lanzó todo lo lejos que pudo la araña y sus brazos cayeron sin fuerzas a ambos lados de su cuerpo. Sintió un dolor en las piernas y vio más arañas que la rodeaban, se lanzaban hacia ella y hundían los colmillos en sus piernas. El corazón le latía cada vez más despacio y todo estaba frío. Una nube de niebla surgió de entre los árboles, una bruja nocturna, que se quedó suspendida encima de ella un momento y luego se dejó caer sobre su pecho, y Orka sintió un gran peso que la aplastaba.

«Vive, mi Breca», fue lo último que pensó antes de que una oscuridad azul y escarchada la envolviera.